최후의 유혹

최후의 유혹 상
O teleftaíos pirasmós

니코스 카잔차키스 장편소설 안정효 옮김

O TELEFTAÍOS PIRASMÓS
by NIKOS KAZANTZAKIS (1951)

일러두기
1. 그리스 여성의 성(姓)은 남성과 어미가 다르다. 엘레니가 결혼 후 취득한 성 〈카잔차키〉는 〈카잔차키스〉 집안의 여인임을 뜻한다. 〈알렉시우〉나 〈사미우〉도 마찬가지로, 〈알렉시오스〉와 〈사미오스〉 집안에 속함을 뜻하는 것이다. 외국 독자들을 배려하여 여성의 성을 남성과 일치시키는 관례는 영어판에서 흔히 찾아볼 수 있으나 여기서는 그리스식에 따랐다.
2. 그리스어의 로마자 표기와 우리말 표기는 그리스어 발음대로 적되 관용적으로 굳어진 일부 용어는 예외를 두었다. 고대 그리스, 신화상의 인명 및 지명 표기는 열린책들의 『그리스·로마 신화 사전』을 따랐다.

이 책은 실로 꿰매는 정통적인 사철 방식으로 만들어졌습니다.
사철 방식으로 만든 책은 오랫동안 보관해도 손상되지 않습니다.

이 책은 실로 꿰매어 제본하는 정통적인 사철 방식으로 만들어졌습니다.
사철 방식으로 제본된 책은 오랫동안 보관해도 손상되지 않습니다.

프롤로그
7

최후의 유혹 상
13

프롤로그

 인간으로서 신에 이르려는, 보다 정확히 얘기하자면 신에게로 돌아가서 인간 자신과 신을 동일시하려는 너무나 인간적이고도 너무나 초인간적인 그리스도의 이원적(二元的)인 본질은 항상 내게 깊고도 불가사의한 신비였다. 너무나 신비하면서도 너무나 참된, 신을 향한 이런 향수는 내 마음속에 커다란 상처뿐 아니라 넘쳐흐르는 커다란 샘도 마련했다.

 젊은 시절 이후 줄곧 내 가장 큰 고뇌와 모든 기쁨과 슬픔의 원천은 영혼과 육체의 무자비하고도 끊임없는 투쟁에서 연유했다.

 내 마음속에는 인간적이면서도 인간 이전인 악한 자의 어두운 태곳적 힘들이 존재하고, 내 마음속에는 또한 인간적이면서도 인간 이전의 찬란한 힘, 신의 힘들이 존재하니, 내 영혼은 그 안에서 이 두 군대가 만나고 충돌하는 전투장이다.

 고뇌는 강렬했다. 나는 내 육체를 사랑하여 그것이 죽어 없어지기를 원하지 않았으며, 나는 내 영혼을 사랑하여 그것이 썩어 없어지기를 원하지 않았다. 나는 너무나 상반되는 이런 두 힘으로 하여금 화해를 하고, 그들은 적이 아니라 오히려 함께 일하는 동료들이나 마찬가지이므로 조화를 누리고, 나 또한 그 힘들과 더불어 기뻐하게 되기 위해 투쟁했다.

모든 인간은 영혼과 육체에 있어서 신적인 본질의 한 부분을 이룬다. 그렇기 때문에 그리스도의 신비는 단순히 어느 특정한 한 종교의 신비가 아니라 만인에 대한 보편성을 지닌 신비다. 신과 인간의 투쟁은 화해에 대한 갈망과 더불어, 모든 사람의 마음속에서 발생한다. 흔히 이 투쟁은 의식하지 못하는 사이에, 짧은 기간 동안에만 일어난다. 나약한 영혼이 육체에 저항하는 인내는 별로 오래가지를 않는다. 영혼은 무거워지고, 육체 자체가 되고, 그러면 싸움은 끝난다. 하지만 〈지고(至高)한 의무〉에서 밤낮으로 눈길을 떼지 않을 만큼 책임감이 강한 사람들 사이에서는 육체와 영혼의 투쟁이 무자비하게 갑자기 시작되어 죽을 때까지 계속된다.

영혼과 육체가 강하면 강할수록 투쟁에서 맺는 결실은 그만큼 더 많을 터이고, 최후에 이루어지는 조화도 더욱 풍요해진다. 나약한 영혼과 비만한 육체를 신은 사랑하지 않는다. 신령은 힘차고 저항력이 넘치는 육체와 겨루기를 원한다. 그 혼은 끊임없이 굶주림에 시달리는 맹금(猛禽)이나 마찬가지여서, 살을 뜯어 먹고, 그 살을 소화시켜 없애 버린다.

육체와 영혼의 투쟁, 반발과 저항, 화해와 굴종, 그리고 마지막으로, 투쟁의 가장 숭고한 목적인 신과의 결합 — 이것은 그리스도가 취한 오름길이었고, 그리스도는 그가 남긴 피로 물든 자취를 따라 우리더러 뒤따라오라고 부른다.

구원을 위해 태어난 첫아들인 그리스도가 이르렀던 높은 정상을 향해 출발하기 — 이것은 투쟁하는 인간이 지닌 가장 숭고한 의무이다. 우리는 어떻게 시작해야 하는가?

지상에 화려하게 만발한 함정들을 극복한 승리, 사람들이 누리는 크고 작은 기쁨의 희생, 희생에서 희생을, 승리에서 승리를 거치며 순교의 정상인 십자가로 오르던 길 — 그의 뒤를 따르려면 우리는 그리스도의 갈등을 깊이 이해하고, 그리스도의 고뇌를 다시 살아야 한다.

나는 『최후의 유혹』을 쓰던 동안의 밤과 낮처럼 생생하게 그토록 무섭고도 참혹한 골고타에로의 길을 그리스도의 뒤를 따라가 본 적이 없었고, 그토록 강렬한 감정과 이해와 사랑으로 그리스도의 삶과 수난을 겪어 본 적이 없었다. 인류의 위대한 희망과 고뇌를 고해하는 이 책을 집필하는 동안 나는 어찌나 감동했는지 눈에 눈물이 가득히 고이곤 했다. 나는 그토록 짙은 감미로움을, 그토록 깊은 고통을 불러일으키며 내 마음속으로 방울져 떨어지는 그리스도의 피를 일찍이 느껴 본 적이 없었다.

희생의 절정인 십자가로, 그리고 비실체성(非實體性)의 정상인 신에게로 오르기 위해서 그리스도는 투쟁하는 인간이 거치는 모든 과정들을 거쳤다. 그렇기 때문에 그가 겪은 고통이 우리에게 그토록 생생하며, 그렇기 때문에 우리는 그것을 함께 나누고, 그리스도가 거둔 최후의 승리가 마치 우리 자신이 미래에 거둘 승리처럼 여겨진다. 그리스도의 본질에서 심오하게 인간적인 그 부분이 우리로 하여금 마치 우리 자신처럼 그리스도를 이해하고, 사랑하고, 그의 수난을 추구하게끔 도와준다. 만일 마음속에 이런 따스하고 인간적인 요소를 지니지 않았다면, 그리스도는 그런 부드러움과 안도감으로 우리의 마음에 이르지 못했을 터이고, 절대로 우리의 삶을 위한 귀감이 되지 못했으리라. 우리는 투쟁하고, 우리는 그리스도 또한 투쟁하고 있음을 알며, 거기에서 우리는 힘을 얻는다. 그리스도가 곁에서 같이 싸워 주기 때문에, 우리는 세상에서 홀로가 아님을 안다.

그리스도의 생애에서는 모든 순간이 갈등이요 승리이다. 그는 단순한 인간적 쾌락에 따른 불가항력의 유혹을 정복했고, 끊임없이 육체를 영혼으로 성변(聖變)시키며 여러 유혹의 정복을 통해 승화했다. 골고타의 정상에 오른 다음 그는 다시 십자가에 올랐다.

하지만 거기에서도 그의 투쟁은 끝나지 않았다. 유혹이, 최후의 유혹이 십자가 꼭대기에서 그를 기다렸다. 십자가에 매달린 이의 희미해진 눈앞에 순간적인 섬광을 타고 악한 자의 혼령이 평화롭고 행복한 삶의 거짓된 환상을 펼쳐 보여 주었다. 그리스도는 그가 사람들이 걷는 평탄하고도 편한 길을 따라왔다고 상상했다. 그는 결혼하고, 아이들을 낳았다. 사람들은 그를 사랑하고 존경했다. 이제 노인이 된 그는 집의 문간에 나와 앉아서, 젊은 시절에 그가 품었던 열망들을 회상하고는 만족스럽게 미소를 지었다. 인간의 길을 선택했음이 그에게는 얼마나 현명하고 화려한 행동이었던가! 세상 사람들을 구원하려고 했다니, 그것은 얼마나 미친 짓이었나! 고난과 아픔과 십자가를 면했다는 벅찬 기쁨!

마지막 몇 순간에, 섬광처럼 짤막한 순간에 찾아와서 구세주를 괴롭혔던 최후의 유혹은 이것이었다.

하지만 다음 순간 그리스도는 세차게 머리를 저었고, 눈을 떴고, 그리고 깨달았다. 아니다, 그는 배반하지 않았으니, 신에게 영광을 돌릴지어다! 그는 낙오자가 아니었다. 그는 주님이 그에게 맡긴 사명을 완수했다. 그는 결혼하지 않았고, 행복한 삶도 살지 않았다. 그는 희생의 정상에 이르렀고, 십자가에 못 박혔다.

만족스럽게 그는 눈을 감았다. 그러자 웅장한 승리의 함성이 터져 나왔으니 — 뜻이 이루어졌도다!

다시 말하면, 나는 할 바를 다했고, 나는 십자가에 못 박히고, 나는 유혹에 빠지지 않았으니…….

내가 이 책을 쓰게 된 까닭은 투쟁하는 인간에게 숭고한 귀감을 제시하고 싶었기 때문이고, 나는 투쟁하는 인간에게 고통이나 유혹이나 죽음이란 정복이 가능하며 그 세 가지는 이미 정복이 되었으니 두려워하면 안 된다는 진실을 보여 주고 싶었기 때문이다. 그리스도는 고통에 시달렸고, 그때부터 고통은 신성하다고 여겨졌으며, 유혹은 그가 길을 잃게 하려고 마지막 한순간까지 애를 썼고, 유혹은 패배했다. 그리스도는 십자가에 못 박혀 죽었고, 그 순간에 죽음은 영원히 정복되었다.

그가 걸어간 길에서는 모든 장애물이 하나의 이정표여서, 더 높은 승리를 위한 계기였다. 이제 우리 앞에는 본보기가 마련되었으니, 그리스도는 우리가 가야 할 길에 불을 밝히고, 우리에게 힘을 준다.

이 책은 전기가 아니라, 투쟁하는 모든 인간의 고백이다. 이 책을 펴냄으로 해서 나는 많은 투쟁을 했으며, 삶의 많은 아픔을 겪었던 한 인간으로서의 의무를 다하는 셈이다.

이 책을 읽게 될 모든 자유인은 어느 때보다도 더 많은, 어느 때보다도 더 깊은 사랑이 마음에 넘쳐 그리스도를 사랑하게 되리라고 나는 굳게 믿는다.

니코스 카잔차키스

제1장

　시원하고 감미로운 산들바람이 그를 감쌌다.
　머리 위에서는 총총한 별들이 잔뜩 뒤엉켜 만발했고, 땅에서는 아직도 뜨거운 한낮의 심한 열기가 가시지 않은 돌멩이들에서 아지랑이가 일었다. 평화롭고 아늑한 하늘과 땅을 가득 채운 태고로부터 내려온 밤의 목소리들은 너무나 깊은 침묵에 빠져, 침묵 그 자체보다도 더욱 고요했다. 하느님의 눈이, 태양과 달이 눈을 감고 잠들었으며, 젊은이는 부드러운 산들바람에 마음이 부풀어 행복한 명상에 잠겼다. 하지만 〈얼마나 고적한가! 얼마나 황홀한가!〉 하는 생각을 그가 하려니까 갑자기 바람이 세차게 바뀌어, 이제는 감미로운 산들바람이 아니라 냄새가 고약하고 더러운 숨결이 되어, 마치 저 아래 수목이 우거진 숲이나 눅눅하고 무성한 과수원에서 잠을 청하려고 헛되이 애쓰며 헉헉거리는 어떤 짐승이, 한 마을이 뿜어내는 악취 같았다. 하늘이 불안하고 혼탁해졌다. 사람들과 짐승들과 요정들의 미지근한 숨결이 일더니 사람의 시큼한 땀과 빵가마에서 갓 꺼낸 빵과, 머리에 여자들이 바르는 월계 기름의 강렬한 냄새와 뒤섞였다.
　냄새를 맡고, 육감으로 느끼고, 짐작은 가지만, 눈에는 아무것도 보이지를 않았다. 눈이 조금씩 조금씩 어둠에 익숙해지면 밤보다도 더 시커멓고 줄기가 꼿꼿하게 뻗어 올라간 실편백과, 분수처럼 한 덩어리를 이룬 대추야자나무 숲과, 어둠 속에서 은빛으로 반짝이며 듬성듬성한 잎사귀가 바스락거리는 올리브 숲의 윤곽이 어슴푸레하게 나타났다. 그리고 푸른 얼룩을 이룬 땅에서는, 밤의 어둠과 진흙과 벽돌로 지었으며 온통 하얀 빛깔인 초라한 오두막들이, 여기저기 무더기를 이루거나 홀로 떨어져 한 채씩 뿔뿔이 흩어졌다. 하얀 홑이불을 덮기도 하고 그냥 지붕 꼭대기에서 잠든 사람들의 형체를 악취와 더러움으로 느낄 수가 있었다.

침묵은 사라졌다. 고뇌로 가득 차고 들뜨고 공허한 밤. 안식을 찾지 못해 뒤틀리고 서로 꼬인 인간의 손과 발들. 인간들의 마음이 한숨을 지었다. 신에게 짓밟힌 말 없는 혼돈 속에서, 수백 명의 입에서 끈질기게 흘러나오는 절망의 울부짖음이 한데 뭉치려고 싸우며, 그들이 얘기하기를 갈망하던 표현을 찾으려고 애쓰고. 하지만 그들은 표현을 제대로 찾지 못했고, 울부짖는 소리는 흩어져 두서없는 헛소리가 되어 사라졌다.

갑자기 마을의 한가운데 가장 높은 지붕 꼭대기에서 날카롭고도 가슴 찢는 듯한 고함 소리가 들려왔다. 인간의 마음이 갈기갈기 찢어졌다. 「이스라엘의 하느님이시여, 이스라엘의 하느님이시여, 아도나이[1]시여, 얼마나 오랫동안 기다려야 하나이까?」 꿈을 꾸며 소리를 지르는 사람은 혼자가 아니고, 죽은 자들의 뼈가 묻혔으며 나무들이 뿌리를 내린 이스라엘의 땅, 아기를 낳기가 힘들어 산고를 치르며 비명을 지르는 이스라엘의 모든 땅, 마을 전

---

[1] 구약 성서에 나오는 히브리어로, 〈주님〉이라는 의미이다.

체였다.

 한참 침묵이 흐른 다음에, 외치는 소리가 갑자기 다시 땅에서 하늘을 찢으며 올라가지만, 이번에는 분노와 슬픔이 더욱 짙은 목소리였다. 「얼마나 기다려야 하나이까? 얼마나 기다려야 하나이까?」 마을의 개들이 깨어 짖기 시작하고, 납작한 진흙 벽돌 지붕 위에서는 겁을 먹은 여자들이 남편의 겨드랑이 밑으로 얼굴을 파묻었다.

 젊은이는 꿈을 꾸고 있었다. 그는 잠결에 외치는 소리를 듣고 몸을 뒤척였으며, 꿈은 겁을 내어 도망치기 시작했다. 산이 엷게 풀어지더니 속을 드러내었다. 그 속은 바위가 아니라 잠과 어지러움으로 이루어졌다. 하나같이 콧수염과 턱수염과 눈썹이 무성하고, 큼직한 손이 기다랗고, 덩치가 크고 사나운 사람들이 한 패거리 성큼성큼 분노해서 산을 올랐지만, 그들 역시 엷어지면서 길어지고, 넓어지더니, 완전히 변모하고, 세찬 바람에 흩어지는 구름처럼 가느다란 실오라기가 되어 뜯어져 날아가 버렸다. 조금만 더 기다렸더라면 그 실오라기들은 잠든 사람의 머릿속에서 사라졌으리라.

 하지만 그렇게 되기 전에 그는 머리가 무거워지면서 다시 한번 깊은 잠에 빠졌다. 바위가 다시 응고되어 산을 이루었고, 구름이 굳어져 살과 뼈를 이루었다. 그는 누가 숨을 헐떡이는 소리를, 그러고는 황급히 서두르는 발소리를 들었고, 산꼭대기에서는 붉은 수염의 남자가 다시 나타났다. 그는 셔츠를 풀어 헤치고, 땀을 흘리고, 맨발에, 얼굴은 벌겋게 상기되었다. 숨을 헐떡이며 그를 따라오는 수많은 사람이 아직도 산의 거친 바위들 뒤에 가려 보이지 않았다. 머리 위에서는 하늘의 둥근 천장이 다시금 튼튼한 지붕을 이루었지만, 이제는 별이라고는 단 하나, 한입 가득한 불

덩어리처럼 커다란 별이 하나 동쪽에 걸렸을 따름이었다. 날이 밝아 왔다.

젊은이는 대팻밥으로 마련한 잠자리에 길게 누워 식식거리며, 고된 하루의 일을 끝내고 쉬는 중이었다. 눈꺼풀이 샛별의 광채에 자극을 받은 듯 그는 잠깐 눈을 떴지만, 잠이 깨지는 않았고, 꿈은 또다시 그를 오묘하게 에워쌌다. 꿈속에서 붉은 수염의 남자가 걸음을 멈추었다. 그의 겨드랑이와 다리, 그리고 깊은 주름이 잡히고 좁다란 이마에서 땀이 줄줄 흘러내렸다. 힘이 들고 화가 나서 입김을 헉헉 뿜으며 욕설을 퍼부으려고 하지만, 자제를 해서 욕설을 참고 그냥 넘기고는 맥이 풀린 어조로 투덜거리기만 했다. 「얼마나 더 기다려야 하나이까, 아도나이시여, 얼마나 기다려야 하나이까?」 하지만 그의 분노는 가라앉지를 않았다. 그는 돌아섰다. 번갯불처럼 빨리, 머나먼 행군이 그의 머릿속에서 어른거렸다.

산들이 저 멀리 사라지고, 사람들도 자취를 감추고, 꿈은 장면이 바뀌어 새로운 장소에서 전개되고, 잠든 사람은 가나안 땅이, 여러 가지 빛깔로 수를 놓아 화려하게 장식했으며 파르르 떨리는 허공의 그림처럼, 가나안 땅이 나지막하게 등나무로 엮은 그의 집 천장에 펼쳐지는 장면을 보았다. 남쪽에서는 에돔[2]의 사막이 표범의 등처럼 출렁이며 떨었다. 더 멀리, 탁하고 독기가 서린 사해(死海)가 푹 가라앉아 햇빛을 마셨다. 그곳을 더 지나면 여호와의 계명들로 사방을 해자(垓字)처럼 막아 놓은 비인간적인 도시 예루살렘이었다. 하느님께 제물로 바친 양과 선지자들의 피가 자갈을 깐 이곳 길거리를 따라 흘렀다. 다음에는 한가운데 우물이 자리 잡아서 연지와 분을 발라 화장한 여자들이 와서 물을 길어

---

[2] 그리스어로는 이두메이다.

가고, 우상 숭배자들에게 짓밟힌 더러운 사마리아가 나왔으며, 마지막으로 제일 북쪽으로 가면 햇살이 눈부시고, 아담하고, 수목이 푸릇푸릇한 갈릴래아였다. 그리고 꿈의 한쪽 끝에서 다른 쪽 끝으로 흐르는 하느님의 거룩한 핏줄인 요르단 강은 황무지 모래밭과 비옥한 과수원들 옆을 지나며, 세례 요한과 사마리아의 이단자들, 겐네사렛의 어부와 창녀들 누구에게나 차별 없이 골고루 물을 나누어 주었다.

젊은이는 꿈속에서 거룩한 강과 땅을 보고 기뻐했다. 그는 이곳 땅과 물을 만져 보려고 손을 뻗지만, 이슬과 바람과 태곳적부터 내려오는 인간의 욕망들로 이루어졌고, 새벽빛이 발그레하게 비춘 〈약속된 나라〉는 어렴풋한 어둠 속에서 갑자기 깜박거리더니 꺼져 버렸다. 그리고 이 광경이 사라지는 사이에 그는 욕설과 고함치는 사람들의 소리를 들었고, 날카로운 바위들과 가시선인장들 뒤에서 수많은 사람의 무리가 다시 나타났지만, 이제는 그들의 모습이 완전히 달라져서 알아보기가 어려웠다. 거인들이 얼마나 쪼그라들고 위축되었으며, 그들은 얼마나 왜소해졌는가! 그들은 숨이 차서 헐떡거리는 요정들, 숨을 몰아쉬는 난쟁이들이 되었고, 수염이 땅에 질질 끌렸다. 그들은 저마다 고문에 쓰는 이상한 도구를 손에 들었다. 어떤 사람은 쇠가 달린 피 묻은 가죽 띠를, 어떤 사람은 접는 칼과 소몰이 몽둥이를, 어떤 사람은 굵고 대가리가 넓적한 못을 들었다. 엉덩이가 거의 땅바닥을 스칠 정도인 세 명의 난쟁이가 육중하고 다루기 힘든 십자가를 운반했고, 마지막으로는 가장 흉악한 무리가 뒤를 따랐으니, 사팔뜨기 피그미들이 가시 면류관을 들고 왔다.

붉은 수염의 남자는 허리를 굽혀 그들을 둘러보더니 혐오감을 나타내며 골격이 큰 머리를 저었다. 잠든 사람은 그가 하는 생각의 목소리를 들었다. 〈이 사람들은 믿지를 않는도다. 그렇기 때문에 그들은 타락했고, 그렇기 때문에 나는 고통을 받건만, 그들은 믿지를 않는도다.〉

그는 커다랗고 털이 난 손을 뻗었다.

「보라!」 아침 흰 서리에 잠긴 저 아래 평원을 가리키며 그가 말했다.

「아무것도 안 보입니다, 대장님. 캄캄해요.」

「아무것도 안 보인다고? 그렇다면 그대들은 왜 믿지를 않는가?」

「우린 믿습니다, 대장님, 우린 믿어요. 그렇기 때문에 우리는 당신의 뒤를 따릅니다. 하지만 아무것도 보이지를 않아요.」

「다시 봐라!」

칼처럼 손을 내려 그는 흰 서리를 뚫어 그 밑에 숨은 평원을 벗겨 놓았다. 푸른 호수가 잠에서 깨어났다. 호수는 서리를 이불처럼 걷어 밀어 놓으며 미소를 짓고 반짝였다. 조약돌이 깔린 호숫가와 밭의 한가운데, 대추야자들 밑에서 새알이 담긴 커다란 둥우리처럼 마을과 촌락들이 하얗고 눈부시게 빛났다.

「저기 계시다.」 푸른 들판으로 둘러싸인 커다란 마을을 가리키며 인도자가 말했다. 마을을 굽어보는 세 대의 풍차가 새벽빛 속에서 날개를 펼치고는 돌아가기 시작했다.

잠든 사람은 갑자기 짙은 밀 빛깔인 얼굴에 공포감이 밀어닥쳤다. 꿈은 그의 눈꺼풀에 달라붙어 떨어지지 않았다. 꿈을 씻어 버리려고 손으로 문지르며 그는 잠에서 깨어나려고 무척 애를 썼다. 이것은 꿈이니까, 나는 잠에서 깨어나 스스로 구원을 받아야 한다고 그는 생각했다. 하지만 왜소한 사람들은 집요하게 그의 주위를 맴돌았고, 떠나려고 하지를 않았다. 사납게 생긴 붉은 수염의 남자는 이제 그들에게 얘기를 하면서 저 아래 평원의 커다란 마을을 향해 윽박지르듯 손가락을 흔들었다.

「그분은 저기 있어! 그 사람은 저기서, 맨발로, 누더기를 걸치고, 목수로 변장해서, 자기가 누구인지를 숨기며 살아가지. 그는 자신을 구원하고 싶어 하지만, 신의 눈이 그를 보았으니 어떻게 우리를 피하겠는가! 애들아, 가서 찾아내라!」

그는 출발하려고 발을 들었지만, 난쟁이들이 그의 팔다리에 매달렸다. 그는 다시 발을 내렸다.

「대장님, 누더기를 걸친 사람도 많고, 맨발로 다니는 사람도 많고, 목수도 많습니다. 우리가 그 사람을 알아보기 쉽게 그가 누구인지, 어떻게 생겼으며 어디에 사는지, 귀띔을 해주세요. 그러지 않으면 우린 꼼짝도 하지 않겠어요. 그걸 잘 알아 두시기 바랍니다, 대장님. 우린 기진맥진했고, 꼼짝도 하지 않겠어요.」

「내가 그를 꼭 껴안고, 그에게 키스를 할 터이다. 그러면 너희는 알게 되리라. 자, 어서 가자! 소리를 내지 말고 조용해라. 지금은 그가 잠이 들었으니까. 잠에서 깨어나 우리로부터 도망치지 않도록 조심하라. 신의 이름으로, 애들아, 그 사람을 잡아라!」

「잡으러 가겠습니다, 대장님!」 난쟁이들이 이구동성으로 소리를 질렀으며, 출발하려고 그들의 큼직한 발을 들었다.

하지만 그들 가운데 한 명이, 가시 면류관을 든 바싹 마른 사팔뜨기 꼽추가 가시나무를 잡고 매달리며 저항했다.

「난 한 걸음도 더 가지 않겠어요.」 그가 소리쳤다. 「난 신물이 납니다! 우리가 그 사람을 잡으러 쫓아다닌 밤이 얼마나 많았던가요? 우리가 짓밟고 지나온 나라와 마을은 또 얼마나 많았습니까? 헤아려 보세요 — 에돔 사막에서 우리는 에세네[3] 수도원들

---

[3] 팔레스타인의 유대인들 사이에서 기원전 2세기에 기원한 수도회이며, 심한 고행을 하고 여자를 멀리했다.

을 하나도 빠짐없이 샅샅이 뒤졌고, 우리는 베다니아로 가서 라자로를 죽이다시피 했지만 아무 소용도 없었고, 요르단 강에 이르고 나니까 세례 요한은 〈나는 당신들이 찾는 분이 아니니까 어서 가시오!〉라면서 우릴 쫓아 버렸어요. 우린 그곳을 떠나 예루살렘으로 가서 여호와의 성전과 안나스와 가야파의 궁전과 율법 학자와 바리사이파 사람들의 집도 다 뒤졌지만, 아무도 못 찾았어요! 불량배에, 거짓말쟁이에, 도둑놈에, 창녀에, 살인자들뿐이었으니까요! 우린 다시 떠났습니다. 우린 이단자들의 땅 사마리아를 훑은 다음에 갈릴래아에 이르렀습니다. 우린 막달라와 가나와 가파르나움과 베싸이다를 한꺼번에 뒤졌어요. 집집마다, 작은 돛배들도 모조리, 우린 가장 덕망이 높고 가장 하느님을 공경한다는 자를 찾아내려고 뒤졌습니다. 그런 사람을 찾아낼 때마다 우리는 〈당신이 그분이라면, 왜 숨어 계시나요? 일어나 이스라엘을 구원하세요〉라고 소리쳤지만, 우리가 가지고 다니는 고문 도구를 보기만 하면 당장 파랗게 질리고 말았어요. 그 사람은 발버둥을 치고, 발을 구르고, 〈나는 아니오, 나는 아니오!〉라고 소리를 지르고는, 제 목숨을 건지기 위해 술과 노름과 여자의 방탕한 삶으로 몸을 던져 버렸습니다. 그는 자기가 죄인이며, 우리가 찾는 사람이 아니라는 사실을 증명하기 위해서 술에 취하고, 하느님을 욕되게 하고, 간음을 했죠……. 미안합니다만, 대장님, 우린 여기서도 똑같은 꼴을 당할 거예요. 아무리 그 사람을 찾으려고 쫓아다녀도 다 헛수고입니다. 아직 태어나지도 않았으니까, 우린 그를 찾아낼 수가 없어요.」

붉은 수염이 그의 목덜미를 잡아 한참 동안 공중에 대롱대롱 치켜들었다. 「의심이 많은 토마.」 그는 웃으며 말했다. 「의심이 많은 토마야, 난 네가 마음에 들어!」

그는 다른 사람들을 향해 돌아섰다. 「그는 소몰이 막대기이고, 우린 일을 하는 가축이나 마찬가지다. 우리가 절대로 마음을 놓지 않도록 이 친구로 하여금 우리에게 채찍질을 하게 해야 해.」

머리털이 없는 토마는 아파서 비명을 질렀고, 붉은 수염은 그를 땅에 내려놓았다. 다시 웃으며 그는 오합지졸 부하들을 둘러보았다. 「우리가 몇 사람이나 되지?」 그가 물었다. 「저마다 이스라엘의 부족들을 대표하는 자들, 열두 명이로구나. 악마, 천사, 요정, 난쟁이 ― 하느님의 잘난 자식들과 못난 자식들. 골고루 모였구나!」

그는 기분이 좋았고, 동그랗고 매처럼 사나운 눈이 번득였다. 커다란 손을 뻗어 그는 화를 내며, 또는 부드럽게, 부하들의 어깨를 움켜잡기 시작했다. 한 사람씩 공중에 대롱대롱 치켜들고 그는 웃으며 머리끝부터 발끝까지 찬찬히 살펴보았다. 한 명을 놓아주자마자 곧 다른 사람을 붙잡았다.

「안녕, 이 노랑이 구두쇠, 악독한 놈, 돈밖에 모르는 아브라함의 자손아. ……그리고 너, 겁도 없이 수다만 늘어놓는 욕심꾸러기. ……그리고 너, 신앙심이 깊다는 약골아, 너는 겁이 나니까 살인도 못하고, 도둑질도 못하고, 간음도 못하더구나. 네 성품이란 모두 두려움의 부산물이야. ……그리고 너, 매를 맞아야 길이 드는 단순한 당나귀 같은 놈아, 너는 배가 고프거나, 목이 마르거나, 춥거나, 채찍을 맞아도 그냥 일만 하지. 죽어라고 일만 하고, 자존심은 다 갖다 버리고, 솥의 밑바닥이나 핥아 먹는 놈이라고. 네 성품이란 모두 가난의 부산물이야. ……그리고 너, 간사한 여우 같은 놈아, 너는 사자의 굴 밖에, 여호와의 집 밖에 서서, 안으로 들어가지를 않아. ……그리고 너, 순진한 양 같은 놈아, 너는 매애거리고 울며 너를 잡아먹으려는 하느님을 따라다니지. ……그리고 너, 레위의 자손아, 돌팔이 같은 녀석, 너는 하느님을 무더기로 헐값에 팔아넘기는 놈이어서, 사람들에게 하느님이라는 술을 팔아 그들이 취해 지갑과 마음을 네 앞에 모두 털어놓게 만드니까, 넌 악당 중에서도 악당이야! ……그리고 너, 이 악질적이고, 고집불통이고, 광신적인 수도자야, 너는 네 모습을 본 따서 악질적이고, 고집불통이고, 광신적인 하느님을 만들어 내지. 그러고는 신이 너를 닮았기 때문에 그 앞에 꿇어 엎드려 경배를 드리는 거야. ……그리고 너, 불멸의 영혼으로 돈 장사를 하는 놈아, 너는 문간에 앉아 머리를 자루 속에 처박고는 가난한 자들에게 적선을 하고 하느님께 돈을 꾸어 주었다고 생각하는 놈이야. 너는 장부에다 언제 언제 누구 누구에게 얼마 얼마를 어느 어느 시간에 주어 자선을 베풀었다고 기록하더구나. 너는 하느님 앞에서 펼쳐 보이고, 청구서를 제출한 다음에 불멸의 엄청난 대가를 요구하려는 생각에서 그 장부를 네 관 속에 넣어 달라고 당부하겠구나. ……그리고 너, 터무니없는 소리만 늘어놓는 거짓말쟁이야, 너는 주님의 계명은 모조리 깔고 뭉개서, 살인하고, 도둑질하고, 간통하고, 그런 다음에는 울음을 터뜨리고, 가슴을 치고, 류트를 꺼내 들고는 네 죄를 노래하는 녀석이야. 교활하고 못된 놈 같으니라고, 너는 노래라면 사족을 못 쓰는 하느님이 무슨 짓을 저질러도 노래하는 자들은 용서하리라는 사실을 너무나 잘 알아. ……그리고 너, 뾰족한 소몰이 막대기로 우리 궁둥이를 찔러 몰아대는 토마, ……그리고 나 — 무책임하고 미치광이 바보인 나는 머리가 돌아 메시아를 찾는답시고 마누라와 아이들을 버렸지! 악마, 천사, 요정, 난쟁이 — 우리는 모두 모였고, 우린 모두 위대한 사명을 위해 필요한 인간들이야! ……애들아, 가서 그 사람을 찾아라!」

그는 웃고 나서, 손바닥에다 침을 뱉고는 커다란 발을 옮겨 놓았다.
「얘들아, 그 사람을 찾아라!」 그는 다시 소리를 질렀고, 나자렛으로 향한 산비탈을 뛰어 내려가기 시작했다.

산들과 사람들은 연기가 되어 사라졌다. 잠든 사람의 눈은 꿈이 없는 어둠으로 가득 찼다. 이제 그는 마침내 끝없는 잠 속에서 산을 성큼성큼 밟으며 내려오는 거대하고 육중한 발소리 이외에는 아무것도 듣지를 못했다.

그는 가슴이 마구 뛰었다. 그는 뱃속 깊은 곳에서 찢어지는 듯한 비명 소리를 들었다 — 그들이 온다! 그들이 온다! (잠결에 그런 기분이 들었지만) 깜짝 놀라 벌떡 일어난 그는 작업용 의자로 문을 버티어 막고는, 톱과 받침대와 작은 대패와 손도끼와 망치와 나사 뽑기 따위, 그가 쓰는 도구들과, 얼마 전부터 만들던 육중한 십자가를 그 위에다 쌓아 올렸다. 그러더니 그는 다시 대팻밥과 나뭇조각들 속에 몸을 숨기고는 기다렸다.

탁하고 숨이 막힐 듯, 이상하고 거북한 침묵이 흘렀다. 그는 아무 소리도, 하느님의 숨결은 물론이요 마을 사람들이 숨을 쉬는 소리조차 들리지 않았다. 세상 만물이, 심지어는 밤을 모르는 악마까지도 어둡고, 한없이 깊고, 물이 말라 버린 우물 속 같은 침묵 속에 잠겼다. 이것이 잠이었던가? 아니면 죽음이나, 불멸성이나, 신이었던가? 젊은이는 공포감에 사로잡혔고, 위험을 인식했고, 자신을 구하려고 허우적거리는 마음을 향해 힘껏 손을 뻗었고, 그러고는 잠에서 깨어났다.

그는 온몸이 흠뻑 땀으로 젖었다. 그는 꿈을 하나도 기억하지 못했다. 누구인가 그를 쫓아왔다는 사실밖에는. 누구였을까? ……한 명? 여러 명? ……사람들이었나? 악마들이었을까? 기억이 나지 않았다. 그는 귀를 잔뜩 기울이고 들어 보았다. 이제는 고요한 밤의 대기 속에서 마을이 숨 쉬는 소리가, 수많은 가슴이, 수많은 영혼이 숨 쉬는 소리가 들려왔다. 개가 한 마리 처량하게 짖었고, 가끔 바람결에 나무가 바스락거렸다. 마을 언저리에서는 어떤 엄마가 느릿느릿 감동적인 목소리로 아이를 잠재우려고 달래었다. ……그가 잘 알고 사랑했던 소리, 웅얼거리고 소곤대는 소리가 밤하늘에 가득했다. 대지가 얘기를 했고, 하느님이 얘기를 했으며, 젊은이는 마음이 가라앉았다. 잠깐 동안 그는 세상에 자기만 홀로 남았다는 두려움을 느꼈다.

그는 옆에 있는 부모의 방에서 늙은 아버지가 숨을 몰아쉬는 소리를 들었다. 불운한 노인은 잠을 이루지 못했다. 그는 말을 하려고 애를 쓰며 입을 씰룩거리고 벌렸다. 여러 해 동안 그는 인간의 소리를 내려고 이런 식으로 애를 쓰며 자신을 괴롭혔지만, 혀를 마음대로 움직일 수가 없어서 마비된 채로 침대에 앉아서 지냈다. 그는 기를 쓰고, 땀을 흘리고, 입에서 침을 질질 흘리고, 굉장히 심한 고통을 치른 다음에야 겨우 한 마디 말을, 한 음절씩 끊어 가며 결사적으로 하곤 했으니, 그것은 언제나 똑같이, 아-도-나-이, 아도나이라는 말뿐이었다. 오직 아도나이 이외에는 아무 말도 못하고…… 그리고 이 한 마디 말을 다 끝내고 나면 그는 다시 한두 시간 동안 침묵을 지켰고, 그런 다음에는 다시 애를 써서 입을 열었다가 다물곤 했다.

「내 탓이오…… 내 탓이오…….」 눈에 눈물이 가득 고이며 젊은이가 중얼거렸다.

밤의 침묵 속에서 아들은 고뇌에 찬 아버지의 목소리를 들었고, 또한 고뇌에 사로잡혀 자기도 모르게 땀을 흘리며 입을 벌렸다가 다물었다. 눈을 감고 그는 아버지가 어떻게 하는지 귀를 기울여 들어 보고는 자기도 그대로 했다. 노인과 더불어 그는 한숨을 짓고, 알아듣기 힘든 절망적인 비명을 질렀고, 그러는 사이에 다시 한 번 잠이 들었다.

하지만 잠이 다시 들자마자 집이 요란하게 흔들리고, 작업용 의자가 자빠지고, 도구들과 십자가가 굴러 떨어지고, 문이 열리고, 붉은 수염이 거대한 몸집으로 가로막고 문간에 우뚝 서서 두 팔을 잔뜩 벌리고는 사납게 웃어 댔다.

젊은이는 소리를 지르고 잠이 깨었다.

제2장

 그는 벽에다 등을 기대고 대팻밥 위에 일어나 앉았다. 그의 머리 위에는 날카로운 못을 두 줄로 박은 가죽 끈이 매달려 있었다. 그는 밤에 조용히 지내고, 오만한 짓을 하지 않게끔 저녁마다 잠자리에 들기 전에 피가 날 만큼 자신의 몸을 이 채찍으로 때렸다. 가벼운 전율이 그를 사로잡았다. 그는 잠든 사이에 어떤 유혹이 다시 찾아왔었는지 기억나지 않지만, 굉장한 위험을 벗어났다는 기분이 들었다. 「나는 시달릴 만큼 시달렸으니까 이제는 더 이상 견딜 능력이 없나이다.」 눈을 들어 하늘을 우러러보며 그는 중얼거리고 한숨을 지었다. 어렴풋하고 창백한 새벽빛이 문틈으로 흘러 들어와 보드랍고 노란 등나무로 짠 천장에 상아처럼 이상하고도 고귀하며 감미로운 광채를 뿌렸다. 「나는 시달릴 만큼은 시달렸으니까 이제는 더 이상 견딜 능력이 없나이다.」 그는 분노해 이를 악물고 다시금 중얼거렸다. 그는 허공을 뚫어져라고 응시했으며, 갑자기 그의 모든 생애가 눈앞에 어른거렸다. 어머니와 약혼하던 날 아버지의 지팡이에서 꽃이 피고, 벼락이 약혼한 남자를 때려 몸을 마비시키고, 그러고는 어머니가 그녀의 아들을, 그를, 아무 말도 없이 멍하니 쳐다보기만 하던 광경이 머리에 떠올랐다.

하지만 그는 그녀가 말없이 불평하는 소리를 들었으니, 그녀의 말이 옳았다! 밤과 낮으로 그가 저지른 온갖 죄가 칼날처럼 마음을 찔렀다. 그는 끝까지 남은 악마들 가운데 하나인 두려움을 물리치려고 지난 몇 년 동안 헛된 싸움을 벌였다. 가난, 여자들에 대한 욕정, 젊은 시절의 쾌락, 가정의 행복 따위 다른 악마들은 그가 정복했다. 그는 모든 것을, 두려움 이외의 모든 것을 극복했다. 만일 이것까지도 극복한다면, 만일 그의 능력이 닿아서……. 그는 이제 어른이었고, 때가 되었다.

「아버지의 몸이 마비가 된 까닭은 내 탓입니다.」그는 중얼거렸다.「막달라의 여인이 창녀로 타락한 것도 내 탓이고, 이스라엘이 아직도 멍에를 메고 신음하는 것도 내 탓이고…….」

랍비인 삼촌이 사는 바로 옆집에서 나는 소리가 틀림없겠지만, 수탉이 지붕 꼭대기에서 날개를 치고는 자꾸만 성난 목청을 뽑았다. 보아 하니 수탉은 밤이 너무나 오래 계속되니까 짜증이 났고, 그래서 참다 못해 어서 뜨라고 해를 불러 대는 모양이었다.

젊은이는 벽에다 몸을 기대고 귀를 기울였다. 빛이 집들을 비추었고, 문이 열리고, 길거리가 되살아났다. 조금씩 조금씩 아침의 웅얼거림이 대지와 나무들로부터 솟아오르고, 집들의 틈으로 새어 나오고, 나자렛은 깨어났다. 갑자기 옆집에서 깊은 신음 소리가 났고, 곧 뒤이어서 랍비가 야수처럼 고함을 질렀다. 그는 하느님을 깨우고, 하느님이 이스라엘에게 약속했던 바를 일깨워 주었다.「이스라엘의 하느님이시여, 이스라엘의 하느님이시여, 얼마나 기다려야 하나이까?」랍비가 소리쳤고, 젊은이는 그의 두 무릎이 황급히 마룻바닥 널빤지에 닿는 소리를 들었다.

그는 머리를 저었다.「삼촌이 기도를 드리시는구나.」그는 중얼거렸다.「삼촌은 꿇어 엎드려서 하느님을 부르고 계셔. 잠시 후에는 나더러 엎드려 경배하라고 벽을 두드리시겠지.」 그는 화가 나서 얼굴을 찡그렸다. 「하느님 때문에 내가 겪는 고초만 해도 엄청난데, 사람들까지도 참고 견디어야 하다니!」 그는 잠이 깨어 기도를 드리기 시작했음을 사나운 랍비에게 알려 주려고 가운데 벽을 주먹으로 세차게 두드렸다.

그는 벌떡 일어났다. 꿰매고 또 기운 누더기 겉옷이 어깨에서 흘러내리자 야위고, 햇볕에 그을리고, 온통 붉으락푸르락한 채찍 자국이 뒤덮인 몸이 드러났다. 창피해진 그는 황급히 옷자락을 여미어 벌거숭이 살을 감쌌다.

하얀 아침 햇살이 채광창으로 들어와서 엷게 그를, 그의 얼굴을 비추었다. 잔뜩 응결된 고집과 자존심과 고뇌……. 턱과 뺨의 솜털은 곱슬거리는 새까만 수염으로 바뀌었다. 그는 매부리코에, 입술은 두꺼웠고, 약간 벌어진 입 사이로 빛을 받아 눈부시게 하얀 이빨이 반짝였다. 아름다운 얼굴은 아니었지만, 은근하고 마음을 설레게 하는 매력이 흘러넘쳤다. 속눈썹 때문이었을까? 숱이 많고 기다란 속눈썹은 얼굴 전체에 이상한 푸른 빛깔의 그늘을 드리웠다. 아니면 눈 때문이었을까? 크고 검은 그의 눈은 빛과 어둠이, 위압감과 다정함이 넘쳤다. 뱀처럼 깜박거리는 그의 눈이 기다란 속눈썹 사이에서 빤히 쳐다보면 사람들은 머릿속이 어지러워졌다.

그는 겨드랑이와 수염에 엉켜 붙었던 대팻밥을 털어 내었다. 묵직한 발소리가 그의 귀에 들려왔다. 그는 가까이 다가오는 발소리가 누구 것인지를 알았다. 「그가 오는구나. 다시 찾아오는 거야.」 그는 역겨워서 투덜거렸다. 「나더러 어떻게 하라고 그러는 걸까?」 그는 소리를 들어 보려고 문 쪽으로 기어갔지만, 겁이 나서 갑자기 멈추었다. 누가 문에다 작업용 의자를 받쳐 놓고, 십자가와 도구들을 그 위에다 쌓아 올렸을까? 누가? 언제? 밤은 악령들로, 꿈으로 가득 찼다. 우리가 잠들고 나면 그들은 문이 열린다는 사실을 알고 마음대로 들락날락하며 우리의 집과 머릿속을 거꾸로 뒤집어 놓았다.

「어젯밤 내가 잠든 사이에 누군가 들어왔어.」 그는 방문객이 아직도 집 안에 숨어 그의 말을 들을지도 모르니까 겁이 나는 듯 숨을 죽여 중얼거렸다. 「누가 왔어. 틀림없이 하느님, 하느님이었을 텐데……. 어쩌면 악마였을지도 모르지. 신과 악마를 어떻게 구별하겠는가? 그들은 서로 얼굴을 바꾸어서, 때때로 신은 온통 어둠뿐이고, 악마는 빛뿐이며, 인간의 마음은 혼란 속에 빠지고 말지.」 그는 부르르 몸을 떨었다. 길은 두 갈래로 뻗어 나갔다. 그는 어느 길로 가야 하고, 그는 어느 방향을 선택해야 하는가?

무거운 발소리가 점점 가까워졌다. 젊은이는 불안하게 여기저기 둘러보았다. 그는 숨을 곳, 도망칠 곳을 찾는 듯싶었다. 그는 아물지 않는 오랜 상처가 마음속 깊은 곳에 남았기 때문에 이 남자를 무서워했고, 그가 오기를 원치 않았다. 어릴 적에 그들이 언젠가 같이 놀다가, 나이가 세 살 위였던 다른 아이가 그를 집어 던지고는 마구 두들겨 팼었다. 그는 겨우 몸을 일으켰고, 아무 말도 하지 않았으며, 그 후로는 다른 아이들과 같이 놀려고 찾아가지를 않았다. 창피하고 겁이 났기 때문이었다. 그는 집의 마당에 홀로 쪼그리고 앉아 언젠가는 수치를 씻어 버리고, 그가 그들보다 훌륭하며, 그들 모두보다 우월하다는 사실을 증명하게 될 날을 마음속으로 자꾸만 상상했다. 그리고 그토록 오랜 세월이 흘렀어도 상처는 전혀 아물지 않고, 끊임없이 피가 흘렀다.

「그는 아직도 나를 찾아다니는 것일까?」 그가 중얼거렸다. 「아직까지도? 그는 내가 어떻게 하기를 바란다는 말인가? 난 절대로 그를 집 안에 들여놓지 않겠어!」

발길에 채어 문이 조금 벌어졌다. 젊은이는 잽싸게 앞으로 달려 나갔다. 있는 힘을 다해서, 그는 의자를 치우고 문을 열었다. 문간에 서서 기다리는 사람은 붉은 수염이 곱슬거리고, 윗옷을 풀어 헤치고, 얼굴이 벌겋고, 땀을 흘리는 거인이었다. 손에 들고 온 구운 옥수수의 한 귀퉁이를 씹어 먹으며 작업실 안을 둘러본 그는 벽에 기대어 놓은 십자가가 눈에 띄자 얼굴을 찌푸렸다. 그러더니 그는 발걸음을 옮겨 안으로 들어왔다.

한마디 말도 없이 그는 한쪽 구석에 가서 웅크리고 앉더니 옥수수를 콱 깨물었다. 아직도 그대로 서서 기다리던 젊은이는, 거인의 시선을 피해 열린 문으로, 너무 일찍 잠을 깬 좁은 길거리를 내다보았다. 아직 먼지도 일지 않았고, 땅은 눅눅하고 향기로웠다. 밤이슬과 새벽빛이 맞은편 올리브나무 잎사귀에 영롱하게 맺혀 있고, 나무는 온몸으로 웃고 있었다. 젊은이는 아침의 세계를 황홀하게 호흡했다.

하지만 붉은 수염이 얼굴을 돌렸다. 「문 닫아요!」 그가 고함쳤다. 「당신한테 할 얘기가 있어요.」

젊은이는 사나운 목소리를 듣고 떨었다. 그는 문을 닫고, 의자의 가장자리에 앉아 기다렸다.

「내가 왔어요.」 붉은 수염이 말했다. 「모든 준비가 다 되었어요.」

그는 옥수수를 던져 버렸다. 냉혹하고 파란 눈을 들어 그는 젊은이를 뚫어지게 쳐다보며 두툼하고 주름살이 많은 목을 길게 뽑았다. 「그리고 당신은 어때요 ─ 당신도 준비가 되었나요?」

빛이 더욱 밝아졌다. 젊은이는 이제 붉은 수염의 거칠고 불안정한 얼굴을 보다 확실히 볼 수가 있었다. 그 얼굴은 하나가 아니라 둘이었다. 한쪽 절반이 웃는 동안에 다른 쪽 절반은 위협했고, 한

쪽 절반이 고통을 느끼는 사이에 다른 쪽 절반은 뻣뻣하고 무감각했으며, 심지어는 양쪽 절반이 순간적으로 일치될 때도, 그 뒤에서는 신과 악마가 화해를 못하고 아직도 싸우고 있음이 분명했다.

젊은이는 대답을 하지 않았다. 붉은 수염은 화가 나서 그를 쳐다보았다.

「당신도 준비가 되었느냔 말이에요?」 그가 다시 물었다. 정신을 차려 대답을 하라고 젊은이의 팔을 움켜잡아 흔들려고 붉은 수염이 몸을 일으키려고 하니까, 나팔 소리가 울리고 기마병들이 좁다란 길로 몰려들었고, 뒤를 이어 로마 병사들이 육중하게 발을 맞춰 행진해 왔다. 붉은 수염은 주먹을 불끈 쥐더니 손을 번쩍 들었다.

「이스라엘의 하느님이시여!」 그가 고함쳤다. 「때는 왔습니다. 오늘입니다! 내일이 아니고, 오늘입니다!」

그는 다시 젊은이에게로 시선을 돌렸다.

「당신도 준비가 되었나요?」 그는 다시 한 번 물었지만, 대답을 기다리지는 않았다. 「아니, 아니에요, 십자가는 가지고 가지 말아요! 사람들이 모였어요. 바라빠가 부하들을 이끌고 산에서 내려왔죠. 우린 감옥을 부수고 들어가서 열심당원[1]을 빼낼 거예요. 그러면 기적이 일어날 테니까, 그렇게 머리를 설레설레 흔들지 말라고요! 당신 삼촌인 랍비한테 물어봐요. 어제 당신 삼촌이 우리를 모두 유대교 회당에 모이라고 했는데 — 당신은 어째서 오시지 못했나이까? 당신 삼촌이 일어서더니 우리에게 말했어요. 〈메시아는 오지 않습니다. 우리가 팔짱을 끼고 멀거니 기다리기만

---

[1] 열심당은 그리스어로 젤로테스, 영어로는 젤로트인데, 기원후 6년 루레뇨 총독의 국세 조사에 반발해서 갈릴래아의 유대가 조직한 국수주의적 집단으로, 이스라엘을 통치하는 외국 세력을 배척하고, 폭력도 마다하지 않았다.

한다면 메시아는 영원히 오지 않습니다. 메시아가 오게 하려면 신과 인간이 힘을 모아 투쟁해야 합니다.〉 당신도 알아 두면 좋겠는데, 삼촌이 그런 말씀을 하셨단 말이에요. 신의 힘으로는 부족하고, 인간의 힘으로도 부족하다는 얘기죠. 둘 다 힘을 모아서 같이 싸워야 해요! 알겠어요?」

그는 젊은이의 팔을 잡고 마구 흔들었다. 「내 말 들었죠? 당신 정신은 어디다 팔아 버렸나요? 당신도 거길 가서 삼촌 얘기를 들었더라면 아마 정신이 좀 들었을 텐데, 이 한심한 위인아! 삼촌 얘기는 열심당원이, 그래요, 로마의 이교도들이 오늘 십자가에 매달기로 한 바로 그 열심당원이 그토록 여러 세대에 걸쳐 우리가 기다려 온 분일지도 모른다는 거예요. 만일 우리가 도와주지를 않고, 만일 우리가 몰려 나가서 구해 주지를 않는다면, 그 사람은 자기가 누구인지 밝히지를 않고 죽겠죠. 하지만 만일 우리가 쫓아가서 그를 구한다면 기적이 일어나요. 무슨 기적이 일어나냐고요? 그가 누더기를 벗어 던지면 다윗의 왕관이 머리에서 빛나겠죠! 당신도 알아 둬야 되겠지만, 삼촌이 그런 얘기를 했어요. 그 얘기를 듣고 우린 모두 눈물을 흘렸죠. 늙은 랍비는 두 손을 하늘로 뻗고는 〈이스라엘의 주님이시여, 오늘입니다, 내일이 아니라 오늘입니다!〉라고 외쳤고, 우리들은, 한 사람도 빼놓지 않고 우리는 모두 두 손을 들고, 하늘을 우러러보고, 소리 지르고, 위협하고, 울음을 터뜨렸어요. 〈오늘입니다! 내일이 아니라 오늘입니다!〉 내 말 들었어요, 목수의 아들이여, 아니면 난 빈 벽에다 대고 이런 소리를 하는 셈인가요?」

맞은편 벽에 걸린, 날카로운 못들을 박은 채찍에 반쯤 감은 눈의 시선을 고정시킨 젊은이는 무슨 소리에게인지 열심히 귀를 기울였다. 거세고도 위압적인 붉은 수염의 목소리에 섞여서, 옆방에 있던 그의 늙은 아버지가 말을 하려고 헛되이 입을 벌렸다가 다물며 애를 쓰는 숨 막힌 소리가 들려왔다. 두 목소리는 젊은이의 마음속에서 하나가 되었고, 언뜻 그는 인류의 모든 투쟁과 노력이 우스꽝스럽다는 생각이 들었다.

붉은 수염은 그의 어깨를 움켜잡더니 밀었다.

「정신은 어디다 팔아 버렸나요, 이 천리안아? 당신 삼촌 시므온이 우리한테 무슨 얘기를 했는지 못 들었어요?」

「메시아는 이런 식으로 오지 않아요.」 젊은이가 중얼거렸다. 그의 눈은 이제 장미 빛깔의 부드러운 아침 햇살을 함빡 받은 십자가에, 새로 만든 십자가에 고정되었다. 「그래요, 메시아는 이런 식으로 오시지 않아요. 그분은 절대로 누더기를 벗어 버리지도 않고, 왕관을 쓰지도 않을 겁니다. 그는 구원을 받을 수가 없으니까, 인간이나 신이 그를 구하러 달려가는 일도 절대로 없을 테고요. 그분은 죽음을 맞고, 누더기를 걸친 채로 죽을 텐데, 모든 사람이, 심지어는 가장 신앙심이 깊은 자들까지도 그분을 저버립니다. 그분은 가시 면류관을 쓰고, 황량한 산꼭대기에서 혼자 죽습니다.」

붉은 수염은 얼굴을 돌리더니 놀란 눈으로 그를 멍하니 쳐다보았다. 그의 얼굴이 반쪽은 광채가 나고, 다른 절반은 완전히 어두웠다. 「당신이 어떻게 알아요?」 그가 물었다. 「누가 당신한테 그런 얘기를 하던가요?」

하지만 젊은이는 대답을 하지 않았다. 이제 바깥은 완전히 날이 밝았다. 그는 의자에서 벌떡 일어나 망치와 못을 한 줌 쥐고는 십자가로 다가갔다. 하지만 붉은 수염이 먼저 달려갔다. 한걸음에 성큼 십자가에 이른 그는 사람이라도 되는 것처럼 주먹으로 치고 십자가에다 침을 뱉었다. 그가 돌아섰다. 그의 수염과 눈썹이 젊은이의 얼굴에 닿아 따가웠다.

「당신 부끄럽지도 않아요?」 그가 소리쳤다. 「나자렛과 가나와 가파르나움에 사는 모든 목수가 열심당원을 매달 십자가를 만들지 않겠다고 거절했는데, 당신은 — 당신은 창피하지도 않고 두렵지도 않나요? 만일 메시아가 와서 그를 매달 십자가를 당신이 만드는 광경을 본다고 상상하고 오늘 십자가에 매달릴 열심당원이 메시아라고 상상을 해보면……. 왜 당신은 다른 사람들처럼 용기를 내어 백부장(百夫長)에게 〈난 이스라엘의 영웅을 매달 십자가는 만들지 못하겠습니다〉라는 소리를 안 했어요?」

그는 멍청한 목수의 어깨를 움켜잡았다. 「왜 대답을 못 하죠? 무얼 그렇게 빤히 쳐다봐요?」

욕설을 퍼부으며 그는 젊은이를 벽에다 밀어붙였다. 「당신은 겁쟁이예요.」 그는 코웃음을 치며 젊은이에게 주먹을 휘둘렀다. 「겁쟁이, 겁쟁이 — 난 그 말을 꼭 하고 싶어요! 당신이 살아온 한평생이란 따지고 보면 아무런 가치도 없어요!」

날카로운 목소리가 바깥에서 울렸다. 젊은이를 놓아주고 붉은 수염은 문 쪽으로 얼굴을 돌리고 귀를 기울였다. 바깥에서는 왁자지껄 굉장히 소란스러웠다. 남자들과 여자들이 잔뜩 몰려들어 〈전령이 나왔다! 전령이 왔다!〉라고 떠드는 소리가 났고, 그러더니 날카로운 목소리가 다시금 하늘에 울렸다.

「아브라함과 이사악과 야곱의 자손들아, 황제의 명령이니 잘 들어라! 가게와 술집은 문을 닫을 것이며, 밭으로 나가지 말지어다. 어머니들아, 아기를 데리고, 노인들아, 지팡이를 짚고 모두 오라! 다리를 절고 귀가 먹고 반신불수인 자들아, 모두 오라. 와서는 우리의 주인이신 황제를 — 만수무강하소서! — 우리 황제를 거역한 자들이 벌을 받는 모습을, 불한당 같은 반역자 열심당원이 어떻게 죽음을 당하는지를 보라!」

붉은 수염은 문을 열었고, 이제는 묵묵히 귀를 기울이며 불안해하는 군중을 보았고, 바싹 마르고, 모자를 쓰지 않고, 목도 길고 앙상한 다리도 기다란 전령이 바위 위에 서서 외치는 모습을 보고는 침을 뱉었다. 「지옥으로나 가거라, 배반자야!」 그는 버럭 소리를 질렀다. 격분해서 문을 쾅 닫고 그는 젊은이를 향해 돌아섰다. 그의 눈에서도 분노가 이글거렸다.

「당신은 동생인 시몬이 배반자가 되었다는 사실도 자랑으로 여기겠죠!」 그가 소리쳤다.

「그건 시몬의 잘못이 아니에요.」 젊은이가 회개하는 표정으로 말했다. 「내 탓이에요, 내 탓입니다.」

그는 잠깐 침묵을 지킨 다음에 말했다. 「우리 어머니가 집에서 쫓겨난 까닭도 내 탓이오. 나 때문이었고, 그리고 이제는 시몬이······.」

붉은 수염의 얼굴 절반은 젊은이를 동정하는 듯 한순간 부드러워지며 빛이 났다. 「불쌍한 인간이여, 당신은 그런 모든 죗값을 어떻게 다 치를 생각이죠?」 그가 물었다.

젊은이는 한참 동안 침묵을 지켰다. 그는 입술을 움찔거렸지만 혀가 돌아가지 않았다. 「내 형제 유다여, 내 생명으로 갚겠습니다.」 그는 마침내 겨우 말을 했다. 「난 다른 것은 하나도 소유하지 못했으니까요.」

붉은 수염은 깜짝 놀랐다. 채광창과 문의 갈라진 틈을 통해 이제는 햇살이 작업장으로 스며들어 왔다. 젊은이의 커다랗고 새까만 눈이 반짝였고, 그의 목소리는 고뇌와 공포가 가득했다.

「당신의 목숨으로요?」 젊은이의 턱을 잡으며 붉은 수염이 말했다. 「나한테서 머리를 돌리지 말아요. 당신도 이제는 어른이니까, 나를 똑바로 쳐다봐야죠……. 당신 목숨으로요? 그게 무슨 소리죠?」

「아무 뜻도 없어요.」

그는 머리를 떨구고 조용해졌다. 하지만 불쑥 —「나한테 묻지 말아요, 나한테 묻지 마세요, 내 형제 유다여.」

유다는 두 손으로 젊은이의 얼굴을 꽉 잡았다. 그는 얼굴을 치켜들더니 아무 말도 없이 한참 동안 빤히 쳐다보았다. 그러더니 조용히, 그는 젊은이의 얼굴을 놓아주고는 문으로 향했다. 그는 갑자기 마음이 술렁거렸다.

바깥의 소음은 점점 더 커졌다. 맨발로 걸어가는 발소리와 신발이 털럭거리는 소리가 여자들이 찬 두꺼운 발목 고리와 청동 팔찌가 짤그랑거리는 소리와 뒤섞였다. 문간에 꼿꼿하게 서서, 붉은 수염은 골목에서 자꾸만 쏟아져 나오는 군중을 쳐다보았다. 모든 사람이 마을의 반대쪽 끝으로, 십자가 처형이 이루어질 저주받은 언덕으로 올라갔다. 남자들은 말을 하지 않았고, 입을 다문 채 저주를 하고 지팡이로 자갈을 깐 길바닥을 짚으며 나아갔다. 어떤 사람들은 웃옷 속으로 밀어 넣은 움켜쥔 주먹으로 남모르게 칼을 잡았다. 여자들은 울부짖었다. 두건을 벗어젖히고, 머리를 풀고, 장송곡을 노래하기 시작한 사람들도 많았다.

이 양 떼를 인도하던 나자렛의 늙은 랍비 시므온은 몸이 쪼그라들고, 나이를 먹어 허리가 굽었고, 못된 질병인 폐병을 앓아 뒤틀리고 일그러졌으며, 핏기를 잃은 뼈의 골격은 불멸의 영혼이 지탱하지 않았더라면 무너지고 말았을 터였다. 새처럼 괴이한 발톱 같은 손톱이 달리고 뼈만 앙상한 두 손은 서로 몸이 꼬인 두 마리의 뱀이 꼭대기에 새겨진 성직자의 홀장(忽杖)을 꽉 움켜쥐고는 돌멩이들을 탁탁 두드렸다. 이 산송장은 불타는 도시 같은 냄새를 풍겼다. 눈에서 이글거리는 불꽃을 보면 그의 육체, 뼈와 머리카락, 쓰러질 듯싶은 온몸이 불타고, 그가 입을 열어 〈이스라엘의 하느님이시여!〉라고 소리를 지를 때면 머리 꼭대기에서 연기가 피어오르는 기분이 들었다. 그의 뒤에서는 허리가 굽고, 뼈마디가 울퉁불퉁하고, 지팡이를 들고, 수염이 뾰족하게 갈라지고 눈썹이 무성한 장로들이 줄을 지어 따라왔고, 그 뒤에는 건장한 남자들, 그러고는 여자들이 왔다. 맨 뒤에서 따라오던 아이들은 저마다 손에 돌멩이를 들었고, 어떤 아이들은 어깨에다 돌팔매 줄을 걸치고 있었다. 그들은 바다처럼 말없이, 나지막이 웅성거리며, 모두 함께 나아갔다.

유다는 문설주에 몸을 기대고 남자들과 여자들을 지켜보는 사이에 마음이 뿌듯해졌다. 하느님과 더불어 기적을 행할 사람들은 이들, 바로 이 사람들이라고 생각하자 그는 피가 한꺼번에 머리로 몰렸다. 오늘이다! 내일이 아니라 오늘이다!

몸집이 어마어마하게 크고, 다리가 무척 길고, 남자처럼 생긴 한 여자가 군중으로부터 뛰쳐나왔다. 여자는 광폭하고 사나웠으며, 옷이 어깨에서 벗겨져 내렸다. 허리를 굽혀 돌멩이를 집더니 그녀는 있는 힘을 다해서 목수의 집 문으로 던졌다.

「십자가를 만드는 놈, 너는 지옥으로 가라!」 그녀가 소리쳤다.

길거리의 한쪽 끝에서 다른 쪽 끝까지 한꺼번에 욕설과 고함 소리가 터져 나왔고, 아이들은 돌팔매 줄을 어깨에서 벗어 들었다. 붉은 수염이 문을 쾅 닫았다.

젊은이는 십자가 앞에 꿇어앉아서 길거리의 야유와 고함 소리가 들리지 않게 하고 싶은 듯 힘껏 망치를 들어 요란하게 못을 박았다. 그는 가슴속이 부글거렸고, 콧잔등에서는 불꽃이 튀었다. 이마에서 땀을 흘리며 그는 미친 듯 시끄럽게 망치질을 했다.

붉은 수염이 무릎을 꿇고는 그의 팔을 잡아 손아귀에서 난폭하게 망치를 빼앗았다. 그가 망치를 휘둘러 쳤더니 십자가가 땅바닥으로 쓰러졌다.

「이걸 가지고 갈 생각이에요?」

「네.」

「부끄럽지도 않아요?」

「아뇨.」

「내가 그냥 내버려 두지 않겠어요. 내가 그걸 박살을 내겠어요.」

그는 이리저리 둘러보며 까뀌를 찾으려고 손을 내밀었다.

　「유다여, 유다여, 내 형제여.」애원을 하듯 젊은이가 천천히 말했다.「내 길을 막지 마시오.」그의 목소리는 누구인지 식별하기 힘들 정도로 갑자기 어둡고 굵어졌다. 붉은 수염은 아리송해졌다.

　「무슨 길 말이에요?」그는 조용히 물었다. 그는 초조하게 젊은이를 응시하며 기다렸다. 이제는 햇살이 목수의 얼굴과 헐벗고 뼈마디가 여린 상반신을 비추었다. 그는 큰 소리로 외치고 싶은 욕망을 참고 애써 억누르는 듯 뒤틀린 입술을 꽉 다물었다. 붉은 수염은 그가 얼마나 앙상하게 야위었고, 얼마나 창백한지를 보고는 모든 인간을 싫어하는 그의 마음조차 그에 대한 연민을 느꼈다. 날마다 뺨이 점점 더 꺼지며 젊은이는 쇠약해지는 중이었다. 그가 젊은이를 마지막으로 본 때가 언제였던가? 겨우 며칠 전이었다. 그는 겐네사렛 근처의 마을들을 둘러보려고 길을 떠난 참이었다. 대장장이가 직업인 그는 쇠를 두드려 물건을 만들고, 말에 편자를 박고, 곡괭이와 보습과 낫을 만들었지만, 그러다가 열심당원이 십자가에 매달린다는 소식을 듣고는 나자렛으로 서둘러 떠났다. 그는 헤어지던 날 이 오랜 친구의 모습이 어떠했는지를 기억하지만, 지금은 그 꼴이 어떤지를 보라! 눈은 얼마나 부어

올랐고, 관자놀이는 얼마나 움푹해졌는가! 그리고 그의 입가에 잔뜩 서린 저 고뇌는 무엇 때문일까?

「당신 어떻게 된 건가요?」 그가 물었다. 「왜 이렇게 몸이 쇠약해졌나요? 당신을 괴롭히는 자가 누구인가요?」

젊은이는 힘없이 웃었다. 그는 하느님이 그랬다는 대답을 할 참이었지만 참고 그만두었다. 그것이 마음속에서 크게 외치는 소리였지만, 입 밖에 내고 싶지가 않았다.

「나는 싸움을 벌였어요.」 그가 대답했다.

「누구하고요?」

「모르겠습니다. 나는 씨름을 벌이고 있어요.」

붉은 수염은 젊은이의 눈을 뚫어져라고 빤히 들여다보았다. 그는 그 눈에게 묻고, 탄원하고, 위협까지 했지만, 두려움으로 가득 차고 좌절한 새까만 눈은 응답이 없었다.

갑자기 유다의 마음이 비틀거렸다. 말이 없는 검은 눈을 굽어보려니까 그는 꽃이 만발한 나무와 파란 물과 잔뜩 모인 사람들이 눈에 보이는 듯싶었고, 속에는 광채가 나는 동공(瞳孔)의 깊은 속, 꽃 피는 나무와 물과 사람들의 뒤쪽에는 커다랗고 시커먼 십자가가 홍채(虹彩)를 가득 채웠다.

머리통에서 눈알이 튀어나올 정도로 그는 몸을 벌떡 일으켰다. 그는 말을 하고 싶었으며, 묻고 싶었다 — 그렇다면 당신이······ 당신이? 하지만 그는 입술이 얼어붙었다. 그는 젊은이를 가슴에 꽉 껴안고 키스를 하고 싶었지만 허공으로 뻗은 그의 두 팔이 갑자기 나무토막처럼 굳어 버렸다.

그러자 눈이 휘둥그레지고, 머리카락이 쭈뼛쭈뼛 일어서서 두 팔을 잔뜩 벌린 그를 보더니 젊은이가 비명을 질렀다. 무시무시한 악몽이 그의 마음에서 와락 쏟아져 나왔으니, 십자가 처형에 필요한 도구를 든 난쟁이들의 무질서한 오합지졸 패거리가 눈앞에 선했고, 〈애들아, 그 사람을 찾아라!〉라고 외치던 고함 소리가 귓전에 쟁쟁했으며, 그리고 지금 그는 또한 그들의 대장인 붉은 수염이 누구인지를 알게 되었으니, 미친 듯 웃어 대며 앞장을 서서 쫓아오던 사람은 유다, 대장장이 유다였다.

붉은 수염의 입술이 움찔거렸다.「그렇다면 당신이…… 당신이?」 그는 말을 더듬었다.

「나 말인가요? 내가 누구라고요?」

상대방은 대답하지 않았다. 콧수염을 씹으며 그는 다시 한쪽 절반은 눈부시게 빛나고 다른 쪽 절반은 시커먼 어둠 속에 잠긴 얼굴로 젊은이를 쳐다보았다. 그의 머릿속에서는 태어날 때부터, 그리고 그 이전부터 젊은이 주변에 나타났던 계시들과 비범한 면들이 한꺼번에 몰려들었는데, 결혼할 후보자들을 모아 놓았을 때, 그토록 많은 사람들 가운데 오직 요셉의 지팡이에서만 꽃이 피었다. 그랬기 때문에 랍비는 마리아를, 하느님께 봉헌했던 아름다운 마리아를 그에게 주었다. 그러고는 결혼식 날이 되자, 그가 미처 신부에게 손을 대기 전에 벼락이 때려 신랑의 몸을 마비시켰다. 그러더니 나중에, 전해지는 얘기를 들으면, 신부는 하얀 백합의 냄새를 맡았고, 아들을 잉태하게 되었다. 그리고 그가 태어나기 전날 밤에, 그녀가 꿈을 꾸었더니 하늘의 문이 열리고, 천사들이 내려와서는 그녀의 집 초라한 지붕 위에 새들처럼 나란히 줄을 지어 서서 둥우리를 짓고는 노래를 부르기 시작했으며, 어떤 천사들은 문간을 지키고, 어떤 천사들은 그녀의 방으로 들어와 불을 지피고는 태어날 아이를 목욕시킬 물을 데웠고, 또 어떤 천사들은 산모에게 먹일 죽을 끓였다…….

붉은 수염은 머뭇거리면서 천천히 다가가더니 젊은이를 굽어

보았다. 그의 목소리는 이제 열망과 애원과 두려움으로 가득했다. 「그렇다면 당신이…… 당신이……?」 그는 또다시 물었지만, 차마 말끝을 맺을 용기가 없었다.

젊은이는 겁이 나서 벌벌 떨었다.

「나 말인가요?」 그는 조롱하듯 코웃음 치며 말했다. 「하지만 날 보면 몰라요? 나는 말도 제대로 할 줄 모릅니다. 난 회당에 나갈 용기도 없고요. 사람들을 보면 난 당장 도망을 쳐요. 나는 하느님의 계명을 어기고도 부끄러워할 줄을 모르죠. 나는 안식일에도 일을 하고…….」

그는 십자가를 집어 올려 다시 똑바로 세우고는 망치를 들었다. 「그리고 지금의 꼴을 봐요! 나는 십자가를 만들고 십자가에 사람들을 매달죠!」 또다시 그는 웃어 보려고 애를 썼다.

붉은 수염은 화가 나서 말을 하지 않았다. 그는 문을 열었다. 머리가 헝클어진 늙은 여자들, 병들고 늙은 남자들, 절름발이, 장님, 문둥이 따위, 나자렛의 모든 쓰레기 같은 존재들이 떼를 지어 시끄럽게 떠들면서 길거리 끝에 또다시 나타났다. 그들 또한 숨이 차서 헐떡이며 십자가 처형이 이루어지는 언덕을 기어 올라가는 중이었다……. 지정된 시간이 가까워 왔다. 나도 나가서 사람들과 함께 어울릴 시간이, 우리가 모두 함께 몰려가서 열심당원을 빼낼 때가 되었다고 붉은 수염은 생각했다. 그러면 그가 구세주인지 아닌지 확실히 밝혀질 터이고……. 하지만 그는 머뭇거렸다. 아니다, 그는 생각했다. 오늘 십자가에 매달릴 사람은 그토록 오랜 세월에 걸쳐 히브리 백성이 기다려 온 그분이 아니다. 내일이다! 내일! 내일! 얼마나 오랜 세월 동안, 아브라함의 신이여, 당신은 〈내일! 내일! 내일!〉이라는 말로 우리를 끊임없이 괴롭혔나이까! 그렇다면 좋다 — 언제인가? 우리는 인간이고, 참을 만큼은 참았다!

그는 격노했다. 십자가에 엎드려 못을 박는 젊은이에게 분노의 눈초리를 던지며 붉은 수염은 전율을 느끼면서 자신에게 물었다. 〈그렇다면 이 사람이 그분, 십자가를 만드는 자가 그분이란 말인가? 하느님의 뜻은 간접적으로 오묘하게 실현되는데……. 그렇다면 이 사람이 그분이란 말인가?〉

늙은 여자들과 불구자들의 뒤에서는 이제 방패와 창을 들고, 청동 투구를 쓴 로마의 순찰대 병사들이 나타났다. 말도 없고 무관심하게, 그들은 히브리 사람들을 깔보는 눈으로 굽어보며 사람들의 떼를 몰아대었다.

붉은 수염은 그들을 사나운 눈으로 살펴보고, 피가 끓어올랐다. 그는 젊은이에게로 시선을 돌렸다. 그는 젊은이를 다시는 보고 싶지 않았고, 모든 것이 그의 탓으로 여겨졌다.

「난 가겠어요!」 주먹을 불끈 쥐며 그가 소리쳤다. 「당신 — 십자가를 만드는 당신, 당신 마음대로 해요! 당신은 겁쟁이이고, 전령 노릇을 하는 동생이나 마찬가지로 아무짝에도 쓸모없는 반역자예요! 하지만 당신 아버지한테 그랬듯이 하느님은 당신한테도 불을 뿜어 태워 죽일 거예요. 나는 그 말을 하고 싶었어요. 내가 한 말을 잘 기억하기를 바라요.」

제3장

 젊은이는 홀로 남았다. 그는 십자가에 몸을 기대고는 이마에서 땀을 해면으로 닦아 내었다. 그는 숨이 목구멍에 걸려 헉헉거렸다. 순간적으로 세상이 그의 주변에서 핑 돌았지만, 다음 순간에 다시 멈추었다. 그는 일찍 아침 밥상을 차려 주고 다른 사람들처럼 십자가 처형을 보러 시간 맞춰 가기 위해 어머니가 불을 지피는 소리를 들었다. 이웃 사람들은 벌써 모두 집을 나선 후였다. 남편은 혀를 움직이려고 애쓰며 아직도 신음했지만, 후두만 살아서, 꿀럭거리는 소리밖에 나지 않았다. 바깥 길거리는 다시 한산해졌다.

 하지만 눈을 감은 채로 십자가에 몸을 기대고, 아무 생각도 하지 않고, 자신의 심장이 고동치는 소리 이외에는 아무것도 듣지 못하던 젊은이는 갑자기 고통을 느껴 몸을 떨었다. 또다시 그는 눈에 보이지 않는 독수리가 발톱으로 그의 두개골을 깊이 후벼 파는 기분을 느꼈다. 「그가 또 왔구나, 그가 다시 찾아왔어······.」 그는 중얼거리며 떨기 시작했다. 그는 발톱이 깊이 파고들어 두개골을 뚫고 뇌에 닿는다고 느꼈다. 그는 어머니가 다시 겁이 나서 비명을 지르기 시작할까 봐, 소리를 내지 않으려고 이를 악물었다. 그는 머리가 도망이라도 칠까 봐 두렵다는 듯 두 손바닥으로 힘껏 눌렀다.
「그가 다시 왔어, 그가 다시 왔어……」 그는 떨면서 중얼거렸다.

처음, 맨 처음, 그가 벌써 열두 살이었고 회당에 앉아 장로들이 땀을 흘리고 한숨을 지으며 하느님의 말씀을 설명하는 얘기를 들었을 때, 그는 어루만지는 듯 아주 부드럽게 그의 머리 꼭대기를 간질이는 길고도 가벼운 감촉을 느꼈었다. 그는 눈을 감았다. 푹신한 깃털이 난 날개에 안겨 제7천국으로 간다면 얼마나 황홀할까! 틀림없이 거기가 낙원이리라! 그는 생각했고, 내리깐 그의 눈꺼풀 밑에서, 그리고 행복하게 반쯤 벌린 입에서 깊고도 끝없는 미소가, 그의 얼굴이 몽땅 없어질 때까지 열띤 욕망으로 그의 육체를 핥아 대는 미소가 흘러나왔다. 노인들은 사람을 잡아먹는 신비한 미소를 보았고, 신이 이 소년을 발톱으로 낚아챘다고 추측했다. 입술에 손가락을 대고 그들은 침묵을 지켰다.

세월이 흘러갔다. 그는 기다리고 또 기다렸지만, 매만져 주는 손길은 돌아오지를 않았고, 그러던 어느 날, 날씨가 화창한 봄철, 유월절(逾越節)에, 그는 아내를 얻으려고 어머니의 고향인 가나로 찾아갔다. 어머니는 그가 결혼하는 모습을 보고 싶어서 아들에게 신부를 얻으라고 강요했다. 그는 나이가 스무 살이었으며, 뺨에는 보송보송한 솜털이 덮였고, 피가 어찌나 맹렬하게 끓어오르는지 이제 밤이면 잠도 잘 수가 없을 지경이었다. 어머니는 그가 젊음의 절정기에 오른 틈을 타서 그녀가 태어난 고향인 가나로 신부를 고르러 가도록 그를 부추겼다.

그리하여 그는 빨간 장미 한 송이를 손에 들고는 잎사귀가 새로 파릇파릇 돋아난 커다란 사시나무 밑에 서서 춤을 추는 마을 아가씨들을 물끄러미 쳐다보았다. 그리고 그들 모두가 마음에 들었지만 누구 한 사람을 선택할 용기가 나지 않아 이 여자 저 여자를 비교하며 구경하려니까 뒤에서 갑자기 대지의 심장부에서 솟아오르는 시원한 분수처럼 웃음을 터뜨리는 소리가 들렸다. 그는 돌아섰다. 그를 향해 내려오는 사람은 빨간 신발을 신고, 머리를 틀지 않고, 발목고리와 팔찌와 귀고리로 완전히 몸을 장식한 막달라의 여인, 그의 삼촌인 랍비의 외동딸이었다. 젊은이는 마음이 마구 떨렸다. 「내가 원하는 사람은 저 여자, 저 여자를 나는 원한다!」 그는 소리쳤고, 그녀에게 장미를 주려고 손을 내밀었다. 하지만 그 순간에 열 개의 독수리 발톱이 그의 머리를 파고들었으며, 관자놀이를 꽉 움켜잡은 채로 머리 위에서 두 날개가 미친 듯이 퍼덕거렸다. 그는 비명을 지르고, 입에서 거품을 뿜으며 엎어졌다. 불운을 맞은 어머니는 창피해서 몸부림치며 머릿수건으로 아들의 머리를 덮어 두 팔로 안고는 그 자리를 떠나야 했다.

그때부터 그는 어찌할 바를 전혀 모르게 되었다. 그 사건 이후로 그는 보름달이 뜨면 들판으로 나가 헤매었고, 잠을 자는 동안이나 고요한 한밤중에도 마찬가지였으며, 특히 봄철이 되어 온 세상이 꽃으로 만발하고 향기가 가득하면 더욱 그랬다. 먹고, 잠을 자고, 친구들과 어울려 웃어 대고, 길거리에서 젊은 여자를 만나 저 여자가 내 마음에 든다고 느낄 때처럼, 그가 행복해지려 하고, 가장 소박한 인간의 기쁨들을 누릴 기회가 찾아오기만 하면, 열 개의 발톱이 당장 그를 후벼 팠고, 그의 욕망은 사라지고 말았다.

하지만 전에는 오늘 동틀 녘처럼 그토록 맹렬하게 발톱이 그를 덮친 적이 없었다. 그는 작업용 긴 의자 밑에서 몸을 굴려 일으켜 쪼그리고 앉아서 머리를 가슴에 처박고는, 한참 동안 그대로 동작을 멈추었다. 세상이 침몰해서 멀어져 갔다. 그는 자신의 마음속에서 울리는 나지막한 소리와, 머리 위에서 요란하게 날개를 치는 소리 이외에는 아무것도 들리지 않았다.

조금씩 조금씩 발톱들이 풀려나서, 천천히 하나씩, 처음에는 그의 이성을, 그러고는 뼈와, 마지막으로는 머리의 껍질을 놓아 주었다. 갑자기 그는 벅찬 안도감, 그리고 벅찬 피로를 느꼈다. 작업용 의자 밑에서 나온 그는 머리를 손으로 잡고는 황급히 손가락으로 머리 가죽을 만져 보았다. 구멍이 뚫렸으리라고 생각했었지만 손가락으로 찾아보아도, 상처가 단 한 군데도 나타나지를 않자 그는 마음이 차분하게 가라앉았다. 하지만 손을 머리카락에서 빼내어 환한 곳에서 본 그는 부르르 떨었다. 손가락에서는 피가 뚝뚝 떨어졌다.

「하느님께서 노하셨어.」 그가 중얼거렸다. 「노하신 거야······. 피가 흐르기 시작했어.」

그가 눈을 들고 보았지만, 아무도 없었다. 하지만 그는 하늘에서 나는 야수의 지독한 악취를 맡았다. 그가 또 왔었구나, 그는 겁에 질려 생각했다. 그는 내 주변과 내 발밑과 내 머리 위 어디에나 존재하는 모양이야······.

머리를 수그리고 그는 기다렸다. 대기는 꼼짝도 않고, 말이 없었으며, 언뜻 보기에는 순진하고 해를 끼치지 않을 듯싶은 빛이 맞은편 벽과 등나무로 엮은 천장에서 뛰놀았다. 나는 입을 열지 않으리라, 그는 혼자 속으로 다짐했다. 나는 단 한 마디도 입 밖에 내지 않으리라. 어쩌면 그는 나를 가엾게 여기고 가버릴지도 모른다.

하지만 이런 결심을 하는 동안에 그의 입술이 벌어지고, 그는 말했다. 그의 목소리는 비탄으로 가득했다. 「당신은 어찌하여 나로 하여금 피를 흘리게 하시나이까? 당신은 어찌하여 진노하셨나이까? 얼마나 더 오랫동안 당신은 이 몸을 쫓으려 하시나이까?」

그는 말을 멈추었다. 허리를 굽힌 채로, 입을 벌리고, 머리카락은 쭈뼛쭈뼛 서고, 눈에는 공포가 가득 서린 채로, 그는 귀를 기울였다…….

하늘은 고요하고 적막했으며, 처음에는 아무 소리도 나지 않았다. 하지만 그러다가 갑자기, 위에서 누가 그에게 얘기를 했다. 그는 귀에다 신경을 집중시키고 들어 보았고, 한참 들어 보더니, 〈아냐! 아냐! 아냐!〉라고 말하는 듯 계속해서 마구 머리를 저었다.

마침내 젊은이도 입을 열었다. 이제는 그의 목소리가 더 이상 떨리지를 않았다. 「전 그럴 능력이 없어요! 전 문맹자이고, 나태한 인간이고, 모든 것을 두려워합니다. 저는 좋은 음식과 술과 웃음을 사랑합니다. 저는 결혼하고, 아이들을 낳고 싶어요……. 저를 가만히 내버려 두세요!」

그는 다시 꼼짝도 않으면서 귀를 기울였다.

「뭐라고요? 무슨 말인지 들리지를 않아요.」

갑자기 그는 위에서 들려오는 거센 목소리가 너무 시끄러운 듯 손으로 귀를 막았다. 두 손으로 얼굴을 꽉 누르고, 숨을 멈추고, 귀를 기울이더니 그가 대답했다. 「그래요, 그래요, 저는 두렵습니다……. 당신은 제가 우뚝 서서 얘기를 하라고 바라시는군요, 안 그렇습니까? 제가 무슨 말을 하겠으며, 어떻게 그런 말을 해야 합니까? 정말이지 저는 그럴 능력이 없습니다! 저는 문맹자예요! ……뭐라고 그러셨나요? ……하늘나라 말씀인가요? ……저는 하늘나라는 관심도 없습니다. 저는 이 세상이 좋아요. 전 결혼하고 싶으며, 비록 창녀이기는 해도 막달라의 여인을 원합니다. 그녀가 창녀가 된 것은 제 탓, 제 탓이고, 저는 그녀를 구해 줘야 합니다. 그 여자를요! 이 대지도 아니고, 세상의 왕국도 아니고, 제가 구원하고 싶은 것은 막달라의 여인입니다. 그만하면 저로서는 충분합니다! ……알아듣기가 힘드니까, 나지막이 말씀해 주세요.」

채광창을 통해 흘러 들어온 부드러운 빛이 눈부셔서 그는 손으로 눈을 가렸다. 그는 머리 위 천장에다 시선을 고정시키고는 기다렸다. 그는 숨을 죽이고 귀를 기울였으며, 들으면 들을수록 그는 얼굴이 만족스럽게, 짓궂은 아이처럼 밝아졌다. 두툼하고 생기가 도는 그의 입술이 얼얼한 듯 불끈거리더니, 갑자기 그는 웃음을 터뜨렸다.

「그래요, 그렇습니다.」 그는 중얼거렸다. 「당신은 완전히 이해하시는군요. 그래요, 고의적입니다, 전 고의적으로 이러는 거예요. 저는 당신이 저를 혐오하고, 당신이 다른 곳으로 가서 다른 사람을 찾아내기를 바라고, 전 당신을 떨쳐 버리고 싶습니다!」

그는 얘기할 용기를 얻고 말을 계속했다. 「그래요, 그렇습니다, 고의적이었습니다. 그리고 전 당신이 선택하는 메시아들이 처형을 받도록 평생 동안 십자가를 만들겠습니다!」

말을 하고 난 그는 못이 박힌 가죽 띠를 벽의 고리에서 벗겨 내더니 허리에다 둘렀다. 그는 채광창을 쳐다보았다. 태양이 마침내 높이 솟아올랐다. 하늘은 강철처럼 단단하고 파란 빛깔이었다. 그는 서둘러야 했다. 처형은 태양이 한껏 맹렬한 시간, 정오에 행할 참이었다.

무릎을 꿇고 그는 십자가 밑으로 어깨를 밀어 넣고는 두 팔로 끌어안았다. 그는 한쪽 무릎을 세우고 힘껏 들어 올렸으며, 들기가 불가능할 정도로, 믿어지지 않을 만큼 무거운 십자가를 끌고 그는 비틀거리며 문을 향했다. 숨을 몰아쉬며 그는 두 걸음을 떼어 놓았고, 세 발자국째는 드디어 문에 다다를 터였지만, 갑자기 무릎에서 기운이 빠지고 머리가 어지러워 문간에서 엎어져 십자가 밑에 짓눌렸다.

작은 집이 진동을 일으켰다. 안쪽에서 여자의 날카로운 비명 소리가 들려오고, 문이 열리고, 그의 어머니가 나타났다. 그녀는 키가 크고, 눈도 컸으며, 피부는 짙은 밀 빛깔이었다. 그녀는 이미 젊음의 첫 단계를 지났으며, 달콤하고도 쓰라린, 어정쩡한 가을철로 접어들었다. 눈의 둘레는 퍼런 테가 생겼고, 입은 아들이나 마찬가지로 꽉 다물었지만, 턱은 아들보다 더 힘차고 의지력이 훨씬 강해 보였다. 그녀는 보랏빛 아마포 머릿수건을 썼으며, 몸에 지닌 보석이라고는 귀에 매달려 짤그랑거리는 기다란 귀고리 두 개뿐이었다.

그녀가 문을 여니까 어머니의 어깨 너머로 늙은 아버지가 눈에 띄었다. 이부자리를 깔고 앉은 그는 상반신이 벌거벗은 채였고, 축 늘어진 살은 엷은 노란 빛깔이었고, 꼼짝도 않는 눈은 유리 같았다. 그녀는 방금 남편에게 아침을 먹이던 중이었는지, 젊은이의 아버지는 아침 식사로 먹은 빵과 올리브와 쪽파를 씹어 삼키려고 애썼다. 가슴에 난 곱슬곱슬하고 하얀 털에는 그가 흘린 콧물과 침, 그리고 빵 부스러기가 잔뜩 달라붙었다. 침대 옆에는 그의 약혼했던 날 꽃이 피었던 유명한 운명의 지팡이가 놓였다. 지팡이는 이제 시들고 말라 버렸다.

안으로 들어와서, 아들이 쓰러져 십자가 밑에서 숨을 헐떡이는 꼴을 본 어머니는 손톱자국이 나도록 두 뺨을 잡아 뜯으며 멍하니 쳐다보기만 했을 뿐, 그를 끌어올려 주려고 달려가지 않았다. 그녀는 아들이 2분이 멀다 하고 의식을 잃어 남의 팔에 안겨 오거나, 집을 빠져나가 들판이나 외딴 곳을 방황하고, 밤낮으로 밥도 안 먹고 버티는가 하면, 아무 일 안 하겠다고 고집을 부리며 허공만 멀거니 쳐다보며 몇 시간씩이나 멍청하게 앉아 있고, 여태껏 살아오는 동안에 이룩한 일이 하나도 없이, 밤이면 몽유병자요 낮이면 백일몽이나 꾸는 꼴을 보기에도 이제는 신물이 날 대로 난 터였다. 처형을 위한 십자가를 만들라는 명령을 받은 다음에야 그는 육체와 영혼을 모두 바쳐 미친 사람처럼 밤낮으로 열심히 일했다. 그는 더 이상 회당에도 가지를 않았고, 가나에는 다시 발을 들여놓고 싶어 하지도 않았고, 어떤 축제에도 갈 생각이 없었다. 그리고 보름달이 뜨면 그는 마음이 어지러웠고, 불운한 어머니는 그가 어떤 악마하고 싸움이라도 벌이는 듯 혼몽한 상태에서 헛소리를 늘어놓고 고함을 지르는 소리를 들었다. 악마를 쫓는 영험이 많고 나이가 많은 시아주버니인 랍비 앞에 그녀가 꿇어 엎드려 애원했던 적은 얼마나 많았던가. 병에 시달리는 자들이 지구의 끝에서 찾아오면, 그는 그들을 고쳐 주었다. 며칠 전에만 해도 그녀는 랍비의 발밑에 몸을 던지고는 탄식했다. 「시아주버님은 낯선 사람들의 병은 고쳐 주시지만, 우리 아들의 병은 고쳐 주려고 하시지를 않는군요.」

랍비는 머리를 저었다. 「마리아, 아들은 악마에게 시달리는 게 아니에요. 악마가 아니고 하느님이 하는 일이니 — 내가 어쩔 도리가 있겠어요?」

「고칠 길이 없을까요?」 비참한 어머니가 물었다.

「하느님의 뜻이라고 내가 그러지 않았나요. 그래요, 고칠 길이 없어요.」

「왜 하느님이 우리 애를 괴롭히나요?」

악마를 쫓아 버리는 노인은 한숨만 짓고 대답은 하지 않았다.

「왜 우리 애를 괴롭히나요?」 어머니가 다시 물었다.

「아드님을 사랑하기 때문이죠.」 랍비가 마침내 대답했다.

마리아는 놀라서 그를 쳐다보았다. 그녀는 더 질문을 하려고 입을 열었지만, 랍비가 그녀의 입술을 다물어 주었다.

「묻지를 말아요.」 랍비가 마리아에게 말했다. 「그것이 하느님의 계명이니까요.」 미간을 찌푸리며 그는 머리를 끄덕여 그녀더러 가라는 암시를 주었다.

　병은 몇 년 동안이나 계속되었다. 비록 어머니이기는 했어도 마리아는 짜증이 났고, 이마에서 피를 줄줄 흘리며 아들이 문턱에 엎어진 꼴을 보아도 그녀는 꿈쩍도 하지 않았다. 그녀는 가슴속으로부터 깊은 한숨을 내쉬었지만, 그것은 아들이 아니라 그녀 자신의 처량한 운명에 대한 한숨이었다. 그녀는 자신의 삶이 불운했고, 남편과의 삶이 불운했고, 아들과의 삶도 불운했다. 그녀는 결혼도 하기 전에 생과부가 되었고, 아이를 가지지도 못하고 어머니가 되었으며, 이제는 날마다 흰머리가 늘어나고 늙어 가는 중이었지만, 그녀는 젊음이 어떤지를 전혀 알지 못했고, 남편의 따뜻함을 느껴 본 적이 한 번도 없었고, 아내와 어머니로서의 흐뭇하고 자랑스러운 기분도 느껴 본 적이 없었다. 그녀의 눈에서는 드디어 눈물이 말라 버렸다. 하느님이 그녀에게 배당했을 눈물은 벌써 모두 흘려 버렸고, 마리아는 아들과 남편을 봐도 눈은 말라 있기만 했다. 아직도 그녀가 가끔 흐느껴 우는 경우라고는, 봄철이 되어 홀로 앉아 푸르른 들판을 물끄러미 둘러보며 꽃이 만발한 나무에서 나는 향기를 맡을 때뿐이었다. 그런 순간이면 마리아는 남편이나 아들 때문이 아니라, 낭비한 그녀 자신의 삶을 생각하고 울었다.

　젊은이는 몸을 일으켜 옷자락으로 피를 닦아 내었다. 그는 시선을 돌리고, 그를 냉정한 눈으로 쳐다보는 어머니를 보았고, 화가 났다. 그는 아무것도 아들을 용서하지 않는 눈초리, 비탄에 빠져 꽉 다문 입술의 의미를 알았다. 그는 더 이상 그런 표정을 견디기가 힘들었다. 아들 또한 쇠약한 중풍 환자와, 위로할 길이 없는 어머니와, 〈먹어! 일을 해! 결혼해! 먹어! 일을 해! 결혼해!〉라는 지겨운 꾸중만 날마다 되풀이되는 이 집이 싫어졌다.

어머니는 꽉 다물었던 입을 열었다. 「예수야.」 나무라는 어조로 그녀가 말했다. 「너 오늘 아침 이른 시간에 또 누구하고 말다툼을 했었지?」

아들은 매정한 말이 입 밖으로 흘러 나가지 못하도록 입술을 꽉 깨물었다. 그는 문을 열었다. 햇빛과 더불어 후끈하고 먼지를 잔뜩 머금은 사막의 바람이 불어왔다. 아무 말도 없이 그는 이마에서 땀과 피를 훔치고는, 다시 어깨로 받치며 십자가를 들어 올렸다.

어머니의 머리카락이 어깻죽지로 쏟아져 내렸다. 그녀는 두 손으로 머리카락을 쓸어 머릿수건 밑에서 가지런히 모으고는 아들 쪽으로 한 걸음 나섰다. 하지만 햇빛 속에서 그를 눈여겨보자 그녀는 놀라서 온몸이 떨렸다. 그의 얼굴은 얼마나 끊임없이 잘 변하는가! 그 얼굴은 얼마나 잘 흐르는가 — 마치 물처럼! 날마다 그녀는 처음으로 새로운 모습을 그에게서 보았고, 그의 이마와 눈과 입에서 신비의 빛을 발견했으며, 때로는 행복하고, 때로는 고뇌에 가득 찬 미소, 그의 이마와 턱과 목을 집어삼키는 탐욕스러운 광채를 의식했다.

오늘은 그의 눈에서 검은 불길이 활활 타올랐다. 겁이 덜컥 난 그녀는 순간적으로 그에게 〈당신은 누구인가요?〉라고 물어보고 싶은 충동을 느꼈지만, 자제했다. 「내 아들아!」 그녀는 떨리는 입술로 말했다. 그녀는 이렇게 성장한 남자가 정말로 그녀의 아들인지 보려고 기다리며 침묵을 지켰다. 그녀에게로 얼굴을 돌리고 그는 얘기를 할 것인가? 그는 시선을 돌리지 않았다. 힘을 한껏 주더니 그는 십자가를 잔등에다 단단히 얹고, 이제는 꿋꿋한 걸음걸이로, 집에서 성큼성큼 밖으로 나갔다.

어머니는 문설주에 몸을 기대고 서서 아들이 길바닥의 돌을 가볍게 밟고 언덕을 올라가는 모습을 지켜보았다. 저런 힘이 어디에서 나는지는 하느님이나 알 노릇이었다! 그가 등에 짊어진 짐은 십자가가 아니라 두 개의 날개여서, 그를 밀고 나가는 듯싶었다!

「주여, 오, 하느님.」 혼란을 느끼며 어머니가 나지막이 속삭였다. 「도대체 저 사람은 누구일까? 저 사람은 누구의 아들일까? 아버지를 닮지 않았고, 어느 누구하고도 닮지 않았어. 날마다 사람이 달라지거든. 한 사람이 아니라 여러 사람……. 이런, 내 머릿속이 뒤죽박죽이로구나.」

그녀는 어느 날 오후, 그를 가슴에 안고 우물 옆 작은 마당으로 나갔던 때가 머리에 떠올랐다. 때는 여름이었고 머리 위 해묵은 포도나무에는 묵직한 포도송이가 매달렸다. 갓난아기가 젖을 빠는 사이에 그녀는 깊은 잠이 들었지만, 잠이 드는 짤막한 한순간에 그녀는 끝없는 꿈을 꾸었다. 천국인 듯싶었는데, 어떤 남자 천사가 등불처럼 별을 손에 들었고, 그는 앞으로 나아가며 밑에 펼쳐진 세상을 밝게 비추었다. 그리고 어둠 속에는 번갯불의 섬광처럼 환하게 빛나고, 꼬불꼬불하며, 굴곡이 많은 길이 하나 보였다. 그 길은 그녀를 향해 미끄러져 와서는 발 앞에서 저절로 꺼지기 시작했다. 그리고 얼이 빠져 물끄러미 구경을 하며 이 길이 어디에서 시작되었고 어째서 그녀의 발바닥 밑에서 끝나는지 의아해하면서 얼굴을 들었고, 그녀의 눈에 띈 것은 그녀의 머리 위에서 멈춘 별과, 별빛이 비추는 길의 끝에 나타난 말을 탄 세 사람과, 그들의 머리 위에서 반짝이는 세 개의 금관이었다. 그들은 잠깐 멈추어 서고, 하늘을 쳐다보고, 멈춘 별을 보더니 박차를 질러 말을 달려 그녀에게로 왔다. 어머니는 그들의 얼굴을 확실히 알아볼 수가 없었다. 가운데 사람은 하얀 장미 같아서, 금발 머리의 미남 청년이었고, 뺨은 아직도 솜털로 덮였다. 그의 오른쪽에는 검은 수염을 뾰족하게 기르고 눈초리가 올라간 황색인이었다. 왼쪽 사람은 흑인이었다. 그는 백발 머리가 곱슬거리고, 귀에는 황금 귀고리를 달고, 이빨은 눈부시게 빛났다. 하지만 그들을 더 이상 자세히 어머니가 살펴보기도 전에, 강렬한 빛에 눈이 부실까 봐 미처 아들의 눈을 가려 주기 전에, 세 명의 말 탄 사람이 도착해 말에서 내리더니 그녀 앞에서 무릎을 꿇었다.

백인 군주가 먼저 앞으로 나섰다. 아기는 젖을 놓고 물러나더니 이제는 어머니의 무릎 위에 꼿꼿하게 섰다. 군주는 관을 벗어 공손하게 아기의 발밑에 놓았다. 다음에는 흑인이 무릎걸음으로 미끄러져 앞으로 나오더니, 저고리 속에서 파란 보석과 붉은 보석을 한 움큼 꺼내 자그마한 아기의 머리 위에다 아주 조심스럽게 얹었다. 마지막으로 황색인이 손을 내밀더니 아기가 가지고 놀도록 기다란 공작 깃털을 한 아름 발치에다 쌓아 놓았다……. 아기는 세 사람을 모두 둘러보고 미소를 지었지만, 선물을 만져 보려고 작은 손을 내밀지는 않았다.

갑자기 세 명의 왕이 사라지고는 양가죽을 몸에 걸치고 두 손으로는 따뜻한 우유를 담은 움푹한 접시를 떠받든 어린 양치기가 나타났다. 아기는 우유를 보자마자 엄마의 무릎 위에서 춤을 추고 작은 얼굴을 접시로 숙이더니 기뻐하며, 지칠 줄도 모르고 한없이 마셔 댔다…….

문설주에 기대고 어머니는 그 끝없는 꿈을 회상하며 한숨을 지었다. 이 외아들이 그녀에게 얼마나 많은 희망을 주었으며, 그에 대해서 점쟁이들은 얼마나 경이적인 예언을 했던가! 늙은 랍비 자신도 그를 물끄러미 쳐다보고, 성서를 펼치고, 아기의 자그마한 머리를 굽어보며 예언자들의 글을 읽어 주고, 아기의 가슴과 눈과 심지어는 발바닥에서도 계시를 찾아보려고 애쓰지 않았던가! 하지만 슬프도다! 세월이 흘러감에 따라 그녀의 희망은 시들고 죽어 버렸다. 아들은 악의 길을, 인간들이 살아가는 길에서는 점점 더 멀어지는 길을 선택했다.

그녀는 머릿수건을 단단히 여미고는 문에 빗장을 질렀다. 그러더니 그녀는 언덕을 오르기 시작했다. 시간을 보내려고 십자가 처형을 구경하러 갈 생각이었다.

제4장

 어머니는 어서 군중 속으로 휩쓸려 들어가 자취를 감추고 싶어서 걷고 또 걸었다. 그녀는 앞에서 여자들이 지르는 소리를 들었고, 뒤에서는 맨발에, 머리도 빗지 않고 목욕도 하지 않았으며, 저고리 속 깊숙이 단검을 품은 분노한 남자들이 씨근덕거렸다. 노인들이 뒤를 따랐고, 훨씬 뒤에서는 절름발이와 장님과 팔다리가 잘린 불구자들이 따라왔다. 사람들의 발길에 밟혀 흙이 부서졌고, 먼지가 구름처럼 일었고, 공중에는 악취가 가득 찼다. 하늘에서는 태양이 벌써부터 맹렬히 타오르는 중이었다.

 어느 늙은 여자가 두리번거리며 둘러보다가 마리아를 보더니 욕설을 퍼부었다. 이웃에 사는 두 사람이 얼굴을 돌리고는 불길한 징조를 쫓아 버리기 위해 침을 뱉었고, 갓 결혼한 젊은 여자는 부르르 떨고는 십자가를 만든 사람의 어머니가 지나가다가 스칠까 봐 치마를 바싹 여미었다. 마리아는 한숨을 짓고는 고통스럽게 꽉 다문 입과 면목이 없어 창피해하는 아몬드처럼 생긴 눈만 남겨 놓고는, 보랏빛 머릿수건으로 얼굴을 몽땅 가렸다. 바위 위로 고꾸라지며 그녀는 군중 속으로 숨으려고, 자취를 감추려고 서두르며 혼자서 앞으로 나아갔다. 그녀의 주변 사방에서 수군거리는 소리가 들려왔지만, 그녀는 마음을 굳게 닫고 앞으로 나아가기만 했다. 내 아들, 내 아들, 착한 내 아들, 내 아들은 얼마나 타락했는가! 그녀는 생각했다. ······그녀는 울음을 터뜨리지 않으려고 머릿수건 자락을 깨물며 앞으로 나아갔다.

그녀는 사람들의 무리에 이르렀고 남자들을 뒤로 남겨 두고 여자들 속으로 끼어들어 모습을 감추었다. 그녀는 손바닥으로 입을 가렸고, 이제는 눈만 내놓았다. 이웃 사람들이 아무도 나를 알아보지 못할 거야, 그녀는 혼자 생각했고, 마음이 진정되었다.

갑자기 그녀의 뒤에서 굉장히 시끄러운 소동이 벌어졌다. 남자들은 추진력이 생겼고, 앞장을 서기 위해 여자들의 무리를 헤치고 앞질러 나가는 중이었다. 열심당원이 갇혀 있는 부대가 가까웠고, 그들은 어서 병사(兵舍)의 문을 쳐부수고 죄수를 풀어 주고 싶어 조바심을 냈다. 마리아는 한쪽 옆으로 비켜나서, 잘 숨겨진 문간에 몸을 숨기고는 더럽고 기다란 수염과, 더럽고 기다란 머리카락과, 거품을 머금은 입들을, 그리고 난폭한 표정을 지은 거인의 어깨에 올라앉아서 두 손을 높이 치켜들고 소리를 지르는 랍비를 보았다. 뭐라고 소리를 지를까? 마리아는 귀에 신경을 집중시키고 들어 보았다.

「내 아이들이여, 이스라엘의 백성에 대해서 신념을 가지시오. 모두 다 함께, 앞으로 나아갑시다. 두려워하지 말아요. 로마는 연기나 마찬가지입니다. 하느님이 한번 불기만 하면 로마는 날아가 버립니다! 마카베오 사람들을 잊지 말고, 전 세계를 지배한다는 그리스인들을 그들이 어떻게 몰아내어 수치를 안겨 주었는지 잊지 마시오! 똑같은 방법으로 우리는 로마인들을 몰아내고, 그들에게 수치를 안겨 줄 것이오. 참된 주님은 오직 한 분, 우리의 하느님뿐입니다!」

신성한 황홀경에 사로잡힌 늙은 랍비는 거인의 널찍한 어깨에 걸터앉아 펄쩍펄쩍 뛰고 춤을 추었다. 그는 나이를 먹고, 단식과 기도와 위대한 희망에 시달려 쇠약해져서 뛰어갈 힘이 없었다. 몸집이 거대한 산사람은 그를 움켜잡고는 깃발처럼 앞뒤로 흔들면서 사람들의 앞장을 서서 달려갔다.

「이봐요, 그러다가 그 사람 떨어뜨리겠어요, 바라빠.」 사람들이 소리쳤다.

하지만 바라빠는 어깨에 앉힌 노인을 집어 던지기도 하고 아기를 어르듯 들고는, 조금도 걱정하지 않으며 나아갔다.

사람들은 하느님을 소리쳐 불렀다. 그들의 머리 위 공중에는 불이 붙어서, 그 불길이 앞으로 번져 나가며 하늘과 땅을 이었다. 그들의 마음은 어지러웠고, 돌멩이와 풀과 육체로 이루어진 세상은 엷어지더니 투명하게 변했고, 불길과 천사로 이루어진 다음 세계가 그 뒤에서 나타났다.

유다에게 불이 붙었다. 두 팔을 내밀어 그는 바라빠의 어깨에서 늙은 랍비를 낚아채더니 자기 어깨에다 걸터앉히고는 고함을 지르기 시작했다. 「때는 오늘이다! 내일이 아니라, 오늘이다!」 랍비도 이제는 불이 붙어서 높다란 목소리로, 무덤에 한 발을 들여놓은 남자의 목소리로 승리의 찬송가를 부르기 시작했다. 순식간에 모든 사람들이 함께 노래를 불렀다.

여러 나라가 나를 둘러싸도, 나는 하느님의 이름으로
그들을 물리치리라.
여러 나라가 나를 포위해도, 나는 하느님의 이름으로
그들을 물리치리라.
그들이 말벌 떼처럼 나를 에워싸도, 나는 하느님의 이름으로 그들을 물리치리라.

하지만 그들이 노래를 부르며 머릿속에서 여러 나라를 물리치는 사이에 적의 보루가, 정사각형이고, 튼튼하게 지었으며, 모서리가 넷이고, 탑도 넷이고, 거대한 네 마리의 청동 독수리가 장식된 적의 성채가 나자렛의 심장부, 그들 앞에 갑자기 희미하게 나타났다. 모든 막사에는 악마가 들어가 자리를 잡았다. 아주 꼭대기, 탑의 위쪽에는 노랗고 검은 독수리를 그린 로마의 기병대 깃발이 걸렸고, 그 밑에서는 피에 굶주린 나자렛의 백부장 루포가 군대를 거느리고 기다렸으며, 더 아래쪽에는 말과 개와 낙타와 노예들이, 그리고 또 더 아래쪽에는 머리카락을 가위로 자른 적이 없고, 입술에는 포도주를 적셔 본 적이 없으며, 몸에는 여자들이 닿았던 적이 없는 열심당원이 깊고 물이 말라붙은 우물 속에 갇혔다. 이 반란자가 머리를 젖히기만 하면 병사들과 노예들과 탑들, 그의 위에 있는 모든 저주받은 존재들이 무너져 내릴 터였다. 하느님은 항상 그런 식으로 일을 행한다. 잘못의 깊숙한 바탕 속에다 하느님은 경멸을 당하는 정의의 자그마한 외침을 묻어 둔다.

이 열심당원은 마카베오의 오랜 혈통에서 마지막으로 남은 인물이었다. 이스라엘의 신은 그의 머리 위로 손을 뻗어 축복을 내리고는 거룩한 씨앗이 죽지 않게 지켜 주었다. 어느 날 밤 유대의 늙은 왕 헤로데, 이 간악하고 저주를 받아 마땅할 배반자는 여호와의 성전에다, 여태까지 더럽혀진 적이 없었던 상인방(上引枋)에다 그가 걸어 놓았던 황금의 독수리[1]를 끌어 내렸다고 해서 마

---

[1] 로마의 깃발.

흔 명의 젊은이를 몸에다 타르를 발라 불을 질러 태워 죽였다. 마흔한 명의 공모자 가운데 마흔 명이 잡혔지만, 지도자는 도망쳤다. 이스라엘의 신은 머리카락을 잡아채어 그를 구했는데, 그 사람이 바로 이 열심당원이었으니, 마카베오의 고손자인 그는 이 무렵 아직도 뺨에 솜털이 난 미남 청년이었다.

그 후 여러 해 동안 그는 산속을 헤매고 돌아다니며 하느님이 이스라엘에게 내려 준 거룩한 땅을 해방시키기 위해서 싸웠다. 「우리가 섬겨야 할 주인은 오직 한 분, 아도나이뿐입니다.」 그는 걸핏하면 이렇게 부르짖었다. 「속된 세상의 행정관들에게 인두세(人頭稅)를 내지 말아야 하고, 독수리처럼 생긴 그들의 우상으로 하느님의 성전을 더럽히고 괴로워하지 말아야 하며, 폭군 황제에게 제물로 바치기 위해 소와 양을 죽여서는 안 됩니다! 신은 오직 한 분, 우리의 하느님뿐이고, 민족도 오직 하나, 이스라엘의 백성뿐이고, 세상의 모든 나무가 맺는 열매도 오직 하나 — 메시아뿐입니다.」

하지만 이스라엘의 신은 갑자기 그에게서 손을 치웠고, 그는 나자렛의 백부장 루포에게 체포되었다. 농민과 노동자와 소작인들이 근처의 모든 마을에서 무더기로 몰려들었고, 겐네사렛의 호수에서는 어부들이 왔다. 벌써 여러 날에 걸쳐 애매하고, 알쏭달쏭하고, 두 가지 뜻이 담긴 소문이 이 집에서 저 집으로, 이 고깃배에서 저 고깃배로 퍼져 나갔고, 길에서 지나다니는 사람들도 우연히 그런 얘기를 듣게 되었다. 「열심당원을 십자가에 매단다고 하는구먼. 그 친구도 역시 그만이야 — 끝장이지!」 하지만 어떤 때는 얘기의 내용이 이러했다. 「안녕하십니까, 형제들이여, 구세주가 오셨어요! 커다란 대추야자나무 가지를 들고, 모두 다 함께, 나자렛으로 가서 그분을 맞읍시다!」

늙은 랍비는 붉은 수염의 어깨 위에 무릎을 짚고 서서는 막사를 가리키며 또다시 소리치기 시작했다.「그분이 오셨도다! 그분이 오셨도다! 저 말라붙은 우물 속에서 꿋꿋하게 서서 기다리는 분이 메시아입니다. 누구를 기다리고 계실까요? 우리를, 이스라엘의 백성을 기다립니다! 가서 문을 때려 부수고, 우리를 구원하시도록 구세주를 구합시다!」

「이스라엘 신의 이름으로!」 바라빠가 거칠게 소리치고는 손도끼를 치켜들었다.

사람들이 함성을 올렸고, 저고리 속에서는 단검들이 불끈거렸고, 아이들은 돌팔매 끈에다 돌멩이를 재고, 바라빠를 앞장세운 모든 사람이 철문을 공격했다. 하지만 모든 사람은 위대한 신의 빛에 눈이 부셔 아무것도 보이지 않았고, 막사의 작고 나지막한 문이 조금 빠끔하게 열리고 송장처럼 창백하고 눈물이 글썽거리며 내다보는 막달라 여인의 모습은 어느 누구의 눈에도 띄지를 않았다. 그녀의 영혼은 사형을 당할 남자를 가엾게 생각했고, 그녀는 밤에 우물 속으로 내려가 그에게 가장 큰 기쁨을, 세상이 제공하는 가장 달콤한 기쁨을 베풀었다. 하지만 그가 소속되었던 열심당원 부대에서는 대원들이 이스라엘의 해방이 이루어질 때까지는 머리도 깎지 않고, 술도 입에 대지 않고, 여자하고 같이 자지 않겠다는 선서를 했다. 막달라의 여인은 밤새도록 그와 마주 앉아서 그를 쳐다보았지만, 그의 눈은 예루살렘을, 굴종하고 짓밟히는 오늘날의 예루살렘이 아니라 일곱 개의 개선문을 갖추고, 일곱 명의 수호천사가 지켜 주고, 세상의 일흔일곱 백성이 발치에 엎드려 경배하는 미래의 거룩한 예루살렘을 응시하기만 했다. 사형을 받아야 할 남자가 미래 예루살렘의 싸늘한 젖가슴을 만지자 죽음은 사라졌고, 그의 주변 세계는 아득해지고, 점점 둥글게 되고, 손아귀가 가득해졌다. 그는 눈을 감고 예루살렘의 젖가슴을 손바닥에 잡고는 오직 한 가지, 이스라엘의 하느님을, 가위로 머리를 잘라 본 적도 없고, 입에는 술이 닿아 본 적이 없고, 몸에는 여자가 닿아 본 적이 없는 신을 생각했다. 열심당원은 밤이 새도록 이스라엘을 무릎에 앉히고는 천사와 구름으로서가 아니라, 인간과 흙으로 이루어졌으며, 그가 원하는 대로 겨울에는 따뜻하고 여름에는 시원한 하늘나라를 그의 마음속 깊은 곳에 다 지었다.

늙은 랍비는 나쁜 소문이 난 그의 딸이 막사에서 나오는 것을 보았다. 그는 다른 쪽으로 얼굴을 돌렸다. 이것은 그의 생애에서 가장 굴욕적인 사건들 가운데 하나일 터였다. 순결하고도 하느님을 공경하는 그의 몸에서 어떻게 이런 창녀가 태어났을까? 어떤 악마가, 어떤 불가항력의 격통(激痛)이 그녀로 하여금 수치의 길을 따르게 했던가? 어느 날, 가나에서 벌어진 축제에서 돌아온 그녀는 흐느껴 울며 죽고 싶다는 말을 했고, 다음에는 미친 듯 웃음을 터뜨리더니 뺨에다 화장을 하고, 보석을 닥치는 대로 모조리 몸에다 달고는 길거리에서 손님을 받기 시작했다. 그러더니 그녀는 부모의 집을 떠나 막달라로 가서 대상(隊商)들이 지나다니는 길목에 자리를 잡고 손님들을 끌어들였다…….

조끼가 아직도 풀어진 채로 그녀는 겁도 없이 군중을 향해 왔다. 입술과 뺨에 발랐던 화장은 뭉개져 지워졌고, 밤새도록 남자를 지켜보며 울어서 눈은 멍하고 흐릿했다. 굴욕을 느낀 아버지가 다른 쪽으로 시선을 돌리는 모습을 보자 그녀는 쓸쓸하게 미소를 지었다. 그녀는 하느님에 대한 공경과 사람들이 생각하는 바와 아버지의 사랑도 마찬가지였지만, 수치심도 이미 오래전에 거리가 멀어진 터였다. 나도는 소문을 들어 보면 그녀는 악귀들에게 사로잡혔다고 했지만, 그녀의 마음속에는 일곱 악마가 아니라, 일곱 개의 칼날이 들어앉았다.

늙은 랍비는 다시 소리치기 시작했다. 그는 사람들이 그의 딸을 보지 못하도록, 그들이 머리를 돌려 그를 쳐다보기만 바랐다. 하느님이 그녀를 보았고, 하느님이 심판할 터이니, 그만하면 충분했다.

「영혼의 눈을 뜨고 하늘을 보시오.」 붉은 수염의 어깨 위에서 몸을 돌리며 그가 소리쳤다. 「하느님이 우리 위에 계십니다. 천국의 문이 열렸고, 천사의 대군이 나와서, 하늘은 붉고 푸른 날개로 가득합니다!」

하늘은 불길로 변했다. 사람들이 눈을 들어 하늘을 보니, 무장을 하고 내려오는 하느님이 보였다. 바라빠는 손도끼를 치켜들었다. 「오늘이다, 내일이 아니고 오늘이다!」 그가 소리쳤고, 폭도는 막사들을 향해 돌진했다. 그들은 철문에 달라붙었고, 쇠지레를 써서 문을 열려고 했으며, 또한 벽에다 사다리를 기대 놓았고, 불을 지르려고 활활 타오르는 횃불을 가지고 왔다. 그런데 갑자기 철문이 열리고는 두 명의 청동 빛 기마병이 나타났다. 그들은 이빨까지도 무장을 하고 햇볕에 검게 타고, 건장하고, 자신만만했다. 딱딱하게 굳은 표정으로 그들은 말의 옆구리에 박차를 지르고 창을 치켜들었으며, 길거리는 순식간에 아우성을 치는 발소리로 가득했고, 사람들은 등을 돌려 처형이 이루어질 언덕을 향해 도망치기 시작했다.

저주받은 언덕은 황량해서, 돌멩이와 가시나무들뿐이었다. 어느 돌멩이를 집어 봐도 그 밑에서는 말라붙은 핏방울 자국이 발견되었다. 히브리 사람들이 자유를 찾으려고 로마인들에게 대항해서 봉기할 때마다 이 언덕에는 십자가들이 가득 들어섰으며, 그 위에서 반란자들이 몸부림치고 신음했다. 밤에는 들개들이 몰려와서 그들의 발을 뜯어 먹었고, 이튿날 아침에는 까마귀들이 날아 내려와 눈을 파먹었다.

사람들은 턱에 찬 숨을 돌리려고 언덕 밑에서 멈추었다. 더 많은 청동 빛 갑옷과 투구 차림의 기마병들이 말을 타고 언덕을 오르락내리락하는 사이에 위압당한 히브리 사람들은 한곳으로 무리를 지어 몰렸고, 그러자 병사들은 그들 주위에 경계선을 설정했다. 이제는 정오가 거의 다 되었는데도 아직도 십자가가 도착하지 않았다. 언덕 꼭대기에서는 두 명의 집시가 망치와 못을 들고 기다렸다. 마을의 개들이 어서 시체를 뜯어 먹고 싶어서 언덕으로 올라왔다. 사람들의 불타는 얼굴은 염열(炎熱)이 이글거리는 하늘 밑, 언덕 쪽을 쳐다보았다. 새까만 눈, 매부리코, 햇볕에 그을리고 푹 꺼진 뺨, 지저분한 구레나룻의 남자들, 겨드랑이가 땀으로 흥건히 젖고, 머리카락은 땟국으로 지저분하고 뚱뚱한 여자들이 햇볕을 받아 녹아내리며 악취를 풍겼다.

겐네사렛의 호수에서는 한 무리의 어부들이 놀란 눈을 아이들처럼 휘둥그레 뜨고 다른 사람들처럼 기적을 보려고 왔는데, 그들은 흉악한 이교도들이 십자가에 매달리고 끌고 올라가는 동안 열심당원이 누더기를 벗어 던지고 그러면 신월도(新月刀)를 든 천사가 밑에서 튀어나오리라고 상상했다……. 얼굴과 가슴과 팔이 태양과 바람으로 삭은 그들은 바구니마다 물고기를 가득 담아 가지고 지난밤에 도착했다. 고기를 제값을 다 치고 거기에다 조금 더 얹어 받으며 팔아 버린 다음에 그들은 술집에 자리를 잡고 앉아 술이 취해서 도대체 나자렛에는 왜 왔는지도 까맣게 잊어버리고 여자 생각이 나자 여자의 영광을 노래했고, 자기들끼리 싸움판을 벌였다가 다시 화해하고, 동틀 녘이 되자 문득 이스라엘의 하느님이 생각나서, 세수를 하고, 반쯤은 정신이 들고 반쯤은 잠에 취한 상태로 기적을 보려고 출발했었다.

 그들은 기다리고 또 기다렸으며, 곧 싫증이 났다. 창으로 잔등을 한 번 얻어맞자 그들은 공연히 찾아왔다고 심하게 후회하기 시작했다.

「여보게들, 우리 배로 돌아가는 게 좋겠다는 생각이 드는군요.」 허연 수염이 곱슬거리는 사람이 말했다. 그는 나이에 비해 건강하고 정력적이었으며, 이마는 굴 껍데기 같았다. 「열심당원도 다른 사람들이나 마찬가지로 십자가에 매달리고, 하늘의 문은 열리지 않을 테니까 내 말을 믿으라고요. 하느님의 분노에는 한이 없고, 인간의 불의(不義)도 마찬가지죠. 뭐라고 그랬나요, 제베대오의 아들?」

「베드로의 어리석음에도 한이 없다고 그랬죠.」 수염이 가시덤불 같고, 눈초리가 사나운 어부인 그의 친구가 말했다. 「용서해 주기를 바라지만, 베드로, 당신은 머리만 허옇게 세었지, 나이에 걸맞은 지혜는 얻지 못했어요. 당신은 불쏘시개나 마찬가지로 순식간에 확 타올랐다가 어느새 다 타서 꺼져 버리죠. 우리에게 여기 오자고 제일 먼저 충동질한 건 당신 아니었던가요? 당신은 미친 사람처럼 이 배에서 저 배로 뛰어다니며 소리를 질러 대었죠. 〈형제들이여, 기적이란 평생에 한 번밖에 볼 수가 없으니까, 모두 일손을 멈춰요. 나자렛으로 가서 기적을 봐야 하니까, 어서 가요!〉 그러더니 이제는 창으로 잔등을 두어 차례 얻어맞더니 노래 가사가 달라져서 〈형제들이여, 다 집어치우고 집으로 가요!〉라고 소리를 지르죠. 사람들이 당신을 변덕쟁이라고 부르는 데도 다 그럴 만한 이유가 있기 때문이에요.」

이 말을 들은 어부 두세 명이 웃음을 터뜨렸고, 염소 냄새가 나는 목자 한 사람이 지팡이를 치켜들고 말했다. 「변덕쟁이라고 해서 그 사람을 꾸짖지 말아요, 야고보. 우리 가운데 가장 훌륭하고, 황금 같은 마음의 소유자니까.」

「당신 말이 맞아요, 필립보, 황금 같은 마음이죠.」 그들은 모두 동의했고, 화가 나서 식식거리는 베드로를 어루만져 마음을 진정시켜 주었다. 그들이 마음대로 무슨 소리를 해도 다 좋고, 제멋대로 굴어도 다 좋지만, 나를 변덕쟁이라고 부르다니, 그런 소리만큼은 참기 힘들다고 베드로는 생각했다. 어쩌면 나는 정말로 변덕쟁이일지도 모르고, 누가 뭐라고 하든 줏대가 없이 잘 따라가기도 하지만, 그것은 무서워서가 아니라, 그렇다, 마음이 좋기 때문이다.

야고보는 베드로의 뚱한 표정을 보고는 마음이 울적해졌다. 그는 자기보다 나이가 많은 사람에게 그토록 성급한 소리를 한 잘못을 후회했고, 화제를 바꾸고 싶어서 물었다. 「베드로, 당신 아우 안드레아는 어떻게 지내요? 아직도 요르단 사막에 그냥 사나요?」

「그래요, 아직 거기 살죠.」 한숨을 지으며 베드로가 대답했다. 「사람들 얘기를 들으면 안드레아는 벌써 세례를 받았고, 스승이나 마찬가지로 메뚜기와 석청(石淸)을 먹고 산다더군요. 이 말이 거짓말로 밝혀지기를 하느님께 빌지만, 내가 다짐하건대 머지않아 우리는 안드레아가 마을마다 돌아다니며 〈회개하라! 회개하라! 하늘나라가 임하였도다!〉라면서 다른 사람들처럼 외치는 꼴을 틀림없이 보게 될 거요. 하늘나라라니 — 우리가 사는 이런 세상을 두고 그런 소리를 하는 걸까요? 우린 창피가 무엇인지는 좀 알아야 되겠다, 내 얘기는 그거예요!」

야고보는 머리를 흔들고는 무성한 눈썹을 찌푸렸다. 「세상만사를 혼자 다 아는 체하던 내 동생 요한도 똑같은 짓을 하는 걸 난 봤어요.」 그가 말했다. 「요한은 승려가 되겠다고 겐네사렛 사막의 수도원으로 찾아갔어요. 보아 하니 요한은 천성이 고기잡이가 될 사람은 아니었던 모양이어서 두 늙은 영감과 고깃배 다섯 척만 남겨 두고는 날 버리고 떠났는데, 난 기가 막혀 벽을 머리로 받고 싶은 심정이었어요.」

「하지만 복도 많은 양반이 뭐가 부족해서 그랬을까요?」 목자인 필립보가 물었다. 「하느님이 내려 주실 만한 모든 복은 다 타고났는데! 한창 젊은 시기에 어쩌다가 그렇게 되었을까요?」 그가 물었지만 마음속으로는 돈이 많은 사람들도 역시 애가 타는 고민거리가 있다는 사실을 깨닫고 은근히 기분이 좋았다.

「갑자기 초조해하더군요.」 야고보가 대답했다. 「그러더니 여자 생각이 나서 못 견디는 젊은 애처럼 잠자리에서 밤새도록 몸을 뒤치곤 했어요.」

「왜 결혼을 하지 않았을까요? 신부는 얼마든지 구할 수 있었을 텐데 말이에요.」

「여자하고는 결혼하고 싶지 않다고 그랬어요.」

「그럼 무엇하고 결혼하겠다는 얘기예요?」

「안드레아하고 똑같은 얘기지만, 자기는 하늘나라와 인연을 맺겠다는 생각이었죠.」

남자들은 웃음을 터뜨렸다.

「그러면 하늘나라를 신부로 맞아 영원히 영원히 행복하게 살아가겠구먼요!」 굳은살이 박인 두 손을 짓궂게 비비대면서 늙은 어부가 소리쳤다.

베드로는 입을 열었지만, 그가 미처 말을 꺼낼 틈도 없이 시끄러운 고함 소리가 사방에 가득했다. 「봐라! 십자가를 만드는 놈이다, 십자가를 만드는 놈이야!」

동시에 그들은 어리벙벙해서 머리를 돌렸다. 길 아래쪽에서 비틀거리는 걸음으로, 무거운 십자가에 눌려 숨을 몰아쉬며 올라오는 목수의 아들이 보였다.

「십자가를 만드는 놈이다! 십자가를 만드는 놈이다!」 군중이 소리쳤다. 「반역자다!」

두 명의 집시가 언덕 꼭대기에서 내려다보았다. 십자가가 오는 광경을 보자, 햇볕이 뜨거워 쩔쩔매던 그들은 기뻐서 껑충껑충 뛰었다. 손바닥에다 침을 뱉더니 그들은 곡괭이를 집어 구덩이를 파기 시작했다. 굵직하고 대가리가 납작한 못은 근처의 돌멩이 위에다 놓았다. 세 개를 마련하라는 명령을 받았지만 그들은 못을 다섯 개나 만들었다.

남자들과 여자들은 십자가를 만드는 자가 지나가지 못하게 길을 막으려고 서로 손을 맞잡아서 벽을 이루었다. 막달라의 여인은 군중으로부터 벗어나 언덕을 올라오던 마리아의 아들에게서 눈길을 떼지 않았다. 그녀가 네 살이고 그가 세 살이었을 때, 아직 어린아이였을 때 함께 놀았던 날들을 회상하며 그녀의 마음은 비탄으로 터질 듯싶었다. 말로 표현하기 어려운 어떤 포근함을, 밖으로 드러내기 힘든 어떤 깊은 기쁨을 그들은 누렸던가! 처음으로 그들은 두 사람 다 한 사람은 남자요, 다른 한 사람은 여자라는 깊고도 어두운 진실을 인식했었으니, 옛날 언젠가는 두 몸이 하나처럼 여겨졌었지만 어떤 무자비한 신이 그들을 갈라놓았고, 이제 그 갈라진 조각들이 서로 다시 만나서 재결합하려고, 뭉치려고 애썼다. 나이를 먹으면 먹을수록 그들은 한 사람은 남자이고 한 사람은 여자라는 사실이 얼마나 놀라운 기적인지를 더욱 뚜렷하게 느꼈으며, 굶주림이 점점 심해져서 결국은 그들이 서로 한 물줄기를 이루어 흐르고 하느님이 갈라놓았던 것을 다시 하나로 잇게 되는 순간이 오기를 기다리며 말 없는 공포에 휘말려 서로 쳐다보고는 했었다. 하지만 그러다가 어느 날 밤 가나의 축제에서 그녀가 사랑하던 이는 손을 내밀어 그녀에게 장미를 주어 사랑의 약속을 확실히 했는데, 무자비한 신은 서둘러 그들에게로 내려와 또다시 두 사람을 갈라놓았다. 그리고 그 후로 지금까지……

막달라 여인의 눈에 눈물이 가득 고였다. 그녀는 앞으로 나섰다. 십자가를 메고 오는 사람이 그녀의 바로 앞을 지나갈 터였다.

그녀는 그에게로 몸을 수그렸다. 향기를 풍기는 그녀의 머리카락은 옷이 벗겨지고 피가 나는 그의 어깨에 닿았다.

「십자가를 만들다니!」 그녀는 거칠고, 목이 졸린 듯한 소리를 질렀다. 그녀는 몸을 떨었다.

젊은이는 얼굴을 돌리더니 고뇌에 찬 커다란 눈으로 잠깐 동안 그녀를 뚫어져라고 쳐다보았다. 그의 입술이 경련을 일으키며 불끈거렸다. 그는 입이 뒤틀렸지만, 곧 머리를 수그렸고, 막달라의 여인은 얼굴이 뒤틀린 까닭이 고통 때문인지, 아니면 두려움 때문인지, 또는 미소를 지으려고 그랬는지, 따져 볼 틈이 없었다.

아직도 그에게로 몸을 숙이고 굽어보며, 가쁜 숨을 몰아쉬면서 그녀가 말했다. 「당신은 자존심도 없나요? 나를 기억하지 못하세요? 어쩌면 이렇게까지 스스로 타락하고 말았나요?」

그리고 잠시 후에, 그녀에게 대답하는 그의 말을 듣고 난 것처럼, 그녀는 소리쳤다. 「아뇨, 아니에요, 불쌍한 사람, 그건 하느님이 아니고, 악마예요!」

그러는 사이에 군중은 앞으로 달려 나가 그의 길을 가로막았다. 어느 노인이 지팡이를 들어 그를 때렸고, 기적을 보려고 다른 사람들과 어울리기 위해 다볼 산에서 달려 내려온 두 명의 소몰이는 막대기로 그를 꼼짝도 못하게 찍어 눌렀다. 바라빠가 움켜쥔 손도끼는 저절로 불끈거렸다. 하지만 위험을 눈치 챈 랍비는 당장 붉은 수염의 목에서 미끄러져 내려가 조카를 막아 주려고 달려갔다.

「이러지들 말아요, 여러분!」 그가 소리를 질렀다. 「하느님의 뜻을 가로막으면 커다란 죄악이니까, 그러지 말아요. 명령이 내려졌으면 그대로 지켜져야만 합니다. 중간에서 방해하면 안 돼요. 하느님이 보내신 것이니까 십자가가 지나가도록 그냥 놔두고, 집시들로 하여금 못을 준비하게 그냥 놔두고, 아도나이의 사도로 하여금 십자가에 오르도록 그냥 놔두시오. 두려워하지 말고, 믿음을 가지시오! 칼날이 뼛속까지 파고드는 그런 것이 하느님의 법입니다. 그러지 않고서는 어떤 기적도 일어나지 못합니다! 이 늙은 랍비의 말을 들으시오, 여러분. 나는 여러분에게 진실을 얘기합니다. 인간은 우선 나락의 언저리에 다다르지 않고서는 날개가 돋아나지 못하는 법입니다!」

소몰이들은 막대기를 치웠고, 움켜쥐었던 주먹들은 돌멩이를 놓았고, 사람들은 하느님의 길을 터주기 위해 옆으로 물러섰고, 마리아의 아들은 십자가를 등에 메고 비틀거리며 계속해서 올라갔다. 저 너머 올리브나무 숲에서 여치들이 찌르륵거리는 소리가 들려왔고, 언덕 꼭대기에서는 굶주린 백정의 개들이 신이 나서 짖어 대었다. 더 앞쪽, 사람들의 무리 속에서는 보랏빛 머릿수건을 쓴 여자가 비명을 지르더니 기절했다.

베드로는 이제 입을 딱 벌리고, 눈이 휘둥그레졌다. 그는 마리아의 아들을 지켜보았다. 베드로는 그를 알았다. 가나에서 살던 시절 마리아의 고향 집은 그의 집 맞은편이었으며, 그녀의 나이 많은 부모 요야킴과 안나는 베드로의 부모와 옛날부터 흉허물 없이 친한 사이였다. 그들은 성자 같은 사람들이었다. 그들이 사는 소박한 움막집에는 천사들이 끊임없이 드나들었고, 어느 날 밤에는 거지로 변장하고 그 집의 문턱에 걸터앉아 있는 하느님을 이웃 사람들이 보았다. 지진이라도 일어난 듯 집이 흔들렸기 때문에 그들은 그가 하느님이라는 사실을 알았고, 아홉 달 후에는 기적이 일어나서, 육순이나 된 늙은 여자였던 안나는 마리아를 낳았다. 베드로는 그 무렵에 나이가 다섯 살도 안 되었지만, 그 후에 벌어진 온갖 잔치를 환히 기억했으니, 온 마을이 떠들썩하게 들뜬 분위기였고, 어떤 사람은 밀가루와 우유를, 어떤 사람은 대추야자와 꿀을, 그리고 또 어떤 사람은 아기에게 입힐 자그마한 옷 따위 산모와 아기에게 줄 선물을 가지고 남자들과 여자들이 축하를 하러 달려갔다. 베드로의 어머니가 산파 노릇을 했다. 그녀는 소금을 타서 데운 물을 준비해서 울어 대는 갓난아기에게 목욕을 시켰다. 그런데 지금, 그 마리아의 아들이 십자가를 잔뜩 걸머지고 앞을 지나가려는 참이었으며, 모든 사람이 그에게 침을 뱉고 돌멩이를 던졌다. 베드로는 보고 또 보는 사이에 가슴이 터지는 듯싶었다. 그는 불우한 운명을 맞았다. 이스라엘의 하느님은 무자비하게도 마리아의 아들인 그를 택해 선지자들을 매달 십자가를 만들게 했다. 〈하느님은 전지전능하시니까 나를 택해서 바로 그런 일을 시켜도 되었을 테지만, 대신에 마리아의 아들을 택했고, 나는 저 운명을 벗어났구나……〉 하고 생각을 해본 베드로는 부르르 떨었다. 흥분했던 베드로의 마음이 갑자기 차분하게 가라앉았고, 그는 죄를 그에게서 대신 떠맡은 마리아의 아들에 대해 깊은 고마움이 왈칵 솟구치는 기분을 느꼈다.

이런 혼란한 생각이 그의 머릿속에서 오가는 순간에 십자가를 메고 오던 사람은 숨이 차서 걸음을 멈추었다.

「난 피곤해, 피곤하다.」 그가 중얼거렸다. 그는 몸을 기대고 쉴 만한 바위나 사람이 없을까 싶어서 사방을 둘러보았지만, 증오심에 휘말려 그를 노려보는 눈과 주먹을 휘두르는 수천 명의 분노한 군중밖에는 아무것도 눈에 띄지 않았다. 그러자 그는 하늘에서 날개를 치는 듯한 소리를 듣고는 가슴이 마구 뛰었다. 아마도 하느님은 마지막 순간에 가엾게 여겨서 천사를 보내 주었는지도 모를 일이었다. 그는 눈을 들었다. 그렇다, 그의 머리 위에는 날개들이 보였는데, 까마귀였다. 그는 화가 났다. 그는 악착같은 집념에 사로잡혔고, 계속해서 언덕을 걸어 올라갈 작정을 하고 단호하게 발을 내디뎠다. 하지만 그의 발밑에서는 돌멩이들이 쑥쑥 가라앉으며 달아났다. 그는 발이 걸리고, 엎어지려고 했다. 베드로가 때를 맞춰 앞으로 달려 나오더니 그를 붙잡아 일으켜 세웠다. 베드로는 그에게서 십자가를 받아 어깨에 메었다.

「내가 도와주죠.」 그가 말했다. 「당신은 지쳤어요.」

마리아의 아들은 얼굴을 돌려 어부를 물끄러미 쳐다보았지만, 그가 누구인지 알아보지 못했다. 오늘 여기까지 올라온 길이 모두 꿈처럼 여겨질 따름이었다. 어깨에서 무거운 짐이 갑자기 없어지자 그는 꿈속에서 날아다니는 사람처럼, 공중에서 훨훨 날아가는 기분이었다. 십자가가 아니라 틀림없이 한 쌍의 날개였으리라고 그는 생각했다. 얼굴에서 땀과 피를 닦아 내며 그는 꿋꿋한 걸음걸이로 베드로의 뒤를 따라갔다.

공중에는 바위들을 핥아 대는 불이 가득했다. 피를 핥아 청소를 하라고 집시들이 데리고 올라온 양몰이 개들은 주인들이 파놓은 구덩이 가장자리에, 바위 밑에서 살이 투실투실한 몸을 길게 뻗고 엎드렸다. 개들이 씨근덕거렸고, 축 늘어진 혀에서는 땀이 마구 쏟아졌다. 이 불 가마솥 안 같은 열기 속에서 사람들의 두뇌가 부글부글 끓어오르고, 머리가 지끈거리는 소리가 들릴 지경이었다. 그런 열기 속에서는 모든 경계선이 달라져서, 지혜와 어리석음, 십자가와 날개, 인간과 신, 모두가 제멋대로 뒤바뀌었다.

마음이 착한 여자 몇 명이 마리아를 소생시켰다. 그녀는 눈을 떴고, 앙상하게 야위고 맨발인 아들을 보았다. 그는 드디어 언덕 꼭대기에 다다르려는 참이었고, 그의 앞에서는 다른 남자가 십자가를 메고 갔다. 한숨을 지으며 그녀는 도와줄 사람을 찾기라도 하려는 듯 사방을 둘러보았다. 마을 사람들과 어부들이 눈에 띄자 그녀는 가까이 가서 몸을 의지하려고 했지만, 이미 너무 늦었다! 막사 쪽에서 나팔 소리가 울려 퍼지더니 더 많은 기마병이 나타났고, 구름처럼 먼지가 피어올랐고, 사람들이 다시금 몰려들었으며, 마리아가 미처 바위에 올라서서 살펴볼 틈도 없이, 청동 투구를 쓰고, 빨간 망토를 두르고, 살이 토실토실하고 의젓한 말을 탄 기마병들이 그들 위로 덮치며 유대인들을 마구 짓밟았다.

두 팔은 뒤로 돌려 팔꿈치를 포박하고 옷은 갈기갈기 찢어지고 피투성이에, 기다란 머리는 피와 땀으로 어깨에 달라붙고, 거칠고 허연 수염은 수북하고, 꼼짝도 않는 눈으로 정면의 허공만 응시하며 반란자 열심당원이 앞으로 나섰다.

그의 모습을 보자 사람들은 아연했다. 그는 사람이었을까, 아니면 누더기 속 깊은 곳에는 고백할 수가 없는 무시무시한 비밀을 지키려고 입을 꽉 다문 천사나 악마가 숨어 있지는 않았을까? 늙은 랍비와 사람들은 열심당원에게 용기를 주기 위해서 그가 나타나기만 하면 다 함께 모여 목청껏 높은 소리로 〈내 적을 무찌르리!〉라고 전쟁의 찬송가를 부르기로 약속이 이루어졌었다. 하지만 지금 그들은 목구멍에서 말이 나오지 않았다. 이 사람은 용기를 북돋워 줄 필요가 없다고 모두들 느꼈다. 그는 용기를 초월했고, 정복도 안 되고, 압박을 가할 수도 없는 사람이었으며, 잔등에 포박된 손에는 자유를 움켜쥐었다. 그를 지켜본 사람들은 공포를 느끼며 침묵을 지킬 뿐이었다.

반란자를 묶은 밧줄을 안장 뒤쪽에다 묶어 끌면서 앞장서서 말을 타고 가는 백부장은 동양의 햇볕에 타서 피부가 단단하게 굳었다. 그는 오래전부터 유대인을 혐오했다. 10년 동안 그는 수많은 십자가를 세우고 유대인을 매달았으며, 10년 동안이나 그는 유대인들이 아무 소리도 못하게 입에다 돌멩이와 흙을 퍼 넣었지만, 다 헛일이었다! 한 명을 십자가에 매달아 처형하고 나면 어느새 1천 명도 넘는 사람이 줄지어 나타나서는 어서 그들의 차례가 오기를 초조하게 기다리며, 고대에 살았던 그들의 어느 왕을 찬양하는 뻔뻔스러운 노래를 불러 대었다. 그들은 죽음을 두려워하지도 않았다. 그들에게는 첫 번째로 태어난 사내아이의 피를 핥아 먹으려고 덤비는 신이, 그들만이 섬기는 피에 굶주린 신이 따로 있었으며, 열 개의 뿔이 달리고 인간을 잡아먹는 괴수인 그들끼리의 법[2]도 따로 마련되어 있었다. 어디서 그는 그들을 붙잡아 들였던가? 어떻게 그는 그들을 진압했던가? 그들은 죽음을 조금도 두려워하지 않았고, 이곳 동양에 와서 백부장은 그 문제를 놓고 자주 명상을 해보았듯이, 죽음을 조금도 두려워하지 않는 사람은 불멸한다.

그는 고삐를 바싹 당겨 말을 세우고는 얼굴이 비바람에 시달리고, 눈은 불타오르고, 수염은 지저분하고, 머리카락은 더러운 걸레 같은 유대인의 무리를 둘러보았다. 그는 구역질이 나서 침을 뱉었다. 떠나게만 된다면, 떠나기만 한다면 얼마나 좋으랴! 목욕

---

2 십계명.

탕도 많고, 극장과 원형 극장과 몸이 깨끗한 여자도 많은 로마로 다시 돌아가기만 한다면 얼마나 좋으랴! 그는 악취가 나고 더러운 곳, 유대인들이 사는 동양을 혐오했다!

집시들이 땀을 바위에다 털었다. 그들은 언덕 꼭대기의 구덩이에다 십자가를 꽂아 세웠다. 마리아의 아들은 바위에 앉아 집시들을 쳐다보았고, 십자가와 사람들을, 그리고 군중 앞에서 말을 내리는 백부장을 쳐다보았고 보고 또 보았지만, 불타오르는 하늘 밑에 바다처럼 깔린 수많은 머리밖에 아무것도 눈에 띄지 않았다. 베드로가 가까이 가서 그에게로 몸을 수그리고는 말을 걸었다. 그가 얘기를 했지만, 젊은이의 귓전에서는 하얀 파도를 일으키며 폭풍이 몰아치는 바다가 울부짖어서, 베드로의 목소리가 들리지도 않았다.

백부장이 머리를 끄덕이자 그들은 열심당원을 놓아주었다. 그는 멍한 상태에서 정신을 차리려고 말없이 한쪽으로 물러서더니, 옷을 벗기 시작했다. 막달라의 여인은 말의 다리들 사이로 미끄러져 나가 두 팔을 벌리고 그에게 접근하려 했지만, 그는 손을 저어 그녀를 쫓아 버렸다. 딱딱하고 귀족적인 분위기를 풍기는 늙은 여자가 아무 말도 없이 그녀를 군중 속으로 깊이 밀어 넣고는 그를 껴안았다. 그는 머리를 숙이고, 그녀의 두 손에다 차례로 한참씩 입맞춤을 하고, 그녀를 가슴에 꼭 껴안았고, 그러더니 얼굴을 돌렸다. 말없이, 눈물도 흘리지 않으면서, 노부인은 얼마 동안 더 그 자리에 가만히 서서 그를 쳐다보았다.

「내 축복을 받기 바란다.」 그녀가 마침내 중얼거리고는 맞은편 바위로 가서, 좁다란 그늘 속에서 식식거리며 길게 엎드린 집시의 양몰이 개들 옆에 몸을 기대고 섰다.

백부장은 땅바닥을 발로 굴러 다시 안장 위로 뛰어올랐고, 모두들 그를 보았고, 그의 말을 들었다. 조용하라고 군중의 머리 위로 채찍을 휘두른 다음, 그가 말했다.

「내 말을 들어라, 히브리 사람들아. 이것은 로마가 전하는 말이다. 조용하라!」

그는 이미 누더기를 벗어 버리고 햇볕을 받으며 서서 기다리던 열심당원을 엄지손가락으로 가리켰다.

「지금 벌거벗고 로마 제국의 앞에 선 이자는 로마를 거역한 인물이다. 어렸을 때 이자는 제국의 독수리 상징을 끌어 내렸고, 다음에는 입산해서, 여러분의 마음에 메시아가 임하여 로마를 멸망시킬 날이 왔다고 하면서, 여러분 모두에게 합세하여 봉기하라고 선동했다! ……거기 사람들, 소리 그만 지르고 조용하라! 반란, 살인, 배반 — 이것이 그가 범한 죄이다. 그리고 이제 들어라, 히브리 사람들아, 내가 하는 말을 들어라. 나는 그대들이 판결을 내리기를 바란다. 이자는 어떤 벌을 받아야 마땅한가?」

그는 밑에 모인 군중을 둘러보며 기다렸다. 사람들이 소란스러워졌다. 그들은 고함을 지르고, 서로 밀치고, 그들을 몰아 놓은 자리를 벗어나 백부장에게로 달려가서 그가 탄 말의 바로 앞까지 몰려들었지만, 당장 겁에 질려 뒷걸음질을 치더니 파도처럼 반대 방향으로 다시 밀려갔다.

백부장은 화가 났다. 말에게 박차를 지르며 그는 군중을 향해 나아갔다.

「내가 물었잖아!」 그가 고함쳤다. 「반역자, 살인자, 배반자에 대한 벌 — 이자에게는 어떤 벌을 줘야 되겠느냐고 말이야!」

더 이상 마음을 가눌 수가 없었던 붉은 수염이 격분해서 앞으로 뛰쳐나갔다. 그는 〈자유를 찾자!〉라고 소리를 지를 생각이었고, 벌써 입을 벌리기까지 했지만, 옆에서 친구 바라빠가 그를 붙잡고 손으로 입을 막았다.

바다처럼 웅성거리는 소리 이외에는 한참 동안 아무것도 들리지 않았다. 아무도 섣불리 입을 열지 않았으며, 모두들 조용히 신음하고 한숨을 짓고 숨을 몰아쉬었다. 이렇게 어정쩡한 소음을 뚫고 갑자기 날카로운 목소리가 들려왔다. 환희와 두려움을 다 같이 느끼며 모두들 시선을 돌렸다. 늙은 랍비는 다시 한 번 붉은 수염의 어깨 위로 올라갔다. 기도를 드리거나 저주를 내리기라도 하려는 듯 뼈만 앙상한 두 손을 치켜들더니 그는 용감하게 말했다. 「무슨 벌을 주느냐고요? 왕관을 줘야 합니다!」

그를 가엾게 여긴 사람들은 백부장이 그 말을 들으면 벌을 내릴 테니까 그의 목소리가 들리지 않도록 하려고 함성을 올렸다. 백부장은 그의 말을 듣지 못했다.

「당신 뭐라고 그랬죠, 랍비?」 귀에다 손을 대고 말에게 박차를 지르며 백부장이 소리쳤다.

「왕관을 주라고요!」 랍비는 힘차게 되풀이했다. 그는 온몸이 활활 타올랐고, 얼굴에서 광채가 났으며, 대장장이의 어깨 위에서 부르르 떨고, 뛰어오르고, 춤을 추는 모습이 마치 공중으로 솟아올라 날아가기라도 할 기세였다.

「왕관을 주라고요!」 그는 백성과 하느님을 대변하게 되어 기뻐서 다시 소리를 질렀고, 마치 자기가 공중에서 십자가에 매달리기라도 하는 듯 양쪽으로 팔을 벌렸다.

백부장은 광분했다. 말에서 뛰어내리고 안장 손잡이에서 채찍을 벗긴 그는 무거운 걸음걸이로 군중을 향해 나아갔다. 돌멩이들을 옆으로 밀어내며, 들소나 멧돼지 같은 무슨 육중한 야수처럼, 그는 말없이 앞으로 나아갔다. 군중은 숨을 죽인 채 꼼짝도 않고 서서 기다렸다. 올리브나무 숲 속에서 우는 여치와 신경질적인 까마귀들 소리 이외에는 또다시 아무것도 들리지 않았다.

그는 두 걸음, 그러고는 또 한 걸음을 내놓더니 멈추었다. 목욕을 하지 않고 땀에 젖은 몸뚱어리와 벌린 입의 악취가 그의 코를 찔렀기 때문이다. 유대 놈들! 그는 더 나아가서 랍비 앞에 이르렀다. 노인은 온 얼굴에 지복(至福)이 넘쳐흐르는 표정으로 대장장이의 어깨에 올라앉아 미소를 짓고 백부장을 내려다보았다. 선지자들이나 마찬가지로 자기도 죽음을 당하게 될 순간, 그가 평생 기다려 왔던 순간이 이제는 그를 찾아왔다.

백부장은 반쯤 눈을 감고 그를 쳐다보았다. 단 한 번에 늙은 반역자의 머리를 부숴 버리려고 이미 그가 번쩍 치켜든 팔을 자제하는 데는 굉장한 힘이 들었다. 하지만 노인을 죽여 봤자 로마에 아무런 이득도 없을 터여서 그는 분노를 억눌렀다. 그랬다가는 저주받을 불굴의 백성들이 또다시 봉기해서 유격전(遊擊戰)을 벌일 터이고, 말벌 둥우리 같은 유대인들의 땅에 다시 한 번 손을 대서 로마에게 득이 될 일은 하나도 없었다. 그래서 그는 자제력을 보여 채찍을 팔에 감고는 랍비에게로 돌아섰다. 그의 목소리가 거칠어졌다.

「랍비, 당신의 체면을 지켜 줄 가치가 있다고 사람들이 생각하는 까닭은 오직, 내가 당신의 체면을 지켜 주기 때문이고, 로마의 대변자인 내가, 아무런 가치도 없는 당신을 가치 있는 인간으로 대해 주기 때문이오. 그렇기 때문에 나는 채찍을 들지 않겠소. 나는 당신이 하는 말을 들었고, 심판은 당신이 내렸어요. 이제는 내가 심판을 하겠소.」

백부장은 십자가의 양쪽에 서서 기다리던 두 명의 집시에게로 돌아섰다. 「저자를 십자가에 매달아라!」 그가 고함쳤다.

「나는 판결을 내렸소.」 랍비가 조용한 목소리로 말했다. 「그리고 당신도 판결을 내렸죠, 백부장. 하지만 심판을 내려야 할 분이 하나, 가장 중요한 분이 아직 남았소.」

「황제 말인가요?」

「아니죠…… 하느님 말이에요.」

백부장이 웃었다.「나는, 나자렛에서는 황제의 대변자이고, 세상에서는 황제가 신의 대변자입니다. 신과 황제와 루포가 판결을 내렸어요.」

이렇게 말하고, 그는 팔뚝에 감았던 채찍을 풀고는 발밑의 돌멩이와 가시나무들을 미친 듯 후려치며 언덕 꼭대기를 향해 출발했다.

한 노인이 두 팔을 하늘로 들어 올렸다.「사탄아, 그대의 머리 위에, 그리고 그대의 자손과 그대의 자손의 자손의 머리 위에 하느님이 죄를 내리기를!」

청동 기마병들은 그러는 사이에 십자가를 빙 둘러쌌다. 밑에서는 분노에 차서 코웃음을 치며 사람들이 구경을 하려고 발돋움을 하고 목을 길게 뽑았다. 그들은 고뇌하며 전율했다 — 기적은 일어나려는가, 안 일어나려는가? 언제 천국의 문이 열리려나 많은 사람들이 하늘을 살펴보았다. 여자들은 벌써 공중에서 여러 빛깔의 날개를 보았다. 대장장이의 널찍한 어깨 위에 무릎을 꿇고 앉은 랍비는 말발굽들 사이로, 기마병들의 붉은 망토 사이로, 안을 들여다보려고 애썼다. 그는 위쪽, 십자가 주변에서 어떤 일이 벌어지는지를 알고 싶었다. 그는 보았고, 희망의 언덕을, 절망의 언덕을 보았지만 말을 하지 않았다. 그는 기다렸다. 늙은 랍비는 그를 보았고, 그를, 이스라엘의 하느님을 잘 알았다. 그는 무정했고, 자기 나름대로의 법을, 자기 나름대로의 십계명을 고집했다. 그렇다, 그는 약속했고 그 약속을 지켰지만, 조금도 서두르지 않앉으니, 신은 시간을 재는 척도 또한 따로 고집했다. 여러 세대에 걸쳐서 신의 말씀은 기능을 발휘하지 않고 그냥 공중에서 떠돌아다녔으며, 지상에 이르지 않으리라. 그리고 마침내 막상 지상에 이른다고 해도, 신이 그 일을 맡기기로 정한 사람은 참으로 큰 재난을 맞으리라! 성서를 보면 처음부터 끝까지, 하느님이 선택한 사람들이 얼마나 많이 죽었으며, 그들이 죽을 때 하느님은 그들을 구하려고 손 하나 까딱이라도 했던가? 어째서? 어째서? 그들은 하느님의 뜻을 따르지 않았던가? 아니면 선택한 모든 사람이 죽음을 당하는 것이 하느님의 뜻이었을까? 랍비는 혼자 이런 생각을 해보았지만, 그 이상은 캐고 들지 않았다. 하느님은 심연, 하나의 심연이라고 그는 생각했다. 나는 가까이 가지 않는 편이 좋으리라!

마리아의 아들은 아직도 한쪽 옆으로 비켜나서 돌멩이에 앉아 있었다. 그는 떨리는 무릎을 두 손으로 꼭 끌어안고 지켜보았다. 두 명의 집시가 열심당원을 붙잡았고, 로마 경비병들도 앞으로 나와서 모두들 욕설을 퍼붓고 웃으며, 당기고 밀치며, 반란자를 십자가로 끌어 올리려고 애썼다. 발버둥을 치고 소동이 벌어지는 광경을 보자 양몰이 개들은 눈치를 채고 벌떡 일어섰다.

귀족적이고 늙은 어머니는 기대었던 바위에서 몸을 일으키더니 앞으로 나섰다. 「용기를 가지거라, 내 아들아.」 그녀가 소리쳤다. 「신음도 하지 말고, 우리로 하여금 너를 부끄럽게 여기지 않도록 해라!」

「열심당원의 어머니로구나.」 늙은 랍비가 중얼거렸다. 「마카베오 집안의 후손인 존귀한 그의 어머니로다!」

두 가닥의 굵은 밧줄이 이제는 반란자의 겨드랑이 밑으로 끼워졌다. 집시들은 십자가의 두 팔에다 사다리를 걸어 놓고는 그를 천천히 들어 올리기 시작했다. 그는 몸집이 엄청나게 크고 육중했으며 십자가가 갑자기 기우뚱하더니 쓰러지려고 했다. 백부장은 비실거리면서 몸을 일으킨 마리아의 아들을 걷어찼고, 그는 곡괭이를 집어 들고 가서 십자가가 쓰러지지 않도록 돌멩이와 쐐기를 다져 넣도록 했다.

그의 어머니는 그런 굴욕은 견딜 수가 없었다. 사랑하는 아들이 십자가 처형을 하는 자들과 한패가 되었다는 꼴을 보기가 창피해진 그녀는 마음을 단단히 다지고는 군중을 팔꿈치로 밀치며 나아갔다. 겐네사렛의 어부들은 그녀를 불쌍하게 여겼고, 그녀를 보지 못한 체했다. 그녀는 아들을 낚아채어 끌고 가기 위해 말들 사이로 달려 들어가려고 했지만, 이웃에 사는 나이 많은 사람이 그녀를 불쌍하게 생각해서 팔을 잡았다.「마리아.」이웃 여자가 말했다.「그러지 말아요. 어디로 가는 거예요? 저 사람들이 당신을 죽일 텐데요!」

「난 내 아들을 저기서 끌고 나오고 싶어요.」마리아는 울음을 터뜨리며 대답했다.

「울지 말아요, 마리아.」노부인이 말했다.「저쪽 어머니를 보세요. 저 여자는 꼼짝도 않고 서서 저 사람들이 자기 아들을 십자가에 못 박는 것을 지켜보잖아요. 저 여자를 보고 마음을 단단히 먹어요.」

「나는 내 아들 한 사람 때문에 우는 게 아니고, 저 어머니를 위해서도 울어요.」

틀림없이 평생 동안 많은 고통을 겪었을 늙은 어머니는 이마가 벗겨진 머리를 저었다.「십자가에 매달리는 사람의 어머니가 되기보다는 십자가에 매다는 사람의 어머니가 되는 편이 훨씬 좋아요.」그녀가 중얼거렸다.

하지만 마리아는 서두르느라고 그 얘기를 듣지 못했다. 그녀는 눈물이 가득 고인 눈으로 아들을 찾느라고 사방을 두리번거리면서 언덕을 올라가기 시작했다. 온 세상이 흐느껴 울었다. 눈앞이 희미해졌고, 짙은 안개 같은 시야에서 어머니는 말과, 청동 갑옷과, 땅에서 하늘까지 뻗어 올라간 십자가를, 새로 깎아 만든 거대한 십자가를 어렴풋하게 알아보았다.

기마병 한 명이 머리를 돌리고 그녀를 보았다. 창을 치켜들고 그는 그녀더러 되돌아가라고 머리를 끄덕였다. 어머니가 걸음을 멈추었다. 허리를 구부리고 그녀는 말들의 배 밑으로 아들을 보았다. 그는 무릎을 꿇고 곡괭이를 휘두르며 십자가를 돌멩이로 다져 쓰러지지 않도록 단단히 세우는 중이었다.

「내 아들아.」 그녀가 소리쳤다. 「예수야!」

사람과 말과 굶주려서 울부짖는 개의 시끄러운 모든 소음보다도 더 높은 소리로 어머니가 외치는 비명은 정말로 가슴을 찢어 놓는 듯싶었다. 아들은 얼굴을 돌려 어머니를 보았다. 그는 얼굴이 어두워지면서 아까보다도 더욱 열을 올려 돌멩이를 다졌다.

밧줄 사다리에 올라선 집시들은 열심당원이 미끄러져 떨어지지 않도록 밧줄로 십자가에 묶어 놓고는 두 팔을 벌렸다. 그러더니 그들은 못을 가지고 올라가 그의 손에다 박기 시작했다. 뜨겁고 큼직한 핏방울이 예수의 얼굴에 뚝뚝 떨어져 튀었다. 곡괭이를 집어 던지고 그는 겁에 질려 뒤로 물러나 말 뒤로 피했는데, 옆을 보니 잠시 후에 죽을 남자의 어머니와 나란히 서게 되었다. 벌벌 떨면서 그는 살이 찢어질 때의 비명을 들으려고 기다렸다. 그는 온몸의 피가 양쪽 손의 한가운데로 쏠렸고, 핏줄은 당장 터져 버릴 듯 잔뜩 부풀어 올라 화끈거렸다. 손바닥에서 그는 못의 대가리처럼 동그란 고통의 자리가 느껴졌다.

어머니의 목소리가 다시 한 번 들려왔다. 「예수야, 내 아들아!」

인간의 배 속이 아니라 땅의 심장부에서 울려 나오는 듯한 우렁찬 고함 소리가 십자가 위에서 터졌다. 「아도나이!」

사람들도 그 소리를 들었고, 고함은 그들의 폐부를 찢고 들어갔다. 소리를 지른 것은 사람들, 그들 자신이었던가? 아니면 대지의 함성? 아니면 첫 번째 못이 박히는 순간에 십자가에 매달린 사람이? 모두가 하나였고, 모두가 십자가에 매달렸다. 사람들, 대지와 열심당원, 모두가 고함을 질러 대었다. 피가 솟구쳐 나와 말들에게로 튀었고, 커다란 방울 하나가 예수의 입술로 떨어졌다. 뜨겁고 찝찔했다. 십자가를 만든 사람이 비틀거렸지만, 어머니가 때맞춰 달려 나와 그를 품에 안았고, 그는 쓰러지지 않았다.

「내 아들아.」 그녀가 다시 중얼거렸다. 「예수야……」

하지만 그는 눈을 감아 버렸다. 그는 두 손과, 발과, 가슴에서 견디기 힘든 고통을 느꼈다.

귀족적인 노부인은 꼼짝도 않고 서서 엇갈린 두 개의 널빤지 위에서 아들이 경련하는 모습을 지켜보았다. 그녀는 입술을 깨물고 침묵을 지켰다. 하지만 그제야 그녀는 목수의 아들과 그의 어머니가 뒤에서 얘기하는 소리를 들었다. 그녀는 마음속에서 분노가 치솟아 오르며 돌아섰다. 이 사람은 그녀의 아들을 매단 십자가를 만든 배교자 유대인이고, 이 여자는 그자를 낳은 어머니였다. 이런 아들이, 반역자가 왜, 왜 그는 살아남고, 그러면서도 그녀의 아들은 십자가에 매달려 몸부림을 치고 비명을 질러야만 했던가! 슬픔에 휘말린 그녀는 목수의 아들에게로 두 손을 뻗쳤다. 그녀는 가까이 다가가서 그의 바로 앞에 섰다. 그는 눈을 들고 그녀를 보았다. 그녀는 창백하고, 난폭하고, 무자비한 표정이었다. 그는 그녀를 보고는 머리를 떨구었다. 그녀의 입술이 움직였다.

「내 저주가 너에게 내리리라.」그녀는 광폭하게, 거친 목소리로 말했다.「목수의 아들아, 내 저주가 너에게 내릴 것이다. 다른 사람을 십자가에 매달았듯이, 너도 스스로 십자가에 매달리리라!」

노부인은 젊은이의 어머니에게로 돌아섰다.「그리고 당신 마리아, 당신도 내가 느낀 고통을 느끼기 바랍니다!」

얘기를 끝내자마자 노부인은 머리를 돌리더니 다시 한 번 아들을 뚫어져라 쳐다보았다. 막달라의 여인은 이제 십자가의 밑동을 끌어안고는 머리카락과 두 팔이 온통 피투성이가 된 채로 열심당원의 발을 만지며 그를 위해 진혼곡을 불렀다.

집시들은 칼을 잡고는 여러 조각으로 나누기 위해 십자가에 매달린 사람의 옷을 쭉쭉 찢기 시작했다. 제비뽑기를 해서 그들은 그의 누더기 조각을 나누어 가졌다. 커다란 핏방울로 얼룩진 하얀 두건 이외에는 아무것도 남지 않았다.

「그건 목수의 아들한테 주지.」그들이 말했다.「불쌍한 친구, 그런대로 일을 잘했지.」

그들은 햇볕을 받으며 쪼그리고 앉아 벌벌 떠는 그를 발견했다.

「그건 자네 몫이야, 목수.」피투성이 두건을 던져 주며 집시 한 사람이 말했다.「앞으로 더 많은 십자가 처형을 맡아 일하도록 운을 빌어 주겠네!」

「그리고 자네도 십자가에 매달릴 영광을 누리기를 바라겠어, 목수!」다른 집시가 웃으면서 말하고는 그의 잔등을 다정하게 툭툭 두들겼다.

제5장

「갑시다, 여러분.」 절망에 빠진 남자들과 여자들을 불러 모으려고 두 팔을 활짝 벌리며 늙은 랍비가 외쳤다. 「갑시다! 내가 여러분에게 중대한 비밀을 하나 알려 주겠습니다. 용기를 가져요!」

그들은 좁다란 골목길을 따라 달리기 시작했다. 뒤에서는 기병대가 말을 달려 그들을 몰아댔다. 더 많은 사람이 피를 흘릴까 봐 아낙네들이 비명을 지르고 문을 닫았다. 달려가는 동안에 늙은 랍비가 두 차례 넘어졌고, 다시 기침을 하기 시작하고, 피를 토했다. 유다와 바라빠가 그를 끌어안았다. 사람들이 떼를 지어 유대 교회로 몰려와서 숨을 헐떡이며 밀려 들어갔다. 그들은 잔뜩 밀려들고, 마당까지도 가득 찼고, 길거리 문을 막아 버렸다.

그들은 랍비의 입술을 응시하며 기다렸다. 그토록 심한 고통 속에서, 노인이 어떤 비밀을 알려 주어 그들의 마음을 기쁘게 하려는가? 지금까지 여러 해 동안 그들은 불운에 또 불운을, 십자가 처형에 또 십자가 처형을 고통스럽게 지켜보았다. 하느님의 사도들이 끊임없이 예루살렘과 요르단 강과 사막에서 나타났고, 누더기 차림에 쇠사슬을 차고 입에서는 거품을 뿜으며 산에서 내려왔지만, 그들은 한 사람도 남김없이 십자가에 매달려 죽어 갔다.

성난 웅얼거림이 일었다. 벽을 장식한 나뭇가지들과 종려나무들, 5각 성형(星形)과 선택된 민족이나 약속된 땅이나 하늘나라나 메시아 따위 거창한 어휘들을 써놓은 성서대의 거룩한 두루마리들 — 이것들 가운데 하나도 이제는 그들에게 위안이 되지 못했다. 너무 오래 기다리다 보니 희망은 절망으로 변하기 시작했다. 하느님은 서두르지 않았지만 인간은 조급했고, 그들은 더 이상 기다릴 수가 없었다. 교회당의 양쪽 벽을 가득 채운 희망의 그림자들조차 이제는 그들을 기만하지 못했다. 언젠가 선지자 에제키엘 서(書)를 읽다가 랍비는 하느님께 마음이 사로잡히기도 했었다. 그는 벌떡 일어나 소리를 지르고, 흐느껴 울고 춤을 추었지만, 그래도 안식은 발견하지 못했다. 선지자의 말은 그의 육체에서 한 부분을 이루었다. 마음을 쏟아 놓기 위해 그는 붓을 잡고 그림을 그리기 시작했는데, 교회당에 파묻혀 지내면서 신성한 열광에 사로잡혀 끝없는 사막과 두개골과 뼈와 산처럼 쌓인 인간의 해골, 그리고 그 위에서 시뻘겋게 달군 쇠처럼 빨갛게 빛나는 하늘을, 선지자가 보았던 환상을 벽에다 가득 그렸다. 하늘의 한가운데서 거대한 손이 불쑥 튀어나와 에제키엘의 목덜미를 낚아채어 공중에서 대롱대롱 들었다. 하지만 환상은 다른 벽까지도 연결되었다. 여기에서는 에제키엘이 뼈 무더기 속에 무릎까지 푹 빠진 채로 서 있었다. 벌어진 그의 입은 환한 초록빛이고, 입에서 흘러나온 띠에서는 붉은 글자가 보였다. 〈이스라엘 백성들아, 백성들아, 메시아가 임하셨도다!〉 뼈들이 저절로 함께 이어지고, 해골들은 이빨과 진흙으로 가득 차며 솟아오르고, 새 예루살렘을 건설하고, 눈부신 빛이 비추고, 온통 푸른 보석과 붉은 보석으로 장식된 새 예루살렘을 손바닥에 올려놓은 무시무시한 손이 하늘에서 뻗어 나왔다.

사람들은 이런 그림을 보고는 투덜거리며 머리를 저었다. 그 광경을 보자 늙은 랍비는 화가 났다.

「왜 당신들은 투덜거립니까?」 그는 사람들에게 소리쳤다. 「당신들은 우리 조상이 섬긴 하느님을 믿지 않습니까? 또 한 사람이 십자가에 매달렸으니, 구세주는 한 걸음 더 가까이 온 셈입니다. 믿음이 부족한 그대들이여, 십자가가 의미하는 바가 바로 그것입니다!」

그는 성서대에서 두루마리를 하나 집어 난폭한 동작으로 펼쳤다. 열린 창문으로 햇빛이 흘러 들어왔고, 황새 한 마리가 하늘에서 내려와 같이 듣고 싶다는 듯 맞은편 집의 지붕에 앉았다. 바싹 야윈 가슴에서 기쁨과 승리감이 넘치는 함성이 터져 나왔다. 「시온에 승리의 나팔을 울려라! 예루살렘에 기쁜 소식을 전하라! 외쳐라! 여호와께서 그의 백성을 찾아오셨노라. 봉기하라, 예루살렘이여, 기뻐하라! 보라! 동쪽과 서쪽에서 주님이 그대들의 자손을 모아들이누나. 산은 납작하게 무너지고, 언덕이 도망치고, 모든 나무가 향기를 뿜어내었도다. 그대의 영광을 일깨우라, 예루살렘의 사람들아. 영원하고도 영원한 행복이 이스라엘 백성에게로 찾아왔노라.」

「언제요, 언제 말입니까?」 군중 속에서 누군가 지르는 소리가 들려왔다. 모두들 시선을 돌렸다. 자그마하고, 야위고, 건포도처럼 쪼글쪼글한 노인이 발돋움을 하고 일어섰다. 「언제 말입니까, 랍비님, 언제요?」 그가 소리쳤다.

랍비는 화가 나서 예언서를 말아 버렸다.

「당신은 무엇이 그리 급한가요, 므나쎄여?」 그가 물었다.

「급해요!」 자그마한 노인이 대답했다. 그의 얼굴에서는 눈물이 흘러내렸다. 「난 시간이 없어요. 난 곧 죽을 테니까요.」

랍비는 팔을 뻗어 뼈 더미 속에 파묻힌 에제키엘을 가리켰다.
「보시오, 므나쎄! 당신은 부활할 것입니다!」
「말씀드려야겠지만, 나는 늙고 눈이 멀어서 볼 수가 없답니다.」
베드로가 말참견을 했다. 날이 저물어 가는 중이었다. 그는 겐네사렛 호수에서 밤에 고기잡이를 해야 했으므로 시간에 쫓기는 터였다. 「랍비님.」 그가 말했다. 「당신은 우리 마음을 위로할 비밀을 얘기해 주기로 약속하셨습니다. 그 비밀은 무엇인가요?」

숨을 죽이고 그들은 모두 늙은 랍비 주변으로 모여들었다. 마당에 모인 사람들이 들어올 수 있는 한 잔뜩 안으로 들어왔다. 열기는 맹렬했고, 사람들의 땀 냄새가 지독했다. 교회지기가 악취를 몰아내기 위해 향로에다 눈물방울처럼 생긴 삼나무 수액의 알맹이들을 던져 넣었다.

늙은 랍비는 숨이 막혀서 성직자 자리로 올라갔다.

「여러분!」 땀을 씻어 내며 그가 말했다. 「우리 마음은 십자가로 가득 찼습니다. 내 검은 수염은 오래전에 회색이 되었고, 회색 수염은 하얗게 변했고, 이빨은 빠져 땅으로 떨어졌습니다. 므나쎄 노인이 외친 소리를 나는 여러 해 전부터 소리쳤습니다. 〈얼마나 기다려야 하나이까, 하느님이시여, 얼마나 기다려야 하겠나이까? 나는 메시아를 보지 못하고 죽어야 하겠나이까?〉 나는 거듭거듭 그렇게 질문했는데, 그러던 어느 날 밤에 기적이 일어났으니, 하느님이 응답을 하셨습니다. 우리가 물을 때마다 하느님은 항상 대답하지만, 우리의 육체가 때를 입어 더러워지고 귀가 먹어서 듣지 못할 따름입니다. 하지만 그날 밤에 나는 들었고, 그것은 기적이었습니다.」

「무슨 얘기를 들었나요? 우리한테 다 얘기해 주세요, 랍비님.」 베드로가 외쳤다. 그는 팔꿈치로 사람들을 밀치고 나아가서 랍비 앞에 섰다. 노인은 허리를 굽혀 베드로를 보더니 미소를 지었다.

「베드로여, 하느님은 당신이나 마찬가지로 어부라오. 그분도 달이 거의 다 찼을 무렵에 밤이면 고기를 잡으러 나가는데, 그날 밤에는 달이 차서, 우유처럼 하얀 빛깔인 보름달이 하늘에서 떠갔고, 어찌나 자비와 은혜로 넘치는지 나는 눈을 감을 수가 없었습니다. 집이 나를 꽉 죄어드는 기분이었어요. 나는 좁다란 뒷골목을 지나서 나자렛을 떠나, 높이 올라갔고, 바위 위에 웅크리고 앉아 남쪽을, 거룩한 예루살렘을 물끄러미 쳐다보았어요. 달이 기울더니, 사람이 그러듯이 나를 쳐다보고는 미소를 지었는데, 나는 달을, 달의 입과 뺨과 눈초리를 쳐다보고는 한숨을 지었죠. 나는 달이 나한테 얘기를, 고요한 한밤중에 나한테 얘기를 한다고 느꼈지만, 들을 수가 없었어요……. 땅에서는 잎사귀 하나 바스락거리지 않았고, 추수를 하지 않은 평원에서는 빵 냄새가 풍기는 듯싶었으며, 내 주변의 산들로, 다볼과 길보아와 가르멜로 우유가 폭포처럼 쏟아졌어요……. 오늘은 하느님이 내려오시는 밤이로구나 하고 나는 생각했습니다. 이 보름달은 틀림없이 하느님이 밤에 보여 주는 얼굴 모습이리라고요. 미래의 예루살렘에서는 날마다 밤이 이러하리라고요.

이런 생각이 머리에 떠오르자 내 눈에는 눈물이 당장 가득 고였습니다. 나는 슬픔과 두려움에 사로잡혔어요. 〈저는 늙었나이다.〉 내가 소리쳤습니다. 〈저는 메시아를 제 눈으로 보게 되는 기쁨을 누리지 못하고 죽게 되나요?〉

나는 벌떡 일어났습니다. 거룩한 분노가 다시 나를 사로잡았어요. 허리띠와 옷을 모두 벗어 버리고, 나는 우리 어머니가 나를 낳았을 때의 모습 그대로 하느님의 눈앞에 섰습니다. 나는 내가 얼마나 늙었으며, 새들이 쪼아 먹어 썰렁하게 남은 포도송이가 매달린 줄기처럼, 가을철의 무화과나무 잎사귀처럼 내가 얼마나 시들고 쪼그라들었는지를 하느님이 보기를 바랐죠. 나는 하느님이 나를 보고, 나를 가엾게 생각하고, 빨리 행동을 취하기를 바랐어요!

그리고 하느님 앞에 발가벗고 그렇게 서서, 나는 달빛이 내 살을 뚫고 들어온다고 느꼈어요. 나는 완전히 영혼으로 변해서, 하느님과 하나가 되었고, 하느님의 목소리를 바깥이나 위에서가 아니라 내 마음속으로부터 들었어요. 내 마음속에서 말입니다! 하느님의 참된 목소리는 항상 우리 내면으로부터 우리에게로 전해지니까요. 〈시므온아, 시므온아!〉 하고 부르는 소리를 난 들었어요. 〈나는 네가 메시아를 눈으로 보고, 그의 말을 네 귀로 듣고, 그의 손을 네가 움켜잡아 보기 전에는 죽지 않게 해주리라!〉

〈주여, 그 말씀을 다시 한 번 해주소서!〉 내가 소리쳤어요.

〈시므온아, 시므온아, 나는 네가 메시아를 눈으로 보고, 그의 말을 네 귀로 듣고, 그의 손을 네가 움켜잡아 보기 전에는 죽지 않게 해주리라!〉

나는 어찌나 행복했는지, 내 정신이 아니었어요. 발가벗은 몸으로 나는 손뼉을 치고, 발로 땅을 구르면서, 달빛 속에서 춤을 추기 시작했어요. 난 그 춤이 눈 깜짝할 동안인지 아니면 천 년 동안 계속되었는지 알 길이 없지만, 어쨌든 나는 결국 속이 시원하게 풀렸고, 위안을 찾았습니다. 옷을 입고 허리띠를 채운 다음 나는 나자렛으로 내려갔습니다. 지붕 꼭대기 높은 곳 횃대에 올라앉은 수탉은 나를 보더니 당장 울기 시작했어요. 하늘이 웃었고, 새들은 잠이 깼고, 문이 열리고는 사람들이 나한테 아침 인사를 했습니다. 내 초라한 집은 문과 창문과 모든 것이 온통 붉은 보석으로 뒤덮여서, 꼭대기에서부터 밑바닥까지 반짝거렸어요. 나무와 바위와 사람과 새들, 내 주변의 모든 사물은 하느님의 존재를 머금었고요. 피를 빨아먹는 인간이기는 했지만 백부장까지도 깜짝 놀라서 걸음을 멈추었어요. 〈당신 어떻게 된 거예요, 랍비?〉 그가 나한테 물었습니다. 〈당신은 타오르는 횃불 같아요. 나자렛에 불이 나지 않게 조심해야 되겠어요!〉 하지만 나는 그에게 얘기를 함으로써 내 숨결을 더럽히고 싶지 않아 아무 말도 하지 않았어요.

난 오랜 세월 동안 이 비밀을 가슴속에 깊이 간직해 놨습니다. 나는 자랑스럽게, 남모르게, 완전히 혼자서만 비밀을 누렸고, 그리고 나는 기다렸어요. 하지만 오늘, 우리의 마음속에다 새로운 십자가를 또 하나 못 박는 광경을 보게 된 암흑의 날에, 나는 더 이상 비밀을 감춰 둘 수가 없어졌습니다. 나는 이스라엘의 백성을 불쌍하게 생각해요. 따라서 나는 여러분에게 기쁜 소식을 전하겠노니, 그분은 임하실 터이고, 그분은 이제 멀리 있지 않습니다. 그분은 근처의 어느 우물에서 물을 한 모금 마시거나, 빵 덩어리들을 갓 꺼낸 어느 빵가마에서 한 조각의 빵을 먹느라고 아마 잠깐 걸음을 멈추었는지도 모릅니다. 하지만 어디에 계시든지 간에 그분은 나타나실 터이니, 그 까닭은 하느님께서 그렇게 말씀하셨기 때문이며, 하느님께서는 하신 말씀은 어기지 않으시기 때문입니다. 〈시므온아, 나는 네가 메시아를 눈으로 보고, 그의 말을 네 귀로 듣고, 그의 손을 네가 움켜잡아 보기 전에는 죽지 않게 해주리라!〉 ······나는 날이 갈수록 기운이 없어진다고 느끼지만, 기운이 빠지는 그만큼 구세주가 가까이 오시는 겁니다. 나는 여든다섯 살이죠. 하느님은 더 지체하지 못합니다!」

머리털이 없고 사팔뜨기에, 코가 날카롭고 앙상한 남자가 벌떡 일어섰다. 그는 마치 누가 그를 밀가루로 반죽할 때 잊어버리고 효모를 넣지 않은 사람처럼 보였다.

「하지만 혹시 당신이 천 년 동안 산다면 어떻게 되나요, 랍비님?」 그는 말을 가로막았다. 「혹시 당신이 영원히 안 죽는다면 어떻게 됩니까? 우린 그런 걸 봤어요. 에녹과 엘리야는 아직 살아 있잖아요!」 작고 찌푸린 그의 눈이 교활하게 이쪽저쪽으로 힐끔거렸다.

랍비는 그 말을 못 들은 체했지만 사팔뜨기 남자의 독기가 서린 말은 그의 심장에 칼날처럼 꽂혔다. 그는 명령을 내리려고 손을 들었다. 「나는 하느님하고 단둘이서만 있고 싶어요. 가시오, 모두들 가시오!」

교회당 안이 비고, 군중이 흩어졌으며, 늙은 랍비는 완전히 혼자만 남았다. 그는 길거리 쪽 문을 잠그고는 선지자 에제키엘이 공중에 떠다니는 그림을 그린 벽에 몸을 기대고는 깊은 생각에 잠겼다. 그는 신이고 전지전능하기 때문에, 마음이 내키는 대로 한다, 랍비는 생각했다. 악당 토마의 말이 옳은가? 만일 하느님의 뜻에 따라 내가 천 년을 산다면, 얼마나 비통한 일인가! 그리고 만일 하느님의 뜻에 따라 내가 영원히 죽지 않는다면 — 그렇다면 메시아는...... 이스라엘 민족의 위대한 희망은 모두 헛되단 말인가? 이 민족은 수천 년 동안 하느님의 말씀을 자궁 속에 잉태한 채로, 어머니가 그녀의 씨에 양분을 주듯, 그 말씀을 키워 왔다. 우리의 살과 뼈는 잡혀 먹히었고, 우리는 녹아 없어져, 오직 이 〈아들〉을 위해서만 살았다. 하지만 이제 민족은 진통을 시작했고, 아브라함의 씨가 아주 높은 함성을 올린다. 낳아 주소서, 주님이여, 이제는 낳아 주소서! 당신은 신이니까 인내할 여유가 있고, 우리는 그러하지 못하나이다. 자비를 베푸소서!

그는 교회당 안에서 왔다 갔다 하며 서성거렸다. 마침내 하루가 저물었다. 그림자가 그림들을 지워 버리고 에제키엘도 삼켰다. 늙은 랍비는 그의 주변에 내린 반영(半影)을 둘러보았고, 그가 평생 동안 보았고 시달렸던 모든 일들이 갑자기 머릿속을 한꺼번에 스쳐 지나갔다. 메시아를 찾기 위해 그는 얼마나 여러 번, 얼마나 강렬한 열망을 품고, 갈릴래아에서 예루살렘으로, 그러고는 예루살렘에서 사막으로 달려갔었던가! 하지만 언제나 그의 희망은 십자가 때문에 좌절당했고, 그는 수치심을 느끼며 나자렛으로 돌아오고는 했었다. 하지만 오늘은……

그는 두 손으로 머리를 지그시 눌렀다.

「아냐, 아니지.」 그는 겁에 질려 중얼거렸다. 「아냐, 아냐, 그럴 리가 없어!」

벌써 여러 날 동안 밤낮으로 그는 머리가 지끈거려서 당장에라도 쪼개질 것만 같았다. 새로운 희망이, 그의 머리로서는 감당하기에 너무 벅찬 희망이, 광증이, 그를 집어삼키는 악마가 그를 찾아왔었다. 하지만 이번이 처음은 아니었다. 여러 해 전부터 악마는 그의 이성을 발톱으로 파고들었다. 아무리 쫓아 버려도 악마는 다시 찾아왔다. 하지만 그것은 감히 낮에는 나타나지 않았고, 항상 밤의 어둠이나 꿈속에서만 찾아왔다. 하지만 오늘, 오늘은 ─ 정오에, 환한 대낮에! ……그가 바로?

그는 벽에 몸을 기대고 눈을 감았다. 그 젊은이는 숨을 몰아쉬고, 십자가를 등에 메고, 다시 한 번 앞을 지나갔는데, 주변에서는 대기가 온통 진동을, 대천사들의 주변에서 그러듯이 진동을 일으켰다……. 보라! 그가 눈을 들었다. 인간의 눈에서 그토록 풍요한 천국을 늙은 랍비는 여태껏 본 적이 없었다! 바로 그가? 「주여, 주여.」 랍비가 중얼거렸다. 「당신은 왜 저를 괴롭히시나이까?

당신은 왜 대답이 없나이까?」

 랍비의 머릿속에서는 예언들이 번갯불의 섬광처럼 튀었다. 늙은 랍비의 머릿속은 한순간 광채로 가득 찼으며, 다음 순간에는 희망도 없이 어둠 속으로 침몰했다. 그의 배가 갈라지더니 족장들이 앞으로 쏟아져 나왔다. 그의 마음속에서는 상처로 온몸이 뒤덮이고 참을성이 뛰어나고 강인한 민족이, 뿔이 구불구불한 길잡이 숫양 같은 모세의 뒤를 따라, 노예의 나라로부터 가나안의 땅으로 끝없는 여로를 떠났고, 이어서 그 여로는 가나안의 땅에서 다시 미래의 예루살렘으로 이어졌다. 하지만 이 새로운 행군에서 길에 불을 밝힌 사람은 족장 모세가 아니라, 또 다른 사람이었으니……. 랍비의 마음이 두근거렸다……. 어깨에 십자가를 멘 다른 사람…….

 그는 한걸음에 성큼 길거리 쪽 문으로 가서는 문을 열었다. 바람이 얼굴을 스쳤고, 그는 깊이 숨을 들이마셨다. 해는 졌고, 새들은 잠을 자러 둥지로 돌아갔다. 좁다란 길거리에는 그림자가 가득 찼고, 대지는 점점 서늘해졌다. 그는 문을 잠그고 묵직한 열쇠를 허리띠 밑으로 찔러 넣었다. 잠깐 동안 그는 용기를 잃었지만, 다음 순간에는 단호하게 결단을 내렸다. 머리를 숙이고 그는 마리아의 집을 향해 길을 나섰다.

 마리아는 그녀의 집 작은 마당에서 높다란 동글 의자에 앉아 있었다. 그녀는 실을 잣는 중이었다. 바깥은 아직 환했고, 여름의 빛은 대지의 표면에서 서서히 밀려났지만 떠나고 싶어 하지 않았다. 사람들과 소들이 일을 마치고 밭에서 돌아왔다. 아낙네들은 저녁밥을 지으려고 불을 지폈으며, 불타는 나무의 향기가 저녁의 대기로 스며 나왔다. 마리아는 실을 자았고, 그녀의 마음은 물렛가락과 더불어 이번에는 이쪽으로, 그러고는 저쪽으로 돌았다.

기억과 상상이 함께 어우러져 그녀의 삶이 반쯤은 진실이요 반쯤은 우화처럼 여겨졌다. 자질구레한 일상적인 일이 오랜 세월 동안 계속되더니, 갑자기 부르지도 않았던 놀라운 공작새가, 기적이 나타나 길고도 황금빛인 날개로 고뇌에 찬 그녀를 감싸 주었다.

「주여, 당신이 뜻하는 곳으로 저를 데려가고, 저를 당신이 뜻하는 대로 하소서. 당신은 저에게 남편을 선택해 주셨고, 당신은 저에게 아들을 주셨으며, 당신은 저에게 고통을 주었나이다. 당신이 소리를 치라고 하면 저는 소리를 치겠으며, 당신이 침묵을 지키라고 하면 저는 그대로 하겠나이다. 주여, 저는 무엇입니까? 당신이 손에 쥔 한 줌의 진흙이어서, 당신은 원하는 대로 저를 짓이기나이다. 당신 뜻대로 하옵소서. 제가 당신에게 비는 소망은 단 한 가지, 주여, 제 아들을 긍휼히 여기소서!」

눈부시게 하얀 비둘기 한 마리가 맞은편 지붕에서 날아 내려와 그녀의 머리 위에서 잠깐 동안 날개를 친 다음, 자갈이 깔린 마당에 점잖게 앉아 마리아의 발 주변을 차근차근 돌아다니기 시작했다. 비둘기는 꼬리 깃털을 펼치고, 목을 구부리고, 머리를 돌려 동그란 눈이 석양에 붉은 보석처럼 반짝거리며 마리아를 쳐다보았다. 비둘기는 그녀를 보더니 얘기를 했다. 저 새가 나한테 무슨 비밀을 얘기하려고 그러는구나, 그녀는 속으로 생각했다. 아, 랍비 노인이 온다면 얼마나 좋을까. 그는 새의 언어에 관해서 다 아니까 나를 위해 해석을 해줄 텐데……. 그녀는 비둘기를 보고 불쌍하다는 생각이 들었다. 물레를 떠나 그녀는 아주 부드러운 목소리로 비둘기를 불렀고, 새는 기뻐서 깡충 뛰어 마주 붙인 그녀의 무릎에 앉았다. 그리고 새가 간직했던 비밀은 그녀의 무릎에 다다르는 것이 전부였다는 듯 그곳에 웅크리고 앉은 비둘기는 날개를 가지런히 접더니 꼼짝도 하지 않았다.

마리아는 새의 기분 좋은 무게를 느끼고 미소를 지었다. 아, 하느님이 항상 인간에게 이토록 감미롭게 내려오기만 한다면 얼마나 좋으랴! 이런 생각을 하며 그녀는 약혼자 요셉과 함께 하늘과 맞닿은 선지자 엘리야의 산을 오르던 날 아침이 머리에 떠올랐다. 그들은 불 같은 선지자에게 그들로 하여금 아들을 낳아 나중에 선지자의 은혜에 대한 보답으로 바칠 수 있도록 하느님께 청원해 주기를 바랐다. 그들은 바로 그날 저녁에 결혼할 예정이었고, 벼락이 내리면 큰 기쁨으로 여기던, 타오르는 불길 같은 선지자의 축복을 받으려고 날도 밝기 전에 길을 떠났었다. 하늘에는 구름 한 점도 없는 화창한 가을날이었다. 사람들이 개미처럼 밭에 모여 일했고, 항아리에서는 포도주가 끓었고, 무화과는 줄줄이 서까래에다 매달아 말렸다. 이 무렵에 마리아는 열다섯 살이었고, 남편은 머리가 허연 노인이었지만, 몸을 의지하려고 힘찬 손에 잡은 지팡이에서는 나중에 꽃이 피어날 터였다.

그들은 정확히 정오에 거룩한 산의 정상에 도착했다. 그들은 무릎을 꿇고 앉아 떨리는 손가락으로 날카롭고 피가 얼룩진 화강암을 만졌다. 바위에서 불꽃이 튀어 마리아의 손을 베었다. 요셉은 산꼭대기에 사는 난폭한 선지자를 부르려고 입을 열었지만, 미처 말도 하기 전에 천국의 깊은 곳으로부터 구름이 우박을 요란하게 미친 듯 퍼부었고, 뾰족한 화강암 위에서 깔때기 모양의 소용돌이를 일으켰다. 요셉이 약혼녀를 끌어안아 동굴로 피신시키기 위해 앞으로 달려 나갔더니 하느님이 무시무시한 번갯불을 휘둘렀고, 하늘과 땅이 하나가 되었고, 마리아는 기절해서 넘어졌다. 그녀가 정신이 들어 눈을 뜨고 주변을 둘러보니 요셉은 몸이 마비되어 검은 화강암 위에 엎어졌고…….

마리아는 무릎에 앉은 비둘기 몸에 손을 얹었다. 그녀는 새가 놀라지 않도록 살그머니 쓰다듬었다. 「하느님은 무서운 모습으로 산꼭대기에 내려서 무서운 방법으로 나한테 얘기를 하셨었지.」 그녀가 중얼거렸다. 「나한테 무슨 말을 하셨던가?」

마리아의 주변에서 되풀이되는 기적들 때문에 의아해진 랍비는 자주 그녀에게 질문을 했었다.

「기억을 해봐요, 마리아.」 그는 자주 말했다. 「번갯불이라는 수단을 써서, 하느님은 가끔 그런 방법으로 사람들에게 얘기를 해요. 당신 아들이 맞을 운명은 무엇인지 우리가 알아내게 될지도 모르니까, 기억해 내도록 노력해 봐요.」

「천둥이 쳤어요, 랍비님. 삐걱거리는 우차처럼 하늘에서 우르르거리며 천둥이 내려왔어요.」

「천둥 뒤에는 어땠죠, 마리아?」

「그렇습니다, 당신 말이 맞아요. 하느님은 천둥소리 뒤에서 얘기를 하셨지만, 난 그 말이 무엇인지 정확하게 알아들을 수가 없었어요. 용서하세요.」

비둘기를 어루만지며 그녀는 30년 전의 번갯불을 다시 기억해 내고, 그 숨은 뜻을 풀어내려고 애썼다.

그녀는 눈을 감았다. 그녀의 손바닥에는 몸이 따스하고 가슴이 맥박 치는 비둘기가 느껴졌다. 어째서 그런지를 그녀는 알지 못했고, 어쩌다 그렇게 되었는지도 납득이 가지 않았지만, 갑자기 비둘기와 번갯불은 하나였고, 심장의 맥박과 번갯불, 모두가 하느님이라는 사실을 그녀는 확신했다! 그녀는 소리를 지르며 겁에 질려 벌떡 일어섰다. 이제야 그녀는, 천둥 뒤에 숨겨진 말을, 비둘기가 우는 소리 속에 숨겨진 말을 처음으로 알아들었다. 「마리아를 찬양하라…… 마리아를 찬양하라…….」 의심할 나위도 없이 이것은 분명 하느님이 외친 소리였다. 「아베 마리아…….」

마리아가 시선을 돌려 보니 벽에 몸을 기댄 남편은 아직도 입을 벌렸다 다물었다 했다. 이제는 날이 어두웠지만 그래도 그는 아직 애를 쓰고 땀을 흘렸다. 그녀는 남편 앞을 지나가기는 해도 그에게 말을 하지 않으면서 문간으로 갔다. 그녀는 혹시 아들이 오지 않는지 보고 싶었다. 그녀는 아들이 십자가에 매달린 남자의 피 묻은 머릿수건을 둘러쓰고 평원을 향해 길을 내려가기 시작하는 뒷모습을 보았었다. 아들은 어디로 갔을까? 왜 이렇게 늦을까? 또다시 날이 밝을 때까지 바깥, 들판에서 지낼 생각인가?

문간에 선 마리아는 늙은 랍비가 오는 것을 보았다. 그는 홀장에 몸을 잔뜩 의지하며 씨근덕거렸다. 양쪽 관자놀이의 하얀 머리카락 다발이 가르멜 산에서 불어 내려오기 시작한 저녁 산들바람에 펄럭였다.

마리아는 존경심을 나타내기 위해 한쪽 옆으로 물러섰고, 랍비가 안으로 들어왔다. 그는 동생의 손을 잡고 토닥거렸지만 얘기는 하지 않았는데, 그가 도대체 무슨 말을 하겠는가? 그의 마음은 검은 물속으로 잠겼고, 그는 마리아에게로 시선을 돌렸다.

「눈이 반짝이는군요, 마리아.」 그가 말했다. 「무슨 일이죠? 하느님이 찾아왔었나요?」

「랍비님, 난 찾았어요!」 주체를 못하며 마리아가 말했다.

「찾았다고요? 도대체 무얼 찾았다는 얘긴가요?」

「번갯불 뒤에 숨겨진 말요.」

랍비가 깜짝 놀란 표정을 지었다.

「이스라엘의 하느님은 위대하도다.」 두 팔을 높이 들며 그가 소리쳤다. 「바로 그것 때문에, 마리아, 한 번 더 물어보려고 내가 찾아왔소. 오늘 우리의 희망 하나가 십자가에 못 박혔고, 내 마음은……」

「난 찾아내었어요, 랍비님.」 마리아가 되풀이했다. 「내가 오늘 저녁에 물레 앞에 앉아 실을 잣다가 번갯불 생각을 다시 해보았는데, 그 뒤에서 나는 차분하고도 또렷한 하느님의 목소리가 〈마리아를 찬양하라〉라고 그러는 것을 들었어요!」

랍비는 동글 의자 위로 엎어졌다. 관자놀이를 손으로 누르면서 그는 깊은 생각에 잠겼다. 한참 동안 그대로 동작을 멈추었다가 그는 머리를 들었다.

「또 없나요, 마리아? 마음속 더 깊은 곳에 귀를 기울여 봐요. 그러면 틀림없이 무슨 소리가 들릴 테니까요. 이스라엘의 운명은 마리아가 하는 말에 달렸을지도 몰라요.」

랍비의 말을 듣자 마리아는 겁이 났다. 그녀는 가슴이 떨리기 시작했고, 천둥소리 뒤에 무엇이 숨었는지를 찾아내려고 다시금 긴장했다.

「안 돼요.」 지친 목소리로 그녀가 마침내 중얼거렸다. 「안 돼요, 랍비님. 더 많은 말을, 훨씬 더 많은 말을 하느님이 하셨지만, 난 들을 수가 없어요. 나는 힘자라는 데까지 노력하지만, 하느님이 하신 말씀이 들리지가 않아요.」

랍비는 그녀의 머리에, 그녀의 커다란 눈 위에 손을 얹었다.

「단식을 해요, 마리아, 그리고 기도를 드려요. 하찮은 일상사에 마음을 빼앗기지 말아요. 때로는 마리아의 얼굴 주변에 번갯불처럼 환한 광채가 서리곤 해요. 그것이 정말로 광채인가 해서 난 의아해했죠. 난 알 수가 없어요. 단식을 하고 기도를 드리면 들릴지도 몰라요. 〈마리아를 찬양하라······.〉 하느님의 말씀은 좋은 말로 시작이 되었군요. 그다음에 무슨 말이 뒤따르는지 들어 보도록 애를 써요.」

불안감을 숨기려고 마리아는 항아리들을 얹어 두는 선반으로 갔다. 그녀는 놋쇠 잔을 꺼내 시원한 물을 가득 채워 대추야자 한 줌과 함께 노인에게 주려고 몸을 수그렸다.

「나는 배가 고프지도 않고 목이 마르지도 않아요, 마리아.」그가 말했다. 「고마워요. 하고 싶은 얘기가 남았으니까, 앉아요.」

마리아는 가장 낮은 동글 의자를 가지고 가서 랍비의 발치에 앉았다. 머리를 갸우뚱하고 그녀는 기다렸다.

노인은 그가 하려는 얘기를 한 마디 한 마디 머릿속에서 되새겼다. 그가 하려던 얘기는 어려웠으니, 그가 간직하던 희망은 너무나 거미줄처럼 연약하고 미끄러워서, 그 희망에 너무 비중을 많이 두어 불확실성으로 바꿔 놓지 않을 정도로 연약하고도 부드러운 적절한 말을 찾아내기가 불가능했다. 그는 여자에게 공포감을 주고 싶지 않았다.

「마리아.」마침내 그가 말했다. 「이 집의 밖에서는 사막의 사자처럼 신비한 힘이 떠돌아요. 당신은 다른 여자들하고 달라요, 마리아. 그런 걸 느끼지 않나요?」

「아뇨, 못 느끼겠는데요, 랍비님.」그녀가 중얼거렸다. 「저는 다른 모든 여자들하고 똑같아요. 저는 여자들의 모든 걱정과 기쁨을 사랑합니다. 저는 빨래하고, 밥을 짓고, 우물로 물을 길으러 가고, 이웃 사람들과 유쾌하게 잡담 나누기를 좋아하고, 저녁이 되면 문간에 나가 앉아서 지나다니는 사람들을 구경하는 게 즐거워요. 그리고 내 마음은, 랍비님, 모든 여자의 마음이나 마찬가지여서, 고통으로 가득하답니다.」

「당신은 다른 여자들하고 같지 않아요, 마리아.」모든 반박을 저지하려는 듯 손을 들며 엄숙한 어조로 랍비가 되풀이해서 말했다. 「그리고 당신 아들은······.」

랍비는 말을 멈추었다. 이렇게 가장 어려운 부분을 적절히 표현할 말을 그가 어떻게 찾아내겠는가. 그는 하늘을 올려다보고 귀를 기울였다. 나무에 사는 어떤 새들은 잠잘 준비를, 그리고 어떤 새들은 일어날 준비를 하고 있었다. 바퀴가 돌아 낮이 인간들의 발밑으로 가라앉았다.

랍비가 한숨을 지었다. 하루하루가 얼마나 빨리 흘러가며, 하루하루가 얼마나 맹렬히 뒤쫓는가! 새벽, 땅거미, 해가 지고, 달이 지고, 또 달이 지고, 아이들은 어른이 되고, 검은 머리가 백발이 되고, 바다가 땅을 파먹고, 산이 헐벗고 ― 그렇지만 그들이 기다리던 이는 아직도 오지 않았다!

「내 아들요?」 떨리는 목소리로 그녀가 말했다. 「내 아들이라고요, 랍비님?」

「마리아의 아들은 다른 아들하고는 다릅니다.」 랍비가 용기를 내어 되풀이해서 말했다.

그는 자신이 한 말을 다시 한 번 되새겨 보고는 잠시 후에 얘기를 계속했다. 「때로는 밤에 혼자여서 아무도 자기를 지켜보지 않는다고 생각할 때면, 아드님의 얼굴 전체가 어둠 속에서 광채를 냅니다. 하느님이 나를 용서해 주시기를 빕니다만, 마리아, 나는 벽의 높직한 곳에다 작은 구멍을 하나 뚫어 놓았어요. 나는 그 구멍으로 기어 올라가서 그를 지켜보고 그가 무엇을 하는지 염탐질해요. 왜 그러느냐고요? 그 까닭은, 고백을 하겠는데, 나는 완전히 혼란을 느끼고, 내 지식은 아무런 도움도 되지 못하고, 성서를 아무리 한없이 펼쳐 읽어 봐도 그가 누구이고 어떤 사람인지를 알 길이 없기 때문이죠. 그래서 나는 몰래 그를 염탐질하고, 어둠 속에서 그를 핥아 주는 빛, 그의 얼굴을 몽땅 삼켜 버리는 빛을 보게 됩니다. 그렇기 때문에 그는 날이 갈수록 더 얼굴이 창백해지고, 쇠약해지는 거예요. 그건 병이나 단식이나 기도를 드리기 때문이 아니고, 그래요, 이 빛이 그를 삼켜 버리기 때문입니다.」

마리아가 한숨을 지었다. 다른 모든 사람과 같지 않은 아들을 낳은 어머니는 비애를 맞을 운명이로다, 마리아는 생각했다. 하지만 그녀는 그런 말을 입 밖에 내지는 않았다.

그러자 노인이 그녀에게로 몸을 숙이더니 목소리를 낮추었다. 그의 입술에서 불이 타올랐다.

「찬양을 받을지어다, 마리아.」 그가 말했다. 「하느님은 전지전능하시고, 하느님의 뜻은 헤아릴 수가 없어요. 어쩌면 당신 아드님은······.」

하지만 불운한 어머니가 탄식했다. 「저를 불쌍히 여겨 주세요, 랍비님! 선지자란 말씀인가요? 아니에요, 안 됩니다! 그리고 만일 하느님이 그렇게 뜻을 정하셨더라도, 그 뜻이 달라지기를 바랍니다! 저는 제 아들이, 더도 아니고 덜도 아니고, 다른 모든 아이들하고 똑같아지기만을 바라요. 다른 모든 사람들하고 똑같이 말입니다······. 제 아들이 그 애의 아버지가 그랬듯이 구유와 요람과 쟁기와 집 안에서 쓰는 도구들을 만들고, 지금처럼 인간을 매달 십자가를 만드는 일은 그만두게 해주세요. 그 애가 점잖은 집안에서 태어난 착하고 젊은 딸이며, 지참금도 가져올 여자하고 결혼하게 해주시고 그 애가 풍족한 살림을 꾸려 나가고, 자식을 여럿 낳아서, 할머니와 아이들과 손자들이 다 함께 토요일마다 춤을 추러 가서 모든 사람의 부러움을 사게 해주세요.」

랍비는 홀장으로 몸을 지탱하며 일어섰다. 「마리아.」 그가 준엄하게 말했다. 「만일 하느님이 모든 어머니의 얘기에 귀를 기울인다면 우리는 하나같이 안락하고 나태한 생활의 수렁에 빠져 썩어 버리고 말아요······. 혼자 있는 시간에, 우리가 지금까지 나눈 얘기를 되새겨 보도록 하세요.」

그는 인사를 하려고 동생에게로 돌아섰다. 유리알 같은 눈이 몽롱하고 혀는 축 늘어뜨린 요셉이 허공을 응시하며 무슨 말을 하려고 애썼다.

마리아가 머리를 저었다. 「저이는 아침부터 줄곧 애를 썼지만, 아직도 뜻을 이루지 못했어요.」 그녀는 남편에게로 가더니 침이 질질 흐르고 뒤틀리는 입을 닦아 주었다.

하지만 마리아에게도 잘 자라는 인사를 하려고 랍비가 손을 내미는 순간에 문이 살그머니 열리더니 어둠 속에서 얼굴이 광채를 내며 아들의 모습이 문간에 나타났다. 피투성이 머릿수건을 머리에 둘렀지만, 아직도 뺨을 타고 내리는 커다란 눈물방울뿐 아니라, 그의 발에 껍질처럼 쌓인 먼지와 피도 밤의 어둠 때문에 잘 보이지 않았다.

그는 성큼성큼 문턱을 넘어 들어와 얼핏 주위를 둘러보았고, 어머니와 랍비 그리고 벽 근처의 어둠 속에서 아버지의 몽롱한 눈을 보았다.

마리아가 등잔에 불을 켜려고 했지만 랍비가 말렸다.

「기다려요.」 그가 중얼거렸다. 「내가 얘기해 볼 테니까요.」 마음을 단단히 먹고 그가 접근했다.

「예수야.」 어머니가 듣지 못하도록 목소리를 낮추면서 그가 부드럽게 말했다. 「얘, 예수야, 너는 언제까지 저항하려고 하느냐?」

그러자 야수의 고함 소리가 오두막집을 통째로 뒤흔들었다. 「죽을 때까지요!」

다음 순간, 마치 마지막 한 가닥 힘까지도 모두 그의 몸에서 빠져나온 듯, 마리아의 아들은 땅으로 쓰러져 숨을 몰아쉬며 벽에다 몸을 기대었다. 랍비는 그에게 다시 얘기를 하고 싶었다. 랍비는 그에게로 몸을 굽혔지만 펄쩍 놀라 당장 뒤로 물러섰다. 그는 마치 활활 타오르는 불로 접근했다가 얼굴을 덴 기분을 느꼈다.

하느님은 그의 주변 어디에나 존재한다고 그는 생각했으며, 그렇다, 하느님이 그를 둘러싸고, 아무도 가까이 오지 못하게 막으려는 모양이다. 나는 이 자리를 떠나야 한다!

그는 집을 나와 깊은 생각에 잠겼다. 문이 닫혔지만, 사나운 짐승이 덮치려고 어둠 속에서 기다리기라도 하는 듯 마리아는 감히 등잔에 불을 켤 용기가 나지 않았다. 집의 한가운데 서서 그녀는 남편이 쉴 새 없이 꼬르륵거리는 소리와, 땅바닥으로 털썩 쓰러진 아들이 누가 목을 조르기라도 하는 듯 겁에 질려 가쁜 숨을 몰아쉬는 소리를 들었다. 누군가 아들의 목을 조르는데 — 그것이 누구일까? 불운한 어머니는 손톱으로 빰을 잡아 뜯으며 하느님께 〈저는 어머니입니다. 저를 불쌍히 여기지 않으시나이까?〉라고 묻고, 또 묻고, 탄식하고, 소리쳤지만, 아무런 대답도 들을 수 없었다.

그리고 그렇게 서서, 꼼짝도 않고 말문이 막힌 채로, 그녀의 몸속에서 모든 핏줄이 떨리는 소리에 귀를 기울이려니까, 우렁찬 승리의 함성이 터져 나왔다. 마비된 남자의 혀가 풀어져 마침내 그의 뒤틀린 입에서 한 마디씩 한 마디씩 흘러나와 집 안에서 진동을 일으켰다. 〈아-도-나-이!〉 하지만 노인의 입에서 이 말이 나오자마자 그는 납덩이처럼 깊은 잠에 빠졌다.

마리아는 정신을 가다듬고 등불을 켰다. 음식이 끓었다. 부엌으로 간 그녀는 무릎을 꿇고 앉아 질그릇 솥의 뚜껑을 열고는 물이 모자라는지, 아니면 소금을 조금 넣어야 할지 살펴보았다.

제6장

하늘이 파랗고도 부옇게 빛났다. 나자렛은 잠이 들어 꿈을 꾸었다. 샛별은 잠든 사람들에게 시간을 알려 주었고, 레몬과 대추야자나무 숲은 아직도 파랗고 장밋빛인 베일에 싸여 있었다. 깊은 침묵……. 검은 수탉조차도 울지를 않았다. 마리아의 아들은 문을 열었다. 눈자위는 검푸른 빛깔을 둘렀지만, 그의 손은 떨리지 않았다. 그는 문을 열었고, 그 문을 다시 닫지도 않고, 아버지나 어머니를 한 번 돌아다보지도 않고, 부모의 집을 영원히 떠났다. 그는 두 걸음, 세 걸음을 내디뎠고, 그러더니 걸음을 멈추었다. 그는 자기를 따라오는 무거운 발소리가 들린다고 생각했다. 뒤를 돌아다보았지만 아무도 없었다. 그는 못이 박힌 가죽 허리띠를 꽉 죄고, 붉은 얼룩이 난 머릿수건을 머리에 두르고는 좁다랗고도 구불구불한 길을 따라 내려갔다. 개 한 마리가 그를 보고 처량하게 울었고, 동이 터온다는 걸 깨달은 부엉이는 겁이 나서 그의 머리 위로 소리 없이 날아가 버렸다. 그는 빗장이 잠긴 문들을 뒤로하고 서둘러 밭과 과수원들이 펼쳐진 곳으로 나아갔다. 노래를 부르는 새들이 벌써 지저귀기 시작했다. 어느 채소밭에서는 노인이 몸을 끈으로 매고 배수로에서 물을 끌어 올리는 무자위를 돌렸다. 하루가 밝아 왔다.

그는 돈주머니도, 지팡이도, 신발도 없었으며, 갈 길은 멀었다. 그는 가나, 티베리아, 막달라, 가파르나움을 지난 다음, 겐네사렛 호수를 돌아 사막으로 들어갈 참이었다. 그는 소박하고 덕이 많은 사람들을 위한 그곳 수도원 얘기를 들었었는데, 거기 사람들은 모두 흰옷을 입고, 고기도 먹지 않고, 술도 안 마시고, 전혀 여자도 가까이 하지 않으며, 하느님께 기도를 드리는 일 이외에는 아무것도 하지 않았다. 그들은 약초를 잘 알아서 몸에 지닌 질병을 고쳤고, 남모르는 주문도 잘 알아서 악마의 영혼을 고쳐 주기도 했다. 끊임없이 한숨을 지으며 삼촌 랍비는 이 거룩한 수도원에 관한 얘기를 얼마나 자주 했던가! 그는 하느님을 칭송하고 사람들의 병을 고치며 그곳에서 11년 동안 수도사 생활을 했었다. 하지만, 슬프도다! (물론 역시 전능한 존재인) 유혹자가 어느 날 그를 홀렸고, 그는 한 여자를 만나 거룩한 삶을 버리고, 하얀 승복을 벗고, 결혼해서 막달라의 여인을 낳았다. 그런 죄를 받아 마땅했다! 하느님은 배교자에게 적절한 징벌을 내렸으니⋯⋯.

「나는 그곳으로 가리라.」 걸음을 재촉하며 마리아의 아들이 중얼거렸다. 「그곳, 수도원 안에서, 나는 그의 날개 밑에 숨으리라.」

얼마나 벅찬 기쁨인가! 열두 살이 되던 생일 이후로 얼마나 오랫동안 그는 집과 부모를 버리고, 과거를 잊고, 어머니의 훈계와 아버지의 고함 소리와 영혼을 삼켜 버리는 자질구레한 근심 걱정에서 벗어나기를 갈망했었고, 또 발에 묻은 흙처럼 〈인간성〉을 털어 버리고, 사막에서 안식처를 얼마나 찾고 싶어 했던가! 드디어 오늘, 그는 모든 것을 팽개쳐 뒤에 남기고는, 인간의 굴레로부터 스스로 해방되어, 신의 육체와 영혼을 지니기에 이르렀다. 그는 구원을 받았다!

창백하고 고뇌에 찬 그의 얼굴이 갑자기 광채를 발산했다. 아마도 오랜 기간 동안 신이 그를 발톱으로 꼼짝 못하게 옭아 쥔 것은 발톱에서 해방되어, 자신의 결단력에 따라, 지금 그가 가는 곳으로 그를 데려가고 싶었기 때문이었는지도 모른다. 이것은 그의 욕망이 신의 욕망과 하나가 되기 시작했음을 뜻하는가? 이것은 인간에게 가장 어렵고도 가장 위대한 의무가 아니었을까? 이것이 행복의 의미가 아니었을까?

그는 마음이 놓이는 기분을 느꼈다. 더 이상 발톱도 없고, 이제는 투쟁이나 비명도 없어졌다. 오늘 아침 동틀 녘에 하느님은 자비심이 넘치는 모습으로, 시원하고 부드러운 산들바람처럼 그에게로 찾아와서 말했다. 「가자!」 그는 문을 열어 주었고, 지금 그는 얼마나 감미로운 조화의 감정을, 얼마나 벅찬 행복감을 느끼는가! 「나한테는 너무나 벅찹니다.」 그가 중얼거렸다. 「나는 머리를 들어 구원의 찬송가를 부르겠나이다. 〈주여, 당신은 내 피난처요, 안식처이니……〉」 그는 기쁨을 마음속에 담아 둘 수가 없었고, 마냥 넘쳐흘렀다. 그는 올리브나무와 포도밭과 밀밭 등 하느님의 엄청난 풍요로움에 에워싸여, 부드러운 새벽빛을 받으며 나아갔고, 기쁨의 노래가 그의 사타구니에서 튀어나와 하늘까지 이르려고 했다. 그가 머리를 높이 들고 입을 벌렸지만 갑자기 가슴의 고동이 한 박자를 건너뛰었고, 맨발로 그의 뒤를 따라 달려오는 발소리를 똑똑히 들었다. 그는 발걸음을 늦추고는 조심스럽게 귀를 기울였다. 뒤따라오던 발소리가 주춤했다. 그는 무릎에서 기운이 빠져 걸음을 멈추었다. 쫓아오던 발걸음도 멈추었다.

「누구인지 알겠어.」 떨리는 목소리로 그는 중얼거렸다. 「나는 알아…….」

하지만 그는 마음을 단단히 먹고는 그녀가 모습을 감추기 전에 얼른 보려고 갑자기 획 돌아섰다. ……아무도 없었다!

동쪽 하늘은 짙은 벚꽃 빛깔이 되었다. 곡식은 완전히 무르익었고, 바람도 불지 않는 대기 속에서 이삭이 무거워 옆으로 기울어진 줄기들은 낫이 잘라 주기를 기다렸다. 평원에서는 한 마리의 짐승도, 단 한 명의 사람도, 평원에서는 아무도 눈에 띄지를 않았다. 그의 등 뒤, 나자렛에만 생명의 흔적이 조금이나마 보였다. 한두 집에서 이미 연기가 피어올랐다. 여자들이 잠자리에서 일어나는 중이었다.

그는 약간 안도감을 느꼈다. 시간을 낭비하지 말아야겠다고 생각했다. 힘껏 달려 저 언덕 너머로 가면 그녀를 떼어 버리게 될 터였다. 그는 달리기 시작했다.

그의 다른 쪽에서는 밀이 사람의 키만큼이나 자랐다. 포도나무도 마찬가지였지만, 밀이 처음 생겨난 곳은 바로 이곳 갈릴래아의 평원이었고, 야생 포도나무들이 아직도 산등성이를 타고 기어 올랐다. 멀리 소가 끄는 수레가 삐걱거렸다. 당나귀가 몸을 털고 땅바닥에서 일어나 킁킁거리며 대기의 냄새를 맡아 보고는 꼬리를 들고 힝힝거렸다. 그는 웃고 떠드는 소리를 들었다. 숫돌에 간 낫이 번쩍거렸고, 추수하려는 사람들이 처음 나타났다. 태양은 그들의 멋진 팔과 목과 정강이에 뜨겁게 내리쬐었다.

멀리서 달려오는 마리아의 아들이 눈에 들어오자 농부들은 웃음을 터뜨렸다.

「여보시오, 누굴 그렇게 정신없이 쫓아가나요?」 그들이 소리를 질렀다. 「아니면 누구에게 쫓기는가요?」

하지만 그가 더 가까이 와서 잘 보이게 되자 그들은 달려오는 사람이 누구인지를 깨달았다. 그들은 모두 잡담을 그치고 서로 어물어물하며 가까이 모여들었다.

「십자가를 만드는 사람이다!」 그들이 웅성거렸다. 「저놈에게 저주가 내리기를! 어제 난 저 사람이 십자가 처형을 하는 걸 봤는데……」

「머리에 쓴 저 피투성이 두건을 보라고!」

「십자가에 매달린 사람의 옷을 나눠 가질 때 저 사람 몫으로 돌아간 거야. 죄 없는 이의 피가 저 인간의 머리를 쳐내기를 비나이다!」

그들은 갈 길을 서둘렀지만, 이제는 웃음이 목구멍에 걸려 나오지 않아 그냥 묵묵히 지나갔다.

마리아의 아들은 그들을 지나쳐서 뒤에 남겨 두고, 밀밭을 가로질러 완만한 산등성이를 덮은 포도밭에 이르렀다. 무화과나무를 보자 그는 잎사귀를 하나 주워 냄새를 맡아 보려고 걸음을 늦추기 시작했다. 그는 인간의 겨드랑이를 연상시키는 무화과 잎사귀 냄새를 무척 좋아했다. 어렸을 때 그는 가끔 눈을 감고 무화과 잎사귀 냄새를 맡고는, 젖을 빨며 어머니의 가슴팍으로 다시 파고드는 상상을 하곤 했다……. 하지만 걸음을 멈추고 잎사귀를 집으려고 손을 뻗는 순간, 그의 온몸에서 식은땀이 흘렀다. 그의 뒤를 따라 달려오던 발소리도 갑자기 걸음을 멈추었다. 그는 머리가 쭈뼛해졌다. 아직 팔을 엉거주춤 뻗은 채로 그는 사방을 둘러보았다. 적막함. 하느님 이외에는 아무도 없으며, 흙은 축축하고, 잎사귀들에서는 물방울이 똑똑 떨어졌고, 어느 나무가 썩어 뚫린 구멍 속에서는 나비 한 마리가 이슬에 젖은 날개를 펼치며 날아가려고 애를 썼다.

소리를 질러야지, 그는 작정했다. 소리를 지르면 마음이 진정되리라.

한낮 시간에 산이나 황량한 평원에서 그가 혼자일 때마다, 그가 그토록 벅차게 느꼈던 감정은 무엇이었을까? 기쁨? 아픔? 아니면 그런 모든 느낌보다 강렬했던 두려움이었나? 그는 사방에서 그를 둘러싼 하느님을 의식했고, 도망치려고 결사적인 시도를 하려는 듯 광폭한 소리를 지르곤 했다. 때때로 그는 수탉처럼 울었고, 때로는 굶주린 승냥이처럼 울부짖었고, 때로는 채찍을 맞은 개처럼 울었다. 하지만 지금 소리를 지르려고 입을 벌린 그의 눈에 날개를 펼치려고 애쓰는 나비의 모습이 띄었다. 그는 허리를 굽혀 나비를 얌전히 집어서, 태양이 내리쬐기 시작한 땅바닥에서 훨씬 높은 무화과나무의 잎사귀에다 올려놓았다.

「내 자매여, 내 자매여.」그는 중얼거리며 동정이 넘치는 눈으로 나비를 쳐다보았다.

따스한 햇볕을 쬘 자리에 나비를 남겨 두고 그는 다시 출발했고, 몇 걸음 뒤에서 축축한 땅을 맨발로 밟으며 따라오기 시작한 조심스러운 소리를 들었다. 그가 처음 나자렛을 떠났을 때, 처음에는 아주 멀리서 들려오는 듯 그 소리가 무척 희미하게 들렸다. 조금씩 조금씩 발소리는 용기를 얻어 점점 더 가까워졌다. 머지않아 발소리가 그를 따라잡으리라고 마리아의 아들은 전율을 느끼며 생각했다. 「주여, 오 주여.」그가 중얼거렸다. 「그녀가 저를 덮치기 전에, 저로 하여금 빨리 수도원에 도착하게 해주소서.」

햇빛은 이제 평야에 이르러, 새와 짐승과 사람들을 내리쬐었다. 땅에서는 온갖 소란스러운 음향이 떠올랐고, 산허리에서는 염소와 양들이 돌아다니기 시작했고, 양치기들은 피리를 불어 대었으며, 세상은 점점 더 얌전해지고, 의식을 깨우쳤다. 조금만 더 가면, 왼쪽 앞에 우뚝한 저 커다란 사시나무에 도착하기만 하면, 그가 너무나도 사랑하는 즐거운 마을 가나가 시야에 들어오리라. 그가 아직 수염도 나지 않은 애송이였던 시절, 하느님의 발톱이 그를 파고들기 전에, 그는 어머니와 함께 시끄러운 축제를 보려고 얼마나 자주 이곳에 왔었던가! 여러 이웃 마을에서 온 처녀들이 우뚝하게 크고 잎이 무성한 사시나무 아래에서 춤을 추고, 그들의 뛰는 발밑에서 즐거운 대지가 진동할 때면 얼마나 자주 그는 다른 사람들과 어울려 감탄하곤 했던가. 하지만 언젠가 그가 스무 살이 되었고 사시나무 밑에서 숨을 몰아쉬며 손에 장미꽃 한 송이를 들었을 때…….

그는 몸을 부르르 떨었다. 갑자기 그는 천 번의 남모르는 입맞춤을 비밀로 지니게 된 그녀가 다시 한 번 그의 앞에 선 모습을 보았다. 그녀의 가슴속에는 오른쪽에 하나, 그리고 하나는 왼쪽에 해와 달을 감추었고, 그녀의 투명한 조끼 속에서는 낮과 밤이 솟아올랐다가 지곤 했다.

「날 그냥 내버려 둬요, 날 그냥 내버려 두라고요!」 그가 소리쳤다. 「나는 하느님께 바친 몸, 나는 사막으로 하느님을 만나러 가는 길이오!」 서둘러서 그는 사시나무를 지나갔다. 갑자기 가나가 눈앞에 펼쳐져서, 납작한 집들은 하나같이 하얀 도료를 발라 말리려고 늘어놓은 정사각형 토막 같았고, 옥수수와 커다란 박은 눈부시게 도금을 한 듯 햇빛을 받으며 널렸다. 젊은 처녀들은 맨발을 가장자리로 늘어뜨리고는 집을 장식하기 위해 실에다 빨간 고추를 꿰매는 중이었다.

눈을 내리깔고, 그는 사탄의 함정을 서둘러 지나갔다. 그는 어느 누구도 보고 싶지 않았고, 어느 누구의 눈에도 띄고 싶지 않았다. 그의 뒤에서도 이제 맨발로 자갈을 깐 바닥을 시끄럽게 차며 서둘러 따라왔다.

태양이 솟아올라 대지를 뒤덮었다. 유쾌하게 노래를 부르며 농부들은 낫을 휘두르고, 추수를 했다. 한 줌이 곧 한 아름이 되고, 그러고는 한 단이 되고, 그러고는 한 무더기가 되어 타작마당에 높이 치솟았다. 길을 지나가면서 마리아의 아들은 서둘러 밭 주인들에게 풍성한 수확을 빌어 주었다. 「하나의 이삭이 한 자루에 가득하기를!」

가나는 올리브나무 숲 너머로 사라졌다. 거의 정오가 다 되어 그림자가 나무의 뿌리 가까이 바싹 달라붙었다. 그리고 마리아의 아들이 주변에 널린 모든 사물을 즐기며, 하느님에 관한 생각만 하려니까 새로 구운 빵의 향긋한 냄새가 갑자기 그의 코로 흘러들었다. 어느새 그는 배가 고파졌으며, 허기를 느끼는 순간에 온몸이 기뻐서 펄쩍 뛰었다. 얼마나 오랜 세월 동안 배고픔을 느끼면서도 그는 한 번도 빵에 대해서 거룩한 갈망을 느끼지 못했던가! 하지만 지금은······.

그는 코로 킁킁거리며 바람의 냄새를 맡아 보았다. 향기를 따라 그는 성큼성큼 개울을 건너, 울타리를 기어 올라가서 포도밭으로 들어갔고, 속이 빈 올리브나무 밑에 지은 납작한 오두막을 발견했다. 연기가 피어올라 이엉을 덮은 지붕을 지나친 다음에는 곧게 올라갔다. 늙은 여자가 허리를 굽히고는 오두막의 문간에 설치한 작은 벽돌 아궁이와 씨름을 하는 중이었다. 그녀는 동작이 빨랐고, 코는 꼬챙이처럼 뾰족했으며, 눈에는 속눈썹이 없었다. 그녀 곁에는 노란 점박이 검정개가 있었다. 개는 앞발을 빵가마에 올려놓고는 깊고, 굶주리고, 이빨이 잔뜩 돋은 입을 벌렸다. 포도밭에서 나는 발소리를 듣고 개는 당장 짖으면서 침입자에게로 내달렸다. 늙은 여자가 놀라서 돌아섰다. 젊은이를 보자 그녀의 작은 눈이 반짝였다. 그녀의 고적한 땅에 들어온 남자를 보고 기뻤던 그녀는 나무 삽을 든 채로 일손을 멈추었다.

「어서 오세요.」 그녀가 말했다. 「배가 고픈가요? 하느님의 은총을 빌며 묻겠는데, 어디서 오셨나요?」

「나자렛에서요.」

「배가 고픈가요?」 늙은 여자가 웃으면서 다시 물었다. 「당신 콧구멍이 사냥개의 콧구멍처럼 벌름거리는군요.」

「네, 나는 배가 고파요. 용서하세요.」

하지만 노부인은 귀가 먹어서 그의 말을 듣지 못했다.

「뭐라고요?」 그녀가 말했다. 「더 큰 소리로 말해요.」

「난 배가 고파요. 용서하세요.」

「용서하라니, 왜요? 점잖은 젊은이, 배가 고프다는 건 조금도 부끄러워할 일이 아니고, 갈증이나 사랑도 마찬가지랍니다. 그건 모두가 하느님의 뜻이니까. 그러니 더 가까이 오고, 부끄러워하지 말아요.」 그녀는 하나밖에 안 남은 소중한 이빨을 내보이며 다시 웃었다.

「자, 빵하고 물을 당신은 여기서 구하면 됩니다. 사랑은 더 가서, 막달라에서 찾으시고요.」

그녀는 빵가마 옆의 돌의자에 다른 덩어리들과 함께 놓아두었던 빵 한 덩어리를 집었다. 「보세요, 빵가마를 비울 때마다 우린 길손을 위해 이 덩어리를 남겨 두죠. 우린 그걸 메뚜기의 빵이라고 부른답니다. 그건 내 빵이 아니고, 당신 거예요. 한 조각 잘라 먹으세요.」

마리아의 아들은 마음이 차분해졌다. 그는 올리브나무 고목의 뿌리를 깔고 앉아 먹기 시작했다. 빵은 맛이 얼마나 좋고, 물은 얼마나 기운을 돋워 주고, 빵과 함께 먹으라고 노부인이 내준 두 개의 올리브는 얼마나 달콤했던가. 올리브는 매끄럽게 옴폭 들어갔고, 사과만큼이나 통통하고 살이 많았다. 그는 조용히 씹으며 먹었고, 그의 육체와 영혼이 뭉쳐 이제는 하나가 되어서, 한 입으로 빵과 올리브와 물을 받아들여, 기뻐하며 육체와 영혼이 다 같이 살진다는 기분을 느꼈다.

노부인은 빵가마에 몸을 기대고는 감탄하는 눈으로 그를 쳐다보았다.

「당신 정말 꽤나 배가 고팠던 모양이로군요.」 그녀가 웃으며 말했다. 「먹어요. 당신은 젊고, 아직 가야 할 길은 멀기만 하고, 고생은 끝이 없을 테니까요. 강해져서 인내할 힘을 얻도록, 먹어요.」

그녀는 다른 빵 덩어리의 한쪽 귀퉁이를 떼어서 올리브 두 개와 함께 그에게 더 주었다. 머릿수건이 벗겨지자 머리카락이 성긴 그녀의 머리가 드러났다. 그녀는 황급히 머릿수건을 다시 묶었다.

「하느님의 은총을 빌며 묻겠는데, 어디로 가시는 길인가요?」 그녀가 물었다.

「사막으로요.」

「어디요? 더 큰 소리로 얘기해요!」

「사막으로요.」

늙은 여자는 이빨이 없는 입을 씰룩였고, 눈은 점점 사나워졌다. 「수도원으로 말인가요?」 예기치 않게 화를 내며 그녀가 소리를 질렀다. 「왜요? 거기 무슨 볼일이 있어서요? 자신의 젊음이 아깝지도 않아요?」

그는 말을 하지 않았다. 늙은 여자는 벗겨진 머리를 설레설레 흔들고는 뱀처럼 쉭쉭대는 잇소리를 내었다. 「당신은 하느님을 찾으려고 그러는군요, 안 그래요?」 그녀는 냉소를 띠고 물었다.

「그래요.」 지극히 가느다란 목소리로 젊은이가 말했다.

그녀의 갈대처럼 바싹 마른 다리 사이에 몸을 튼 개를 발길로 차고, 늙은 여자는 젊은이에게로 다가갔다.

「저런, 어쩌다 그렇게 되었나요.」 그녀가 소리쳤다. 「하느님은 수도원이 아니라 사람들이 사는 집에서 찾아야 한다는 걸 당신은 모르나요? 남편과 아내를 찾아볼 만한 모든 곳, 바로 그곳에서 당신은 하느님을 찾아야 하고, 아이들과 하찮은 걱정거리와 음식과 말다툼과 화해가 있는 곳, 바로 그런 곳에도 하느님이 계셔요. 그 고자 같은 사람들이 하는 소리에는 귀를 기울이지 말아요. 메스꺼워요! 메스껍다고요! 내가 당신에게 얘기하는 하느님, 그러니까 수도원이 아니라 가정의 하느님, 그게 참된 하느님이죠. 그런 신을 당신은 섬겨야 해요. 다른 하느님은 사막에서 살아가는 그 게으르고 애도 못 낳는 백치들에게나 맡겨 두고요!」

얘기를 하면 할수록, 늙은 여자는 점점 더 열이 올랐다. 그녀는 떠들어 대고 소리를 질렀으며, 실컷 분풀이를 한 다음에 차분해졌다.

「실례했어요, 용감한 총각.」 젊은이의 어깨를 잡으며 그녀가 말했다. 「하지만 전에 나한테도 아들이, 당신처럼 훌륭한 아들이 있었어요. 그러다가 어느 날 아침 그 애는 머리가 돌아 버려 문을 열고는 사막의 수도원으로, 병을 고친다는 사람들에게로 떠나 버렸는데 — 그 망할 놈들! 염병에나 걸리고, 죽을 때까지 한 사람도 병을 고치지 못했으면 내 속이 시원하겠어요! 어쨌든 나는 그 애를 잃었고, 지금 이렇게 빵가마를 채웠다가 비워 내는데, 누굴 먹이려고 내가 이 짓을 하나요? 내 아이들요? 내 손자요? 난 말라비틀어지고, 열매를 맺지 못하는 나무예요.」

그녀는 눈을 닦아 내느라고 잠깐 말을 멈추었다가 다시 얘기를 계속했다. 「오래전부터 나는 두 손을 들어 하느님께 기도를 했어요. 〈나는 왜 세상에 태어났나요?〉 내가 소리쳤죠. 〈내게는 아들이 하나 있었는데, 당신은 왜 그 아이를 빼앗아 갔나요?〉 나는 소리치고 또 소리쳤지만, 아무리 그래 봤자 하느님이 어떻게 듣겠어요! 꼭 한 번 나는 하늘의 문이 열리는 광경을 보았어요. 그땐

자정이었는데, 선지자 엘리야의 산꼭대기에서 벌어졌던 일이랍니다. 나는 천둥 치는 듯한 목소리를 들었어요. 〈아무리 목이 쉬도록 소리를 질러 봤자 난 아무 관심도 없노라.〉 그러더니 하늘이 다시 닫혔고, 그 후로 다시는 하느님을 부르지 않았어요.」

 마리아의 아들은 몸을 일으켰다. 그는 늙은 여자에게 작별 인사를 하려고 손을 내밀었지만 그녀는 손을 뒤로 뺐다. 그녀는 또다시 뱀처럼 잇소리를 내기 시작했다. 「그래, 사막으로 가겠다 이런 얘기로구먼! 당신도 역시 모래에 맛이 들렸다 이거요? 하지만 젊은이, 당신 눈은 어디 갔나요? 포도밭과 태양과 여자들이 보이지 않나요? 내 말대로 어서 가요. 당신한테 어울리는 곳은 거기니까, 막달라로 가라고요! 당신은 도대체 성서는 읽어 보지도 않았나요? 하느님이 이런 말씀을 하셨죠. 〈나는 단식이나 기도가 아니고, 먹을거리를 원한다!〉 다시 말하면, 하느님은 당신이 아이들을 낳기를 바라요!」

 「안녕히 계세요.」 젊은이가 말했다. 「내게 먹여 주신 빵에 대해서 하느님의 보답이 내리기를 빕니다.」

 「당신에게도 하느님이 보답을 베풀어 주시기를 바랍니다.」 마음이 누그러져서 노부인이 말했다. 「당신이 내게 해준 좋은 일에 대해서 하느님이 보답해 주시길 바랍니다. 다 쓰러져 가는 내 움집에 남자가 들른 것도 몇 년 만이고, 어쩌다 지나가는 사람이 나타나더라도 항상 늙은이여서……」

 그는 포도밭을 지나 성큼성큼 되돌아가서, 울타리를 뛰어넘어 큰길로 나갔다.

 「난 사람들의 모습을 보면 참을 수가 없구나.」 그가 중얼거렸다. 「나는 사람들을 보고 싶지가 않고, 그들이 주는 빵조차 독약이나 마찬가지야. 하느님께로 나아가는 길은 오직 하나뿐, 오늘 내가 선택한 길이지. 그 길은 사람들과 접촉하지 않으면서 그들 사이를 지나 사막으로 뻗어 나가니까. 아, 나는 언제 목적지에 도착하려나!」

그의 말이 미처 사라지기도 전에 뒤에서 웃음소리가 터져 나왔다. 돌아선 그는 깜짝 놀랐다. 잇소리가 나고, 악의와 독기가 서린 웃음이 대기를 진동시켰지만, 입은 보이지 않았다.

「아도나이! 아도나이!」 죄어든 그의 목구멍에서 외치는 소리가 흘러 나갔다. 머리가 쭈뼛해진 그는 웃어 대던 허공을 멍하니 쳐다보았다. 그러더니 그는 미친 듯 헛소리를 하며 달리기 시작했고, 맨발로 뒤따라오는 소리가 곧 들려왔다.

「어디까지 왔는지는 모르겠지만, 곧 나를 따라와 잡을 거야. 어디까지 왔는지는 모르겠지만 곧 나를 따라와 잡을 거야.」 그는 중얼거리며 달렸다.

여자들은 아직도 곡식을 거두었다. 남자들은 곡식을 단으로 묶어 타작마당으로 가지고 갔으며, 더 멀리에서는 다른 사람들이 벌써 키질을 시작했다. 훈훈한 산들바람에 불려 왕겨가 대지에다 황금 가루를 뿌렸고, 타작마당에는 무거운 곡식만 쌓였다. 지나가던 사람들은 밀을 한 줌 집어 거기에 입을 맞추고는 밭 주인에게 내년에도 풍성한 수확을 거두기를 기원해 주었다.

멀리 두 개의 산 사이에는 조각품과 극장과 화장한 여자들이 잔뜩 모이도록 새로 건축한 우상의 도시, 으리으리한 티베리아가 자리를 잡았다. 그 광경을 보자 마리아의 아들은 마음이 두려움으로 가득했다. 언젠가 아직 어렸을 때, 그는 지체 높은 로마의 귀부인에게서 악귀들을 쫓아 달라는 부탁을 받은 삼촌 랍비와 함께 이곳을 찾아왔었다. 그 여자한테 씐 혼령은 목욕의 악귀인 모양이어서, 그녀는 걸핏하면 발가벗고 길거리로 나가 지나가는 사람들을 부르곤 했다. 랍비와 조카가 궁성으로 들어갔을 때 마침 귀부인이 또 악귀에게 시달리는 중이었다. 그녀는 길거리로 나가는 문을 향해 뛰어갔고, 뒤에서는 노예들이 정신없이 그녀를 잡으려고 쫓아갔다. 랍비가 지팡이를 내밀어 그녀를 세웠지만, 소년을 보더니 그 여자가 덮쳤다. 마리아의 아들은 비명을 지르고 기절했는데, 그 후로 그는 염치도 없는 이 도시를 생각하면 언제나 무서워서 떨었다.

「이곳은 하느님의 저주를 받았단다.」 랍비가 자주 그에게 말했다. 「이곳을 지나가게 되면 발걸음을 서두르고, 눈은 땅바닥으로 떨구고, 마음은 죽음을 생각하거나, 하늘을 우러러보고 하느님만 생각하거라. 내 축복을 받고 싶거든, 가파르나움으로 여행할 때마다 다른 길을 택하도록 해라.」

뻔뻔스러운 도시가 이제는 햇빛을 받으며 웃었고, 수많은 사람들이 걷거나 말을 타고 성문으로 나오고 들어갔으며, 탑에서는 쌍두(雙頭) 독수리 깃발이 펄럭였고, 청동 갑옷들이 번쩍거렸다. 언젠가 마리아의 아들은 나자렛 외곽 시퍼런 늪지대에 길게 쓰러진 암말의 시체를 보았었다. 그것은 부풀어 올라서, 가죽이 북처럼 팽팽하게 늘어났다. 게와 똥풍뎅이가 떼를 지어 내장과 똥이 가득한 배 속, 찢어진 배 속을 줄지어 들락날락거렸고, 공중에서는 구름처럼 엄청나게 많은 누런 초록빛 등에가 앵앵거리며 날아다녔고, 까마귀 두 마리가 기다란 속눈썹 바로 밑, 커다란 눈에다 날카로운 부리를 박고는 눈알을 빨아 먹었다. 시체는 찬란한 모습이었다. 다른 생명체들이 잔뜩 달라붙어서 그것은 다시 살아난 듯 보였고, 봄철 풀밭에서 아주 만족스러워서 즐거워하며 징을 박은 네 발을 하늘로 뻗치고 뒹구는 인상을 주었다.

「티베리아는 그런 곳, 암말의 시체 같은 그런 곳이다.」 반짝거리는 도시에서 눈을 떼지 못하며 마리아의 아들이 중얼거렸다. 「소돔과 고모라도 그러했고, 인간의 죄 많은 영혼도 그러하다.」

한 정정한 노인이 당나귀를 타고 활기차게 지나갔다. 그는 예수를 보더니 멈추었다.

「무얼 그렇게 넋을 잃고 쳐다보나요, 젊은이?」 노인이 물었다. 「저 도시를 몰라요? 저건 우리의 새 공주님, 창녀 같은 티베리아예요. 그리스 사람들, 로마 사람들, 베두인족, 갈대아 사람들, 집시들, 유대인들이 올라탔었는데, 그래도 모자라서 더 기다린답니다. 항상 더 당할 준비를 하고요. 내 말 들었나요? 둘 더하기 둘은 넷 아닙니까!」

그는 안장 자루에서 호두를 한 줌 꺼내 예수에게 선심을 썼다. 「보아 하니 당신은 훌륭하고 점잖은 사람이로군요.」 그가 말했다. 「그리고 가진 것도 없고요. 길을 가며 이걸 씹어 먹고, 가파르나움의 늙은 제베대오에게 하느님의 은총이 내리라는 말을 잊지 말고 전해 줘요!」

그는 갈라진 수염이 완전히 희고, 입술은 두껍고 탐욕스러웠으며, 목은 짧고 굵었으며, 검은 눈은 음험하게 빨리 돌아갔다. 그의 작달막하고 뚱뚱한 몸은 지금까지 한껏 먹고, 마시고, 입맞춤을 했는데, 그래도 전혀 만족하지 못한 듯싶었다!

그때 거대하고 털이 잔뜩 난 거인이 나타났다. 그는 웃옷 앞자락을 풀어 헤쳤고 무릎은 겉으로 드러났으며, 손에는 꼬부라진 양치기 지팡이를 들었다. 그는 잔뜩 흥분해서 노인에게 인사도 하지 않고 마리아의 아들에게로 돌아섰다. 「선생, 혹시 나자렛에서 온 목수의 아들 아닌가 모르겠구먼요. 십자가를 만들어 우리가 못 박히게 하는 사람이 혹시 당신 아니에요?」

건너편 밭에서 추수를 하던 늙은 여자 두 명이 그 말을 듣고 다가왔다.

「나는······.」 마리아의 아들이 얼버무렸다. 「나는······.」 그러더니 그는 그곳을 떠나려고 했다.

「당신, 어딜 가려고 그러죠?」 그의 팔을 움켜잡으며 거인이 소리쳤다. 「그렇게 쉽게 도망치지는 못해요! 십자가를 만드는 반역자, 당신을 죽여 버리겠어요!」

하지만 힘이 센 노인이 꼬부라진 지팡이를 잡아 양치기의 손에서 낚아채었다.

「잠깐 기다리게, 필립보.」 그가 말했다. 「나이 먹은 사람이 한마디 할 테니까 듣도록 해. 내가 질문을 할 테니 대답하게. 세상에서 벌어지는 모든 일은 하느님의 뜻대로 이루어지지, 안 그런가?」

「그래요, 제베대오, 모든 일이 다 그렇죠.」

「그렇다면 좋아, 이 친구가 십자가를 만드는 것도 하느님의 뜻이지. 이 사람을 그냥 내버려 두게. 그리고 현명한 사람이니까 얘기하겠는데, 하느님이 하시는 일에는 간섭하지 말게나. 둘 더하기 둘은 넷이니까.」

그러는 동안 마리아의 아들은 시골뜨기의 손아귀를 떨쳐 버리고 도망쳤다. 추수하던 두 늙은 여자가 미친 듯이 큰 낫을 휘두르며 그의 등 뒤에다 대고 소리를 질렀다.

「제베대오.」 거인이 말했다. 「십자가를 만드는 사람을 만졌으니 우리 같이 가서 손을 씻고, 얘기도 했으니 우리 가서 입도 씻읍시다.」

「그런 걱정은 말게나.」 노인이 말했다. 「자, 여기 이렇게 서서 어물쩡거리기만 할 일이 아니지. 어서, 나를 도와주게. 난 바쁘니까. 내 자식들이 떠났어. 하나는 십자가 처형을 보러 간다면서 나자렛으로 갔고, 다른 한 놈은 성자가 되겠다고 사막으로 갔지. 그래서 난 완전히 혼자 남았고, 고깃배에서 도와줄 사람이 하나도 없다네! 아마 지금쯤은 고기가 가득 잡혔을 테니, 그물을 끌어 올리게 날 도와 달라고. 자네한테도 한 냄비 줄 테니까 말이야.」

그들은 갈 길을 서둘렀다. 노인은 유쾌한 기분이었다. 「맙소사, 우리 가엾은 하느님이 무슨 고생을 치르시는지 생각이나 좀 해보게.」 웃으면서 그가 말했다. 「세상을 창조하셨을 때 하느님은 벌써 고생문이 열렸던 거야. 물고기는 이렇게 아우성을 치지. 〈주님이여, 내 눈이 멀지 않게 하옵시고, 나로 하여금 그물로 들어가지 않게 해주소서.〉 그리고 어부는 이렇게 아우성을 치고. 〈주님이여, 물고기의 눈이 멀게 하옵시고, 물고기로 하여금 그물로 들어오게 하소서!〉 그러니 하느님은 어느 얘기를 들어줘야 하나? 어떤 때는 물고기의 얘기를 들어주고, 어떤 때는 어부의 얘기를 들어줘야 하니. 세상이란 그런 식으로 돌아간다네!」

한편 마리아의 아들은 막달라의 여인을 피하려고 염소가 다니는 가파른 산길을 따라갔다. 그는 유프라테스니 아라비아 사막으로부터 〈큰 바다〉[1]로 향하거나, 다마스쿠스[2]나 페니키아에서 강바닥이 부드럽고 푸르른 나일 강으로 향하는 대상들이 밤낮으로 지나다니는 풍요한 교차 지점에, 대추야자나무 숲 사이로 펼쳐진 매혹적이고 개방적이지만 사악한 마을에서 더럽혀지고 싶지 않았다. 마을의 입구에는 시원한 물이 가득한 우물이 하나 있었고, 우물가에는 화장을 짙게 한 여자가 젖가슴을 드러내 놓고 앉아 상인들에게 미소를 지었다. 아, 도망을 쳐서, 길을 바꾸고, 호수로 가는 지름길을 따라, 어서 사막에 도착해야 한다! 그곳, 바닥이 말라 버린 우물 속에서, 하느님이 그를 기다렸다.

1 지중해의 별칭.
2 시리아의 수도.

하느님을 생각하자 그는 가슴이 뿌듯해져서 발걸음을 서둘렀다. 태양은 추수하는 젊은 여자들을 결국은 불쌍히 여겨, 기울기 시작했다. 대기가 점점 서늘해졌다. 추수를 하던 사람들은 숨을 돌리고, 마음의 여유를 갖기 위해 음담패설을 한두 마디 주고받으려고 건초 더미에 벌렁 누웠다. 땀을 흘리는 남자들 옆에서, 젖가슴을 노출시키고 땡볕에서 하루 종일 땀을 흘리며 일했기 때문에 여자들은 활활 타올랐다. 그들은 불이 붙었고, 그래서 농담과 웃음으로 몸을 식혔다.

마리아의 아들은 그들이 웃고 은근한 농담을 하는 소리를 우연히 들었다. 그는 낯을 붉혔다. 어서 인간의 소리를 더 이상 듣지 않게 될 곳으로 가고 싶어 조바심을 치며, 그는 다른 생각을 해보려고 애썼으며, 말이 많은 양치기 필립보가 했던 얘기를 머릿속에서 되새기기 시작했다.

「내가 얼마나 많은 고통을 받는지 아무도 깨닫지 못하는구나.」 그는 한숨을 지으며 중얼거렸다. 「내가 왜 십자가를 만들고, 내가 누구하고 투쟁을 벌이는지 아무도 이해하지 못해.」

어느 오두막 앞에서는 농부 두 사람이 수염과 머리카락에 켜를 이루고 덮인 고운 겨를 털어 내고 세수를 했다. 그들은 형제처럼 보였다. 그들의 늙은 어머니는 빵가마 옆의 돌로 만든 부뚜막에다 초라한 저녁 식사를 늘어놓았다. 뜨거운 숯불 위에서는 옥수수를 굽는 중이었다. 향기가 대기에 가득했다.

두 농부는 마리아의 아들을 보았다. 그는 지치고 먼지투성이였으며, 그들은 그를 가엾게 생각했다.

「여보시오, 어디로 그렇게 서둘러 가는 길이죠?」 그들이 소리쳤다. 「보아 하니 상당히 멀리서 온 모양인데, 어째 괴나리봇짐도 없나요? 잠깐 쉬며 우리하고 같이 빵이라도 한 입 나눠 먹읍시다.」

「옥수수도 좀 잡수시고요.」 두 농부의 어머니가 말했다. 「그리고 포도주도 좀 마시면 뺨에 화색이 돌겠죠.」

「난 배가 고프지 않아요. 감사합니다만, 난 아무것도 원하지 않습니다.」 그들을 그냥 지나치면서 마리아의 아들이 대답했다. 내가 누구인지 알고 나면 그들은 내 손을 잡고 나한테 얘기를 했다는 사실을 부끄럽게 생각하리라고 그는 생각했다.

「고집도 대단하시구먼요.」 형제들 가운데 한 사람이 말했다. 「우리 같은 건 시시해서 상대도 하기 싫다 이건가요?」

〈나는 십자가 만드는 사람이오〉라고 대답하려고 했지만, 예수는 겁이 나서 머리를 숙이고는 갈 길을 서둘렀다.

어느새 날이 저물었다. 언덕이 장미처럼 빨간 빛깔로 반짝이기에 앞서서, 땅은 자줏빛이 되었다가 다시 시커멓게 변했고, 나무들 꼭대기로 기어 올라간 빛은 하늘로 뛰어오르더니 사라졌다. 마리아의 아들이 언덕 꼭대기에 이르렀을 때는 어둠이 깔렸다. 늙은 삼나무 한 그루가 그곳에 뿌리를 내렸다. 비록 비바람에 시달리고 끊임없이 고통을 당했어도 나무는 힘차게 버티었고, 뿌리는 바위를 파고 들어갔다. 밀과 불타는 나무의 향기가 평야에서 솟아올랐고, 드문드문 흩어진 오두막에서는 저녁밥을 짓는 연기가 피어올랐다.

마리아의 아들은 배가 고프고 갈증도 났다. 순간적으로 그는 하루의 일을 끝내고, 죽을 지경으로 지치고 허기가 진 몸을 끌고 초라한 집으로 돌아가다가 아내가 저녁을 준비하느라고 피어오르는 연기와, 아궁이에 지핀 불을 멀리서 보는 일꾼들을 부러워했다.

그는 갑자기 여우와 부엉이보다도 외롭다는 기분이 들었는데, 동물은 그나마 둥지나 굴이 기다리고, 사랑하는 짝이 그들을 기다려 주었다. 그에게는 아무도, 심지어는 어머니도 없었다. 그는 삼나무 밑에 공처럼 동그랗게 몸을 움츠리고 쪼그려 앉았다. 그러고는 추워서 떨었다.

「주여.」 그는 중얼거렸다. 「외로움과 배고픔과 추위, 모든 고통에 대하여 당신께 감사를 드립니다. 저는 부족함이 하나도 없나이다.」

하지만 이 말을 하면서도 그는 자기가 부당한 처우를 받는다는 느낌이 들었다. 그는 함정에 빠진 짐승처럼 두리번거리며 주위를 둘러보았고, 분노와 두려움으로 관자놀이가 지끈거렸다. 무릎을 꿇고 몸을 일으킨 그는 어두운 오솔길을 응시했다. 맨발의 소리가 아직도 들려왔다. 돌멩이가 발길에 채어 굴렀고, 발자국은 산을 올랐다. 마침내 발소리는 산꼭대기에 이르렀고, 그러자 마리아의 아들은 자기도 모르게 소리를 질렀고, 자신의 목소리를 듣고 깜짝 놀랐다. 「가까이 와요. 숨지 말고요. 이제는 밤이니까 아무도 당신을 보지 못해요. 모습을 보여 줘요.」

그는 숨을 죽이고 기다렸다.

대답하는 사람이 아무도 없었다. 밤의 영원한 음향만이 감미롭게, 평화롭게 대기로 떠올라서, 귀뚜라미와 여치와 쏙독새가 슬피 울고 사람들의 눈에는 보이지 않는 무엇인가를 발견한 개들이 멀리서 짖어 대고……. 머리를 길게 앞으로 내밀었다. 바로 앞에, 삼나무 밑에 누가 서 있다고 확신했다.

「여보세요…… 여보세요.」 그는 눈에 보이지도 않는 여자를 유인하려고, 숨을 죽이고 애원하는 어조로 나지막이 속삭였다. 그는 기다렸다. 그는 이제 떨지 않았다. 겨드랑이와 이마에서는 땀이 쏟아졌다.

잔뜩 귀를 기울이며 그는 노려보았다. 한순간 그는 어둠 속에서 조용히 울려 나오는 웃음소리를 다시 들었다고 상상했으며, 다음 순간 대기가 소용돌이를 일으키고 응결되어 형체를 이루었지만,

형성되는가 하는 순간 형태가 사라지더니 없어져 버렸다.

기진맥진해서 힘이 없어진 마리아의 아들은 어두운 대기를 움켜잡으려고 기를 썼다. 그는 이제 소리도 지르지 않고, 애원도 하지 않고, 그냥 무릎을 꿇고 삼나무 밑에서 목을 길게 내밀고 기다렸으며, 마치 온몸이 녹아 없어지는 듯싶었고…….

바위에 눌려 무릎이 아팠다. 그는 자세를 바꿔, 삼나무 밑동에 몸을 기대고는 눈을 감았다. 마음의 평정을 잃지도 않고, 아무 소리도 내지 않으며, 그는 그녀를, 그의 눈 속에서 그녀를 보았다. 하지만 그녀는 그가 예상했던 모습으로 찾아오지 않았다. 그는 비탄에 빠진 어머니가 그의 머리에 두 손을 얹고, 그에게 저주를 내리는 장면을 예상했었다. 하지만 지금 이것은 무엇인가! 벌벌 떨면서 그는 조금씩 눈을 떴다. 그의 눈앞에서 섬광처럼 번쩍거린 모습은 두꺼운 비늘을 겹으로 덮은 청동 갑옷으로 머리끝부터 발끝까지 가린 여자의 야수적인 몸뚱어리였다. 하지만 머리는 인간이 아니라 독수리였고, 눈은 노랗고, 구부러진 부리에는 살을 한입 가득 물었다. 그녀는 조용히, 냉혹하게, 마리아의 아들을 쳐다보았다.

「당신은 내가 예상했던 그런 모습으로 찾아오지 않았어요.」그가 중얼거렸다. 「당신은 어머니가 아니로군요……. 저를 긍휼히 여기시고, 얘기를 해주세요. 당신은 누구인가요?」

그는 묻고, 기다리고, 다시 물어보았다. 아무 대답도 없고, 어둠 속에서 동그란 두 눈이 노랗게 반짝거릴 뿐, 아무 대답도 없고.

하지만 마리아의 아들은 언뜻 이해했다.

「저주로구나!」그는 소리를 지르고 땅바닥으로 엎어졌다.

제7장

 머리 위에서는 하늘이 총총하게 반짝였고, 땅에서는 돌멩이와 가시들이 그를 괴롭혔다. 그는 두 팔을 내밀었고, 마치 온 세상이 그가 매달리게 될 십자가이기라도 한 듯 발작적으로 몸부림치고 신음했다.

 별과 밤새 — 크고 작은 시종들을 거느리고 어둠이 그의 머리 위로 지나갔다. 인간에게 순종하는 개들이 여기저기서 짖어 대며 타작마당에 주인이 쌓아 놓은 재산을 지켜 주었다. 추웠고, 예수는 몸이 떨렸다. 잠깐 동안 그는 잠에 휘말려 따뜻하고 머나먼 나라로 몽롱한 길을 떠났지만, 어느새 땅으로, 돌멩이들 위로 되돌아왔다.

 한밤중이 다 되었을 때 그는 산 밑에서 지나가며 종이 울리는 경쾌한 소리와 그 종소리 속에서 낙타몰이가 부르는 우울한 노래를 들었다. 얘기를 주고받는 소리가 들렸고, 누가 한숨을 지었고, 낭랑하고 싱싱한 여자의 목소리가 어둠 속에서 울렸지만, 길은 어느새 다시 고요해졌다……. 황금빛 안장을 채운 낙타를 타고, 얼굴은 울어서 얼룩지고, 뺨에 바른 화장은 뭉개진 채로 막달라의 여인이 한밤중에 지나갔다. 세상의 여러 곳에서 온 부유한 상인들이 도착했다. 그녀를 우물가에서도, 집에서도 찾아내지 못하자 그들은 가장 값비싸고, 황금 장식이 가장 많은 고삐를 묶은 낙타를 골라 낙타몰이를 보내 그녀를 황급히 그들에게로 데려오라고 했다. 그들은 지극히 멀고도 험한 길을 왔지만, 막달라에 가면 누리게 될 몸뚱어리를 머릿속에 그려 보았고, 그러면 다시 기운이 났다. 하지만 막상 도착하니 그렇지 않았고, 그래서 낙타몰이를 보낸 다음 막달라 여인의 집 마당에 줄지어 눈을 감고 앉아 기다렸다.

조금씩 조금씩 어둠 속의 종소리가 점점 작아지고, 감미로워졌다. 그 소리는 이제 마리아의 아들의 귀에는 나지막한 웃음처럼, 무성한 과수원으로 쫄랑거리며 뿜어 대는 물줄기처럼, 다정하게 그의 이름을 부르는 소리처럼 들렸고, 이렇듯 부드럽게 유혹적으로 울리는 낙타의 종소리를 따라, 그는 다시 잠 속으로 빨려 들어갔다.

그는 꿈을 꾸었다. 세상은 온통 꽃이 만발한 푸르른 풀밭 같았고, 두 개의 뒤틀린 뿔은 새로 자라서 아직도 말랑말랑하고 살갗이 올리브 빛깔인 양치기 소년의 모습을 한 하느님은 연못가에 앉아 피리를 불었다. 마리아의 아들은 그토록 감미롭고도 황홀한 소리는 여태껏 들어 본 적이 없었다. 양치기 소년인 하느님이 피리를 부는 사이에 흙이 한 줌씩 한 줌씩 흔들리고 일어나더니 동그랗게 뭉쳐지고, 생명을 얻어 살아나서, 꽃다발 같은 뿔이 난 우아한 사슴들이 갑자기 초원을 가득 채웠다. 하느님이 몸을 숙여 물을 쳐다보니까 연못에는 물고기가 가득해졌고, 그가 눈을 들어서 나무들을 쳐다보니까 잎사귀가 빛깔이 달라져 새로 변해서 지저귀었다. 하느님은 흥이 났고, 피리 소리가 점점 격렬해졌고, 사람만큼이나 커다란 곤충 두 마리가 땅에서 솟아 나오더니 당장 봄철의 풀밭에서 껴안기 시작했다. 곤충들은 초원의 한쪽 끝에서 다른 쪽 끝까지 뒹굴면서 교미를 하고, 떨어지고, 다시 교미를 하고, 음탕하게 웃고, 양치기 소년에게 코웃음을 치고, 잇소리를 내었다. 소년은 피리를 내리더니 교만하고도 음란한 한 쌍을 쳐다보았다. 갑자기 그의 인내심은 바닥이 났다. 그는 발뒤꿈치로 피리를 한 번에 부숴 버렸고, 순식간에 모든 사슴과 새와 나무와 물과, 엉겨 붙은 남자와 여자가 사라졌다.

마리아의 아들은 소리를 지르고 잠이 깨었지만, 정신이 드는 순간 그의 배 속에서 시커먼 뚜껑이 벌컥 열리고 그 속으로 엉겨 붙은 남자와 여자의 몸뚱어리가 떨어지는 광경이 눈앞에 펼쳐졌다. 겁에 질려 그는 벌떡 일어섰다.

「그러니까 내 몸속은 그토록 더러운 오물이 가득 찼구나!」

그는 못을 박은 가죽 허리띠를 풀고, 입었던 옷을 벗어 발로 밟고 아무 말도 없이 허벅지와 잔등과 얼굴을 무자비하게 때렸다. 피가 솟구쳐 나와 사방으로 튀었다. 그는 피를 느끼고서야 안도감을 느꼈다.

새벽…… 별들은 희미해지고, 싸늘한 바람이 뼛속으로 파고들었다. 머리 위로 솟은 삼나무는 날개와 노랫소리로 가득했다. 그는 돌아섰다. 대기는 텅 비었고, 날이 밝자 독수리 머리를 한 저주는 다시 보이지 않았다. 그는 생각했다. 나는 멀리 가야 하고, 꼭 피해야 하고, 막달라에는 발을 들여놓지 말아야 하고, 막달라에 저주가 내려라! 나는 사막에 다다를 때까지 멈추지 않을 터이고, 수도원 속에 묻혀 살리라. 그곳에서 나는 육체를 죽여 영혼으로 바꿔 놓으리라.

그는 늙은 삼나무 밑동을 손바닥으로 쓰다듬었다. 그는 나무의 영혼이 뿌리에서부터 솟아올라 가장 높고 연약한 잔가지까지 퍼져 나간다고 느꼈다.

「잘 있거라, 형제여.」 그가 중얼거렸다. 「어젯밤에는 그대의 밑 안식처에서 나는 나 자신을 스스로 부끄럽게 했도다. 나를 용서하라.」

그는 이 말을 끝내고는 암울하고도 불길한 예감을 느끼며 지친 몸으로 언덕을 내려가기 시작했다.

그는 큰길에 이르렀다. 평야는 잠에서 깨어나고 있었고, 첫 햇살이 쏟아져 곡식이 수북하게 쌓인 타작마당을 황금으로 가득 채웠다. 「나는 막달라를 거쳐 가면 안 된다.」 그가 다시 중얼거렸다. 「나는 두렵도다.」 그는 호수에 다다르려면 어느 쪽으로 돌아야 할지 판단을 내리기 위해 걸음을 멈추었다. 그는 오른쪽에서 눈에 띈 첫 번째 좁다란 길을 택했다. 그는 막달라가 왼쪽이요, 호수가 오른쪽이라는 사실을 알았으므로, 자신 있게 나아갔다.

그는 걷고 또 걸었으며, 그의 마음은 갈팡질팡했다. 그는 창녀인 막달라의 여인에게서 하느님께로, 십자가에서 천국으로, 어머니와 아버지에게서 머나먼 땅과 바다로, 얼굴 빛깔이 희고, 누렇고, 검은 수많은 사람들에게로 달려갔다. 비록 한 번도 이스라엘의 국경을 넘어 본 적이 없기는 해도, 아주 어렸을 때부터 그는 아버지의 초라한 오두막 안에서 눈을 감으면 그의 마음은 황금 종을 목에 단 훈련을 받은 새매처럼 기뻐서 환호성을 올리며 이 땅에서 저 땅으로, 이 바다에서 저 바다로 달렸다. 새매 같은 그의 마음은 아무 먹이도 사냥하지 않았고, 그는 육체를 망각했고, 육체를 벗어나 하늘로 솟아올랐는데, 그가 갈망하는 대상은 이것이 전부였다.

그는 걷고, 또 걸었다. 꼬불꼬불한 오솔길이 포도밭들 사이로 들락날락했으며, 다시 한 번 솟아오르더니 올리브나무 숲에 다다랐다. 흐르는 물이나, 서글프고도 단조로운 낙타몰이의 노래를 사람들이 따라가듯, 마리아의 아들은 오솔길을 따라갔다. 여행이 모두 그에게는 꿈처럼 여겨졌다. 그는 발이 거의 땅에 닿지 않았고, 발뒤꿈치와 다섯 발가락이 가볍게 흙에다 인간의 자취만 남길 따름이었다. 올리브나무들은 묵직하게 열매가 달린 가지를 흔들며 그를 반겨 맞아 주었다. 포도 알이 반짝이기 시작했고, 묵직한 송이들은 땅바닥에 닿을 정도로 축 늘어졌다. 하얀 머릿수건을 두르고, 햇볕에 그을린 종아리에 탄력이 넘치는 젊은 여자들이 옆을 지나가며 다정하게 인사했다. 「샬롬! 안녕하세요!」

가끔, 오솔길에 사람이 하나도 안 보일 때, 그는 뒤를 따라오는 묵직한 발소리를 다시 들었고, 공중에서는 찬란한 청동 빛깔이 눈부시게 반짝이다가 사라졌고, 그의 머리 위에서는 간악한 웃음소리가 또다시 터져 나왔다. 하지만 마리아의 아들은 인내심으로 자제했다. 그에게는 구원이 가까워졌고, 머지않아 그는 앞에 펼쳐진 호수와, 파란 물 저편 붉은 바위들 사이에서 매의 둥지처럼 까마득한 수도원을 보게 되리라.

그는 오솔길을 따라 나아갔고, 마음은 줄달음질을 쳤지만, 갑자기 깜짝 놀라 걸음을 멈추었다. 그의 눈앞, 지붕처럼 펼쳐진 대추야자나무들 밑으로 아늑하게 막달라가 펼쳐졌다. 그의 마음은 돌아서고, 또 돌아섰지만, 의지와는 달리 두 발은 그의 사촌 막달라의 여인이 기다리는 향기로운 은둔처로, 지옥의 불 속으로 떨어질 저주를 받은 집으로 그를 뚜벅뚜벅 이끌어 가기 시작했다.

「아냐, 나는 가고 싶지 않아, 나는 가고 싶지 않아!」 그는 겁에 질려 중얼거렸다. 그는 방향을 바꾸려고 애썼지만, 몸이 말을 듣지 않았다. 그의 몸은 사냥개처럼 고집스럽게 제자리를 지키며, 대기의 냄새를 맡았다.

나는 가겠어! 그는 다시 한 번 속으로 결심했지만, 몸은 꼼짝도 하지 않았다. 그는 하얗게 바른 깨끗한 집들과 대리석으로 테를 두른 오래된 우물을 보았다. 개들이 짖고, 암탉들이 꼬꼬댁거리고, 여자들이 웃었다. 짐을 잔뜩 실은 낙타들이 우물가에 둘러앉아 새김질을 하고······. 나는 그녀를, 그녀를 꼭 봐야 한다. 그는 마음속에서 감미로운 목소리가 하는 말을 들었다. 그래야만 한다. 나는 꼭 그녀를 봐야 하고, 그녀의 발밑에 엎드려 용서를 빌어야 하기 때문에 하느님이, 나 자신의 뜻이 아니라 하느님이 내 발길을 이끌었다. 그것은 내 탓, 내 탓이로다! 수도원에 들어가서 하얀 승복을 걸치기 전에 나는 꼭 그녀에게 용서를 빌어야 한다. 그러지 않으면 내가 구원을 받기는 불가능하다. 내가 오고 싶어 하지 않은 곳으로 나를 인도하여 주셨으니, 주여, 감사드립니다!

그는 행복감을 느꼈다. 허리띠를 여미고 그는 막달라로 내려가기 시작했다.

우물 둘레에는 낙타들이 배를 깔고 엎드려 있었다. 낙타들은 여물을 다 먹었고, 지금은 짐을 잔뜩 짊어진 채로 천천히, 끈기 있게, 새김질을 하는 중이었다. 사방에서 온통 향료 냄새가 났고, 보아 하니 이 낙타들은 향기롭고 머나먼 나라에서 온 모양이었다.

예수는 우물가에서 걸음을 멈추었다. 물을 긷던 늙은 여자가 그를 위해 물동이를 기울여 주었고, 그는 물을 마셨다. 그는 마리아가 혹시 집에서 기다리는지 물어보고 싶었지만, 너무 창피한 일이었다. 〈하느님이 나를 그녀의 집으로 끌고 왔지.〉 그는 생각했다. 〈그녀가 틀림없이 집에서 기다린다고 나는 믿는다.〉

그는 그늘이 많이 진 골목을 따라 내려가기 시작했다. 어떤 사람들은 베두인족의 길고 하얀 젤라브[1]를 걸쳤고, 또 어떤 사람들은 비싼 인도의 캐시미어 머릿수건을 둘렀으며, 이방인이 많이 눈에 띄었다. 작은 문이 하나 열리고, 엉덩이가 살지고 코밑으로 수염이 거뭇거뭇한 여장부가 나오더니 그를 보자마자 웃음을 터뜨렸다.

「이런, 이런!」 그녀가 소리쳤다. 「반가워요, 목수 선생. 그러니까 당신도 성지로 참배를 하러 가시는 모양이구먼.」 그녀는 요란하게 웃어 대면서 문을 닫았다.

마리아의 아들은 얼굴이 새빨개졌지만 힘을 내었다. 〈무슨 일이 닥쳐도, 무슨 일이 닥치더라도 나는 꼭 그녀의 발밑에 엎드려 용서를 빌어야 한다.〉 그는 생각했다.

그는 발걸음을 서둘렀다. 작은 석류 과수원으로 둘러싸인 그녀의 집은 마을의 반대쪽 끝에 위치했다. 그녀의 애인 가운데 하나였던 어느 베두인 사람의 솜씨이지만, 하나는 하얗고 하나는 검은 두 마리의 뱀이 서로 뒤엉킨 그림으로 장식한 한 쪽짜리 초록빛 문이 달린 그 집을 그는 잘 기억했는데, 상인방(上引枋) 위에는 커다랗고 노란 도마뱀이 십자가에 못 박힌 듯 양쪽으로 다리를 뻗친 모습이었다.

그는 길을 잃었고, 창피해서 길을 묻지도 못하고, 오던 길로 되돌아가서 처음 출발했던 곳으로 갔다. 정오가 거의 다 되었다. 그는 숨을 돌리려고 올리브나무 그늘에서 걸음을 멈추었다. 돈 많은 상인 한 사람이 지나갔다. 그는 짧고 검은 수염이 곱슬거리고, 까만 눈은 아몬드처럼 생기고, 반지를 여러 개 끼었고, 귀족적인 풍채였다. 마리아의 아들은 그의 뒤를 따라갔다.

이 사람은 틀림없이 하느님이 보내 주신 천사이리라고 생각하고 그의 뒤를 따라가며 그는 휘황찬란한 새와 꽃으로 수놓은 두 어깨를 덮은 값비싼 캐시미어 머릿수건을 두른 젊은이의 몸이 풍

---

1 두건이 달리고 헐렁헐렁한 남자용 겉옷.

기는 존귀한 분위기에 감탄했다. 그는 분명히 하느님이 보내 주신 천사이고, 나한테 길을 가르쳐 주려고 내려왔으리라.

외국 귀족은 구불구불한 뒷골목을 따라 거침없이 성큼성큼 걸어갔다. 얼마 후에 몸이 서로 엉킨 두 마리의 뱀을 그린 초록빛 문이 나타났다. 노파 한 사람이 바깥에 동글 의자를 내놓고 앉아서 기다렸다. 그녀는 풍로에다 숯불을 활활 지피고는 게를 굽는 중이었다. 옆에는 호박씨를 튀겨 놓았고, 움푹한 나무 쟁반 두 개에 담은 병아리콩 완자를 고추에 듬뿍 담가 팔았다.

젊은 귀족은 허리를 굽히더니 늙은 여자에게 은화 한 닢을 주고는 안으로 들어갔다. 마리아의 아들도 뒤따라 들어갔다.

나란히 줄지어 선 네 명의 상인이 마당의 땅바닥에 책상다리를 하고 줄지어 앉았는데, 나이가 많은 두 남자는 속눈썹과 손톱에 칠을 했고, 두 젊은이는 턱수염과 콧수염이 검은 빛깔이었다. 그들은 모두 마리아의 침실에 난 작고 납작한 문에서 눈길을 떼지 않았다. 문은 닫혔다. 가끔 한 번씩 안에서는 비명 소리나, 웃음 소리나, 간지러워 낄낄거리는 소리나, 침대가 삐걱거리는 소리가 들려왔다. 그러면 참배자들은 잡담을 당장 멈추고, 가쁜 숨을 몰아쉬면서 몸의 자세를 바꾸었다. 무척 오래전에 들어간 베두인 남자는 좀처럼 나오지 않았고, 마당에서 기다리던 다른 사람들은 젊은이건 늙은이건 다 같이, 모두 무척 급했다. 젊은 인도의 귀족은 줄의 끝에 앉았고, 그다음에는 마리아의 아들이 앉았다.

열매가 잔뜩 달리고 엄청나게 커다란 석류나무가 마당의 한가운데 우뚝했고, 하나는 몸통이 칼날처럼 꼿꼿한 수나무이고 다른 하나는 가지가 잔뜩 퍼진 암나무, 두 그루의 위압적인 실편백나무가 길거리로 난 문의 양쪽에 버티고 섰다. 석류나무에 매달린 고리버들 새장에 갇힌 요란하게 치장한 자고(鷓鴣) 한 마리가 깡

충거리며, 새장의 살을 발로 차고, 물어뜯고, 끽끽거렸다.

참배자들은 허리춤에서 꺼낸 대추야자를 우물우물 씹거나, 입 안의 악취를 없애려고 육두구(肉豆蔲) 씨를 깨물어 대었다. 그들은 시간을 보내려고 잡담을 나누었다. 시선을 돌려 그들은 젊은 귀족에게 인사를 하고, 그의 뒤에 앉은 옷차림이 남루한 마리아의 아들에게는 깔보는 시선을 던졌다. 맨 앞에 앉은 노인이 한숨을 지었다.

「나보다 더 위대한 순교를 치르는 사람은 없어요.」 그가 말했다. 「나는 이곳 낙원의 바로 앞에까지 이르렀는데, 문이 닫혔군요.」

발목에 황금 띠를 두른 젊은이가 웃었다. 「나는 유프라테스에서 큰 바다까지 향료를 가지고 갑니다. 여기 우리 앞에 있는, 발톱이 빨간 자고가 보이죠? 나는 계피와 후추를 몽땅 주고 마리아를 사서 황금으로 만든 새장에 넣어 데리고 갈 생각이에요. 그러니까, 욕정에 빠진 내 친구들이여, 볼일이 있으면 빨리 보도록 해요. 당신들에게는 이번이 마지막 입맞춤일 테니까요.」

「고맙군요, 우리 미남 고집통 친구여.」 그쯤에서 두 번째 노인이 말을 가로막았다. 그는 새하얀 수염에다 향수를 뿌렸고, 손은 귀족처럼 가냘팠으며, 손바닥은 기나피[2]로 물들였다. 「당신이 방금 한 얘기를 듣고 나니 오늘의 입맞춤은 그만큼 더 향취가 나겠어요.」

젊은 귀족은 무거운 눈꺼풀을 내리깔았다. 그는 기도를 드리는 듯 상반신을 천천히 앞뒤로 흔들고, 입술을 움찔거렸다. 〈천국〉에 들어서기도 전에 그는 영원한 지복(至福)을 벌써부터 누렸다. 그는 자고가 빽빽거리는 소리와 간지러워서 킬킬거리는 소리와 문

---

2 키니네의 원료로 쓰이는, 기나나무의 속껍질을 말린 것.

을 잠근 침실 안에서 삐걱대는 소리를 들었고, 문간에서 기다리는 늙은 여자가 게를 풍로에 산 채로 얹어 숯불에서 튀는 소리를 들었다.

벅찬 권태감에 사로잡혀 그는 명상을 했다. 이것이야말로 천국, 이것, 우리가 삶이라고 일컫는 깊은 잠, 우리가 천국을 꿈꾸게 되는 잠. 다른 천국은 없다. 나는 더 이상 아무런 기쁨도 필요하지 않으니까, 지금 그냥 일어나서 가버려도 된다.

덩치가 크고, 초록빛 터번을 두르고 그의 앞에 앉은 남자가 무릎으로 그를 밀치고는 웃었다. 「인도의 군주님, 당신의 하느님은 이런 광경을 보면 무슨 말을 할까요?」

젊은이가 눈을 떴다. 「이런 광경이라뇨?」 그가 물었다.

「이곳, 당신 앞에 앉은 남자들, 여자들, 게, 사랑, 그런 거요.」

「모두가 한낱 꿈이라고 그러겠죠.」

「글쎄, 그렇다면 훌륭한 내 친구들이여, 조심들 하라고요.」 기다란 호박 염주 알을 헤아리며 기도를 드리던, 새하얀 수염의 노인이 말을 가로막았다. 「잠이 깨지 않도록 조심해요!」

작은 문이 열리고 베두인 사람이 나왔다. 눈이 퉁퉁 부어오른 그는 천천히 앞으로 나오며 입맛을 다셨다. 차례가 된 노인은 기골이 장대한 스무 살 난 청년처럼 잽싸게 벌떡 일어섰다.

「어서 들어가세요, 할아버지. 우리를 동정하는 뜻에서, 빨리 끝내시라고요!」 다음 차례를 기다리는 세 사람이 소리를 질렀다.

하지만 노인은 벌써 허리띠를 풀며 침실을 향해 나아갔다. 지금은 잡담이나 할 시간이 아니었다! 그는 안으로 들어가더니 문을 쾅 닫았다.

그들은 모두 부러운 눈으로 베두인 사람을 힐끔거렸지만, 감히 입을 여는 사람은 아무도 없었다. 그들은 그가 깊은 바다에서 멀리, 멀리 떠내려간다는 인상을 받았는데, 그래서인지 그는 그들에게 눈길도 주지 않았다. 그는 비틀거리며 마당을 가로질러 길거리 쪽 문에 다다랐고, 노파의 풍로를 차서 쓰러뜨릴 뻔했지만 아슬아슬하게 비켜 갔고, 마침내 꼬불꼬불한 골목길로 사라졌다. 그러자 그들 생각의 방향을 다시 잡아 주기 위해서, 몸집이 크고 초록빛 터번을 쓴 뚱뚱한 남자가 사자와 바다와 머나먼 산호도에 관한 밑도 끝도 없는 얘기를 꺼냈다.

시간이 흘러갔다. 천천히 조심스럽게 호박 염주 알이 딸그락거리는 소리가 가끔 들렸다. 모두들 다시 한 번 나지막한 문에 시선을 고정시켰다. 노인은 늦도록, 아주 늦도록 나오지 않았다.

젊은 인도 귀족이 몸을 일으켰다. 다른 사람들이 놀라서 시선을 돌렸다. 그는 왜 일어났을까? 그는 얘기를 하려고 그러지 않았던가? 그는 가버리려고 그랬을까? ……그는 즐거워 보였다. 그의 표정은 밝았고, 뺨에는 보드라운 광채가 감돌았다. 그는 캐시미어 머릿수건을 바싹 여미고는, 가슴과 입술에 손을 대어 인사를 한 다음 돌아 나갔다. 그의 그림자가 소리 없이 문턱을 넘었다.

「저 사람은 꿈에서 깨어났어요.」 발목에 황금 고리를 두른 젊은이가 말했다. 그는 웃으려고 했지만, 이상한 두려움이 그들 모두를 사로잡았고, 그들은 초조하게 서두르며 손실과 이익이나 알렉산드리아와 다마스쿠스 시장의 노예 가격이 현재 얼마인지 따위의 얘기를 나누었다. 하지만 잠시 후에 그들은 여자들과 소년들에 관한 음담패설로 되돌아갔고, 혀를 내밀어 입맛을 다셨다.

「주여, 오, 주여.」 마리아의 아들이 중얼거렸다. 「어찌하여 저를 이런 곳으로 보내셨나이까? 이런 한심한 곳으로 말입니다. 이런 종류의 사람들하고 같이 앉게 하시다니! 주여, 이것은 가장 굴욕적인 모욕입니다. 저로 하여금 이것을 견뎌 낼 힘을 주소서!」

순례자들은 배가 고팠다. 그들 가운데 한 사람이 소리를 질렀다. 노파가 들어오더니 빵과 게와 고기 지짐을 네 남자에게 나눠 주고는 대추야자 술 한 병을 가지고 왔다. 그들은 책상다리를 하고 앉아 음식을 무릎에 얹어 놓고는 턱을 놀리기 시작했다. 그들 가운데 한 사람이 장난을 치고 싶은 기분이 들자 큼직한 게 껍데기를 문에다 집어 던지고 소리쳤다. 「여봐요, 할아버지, 하루 다 잡아먹지 말고 빨리 해요!」 그들은 모두 웃음을 터뜨렸다.

「주여, 오, 주여.」 마리아의 아들이 다시 중얼거렸다. 「제 차례가 될 때까지 버티도록 저에게 힘을 주소서.」

수염에 향수를 뿌린 노인은 그를 가엾게 생각했다.

「여봐요, 당신, 젊은이.」 얼굴을 돌리며 그가 말했다. 「당신은 배가 고프거나, 목이 마르지도 않아요? 이리 와서 한입 들고, 기운을 차리도록 해요.」

「그래요, 가엾은 친구, 당신 뭘 먹어 두는 게 좋겠어요.」 초록빛 터번을 두른 거인이 웃으며 덧붙여 말했다. 「우린 당신이 차례가 되어 안으로 들어가서, 우리 남자들의 체면을 손상시키기를 바라지 않아요.」

마리아의 아들은 얼굴이 새빨갛게 달아올라서 머리를 떨구고는 아무 말도 하지 않았다.

「이 사람도 역시 꿈을 꾸는군요.」 수염에 잔뜩 달라붙은 빵 부스러기와 게 찌꺼기를 털어 내며 노인이 말했다. 「그래요, 베엘제불[3] 대감의 이름으로 맹세컨대, 이 사람은 꿈을 꿉니다. 조금 기다리면 아까 그 사람처럼 정신이 들어 가버릴 테니, 두고 봐요.」

마리아의 아들은 겁이 나서 주위를 둘러보았다. 인도 귀족의

---

[3] 귀신의 왕.

말이 정말 옳은가? 마당과 석류나무와 풍로와 자고와 사람들, 이런 모든 것이 한낱 꿈이던가? 어쩌면 그는 아직 삼나무 밑에서 꿈을 꾸는지도 모른다.

그는 도움이라도 청하려는 듯 길거리 쪽 문으로 시선을 돌렸고, 수실편백나무 옆에 꼼짝도 않고 서서 기다리던 길손, 이빨까지도 청동으로 무장하고, 그의 뒤를 따라 같이 여행하는 독수리 머리의 길손을 보았다. 처음으로 그는 지금 그녀의 모습을 보고 안도감과 편안함을 느꼈다.

노인이 헉헉거리며 나왔고, 초록빛 터번을 두르고 몸집이 커다란 남자가 안으로 들어갔다. 몇 시간 후에는 발목에 황금 띠를 두른 젊은이 차례가 되었고, 그다음에는 호박 묵주를 가진 노인의 차례였다. 마리아의 아들은 이제 혼자 마당에 남아서 기다렸다.

잠시 후에 해가 질 참이었다. 하늘에서는 두 조각의 구름이 떠서 흘러갔다. 황금빛을 무겁게 머금고 구름들이 멈추었다. 엷은 금가루가 서리처럼 나무와 흙과 사람들의 얼굴에 쏟아졌다.

호박 묵주를 든 노인이 나왔다. 문간에서 잠깐 걸음을 멈춘 노인은 눈물과 콧물과 침을 닦은 다음 어깨를 축 늘어뜨리고 길거리 쪽 문을 향해 터벅거리며 나갔다.

마리아의 아들은 몸을 일으켜 수실편백나무 쪽으로 시선을 돌렸다. 그의 동반자가 당장에라도 뒤를 따라올 듯, 발을 들었다. 그는 그녀에게 얘기를 하고, 문밖에서 그를 기다려 달라고 부탁하고는, 도망치지 않을 테니 혼자 있게 해달라고 애원하고 싶었지만, 얘기해 봤자 아무 소용도 없으리라는 생각에 그만두었다. 허리에 두른 띠를 단단히 죄고, 그는 눈을 들어 하늘을 올려다보았다. 그가 머뭇거렸지만, 방 안에서 거친 목소리가 화를 내며 외쳤다. 「거기 누구 또 없어요? 들어와요!」 막달라의 여인이었다.

용기를 내어 그는 앞으로 나아갔다. 문을 반쯤 열고 그는 벌벌 떨면서 안으로 들어갔다.

땀에 흠뻑 젖고, 새까만 머리카락은 베개를 덮고, 두 팔을 머리 밑에 포개고, 홀랑 벗은 채로 막달라의 여인이 누워서 기다렸다. 그녀는 벽으로 얼굴을 돌리고 하품을 했다. 새벽부터 줄곧 침대에서 남자들과 씨름을 벌이느라고 그녀는 기운이 다 빠졌다. 그녀의 머리카락과 손톱과 몸의 구석구석에는 온갖 민족의 냄새가 배었고, 팔과 목과 젖가슴은 온통 물린 자국투성이었다.

마리아의 아들은 눈을 떨구었다. 그는 방의 한가운데서 걸음을 멈추고는 더 이상 나아갈 용기가 나지 않았다. 막달라의 여인은 얼굴을 벽 쪽으로 돌린 채 꼼짝도 않고 기다렸다. 하지만 그녀는 뒤에서 나는 남자의 끙끙거리는 소리를 듣지 못했고, 아무도 옷을 벗지 않았고, 숨 가쁜 소리조차 없었다. 겁이 덜컥 난 그녀는 무슨 일인가 보려고 얼른 얼굴을 돌렸는데, 순간적으로 그녀는 비명을 지르고, 홑이불을 잡아 몸을 가렸다.

「당신이! 당신이!」 손바닥으로 입술과 눈을 가리며 그녀가 소리쳤다.

「마리아.」 그가 말했다. 「용서해요!」

막달라의 여인은 가슴을 찢어 놓을 정도로 거친 웃음을 미친 듯이 터뜨렸다. 그녀의 성대가 수천 조각으로 당장 끊어지기라도 할 듯싶었다.

「마리아.」 그가 되풀이했다. 「용서해 줘요!」

그러자 그녀는 홑이불로 몸을 잔뜩 감싼 채로 벌떡 일어나 무릎을 꿇고 앉더니 주먹을 들어 보였다. 「내 젊고 용맹한 기사님아, 그런 말을 하려고 내 집 마당을 찾아왔나요? 여기 내 뜨거운 침대에서 하느님이라는 알량한 존재를 나한테 모셔다 주고 싶어서 슬그머니 속여 내 집으로 들어오려고 당신은 내 손님들 속에 끼어들었단 말인가요? 글쎄요, 늦으셨군요, 내 친구여, 많이 늦으셨어요. 그리고 당신의 하느님 얘긴데, 벌써 내 마음을 꺾어 버린 분이시니까 난 하느님을 원하지도 않아요!」

그녀는 동시에 신음도 하고 얘기도 했으며, 홑이불을 덮은 젖가슴은 격분해서 오르락내리락거렸다.

「하느님은 나를 실망시켰어요, 나를 실망시켰다고요.」그녀는 다시 신음했고, 눈물 두 방울이 맺히더니 기다란 속눈썹에 그대로 매달렸다.

「하느님을 모독하는 얘긴 하지 말아요, 마리아. 나를 탓해야지, 하느님을 탓하면 안 돼요. 그래서 내가 찾아왔어요. 당신의 용서를 빌기 위해서요.」

하지만 막달라의 여인은 화를 벌컥 내었다. 「당신하고 당신의 하느님은 얼굴도 똑같고, 어찌나 둘이 똑같은지 난 누가 누군지 구별도 못하겠어요. 가끔 난 밤이면 어쩌다가 하느님을 생각하게 되는데, 그 저주받을 시간이면 어둠 속에서 내 앞에 나타나는 하느님은 당신의 얼굴이고, 어쩌다가 길거리에서 내가 당신을 우연히 만날 때면, 그 저주받을 순간에는 곧장 나한테로 달려오는 하느님을 보는 기분이 아직도 들어요.」

그녀는 주먹을 번쩍 쳐들었다. 「하느님을 내세우며 나한테 귀찮게 굴지 말아요.」 그녀는 소리를 질렀다. 「얼른 여기서 나가고, 당신 모습을 다시는 내 앞에 보이지 말아요. 내가 위안을 얻을 만한 안식처라고는 오직 한 군데, 시궁창뿐이죠! 내가 들어가서 기도를 드리고 몸을 깨끗이 하는 유일한 교회당, 그건 시궁창뿐이라고요!」

「마리아, 내가 얘기하게 가만히 기다리고, 내 얘기 좀 듣고, 절망에 빠지지 말아요. 내 누이여, 시궁창에서 당신을 꺼내 주려는 것, 바로 그것이 내가 이렇게 찾아온 이유예요. 나는 많은 죄를 지었고, 그토록 많은 죄를 속죄하기 위해서 지금 사막으로 찾아가는 중인데, 마리아, 당신이 당한 재앙이 내 마음에 가장 무겁게 걸려요.」

막달라의 여인은 그의 뺨을 찢어 놓으려는 듯, 미친 듯, 예기치 않았던 손님에게로 날카로운 손톱을 뻗쳤다.

「무슨 재앙 말이에요?」 그녀는 소리를 질렀다. 「난 잘, 아주 잘 지내니까 당신의 거룩한 자비심 따위는 필요 없어요! 난 혼자 힘으로 내 싸움을 잘 이겨 내고, 사람이나 신이나 악마에게서도 아무런 도움을 요구하지 않아요. 나는 나 자신을 스스로 구제하기 위해서 투쟁하고, 무슨 일이 닥치더라도 스스로 자신을 구제하겠어요.」

「무엇으로부터, 누구한테서 자신을 구제하겠단 말인가요?」

「하느님의 축복을 받아야 할 노릇이지만, 당신이 생각하는 것처럼 시궁창으로부터의 구제는 아니에요! 내 모든 희망은 시궁창, 그곳에 있으니까요. 그것이 내가 구원을 받는 길이기 때문이죠.」

「시궁창요?」

「그래요, 시궁창이죠. 수치, 더러움, 이 침대, 지금도 그렇듯이 온통 깨물린 자국투성이다, 온 세상의 코와 침과 점액으로 미끈미끈하게 뒤덮인 내 몸뚱어리요! 엉큼하고 순진한 척하는 그런 눈초리로 나를 쳐다보지 말아요. 멀찌감치 떨어지고, 가까이 오지 말라고요, 겁쟁이 같으니라고! 난 당신이 찾아왔다는 게 싫어요. 당신을 보면 구역질이 나니까, 나한테 손대지 말아요! 한 남자를 잊어버리기 위해서, 스스로 나 자신을 구제하기 위해서, 난 내 육체를 모든 남자에게 제공했어요!」

마리아의 아들은 머리를 수그렸다.

「그건 내 잘못이에요.」 그는 목이 졸린 듯한 목소리로 되풀이해서 말하고는 아직도 피가 튄 자국이 남은 띠, 허리에다 두른 가죽 띠를 움켜잡았다.

「누이여, 나를 용서해 줘요. 그건 내 잘못이었지만, 난 그 대가를 꼭 치르겠어요.」

여자의 목구멍에서 야수 같은 웃음소리가 다시 터져 나왔다. 「당신은 처량하게 징징거리면서 〈그건 내 잘못이었어요…… 그건 내 탓이었어요, 내 누이여……〉라는 소리를 늘어놓지만, 아, 아니에요, 당신은 진실을 고백하기 위해 남자답게 머리를 들지도 못하잖아요. 당신은 내 육체를 갈구하는데, 그런 소리가 차마 나오지 않으니까 솔직하게 말은 못하고, 공연히 내 영혼을 탓하면서 당신이 그 영혼을 구하겠다고 그러는 거예요. 몽상밖에 모르는 양반아, 무슨 영혼 말이에요? 여자의 영혼이란 그 여자의 육체예요. 당신은 그런 사실을 알고, 알아도 아주 잘 알지만, 당신은 남자답게 그런 영혼을 품에 안고 입맞춤할 용기가, 입맞춤하고 구제할 용기가 없어요! 난 당신을 불쌍하게 생각하고, 당신을 혐오해요!」

「당신은 일곱 악마에게 영혼을 **빼앗긴 창녀예요!**」 수치심으로 불타오르듯 얼굴이 새빨개진 젊은이가 이제는 소리를 질렀다. 「일곱 악마요. 그래요, 불운한 당신 아버지의 얘기가 옳았어요.」

막달라의 여인은 전율했다. 그녀는 격분해서 머리를 쓸어 모아 틀고는 빨간 비단 끈으로 묶었다. 잠시 침묵을 지킨 다음, 마침내 그녀의 입술이 움직였다. 「일곱 악마가 아니에요, 마리아의 아들이여, 일곱 악마가 아니라, 일곱 상처랍니다. 당신은 여자란 상처를 받은 암사슴이나 마찬가지라는 진실을 터득해야만 해요. 가엾게도 암사슴은 상처를 핥는 일 이외에는 다른 기쁨이 하나도 없죠.」

그녀의 두 눈에는 눈물이 가득 고였다. 그녀는 손바닥으로 문질러 눈물을 한 번에 닦아 버리고는 발작적으로 분노를 터뜨렸다. 「당신, 여기는 무엇 하러 왔어요? 내 침대를 그렇게 굽어보면서 당신이 원하는 바가 뭐예요? 가요!」

젊은이는 한 걸음 더 다가섰다. 「마리아, 우리가 아직 어린애였을 때를 기억해 봐요……」

「난 기억을 못해요! 당신은 도대체 어떻게 된 인간인가요? 아직도 코찔찔이 어린애예요? 부끄러워할 줄을 알아야죠! 당신은 남자답게 어느 누구에게도 의지하지 않고, 혼자 떳떳하게 일어설 용기를 한 번도 가져 본 적이 없잖아요. 엄마의 치맛자락에 매달리지 않는 경우에도 하느님이나 나한테 매달렸어요. 당신은 두렵기 때문에 혼자 일어서지 못하죠. 당신은 두렵기 때문에 당신 자신의 영혼을 감히 깊이 들여다볼 용기가 없고, 마찬가지 얘기지만, 당신의 육체도 들여다보지를 못해요. 그리고 이제 당신은 숨어 버리려고, 머릿속에다 얼굴을 처박으려고 사막으로 도망치는데, 그것도 모두 두려워하기 때문이에요! 두려운 거예요, 두려운 거란 말이에요! 가엾은 사람, 난 당신을 혐오하고, 난 당신을 불쌍히 여기고, 당신 생각이 머리에 떠오를 때마다 나는 가슴이 두 조각이 나요.」

더 이상 말을 계속할 수가 없어서 그녀는 흐느껴 울기 시작했다. 아무리 빨리 눈을 닦아도, 지워진 화장과 함께 눈물은 점점 더 마구 흘러내려 이부자리를 더럽혔다.

젊은이는 가슴속에서 경련을 느꼈다. 아, 그가 하느님에 대한 두려움을 잊어버리기만 한다면, 그녀를 품에 안고 눈물을 씻어주며, 머리카락을 쓰다듬고, 마음을 기쁘게 해주고, 그러고는 그녀를 데리고 함께 떠날 용기만 얻는다면 얼마나 좋으랴!

만일 그가 참된 남자였다면, 그녀를 구원하기 위해는 마땅히 그는 그렇게 행동해야만 했다. 단식과 기도와 수도원에 그녀가 무슨 관심이 있단 말인가? 그렇다, 그런 것들은 올바른 길이 아니어서, 어찌 그런 것들이 여자를 구제하겠는가? 이 침대로부터 그녀를 끌어내고는 데리고 나가서, 이곳을 떠나고, 멀리 떨어진 어느 마을에서 목수 노릇을 하고, 그들 두 사람이 남편과 아내로서 살아가고, 아이들을 낳고, 인간답게 괴로워하고 기뻐한다는 것, 그것이 여자에게는 구원의 길이요, 오직 그 길만이 그녀와 함께 남자도 구원을 받는 유일한 방법이다!

어느새 날이 저물었다. 저 멀리서 천둥이 우르릉거리며 울렸고, 번갯불의 섬광이 문틈으로 들어와 이제는 납빛이 된 마리아의 얼굴을 환히 밝혔다가 다시 꺼졌다. 아까보다 훨씬 가깝게 다시금 벼락 치는 소리가 들렸다. 숨 막히는 하늘이 무너져 거의 땅과 맞닿을 지경이었다.

젊은이는 갑자기 엄청난 피로감에 휩싸였다. 그는 무릎이 축 늘어져서 책상다리를 하고 바닥에 앉았다. 사향과 땀과 사내들의 역겨운 악취가 코를 찔렀다. 그는 구역질을 가라앉히려고 손바닥으로 목을 쓰다듬었다.

그는 어둠 속에서 마리아의 목소리를 들었다. 「저쪽으로 머리를 돌려요. 일어나서 등잔에 불을 켜고 싶은데, 난 발가벗은 몸이에요.」

「난 가야겠어요.」 젊은이가 나지막이 말했다. 기운을 차려서 그는 몸을 일으켰다.

하지만 마리아는 못 들은 체했다.「마당을 살펴보고, 혹시 아직도 누가 남았으면 가라고 그러세요.」

젊은이는 문을 열고 머리를 밖으로 내밀었다. 하늘이 어두워졌다. 석류나무 잎사귀에는 커다란 빗방울이 드문드문 떨어졌고, 당장에라도 무너질 듯 하늘은 땅 위로 낮게 드리웠다. 노파는 불을 피운 풍로를 들고 마당으로 몸을 피해 들어와서 수실편백나무의 밑동에 몸을 찰싹 붙이고 섰다. 굵직한 빗방울이 점점 더 심하게 내리기 시작했다.

「아무도 없어요.」얼른 문을 닫으며 젊은이가 말했다. 소나기가 이제는 마구 퍼부었다.

그러는 사이에 막달라의 여인은 침대에서 일어나 그날 아침에 사랑을 나눈 에티오피아 남자가 선물로 준, 사자와 사슴을 수놓은 따뜻한 양털 목도리로 몸을 가렸다. 그녀의 어깨와 사타구니는 옷의 감미로운 따스함이 즐거워 파르르 떨었다. 발돋움을 하고 그녀는 벽에서 등잔을 떼어 냈다.

「아무도 없어요.」안심하는 목소리로 젊은이가 되풀이해서 말했다.

「늙은 여자는요?」

「실편백나무 밑에 있어요. 소나기가 정말 심하군요.」

마리아는 마당으로 달려 나가 어둠 속에서 불을 지핀 풍로를 찾아내고는 그곳으로 갔다.

「노에미 할머니.」길거리 쪽 문의 빗장을 가리키며 그녀가 말했다.「풍로하고 게를 가지고 집으로 가세요. 난 문을 잠가야 해요. 오늘 밤에는 다른 사람은 안 받아요!」

「안에 애인이 남았죠, 안 그래요?」밤 손님을 잃게 되어 화가 난 늙은 여자가 씨근덕거렸다.

「그래요.」 막달라의 여인이 대답했다. 「안에 있어요. 가세요!」

투덜거리면서 늙은 여자는 몸을 일으키더니 물건들을 챙겼다.

「누더기를 걸친 그 남자, 정말 멋도 있더군요.」 노파가 이빨도 없는 잇몸으로 나지막이 중얼거렸지만, 마음이 조급한 마리아는 그녀를 밖으로 밀어내고는 문에다 빗장을 질렀다.

하늘이 터져 비가 몽땅 그녀의 집 마당으로 쏟아졌다. 어렸을 때 가을의 첫 비가 내리는 광경을 볼 때마다 그랬듯이 그녀는 찢어지는 듯한 환희의 탄성을 질렀다. 안으로 들어갔을 때는 머릿수건이 함빡 젖었다.

젊은이는 가야 할지 머물러야 할지 결정을 내리지 못해서 방 한가운데에 어정쩡하게 서서 기다렸다. 하느님이 뜻하는 바가 무엇이었을까? 이곳은 따스하고 즐거웠으며, 심지어는 역겨운 악취까지도 이제는 익숙해졌다. 바깥에는 바람과 비와 추위. 그는 막달라에 아는 사람이 아무도 없었고, 가파르나움은 멀기만 했다. 그는 가야 하나, 머물러야 하나? 그의 영혼은 울려 대는 종처럼 왔다 갔다 했다.

「비가 억수같이 퍼부어요, 예수. 틀림없이 당신은 오늘 아무것도 먹지 못했겠군요. 음식을 장만할 테니 내가 불을 지피도록 도와줘요.」 그녀의 목소리는 어머니처럼 다정하고 포근했다.

「난 가야겠어요.」 문 쪽으로 돌아서며 젊은이가 말했다.

「식사를 같이하고 싶으니까 앉아요!」 막달라의 여인이 명령했다. 「그런 생각을 하니 구역질이 올라오기라도 하나요? 갈보하고 식사를 같이해서 당신이 더럽혀질까 봐 걱정되는 모양이죠?」

젊은이는 구석에서 장작과 불쏘시개를 가져다가, 벽난로의 돌 곁기둥 옆, 두 개의 장작 받침쇠 앞에서 몸을 수그리고는 불을 붙였다.

막달라의 여인은 마음이 차분하게 가라앉았다. 이제는 미소를 지으며 그녀는 솥에다 물을 가득 부어 불 위에다 얹어 놓았다. 벽에 걸린 자루에서 그녀는 눈을 떼어 낸 잠두(蠶豆)를 두 움큼 수북하게 꺼내 물에다 넣었다. 그러더니 지펴 놓은 불 앞에 무릎을 꿇고 앉아 귀를 기울였다. 바깥에서는 홍수를 쏟아 내는 하늘의 문이 터졌다.

「예수.」 그녀가 조용히 말했다. 「혹시 우리가 어렸던 시절에 같이 놀던 때를 기억하느냐고 나한테 물었는데……」

하지만 막달라의 여인이나 마찬가지로 벽난로 앞에서 무릎을 꿇고 앉은 젊은이의 마음은 머나먼 곳에서 방황했고, 그냥 불을 멍하니 쳐다보기만 했다. 그는 마치 사막의 수도원에 도착한 듯, 마치 하얀 승복을 입고 고적한 산책을 시작한 듯한 기분을 느꼈으며, 그의 마음은 신의 깊고도 고요한 호수에서 헤엄을 치는 작고도 행복한 한 마리의 금붕어 같았다. 바깥에서는 세상이 산산조각 나는 중이었고, 그의 마음속에는 평화와 사랑과 아늑함이 깃들었다.

「예수.」 그의 곁에서 목소리가 되풀이해서 말했다. 「혹시 우리가 어렸던 시절에 같이 놀던 때를 기억하느냐고 나한테 물었는데……」

막달라 여인의 얼굴은 불꽃이 비쳐 시뻘겋게 달궈진 쇠처럼 광채를 냈다. 하지만 사막에 잠겨 버린 젊은이는 그녀의 말이 들리지 않았다.

「예수.」 여자가 다시 말했다. 「당신은 세 살이었고, 난 한 살이 더 많았어요. 우리 집으로 올라오는 계단은 층계가 셋이었는데, 나는 제일 높은 계단에 앉아서, 첫 계단을 기어오를 힘이 없어 몇 시간씩 애쓰던 당신을 지켜보곤 했어요. 당신은 쓰러지고, 다시 일어나곤 했지만 난 당신을 도우려고 새끼손가락 하나 까딱하지 않았어요. 난 당신이 나한테 오기를 바랐지만, 우선 당신이 굉장한 고통을 당하기를 바랐어요. ……기억하세요?」

악마가, 그녀의 일곱 악마 가운데 하나가 그녀로 하여금 남자에게 얘기를 계속하고 그를 유혹하라고 몰아대었다.

「몇 시간이 지난 다음에야 당신은 결국 첫 번째 계단을 겨우 기어올랐죠. 그러고는 두 번째 계단을 올라오려고 애쓰고, 그러고는 세 번째 계단, 거기에서 난 꼼짝도 않고 앉아서 당신을 기다렸어요. 그러고는…….」

젊은이가 깜짝 놀라 손을 내밀었다. 「그만해요.」 그가 소리쳤다. 「더 이상 얘기하지 말아요!」

하지만 여자의 얼굴은 반짝거리고 깜박거렸으며, 불꽃은 그녀의 눈썹과 입술과 턱, 겉으로 드러낸 목을 핥아 대었다. 그녀는 월계수 잎사귀 한 줌을 쥐어 불에다 뿌리고는 한숨을 지었다.

「그러고는 당신은 내 손을 잡았는데, 그래요, 당신은 내 손을 잡았어요, 예수. 그리고 우린 안으로 들어가 마당에 깔린 자갈 위에 누웠죠. 우린 서로 발바닥을 마주 꼭 대고는 우리 몸의 따스한 기운이 서로 섞이고 따스함이 우리의 발에서부터 허벅지로, 그러고는 사타구니로 올라오는 걸 느꼈어요. 그러면 우린 눈을 감았고요.」

「조용해요!」 젊은이가 다시 소리쳤다. 그는 그녀의 입을 막으려고 손을 들었지만, 여자의 입술이 닿을까 봐 겁이 나서 주춤했다.

이제 여자는 한숨을 짓고 웅얼거리는 정도로 목소리를 낮추어 얘기를 계속했다. 「그런 감미로움을 나는 다시 느껴 본 적이 한 번도 없어요.」 그녀는 잠깐 침묵을 지킨 다음 말을 이었다. 「이 남자 저 남자를 거치면서 내가 찾으려고 했던 건, 예수, 그 따스함이었지만 나는 찾지 못했어요.」

젊은이는 무릎 사이에다 얼굴을 처박았다. 「아도나이.」 그가 중얼거렸다. 「아도나이, 도와주소서!」

따스하고 평화로운 침실은 향기롭게 콩이 솥에서 부글부글 끓는 소리와 나무를 집어삼키며 식식거리는 불 이외에는 고요했다. 바깥에서는 남성적인 빗물이 우렁차게 하늘에서 쏟아졌고, 대지는 가랑이를 벌리며 키득거렸다.

「예수, 무슨 생각을 하나요?」 이제는 남자를 마주 쳐다볼 엄두를 내지 못하면서 막달라의 여인이 물었다.

「난 하느님을 생각했어요.」 그는 목이 졸린 듯한 목소리로 대답했다. 「하느님에 관해서요, 아도나이…….」

이 말을 하면서 그는 이런 집에서 거룩한 이름을 입 밖에 냈다는 사실을 죄스럽게 생각했다.

막달라의 여인은 벌떡 일어서더니 불과 문 사이를 서성거리며 오락가락했다. 그녀는 화가 치밀었다.

하느님, 그렇다, 신은 엄청난 적이다, 그녀는 생각했다. 하느님은 한 번도 빼놓지 않고 간섭하고, 하느님은 사악하고 샘이 많으며, 하느님은 사람들이 행복하라고 그냥 내버려 두지 않는다. 그녀는 문 뒤에서 걸음을 멈추고는 귀에다 신경을 모았다. 하늘이 아우성을 쳤다. 회오리바람이 일었고, 마당의 석류들은 서로 부딪치며 당장에라도 터질 기세였다.

「비가 좀 심해졌어요.」 그녀가 말했다.

「난 가야겠어요.」 젊은이가 몸을 일으키며 말했다.

「우선 식사하고 기운을 내야 해요. 이런 시간에 어디를 가겠다는 말이에요? 바깥은 칠흑처럼 캄캄하고, 아직도 비가 내려요.」

그녀는 벽에서 동그란 돗자리를 내려 마룻바닥에다 깔았다. 그녀는 불에서 냄비를 꺼내고, 벽으로 쑥 들어간 작은 찬장을 열어서 구운 보리빵과 국을 담는 질그릇 두 개를 꺼냈다.

「이건 창녀의 식사예요.」 그녀가 말했다. 「먹어요, 신앙심의 화신아, 구역질만 나지 않는다면 먹어 둬요.」

배가 고팠던 젊은이는 서슴지 않고 손을 내밀었다. 여자가 킬킬거리며 웃었다.

「그런 식으로 식사를 해요?」 그녀가 독살스럽게 말했다. 「기도도 드리지 않고요? 빵과 잠두와 갈보를 내려 주신 하느님께 감사를 드려야 좋지 않을까요?」

예수가 한입 물었던 음식이 목구멍에 걸렸다.

「왜 나를 미워하나요, 마리아?」 그가 말했다. 「왜 나를 놀리나요? 봐요, 오늘 밤에 난 당신하고 빵을 나눠 먹으려 하고 있고, 우린 다시 친구가 되었어요. 지난 일은 덮어 두고 날 용서해요. 내가 찾아왔으니까요.」

「우는 소리는 그만 하고 먹어요. 만일 내가 용서를 베풀지 않는다면, 강제로 빼앗아라도 가고요! 당신은 남자잖아요.」

그녀는 웃으며 빵을 나누었다. 「빵과 잠두와 갈보들을, 그리고 독실한 손님들을 세상에 보내 주신 하느님의 이름이 거룩하옵나이다!」

그들은 등잔 불빛 밑에서 서로 마주 보며 무릎을 꿇고 앉았지만 더 이상 아무 얘기도 하지 않았다. 두 사람 다 배가 고팠고, 두 사람 다 오늘 많은 고뇌에 시달렸고, 그들은 기운을 되찾으려고 식사를 했다.

바깥에서는 비가 수그러들기 시작했다. 하늘은 배설했고, 대지는 가득 찼다. 신이 나서 자갈이 깔린 마을의 길거리를 달려 내려가는 물줄기의 시끄러운 웃음 이외에는 아무 소리도 나지 않았다.

그들은 식사를 끝마쳤다. 작은 찬장에는 포도주도 조금 있었고, 그들은 그것을 마셨고, 충치를 걱정하며 완전히 무르익은 대추야자도 몇 개 먹었다. 얼마 동안 두 사람은 아무 말도 없이, 곧 꺼질 듯한 불을 조용히 쳐다보기만 했다. 그들의 마음은 죽어 가는 불꽃과 더불어 오르락내리락거렸다.

추웠다. 젊은이는 일어나서 불에다 장작을 더 넣었고, 막달라의 여인은 월계수 잎사귀를 한 줌 더 집어 꼭대기에다 뿌렸고, 향기가 방 안을 가득 채웠다. 그녀는 문으로 가서 열었다. 바람이 일었고, 구름은 이미 흩어졌다. 갓 목욕을 해서 티 하나 없이 말끔하고 커다란 별 두 개가 마당 위 하늘에서 찬란하게 반짝였다.

「아직도 비가 내려요?」 결정을 내리지 못하고 방의 한가운데 다시 선 젊은이가 물었다.

하지만 막달라의 여인은 대답을 하지 않았다. 그녀는 돗자리를 펴고, 옷 궤짝이 놓인 곳으로 가서, 그녀와 사랑을 나눈 남자들이 선물로 준 홑이불과 두꺼운 양털 담요를 꺼내 불 앞에다 잠자리를 마련했다.

「당신은 여기서 자요.」 그녀가 말했다. 「바깥은 춥고 바람이 심한 데다가, 자정이 다 되었어요. 어디로 가겠어요? 감기나 걸려 죽을 고생을 할 텐데요. 당신은 여기, 불 앞에서 주무세요.」

젊은이가 부르르 떨었다. 「여기서요?」

「겁나세요? 하지만 귀찮게 굴지 않을 테니까 마음 푹 놓으세요, 내 순진한 비둘기. 그래요, 난 당신을 유혹하지도 않고, 그토록 소중한 당신의 순결을 빼앗지도 않겠어요, 귀여운 사람!」

그녀는 불에다 장작을 더 넣고 등잔의 심지를 낮추었다. 「좋은 꿈 꾸세요.」 그녀가 말했다. 「내일은 우리 두 사람 다 할 일이 많으니까요. 당신은 구원을 찾아서 다시 길을 떠날 테고, 나는 내 나름대로 내 길을 가고, 나 또한 구원을 찾겠어요. 저마다 다른 길을 가고 다시는 만나지 않겠죠. 안녕히 주무세요.」

그녀는 이부자리로 몸을 던지고, 베개에다 얼굴을 파묻고는 울음과 눈물을 참으려고 밤새도록 홑이불을 깨물고 있었다. 그녀는 혹시 불 앞에서 잠든 남자가 흐느껴 우는 소리를 듣고 겁이 나서 가버릴까 봐 걱정되었다. 밤새도록 그녀는 젖을 빠는 아기처럼 편안하고 평화롭게 그가 숨을 쉬는 소리에 귀를 기울였고, 나지막하고도 끝없는 한숨을 지으며 마음속으로 조용히 흐느껴 탄식하면서 깨어 있었고, 편히 잠을 자도록 어머니처럼 그를 돌봐 주었다.

이튿날 동틀 녘에 반쯤 눈을 뜬 그녀는 그가 일어나서 가죽 띠를 허리에 단단히 매고는 문을 여는 것을 보았다. 그러더니 그는 우뚝 멈추었다. 그는 떠나고 싶었지만, 떠나고 싶지 않기도 했다. 그는 눈을 돌려 침대 쪽을 보더니 머뭇거리다가 한 걸음 다가왔다. 그는 몸을 수그렸는데, 방 안은 아직 별로 환하지 않았으므로 마치 여자가 어디 누웠는지 찾아내어 만져 보려고 그러는 듯싶었다. 그는 왼쪽 손을 가죽 띠 밑으로 밀어 넣고, 오른쪽 손으로는 턱과 입을 잡았다.

여자는 발가벗은 젖가슴을 머리카락으로 가린 채 꼼짝도 않고 반듯하게 누워 있었다. 그녀는 실눈을 뜬 사이로 그를 지켜보았고, 온몸이 떨렸다.

그의 입술이 움직였다. 「마리아……」

하지만 자신의 목소리를 듣자마자 그는 겁이 났다. 그는 한걸음에 성큼 문간에 이르더니 황급히 마당을 가로질러 가서 문의 빗장을 벗겼다.

그러자 잠자리에서 벌떡 일어나 홑이불을 벗어 던지고 막달라의 여인 마리아는 흐느껴 울기 시작했다.

제8장

 겐네사렛 호수 너머 사막에 도사린 수도원은 회적색 돌로 지어 거대한 회적색 바위들 사이에 끼워 숨겨 놓은 듯한 인상이었다. 한밤중……. 하늘에서는 물이 방울져 내리지 않고, 홍수처럼 쏟아졌다. 되풀이되는 천둥에 흥분해서 하이에나와 늑대와 자칼들이 울부짖었고, 더 먼 곳에서는 사자 한 쌍이 포효했다. 뚫고 들어갈 수 없는 어둠 속에 잠긴 수도원은 시나이[1]의 신에게 채찍질을 당하는 듯, 번갯불의 섬광이 자주 줄무늬를 그리며 때렸다. 수도사들은 골방에 엎드려 다시는 세상이 물속에 잠기게 하지 말라고 아도나이를 불러 가며 기원했다. 하느님은 족장 노아에게 약속을 하지 않았던가? 하느님은 우애의 뜻으로 땅과 하늘을 무지개로 잇지 않았던가?

 불을 켜놓은 곳은 대수도원장의 방뿐이었다. 앙상하게 야위고, 하얀 수염이 강물처럼 쏟아진 요야킴 수도원장은 팔짱을 끼고 눈을 감고 숨을 몰아쉬며 실편백나무로 돋워 올린 성직자석에, 일곱 갈래로 갈라진 촛대 밑에 앉아서 젊은 수련사 요한이 독경대

---

[1] 다른 지명과 마찬가지로 성서식 표기를 따랐다. 〈가시덤불〉이라는 뜻이다.

에 서서 읽어 주는 선지자 다니엘 서(書)에 귀를 기울였다.

「내가 밤에 환상(幻想)을 보았더라. 나는 큰 바다로 몰려 부는 하늘의 네 바람을 보았도다. 그리고 큰 짐승 넷이 바다에서 나왔는데 모양이 저마다 달랐더라. 첫 번째 짐승은 사자를 닮았으며 독수리의 날개가 달렸더라. 이 짐승이 두 날개가 떨어져 나가고 사람처럼 두 발로 일어서며, 사람의 마음이 그의 가슴에 박히는 것을 나는 보았노라. 그리고 두 번째 짐승이 나왔으니, 이것은 곰을 닮았으매, 그에게 말하는 자가 있어 이르기를, 일어나 많은 고기를 먹으라 하였다. 내가 눈을 들어 보니, 세 번째 짐승이 나타나더라. 그것은 표범을 닮았으며 등에는 새처럼 날개가 넷 돋았더라. 이 짐승은 머리가 넷이었으며 권세를 받았으니…….」[2]

수련사는 불안감을 느껴서, 읽기를 중단했다. 그는 수도원장이 한숨을 짓거나 짜증스럽게 손톱으로 의자를 긁어 대는 소리를 듣지 못했고, 숨 쉬는 소리조차 들리지 않았다. 수도원장은 죽은 것이 아닐까? 벌써 여러 날 동안 그는 음식을 통 입에 대려고 하지 않았다. 그는 하느님 때문에 분개했고, 죽기를 원했다. 그는 그의 영혼이 육체라는 짐으로부터 벗어날지도 모르고, 그러면 무거운 짐에서 풀려나 하늘로 올라가서 하느님을 발견할지도 모르는 터여서 죽기를 원했고, 이런 생각을 수도사들에게도 확실히 밝혔던 바였다. 그는 하느님과 해결해야 할 불만이 하나 생겼으며, 하느님을 만나 따져 볼 필요를 느꼈다. 하지만 육체가 납덩이처럼 무거워서 승천하는 데 방해가 되었다. 따라서 그는 육신은 제 갈 길을 가라고 버려 무덤 속에 남겨 두고, 참된 요아킴이 하늘로 올라가 그의 불만을 하느님께 얘기하도록 할 작정이었다. 이것은 그의

---

[2] 이 부분은 「다니엘」 7장 2~6절에 담긴 내용인데, 성서의 번역을 그대로 따르지 않고 역자 나름대로 옮겼다.

의무였다. 그는 이스라엘의 성직자들 가운데 한 사람이 아니었던 가? 사람들에게는 입이 달렸지만 목소리는 없었다. 그들은 하느님 앞에 서서 그들의 고통을 전할 길이 없었다. 하지만 요아킴은 그럴 능력을 지녔고, 달리 어찌할 방법이 없었다!

수련사는 눈을 돌려 보았다. 일곱 개의 불꽃 밑에서는, 수도원장의 머리가 태양과 단식에 시달려 거칠어져서 벌레가 먹고 늙은 나무처럼 움푹움푹 패었는데, 대상들이 가끔 사막에서 발견하는 백골, 비바람에 씻긴 원시적 동물들의 두개골하고 어쩌면 저토록 비슷할까! 저 머리는 어떤 환상을 보았으며, 얼마나 여러 번 그 앞에서 천국의 문이 열렸고, 얼마나 여러 번 지옥의 뱃속을 보았을까! 그의 이성은 이스라엘의 온갖 근심과 희망이 타고 오르락내리락하는 야곱의 사다리였다.

눈을 뜨고 수도원장은 송장처럼 창백한 얼굴로 그의 앞에 선 수련사를 보았다. 메노라 촛대의 불빛 속에서 그의 뺨에 난 노란 솜털이 지극히 순결하게 광채를 띠었고, 아득한 곳을 응시하는 그의 눈에는 고뇌가 가득했다.

수도원장의 준엄하던 표정이 부드러워졌다. 그는 하느님께 바치려고 아버지 제베대오에게서 그가 빼앗아 이곳으로 데리고 온 잘생긴 이 젊은이를 사랑했다. 그는 젊은이의 순종과 열정, 말 없는 입술과 만족할 줄 모르는 눈, 다정함과 순발력을 갖춘 지성이 좋았다. 언젠가는 청년이 하느님과 얘기를 할 터이고, 내가 못한 일을 할 터이며, 내 어깨에 생긴 두 상처를 그가 날개로 바꿔 놓을지도 모른다고 수도원장은 생각했다. 〈나는 살아서 천국에 오르지 못하지만, 그는 생전에 그렇게 할지도 모른다.〉

청년은 언젠가 부모와 함께 수도원에 찾아왔었다. 유월절을 지내기 위한 방문이었다. 제베대오 노인의 먼 친척이었던 수도원장은 그들을 반갑게 맞아 주고 그의 식탁에서 같이 식사를 했다. 이 무렵에 요한은 열여섯 살쯤이었다. 식사를 하는 동안에 음식을 먹으려고 몸을 수그린 그는 수도원장의 눈초리가 그의 머리 가죽에 고정되어, 뼈를 밀어 내고는, 두개골의 봉합선을 거쳐 뇌 속으로 파고드는 기분을 느꼈다. 겁이 난 그는 머리를 들었고, 두 사람의 시선이 유월절 식탁 위 공중에서 마주쳤다. 그날 이후로는 고깃배나 겐네사렛 호수로서는 이 소년은 흡족함을 느끼지 못하게 되었다. 그는 한숨을 지으며 풀 죽어 지냈고, 그러던 어느 날 아침에 제베대오 노인은 짜증이 나서 소리를 질렀다. 「네 마음은 고기잡이가 아니라 하느님께 팔렸어. 좋다, 가거라, 수도원으로 가거라. 내게는 아들이 둘이지. 그 두 아들을 갈라놓는 일이 하느님의 뜻인 모양이니까, 어서 갈라놓고 다 끝내 버리고, 하느님이 원하는 대로 하라지!」

수도원장은 그의 앞에 선 청년을 물끄러미 쳐다보았다. 그는 청년을 꾸짖을 생각이었지만, 그를 쳐다보려니까 표정이 부드러워졌다.

「왜 읽다 말았느냐?」 그가 물었다. 「너는 환상을 중간에서 깨뜨렸어. 그래서는 안 돼. 그는 선지자였고, 선지자들은 존경을 받아야 하니까.」

청년은 새빨갛게 얼굴이 달아올랐고, 다시금 독경대 위에다 가죽으로 만든 두루마리를 펴놓고, 굴곡이 없는 어조로 계속해서 읽기 시작했다. 「그날 밤 꿈에 본 넷째 짐승은 무시무시하고 끔찍하게 생겼으며 힘도 무척 세었다. 쇠로 된 이빨로 무엇이나 부서뜨려 먹으며 남은 것은 발로 짓밟았다. 먼저 나온 짐승들과는 달리 뿔이 열 개나 돋아 있었다……」

「그만!」 수도원장이 소리쳤다. 「그만하면 충분해!」

고함 소리에 청년은 겁을 먹었고, 거룩한 글은 판석이 깔린 마룻바닥으로 떨어졌다. 그는 두루마리를 집어 입맞춤하고는 구석으로 가서 서더니 수도원장에게 시선을 고정시켰다. 손톱이 박히도록 의자를 움켜잡은 수도원장이 소리쳤다. 「다니엘이시여, 당신의 모든 예언이 이루어졌나이다. 네 마리의 짐승이 우리를 짓밟고 지나갔습니다. 독수리의 날개가 달린 사자가 와서 우리를 찢어 놓았고, 히브리 사람들의 살을 뜯어 먹고 사는 곰이 와서 우리를 잡아먹었고, 머리가 넷인 표범이 와서 동서남북으로 우리를 물어뜯었습니다. 이제는 쇠 이빨이 나고 뿔이 열 개인 흉측한 짐승이 우리 위에서 서성거리는데, 아직 오지 않았고, 가버리지도 않았습니다. 당신이 예언했던 모든 두려움과 추행을 당신은 이미 저희에게 행하였거나, 주여, 앞으로 행하실 터이고, 저희는 당신에게 감사를 드리나이다! 하지만 당신은 좋은 일들도 예언하셨습니다. 왜 당신은 그런 것은 보내 주지 않으시나이까? 어째서 당신은 그런 면에서는 그토록 인색하십니까? 당신은 우리에게 푸짐한 재앙을 베풀어 주셨으니까, 이제는 은혜도 너그럽게 베풀어 주셔야 합니다! 당신이 약속하신 사람의 아들은 어디에 계십니까? ……요한, 읽거라!」

청년은 두루마리를 저고리 속에 넣고 서서 기다리다가 구석에서 나왔다. 독경대로 올라간 그는 다시 읽기 시작했다. 하지만 그의 목소리는 이제 수도원장의 목소리처럼 험악해졌다.

「나는 밤에 또 이상한 광경을 보았는데 사람 모습을 한 이가 하늘에서 구름을 타고 와서 태곳적부터 계신 이 앞으로 인도되어 나아갔다. 주권과 영화와 나라가 그에게 맡겨지고 인종과 말이 다른 뭇 백성들의 섬김을 받게 되었다. 그의 주권은 스러지지 아니하고 영원히 갈 것이며 그의 나라는 멸망하지 아니하리라.」

수도원장은 더 이상 자신을 억제할 길이 없어서, 의자에서 일어나 한 걸음을, 그러고는 또 한 걸음 옮겨 독경대에 이르렀고, 발이 걸려 쓰러질 뻔했지만, 손바닥으로 거룩한 글을 짚고 겨우 몸을 가누었다.

「당신이 약속한 사람의 아들은 어디 계시나이까? 당신은 약속을 하셨나이까, 안 하셨나이까? 여기 이렇게 글로 적혔으니 당신은 부인하면 안 됩니다!」 그는 격노해서, 흥분에 사로잡혀 손으로 예언서를 쾅 때렸다. 「여기 이렇게 글로 쓰였나이다! 요한, 다시 읽게!」

하지만 수도원장은 기다릴 참을성이 없었다. 수련사가 미처 읽기를 시작하기도 전에 그는 성서를 집어 불빛으로 높이 치켜들고는, 글을 보지도 않으면서 의기양양한 목소리로 외치기 시작했다. 「주권과 영화와 나라가 그에게 맡겨지고 인종과 말이 다른 뭇 백성들의 섬김을 받게 되었다. 그의 주권은 스러지지 아니하고 영원히 갈 것이며 그의 나라는 멸망하지 아니하리라.」

그는 독경대에다 두루마리를 펴놓은 채 바깥의 어둠을 창문으로 내다보았다.

「좋습니다, 사람의 아들은 어디 계시단 말입니까?」 암흑을 응시하며 그가 소리쳤다. 「당신이 그를 저희에게 주겠다고 약속하셨으니까, 그는 더 이상 당신의 아들이 아니고, 그는 저희를 위해 존재합니다! 좋아요, 그는 어디에 계십니까? 왜 당신은 그에게 권세와 영광과 나라를 주어 당신의 백성, 이스라엘의 백성으로 하여금 온 세상을 다스리게 하지 아니합니까? 우리는 하늘을 지켜보고 그런 일이 일어나기를 기다리는 동안 목이 뻣뻣해졌습니다. 언제, 언제입니까? 그렇습니다, 당신에게는 1초에 불과한 시간이 인간에게는 1천 년이라는 사실을 저희는 아주 잘 아니까 짜증을 부려 봤자 아무 소용도 없겠죠. 좋습니다, 하지만 만일 당신이 공정하시다면, 주여, 당신은 당신의 기준이 아니라 인간의 기준으로 시간을 헤아려 주셔야 합니다. 그것이 정의가 의미하는 바입니다.」

그는 창문 쪽으로 가려고 했지만, 무릎의 맥이 풀려 걸음을 멈추었고, 허공에서 몸을 가누려는 듯 두 손을 내밀었다. 청년이 그를 부축하려고 달려갔지만, 수도원장은 화를 내며 몸에 손을 대지 말라는 뜻으로 고개를 끄덕였다. 있는 힘을 다해서 그는 창문에 이르러 벽에 몸을 기대고는 머리를 잔뜩 내밀고 밖을 내다보았다. 어둠……. 번갯불의 섬광은 줄어들었지만, 빗물은 수도원 옆 바위들 위로 억수처럼 퍼부었다. 벼락이 칠 때마다 선인장들은 소용돌이를 치며 변모하는 듯싶어서, 문둥병으로 뭉툭하게 잘린 팔을 하늘로 치켜든 불구자들의 나라가 되었다.

육체와 영혼이 긴장되어 수도원장은 귀를 기울였다. 멀리서 사막의 야생 동물들이 울부짖는 소리가 들려왔다. 짐승들은 배가 고픈 것이 아니라, 두려워했다. 가까운 곳에서, 그들의 바로 머리 위쯤에서, 불과 회오리바람으로 둘러싸인 야수가 포효하며 어둠 속에서 다가왔다. 수도원장은 사막의 소리에 귀를 기울였고, 그렇게 듣는 사이에 그는 갑자기 떨며 돌아섰다. 눈에 보이지 않는 어떤 존재가 그의 골방으로 들어왔기 때문이었다! 그는 쳐다보았다. 촛대의 일곱 불꽃이 격렬하게 펄럭거려 당장에라도 꺼질 기세였고, 쓰지 않아 한쪽 구석에 기대어 세워 놓은 하프의 아홉 줄은 마치 눈에 보이지 않는 손이 격노해서 끊어 버리려고 움켜쥔 듯 요란하게 진동을 일으켰다. 수도원장은 벌벌 떨기 시작했다.

「요한.」 주변을 둘러보며 그가 나지막이 말했다. 「이리 오너라, 나한테 가까이 오너라.」

청년은 구석에서 얼른 달려 나와 그에게로 갔다.

「명령을 내려 주십시오, 원장님.」 엎드려 절하려고 땅바닥에 무릎을 꿇으며 그가 말했다.

「요한, 가서 수도사들을 부르거라. 떠나기 전에 그들에게 할 말이 있으니까.」

「떠나기 전이라뇨, 원장님?」

청년은 와들와들 떨었다. 노인의 뒤에서 퍼덕이는 두 개의 커다랗고 검은 날개가 보였다.

「나는 간다.」 수도원장이 말했는데, 그의 목소리는 갑자기 건너편 호숫가에서 들려오는 듯싶었다. 「나는 간다! 일곱 개의 불꽃이 껌벅이고, 심지에서 떨어져 나가려고 하는 것을 너는 보지 못했느냐? 당장 끊어질 듯 하프의 아홉 줄이 진동하는 소리를 너는 듣지 못했느냐? 나는 간다, 요한. 어서 가서 수도사들을 부르거라. 나는 그들에게 얘기를 하고 싶구나.」

청년이 절을 하고 물러갔다. 수도원장은 방의 한가운데, 일곱 갈래로 갈라진 촛대 밑에 섰다. 이제야 마침내 그는 하느님과 단둘이서만 같이 남게 되었는데, 그는 남들이 들을까 봐 걱정하지 않으며 자유롭게 마음속 얘기를 하게 되었다. 그는 차분하게 머리를 들었고, 하느님이 그의 앞에 왔음을 알았다.

「저는 갑니다, 그러잖아도 곧 갈 생각이었어요.」 수도원장이 하느님께 말했다. 「왜 당신은 제 방으로 들어왔고, 왜 당신은 불을 끄고, 하프를 부숴 놓고, 저를 붙잡아 가려고 하셨나이까? 저는 갈 터이고, 그것은 당신의 뜻일 뿐 아니라 저의 뜻이기도 합니다. 저는 가겠어요. 저는 백성의 불만들을 써놓은 목록을 가지고 가겠습니다. 저는 당신을 만나고, 당신과 얘기를 하고 싶습니다. 당신은 얘기에 귀를 기울이지 않고, 적어도 겉으로는 안 듣는 척하신다는 것은 저도 알지만, 저는 당신이 열어 주실 때까지 문을 두드리겠으며, 지금 여기에는 엿들을 사람이 아무도 없으니까 솔직하게 말씀드리겠는데, 만일 당신이 열어 주지 않으시면 저는 문을 부숴 버리겠어요! 당신은 냉혹하고, 당신은 냉혹한 사람들을 사랑하고, 그런 사람들만을 당신의 아들이라고 부릅니다. 지금까지 저희는 흐느껴 울고, 엎드려 경배하며, 〈당신의 뜻대로 하소서!〉라고 말했습니다. 하지만, 주여, 저희는 더 이상 버틸 힘이 없나이다. 저흰 얼마나 더 기다려야 하나이까? 당신은 냉혹하고, 당신은 냉혹한 백성을 사랑하니까, 그렇다면 저희도 냉혹해지겠습니다. 이제는 저희, 저희의 뜻이 이루어져야 합니다!」

수도원장은 얘기를 하면서도 공중에서 들려오는 모든 소리를 들으려고 귀에다 신경을 집중시켰다. 하지만 비는 수그러들고, 벼락은 멀리 물러가고, 천둥은 숨을 죽이고 동쪽에서, 멀리 사막으로부터 둔탁하게 들려왔다. 노인의 하얀 머리 위에서는 일곱 불꽃이 끊임없이 타올랐다.

수도원장은 말없이 기다렸다. 그는 불꽃이 다시 일렁거리기를, 하프가 겁에 질려 다시 한 번 떨기를 상당히 오랫동안 기다렸다……. 아무 일도 일어나지 않았다! 그는 머리를 저었다. 「인간의 육신은 저주를 받았습니다.」 그가 중얼거렸다. 「영혼으로 하여금 불가사의한 존재를 보거나 듣지 못하도록 항상 방해하고 거부하는 것은 육체입니다. 저를 베어 넘기소서, 주님이여. 당신이 저한테 얘기하면 제가 그 말을 듣도록, 단절시키는 육체의 벽을 벗어난 상태로 저는 당신 앞에 서고 싶습니다!」

그러는 사이에 골방의 문이 소리 없이 열리고, 자다가 깨어난 수도사들이 모두 하얀 옷을 입고 줄을 지어 들어왔다. 그들은 유령처럼 벽 앞에 늘어서서 기다렸다. 그들은 수도원장이 한 마지막 말을 들었고, 숨이 목구멍에서 막히는 기분이었다. 수도원장은 하느님과 얘기를 하는 중이고, 하느님을 비난하던 참이었으니까 〈이제는 벼락이 우리를 때리겠구나!〉 하고 그들은 속으로 생각했다. 그들은 떨며 벽에 붙어 서서 기다렸다.

수도원장은 아득한 허공으로 시선을 돌렸다. 다른 곳을 응시하는 그의 눈에는 아무것도 보이지 않았다. 수련사가 가까이 가서 엎드려 절했다.

「수도사들이 왔습니다, 원장님.」 그는 수도원장이 놀라지 않도록 나지막이 말했다.

수도원장은 수련사의 목소리를 들었다. 돌아선 수도원장은 다른 사람들을 보았다. 그는 다 죽어 가는 몸을 가능한 꼿꼿하게 지탱하면서 천천히, 차근차근하게, 방의 한가운데서 끌고 나갔다. 그는 성직자석에 이르자 앞에 놓인 나지막한 둥글 의자로 올라가서 걸음을 멈추었다. 그의 팔에 두른 성스러운 경구가 적힌 호부(護符)가 풀어졌다. 수련사는 그것이 사람들이 밟고 다니는 땅바닥에 닿아 더럽혀지기 전에 재빨리 달려 나가서 다시 단단히 묶었다. 수도원장은 손을 내밀어 의자 옆에 놓여 있던 상아 손잡이가 달린 홀장을 잡았다. 힘이 세고 솟구치는 기분을 느끼며 그는 머리를 높이 치켜들고는 벽 앞에 늘어선 수도사들을 한 바퀴 둘러보았다.

「수도사들이여.」 그가 말했다. 「나는 여러분에게 하고 싶은 말이, 마지막으로 하고 싶은 말이 몇 가지 있습니다. 졸린 사람은 나가고, 나머지는 잘 들으시오! 내가 지금 하려는 얘기는 어려운 얘기입니다. 내가 묻는 말에 제대로 대답하려면 여러분의 모든 희망과 두려움을 염두에 두고 새겨들으시오!」

「우린 귀를 기울이겠습니다, 원장님.」 수도원장의 수행인들 가운데 가장 나이가 많은 하바꾹 신부가 가슴에다 손을 얹으며 말했다.

「수도사들이여, 내가 하고 싶은 마지막 얘기가 있습니다. 여러분은 머리가 둔하니까, 비유를 해서 얘기를 하겠소.」

「우린 귀를 기울이겠습니다, 원장님.」 하바꾹 신부가 되풀이해서 말했다.

수도원장은 머리를 숙이고 목소리를 낮추었다. 「먼저 날개가 오고, 다음에는 천사입니다!」

그는 말을 멈추고, 수도사들을 한 사람씩 차례로 둘러본 다음에 머리를 저었다. 「수도사들이여, 왜 입을 벌리고 그런 표정으로 나를 쳐다보나요? 하바꾹 신부님, 당신은 손을 들고 입술을 움직였어요. 무슨 반박이라도 할 생각인가요?」

수도사는 손을 가슴에 얹었다. 「원장님은 〈먼저 날개가 오고, 다음에는 천사입니다〉라고 하셨습니다. 우린 성서에서 그런 구절을 본 적이 없습니다, 원장님.」

「당신이 어떻게 그런 내용을 알겠어요, 하바꾹 신부님? 그렇게 마음이 아직도 어둡다니, 슬픈 일입니다! 선지자의 글을 대하더라도 당신의 눈은 글자 이외에는 아무것도 보지 못하니까요. 하지만 글자가 무슨 말을 하겠습니까? 글자란 혼이 소리를 지르다가 저절로 숨이 넘어가는 감옥의 시커먼 철창입니다. 글자들 사이에, 행간(行間)에, 그리고 텅 빈 여백에 혼이 제멋대로 돌아다니고, 나는 그 혼과 더불어 돌아다녔으니, 수도사들이여, 먼저 날개가 오고, 다음에는 천사입니다!」

하바꾹 신부가 다시 입을 열었다. 「우리의 마음은, 원장님, 불이 꺼진 등잔입니다. 우리가 비유를 터득하고 이해하도록 불을, 등잔에 불을 켜주십시오.」

「태초에, 하바꾹 신부님, 자유에 대한 갈망이 있었습니다. 자유는 존재하지 않았지만, 갑자기 노예들의 세상 아주 깊은 곳에서, 한 사람이, 마치 날개라도 되는 듯, 쇠고랑을 찬 두 손을 격렬하게, 빨리 흔들어 대었고, 그러자 또 한 사람, 그러고는 또 한 사람, 그리고 결국엔 모든 백성이 어울렸습니다.」

의혹에 찬 목소리들이 즐거워서 소리쳤다. 「이스라엘의 백성이 말입니까?」

「그렇습니다, 수도사들이여, 이스라엘의 백성입니다! 우리가 지금 거치는 이 순간은 무섭고도 벅찹니다. 자유에 대한 열망은 강렬해졌고, 날갯짓은 격해졌고, 해방자가 곧 옵니다! 그렇습니다, 수도사들이여, 해방자가 오는데, 그래야 하는 까닭은…… 잠깐, 여러분은 자유의 천사, 그가 무엇으로 이루어졌다고 생각합니까? 하느님의 겸양과 자비심일까요? 아니면 하느님의 사랑일까요? 하느님의 정의요? 아닙니다. 이 천사는 인류의 투쟁과, 집념과, 인내심의 화신입니다!」

「당신은 인간에게 벅찬 책임과, 견디어 내기 어려운 부담을 부과하십니다, 원장님.」 늙은 하바꾹이 용기를 내어 반박했다. 「당신은 하느님을 그토록 믿습니까?」

하지만 수도원장은 반박을 무시했다. 그의 마음은 메시아에 고정되었다. 「그는 우리의 아들 가운데 한 사람입니다.」 그가 소리쳤다. 「그렇기 때문에 성서에서는 그를 사람의 아들[3]이라고 칭했습니다! 수천의 이스라엘 남자와 여자들이 왜 여러 세대에 걸쳐 교접(性交)했다고 여러분은 생각합니까? 등을 어루만지고 사타구니를 즐기기 위해서였나요? 아닙니다! 수많은 입맞춤은 메시

---

3 신약 성서에서 95회나 사용된 이 말은 그중 90회가 예수를 지칭해서 쓰였다.

아를 만들어 내기 위해서 필요했습니다!」

수도원장은 홀장으로 벽을 힘차게 쳤다.「조심하시오, 수도사들이여! 그는 대낮에 찾아올지도 모르고, 한밤중에 찾아올지도 모릅니다. 목욕하고, 단식하고, 긴장한 마음으로 끊임없이 준비하고 기다리시오. 더럽고, 포만하고, 잠든 여러분을 그분이 보게 되면, 여러분에게 재앙이 내릴 겁니다!」

수도사들은 서로 가까이 몰렸고, 감히 눈을 들어 수도원장을 보지 못했다. 그들은 사나운 불꽃이 그의 머리 꼭대기에서 뿜어져 나와 그들을 공격할 듯한 기분이 들었다.

다 죽어 가는 수도원장은 의자에서 내려와 꿋꿋한 걸음걸이로 겁에 질린 수도자들의 무리를 향해 나아갔다. 그는 홀장을 내밀어 그들을 한 사람씩 건드렸다.「조심하시오, 수도사들이여!」그가 소리쳤다.「만일 단 한순간이라도 염원이 깨진다면, 날개는 다시금 쇠사슬이 될지도 모릅니다. 늘 경계심을 가지고, 투쟁하고, 영혼의 햇불을 밤낮으로 타오르게 하시오. 싸우시오! 날개를 키우시오! 어서 하느님과 얘기하고 싶으니까, 나는 갑니다. 나는 갑니다……. 내가 하고 싶은 마지막 말은 이것입니다. 싸우시오! 날개를 키우시오!」

갑자기 그는 호흡을 멈추었고, 홀장이 그의 손에서 미끄러져 떨어졌다. 아무 소리도 내지 않고, 노인은 평화롭게, 얌전히, 무릎을 꿇었고, 조용히 마룻바닥으로 쓰러졌다. 수련사는 비명을 지르며 수도원장을 부축하려고 달려갔다. 수도사들이 벽에서부터 쫓아와, 허리를 굽히고, 수도원장을 바닥에 눕히고, 일곱 갈래의 촛대를 끌어 내려, 움직이지도 않는 그의 납빛 얼굴 옆에다 놓았다. 그의 수염이 반짝거렸고, 하얀 가운을 벗기니까 노인의 피투성이 가슴과 옆구리를 칭칭 감은 예리한 쇠꼬챙이들이 달린 법의(法衣)가 드러났다.

하바꾹 신부가 수도원장의 가슴을 손으로 짚어 보았다. 「돌아가셨어요.」

「구원을 찾으셨군요.」 다른 사람이 말했다.

「두 친구가 헤어져 저마다 그들의 집으로 돌아갔어요.」 세 번째 사람이 속삭였다. 「육체는 흙으로, 영혼은 하느님께로요.」

하지만 그들이 얘기를 주고받으며 시체를 씻으려고 물을 데우는 사이에 수도원장이 눈을 떴다. 수도사들은 겁에 질려 뒷걸음질을 치고는 그를 멍하니 쳐다보았다. 그의 얼굴은 찬란했고, 손가락이 길고 가느다란 두 손이 움직였고, 눈은 황홀하게 허공을 응시했다.

하바꾹 신부가 무릎을 꿇고 수도원장의 가슴에 손을 얹었다. 「심장이 고동쳐요.」 그가 나지막이 말했다. 「돌아가시지 않았어요.」

그는 노인의 발치에 꿇어 엎드려서 발에다 입을 맞추던 수련사에게로 시선을 돌렸다. 「일어나요, 요한. 가장 빠른 낙타를 타고 나자렛으로 달려가서 랍비 시므온 노인을 데려와요. 랍비가 원장님을 고쳐 줄 테니까요. 곧 날이 밝을 테니까, 어서 가요!」

동이 트는 중이었다. 구름들이 흩어졌고, 갓 목욕을 하고 흥건한 대지가 반짝이며 고마운 눈으로 하늘을 올려다보았다. 두 마리의 새매가 하늘로 치솟아 오르더니 몸을 말리려고 수도원 위에서 빙빙 돌았다.

눈물을 닦으며 수련사는 외양간으로 가서 어리고, 몸매가 매끈하고, 이마에 하얀 별이 박힌 가장 빠른 낙타를 골랐다. 그는 낙타를 꿇어앉힌 다음 올라타고는 우렁차게 노래를 부르는 듯한 소리를 질렀다. 낙타가 자리에서 비틀거리고 일어서더니 성큼성큼 큼직한 발걸음을 옮겨 나자렛으로 달리기 시작했다.

겐네사렛 호수 위로 아침이 빛났다. 밤사이에 비가 와서 씻겨 내려온 흙으로 가장자리는 흙탕물이고, 안으로 들어가면 푸른 초록빛이고, 더 안쪽으로는 아직도 하얀 우윳빛인 물이 이른 아침의 빛을 받아 반짝거렸다. 고깃배의 돛들을 말리려고 내다 널어놓았다. 몇몇 배들은 벌써 물로 나가 고기잡이를 시작했다. 잔물결이 떨리는 물 위에는 하얗고 장밋빛인 흰죽지꼬마물떼새들이 앉아 즐겁게 놀았다. 검정 가마우지들은 혹시 물거품 속에서 재미있게 뛰놀다가 수면으로 떠오르는 고기가 없을까 동그란 눈으로 열심히 지켜보면서 바위에 서서 기다렸다. 호수 옆에서는 속속들이 물에 젖은 가파르나움이 잠에서 깨어나는 중이어서, 수탉은 깃털의 물을 털고, 당나귀는 힝힝거리고, 송아지는 부드럽게 음매거렸으며, 이런 서로 어울리지 않는 소음과 뒤섞여 인간들의 뜻 깊은 얘기가 허공에 기쁨과 안정감을 보태었다.

외떨어진 작은 만(灣)에서 열 명쯤 되는 어부가 큼직한 발로 자갈밭에 버티고 서서, 나지막이 노래를 부르며 천천히, 능숙하게 그물을 끌어당겼다. 그들의 위쪽에는 말도 많고 교활하기 짝이 없는 제베대오 노인이 서서 굽어보았다. 제베대오는 그들을 하나같이 친자식처럼 사랑하고 동정하는 척했지만 잠시도 그들에게 쉴 틈을 주는 법이 없었다. 그들은 일당(日當)으로 보수를 받았는데, 탐욕스럽고 입심이 좋은 노인은 그들이 잠깐 동안이나마 쉬게 내버려 두지를 않았다.

종소리가 딸랑거렸다. 한 떼의 염소와 양들이 호숫가를 향해 뛰어왔다. 개들이 짖었고, 누군가 휘파람을 불었다. 어부들은 누구인가 돌아보려고 했지만, 제베대오 노인이 당장 쫓아왔다.

「필립보가 가축을 몰고 온 거야.」 그가 짜증스럽게 말했다. 「우린 어서 일이나 하자고!」

그는 스스로 밧줄을 잡더니 도와주는 척했다.

하루의 양식을 머리에 이고 오는 아내와 함께, 그물을 잔뜩 짊어진 어부들이 끊임없이 마을에서 나타났다. 햇볕에 그을린 사내아이들은 조금도 시간을 낭비하지 않고 노를 잡더니 배를 저었다. 그들은 두세 번씩 노를 저은 다음에 다시 멈추고는 손에 든 마른 빵을 뜯어 먹었다. 필립보는 남들이 자기를 잘 보도록 바위로 올라가서 휘파람을 불었다. 그는 잡담을 하고 싶었지만 제베대오 노인이 얼굴을 찌푸렸다. 두 손을 모아 입에다 대고 노인이 소리쳤다. 「우리를 방해하지 마라, 필립보. 우린 바빠. 다른 데로 가라고!」 그러더니 그는 매정하게 필립보에게 등을 돌렸다.

「저 녀석은 저쪽에서 그물을 던지는 요나한테나 가서 주절거리라고 하지.」 그가 투덜거렸다. 「여보게들, 우린 할 일이 많잖아!」 다시 한 번 그는 그물의 매듭을 잡더니 끌어당기기 시작했다.

어부들은 처량하고 단조로운 고기잡이 노래를 다시 계속했고, 모두들 점점 가까이 끌려오는 빨간 바가지 같은 부표에서 눈을 떼지 않았다.

하지만 고기가 잔뜩 잡혀 불룩한 그물을 물가로 막 끌어 올리려고 하던 그들은 평야 전체에서, 멀리서 사람들이 음산하게 웅성거리는 소리와, 장송곡처럼 날카롭게 울부짖는 소리를 들었다. 제베대오 노인은 잘 들어 보려고 커다랗고 털이 잔뜩 난 귀를 열심히 기울였고, 어부들은 이 틈을 타서 잠깐 일손을 멈추었다.

「여보게들, 무슨 일이지?」 제베대오가 물었다. 「저건 장송곡이고, 여자들이 곡을 하잖아.」

「어떤 위대한 사람이 죽었어요.」 늙은 어부 한 사람이 그에게 대답했다. 「당신은 장수하도록 하느님이 돌봐 주시기를 빕니다, 영감님.」

하지만 제베대오 노인은 어느새 바위 꼭대기로 기어 올라갔다. 그가 탐욕스러운 눈으로 평야를 둘러보니, 엎어지고 다시 일어나며, 같이 장송곡을 부르면서 밭으로 뛰어가는 남자들과 여자들이 보였다. 여자들은 머리카락을 쥐어뜯으며 지나갔지만, 그들 뒤에서 남자들은 머리를 땅에 닿을 정도로 수그리고 말없이 걸어갔다.

「무슨 일이에요?」 제베대오가 그들에게 소리를 질렀다. 「어디로들 가는 길인가요? 왜 여자들이 우나요?」

하지만 그들은 대답 없이 타작마당을 향해 서둘러 그를 지나쳐 걸어갔다.

「이봐요, 어딜 가는 거예요? 누가 죽었죠?」 두 손을 흔들며 제베대오가 소리쳤다. 「누가 죽었어요?」

작달막한 남자가 걸음을 멈추고는 헉헉거렸다. 「밀이 죽었어요!」 그가 대답했다.

「알아들을 만한 얘기를 해요. 난 제베대오이고, 사람들은 나한테 농담을 하지 않아요. 누가 죽었어요?」

그의 질문에 사방에서 외치는 소리가 대답했다. 「밀하고 보리가, 곡식이 죽었어요!」

제베대오 노인은 입을 벌린 채로 멍하니 서 있었다. 하지만 그는 말뜻을 알아들었다는 듯 엉덩이를 철썩 때렸다. 「홍수로구나.」 그가 중얼거렸다. 「타작마당에 쌓아 두었던 곡식이 빗물에 씻겨간 모양이야. 그래, 나하고는 상관없는 일이니까, 가난한 사람들이나 걱정하라지.」

울음소리가 이제는 평야에 드높았다. 마을에 사는 모든 사람이 바깥으로 나왔다. 여자들은 타작마당에 쓰러져 흙탕물 속에서 뒹굴며 이랑과 움푹한 곳에 가라앉은 얼마 안 되는 보리와 밀을 정신없이 긁어모았다. 제베대오의 어부들은 맥이 풀려 그물을 당길

힘도 없이 팔이 축 늘어졌다. 그들이 모두 일손을 놓고 멍하니 평야를 쳐다보는 꼴을 보자 제베대오는 분노를 터뜨렸다.

「일을 해!」바위에서 내려오며 그가 소리쳤다. 「당겨!」또다시 그는 밧줄을 잡고 끌어당기는 척했다. 「하느님께 영광을 돌릴 일이지만 우린 농부가 아니라 어부란 말이야. 홍수가 날 테면 나라지. 물고기는 헤엄의 명수니까 빠져 죽지는 않아. 둘 더하기 둘은 넷이니까!」

필립보는 양 떼를 버려두고 이 바위에서 저 바위로 뛰었다. 그는 얘기가 하고 싶었다. 「또다시 대홍수가 왔어요, 여러분!」그들 앞에 나타나서 그가 말했다. 「제발 일손을 멈추고 얘기 좀 합시다! 말세가 왔어요! 어떤 재앙이 닥쳤나 살펴봐요! 어저께만 해도 우리의 위대한 희망이었던 열심당원이 십자가에 못 박혔어요. 어제는 타작마당에 곡식을 가득 쌓아 놓고 나니까 하늘에서 홍수의 문이 열렸고, 얼마 전에만 해도 내 양 한 마리가 머리가 둘이나 달린 새끼를 낳았어요. 정말이지 말세가 왔어요! 하느님을 사랑하는 마음에서 일손을 멈추고 얘기 좀 합시다!」

하지만 제베대오 노인은 화를 벌컥 내었다. 「우릴 그냥 내버려 두고 어디로 꺼지지 못하겠어, 필립보!」핏대를 올리며 그가 소리를 질렀다. 「우린 할 일이 많다는 걸 보면 모르겠나. 우린 어부이고 자네는 양치기니까, 걱정은 농부들더러 하라 그러고……. 우리야 무슨 상관이야? 여보게들, 일을 해!」

「그럼 당신은 굶어 죽게 될 농부들이 불쌍하지도 않아요, 제베대오?」양치기가 반박했다. 「당신도 알다시피, 그들은 이스라엘 사람이고, 우리 형제들이에요. 우린 모두가 한 그루의 나무이고, 땅을 가는 사람들이 말라 죽으면 우리도 말라 죽으니까, 분명히 그들이 뿌리인 셈이죠. 그리고 한 가지 더 얘기하겠는데,

제베대오, 만일 메시아가 임하기 전에 우리가 다 죽어 버린다면, 그분이 구원할 사람들을 어디서 찾겠어요? 할 말이 있으면 대답해 봐요!」

제베대오 노인은 씨근덕거렸다. 콧구멍을 손으로 꼭 잡아 막았다면 그는 틀림없이 폭발했으리라.「제발 자네 양 떼에게로 돌아가게. 난 메시아 얘기라면 신물이 나. 하나 나타났다 하면 십자가에 매달리고, 또 나타났다 하면 또 십자가에 매달리고. 그리고 자넨 안드레아가 그의 아버지 요나에게 무슨 소식을 전했는지 아나? 어디를 가거나, 어디에 멈추거나, 십자가가 눈에 띈다는 거야. 지하 감옥은 메시아로 꽉꽉 들어찼고. 지긋지긋한 일이지! 우린 메시아 없이도 잘 지내 왔고, 메시아라는 자들은 골칫거리에 지나지 않아. 어서 가서 치즈나 가지고 와. 그럼 고기를 한 냄비 주겠어. 자네는 나한테 주고 나는 자네한테 주고, 그게 바로 메시아지!」

그는 웃어 대며 양자로 맞은 어부들에게로 돌아섰다.「씩씩한 자네들, 자네들이 유쾌하게 일을 해야 불을 지피고, 잡탕을 끓여 식사를 하지. 보라고, 해가 한 자는 솟았는데 우린 한 일이 하나도 없잖아.」

하지만 양 떼로 돌아가려고 발을 들었던 필립보는 그 자리에서 멈추었다. 귀까지 가릴 정도로 짐을 잔뜩 실어 숨이 넘어가기 직전인 당나귀가 호숫가를 따라 뻗어 나간 좁다란 길에 나타났고, 그 뒤에 맨발에, 저고리는 풀어 헤치고, 붉은 수염을 기른 남자가 따라왔다. 그는 갈 길이 바쁜 듯 손에 든 갈라진 막대기로 당나귀를 쿡쿡 찔렀다.

「보세요! 보아 하니 수염이 악마 같은 바로 그 가리옷 사람 유다로군요.」갈 생각은 하지도 않으면서 양치기가 말했다.「노새에게 징을 박고, 곡괭이를 만들어 주려고 마을을 한 바퀴 돌 생각인가 봐요. 자, 우리 가서 저 사람 얘기나 들어 보죠.」

「재수 없는 놈이야!」 제베대오 노인이 투덜거렸다. 「난 저 친구의 수염이 싫어. 듣자 하니 저 사람의 조상인 카인의 수염이 저랬다더구먼.」

「저 불운한 친구는 에돔의 사막에서 태어났어요.」 필립보는 말했다. 「그곳은 아직도 사자들이 돌아다니는 곳이니까 저 사람하고 시비 붙지 말아요.」 그는 두 손가락을 입에다 대고 당나귀를 몰고 오는 사람에게 휘파람을 불었다.

「이봐요, 유다.」 그가 불렀다. 「만나서 반가워요. 얼굴이나 한 번 보게 잠깐 이쪽으로 와요.」

붉은 수염은 침을 뱉고 욕을 했다. 그는 양치기 녀석을 좋아하지 않았고, 기생충 같은 제베대오나 다른 사람들도 좋아하지 않았다. 하지만 그는 가난한 대장장이였고, 그들에게로 가지 않을 수 없었다.

「오다가 들른 마을에서 무슨 소식을 가지고 왔나요?」 필립보가 물었다. 「평원에서는 무슨 일이 벌어졌고요?」

붉은 수염은 꼬리를 잡아당겨 당나귀를 세웠다. 「다들 별일 없어요.」 그는 거칠게 웃으며 대답했다. 「주님은 극히 자비로우시니, 주를 찬미합시다! 그래요, 주님은 그의 백성을 사랑하죠! 나자렛에서 그는 선지자들을 십자가에다 매달고, 이곳 평야에서는 대홍수를 보내 백성의 양식을 빼앗아 갑니다. 탄식하는 소리가 들리지 않나요? 여자들은 아들이라도 잃은 듯 통곡하더군요.」

「하느님이 하시는 일은 무엇이나 다 옳다네.」 이렇게 잡담을 하느라고 그의 하루 일을 망쳐 놓아 약이 오른 제베대오가 반박했다. 「나는 어떤 짓을 하든 하느님을 믿어. 모든 사람이 다 물에 빠져 죽더라도, 하느님이 나는 보호해 주시니까 화를 면하게 되거든. 모든 사람이 구원을 받을 때는 나 혼자만 빠져 죽을 텐데, 그것도 하느님이 나를 보호하기 때문이지. 정말이지 난 걱정이 없어. 둘 더하기 둘은 넷이니까.」

이 말을 들은 붉은 수염은 자신이 하루 벌어 하루 먹고 사는 날품팔이 신세이고, 밥벌이를 하려면 그들 모두에게 의존한다는 사실까지도 잊어버렸다. 못된 성미에 휘말린 그는 앞뒤도 가리지 않고 말을 함부로 했다. 「당신이 걱정하지 않는 이유 말이에요, 제베대오 영감님, 전능하신 하느님이 당신에게 훌륭하고 보드라운 침대를 주어 방사를 잘 치르게 해주었기 때문이겠죠. 당신은 고깃배가 다섯 척이고, 노예처럼 부리는 어부가 쉰 명인데 그 사람들은 굶어 죽지 않고 겨우 일을 할 힘이 남을 정도로만 밥을 먹이고, 그러면서도 당신은 금궤와 식량 창고와 뱃속을 두둑이 채우죠. 그러고는 하늘로 두 손을 쳐들어 〈하느님은 의롭고, 나는 하느님을 믿습니다! 세상은 아름답고, 나는 세상이 절대로 달라지지 않기를 빕니다〉라고 말하겠죠……. 지난번에 십자가에 매달린 열심당원에게 그가 왜 우리를 해방시키기 위해서 투쟁했는지 물어보시지 않았나요? 하룻밤 사이에 1년 동안 가꾼 곡식을 하느님께 몽땅 빼앗겨 버린 농민들에게도 물어보시고요! 지금 그들은 흙탕물 속에서 허우적거리며 곡식을 한 알 한 알 주워 모으고, 흐느껴 운답니다. 나한테 물어봐도 돼요. 나는 이 마을 저 마을 돌아다니면서 이스라엘이 어떤 고통을 받는지 직접 보거든요. 〈얼마나 기다려야 하나요? 얼마나 기다려야 합니까?〉 그런 질문을 자신에게 해본 적은 없나요, 제베대오 영감님?」

「솔직히 얘기하면 난 머리나 수염이 붉은 사람들은 믿지를 않아.」 노인이 대답했다. 「자네는 동생을 죽인 카인의 핏줄을 이어

173

받은 사람이지. 악마한테나 찾아가 보게, 못된 친구야. 난 자네 같은 족속들하고는 얘기도 하기 싫으니까!」

이 말을 하고 제베대오 영감은 등을 돌려 댔다. 붉은 수염은 갈라진 막대기로 당나귀를 철썩 때렸다. 당나귀가 머리를 들어, 다시 멍에에 채워져서 펄쩍 앞으로 뛰더니 달려가기 시작했다.

「걱정 마시라고, 기생충 같은 늙은이.」 유다가 투덜거렸다. 「메시아가 오셔서 만사를 바로잡을 테니까 말이야.」

바위 귀퉁이를 돌자 그는 다시 멈추었다. 「다시 이런 얘기를 나누게 될 때가 올 겁니다, 제베대오 영감님.」 그가 소리쳤다. 「언젠가는 메시아가 올 거예요, 안 그렇습니까? 메시아는 오실 테고, 그러면 모든 악인을 직접 벌주시겠죠. 하느님에 대해서 확신을 가진 사람은 당신 혼자뿐이 아닙니다! 심판의 날에 다시 만납시다!」

「지옥으로나 가거라, 붉은 수염아!」 제베대오 노인의 대답이었다. 그물의 밑이 드디어 나타나는데, 대가리가 노란 양놀래기와 노랑촉수가 가득 들었다.

가운데 끼었던 필립보는 어느 쪽도 편들 입장이 아니었다. 유다가 한 말은 진실이었고 용기를 보여 주었다. 양치기는 그런 말로 노인의 추한 얼굴을 문질러 주거나 머리통을 때리고 싶었던 적이 여러 번 있었지만 그럴 만한 용기가 한 번도 없었다. 죄를 뉘우칠 줄 모르는 이 위인은 땅과 바다에서 다 같이 강하고 유능한 자였다. 필립보가 염소와 양의 풀을 뜯기는 들판이 모두 그의 소유였으니, 양치기가 감히 어떻게 그를 공박하겠는가? 미치광이이거나 영웅이 아니고서는 어려운 일이겠는데, 필립보는 양쪽 다 아니었다. 그는 공연히 떠들어 대고 큰소리만 쳤지, 불필요한 모험은 하지 않았다.

그래서 두 사람이 언쟁을 벌이는 동안 필립보는 어쩔 줄 몰라 침묵했을 따름이다. 어부들은 이제 그물을 끌어 올렸다. 그는 어부들과 함께 몸을 숙여 광주리에 담는 일을 도왔다. 제베대오까지도 허리까지 물속으로 들어가서 어부들과 고기를 돌보았다.

하지만 넘치는 광주리들을 쳐다보며 모두들 흥이 나서 흐뭇해하려니까 맞은편 바위에서 붉은 수염의 거친 목소리가 갑자기 울려 나왔다. 「이봐요, 제베대오 영감님!」

제베대오 노인은 못 들은 척했다.

또다시 우렁찬 목소리가 울렸다. 「이봐요, 제베대오 영감님, 어서 가서 당신 아들 야고보나 잘 건사해요!」

「야고보라니!」 흥분한 목소리로 노인이 소리쳤다. 작은아들 얘기라면 잃어버린 자식이어서 이제는 별 도리가 없었다. 그는 이 아들도 잃고 싶지는 않았다. 그는 아들이 없었고, 일을 하는 데 그 아들이 필요했다. 「야고보라니!」 그는 걱정스러운 목소리로 유다에게 소리쳤다. 「야고보가 뭘 어쨌다는 소리야, 이 빨간 머리의 망할 자식아!」

「난 야고보가 길에서 십자가를 만드는 자와 노닥거리는 걸 봤어요. 재미있게 얘기를 나누더군요!」

「십자가를 만드는 어떤 사람 말이냐, 이놈의 이단자야? 자세히 얘기해 봐!」

「나자렛에서 십자가를 만들어 선지자들을 못 박는 목수의 아들 말이에요……. 너무 늦었어요! 불쌍한 제베대오 영감님, 야고보는 잃어버린 거예요. 하느님이 한 명을 빼앗아 갔고, 다른 하나는 악마가 빼앗아 갔어요.」

제베대오 노인은 멍하니 서서 입이 딱 벌어졌다. 날치 한 마리가 물에서 튀어나와 그의 머리 위로 날더니 다시 호수로 뛰어들어 사라졌다.

「불길한 징조야, 불길한 징조야!」 겁에 질린 노인이 중얼거렸다. 「내 아들은 저렇게, 저 날치처럼, 나를 버리고 떠나 깊은 물속으로 사라지려나?」

그는 필립보에게로 돌아섰다. 「자네도 날치를 봤지? 세상에서 벌어지는 모든 일에는 의미가 담겼어. 말해 보게, 저 물고기는 무엇을 뜻하는가? 자네들 양치기들은……」

「어린 양이라면 비록 잔등밖에 못 보았더라도 그게 무슨 뜻인지 알았을 거예요, 제베대오 영감님. 하지만 물고기는 내 소관이 아니잖아요.」 그는 유다처럼 사내답게 얘기할 용기가 자기에게는 없어서 화가 났다. 「난 내 가축이나 보러 가겠어요.」 그가 말했다. 꼬부라진 지팡이를 어깨에 얹고 그는 이 바위에서 저 바위로 뛰어가서 유다를 따라잡았다.

「기다려요, 형제여.」 필립보가 그에게 말했다. 「당신하고 얘기를 하고 싶은데요.」

「양 떼로 돌아가기나 해요, 겁쟁이 같으니라고.」 얼굴도 돌리지 않으며 붉은 수염이 그에게 대답했다. 「양 떼에게로 돌아가요, 어른들의 얘기에는 끼어들지 말아요. 그리고 날더러 〈형제여〉라고 부르지도 말고요. 난 당신 같은 형제를 둔 적이 없어요!」

「부탁이니 기다려요. 난 당신한테 할 말이 있으니까요. 화를 내지 말아요.」

그래서 유다는 걸음을 멈추고 경멸에 찬 눈으로 그를 노려보았다.

「왜 당신은 입을 열지 않았나요? 당신은 왜 그 사람을 두려워하죠? 어떤 일이 벌어지고, 누가 임할 것이고, 우리가 어디로 가는지 알면서도 어떻게 두려움을 느끼나요? 아니면 당신은 아직도 소문을 듣지 못한 모양이로군요. 그래요, 불쌍한 양반아, 때가 가까웠고, 유대인들의 왕이 모든 영광과 더불어 가까이 왔으니, 겁쟁이들에게 재앙이 내릴지어다!」

「더요, 유다, 더 얘기해 주세요.」 필립보가 애원했다. 「나를 숯불로 던지고, 손에 든 그 갈라진 몽둥이로 때려 내가 자존심을 좀 가지게 해줘요. 난 항상 두려워하기만 하는 데에도 신물이 났어요.」

유다가 천천히 다가오더니 그의 팔을 움켜잡았다. 「그게 진담으로 하는 소리요, 필립보, 아니면 그냥 입에 발린 얘긴가요?」

「난 정말 신물이 났다니까요. 난 오늘 나 자신에 대해 역겨움을 느꼈어요. 앞장을 서요, 유다. 앞장을 서서 내가 갈 길을 가르쳐 줘요. 난 준비가 되었습니다.」

붉은 수염은 주위를 둘러보더니 목소리를 낮추었다. 「필립보, 당신은 죽일 용기가 있나요?」

「사람을요?」

「물론이죠. 무슨 생각을 했나요? 양을 잡는 거요?」

「난 아직 사람을 죽여 본 적이 없지만, 그래요, 그럴 힘이 있다는 건 의심할 나위가 없어요. 지난달에 난 오로지 혼자 힘으로 황소를 때려잡았어요.」

「사람을 잡는 게 더 쉬워요. 우리하고 갑시다.」

필립보는 부들부들 떨었다. 그는 무슨 얘기인지 납득이 갔다. 「당신 그럼 열심당원들 가운데 한 사람인가요?」 새파랗게 겁에 질린 얼굴로 그가 물었다. 그는 이른바 〈성자 암살단〉이라는 무시무시한 단체에 관한 얘기를 많이 들어 온 터였다. 그들은 헤르몬[4]에서 사해(死海)에 이르기까지, 그리고 더욱 남쪽으로 내려가 에돔 사막에 이르기까지, 모든 사람에게 공포의 대상이었다. 쇠

---

4 팔레스타인 북부에 있으며, 〈거룩한 산〉이라는 뜻이다.

지레와 밧줄과 칼로 무장한 그들은 〈이단자들에게 공물을 바치지 말라. 우리에게는 주님이 오직 한 분, 아도나이뿐이다. 거룩한 계명을 지키지 않고, 우리 하느님의 아들인 로마 사람들과 웃고, 얘기를 나누고, 함께 일하는 유대인은 모조리 죽여라. 메시아가 지나갈 길을 닦아 놓기 위해 쳐부수고, 죽여라! 메시아가 임하실 터이니 세상을 깨끗이 하고, 길거리들은 준비를 갖추라!〉고 부르짖으며 돌아다녔다.

그들은 대낮에 마을이나 도시로 들어가서 자기 당원들 이외에는 누구에게도 묻지 않고 반역자 사두가이파 사람[5]이나 피에 굶주린 로마인을 암살했다. 지주, 제사장, 고위 성직자들은 그들을 저주받은 자들이라고 부르며 그들 앞에서 벌벌 떨었고, 반란을 선동해서 로마 군사를 끌어들여, 그 결과로 걸핏하면 대학살이 벌어져 유대인의 피가 강을 이루며 흐른다고 했다.

「당신도 한패군요. 그 열심당 말입니다.」 숨을 죽인 목소리로 필립보가 되풀이해서 말했다.

「겁이 나나요, 우리 용감한 친구?」 조롱하며 붉은 수염이 물었다. 「우린 살인자가 아니니까 놀라지 말아요. 우린 자유를 찾으려고, 필립보, 우리의 하느님을 해방시키고 우리의 영혼을 해방시키려고 싸우는 거예요. 봉기해야 해요. 당신도 남자라는 걸 세상 사람들에게 보여 줄 때가 왔어요. 우리도 힘을 보태야죠.」

하지만 필립보는 땅바닥만 멍하니 쳐다보았다. 그는 이런 문제를 놓고 유다와 그토록 깊은 얘기를 나누었다는 사실이 벌써 후회되었다. 말로 용감한 것쯤은 좋다고 생각했다. 친구와 같이 앉아서 식사를 하고, 술을 마시고, 진지한 토론을 벌이고, 〈난 하겠

---

[5] 유대의 지배적 계급인데, 세속화되어 로마 등 외국 세력과 영합했다.

어〉나 〈난 지금 하겠어……〉라는 말을 한다면 즐거운 일이다. 하지만 조심해야 해, 필립보, 그보다 더 깊이 빠졌다가는 따끔한 맛을 보게 될 테니까.

유다는 몸을 앞으로 숙이고는 목소리를 바꿔서 말했다. 그러고는 묵직한 손으로 필립보의 어깨를 잡더니 부드럽게 어루만졌다.

「남자의 삶이란 무엇인가요? 그건 어떤 가치가 있나요? 자유가 없다면 그건 아무것도 아니죠. 우린 자유를 찾으려고 싸워요. 우리하고 같이 일합시다.」

필립보는 잠잠했다. 그냥 자리를 뜨고 싶을 따름이었다. 하지만 유다는 그의 어깨를 꽉 잡고 놓아주지 않았다.

「같이 일해요! 당신은 남자니까, 결정을 내려요! 칼은 있죠?」

「네.」

「저고리 속에 항상 칼을 품고 다니도록 해요. 언제 필요할지 모르는 일이니까요. 형제여, 우리는 어려운 시기를 거치고 있어요. 점점 가까워지는 허공의 발소리가 들리지 않나요? 그건 메시아의 발소리인데, 그분의 길이 막혀서는 안 됩니다. 이런 일에서는 빵보다 칼이 훨씬 큰 도움이 되죠. 자, 나를 봐요!」

그는 저고리를 풀어 헤쳤다. 그의 시커먼 가슴속에서는 짤막한 쌍날 베두인 단검이 칼날을 드러내고 반짝거렸다.

「만일 머리가 모자라는 제베대오의 아들 야고보가 말리지만 않았더라면 난 오늘 이 칼로 반역자의 가슴팍을 찔렀을 거예요. 어제 내가 나자렛을 떠나기 전에, 우리 단체에서는 그를 죽이기로 결정했고……」

「누구를요?」

「……제비를 뽑았더니 그 사람을 죽이는 일이 나한테로 떨어졌어요.」

「누구를 죽여요?」 필립보가 다시 물었다. 그는 두려워졌다.

「그건 내가 할 일이오.」 붉은 수염이 불쑥 대답했다. 「우리 일에 끼어들 생각은 말아요.」

「당신은 날 믿지 않나요?」

유다는 주위를 한 바퀴 둘러보더니 몸을 기울이고 필립보의 팔을 움켜잡았다.

「내가 하는 얘기를 잘 들어요, 필립보. 그리고 누구에게도 이런 얘기를 절대로 입 밖에 내지 말아요. 얘기를 했다가는 당신 골로 갈 테니까! 나는 지금 사막으로, 수도원으로 가는 길이죠. 수도사들이 무슨 도구를 만들어 달라고 나를 불렀거든요. 사흘이나 나흘, 며칠 후에 난 다시 당신의 거처를 지나갈 겁니다. 우리가 주고받은 얘기를 마음속에서 잘 삭여 보도록 해요. 당신 혼자 힘으로 결정해야 됩니다. 만일 남자라면 당신은 올바른 결정을 하기에 이르렀고, 그러면 우리가 누구를 칠 계획인지 당신에게 알려 주겠어요.」

「누군가요? 내가 아는 사람이에요?」

「그렇게 서두르지 말아요. 당신은 아직 우리의 형제가 아니니까요.」 유다는 큼직한 손을 내밀었다. 「잘 있어요, 필립보. 지금까지 당신은 하찮은 존재였고, 당신이 죽었건 살았건 아무도 관심이 없어요. 나도 마찬가지여서 비밀 결사에 가입할 때까지는 시시한 존재였지만, 그 후에 난 다른 사람이, 남자가 되었으니까요. 이제 두 발과 배와 추한 주둥이를 먹여 살리려는 단 한 가지 목적밖에 모르는 황소처럼, 노예처럼 일하던 대장장이, 붉은 수염의 유다는 없어요. 지금 나는 위대한 뜻을 품고, 알아듣겠어요? 위대한 뜻을 품고 일하며, 위대한 뜻을 품고 일하는 사람이라면 누구나, 아무리 미천한 존재일지라도, 위대한 인간이 되는 거예요. 알겠어요?

내가 할 얘기는 그게 전부예요. 잘 있어요!」

유다가 막대기로 찌르자 당나귀는 사막을 향해 뛰기 시작했다.

필립보는 혼자 남았다. 지팡이로 턱을 괴고 그는 바위 너머로 사라질 때까지 유다의 모습을 지켜보았다.

그래, 저 붉은 수염은 성자처럼 말을 잘하고, 해도 아주 잘하는구나, 그는 생각했다. 약간 잘난 체하는 듯싶기는 하지만, 그런 것쯤이야! 사람이란 말로만 하고 그친다면 만사가 순조롭겠지만, 만일 행동을 취해야 할 때는…… 조심해야지, 한심한 친구 필립보야. 네가 키우는 어린 양들을 생각해야지. 이런 문제는 좀 곰곰이 따져 봐야 한다. 그냥 수수방관하면서 기다리고, 어떻게 돌아가는지 두고 보는 게 상책이야.

그는 염소와 양들의 종이 울리는 소리를 듣고는 지팡이를 어깨에 얹고 휘파람을 불며 달려갔다.

그사이에 제베대오의 양자들은 불을 지피고 생선국을 끓일 물을 얹었다. 물이 끓자마자 그들은 볼락과 삿갓조개와 섬게와 한두 마리의 도미와 국에서 바다 냄새가 나도록 해초가 붙은 돌멩이를 집어넣었다. 볼락과 삿갓조개만으로는 그들이 만족할 리 없으니까, 조금 있으면 양놀래기와 노랑촉수를 더 넣을 터였다. 배가 고픈 어부들은 솥 주변에 둘러앉아서, 자기들끼리 나지막한 목소리로 얘기를 주고받으며 기다렸다. 가장 나이가 많은 어부가 옆에 앉은 사람 위로 몸을 수그렸다.

「대장장이가 영감님에게 해대는 걸 보니까 속이 시원하더구먼. 참아야지. 가난한 자들이 위로 올라가고, 부유한 자들이 바닥으로 떨어질 날이 언젠가는 올 테니까. 그것이 바로 정의가 의미하는 바지.」

「자넨 그런 일이 정말 언젠가는 일어나리라고 생각하나?」 어렸을 때부터 굶주려 쇠약해진 다른 어부가 물었다. 「언젠가는 정말로 그런 일이 이루어지리라고 자넨 믿어?」

「하느님이 계시잖아, 안 그래?」 노인이 대답했다. 「그래, 계시지! 그리고 하느님은 의로운 분이야, 안 그런가? 하느님이라면 마땅히 의로운 분이어야 해, 안 그런가? 하느님은 의로운 분이시라고! 그러니까 자네들도 알다시피, 그렇게 될 수밖에 없어. 우리에게 필요한 건, 여보게, 참을성, 참을성뿐이야.」

「이봐, 자네들 거기서 뭐라고 주절거리나?」 대화를 조금 엿듣고 의심이 생긴 제베대오가 말했다. 「자네들 하느님은 잊어버리고, 자네들이 할 일이나 걱정하라고. 하느님이 하시는 일은 아무래도 자네들보다야 하느님이 더 잘 알고 계시니까. 맙소사, 이제는 또 무슨 일이 닥치려나?」

그들은 모두 당장 잠잠해졌다. 늙은 어부가 몸을 일으키더니 나무 숟가락을 집어 국을 저었다.

제9장

 양자들이 그물을 어깨에 메고, 창조주의 손에서 방금 떠난 듯 순결해 보이는 호수로 아침이 내리는 시간에, 마리아의 아들은 제베대오의 큰아들 야고보와 함께 길을 가고 있었다. 그들은 이미 막달라를 지나왔다. 가끔 한 번씩 그들은 잠깐 걸음을 멈추고 밀을 잃어 탄식하는 여자들을 위로한 다음 얘기를 나누며 계속해서 걸었다.

 야고보도 소나기에 잡혔었다. 그는 막달라에 사는 친구의 집에서 밤을 지내고는 여행을 계속하려고 동이 트기 전에 일어났다. 그는 어서 겐네사렛의 호수에 다다르려고 푸르스름한 여명 속에서 흙탕물을 철버덕거리며 지나갔다. 그가 나자렛에서 보았던 모든 가슴 아픈 광경은 이미 마음속에서 차분히 가라앉기 시작했다. 십자가에서 처형된 열심당원은 기억이 까마득해졌고, 야고보의 마음은 다시금 아버지의 고깃배와 어부들, 일상적인 걱정거리들로 뒤숭숭했다. 그는 비가 내려 움푹움푹 파인 구덩이들을 성큼 건너뛰었다. 나무들은 반쯤 미소를 짓고 반쯤은 흐느껴 울며 빗물을 뚝뚝 떨어뜨렸고, 그 위에서는 하늘이 웃었고, 새들은 잠이 깨었으며, 찬란한 하루가 찾아왔다. 하지만 점점 환해지자 폭

우로 마구 휩쓸린 타작마당들이 보였다. 쌓아 두었던 밀과 보릿단들이 이제는 길을 따라 물에 떠내려갔고, 제일 먼저 일어난 농부들과 그들의 아내는 들판으로 쏟아져 나와 슬피 울었다. 얼핏 그는 폐허처럼 황폐한 타작마당에서 두 늙은 여자에게로 허리를 굽히고 얘기를 나누는 마리아의 아들을 보았다.

그는 지팡이를 꽉 움켜쥐고 저주를 빌었다. 십자가와 거기에 매달린 열심당원과 더불어 나자렛의 광경이 머릿속에 불현듯 되살아났는데, 하지만 이것이 어찌 된 일인가! 십자가를 만드는 자가 여기서 여자들과 잃어버린 밀을 놓고 탄식하다니! 야고보의 마음은 거칠었고, 타협을 몰랐다. 욕도 잘하고, 탐욕스럽고, 자비심이 없던 그는 아버지의 성격 그대로였으며, 성녀 같은 여자인 어머니 살로메나, 다정하고도 사랑스러운 동생 요한과는 전혀 닮은 데가 없었다. 지팡이를 꽉 움켜쥐고 그는 격노해서 타작마당으로 갔다.

바로 그 순간, 아직도 뺨에 눈물이 흐르는 채로, 다시 길을 가려고 마리아의 아들이 일어섰다. 두 늙은 여자는 그의 손을 잡고 입을 맞추며 놓아주려고 하지 않았다. 그들에게 안식을 주는 훌륭한 말을 해준 이런 나그네가 어디 또 있겠는가?

「울지 말아요, 나는 다시 올 테니 울지 말아요.」 늙은이들의 손아귀에서 조금씩 손을 빼며 그는 거듭해서 말했다.

야고보는 걸음을 멈추고 놀라서 말문이 막혔다. 십자가를 만드는 자의 눈은 눈물이 가득 고여 반짝거렸다. 그는 붉어지는 높은 하늘을 우러러보았고, 다음에는 땅을, 그리고 허리를 굽히고 흙탕물을 손으로 치며 통곡하는 사람들을 굽어보았다.

「이 사람이, 바로 이 사람이 십자가를 만들었나?」 야고보는 영문을 몰라 중얼거리면서 한쪽으로 비켜섰다. 「저 사람의 얼굴은 선지자 엘리야처럼 빛나는구나!」

마리아의 아들은 이제 타작마당의 언저리를 넘었다. 그는 야고보를 알아보고는 인사를 하는 뜻으로 손을 가슴에 얹었다.

「마리아의 아들이여, 당신은 어디로 가는 길입니까?」 다정한 어조로 제베대오의 아들이 말했다. 하지만 상대방이 미처 대답도 하기 전에 그는 덧붙여 말했다. 「우리 함께 갑시다. 길이 머니까 벗이 필요하죠.」

길이 머니까 벗이 필요하지, 마리아의 아들은 마음속으로 되뇌었지만, 그런 생각을 겉으로 드러내지는 않았다.

「갑시다.」 마리아의 아들이 말했고, 그들은 함께 포장된 도로를 따라 가파르나움으로 내려가기 시작했다.

그들은 얼마 동안 얘기를 하지 않았다. 타작마당을 지날 때마다 여자들의 통곡 소리가 들려왔다. 지팡이에 몸을 의지한 노인들은 빗물에 쓸려 떠내려가는 밀을 쳐다보았다. 농부들은 음울한 얼굴로 추수를 하거나 황폐한 밭의 한가운데 멀거니 서 있었다. 어떤 사람들은 조용했고, 어떤 사람들은 저주를 퍼부었다.

마리아의 아들이 한숨을 지었다. 「아, 사람들이 굶주려 죽지 않도록 하기 위해, 대신 굶어 죽을 힘을 지닌 사람이 한 명만 있으면 좋으련만!」

야고보는 그를 곁눈질해 보았다. 그는 코웃음을 쳤다. 「만일 사람들이 당신을 먹고 살아나도록 밀이 될 수만 있다면 당신은 기꺼이 그렇게 하겠습니까?」

「그렇지 않을 사람이 어디 있겠어요?」 마리아의 아들이 대답했다.

두툼하게 튀어나온 입술을 씰룩이며 야고보의 매서운 눈이 번득였다.

「난 그렇게 하지 않겠어요.」 그가 대답했다.

마리아의 아들은 조용했다. 야고보는 공세를 취했다. 「내가 왜 죽어야 합니까?」 그가 험악하게 말했다. 「홍수를 내려 주신 건 하느님이죠. 내가 뭘 잘못했나요?」 그는 사나운 표정으로 하늘을 쳐다보았다. 「하느님이 왜 그런 짓을 했을까요? 사람들이 하느님께 무슨 잘못을 했단 말입니까? 난 이해를 못하겠는데, 마리아의 아들이여, 당신은 어떻습니까?」

「형제여, 묻는 것은 죄악입니다. 며칠 전까지만 해도 나는 회의를 느꼈지만, 이제는 이해합니다. 그것은 최초의 인간들을 타락시켜 하느님으로 하여금 그들을 낙원에서 추방하게 만든 뱀이죠.」

「〈그것〉이 뭔가요?」

「묻는 행위입니다.」

「난 이해가 안 가요.」 걸음을 재촉하며 제베대오의 아들이 말했다.

야고보는 십자가를 만드는 자와 동행이라는 사실을 이제는 개의치 않았고, 그의 말이 야고보의 마음에 무겁게 느껴졌으며, 그의 침묵은 말보다 더 견디기 힘들었다.

그들은 이제 평원에서 솟아오른 작은 언덕에 이르렀다. 멀리서 반짝거리는 겐네사렛 호수의 물이 보였다. 배들은 이미 한가운데 이르렀고, 고기잡이가 시작되었다. 눈부시게 새빨간 태양이 사막에서 솟아올랐다. 호숫가의 부유한 장터 마을이 새하얗게 빛났다.

야고보는 멀리 있는 배들을 보자 고기잡이 생각이 머리를 가득 채웠다. 그는 거북한 동반자에게로 돌아섰다. 「마리아의 아들이여, 어디로 가는 길인가요?」 그가 물었다. 「봐요, 저기가 가파르나움입니다.」

마리아의 아들은 머리를 떨구고 대답을 하지 않았다. 그는 성자가 되려고 수도원으로 간다는 말이 창피해서 나오지 않았다.

야고보는 머리를 젖히고 그의 눈치를 살폈다. 갑자기 야고보는 못된 생각이 떠올랐다. 「얘기하고 싶지 않다, 이건가요?」 야고보가 소리쳤다. 「비밀로 해두고 싶다, 그거죠!」

야고보는 동행인의 턱을 움켜잡아 머리를 들어 올렸다. 「나를 똑바로 봐요, 누가 보내서 왔는지 얘기를 해요.」

마리아의 아들은 한숨을 지었다. 「난 모르겠어요, 난 모르겠습니다.」 그가 중얼거렸다. 「하느님인지도 모르지만, 아니면 혹시……..」

야고보는 머뭇거렸다. 너무 겁이 나서 말이 목구멍에 걸려 나오지 않았다. 만일 정말로 악마가 그를 보냈다면 어쩌나?

경멸로 가득 찬 삭막한 웃음이 야고보의 입에서 터져 나왔다. 야고보는 그의 팔을 꽉 움켜잡고는 세차게 흔들었다. 「백부장이로군요.」 야고보가 나지막이 외쳤다. 「당신 친구 백부장, 그 사람이 당신을 보냈죠?」

그래, 그렇다, 백부장이 틀림없이 그를 첩자로 보냈으리라. 산과 사막에서는 새 열심당원들이 생겨났다. 그들은 마을로 내려와서 몰래 사람들을 만나 복수와 자유를 얘기했다. 피에 굶주린 나자렛의 백부장은 돈을 받아먹는 유대인 첩자들을 모든 마을에 풀어놓았다. 이 친구, 십자가를 만드는 이자도 틀림없이 그들 가운데 한 명이었다.

이맛살을 찌푸리며 야고보는 예수를 밀쳐 버렸다. 「내 말 들어요, 목수의 아들이여.」 목소리를 낮춰 야고보가 말했다. 「우린 여기서 헤어져야겠어요. 당신은 가야 할 길이 어디인지 모르겠지만, 난 알아요. 좋아요, 지금은 가도 좋지만, 언젠가는 또 나를 만나고, 내 말을 듣게 될 거요. 어디로 나를 이끌어 가더라도, 가련한 악마 같으니라고, 난 당신을 뒤쫓겠고 당신은 재앙을 맞을 겁니다! 내가 하고 싶은 얘기는 그것뿐이지만, 스스로 선택한 이 길을 당신은 살아서 벗어나지 못할 테니까, 내 말을 새겨들어요!」

이 말을 하더니 손도 내밀지 않고 그는 언덕을 달려 내려갔다.

제베대오의 양자들은 불에서 구리 솥을 꺼내 놓고 주위에 둘러앉았다. 나무 숟가락을 제일 먼저 담근 사람은 제베대오 노인이었다. 그는 제일 큰 물고기를 꺼내서 먹기 시작했다. 하지만 그들 가운데 가장 나이가 많은 어부가 손을 내밀어 그를 막았다.

「기도를 드리지 않았는데요.」 그가 제베대오에게 말했다.

제베대오 노인은 한입 잔뜩 물었던 음식을 아직도 씹으면서 나무 숟가락을 들더니, 히브리 사람들에게 대대로 물고기와 곡식과 포도주와 기름을 내려 주어 그들로 하여금 주님이 강림하셔서, 그들의 적이 산지사방으로 도망치고, 모든 민족이 이스라엘의 발밑에 꿇어 엎드려 경배하고, 모든 신이 아도나이의 발 앞에 꿇어 엎드려 경배할 날이 올 때까지 참고 견디게끔 인도해 준 데 대해서 이스라엘의 하느님께 감사를 드리기 시작했다. 「주여, 그러하기 때문에 우리는 먹고, 그러하기 때문에 우리는 결혼하여 아이를 낳고, 우리가 살아가는 까닭은 다 하느님을 위해서입니다!」

이렇게 말하고 그는 한 번에 물고기를 꿀꺽 삼켰다.

주인과 어부들이 식사를 하고 일해서 얻은 결실을 즐기며 그들을 먹여 주는 어머니인 호수를 쳐다보고 앉았으려니까 갑자기 그들 앞에 흙탕물투성이에 숨을 헉헉거리며 야고보가 나타났다. 어부들은 그에게 자리를 내주려고 서로 간격을 좁혔으며, 기분이 좋아서 제베대오 노인이 소리쳤다. 「잘 왔구나, 내 맏아들아! 넌 운이 좋으니까, 어서 앉아 먹어라. 무슨 소식이라도 가져왔냐?」

대답이 없었다. 아들은 아버지 옆에 무릎을 꿇고 앉았지만, 김이 무럭무럭 피어오르고 향그러운 솥으로 손을 내밀지 않았다.

  제베대오 노인은 멋쩍게 머리를 돌려 그를 쳐다보았다. 그는 과묵하고 괴팍한 아들을 속속들이 잘 알았고, 그를 두려워했다. 「너 배고프지 않으냐?」 그가 물었다. 「왜 그런 얼굴을 하지? 이번에는 또 누구하고 싸웠니?」

  「하느님과 악마와 인간하고요.」 야고보가 화를 내며 대답했다. 「난 배고프지 않아요!」

  어이쿠! 이 녀석 우리 생선국 맛을 잡쳐 놓으려고 왔구나, 제베대오는 속으로 생각했지만, 자제하고 유쾌한 기분을 그대로 유지하며 화제를 바꾸었다. 그는 아들의 무릎을 다정하게 톡톡 두드렸다. 「이봐, 망할 녀석아.」 그는 아들에게 눈을 깜빡이며 말했다. 「오는 길에 누구하고 얘기를 나누었냐?」

  야고보는 깜짝 놀랐다.

  「그러니까 첩자들이 있긴 있군요, 안 그래요? 누가 그런 말을 했죠? ……난 아무하고도 얘기하지 않았어요!」

  그는 몸을 일으켜 호수로 가서는 무릎까지 물로 들어가 세수를 했다. 그러더니 모여 앉은 사람들에게로 돌아섰지만, 저마다 먹고 웃어 대며 너무나 즐거워하는 그들을 보자 야고보는 소리를 질렀다. 「모두들 실컷 먹고 마셔 대지만, 나자렛에서는 당신들을 위해 다른 사람들이 십자가에 못 박혀 죽어요!」

  어부들의 꼴을 보고 더 이상 참을 수가 없었던 그는 투덜거리며 마을을 향해 출발했다.

  제베대오 노인은 멀어져 가는 아들을 지켜보았다. 「내 자식들은 내 살을 찌르는 가시나 마찬가지야.」 큼직한 머리를 저으며 그가 말했다. 「하나는 너무 나약하고 신앙심이 많은가 하면, 다른 아들은 너무 고집불통이어서, 어디를 가거나 어디에 머물러도 틀림없이 말썽을 부리거든. 가시들이라니까……. 두 녀석 다 참된 인간이 되지를 못한데, 제대로 되려면 약간 지나치게 부드럽기도 하고, 약간 성미가 모질 때도 있고, 친절하다가도 개처럼 물어뜯으려고 덤빌 줄도 알고, 반은 악마이고 반은 천사인, 간단히 얘기하면, 인간이 되어야지!」

한숨을 지으며 그는 쓰라린 기분을 억누르려고 양놀래기를 한 마리 건졌다. 「양놀래기하고, 물고기를 만드는 하느님이 우리에게 계시니 얼마나 좋은가?」 그가 말했다.

「그런 말을 영감님이 하시면, 요나 노인은 무슨 말을 할까요?」 그들 가운데 나이 많은 사람이 말했다. 「그 가엾은 양반은 날마다 저녁때면 바위에 앉아서 예루살렘 쪽을 쳐다보고는 아들 안드레아를 생각하며 눈물을 흘리죠. 그 아들 역시 도를 통한 모양이에요. 사람들 얘기를 들으니까 그는 선지자를 찾아내어 같이 돌아다니며 메뚜기하고 석청만 먹고, 사람들을 잡아 요르단 강에다 쑤셔 박으며 죄를 씻어 준다고 그런다데요.」

「그래서 우린 아들을 많이 낳아야 한다, 그런 말씀이야!」 제베대오가 말했다. 「여보게들, 쪽박을 갖다 주게. 술이 아직 남았을 텐데, 안 그런가? 난 기분을 좀 돌려야겠어!」

그들은 묵직하게 천천히 자갈을 밟는 발소리를 들었다. 무슨 귀찮은 짐승이 화가 나서 다가오는 듯싶었다. 제베대오 노인이 시선을 돌렸다.

「선량한 요나를 환영하오!」 그가 소리쳤다. 그는 포도주로 얼룩진 수염을 해면으로 씻고는 겸손하게 몸을 일으켜 요나 노인에게 자리를 내주었다. 「난 방금 양자들과 함께 양놀래기를 들던 중이었어요. 와서 양놀래기나 같이 들며 당신 아들 성 안드레아 소식이나 전해 줘요.」

 늙은 어부가 그들 앞에 나타났다. 늙은 어부는 키가 작고 땅딸막했으며, 맨발이었고, 햇볕에 시커멓게 탔고, 눈은 썩은 듯 희뿌옇고, 엄청나게 커다란 머리는 백발 곱슬머리로 뒤덮였으며, 피부에는 물고기처럼 비늘이 앉았다. 앞으로 몸을 수그리고, 그는 누구인지 찾느라고 그들을 한 사람씩 살펴보았다.

「누구를 찾으시나요, 요나 영감님?」 제베대오가 물었다. 「너무 기운이 없어서 말을 못하시겠어요?」

 제베대오는 요나의 발과 수염과 마구 헝클어지고 생선 가시와 해초가 잔뜩 달라붙은 머리카락과, 물고기처럼 벌렸다 다물었다 하면서도 아무 소리가 나지 않으며 두툼하고 껍질이 터진 입술을 훑어보았다. 제베대오는 웃고 싶었지만, 갑자기 두려움에 사로잡혔다. 그의 마음속에서는 어리석은 의혹이 스치고 지나갔다. 겁에 질린 그는 요나 노인이 더 가까이 오지 못하게 막으려는 듯 손을 내밀었다.

「맙소사! 당신이 선지자 요나인가요?」 벌떡 일어서며 제베대오가 소리쳤다. 「우리하고 그토록 오랫동안 같이 지내면서, 줄곧 사실을 숨겼단 말입니까? 아도나이의 이름으로 당신에게 간청하겠는데, 얘기를 해요! 언젠가 나는 수도원장이 하는 얘기를 들었는데, 상어가 선지자를 삼켰다가 나중에 토했더니 전처럼 말짱한 모습으로 요나가 튀어나왔다더군요. 그런데, 하느님 굽어살피소서, 수도원장이 우리에게 묘사한 얘기를 들으면, 요나는 당신하고 똑같아서, 해초가 머리카락과 가슴의 털에 엉겨 붙었고, 수염에는 갓 태어난 게들이 잔뜩 들어앉았었다고 그랬어요. 기분 나쁘시라고 하는 얘기가 아니지만, 요나, 수염 밑을 만져 보면 틀림없이 게들이 나올 것 같아요.」

어부들이 웃음을 터뜨렸지만, 제베대오는 겁에 질린 채로 그의 오랜 친구를 계속해서 빤히 쳐다보았다.

「얘기를 해요, 하느님의 사람이여.」 제베대오는 요나에게 말했다. 「당신이 바로 선지자 요나인가요?」

요나 노인은 머리를 저었다. 그는 무슨 물고기이건 자기를 삼켰던 일이 기억나지 않았다. 하지만 그랬을 가능성도 없지 않았다. 물고기하고 그토록 오랜 세월에 걸쳐 씨름을 했으니, 꼭 기억이 날 수는 없는 일이었다.

「그 사람이다, 그 사람이야!」 도망치려는 듯 여기저기 두리번거리고 살펴보면서 제베대오 노인이 중얼거렸다. 그는 선지자들이란 믿어서는 안 될 괴팍한 사람들이라는 사실을 알았다. 그들은 하늘이나 바다나 불 속으로 사라지고, 나중에 전혀 예기치 않은 순간에, 보라! 바로 눈앞에 나타나지 않는가! 엘리야는 불을 타고 하늘로 솟아오르지 않았던가? 하지만 요나는 아직도 살아서 군림하고, 아무리 높은 산의 꼭대기로 올라가더라도, 그는 우리 앞에 나타난다. 에녹[1]도 마찬가지로 불멸한다. 그리고 이제, 선지자 요나가 여기 나타났다. 요나는 모르는 체하고, 어부처럼, 베드로와 안드레아의 아버지처럼 행동한다고 제베대오는 속으로 생각했다. 선지자들은 묘하고 고집불통인 존재여서, 조심하지 않았다가는 난처한 꼴을 당하기 쉬우니까 요나는 친절하게 대하는 편이 좋겠다.

그는 목소리를 다정하게 바꾸었다. 「사랑하는 이웃, 요나 영감님이시여,」 그가 말문을 열었다. 「당신은 누군가를 찾는 모양인데, 야고보를 찾는 건 아닌가요? 그 애는 나자렛에서 돌아왔지

---

[1] 므두셀라의 아버지인데, 죽지 않고 승천했다.

만, 피곤해서인지 마을로 갔어요. 만일 당신 아들 베드로 소식을 알고 싶다면, 야고보가 그러는데 잘 지내고, 곧 찾아오겠다면서 안부를 물었다니 걱정하지 마세요. 내 말 듣고 있나요, 요나? 무슨 응답을 해야죠.」

제베대오 노인은 다정한 말투로 요나에게 말하고, 가죽처럼 질긴 그의 어깨를 쓰다듬었다. 모든 일이 가능한 세상인데, 이 멍청한 어부가 선지자 요나가 아니라고 누가 말하겠는가? 그러니 조심해야 상책이다!

요나 노인은 허리를 굽히고, 솥에서 작은 쏨뱅이 한 마리를 건져 통째로 입에 넣고는 뼈고 뭐고 가리지 않으며 한꺼번에 씹어대기 시작했다.

「난 가겠어요.」 요나 노인은 중얼거리며 그들에게 등을 돌렸다. 또다시 자갈들이 덜그럭거리기 시작했다. 갈매기 한 마리가 그의 머리를 스치고 지나가면서 날개를 치고는, 어부의 머리카락 속에서 게를 보기라도 했는지 잠깐 그 자리에 멈추었다. 하지만, 분명히 겁이 나서였겠지만, 거칠게 소리를 지르더니 갈매기는 날아가 버렸다.

「여보게들, 조심하게.」 제베대오 노인이 말했다. 「내 뼈를 걸고 맹세컨대, 저 사람 틀림없이 선지자 요나일 거야. 베드로가 떠나고 없으니까 자네들 두 사람이 가서 저 양반을 도와주는 게 좋겠어. 그렇지 않았다가는 우리가 무슨 꼴을 당할지 누가 알겠나?」

두 거인이 몸을 일으키더니 반쯤은 농담으로, 반쯤은 두려워서, 그에게 말했다. 「제베대오 영감님, 일이 잘못되었다 하면 당신이 책임져야 해요. 선지자들이란 사나운 짐승하고 마찬가지니까요. 그들은 갑자기 입을 딱 벌려 뼈 하나 남기지 않고 사람들을 잡아먹어요! 좋아요, 갑시다. 안녕히 계세요!」

제베대오 노인은 만족스럽게 기지개를 켰는데, 그만하면 선지자를 잘 처리한 셈이었다. 이제 그는 남은 양자들에게로 돌아섰다. 「자네들은 기운을 내고, 발도 힘차게 놀리고, 광주리에다 물고기를 담아 모든 마을로 돌아다녀야지. 하지만 농부들이란 교활하기가 여우 같고, 하느님의 자식인 우리 고기잡이들하고는 딴판이니까 조심들 하라고! 가능하면 제일 작은 물고기를 주고, (작년에 거둔 것이라도 좋으니까) 밀과 기름과 포도주와 닭과 토끼를 가능하면 많이 받아 내도록 해. 알겠나? 둘 더하기 둘은 넷이니까.」

양자들은 벌떡 일어나 광주리를 채우기 시작했다.

멀리, 바위 너머에서 낙타를 타고 달려오는 사람의 모습이 나타났다. 제베대오 노인은 손으로 눈을 가리고 쳐다보았다.

「여보게들.」 그가 소리쳤다. 「저런, 잘 보라고, 저거 내 아들 요한 아닌가?」

낙타를 탄 사람은 이제 고운 모래밭을 지나 그들에게로 가까이 오는 중이었다.

「맞아요, 맞아요!」 어부들이 소리쳤다. 「영감님 아들을 반가이 맞아야죠!」

이제 낙타를 탄 사람은 손을 흔들어 인사하면서 그들 앞을 지나갔다.

「요한.」 늙은 아버지가 소리쳤다. 「왜 그렇게 서두르니? 어디로 가는 거냐? 네 얼굴 좀 보게 잠깐 멈추거라!」

「원장님이 돌아가시려고 그래서 난 시간이 없어요.」

「원장님이 어떻게 됐길래?」

「먹지도 않고, 돌아가시기로 작정하셨어요.」

「왜? 왜 그래?」

하지만 낙타를 탄 사람의 목소리는 공중으로 흩어져 잘 들리지 않았다.
제베대오 노인은 기침을 하고, 잠깐 생각에 잠기더니 머리를 저었다. 「주님, 우리를 보살펴 주소서.」 그가 말했다.

마리아의 아들은 화가 나서 성큼성큼 가파르나움을 향해 내려가는 야고보를 쳐다보다가, 마음이 슬픔으로 가득 차서 땅바닥으로 다리를 꼬고 털썩 주저앉았다. 어째서 그는, 사랑받기를 그토록 열망하던 그는, 왜 사람들의 마음속에서 그토록 많은 증오를 불러일으키는가? 그것은 자기 자신, 하느님이나 사람들이 아니라 자기 자신 탓이었다. 왜 그는 그토록 비겁하게 행동했으며, 왜 그는 추구할 길을 선택하고도 끝까지 그 길을 따라갈 용기가 없었는가? 그는 초라한 겁쟁이, 불구자였다. 왜 그는 용기를 내어 막달라의 여인을 아내로 맞아, 그녀를 수치와 죽음으로부터 구제하지 않았고, 하느님이 발톱으로 그를 움켜잡고는 일어서라고 명령했을 때 왜 땅바닥에 달라붙어 일어나려고 하지 않았던가? 그리고 지금, 왜 그는 두려움에 쫓겨 숨기 위해 사막으로 가는가? 그곳에서는 하느님이 다른 곳에서처럼 그를 찾아내지 못하리라고 생각했을까?

태양은 거의 바로 머리 위로 떠올랐다. 밀 때문에 통곡하는 소리도 끝났다. 고통을 받는 사람들은 이미 재앙에 익숙했고, 울어 봐도 아무런 해결 방법이 나오지 않는다는 사실을 상기하고는 잠잠해졌다. 수천 년 동안 그들은 불의(不義)에 시달렸고, 굶주리기도 했고, 눈에 보이거나 안 보이는 힘에 이리저리 밀려 다녔다. 하지만 그들은 겨우겨우 절름거리며 삶을 헤쳐 나갔고, 항상 어려움을 극복했는데, 여기에서 그들은 인내를 배웠다.

옴츠린 덤불에서 초록빛 도마뱀 한 마리가 나타났다. 도마뱀은 햇볕을 쬐려고 나왔다. 도마뱀은 높이 우뚝 솟은 무시무시한 인간 짐승을 보고는 겁이 나서 목 바로 밑의 가슴이 두근거리기 시작했지만, 이 파충류 동물은 용기를 내어 온몸을 따스한 바위에 찰싹 붙이고는 동그랗고 새까만 눈을 이리저리 굴려, 마치 그를 환영하거나, 당신이 혼자 오는 것을 봤기 때문에 당신하고 친구가 되어 볼까 해서 이렇게 찾아왔습니다라고 말하는 듯, 자신을 가지고 마리아의 아들을 빤히 쳐다보았다. 환희를 느끼며 마리아의 아들은 방문객에게 겁을 주지 않으려고 숨을 죽였지만, 도마뱀처럼 자신도 가슴이 두근거리는 기분을 느끼며 쳐다보니, 까만 바탕에 빨간 물을 뿌린 듯 얼룩이 앉고 가루가 잔뜩 묻은 나비 두 마리가 팔랑거리며 날아 내려와서 그들 사이를 오락가락 날아다니며 좀처럼 그 자리를 떠나려고 하지 않았다. 나비들은 햇빛 속에서 까불며 즐겁게 춤추었고, 나중에는 피를 빨아 먹고 싶다는 듯 붉은 얼룩에 주둥이를 박으며 예수의 피 묻은 머릿수건에 앉았다. 머리 꼭대기를 나비들이 어루만지는 감촉을 느끼며 그는 하느님의 발톱이 생각났고, 그것과 나비의 날개가 그에게 똑같은 의미를 전달한다는 기분이 들었다. 아, 만일 하느님이 항상 벼락이나 발톱이 달린 독수리가 아니라 나비로서만 인간에게 내려온다면 얼마나 좋으랴!

그리고 머릿속에서 나비와 하느님을 결부시키는 동안, 마리아의 아들은 무엇이 발바닥을 간질인다고 느꼈다. 그는 밑을 내려다보았고, 발바닥의 오목한 부분 밑으로 노랗고, 까맣고, 통통한 개미 떼가 서둘러 줄을 지어 정신없이 돌아다니는 광경을 보았다. 둘씩 셋씩 짝을 지어 일하며 개미들은 한 번에 한 개씩, 밀알을 널찍한 하악(下顎)으로 물어 운반했다. 개미들은 밀을 평원에서, 사람들의 입으로부터 훔쳐 지금 그들의 개미집으로 가지고 가면서, 선택된 개미 백성의 청원을 항상 받아들여 적절한 순간에, 밀을 타작마당에 쌓아 놓은 바로 그 순간에, 홍수를 평원으로 내려 주신 위대한 개미 하느님을 찬양했다.

마리아의 아들은 한숨을 지었다. 〈개미들은 하느님의 피조물이요, 사람이나, 도마뱀이나, 올리브나무 숲 속에서 우는 여치나, 밤에 울부짖는 들개나, 홍수나, 굶주림 모두 하느님이 만드셨지……〉 그는 생각했다.

마리아의 아들은 뒤에서 누가 헉헉거리는 소리를 들었다. 그는 공포감에 사로잡혔다. 그는 무척 오랫동안 그녀를 잊어버렸었지만, 그녀는 그를 잊지 않았다. 그는 이제 그의 등 뒤에서 자기처럼 역시 책상다리를 하고 앉아 숨을 몰아쉬는 존재를 느꼈다.

「저주도 역시 하느님이 만드셨지.」 그는 중얼거렸다.

마리아의 아들은 하느님의 숨결에 완전히 감싸인 기분을 느꼈다. 때로는 따스하게 은총이 서렸으며, 때로는 무자비하고 야수 같은 입김이 그를 뒤덮었다. 도마뱀, 나비, 개미, 저주, 모두가 하느님이었다.

길에서 들려오는 목소리와 종소리에 그는 시선을 돌렸다. 값비싼 물건을 잔뜩 실은 낙타의 긴 행렬이 초라한 당나귀를 앞세우고 지나가는 중이었다. 이 대상(隊商)은 틀림없이 아브라함 족장의 풍요한 강이 흐르는 계곡 니느웨와 바빌론에서 떠났을 터이고, 비단과 향료와 상아와, 어쩌면 남녀 노예들을 큰 바다에서 기다리는 여러 빛깔의 배에 전해 주려고 사막을 건너 운반하는 중이었다.

줄을 지어 지나가는 행렬은 끝이 없는 듯싶었다. 사람들이 소유한 부(富)는 얼마나 풍요하고, 얼마나 경이적인가! 마리아의 아들은 생각했다. 마침내, 대상의 끝에서, 부유하고 검은 수염을 기른 상인들이 황금 귀고리를 달고, 초록빛 터번을 쓰고 젤라브 자락을 펄럭이며 나타났다. 그들은 흔들거리며 뛰어가는 낙타의 잔등에 앉아 출렁이고 까딱거리며 마리아의 아들 앞을 지나갔다.

 마리아의 아들은 부르르 떨었다. 그들이 막달라에서 묵으리라는 생각이 갑자기 머리에 떠올랐던 것이다. 막달라의 여인은 밤낮으로 문을 열어 두었고, 그들이 안으로 들어가게 되리라고 그는 생각했다. 나는 당신을 구해야만 한다, 막달라의 여인이여. 아, 그럴 능력만 있다면 얼마나 좋으랴마는, 내가 구할 대상은 이스라엘 백성이 아니라 당신, 막달라의 여인이다. 나는 선지자가 아니다. 내가 입을 연다고 해도 무슨 말을 해야 할지 모르겠다. 하느님은 타오르는 숯불로 내 입을 지져 대지 않았고, 내가 불에 타며 미친 듯 길거리로 뛰쳐나가 소리를 지르도록 내 배 속에 벼락을 치지도 않았다……. 나는 말씀이 내가 아니라 하느님께서 나오기를 바라고, 나는 그 말씀과 아무런 연관도 되기를 원하지 않는다. 나는 그냥 입만 벌리고, 말은 하느님이 하시리라. 그렇다, 나는 선지자가 아니고, 무엇이나 다 두려워하는 수수하고 평범한 사람에 지나지 않아서, 나는 당신을 수치스러운 잠자리로부터 끌어낼 힘이 없고, 막달라의 여인이여, 그래서 나는 사막으로, 수도원으로, 당신을 위해 기도하려고 찾아간다. 기도는 전능(全能)이다. 전쟁에서도 사람들은 기도를 드려서, 모세가 손을 높이 들면 이스라엘의 아들들은 정복했고, 피곤해져서 손을 내리기만 하면 당장 그들은 패배했다……. 막달라의 여인이여, 나는 당신을 위해 밤낮으로 손을 들리라.

 마리아의 아들은 언제 해가 지려는지 하늘을 보았다. 계속해서 어둠 속을 걸어 아무한테도 눈에 띄지 않고 가파르나움을 지나 호수를 돌아서 사막으로 들어가고 싶었다. 그는 어서 목적지에 도착하고 싶어서 점점 더 조급해졌다.

「아, 만일 내가 숲 위를 걸어 호수를 곧장 건널 수만 있다면 얼마나 좋을까!」 그는 다시 한숨을 지으며 중얼거렸다.

도마뱀은 따스한 바위에 달라붙어 아직도 햇볕을 쬐었다. 나비도 높이 날아올라서 빛 속으로 사라졌다. 개미들은 계속해서 곡식을 날랐다. 그들은 먹이를 곡식 창고에 넣고는 서둘러 밭으로 나가 다시 한 짐 끌고 왔다. 해가 곧 질 터였다. 길 가는 사람들은 점점 드물어지고, 그림자는 길게 늘어났고, 나무들과 흙은 저녁 해에 금빛으로 물들었다. 호수에서는 물이 현란하게, 눈을 깜박이는 사이에 붉어지고, 엷은 보랏빛이 되고, 컴컴해졌다. 커다란 별 하나가 서쪽 하늘에 걸렸다.

〈이제 밤이 되겠지.〉 마리아의 아들은 생각했다. 이제 별들의 행렬을 이끌고 하느님의 검은 딸이 도착하고, 별들은 나타나서 하늘을 가득 채우기 전에 그의 마음부터 가득 채웠다.

마리아의 아들은 몸을 일으켜 다시 길을 가려고 할 때 뒤에서 뿔 나팔 소리가 들려왔다. 누가 그의 이름을 불렀다. 그는 돌아섰고, 희미한 저녁 빛 속에서 굉장히 큰 짐을 지고 언덕을 올라오면서 손짓해 부르는 사람의 모습을 보았다. 어디에선가 그는 저 창백한 얼굴과, 짧고 숱이 적은 수염과, 구부러지고 가느다란 정강이를 전에 보았었다. 갑자기 그가 소리쳤다.

「당신, 토마 아니에요? 마을 순례를 또 시작했나요?」

교활하고 사팔뜨기인 행상이 숨을 몰아쉬며 마리아의 아들 앞에 섰다. 그는 짐을 내려놓고 볼록한 이마와, 양쪽이 제멋대로 놀기 때문에 기뻐하는지 비웃는지 분간이 가지 않는 작고 음흉한 눈에서 땀을 씻어 냈다.

마리아의 아들은 그를 무척 좋아했다. 마리아의 아들은 여러 마을을 돌고 돌아오는 길에 뿔 나팔을 허리춤에 끼고 자신의 작업장 앞을 지나가는 토마를 자주 보았다. 토마는 보따리를 의자에다 던지고는 자신이 보고 온 여러 가지 얘기를 해주었다. 그는 코웃음을 치고, 웃고, 애를 태웠으며, 이스라엘의 하느님이나 어떤 다른 신도 믿지 않았다. 신은 모두 우리를 비웃고, 신을 위해 아이들을 죽이고, 향기로운 향을 피우고, 신의 아름다움을 목이 쉬도록 외쳐 찬양하는 우리를 비웃는다고 자주 얘기했다……. 마리아의 아들은 그의 얘기를 듣고 답답하던 마음이 조금 풀렸는데, 특히 민족이 비참하고 노예 같은 생활과 가난에 시달려도 웃음과 조롱으로 노예 생활과 가난을 정복하는 강인한 정신력에 감탄했다.

그리고 행상 토마 역시 마리아의 아들을 좋아했다. 토마는 그를, 병들어 울부짖으며 하느님을 찾아 하느님의 그림자 뒤로 숨으려고 하는 순진한 양이라고 생각했다.

「당신은 양입니다, 마리아의 아들이여.」 허리가 부러지라고 웃어 대며 토마는 걸핏하면 그에게 말했다. 「하지만 당신 마음속에는 늑대가 들어앉았고, 그 늑대가 당신을 잡아먹을 거예요!」 그러고는 저고리 속에서 그가 과수원에서 훔쳐 온 대추야자나 석류나 사과를 꺼내 주었다.

「만나서 반갑군요.」 토마는 숨을 돌리며 말했다. 「하느님은 당신을 사랑합니다. 어딜 가는 길이죠?」

「수도원에요.」 호수 쪽을 가리키며 예수가 말했다.

「이런, 그렇다면 당신 정말 잘 만났군요. 돌아가요!」

「왜요? 하느님은…….」

하지만 토마가 벌컥 화를 냈다. 「제발 나를 생각해서 하느님 얘기를 다시는 들먹이지 말아요. 하느님은 밑도 끝도 없는 존재예요. 현세와 내세에서 하느님께 도달하려고 평생 걸어 봐도 다 소용 없으니까요. 그러니까 하느님은 잊어버리고, 공연히 속 썩이지 말라고요. 내 말 들어요. 현세에서 우린 정직하지 못하거나 약삭빠른 사람들을 대해야 합니다. 우선, 붉은 수염 유다를 조심해요. 나자렛을 떠나기 전에 나는 그가 십자가로 처형된 열심당원의 어머니, 그러고는 바라빠와 칼을 휘두르는 두세 명의 동지들과 귓속말을 나누는 걸 봤어요. 나는 그들이 당신 이름을 들먹거리는 얘길 들었어요. 마리아의 아들이여, 그러니까 수도원으로 가지 말고, 몸조심해요.」

하지만 예수는 머리를 떨구었다. 「모든 생명체는 하느님의 손을 벗어나지 못해요. 누구를 구하고 누구를 죽일지는 하느님이 결정합니다. 우리가 어떻게 저항하겠어요? 나는 갈 터이니, 하느님께서 날 도와주시기만 바랍니다!」

「가겠다고요?」 토마가 격분해서 소리쳤다. 「하지만 바로 지금, 우리가 얘기를 나누는 바로 이 순간에 유다는 칼을 저고리 속에 감추고 수도원에 가 있어요. 당신, 칼을 가지고 다닙니까?」

마리아의 아들은 부르르 떨었다. 「아니요.」 그가 말했다. 「칼은 무엇 하러 가지고 다녀요?」

토마가 웃었다. 「어린 양이에요······ 양······ 양이라고요.」 그가 중얼거렸다. 그는 보따리를 집어 들었다. 「잘 가시오. 기분 내키는 대로 해요. 난 당신더러 돌아가라고 했는데, 당신은 가겠다고 했죠. 좋아요, 가시라고요. 그리고 나중에, 너무 늦었을 때 발버둥이나 치지 말아요!」

교활하게 작은 눈을 깜박거리며 토마는 휘파람을 불면서 다시 언덕을 내려가기 시작했다.

이제는 완전히 밤이 되었다. 땅이 컴컴해지고, 호수는 어둠 속으로 가라앉았으며, 가파르나움에서는 집들이 불을 켜기 시작했다. 낮새들은 이미 날개에 머리를 파묻고 잠들었으며, 잠이 깬 밤새들은 사냥에 나섰다.

지금은 거룩한 시간, 떠나기에 알맞은 때라고 마리아의 아들은 생각했다. 아무도 나를 못 볼 테니, 가자!

그는 토마의 말을 되새겨 보았다.

「모든 일은 하느님의 뜻대로 이루어질 테니까.」 그는 중얼거렸다. 「만일 나를 죽일 자를 찾아가도록 하느님이 밀어 댄다면, 어서 가서 죽음을 맞아야지. 적어도 나는 그런 정도는 할 능력을 지녔고, 나는 지금 그렇게 하고 있어.」 그는 뒤를 돌아다보았다.

「갑시다.」 그는 눈에 보이지 않는 동반자에게 말하고는 호수를 향해 출발했다.

밤은 감미롭고, 따스하고, 습기가 많았으며, 부드러운 바람이 남쪽에서 불어왔다. 가파르나움에서는 생선 냄새와 재스민 냄새가 났다. 제베대오 노인은 그의 집 마당 커다란 아몬드나무 밑에서 아내 살로메와 마주 앉았다. 그들은 식사를 끝내고 잡담을 나누었다. 안에서는 아들 야고보가 잠자리에서 몸을 뒤척였다. 십자가에 매달린 열심당원과, 다시금 사람들에게서 곡식을 부당하게 빼앗아 간 하느님과, 첩자로 자신을 스스로 팔아 버린 마리아의 아들이 그의 머릿속에서 복잡하게 뒤엉켰고, 마음속에서 울화가 치밀었다. 그런 생각을 하려니까 그는 잠이 오지 않았고, 바깥에서 잡담하는 아버지의 목소리를 들으니까 더욱 화가 났다. 격분해서 가슴속이 이글거리던 그는 벌떡 일어나 마당으로 나가서 문턱을 넘어섰다.

「너 어딜 가느냐?」 어머니가 걱정스럽게 소리쳤다.

「호수로 나가 시원한 바람이나 쐬려고요.」 그는 퉁명스럽게 말하고는 어둠 속으로 사라졌다.

제베대오 노인은 머리를 저으며 한숨을 지었다.

「여보, 이제는 세상이 옛날 같지가 않아.」 그가 말했다. 「요새 젊은 애들은 다 제멋대로 굴어. 새도 아니고 물고기도 아닌, 날치 같은 존재들이란 말이야. 바다도 너무 좁다고 하늘로 날아오르는 판이니까. 하지만 하늘에서 오래 버틸 수가 없어 다시 바다로 떨어지고, 그러면 또 처음부터 다시 시작이야. 모두들 머리가 돌았어. 그래, 당신이 그렇게 귀여워하는 우리 아들 요한을 보라고. 수도원으로 가겠다고 그러잖아. 기도, 단식, 하느님……. 고기잡이배는 너무 작아 답답하다는 소리지. 그리고 머리에 뭐 좀 들었다고 생각했던 야고보는 지금 어떻고? 그 애도 같은 방향으로 바람이 들었으니까, 내 말 잘 들으라고. 그 애가 오늘 밤 집이 너무 좁다는 듯 잔뜩 열이 올라 당장에라도 터질 듯하던 꼴을 봤지? 좋다고, 나야 상관없지만, 배하고 어부들은 누가 돌보지? 내가 그렇게 고생했는데, 다 헛일로 돌아가나? 여보, 난 골이 아프니까, 기분 좀 돌리게 포도주하고 낙지 안주라도 내오도록 해.」

살로메는 못 들은 체했다. 남편은 그러잖아도 무척 취한 상태였다. 그녀는 화제를 바꾸려고 했다. 「애들은 어리잖아요.」 그녀가 말했다. 「걱정하지 마세요. 한때 그러다가 말 테니까요.」

「그래, 여보, 당신 말이 맞아! 당신은 참 똑똑하단 말이야. 왜 내가 여기 앉아 골치를 앓지? 그래, 애들은 어리니까, 한때 그러다가 말 테지. 젊음은 병이니까, 앓다가 낫는 거야. 나도 젊었을 땐 잔뜩 흥분해서 잠자리에서 몸을 뒤치곤 했었어. 나는 하느님을 찾고 싶은 줄 알았는데, 알고 보니 내가 찾으려던 건 아내, 살로메 당신이었지! 결혼을 하니까 마음이 진정되더군. 우리 두 아들도 그렇게 될 테니까, 더 이상 생각도 하지 말자고! 나 이젠 기분 좋아……. 여보, 낙지하고 먹을거리 좀 내와. 술도 조금 내오고. 살로메, 난 당신의 건강을 위해 한잔 걸치고 싶단 말이야!」

조금 더 떨어진 옆 동네에서, 요나 노인은 오두막에 홀로 앉아 등잔 불빛을 받으며 그물을 손질했다. 손질을 하고 또 했지만, 그의 마음은 작년 이맘때 죽은 사랑하는 아내나, 멍청이 같은 아들 안드레아나, 이렇게 늙은 아비더러 혼자서 고기잡이하며 고생하도록 덩그러니 남겨 두고 나자렛의 술집들을 돌아다니며 둘째가라면 서러워할 정도로 이름난 말썽꾸러기가 된 다른 아들 베드로에게 가 있지도 않았다. 아니다, 그는 제베대오가 한 말을 생각하며 굉장히 마음이 산란했다. 어쩌면 그는 정말로 선지자 요나인지도 모를 노릇이었다. 그는 손과 발과 허벅지를 살펴보았는데, 온통 비늘투성이였다. 그의 입김과 땀에서도 물고기 비린내가 났고, 이제야 기억이 나는데, 얼마 전 아내가 생각나서 울었을 때는 눈물에서도 비린내가 났다. 그리고 교활하고 늙은 제베대오의 게 얘기도 사실이어서, 수염 속에서 가끔 한 마리씩 나타나곤 했었다……. 어쩌면 결국 그는 선지자 요나인지도 모른다. 아! 그렇다면 왜 그가 얘기하고 싶은 기분일 때가 전혀 없고, 네 갈고리 닻으로 끌어내기 전에는 왜 말이 안 나오고, 뭍에서 걸어 다닐 때면 왜 자꾸만 발이 걸려 고꾸라지는지, 그런 이유들을 납득하게 되었다. 하지만 호수로 뛰어들기만 하면 그는 얼마나 기쁘고, 얼마나 마음이 편했던가! 물은 그를 품에 안아 떠받치고, 그를 쓰다듬고, 그를 핥아 주고, 그의 귓전에서 속삭이고, 그에게 얘기를 했으며, 그는 말을 하지 않고도 물고기처럼 그런 속삭임에 대답했고, 그의 입에서는 물방울이 나왔다!

의심할 나위도 없이 나는 선지자 요나로구나, 그는 속으로 생각했다. 나는 부활했고, 상어는 나를 다시 토해 내었다. 하지만 이번에는 나도 좀 깨달은 바가 있고, 그렇다, 나는 예언자이지만, 어부처럼 행세하며 누구에게도 비밀을 털어놓지 않고, 또다시 곤경에 빠지지 않도록 조심해야 한다……. 그는 자신의 약삭빠른 기지가 만족스러워 혼자 미소를 지었다. 내가 멋지게 해내었어, 그는 생각했다. 악마 같은 제베대오가 얘기를 꺼냈을 때까지는 그토록 오랜 세월에 걸쳐 아무도, 심지어는 나까지도 그런 낌새를 눈치 채지 못했다. 그렇다, 제베대오가 내 눈을 뜨게 해주다니, 고마운 일이다.

요나 노인은 연장을 마룻바닥에 내버려 두고, 만족스럽게 두 손을 비비고, 찬장을 열고 술을 한 바가지 꺼내 짧고 통통하고 비늘이 덮인 목을 젖혀 킬킬거리면서 마시기 시작했다.

가파르나움에서 만족스러워하며 두 노인이 술을 마시는 동안 마리아의 아들은 깊은 생각에 잠겨 호숫가를 따라 걸어갔다. 그는 혼자가 아니었다. 뒤에서 모래를 밟는 소리가 들려왔다. 막달라의 여인 집 마당에서는 새로 도착한 상인들이 낙타에서 내려 책상다리를 하고 자갈을 깐 바닥에 둘러앉았다. 그들은 조용히 얘기를 주고받았으며, 차례를 기다리는 동안 대추야자와 구운 게를 씹어 먹었다. 수도원에서는 수도사들이 원장을 방 한가운데 눕혀 놓고 밤을 새우고 있었다. 그는 아직 숨을 쉬었고, 튀어나온 눈은 열린 문을 응시했고, 야윈 얼굴은 긴장되어 있었으며, 무슨 소리를 들으려고 잔뜩 귀를 기울이는 눈치였다.

수도사들은 그를 쳐다보고는 자기들끼리 수군거렸다.

「병을 고쳐 주려고 나자렛에서 랍비가 도착했는지 알고 싶어서 귀를 기울이나 봐요.」

「대천사의 검은 날개가 가까이 왔는지 알고 싶어서 귀를 기울이나 봐요.」

「메시아가 오시는 발소리를 듣고 싶어서 귀를 기울이나 봐요.」

수도사들은 귓속말을 주고받으며 그를 쳐다보았고, 기적을 맞아들이기 위해 저마다 영혼을 준비했다. 그들은 잔뜩 귀를 기울였지만, 모루를 두드리는 쇠망치 소리 이외에는 아무것도 들리지 않았다. 마당의 으슥한 한쪽 구석에서는 유다가 불을 지펴 놓고 밤이 새도록 어둠 속에서 일했다.

제10장

 멀리 나자렛에서는 요셉의 아내 마리아가 초라한 오두막 안에 앉았다. 등불은 켜놓고, 문은 열어 놓았다. 그녀는 황급히 물레로 자은 털실을 감았다. 밖으로 나가 아들을 찾으러 이 마을 저 마을로 돌아다니기로 작정했기 때문이다. 그녀는 감고 또 감았지만 마음은 일에 가 있지 않았다. 외롭고 희망도 없이, 그녀의 마음은 들판을 헤매고, 가파르나움과 막달라를 찾아가고, 겐네사렛 호숫가를 모두 뒤져 보았다. 그녀는 날마다 아들을 찾아다녔다. 그러나 아들은 또다시 도망쳤는데, 또다시 하느님이 그를 몽둥이로 때려 몰고 간 모양이었다. 하느님은 그 애를 가엾게 여기시지도 않고, 나를 불쌍히 여기시지도 않는다고 그녀는 생각했다. 우리가 하느님께 무슨 잘못을 저질렀단 말인가? 이것이 하느님이 우리에게 약속한 기쁨과 영광인가? 하느님이시여, 왜 당신은 요셉의 지팡이에서 꽃이 피게 하여 나로 하여금 노인과 억지로 결혼하게 만들었나이까? 왜 당신은 벼락을 내려 내 자궁 속에다 이렇게 몽상에 빠진, 몽유병자 같은 외아들을 잉태하게 하셨나이까? 임신했을 때는 이웃 사람들이 줄줄이 찾아와서 부러운 눈으로 나를 쳐다보았습니다.「마리아, 당신은 어떤 여자보다도 더 많은 축복을 받았어요.」그들이 말했죠. 나는 뿌리에서부터 꼭대기까지 꽃으로 뒤덮인 아몬드나무처럼 만발했어요. 「이렇게 만발한 아몬드나무는 누구입니까?」가끔 지나가던 상인들이 묻고는 낙타 행렬을 멈추고 내려와 내 무릎에다 선물을 가득 얹어 주었죠. 그러다가 갑자기 바람이 불었고, 나는 앙상한 꼴이 되었습니다. 나는 쓰지도 않고 묵혀 둔 젖가슴에다 두 팔을 포갰어요. 주여, 당신의 뜻은 이루어졌고, 당신은 나로 하여금 꽃이 만발하게 했으며, 바람이 불게 하여 꽃잎이 졌나이다. 주여, 내 꽃이 다시 만발할 희망은 없나요?

내 마음이 차분하게 가라앉을 희망은 없을까? 마리아의 아들은 이튿날 이른 아침 자신에게 물었다. 그는 호숫가를 돌았고, 이제 초록빛과 붉은 바위들 틈에 자리 잡은 수도원이 맞은편에 보였다. 수도원이 점점 가까워질수록 그의 마음은 점점 더 산란해졌다. 왜? 주여, 저는 올바른 길을 선택하지 않았나이까? 당신이 저를 밀어 댄 까닭은 저 거룩한 은둔처를 향해서가 아니었나이까? 그렇다면 왜 당신은 손을 뻗어 제 마음을 기쁘게 해주시기를 거부하시나이까?

온통 하얀 옷차림의 수도사 두 명이 수도원의 커다란 문에 나타났다. 그들은 바위로 기어 올라가 가파르나움 쪽을 쳐다보았다.

「아직 보이지도 않아요.」엉덩이가 땅에 끌릴 지경이고, 반쯤 미친 꼽추 수도사가 말했다.

「사람들이 도착할 때쯤이면 돌아가시고 말겠어요.」입이 상어처럼 양쪽 귀까지 찢어진 거대한 코끼리 같은 다른 수도사가 말했다.

「어서 가요, 여로보암, 나는 여기서 낙타가 나타날 때까지 망을 보겠어요.」

「좋아요.」 기분이 좋아진 꼽추가 바위에서 미끄러져 내려가며 말했다.「난 가서 임종을 지켜보겠어요.」

마리아의 아들은 수도원 문간에서 어찌할 바를 모르고 엉거주춤 멈춰 섰고, 들어가야 하나 말아야 하나, 마음이 종처럼 흔들렸다. 보랑(步廊)은 원형(圓形)을 이루었고, 판석을 깔았다. 마당에는 푸른 나무 한 그루, 꽃 한 송이, 새 한 마리 없이 삭막했고, 야생 선인장만 사방에 돋아났다. 둥글고 비인간적인 황량한 마당 둘레를 따라 바위 속으로 무덤처럼 파고 들어간 골방들이 늘어섰다.

이것이 하늘나라의 왕국이란 말인가? 마리아의 아들은 자신에게 물었다. 이곳에서 인간의 마음이 평화를 찾는단 말인가?

그는 문턱을 넘어설 결심이 서지 않아 물끄러미 쳐다보고 또 쳐다보았다. 두 마리의 검은 양몰이 개가 어느 구석에서 튀어나와 그에게 짖어 대기 시작했다.

몸집이 몽땅한 꼽추가 찾아온 손님을 보고는 휘파람을 불어 개들을 조용하게 했다. 그러더니 그는 시선을 돌려 새로 찾아온 사람을 머리끝부터 발끝까지 찬찬히 뜯어보았다. 그가 보기에 젊은 이의 눈에는 고뇌가 가득했고, 몸에 걸친 옷은 아주 초라했으며, 발에서는 피가 방울져 흘러내렸다. 수도사는 그를 불쌍하게 생각했다.

「형제여, 어서 오십시오.」 수도사가 말했다.「무슨 바람이 불어 당신은 이곳 사막을 찾아왔나요?」

「하느님요!」 절망에 빠진 탁한 목소리로 마리아의 아들이 대답했다. 수도사는 그토록 공포에 사로잡혀 하느님의 이름을 말하는 인간의 소리를 들어 본 적이 한 번도 없었기 때문이 겁이 났다. 팔짱을 끼며 그는 아무 말도 하지 않았다.

잠깐 침묵을 지킨 다음, 방문객이 말을 계속했다. 「난 원장님을 보려고 찾아왔습니다.」

「당신은 원장님을 보겠지만, 그분은 당신을 보지 못할 거예요. 무슨 볼일이시죠?」

「모르겠어요. 난 꿈을 꾸었는데……. 난 나자렛에서 왔습니다.」

「꿈이라고요?」 반쯤 미친 수도사가 웃으며 말했다.

「무서운 꿈이었어요, 수도사님. 그 후로 나는 마음이 편할 날이 없었죠. 원장님은 성자이시고, 하느님은 그분에게 새들과 꿈의 언어를 어떻게 설명하는지 가르쳐 주셨어요. 난 그래서 찾아온 겁니다.」

고문을 하는 도구들을 손에 든 난쟁이들의 앞장을 서서 붉은 수염이 달려오던 꿈속의 그 무서운 추격전, 십자가를 만들던 날 밤에 그가 꾸었던 꿈을 원장더러 풀이해 달라고 수도원으로 찾아가겠다는 생각을 그는 한 번도 하지 않았다. 하지만 지금 갈팡질팡하는 마음으로 문간에 서 있으려니 갑자기 번갯불처럼 그 꿈이 머릿속을 스치고 지나갔다. 그렇다! 그는 속으로 외쳤다. 꿈 때문에 찾아온 것이다. 하느님은 내가 가야 할 길을 보여 주기 위해 그런 꿈을 보냈으며, 수도원장은 나를 위해 꿈을 풀어 주리라.

「원장님은 돌아가시려고 해요.」 수도사가 말했다. 「형제여, 당신은 너무 늦게 오셨습니다. 돌아가세요.」

「하느님은 나더러 찾아오라고 명령하셨어요.」 마리아의 아들이 대답했다. 「하느님이 당신의 아이들을 속이겠습니까?」

수도사가 낄낄거렸다. 그는 살아오는 동안 별의별 일을 다 겪었고, 하느님을 전혀 믿지 않았다.

「그분은 주님이시잖아요? 그러니까 하느님은 뜻하시는 대로 무엇이나 다 하실 능력을 갖추었어요. 만일 부당한 짓을 저지르지 못한다면, 그게 무슨 전지전능이란 말입니까?」

수도사는 손님의 등을 손으로 탁 쳤다. 그는 다정하게 쓰다듬는 뜻으로 쳤지만, 손이 너무 크고 묵직해서 젊은이는 아팠다.

「좋아요, 걱정 말아요.」 그가 말했다. 「자, 안으로 들어와요. 손님 접대는 내가 맡은 일이니까요.」

그들은 보랑으로 들어섰다. 바람이 일고, 판석 위로 모래가 소용돌이를 쳤다. 뿌연 회오리바람이 태양을 가렸다. 하늘이 어두워졌다.

마당 한가운데에서는 우물이 입을 벌리고 있었다. 물이 가득했던 우물은 이제 먼지만 가득했다. 푸석푸석하게 부식한 우물 언저리로 도마뱀 두 마리가 몸을 덥히려고 나왔다.

수도원장의 방은 문이 열려 있었다. 수도사는 손님의 팔을 잡았다.

「수도사들에게 내가 허락해 달라고 얘기하는 동안 여기서 기다려요. 꼼짝 말고 가만히 기다려야 해요.」

수도사는 두 손을 가슴에 십자로 엇갈려 대고는 안으로 들어갔다. 두 마리의 개는 수도원장 방의 문간 양쪽에 가서 앉았다. 목을 길게 앞으로 뽑고 개들은 대기를 킁킁 냄새를 맡더니 구슬프게 짖었다.

수도원장은 발을 문으로 향하고 방의 한가운데에 길게 누웠다. 그의 주변에서 기다리던 수도사들은 밤새도록 자리를 지키느라 피곤해서 꾸벅꾸벅 졸았다. 숨이 거의 다 넘어간 수도원장은 이부자리 위에 길게 누운 채로 잔뜩 긴장한 얼굴로 열린 문에서 시선을 떼지 않았다. 일곱 가닥의 촛대는 아직도 그의 얼굴 옆에 놓였다. 불빛은 벗겨 놓은 앙상한 가슴을 덮고 허리까지 이르는 길고 하얀 수염과 핏기가 없어 시퍼런 입술과 매부리코와 갈망에 시달리는 눈과 반들반들하게 반원을 이룬 이마를 비추었다. 수도사들이 말린 장미 꽃잎을 넣고 짓이긴 향을 질그릇 향로의 숯불에 넣었고, 향기가 대기에 스며들었다.

수도사는 안으로 들어와서는 왜 들어왔는지를 잊어버리고, 개 두 마리 사이의 문턱 위에 쪼그리고 앉았다.

햇빛은 이제 문까지 이르렀고, 안으로 들어와서 수도원장의 발을 만지려고 했다. 마리아의 아들은 바깥에 서서 기다렸다. 개 두 마리가 낑낑대는 소리와 멀리서 천천히 규칙적으로 모루를 큰 망치로 치는 소리 이외에는 아무 소리도 들리지 않았다.

손님은 기다리고 또 기다렸다. 낮이 흘러갔고, 그들은 그를 잊어버렸다. 밤에는 서리가 내렸지만, 골방 밖에 서 있는 그는 지금 아침 햇살의 감미로운 따사로움이 뼛속으로 스며드는 기분을 느꼈다.

갑자기 바위 위에서 파수꾼 노릇을 하던 수도사의 목소리가 침묵을 깨뜨렸다.

「온다! 사람들이 저기 온다!」

수도원장의 방에 모인 수도사들은 깜짝 놀라 잠이 깨어 수도원장만 남겨 두고 밖으로 달려 나갔다.

용기를 내어 마리아의 아들은 어색하게 두어 걸음 앞으로 나섰고, 문턱에서 멈추었다. 방 안에는 평화로움이, 불멸성이 가득했다. 수도원장의 핏기가 없고 야윈 두 발이 햇빛에 잠겨 반짝였다. 천장 근처에서는 벌 한 마리가 윙윙거렸고, 털이 난 검은 벌레가 일곱 촛불 사이를 날면서 그가 죽을 화장터를 선택하려는 듯 이 불에서 저 불로 옮겨 다녔다.

갑자기 수도원장이 움직였다. 있는 힘을 다해서 그는 머리를 들었고, 눈이 순간적으로 휘둥그레지고, 입이 딱 벌어지고, 대기의 냄새를 맡으려고 코는 킁킁거리고, 걷잡을 수 없이 경련을 일으켰다. 마리아의 아들은 인사의 표시로 손을 가슴과 입술과 이마에 대었다. 수도원장의 입술이 움직였다.

「당신이 오셨군요…… 당신이 드디어 오셨어요…….」 그가 어찌나 나지막이 중얼거렸는지 마리아의 아들은 듣지 못했다. 하지만 말로 형언하기 어려운 환희의 미소가 수도원장의 근엄하고 고통스러운 얼굴에서 번져 나갔고, 이어서 두 눈이 감기고, 콧구멍은 꼼짝도 하지 않았고, 입은 다물고, 가슴에 엇갈려 얹었던 두 손은 하나는 오른쪽, 다른 하나는 왼쪽으로 흘러내려 손바닥을 벌린 채 위로 보이며 바닥에 놓였다.

그사이에 마당에서는 두 마리의 낙타가 무릎을 꿇었다. 늙은 랍비가 낙타에서 내리도록 부축해 주려고 수도사들이 달려갔다.

「살아 계셔요, 아직 살아 계셔요?」 젊은 수련사가 고민이 엉킨 목소리로 물었다.

「아직 숨은 쉬고 계셔요.」 하바꾹 신부가 말했다. 「보고 듣기는 다 하지만, 말은 못해요.」

랍비가 먼저 들어가고, 뒤따라서 병을 고치는 고약과 약초와 마력의 부적을 담은 귀중한 가방을 든 수련사가 들어갔다. 꼬리를 다리 사이로 숨긴 두 마리의 개는 머리조차 돌리지 않았다. 개들은 땅바닥으로 목을 길게 뽑고는 인간처럼 구슬프게 울었다.

랍비는 개가 우는 소리를 듣고 머리를 저었다. 내가 너무 늦게 왔구나, 하고 생각했지만 그런 말을 하지는 않았다.

랍비는 수도원장 옆에 무릎을 꿇고 앉아 몸을 수그리고는 그의 가슴에 손을 얹었다. 수도원장과 거의 입술이 닿을 정도였다.

「너무 늦었구나.」 그가 나지막이 말했다. 「내가 너무 늦게 왔어요……. 여러분, 명복을 비세요!」

울음을 터뜨리며 수도사들은, 관례에 따라 수도 생활을 한 기간을 따져서, 저마다 허리를 굽히고 시체에 입을 맞추어서, 하바꾹 신부는 눈에다, 나머지 수도사들은 수염과 위를 향한 손바닥에다, 그리고 수련사들은 발에다 입을 맞추었다. 그리고 그들 가운데 한 사람은 수도원장의 홀장을 빈 의자에서 집어 성스러운 유해 옆에다 놓았다.

늙은 랍비는 수도원장에게서 눈이 떨어지지 않아, 시체 옆에 무릎을 꿇고 앉아 찬찬히 쳐다보았다. 승리감에 찬 저 미소는 무엇인가? 감긴 두 눈 둘레의 신비한 광채가 지닌 의미는 또 무엇인가? 태양이, 지지 않는 태양이 그의 얼굴을 비추며 떠나지 않았다. 저 태양은 무엇인가?

그는 주위를 둘러보았다. 아직도 무릎을 꿇고 있던 수도사들은 돌아가신 분에게 경배했고, 요한은 수도원장의 발에다 입술을 댄 채로 흐느꼈다. 늙은 랍비는 질문이라도 하는 듯 이 수도사에게서 저 수도사에게로 시선을 옮겼고, 갑자기 그는 방의 뒤쪽 구석에서 가슴에 두 손을 엇갈려 얹고 말없이 꼼짝도 않고 선 마리아의 아들이 눈에 띄었다. 하지만 그의 얼굴에도 마찬가지로 차분하고 승리에 찬 미소가 가득했다.

「만군의 주님이신 아도나이여.」 겁에 질려 랍비가 나지막이 말했다. 「당신은 언제까지 내 마음을 유혹하시려고 그러시나이까? 내 마음으로 하여금 이제 이해하고, 결단을 내리도록 도와주소서!」

이튿날, 시커먼 태풍에 휩싸이고 핏빛으로 새빨갛고 성난 태양이 모래밭에서 불쑥 튀어나왔다. 사나운 동풍이 사막에서 일었고, 세상이 온통 캄캄해졌다. 수도원의 새까만 개 두 마리가 짖으려고 했지만, 그들은 입이 모래로 가득 차서 꼼짝도 못했다. 낙타들은 땅바닥에 찰싹 엎드려 눈을 감고 기다렸다.

쇠사슬로 줄줄이 연결된 수도사들은 넘어지지 않으려고 애를 쓰며 천천히 더듬거리면서 앞으로 나아갔다. 줄을 지어 서로 엉겨 붙어서, 바람에 날아가지 못하게 팔로 시신을 단단히 붙잡고 그들은 수도원장을 매장하려고 나아갔다. 사막이 바다처럼 솟았다가 무너지며 술렁거렸다.

「여호와의 숨결인 사막의 바람이죠.」 마리아의 아들에게로 온몸을 기대며 요한이 중얼거렸다. 「이렇게 바람이 불면 모든 푸른 잎사귀가 시들고, 모든 샘물이 마르고, 우리 입에는 모래가 가득 차요. 우린 거룩한 시신을 그냥 구덩이에 두기만 하면 되고, 그러면 모래가 파도처럼 밀려와서 덮어 버려요.」

그들이 수도원의 문턱을 넘어 지나가는 순간 붉은 수염의 대장장이가 망치를 어깨에 메고는 안개처럼 뿌연 모래의 소용돌이 속에서 시커멓고 엄청나게 큰 몸집을 드러내 잠깐 그들을 살펴보더니 모래 속에 휩싸여 곧 사라졌다. 제베대오의 아들은 먼지바람 한가운데서 음흉한 유령 같은 존재를 보았다. 겁에 질린 그는 옆사람의 팔을 움켜잡았다.

「그게 누구였죠?」 그가 나지막이 물었다. 「당신도 그 사람 봤죠?」

하지만 마리아의 아들은 대답을 하지 않았다. 하느님은 모든 일을 완벽하게 자신이 원하는 대로 이끌어 나간다고 그는 생각했다. 세상의 끝인 이곳 사막에서 유다와 내가 함께 있도록 해놓지 않았던가. 그렇다면, 주여, 당신의 뜻대로 하소서.

허리를 구부리고, 화끈거리는 모래에 발이 푹푹 빠지며 그들은 모두 함께 나아갔다. 그들은 옷자락으로 입과 콧구멍을 막으려고 했지만, 고운 모래는 벌써 목구멍을 넘어 폐로 내려갔다. 앞장을 선 하바꾹 신부를 갑자기 바람이 휘몰았다. 바람이 회오리를 일으켜 그를 쓰러뜨렸다. 구름 같은 모래에 시야가 막힌 수도사들은 그를 밟고 넘어갔다. 사막은 소리를 질렀고, 돌멩이들이 덜그럭거렸고, 늙은 하바꾹은 목쉰 소리로 외쳤지만 아무도 듣지 못했다.

왜 여호와의 숨결은 큰 바다에서 불어오는 서늘한 산들바람이면 안 되는가? 마리아의 아들은 생각했다. 그는 동반자에게 묻고 싶었지만, 입이 열리지 않았다. 왜 여호와의 바람은 사막의 말라버린 우물을 물로 채우지 못하는가? 왜 주님은 푸른 잎사귀를 사랑하고 사람들을 가엾게 여기지 못하는가? 아, 하느님께 가까이 가서 발밑에 엎드려, 재로 되돌아가기 전에 하느님께 인간의 고뇌와 흙이나 푸른 잎사귀의 고뇌를 제대로 얘기할 사람이 한 명이라도 나타난다면 얼마나 좋으랴!

유다는 수도사들이 작업실로 쓰라고 내준 외딴 방의 나지막한 문간에 꼼짝 않고 섰다. 허리가 부러져라고 웃어 대면서 그는 이리 비틀 저리 비틀 흔들리고, 가라앉아 사라졌다가 다음 순간에 다시 나타나는 장례 행렬을 지켜보았다. 그는 찾던 사람의 모습을 보았고, 검은 눈은 기쁨으로 번득였다. 「이스라엘의 하느님은 위대하도다.」 그는 나지막이 말했다. 「하느님은 만사를 멋지게 처리하신단 말씀이야. 반역자를 바로 내 칼끝으로 끌어다 놓았으니까.」

그는 유쾌하게 수염을 쓰다듬으며 안으로 들어갔다. 골방은 어두웠지만, 구석의 작은 아궁이 속에서는 불타는 석탄이 맹렬하게 광채를 내뿜었다. 반쯤은 성자이고 반쯤은 광인이며 엉덩이가 축 늘어진 수도사가 풀무를 손으로 잡고 불을 쑤셨다.

대장장이는 기분이 좋았다. 「이봐요, 여로보암 수도사님.」 그가 말했다. 「이것이 하느님의 바람이라는 건가요? 난 이런 바람이 좋아요, 아주 좋아요. 내가 하느님이라면 나도 저렇게 바람을 불어 대겠어요.」

수도사가 웃었다. 「난 전혀 바람이 불게 하고 싶지 않아요, 난 지쳤으니까요.」 그는 풀무를 놓고 이마와 목에서 땀을 씻었다. 유다가 그에게로 다가갔다.

「내 청을 하나 들어주시겠어요, 여로보암 수도사님?」 그가 물었다. 「어제 작고 검은 수염을 기르고, 당신처럼 반쯤 미친 젊은이가 이곳 수도원을 찾아왔어요. 맨발에, 머리에는 붉은 얼룩이 진 두건을 둘렀고요.」

「그 사람을 내가 제일 먼저 봤죠.」 으쓱한 기분으로 수도사가 말했다. 「하지만, 우리 대장장이 양반, 그 사람은 〈반쯤〉 미친 게 아니라 완전히 갔어요! 그 사람은 꿈을 꾸었는데 수도원장님더러 — 명복을 비나이다 — 그 꿈을 해석해 달라고 부탁하기 위해 나자렛에서 찾아왔노라고 말했어요.」

「좋아요, 그렇다면 내 말을 들으세요. 당신이 손님 접대의 책임자 아닙니까? 누가 오든지 간에 손님의 방을 마련하고, 잠자리를 준비하고, 식사를 시키는 사람은 당신이죠?」

「그야 물론 내가 맡은 일이죠! 아마도 다른 능력이 전혀 없어 보이니까, 날 손님 담당 책임자로 만들었나 봐요. 난 빨래와 청소를 하고, 손님들에게 식사를 시키죠.」

「좋습니다! 오늘 밤에는 그 사람 잠자리를 내 방에다 마련해 주세요. 난 혼자서는 잠을 못 자는데, 여로보암, 그걸 어떻게 설명해야 하나? 난 악몽을 꾸는데, 악마가 찾아와서 나를 유혹하고, 난 저주를 받아 지옥으로 떨어질까 봐 두려워요. 하지만 곁에서 누가 숨 쉰다는 걸 의식하기만 하면 마음이 차분해지죠. 어서 그렇게 해요. 그러면 수염을 다듬을 때 쓰라고, 양털 깎는 가위를 선물로 주겠어요. 그러면 수도사들의 머리도 깎아 주고, 낙타의 털을 깎아 주기도 하고⋯⋯. 당신더러 재주가 없다는 소리를 다시는 아무도 하지 않을 거예요. 내 말 들었어요?」

「가위 내봐요!」

대장장이는 자루를 뒤져 녹슨 커다란 가위를 꺼냈다. 수도사는 가위를 낚아채어, 환한 곳으로 가더니, 벌렸다 오므렸다 해보았다. 그는 한없이 감탄했다.

「주여, 당신은 위대하고, 당신이 하시는 일은 거룩합니다.」 완전히 얼이 빠져 그가 나지막한 목소리로 말했다.

「어때요?」 정신을 차리라고 격렬하게 흔들며 유다가 말했다.

「오늘 밤에 그 사람하고 같이 자게 해주겠어요.」 수도사는 대답하고는 가위를 움켜쥐고 나갔다.

다른 사람들은 이미 돌아왔다. 여호와의 바람이 그들을 휘몰아 땅바닥으로 쓰러뜨렸기 때문에 별로 멀리 가지 못했다. 그들은 움푹한 곳을 찾아내어 시체를 굴려 넣고는 기도를 드리라고 하바꾹 수도사를 불렀지만 어디에서도 그를 찾아내지 못했고, 나자렛의 늙은 랍비는 구덩이 위로 몸을 숙이고는 속이 비고 영혼이 없어진 육체를 향해 소리쳤다. 「흙에서 태어났으니 그대는 흙으로 돌아가시오. 당신 속에 살던 영혼은 빠져나갔고, 당신은 할 바를 다했으니 더 이상 필요하지 않습니다. 육체여, 그대 또한 할 바를 다했으니, 그대는 영혼과 더불어 세상으로 쫓겨 내려와 해와 달이 가는 동안 모래와 돌멩이를 밟으며 걸었고, 죄를 범했고, 고통을 느꼈고, 고향인 천국과 그 고향의 아버지인 하느님을 그리워했습니다. 육체여, 수도원장님은 더 이상 그대를 필요로 하지 않으니, 소멸할지어다!」

랍비가 이렇듯 말을 하는 사이에도 고운 모래가 한 켜 수도원장의 시체에 내리덮였고, 얼굴과 수염과 손이 가라앉으며 사라졌다. 구름 같은 먼지가 더 많이 일었고, 수도사들은 서둘러 물러났다. 양털을 깎는 가위를 낚아채고 손님 접대를 맡은 수도사가 대장장이와 헤어진 순간, 눈앞이 보이지 않고, 입술이 갈라지고, 겨드랑이에서 껍질이 벗겨진 수도사들은 그들이 돌아오는 길에 모래 속에 반쯤이나 파묻힌 채로 발견된 늙은 하바꾹을 짊어지고 수도원으로 들어왔다.

　늙은 랍비는 젖은 헝겊으로 눈과 입과 목을 문지르고는 수도원장의 빈 의자 앞에 쪼그리고 앉았다. 빗장을 지른 문을 통해 그는 세상을 말살시키고 말려 버리는 여호와의 숨소리를 들었다. 선지자들의 말이 이쪽 관자놀이에서 저쪽 관자놀이로, 그의 두뇌 속을 스치고 지나갔다. 이런 사나운 바람 속에서 그들은 하느님께 소리쳤고, 만군의 주님이 다가오면 그들은 틀림없이 이와 비슷하게 입술과 눈이 타오르는 기분을 느끼리라. 「그렇지! 하느님은 타오르는 바람, 번갯불의 섬광이라는 사실, 난 그걸 알아.」 그가 중얼거렸다. 「하느님은 꽃이 만발한 과수원이 아냐. 그리고 인간의 마음은 푸른 잎사귀여서 하느님은 그걸 줄기에서 비틀어 뜯어 버리고, 그러면 잎사귀는 시들어. 우리가 어떻게든 버티고, 하느님의 표정을 보다 다정하게 바꿔 놓으려면 우리는 어떻게 처신해야 하나? 만일 우리가 제물로 양을 바치면 하느님은 〈양은 필요 없다. 난 육신을 원하는 게 아니고, 내 굶주림은 찬송가 이외에는 무엇으로도 채우지 못한다〉고 소리를 지르지. 만일 우리가 입을 열어 찬송가를 부르려고 하면 하느님은 〈난 찬사는 필요 없어. 양의 살, 아들의 살, 외아들의 살만이 내 배고픔을 만족시키리라!〉고 소리를 지르고.」

늙은 랍비는 한숨을 지었다. 하느님 생각을 하면 그는 화가 나고 기운이 빠졌다. 그는 누울 만한 구석을 찾아보았다. 잠이 모자라서 지쳐 버린 수도사들은 잠자리에 들어 수도원장 꿈을 꾸려고 저마다 자신들의 방으로 흩어져 갔다. 수도원장의 영혼은 40일 동안 수도원에서 배회하고, 그들이 무엇을 하는지 보려고 방으로 들어오고, 그들에게 충고를 하거나 꾸짖을 터였다. 따라서 그들은 쉬기 위해서이기도 했지만 잠 속에서 죽은 수도원장을 만나기 위해 누웠다. 늙은 랍비는 머리를 돌려 주변을 둘러보았다. 아무도 눈에 띄지 않았다. 방에는 검은 개 두 마리 이외에는 텅 비어 있었다. 개들은 안으로 들어와서 판석 위에 엎드려 버림받은 의자를 처량하게 킁킁거리며 냄새를 맡았다. 바깥에서는 미친 듯한 바람이 안으로 들어오고 싶다며 문을 두드렸다.

 하지만 개들 옆에 누우려던 그는 구석에 꼼짝 않고 서서 그를 지켜보던 마리아의 아들을 발견했다. 그의 졸린 눈에서 잠이 순식간에 달아났다. 당황한 그는 일어나 앉아서 조카더러 가까이 오라고 머리를 끄덕였다. 젊은이는 오라고 청하기를 기다리기라도 한 듯한 태도였다. 쓰라린 미소를 짓고 입술을 파르르 떨며 그는 앞으로 나섰다.

「앉거라, 예수야.」 랍비가 말했다. 「너하고 얘기를 나누고 싶구나.」

「말씀하세요.」 젊은이는 그의 앞에 무릎을 꿇고 앉았다. 「나도 하고 싶은 얘기가 있어요, 시므온 삼촌.」

「넌 여기서 무얼 찾겠다는 생각이지? 네 어머니는 널 찾으려고 탄식하며 이 마을 저 마을로 찾아다니는데 말이야.」

「어머니는 날 찾으시고, 난 하느님을 찾아요. 우린 다시는 만나지 못합니다.」 젊은이가 대답했다.

「매정하구나. 넌 아버지와 어머니를 인간답게 사랑한 적이 없어.」

「그러니 더 좋죠. 내 마음은 숯불처럼 타오릅니다. 누구라도 손을 대면 델 정도로 타올라요.」

「너 왜 이러냐? 어쩌면 그런 말을 하지? 네 마음속에서 부족한 게 뭐냐?」 마리아의 아들을 더 자세히 살펴보려고 머리를 앞으로 내밀면서 랍비가 말했다. 젊은이의 눈에서는 눈물이 넘쳐흘렀다. 「숨겨진 고통이 너를 집어삼키고 있구나. 나한테 고백하고, 마음을 풀도록 해라. 마음속 깊은 곳에 숨은 어떤 고통이……」

「한 가지 고통이라고 생각하시나요?」 젊은이가 말을 가로막았다. 씁쓸한 미소가 그의 얼굴 전체로 번졌다. 「하나가 아니라, 여러 가지 고통이죠!」

젊은이의 가슴을 찢는 듯한 갑작스러운 감정 폭발에 랍비는 겁이 났다. 랍비는 용기를 주려고 젊은이의 무릎에다 손을 얹었다. 「얘야, 어서 얘기를 하거라.」 랍비가 부드럽게 말했다. 「고뇌는 뱃속에서 쏟아 내어 빛을 보게 해야지. 고뇌는 어둠 속에서는 마구 자라지만, 빛을 보면 죽어 버리니까. 부끄러워하거나 두려워하지 말고, 얘기를 해!」

하지만 마리아의 아들은 어떻게 말문을 열고 무슨 얘기를 해야 할지, 무엇은 마음속 깊이 간직해 두고, 마음이 홀가분해지기 위해 무엇은 고백해야 할지 전혀 알 길이 없었다. 하느님과 막달라의 여인과 일곱 가지 죄와 십자가와 십자가에 매달린 사람들 모두가 그의 머릿속을 스치며 뱃속을 도려내는 듯싶었다.

랍비는 말없이 애원하는 표정으로 젊은이를 쳐다보고는 무릎을 토닥거렸다.

「얘야, 못하겠니?」 나지막하고 부드러운 목소리로 마침내 랍비가 말했다. 「못하겠어?」

「그래요, 시므온 삼촌, 말을 못하겠어요.」

「많은 유혹이 너를 따라다니며 괴롭히니?」 이제는 더욱 부드럽고 다정한 목소리로 랍비가 물었다.

「많아요.」 공포감에 사로잡혀 젊은이가 대답했다. 「유혹이 많아요.」

「얘야, 나도 젊었을 때는 많이 괴로워했단다.」 한숨을 지으며 랍비가 말했다. 「하느님은 너에게 그러듯이 나를 괴롭히며 시험했고, 하느님은 내가 견디어 내려는지, 그리고 얼마 동안 버틸지 알고 싶어 했어. 내게도 유혹은 많았어. 나는 어떤 유혹, 야수적인 얼굴을 한 유혹은 두려워하지 않았지만, 다른 유혹, 길들인 유혹, 감미로움이 넘치는 그런 유혹은 무서워했고, 너도 알다시피 나는 네가 그랬듯이 마음의 여유를 갖기 위해 이곳 수도원으로 찾아왔단다. 하지만 하느님은 추적을 멈추지 않았고, 하느님이 나를 붙잡은 건 이곳, 바로 이곳에서였어. 하느님은 여자 같은 옷차림으로 유혹을 보냈지. 슬픈 일이지만, 나는 그 유혹 앞에서 쓰러졌고, 그 후로는, 아마도 하느님이 원하는 바가 그러했는지도 모르고, 어쩌면 그런 이유에서 하느님이 나를 괴롭혔는지는 모르겠지만, 그 후로는 내 마음이 고요해졌고, 하느님 역시 조용해져서 우린 타협했고, 이젠 우리는 친구란다. 마찬가지로, 얘야, 너도 하느님과 화해하거라. 그러면 병이 나을 거야.」

마리아의 아들은 머리를 저었다. 「나는 그렇게 간단히 치료되리라고는 생각지 않아요.」 그가 중얼거렸다. 그가 침묵을 지켰고 옆에서 랍비도 침묵을 지켰다. 두 사람 다 숨을 몰아쉬었다.

「어디서부터 얘기를 시작해야 할지 모르겠어요.」 몸을 일으키려고 하면서 젊은이가 말했다. 「난 너무 수치스러워서 절대로 애기를 꺼내지 못하겠어요!」

하지만 랍비는 젊은이의 무릎을 꽉 잡고 놓아주지 않았다. 「일어나지 마라.」 랍비가 명령했다. 「가지 마. 수치심 또한 유혹이란다. 그것을 정복하고, 머물러야 해! 내가 너한테 몇 가지 묻겠는데, 내가 질문을 하면 너는 참을성 있게 대답해야 해. ……너는 왜 수도원으로 왔지?」

「나 자신을 스스로 구원하려고요.」

「너 자신을 구원한다고? 무엇으로부터? 누구로부터?」

「하느님으로부터요.」

「하느님으로부터라고!」 혼란을 느끼며 랍비가 소리쳤다.

「하느님은 나를 쫓아다니며 손톱으로 내 머리와 가슴과 사타구니를 후벼 팝니다. 하느님은 나를 밀어서……」

「어디서?」

「절벽에서요.」

「어느 절벽?」

「하느님의 절벽요. 하느님은 나더러 일어나서 말을 하라고 합니다. 하지만 내가 무슨 말을 하겠어요? 〈할 말이 하나도 없으니까, 나를 그냥 내버려 두세요!〉 내가 소리를 질렀지만 하느님은 싫다고 그랬어요. 〈아하! 그럼 싫다 이건가요?〉 난 그에게 말했어요. 〈그렇다면 좋아요, 이제 제가 보여 드리겠어요. 전 당신으로 하여금 저를 혐오하게 만들겠어요. 그러면 당신은 저를 그냥 내버려 두시겠죠……〉 그래서 난 생각이 나는 대로 모든 죄를 범했어요.」

「생각나는 모든 죄를 범했다고?」 랍비가 소리쳤다.

하지만 젊은이는 듣지 못했다. 젊은이는 분노와 고통에 휘말려 제정신이 아니었다.

「왜 하느님이 나를 선택해야만 하나요? 그는 내 마음을 벗겨 보지 않나요? 모든 뱀들이, 모든 죄악이 서로 뒤엉켜 내 마음속에서 헛소리를 내고, 헛소리를 내며 춤을 추는데 말이에요. 그리고 무엇보다도······.」

말이 목구멍에 걸려 나오지 않았다. 그는 멈추었다. 머리카락의 뿌리들마다 땀이 솟아 나왔다.

「무엇보다도?」 랍비가 나지막이 되풀이했다.

「막달라의 여인요!」 머리를 들며 예수가 말했다.

「막달라의 여인이라고?」

랍비의 얼굴이 파랗게 질렸다.

「그녀가 그런 길을 가게 한 사람은 나, 내 잘못입니다. 네, 고백하겠는데, 내가 아직 어린아이였을 때, 육체의 쾌락으로 그녀를 이끌고 갔습니다. 끔찍한 얘기를 듣고 싶으시면, 랍비님, 어디 들어 보세요. 그건 내가 세 살쯤 되었을 때의 일이었어요. 나는 아무도 없을 때 삼촌네 집으로 몰래 숨어 들어갔어요. 나는 그녀의 손을 잡고, 우린 옷을 벗고 땅바닥에 누워 맨발로 발바닥을 서로 맞대곤 했어요. 그 기쁨은, 죄악의 기쁨은 너무나 컸답니다! 그때부터 그녀는 길을 잃었고, 길을 잃고 보니까 그녀는 남자가, 남자들이 없이는 더 이상 못 살게 되었어요.」

예수는 늙은 랍비를 쳐다보았지만, 노인은 두 무릎 사이에다 머리를 처박고는 말이 없었다.

「그건 다 내 탓, 내 탓이에요!」 가슴을 치며 마리아의 아들이 소리를 질렀다. 「그리고 그게 전부가 아니랍니다!」 그는 잠깐 입을 다물었다가 말을 이었다. 「어렸을 때부터, 랍비님, 나는 마음속 깊은 곳에 간음의 악마뿐 아니라 교만의 악마도 간직했었어요. 아주 어려서 잘 걷지도 못할 때에도, 나는 쓰러지지 않도록 몸을 지탱하려고 벽에 매달려 따라가면서, 그때도 마음속으로 〈하느님, 저를 하느님이 되게 하소서! 하느님, 저를 하느님이 되게 하소서! 하느님, 저를 하느님이 되게 하소서!〉라고 외쳤으니, 아, 그 교만함! 그 교만함! 그리고 어느 날 내가 커다란 포도송이를 하나 들고 있는데 집시 여자가 지나게 되었어요. 여자는 나한테로 와서 쪼그려 앉았더니 내 손을 잡았어요. 〈그 포도 나 주렴.〉 여자가 말했어요. 〈그러면 내가 네 운명을 점쳐 줄 테니까.〉 난 포도를 여자한테 주었죠. 그녀는 몸을 숙이고는 내 손바닥을 봤어요. 〈이런, 이런!〉 여자가 외쳤어요. 〈십자가들이, 십자가와 별이 보이는구나.〉 그러더니 웃더군요. 〈넌 유대인들의 왕이 되겠어!〉 이렇게 말하고 여자는 가버렸어요. 하지만 난 그 말을 믿고 잘난 체했으며, 그 이후로 줄곧, 시므온 삼촌, 난 내 정신이 아니었어요. 내가 이런 얘기를 한 사람은 시므온 삼촌이 처음이고, 여태까지 난 누구에게도 그걸 고백하지 않았어요. 그날 이후로 난 제정신이 아니었어요.」

그는 잠깐 동안 침묵을 지키더니 「나는 마왕(魔王)이에요!」라고 소리를 질렀다. 「나요! 나 말이에요!」

랍비는 두 무릎 사이에서 머리를 빼더니 젊은이의 입을 손으로 틀어막았다.

「조용히 하거라!」 그가 명령했다.

「아니에요, 난 조용히 하지 않겠어요!」 잔뜩 흥분한 젊은이가 말했다. 「이제는 얘기를 꺼냈으니까, 너무 늦은 거예요. 난 입을 다물지 않겠습니다! 나는 거짓말쟁이이고, 나는 위선자이고, 나는 내 그림자도 무서워하는 겁쟁이이고, 난 진실을 얘기한 적이 없고, 난 용기가 없어요. 여자가 지나가면 난 낯을 붉히고 머리를 떨구지만, 눈에는 욕정이 가득해집니다. 나는 약탈하거나, 해치거나, 죽이기 위해서 손을 든 적이 한 번도 없는데, 그것은 그러고 싶지 않기 때문이 아니라 두렵기 때문이죠. 나는 어머니와 백부장과 하느님께 반항하고 싶지만, 두려워요. 두려워요! 두렵다고요! 만일 내 마음속을 들여다보시면 두려움, 배 속에 들어앉아 바들바들 떠는 토끼 — 두려움 이외에는 아무것도 보이지 않을 거예요. 아버지와 어머니와 하느님에 대한 두려움요.」

늙은 랍비는 젊은이의 마음을 진정시키려고 두 손을 잡아 주었다. 하지만 예수의 몸은 발작적으로 경련을 일으키듯 떨렸다.

「애야, 무서워하지 마라.」 예수를 안심시키려고 랍비가 말했다. 「우리 마음속에 악마가 많을수록, 천사가 생겨날 가능성은 그만큼 더 커진단다. 〈천사〉란 회개하는 악마에게 우리가 붙여 주는 이름이지. 그러니까 믿음을 가져야 해······. 하지만 난 너한테 꼭 한 가지만 더 묻고 싶은데, 예수야, 너 여자하고 같이 자보았느냐?」

「아뇨.」 젊은이가 나지막이 대답했다.

「그럼, 그러고 싶은 생각도 없고?」

젊은이는 낯을 붉히고 한마디도 입 밖에 꺼내지 않았지만, 관자놀이에서는 피가 사납게 고동쳤다.

「그러고 싶으냐?」 노인이 다시 물었다.

「그래요.」 랍비가 잘 듣지도 못할 만큼 작은 목소리로 젊은이가 대답했다.

하지만 갑자기 그는 방금 잠에서 깨어난 듯 흠칫하더니 소리쳤다.

「아니에요, 싫어요, 싫어요!」

「왜 싫으냐?」 젊은이의 고통에 대한 다른 치료 방법을 찾아낼 길이 없었던 랍비가 물었다. 그는 자신의 경험을 통해서, 그리고 악마에게 사로잡혀 저주를 퍼붓고 입에는 거품을 물고 세상이 너무 좁다고 소리를 지르며 그에게 찾아왔던 수많은 사람들을 봐서 잘 아는 사실이지만, 그런 사람들도 결혼만 하면 갑자기 세상이 너무 비좁다는 소리는 쑥 들어가고, 아이들을 낳고, 마음이 진정되었다.

「난 그것으로는 모자라요.」 젊은이가 꿋꿋한 목소리로 말했다. 「난 보다 큰 무엇이 필요해요.」

「너한테는 모자란다고?」 랍비가 놀라서 소리쳤다. 「그래, 그렇다면 네가 원하는 건 뭐지?」

걸음걸이가 당당하고, 엉덩이가 높이 올라간 막달라의 여인이, 젖가슴을 드러내고, 눈과 입술과 뺨에는 짙은 화장을 한 모습으로 그의 머릿속을 스쳐 지나갔다. 그녀가 웃으니까 이빨이 햇빛을 받아 반짝였지만, 몸을 씰룩이며 그 앞에서 오락가락하는 사이에 그녀의 몸뚱어리가 달라지고 여러 개로 늘어났으며, 마리아의 아들이 보니 이제는 호수가, 틀림없이 겐네사렛으로 보이는 호수가 나타났고, 그 둘레에는 수천 명의 남자들과 여자들이, 막달라의 여인 수천 명이, 행복하고 의기양양한 얼굴로 돌아다녔고, 햇빛이 비치자 그들은 반짝거렸다. 하지만 그것은 아니다, 햇빛이 아니라 그 자신, 나자렛의 예수였으며, 그는 그들의 얼굴을 굽어보아 그 얼굴에 찬란함이 넘치게 했다. 기쁨, 욕망, 구원, 어느 것 때문인지는 몰라도, 그의 눈에 보이는 만물은 찬란함뿐이었다.

「무슨 생각을 하지?」 랍비가 물었다. 「왜 내 말에 대답이 없느냐?」

젊은이가 불쑥 물었다. 「꿈을 믿으시나요, 시므온 삼촌? 난 믿는데, 난 다른 건 하나도 안 믿지만 꿈은 믿어요. 어느 날 밤 나는 눈에 보이지 않는 적들이 나를 죽은 실편백나무에다 묶어 놓는 꿈을 꾸었어요. 내 몸에는 머리에서 발끝까지, 기다랗고 빨간 화살이 꽂혔고, 피가 흘렀어요. 내 머리에다 그들은 가시 면류관을 씌웠고, 가시와 뒤엉켜 불타는 듯한 글자로 〈신성 모독의 성자〉라고 써놓았어요. 나는 신성 모독을 한 자예요, 시므온 랍비님. 그러니까 내가 신성 모독하는 말을 꺼내지 않도록, 나한테 다른 얘기는 묻지 않으셨으면 좋겠어요.」

「어서 해봐라, 애야. 얘기를 해봐.」 다시 그의 손을 잡으며 랍비가 차분하게 말했다. 「신성 모독을 하고 기분을 풀어 봐.」

「내 마음속에서는 악마가 이렇게 소리쳐요. 〈너는 목수의 아들이 아니고, 너는 다윗 왕의 아들이니라! 너는 인간이 아니고, 다니엘이 예언했던 바로 그 사람의 아들이니라. 그뿐 아니라, 너는 하느님의 아들이다! 또 그뿐 아니라, 너는 신이다!〉」

랍비는 머리를 숙이고 귀를 기울였으며, 노쇠한 몸이 전율로 떨렸다. 젊은이의 꽉 다문 입에서는 거품이 번져 나왔고, 혀는 입천장에 달라붙었고, 그는 더 이상 말을 할 수가 없었다. 하지만 그에게 또 무슨 할 말이 남았겠는가? 그는 이미 모든 말을 다 했고, 가슴속을 다 털어 내어 텅 빈 듯한 기분을 느꼈다. 랍비의 손아귀에서 손을 빼내고 그는 몸을 일으켰다. 그러더니 노인에게로 돌아섰다.

「또 물어보시고 싶은 얘기가 남았나요?」 젊은이가 비꼬는 말투로 물었다.

「아니.」 모든 힘이 몸에서 땅속으로 흘러 들어가 소멸하는 기분을 느끼며 노인이 대답했다. 지금까지 살아오면서 그는 사람들의 입에서 수많은 악마를 뽑아 버렸다. 악마에게 홀려 세상의 끝에서 찾아온 사람들도 고쳐 주었다. 하지만 그들이 지닌 악마는 작고 간단해서 목욕, 분노, 질병 따위의 악마들에 지나지 않았다. 하지만 이제는……. 어떻게 그가 이런 악마와 씨름을 벌인단 말인가?

바깥에서는 여호와의 바람이 아직도 안으로 들어오려고 애를 쓰며 문을 두드렸다. 다른 소리는 들리지도 않았다. 땅에는 자칼 한 마리, 하늘에는 까마귀 한 마리도 없었다. 모든 생명체는 두려워서 몸을 웅숭그리며 주님의 분노가 가라앉기만을 기다렸다.

제11장

 마리아의 아들은 벽에 몸을 기대고 눈을 감았다. 그는 입 안이, 독이라도 삼킨 듯 입 안이 쓰라렸다. 다시금 두 무릎 사이에 머리를 처박은 랍비는 지옥과 악마와 인간의 마음에 관해서 명상했다……. 그렇다, 악마들이 우글거린다는 지옥이란 땅 밑 굉장히 깊은 곳이 아니라, 인간의 마음속에, 가장 덕망이 높은 사람들, 가장 의로운 사람들의 마음속에 존재한다. 하느님은 끝없이 깊은 혼돈이요, 인간도 혼돈이다. 그래서 늙은 랍비는 감히 마음을 열어 속에 무엇이 들었는지 볼 용기가 나지 않았다.
 그들은 얼마 동안 얘기를 주고받지 않았다. 깊은 침묵……. 두 마리의 검은 개까지도 잠이 들었는데, 아마도 돌아가신 수도원장을 위해 통곡하다가 지친 모양이었다. 갑자기 마당에서 감미롭고 뚜렷하게 쉭쉭거리는 소리가 들려왔다. 반쯤 미친 여로보암이 제일 먼저 그 소리를 듣고 벌떡 몸을 일으켰다. 여호와의 바람에 뒤이어 마당에서는 항상 이렇게 감미로운 쉭쉭 소리가 들려왔고, 수도사는 이 소리가 그의 귀에 들리기만 하면 당장 신이 나서 뛰어다녔다. 해가 넘어가고 있었지만 마당은 아직 환했으며, 물이 말라 버린 우물 옆의 판석 위에서 검정 바탕에 노란 무늬가 박힌 커다란 뱀이 부풀어 오른 목을 들고는 혀를 날름거리며 쉭쉭 소리를 내는 것이 수도사의 눈에 띄었다. 여로보암은 뱀의 목구멍에서 나는 소리만큼 유혹적인 피리 소리를 한 번도 들어 본 적이 없었다. 수도사까지도 꿈에서 여자를 만나는 여름철이면, 가끔 여자가 이런 모습으로, 그의 이부자리 위로 미끄러져 혀를 그의 귓속에다 넣고 쉭쉭거리는 뱀의 모습으로 나타났다······.

오늘 밤 여로보암은 또다시 그의 방에서 달려 나왔고, 지금 그는 숨을 죽이고 흥분한 뱀에게로 다가갔다. 뱀은 소리를 냈다. 그도 뱀을 쳐다보며 마주 소리를 냈다. 뱀의 따스함이 몸으로 스며드는 기분을 느꼈다. 그러자 조금씩 조금씩 다른 뱀들이 말라붙은 우물이나 모래나 선인장 뒤에서 나타났는데, 대가리가 파란 뱀도 나타나고, 뿔이 두 개 달린 초록빛 뱀도 조금씩 조금씩 나타나고, 노랗거나 알록달록하거나 검은 뱀들도 나타났다······. 물처럼 재빨리 그들은 앞으로 미끄러져 나오더니 유혹하던 첫 번째 뱀과 어울렸고, 그들은 모두 하나로 뭉쳐서 서로 비비대고 핥아 주었는데, 마당 한가운데에서 포도처럼 엉킨 뱀의 뭉치를 보고 여로보암은 입을 벌린 채 침을 질질 흘렸다. 이것이 성교의 모습이라고 그는 생각했다. 남자와 여자는 이런 식으로 교미하고, 그래서 하느님은 우리를 낙원에서 추방했다······. 등이 굽고, 입맞춤을 한 적이 없는 그의 몸뚱어리는 뱀들의 움직임에 박자를 맞추듯 앞뒤로 흔들렸다.

랍비는 유혹적인 소리를 들었고, 머리를 들고 귀를 기울였다. 하느님의 사나운 바람이 불고, 바로 그 한가운데서 뱀들이 교미를 하는구나, 그는 생각했다. 주님은 헉헉 숨을 내뿜어 세상을 불태워 잿더미로 만들려고 하는데, 뱀들은 밖으로 나와서 교미를 한다! 잠깐 동안 노인의 마음은 유혹에 굴복하고 방황했다. 하지만 갑자기 그는 몸을 부르르 떨었다. 모든 일은 하느님이 이룬 것이요, 모든 것은 두 가지 의미를 지녀서 한 가지 이유는 명백하고, 한 가지 의미는 숨겨 두었다고 그는 생각했다. 사람들은 〈이것은 뱀이다〉라고 말하고는 그 이상 더 생각하지도 않지만, 하느님 속에서 살아가는 마음은 눈에 보이는 양상 너머로, 그 뒤에 숨은 뜻을 본다. 마리아의 아들이 고백한 직후에, 하필이면 오늘 방문 앞에서 기어 나와 바로 그 순간에 쉭쉭거리기 시작한 뱀들은 틀림없이 깊고도 은폐된 의미를 지녔으리라. 하지만 숨겨진 의미는 무엇일까?

머리가 지끈거리자 그는 땅바닥에서 몸을 동그랗게 움츠렸다. 숨겨진 의미는 무엇일까? 햇볕에 그을린 그의 얼굴로 식은땀이 흘러내렸다. 가끔 그는 옆에 있는 창백한 젊은이를 곁눈질해 보았으며, 눈을 감고 입은 벌린 채 가끔 바깥에서 뱀들이 내는 소리에 열심히 귀를 기울였다. 그 의미는 무엇이었을까?

수도사가 되려고 그가 찾아왔을 때 이 수도원의 원장이었으며, 전에 그의 스승이었고, 악령을 쫓는 위대한 인물이었던 요사밧에게서 그는 새들의 언어를 배웠다. 그는 참새와 비둘기와 독수리의 말을 해석할 줄 알았다. 요사밧은 뱀의 언어도 그에게 가르쳐 주마고 약속했지만, 비밀을 혼자 간직한 채 죽고 말았다. 뱀들은 오늘 밤 틀림없이 무슨 말을 전하려고 왔지만 그 말이 무엇일까?

그는 머릿속이 지끈거려서 다시 몸을 굴려 일으키고는 두 손으로 머리를 눌렀다. 그는 상당히 한참 동안 몸부림을 치고 한숨을 지었으며, 하얗고 검은 번갯불들이 머리를 쪼개는 기분이었다. 「그 의미는 무엇일까? 전하려는 말은 무엇일까?」 갑자기 그는 소리를 질렀다. 그는 땅바닥에서 일어나 수도원장의 홀장을 잡고, 그 지팡이에다 몸을 기대었다.

「예수야.」 그는 나지막한 목소리로 말했다. 「너는 마음이 무엇을 느끼느냐?」

하지만 젊은이는 그의 말을 듣지 못했다. 그는 말로 형언하기 어려운 환희에 빠져 들었다. 오늘 밤, 그토록 많은 세월이 지나고 난 오늘 밤, 고백하고 마음을 털어놓기로 결심한 이 밤에, 그는 처음으로 그의 어두운 마음속을 들여다보고, 그의 몸속에서 쉭쉭거리는 뱀들을 한 마리씩 저마다 식별할 수 있었다. 그는 뱀들에게 이름을 붙였고, 그러는 사이에 뱀들은 그의 배 속에서 바깥으로 미끄러져 나와 그를 해방시켜 주는 듯싶었다.

「예수야, 너는 마음이 무엇을 느끼느냐?」 노인이 다시 물었다. 「마음이 풀렸느냐?」 그는 몸을 숙여 예수의 손을 잡았다. 「이리 오너라.」 그는 부드럽게 말하고는 손가락을 입술에 갖다 대었다.

노인은 문을 열었다. 그는 예수의 손을 잡았고, 그들은 문턱을 넘어섰다. 서로 찰싹 달라붙은 오만한 뱀들은 꼬리만 땅에 대고는 불처럼 회오리를 치는 모래 한가운데서 일어나 하느님의 바람에 완전히 몸을 맡기고는 한 줄로 춤을 추었다. 그러다 가끔 몸이 뻣뻣해지더니, 마침내 기운이 빠져 더 이상 꼼짝도 하지 않았다.

마리아의 아들은 뱀을 보자 뒷걸음질을 쳤지만, 랍비는 손을 꼭 쥐어 주고는 홀장을 내밀어 엉겨 붙은 뱀들의 가장자리를 건드렸다.

「자, 봐라.」 젊은이를 쳐다보고 미소를 지으며 그가 부드럽게 말했다. 「도망친 뱀들이란다.」

「도망쳐요?」 영문을 몰라서 젊은이가 물었다. 「어디서 도망을 쳐요?」

「너는 마음이 가벼워졌다고는 느끼지를 않느냐? 저 뱀들은 네 마음으로부터 도망쳐 나왔단다.」

마리아의 아들은 휘둥그레진 눈으로 먼저 그를 쳐다보며 미소 짓는 랍비를, 그러고는 모두 한 덩어리를 이룬 채 지금은 물이 말라 버린 우물을 향해 춤을 추며 옮겨 가는 뱀들을 물끄러미 쳐다보았다. 손을 가슴에 얹어 보니 심장이 흥분해서 빨리 뛰었다.

「안으로 들어가자.」 다시 젊은이의 손을 잡으며 랍비가 말했다. 그들이 안으로 들어갔고, 랍비가 문을 닫았다.

「하느님께 영광을.」 랍비는 감정이 격해져서 소리쳤다. 마리아의 아들을 쳐다보고는 이상하게 착잡한 기분이 들었다.

이것은 기적이로다, 그는 속으로 생각했다. 내 앞에 선 청년의 삶은 기적으로만 이루어졌다······. 순간적으로 그는 예수의 머리 위로 두 손을 들고 축복을 내리고 싶었으며 다음 순간에는 허리를 굽혀 그의 발에다 입을 맞추고 싶었다. 하지만 그는 참았다. 지금까지 하느님은 그를 속이고 또 속이지 않았던가? 산이나 사막에서 최근에 나타난 선지자들의 얘기를 듣고 〈이 사람이 메시아로다〉라고 그가 말했던 적이 얼마나 많았던가? 하지만 그럴 때마다 하느님은 그를 속였고, 당장에라도 만발하려던 랍비의 마음은 항상 꽃도 없이 헐벗은 그루터기로 남을 따름이었다. 그래서 그는 자제했다······. 나는 우선 그를 시험해 봐야겠어, 그는 생각했다. 저 뱀들은 그를 집어삼키던 놈들이었다. 뱀들은 도망쳤고, 그는 깨끗해졌다. 그는 이제 일어설 능력이 생겼다. 그는 사람들에게 얘기를 할 터이고, 그러면 알게 되리라.

문이 열리더니 두 손님의 초라한 저녁 식사로 보리빵과 올리브와 우유를 가지고 손님 접대를 맡은 여로보암이 들어왔다. 그는 예수에게로 돌아섰다. 「당신 잠자리는 같이 지낼 사람이 있으면 좋을 듯싶어서 오늘 밤 다른 방에다 마련해 놓았어요.」

하지만 마음이 머나먼 곳에서 헤매던 두 손님은 그의 말이 들리지 않았다. 우물 밑바닥에서 뱀들의 소리가 다시 들려왔다. 그들은 쉭쉭, 쉭쉭거리고, 숨이 차서 헐떡였다.

「짝들을 짓는군요.」 킬킬거리며 수도사가 말했다. 「하느님의 바람이 부는데, 병에나 걸려 죽어야 마땅한 저놈들! 저 뱀들은 겁도 안 내고, 짝을 맺어요!」

수도사는 노인을 보고 눈을 찡긋했지만, 랍비는 빵을 우유에 담가 적셔서 씹어 먹기 시작했다. 랍비는 마리아의 아들에게 얘기할 힘을 얻고 싶었으며, 빵과 올리브와 우유를 지성으로 바꾸고 싶었다. 몽땅한 꼽추는 두 사람을 번갈아 멍하니 쳐다보고는 따분해져서 밖으로 나갔다.

두 사람은 책상다리를 하고 마주 앉아 말없이 식사를 했다. 방 안이 어둑어둑해졌다. 동글 의자들과 수도원장의 의자와 「다니엘」서가 그대로 펼쳐진 성서대가 어둠 속에서 희미하게 빛났다. 방 안의 공기에서는 감미로운 향냄새가 났다. 바깥에서는 바람이 잠잠해졌다.

「바람이 자는구나.」 랍비가 불쑥 말했다. 「하느님이 왔다가 가셨어.」

젊은이는 대답을 하지 않았다. 그들은 갔어, 그들은 갔어, 뱀들은 내 마음에서 떠났어, 그는 생각했다. 어쩌면 하느님이 원하신 바가 그것이었는지도 모르고, 어쩌면 그렇기 때문에, 마음의 병을 고치라고 하느님은 나를 사막으로 데리고 오셨는지도 모른다. 하느님이 바람을 불었고, 뱀들이 그 소리를 듣고는 내 마음에서 나와 도망쳤다. 하느님께 영광을!

식사를 끝낸 랍비는 두 손을 들어 하느님께 감사를 드렸다. 그러더니 젊은이에게로 시선을 돌렸다.

「예수야, 네 마음은 어디로 갔느냐? 나는 나자렛의 랍비인데,

너는 내 말이 들리느냐?」

「들려요, 시므온 삼촌.」 깊은 혼몽 속에 빠졌다가 깜짝 놀라 깨어나며 젊은이가 말했다.

「때가 왔구나, 얘야. 너는 준비가 되었느냐?」

「준비요? 무슨 준비 말인가요?」 벌벌 떨면서 예수가 말했다.

「잘 알 텐데, 왜 나한테 묻지? 일어서서 얘기를 할 준비가 되었느냐고?」

「누구에게요?」

「인류에게 말이다.」

「무슨 말을 해요?」

「그런 걱정은 마라. 네가 입을 열기만 하면, 하느님은 더 이상 너에게서 바랄 것이 없을 테니까. 너는 인류를 사랑하느냐?」

「모르겠습니다. 난 사람들을 보면 불쌍하다는 생각이 드는데, 그것이 전부예요.」

「그만하면 충분하구나, 얘야, 그만하면 충분하다. 일어서서 그들에게 얘기를 해라. 그러면 너의 슬픔은 많아지겠지만, 그들의 슬픔은 사라진다. 아마도 그렇기 때문에 하느님이 너를 이 세상으로 보냈는지도 모른다. 두고 보면 알겠지!」

「아마도 그렇기 때문에 하느님이 나를 이 세상으로 보냈는지도 모르겠다고요?」 젊은이가 되풀이해서 말했다. 「그걸 어떻게 아시나요, 랍비님?」 젊은이의 영혼은 몸을 떠나 갈고리에 걸린 채 대답을 기다렸다.

「난 모른다. 아무도 나한테 그런 말을 하지는 않았지만, 그래도 그럴 가능성은 충분하니까. 난 계시를 보았어. 언젠가 네가 어렸을 때, 넌 찰흙을 가지고 새의 모습을 만들었단다. 네가 그것을 어루만지며 찰흙에게 말하는 모습을 보면서 난 찰흙으로 만든 새한테서 날개가 돋아 네 손으로부터 날아가 버릴 듯한 기분을 느꼈어. 애야, 예수야, 어쩌면 그 찰흙 새는 인간의 영혼, 네 손에 의지하는 인간의 영혼이었는지도 몰라.」

젊은이는 몸을 일으켜 조심스럽게 문을 열었다. 이제는 드디어 뱀들이 완전히 조용해졌다. 기분이 좋아져서 그는 늙은 랍비에게로 돌아섰다.

「저에게 축복을 내려 주시고, 랍비님, 다른 말은 한마디도 하지 마세요. 그만하면 상당히 많은 얘기를 하셨고, 난 더 이상 얘기를 듣고 싶지 않아요.」

그리고 잠깐 침묵을 지킨 다음 입을 열었다. 「난 피곤합니다, 시므온 삼촌. 자러 가겠어요. 때로는 하느님이 밤중에 찾아오셔서 낮에 벌어졌던 일을 설명하시죠……. 편히 주무세요, 시므온 삼촌.」

손님 접대 담당이 문밖에서 젊은이를 기다렸다.

「갑시다.」 그가 말했다. 「내가 잠자리를 마련한 곳으로 안내할 테니까요. 젊은이, 당신 이름은 뭐라고 하나요?」

「목수의 아들입니다.」

「내 이름은 여로보암이죠. 날더러 머리가 돈 수도사라고 부르기도 하고, 꼽추라고도 그래요. 알 게 뭐예요! 난 열심히 일이나 하고, 하느님이 내려 주신 말라빠진 껍질이나 씹어 먹고 살아가죠.」

「말라빠진 껍질이라뇨?」

꼽추가 웃었다. 「그것도 몰라요, 이런 멍청이 같으니라고? 내 영혼 말이에요! 안녕히 주무세요, 단꿈 꾸세요. 이렇게 인사를 하고 하루 일을 다 끝내고 나면 죽음의 신이 나타나서 나를 씹어 먹기 시작해요!」

꼽추는 걸음을 멈추더니 작고 나지막한 문을 열었다.

「들어가요.」 그가 말했다. 「자, 뒤쪽 구석 왼쪽, 거기가 당신 잠자리예요!」 킬킬거리면서 그는 문으로 젊은이를 밀어 넣었다. 「잘 자요, 우리 착한 젊은이, 즐거운 꿈도 꾸고요. 어쨌든 틀림없이 꿈에서 여자들을 만날 테니 걱정 말아요. 수도원 주변의 허공에는 여자들이 떠다니니까요.」

허리가 부러져라고 웃으면서 꼽추는 문을 요란하게 쾅 닫았다.

마리아의 아들은 움직이지 않았다. 어둠……. 처음에는 아무것도 분간할 수가 없었지만, 조금씩 조금씩 반쯤 투명하고 하얀 칠을 한 벽이 아주 서서히 드러나기 시작했고, 벽감(壁龕)에서는 물병이 반짝거렸고, 그리고 구석에서 번득이는 두 눈이 그를 뚫어져라고 노려보았다.

그는 두 팔을 앞으로 뻗치고 천천히 더듬으며 나아갔다. 접어놓은 이부자리에 발이 걸리자 걸음을 멈추었다. 두 눈은 그를 따라가며 움직였다.

「안녕하십니까, 친구여.」 마리아의 아들이 같이 밤을 지낼 사람에게 인사를 했지만, 아무 대답도 없었다.

동그랗게 몸을 도사리고, 턱을 무릎으로 괴고, 몰아쉬는 깊은 숨결이 방 안에서 진동을 일으키며, 유다는 벽에 몸을 기댄 채로 그를 지켜보았다. 「오라…… 오라…… 오라…….」 꽉 움켜쥔 칼을 가슴에 대고 그는 속으로 중얼거렸다. 「오라…… 오라…… 오라…….」 그는 가까이 다가오는 마리아의 아들을 지켜보며 중얼거렸다. 「오라…… 오라…… 오라…….」 그는 젊은이를 유혹하며 중얼거렸다.

젊은이의 마음은 머나먼 에돔, 그가 태어난 마을 가리옷으로 되돌아갔다. 그는 악령을 몰아내던 그의 삼촌이 바로 이런 식으로 들개와 토끼와 반시(半翅)를 유인해서 죽이던 일이 생각났다. 그는 땅바닥에 엎드려, 이글거리는 눈으로 사냥할 동물을 노려보고, 열망과 애원과 명령이 넘치는 속삭임 소리를 냈다. 「오라…… 오라…… 오라…….」 동물은 당장 어지러움을 느껴 머리를 숙이고 숨이 차서, 쉭쉭거리는 숨소리를 향해 기어 오기 시작한다.

유다는 처음에는 부드럽고 무척 다정하게 쉭쉭 소리를 내기 시작했지만, 어느새 그 소리는 점점 힘차고, 사납고, 무시무시해졌으며, 잠을 자려고 누웠던 마리아의 아들은 겁에 질려 몸을 벌떡 일으켰다. 옆에서 지켜보는 사람은 누구일까? 누가 쉭쉭거리는 것일까? 그는 성난 짐승의 냄새를 맡았고, 이해를 했다.

「유다, 내 형제여, 당신입니까?」 그가 조용히 물었다.

「십자가에 매달아 처형하는 인간아!」 분노해서 발뒤꿈치로 땅을 구르며 유다가 소리쳤다.

「유다, 내 형제여.」 젊은이가 다시 말했다. 「십자가에 매다는 자가 매달리는 자보다 더 괴로워한답니다.」

붉은 수염은 휙 뛰쳐나와 온몸을 돌려 마리아의 아들을 정면으로 마주 보았다.

「나는 열심당의 형제들과 십자가에 처형된 동지의 어머니에게 당신을 죽이겠다고 맹세했소. 잘 왔어요, 십자가를 만드는 자. 내가 소리를 내어 불렀고, 당신이 왔어요.」

붉은 수염은 벌떡 일어나 문을 잠그고는 다시 구석으로 돌아와서 몸을 동그랗게 도사리고 예수에게로 얼굴을 돌렸다.

「내가 한 말 들었죠? 허튼소리는 꺼내지 말아요. 각오해요!」

「각오는 되었어요.」

「그럼 소리를 지르지 말아요! 얼른 끝내야죠! 난 아직 어두울 때 빠져나가고 싶어요.」

「난 당신을 만나서 기뻐요, 유다, 내 형제여. 난 준비가 되었습니다. 소리를 내어 부른 건 당신이 아니고, 하느님이었어요. 그래서 내가 왔어요. 하느님의 한없는 은총이 모든 일을 완벽하게 준비했어요. 당신은 정말 적절한 순간에 왔어요, 유다, 내 형제여. 오늘 밤에는 내 마음이 홀가분하고 순수하며, 나는 하느님 앞에 나설 자신이 생겼어요. 나는 하느님과 씨름을 벌이기에도 지쳤고, 살기에도 지쳤어요. 나는 준비가 되었으니까, 유다, 내 목을 당신에게 내밀겠어요.」

대장장이는 투덜거리며 이맛살을 찌푸렸다. 그는 양처럼, 무방비 상태로 그에게 내미는 목을 치는 일이라면 전혀 마음이 내키지 않았고, 역겹기까지 했다. 그가 원하던 바는 반항과, 두 몸이 뒤엉켜 벌이는 싸움과, 피에 미쳐 열기가 오른 다음 싸움에 대한 정당한 대가로 얻는 처형, 참된 사나이에게 어울리는 그런 마지막 순간의 처형이었다.

마리아의 아들은 목을 앞으로 내밀고 기다렸다. 하지만 대장장이는 큼직한 손으로 그를 밀쳐 버렸다.

「당신은 왜 반항하지 않나요?」 대장장이가 소리쳤다. 「도대체 무슨 남자가 이래요? 일어나서 싸우란 말이오!」

「하지만 난 그러고 싶지 않아요, 유다, 내 형제여. 내가 왜 저항해야 하나요? 당신이 원하는 바를 나도 원하고, 분명히 하느님도 똑같은 것을 원할 터이고, 그렇기 때문에 하느님은 모든 상황을 이토록 완벽하게 마련해 놓으셨어요. 모르시겠어요? 내가 이 수도원을 찾아 길을 떠났고, 당신도 같은 순간에 떠났고, 나는 도착하자마자 마음이 깨끗해져서 죽을 준비를 갖추었고, 당신은 칼을 들고 구석에 웅크리고는 죽일 준비를 갖추었고, 문이 열렸고, 내가 들어왔고……. 더 이상 어떤 계시를 원한단 말인가요, 유다, 내 형제여?」

하지만 대장장이는 말을 하지 않았다. 그는 분노해서 콧수염을 잘근거렸고, 끓어오르는 피가 불끈거리며 발작적으로 치솟아 머리까지 이르고는 그의 두뇌에 시뻘겋게 불을 지른 다음, 다시 얼굴이 핏기를 잃고 창백해질 정도로 갑자기 밑으로 쏟아져 내려갔다가, 다시 치솟곤 했다.

「당신은 왜 십자가를 만드나요?」 마침내 대장장이가 고함을 쳤다.

젊은이는 머리를 숙였다. 이것은 그의 비밀이었으니, 어찌 그것을 밝히겠는가? 하느님이 그에게 보내 준 꿈과, 홀로 있을 때면 그가 들었던 목소리와, 그의 머리 꼭대기를 찍어 하늘로 끌고 올라가려고 하던 발톱을 대장장이가 어떻게 믿겠는가? 그리고 그는 저항하거나 도망가고 싶지 않았는데, 대장장이가 어떻게 그것을 이해한단 말인가? 그는 지상에 남으려는 한 가지 수단으로, 죄악을 결사적으로 붙잡고 늘어졌다.

「난 그걸 당신에게 설명할 길이 없어요. 유다, 내 형제여. 용서해 주시오.」 젊은이는 깊이 죄를 뉘우치는 목소리로 말했다. 「정말이지 나는 얘기를 할 수가 없어요.」

대장장이는 어둠 속에서 젊은이의 얼굴을 보다 잘 살펴보려고 몸의 자세를 바꾸었다. 대장장이는 집어삼킬 듯이 젊은이의 얼굴을 살펴보더니 천천히 몸을 뒤로 빼고는 다시 벽에 기대었다. 이 사람은 도대체 어떤 인간일까? 대장장이는 속으로 생각했다. 나는 이해를 못하겠어. 이 사람을 지켜 주는 자가 악마인지, 아니면 하느님인지, 나로서는 알 길이 없다. 어쨌든 그 저주받은 존재는 이 사람을 아주 잘 지켜 준다! 그는 저항하지 않는데, 그것이 가장 위대한 저항이다. 나는 양을 죽이지 못하는데, 그렇다, 인간은 죽이지만 양은 죽일 수가 없다.

「당신은 겁쟁이, 초라하고 하찮은 인간이오!」 대장장이는 화를 벌컥 냈다. 「아, 당신은 지옥으로나 가시오! 당신은 한쪽 뺨을 맞으면 어떻게 하는가 하면, 당장 다른 쪽 뺨을 내놓아요. 당신은 칼을 보면 당장 목을 내밀고요. 당신을 건드리는 사람은 역겨움을 안 느낄 수가 없죠.」

「하느님은 달라요.」 마리아의 아들이 조용히 중얼거렸다.

대장장이는 어떻게 해야 할지 몰라 움켜쥐었던 칼을 틀었다. 순간적으로 그는 어둠 속에서, 수그린 젊은이의 머리 위에서 후광이 파르르 떨린다고 상상했다. 그는 공포에 사로잡혀 갑자기 손마디에서 기운이 빠졌다.

「난 아마 바보인지도 몰라요.」 대장장이가 마리아의 아들에게 말했다. 「하지만 얘기를 하면 나도 이해는 해요. 당신은 누구인가요? 당신이 원하는 건 뭔가요? 당신은 어디서 오셨습니까? 지팡이에 핀 꽃이라든가, 번갯불이라든가, 산책하다가 자꾸 기절을 하고, 당신이 어둠 속에서 듣는다고 하는 목소리, 당신을 둘러싼 이런 수많은 얘기는 다 뭔가요? 당신의 비밀이 무엇인지, 나한테 얘기해 봐요.」

「연민입니다, 유다, 내 형제여.」

「누구에 대한 연민요? 당신은 누구에게 연민을 느끼나요? 당신 자신, 당신 자신의 가난과 초라함에 대해서인가요? 아니면 이스라엘을 불쌍히 여기는가요? 자, 얘기를 해요! 이스라엘에 대한 연민인가요? 난 당신에게서 그 말을 듣고 싶단 말이에요, 알겠어요? 그 말 이외에는 어떤 얘기도 듣고 싶지 않아요. 당신은 이스라엘의 고통 때문에 괴로워하나요?」

「인간의 고통이죠, 유다, 내 형제여.」

「〈인간〉이라는 건 잊어버려요. 그토록 오랫동안 우리를 살육했던 그리스인들! 그들이 인간이에요. 로마인도 인간인데, 그들은 아직도 우리를 무참히 죽이고, 여호와의 성전과 우리 하느님을 더럽혀요. 그런 사람들을 왜 생각하나요? 당신이 지켜봐야 할 것은 이스라엘이고, 당신이 연민을 느낀다면 그건 이스라엘에 대한 연민이어야 합니다. 다른 놈들은 모두 악마에게 잡혀가라고 하고요!」

「하지만 유다, 내 형제여, 나는 들개와 참새와 풀에 대해서 연민을 느껴요.」

「하! 하!」 붉은 수염은 코웃음을 쳤다.「그리고 개미들하고요?」

「그래요, 개미들도 마찬가지예요. 모든 만물이 하느님의 피조물이죠. 개미에게로 몸을 수그리면 나는 까맣고 반짝거리는 개미의 눈에서 하느님의 얼굴을 봅니다.」

「그리고 내 얼굴을 보면 어때요, 목수의 아들?」

「그대의 얼굴에서도, 아주 깊은 곳에서, 나는 하느님의 얼굴을 봅니다.」

「그리고 당신은 죽음을 두려워하지 않나요?」

「왜 두려워해야 하나요, 유다, 내 형제여? 죽음이란 닫히는 문이 아니고, 열리는 문입니다. 문이 열리면 당신은 들어가죠.」

「어디로 들어가요?」

「하느님의 품으로요.」

유다는 화가 나서 한숨을 쉬었다. 이 사람은 어쨌든 휘어잡을 길이 없어, 죽음을 두려워하지 않으니까 잡을 길이 없지, 그는 생각했다. 손바닥으로 턱을 괴고 그는 예수를 쳐다보며 결정을 내리려고 머리를 짰다.

「만일 내가 죽이지 않는다면, 당신은 어떻게 할 작정인가요?」 그가 마침내 말했다.

「모르겠어요. 하느님이 뜻하시는 대로…… 나는 일어나서 사람들에게 얘기를 하고 싶어요.」

「무슨 얘기를 하려고요?」

「그걸 내가 어떻게 압니까, 유다, 내 형제여? 나는 입을 열고, 얘기는 하느님이 하실 텐데요.」

젊은이의 머리 위에서 드러나던 후광은 점점 밝아졌고, 핼쑥하고 구슬픈 그의 얼굴은 번갯불처럼 번득였으며, 커다랗고 새까만 두 눈은 형언하기 힘든 감미로움으로 유다를 유혹했다. 붉은 수염은 마음이 산란해져서 눈을 떨구었다. 만일 그가 밖으로 나가 얘기를 하고, 이스라엘 사람들의 마음을 자극해서, 로마인들을 공격하게끔 선동하리라고 확실히 믿게 된다면 나는 그를 죽이지 않으리라, 그는 생각했다.

「무엇을 기다리나요, 유다, 내 형제여?」 젊은이가 물었다. 「그렇다면 아마 하느님은 나를 죽이라고 당신을 보내시지는 않은 모양이고, 어쩌면 하느님이 뜻하시는 바는 다른 무엇, 당신도 알지 못하는 어떤 것인지도 몰라서 당신은 나를 보고 그것이 무엇인지 알아내려고 애쓰시는 모양이군요. 나는 당장에라도 죽을 준비가 되었고, 또한 살아갈 각오도 되었어요. 결정을 내리세요.」

「서두를 필요 없어요.」 상대방은 맥이 풀려 대답했다. 「밤은 길고, 우리에게는 시간이 많으니까요.」

하지만 잠깐 침묵을 지킨 다음에 붉은 수염은 미친 듯이 소리쳤다. 「당신 같은 사람하고 얘기를 했다 하면 곤란한 입장에 빠지기 십상이죠. 내가 이렇게 물으면 당신은 엉뚱하게 저렇게 대답하고, 난 당신 말을 잘 알아듣지도 못하겠어요. 당신을 보고 당신하고 얘기를 나누기 전에는 내 마음과 머리는 지금보다 훨씬 확실했었어요. 나를 혼자 내버려 둬요. 머리를 저쪽으로 돌리고 잠이나 자라고요. 나는 이런 얘기를 모두 되새겨 보고, 어떻게 해야 할지 결정을 내리기 위해서 혼자 생각해 보고 싶어요.」

이 말을 하더니 그는 투덜거리며 벽을 향했다.

마리아의 아들은 잠자리에 누워 가만히 두 손을 엇갈려 가슴에 얹었다.

하느님이 원하는 바가 무엇인지는 몰라도, 그 뜻대로 이루어지리라고 생각하며 그는 편한 마음으로 눈을 감았다.

그들이 자고 있는 맞은편 바위에 뚫린 구멍에서 부엉이 한 마리가 나오더니 하느님의 회오리바람이 지나갔음을 알고는 소리 없이 이리저리 날아다니고는 짝을 부르려고 나지막이 울기 시작했다. 부엉이가 외쳤다.「하느님은 지나가셨고, 우린 또다시 무사히 넘겼으니, 사랑하는 그대여, 오라! 높은 곳, 골방의 지붕창에는 별이 가득 찼다.」마리아의 아들은 눈을 뜨고 별들을 보자 마음이 흐뭇했다. 별들이 천천히 움직여 사라지고, 다른 별들이 떠올랐다. 시간이 흘러갔다.

아직도 책상다리를 하고 앉아 있던 유다는 잠자리에 누워 몸을 비비 틀고 뒤척였다. 그는 가끔 몸을 일으켜 숨을 몰아쉬고 중얼거렸으며, 문까지 갔다가 다시 돌아왔다. 마리아의 아들은 반쯤만 뜬 눈으로 그를 지켜보았다. 하느님이 원하는 바가 무엇인지는 몰라도, 그 뜻대로 이루어지리라고 생각하며 그는 기다렸다. 시간이 흘러갔다.

그들이 있는 방 옆에 붙은 외양간에서 낙타 한 마리가 겁이 나서 힝힝거렸는데, 꿈에서 늑대나 사자를 본 모양이었다. 엄청나게 많은 새 별들이 군대처럼 질서정연하고 당당하게 동쪽으로부터 솟아올랐다.

갑자기 아직 짙은 어둠 속에서 수탉 한 마리가 울었다. 유다는 벌떡 일어섰다. 그는 한걸음에 성큼 문간으로 갔다. 문을 벌컥 사납게 열고 나가더니 쾅 닫았다. 판석을 쿵쿵 밟고 멀어져 가는 그의 무거운 맨발 발소리가 들려왔다.

그러자 마리아의 아들은 몸을 돌려 충실하게 그와 길을 같이 온 동행자를 보았다. 그녀는 꼿꼿하고 긴장한 모습으로 어두운 구석에 서 있었다.

「나를 용서해요.」 젊은이가 그녀에게 말했다. 「아직 때가 되지 않았군요.」

제12장

 오늘은 따스하고 눅눅한 바람이 불어 겐네사렛 호수에 큰 물결이 일었다. 벌써 가을이 왔고, 땅에서는 포도 잎사귀와 무르익은 포도 냄새가 났다. 동틀 녘엔 남자들과 여자들이 가파르나움에서 쏟아져 나왔다. 포도 수확은 풍년이어서, 즙이 가득 찬 포도송이들이 땅바닥에 놓여 기다렸다. 포도처럼 반짝이는 젊은 처녀들은 송이째 먹어 얼굴이 즙투성이가 되었다. 젊음의 벅찬 힘이 넘쳐 숨을 몰아쉬는 남자들은 포도를 따며 킬킬거리는 처녀들을 몰래 훔쳐보았다. 포도원마다 떠들고 시끄럽게 웃는 소리가 났다. 처녀들은 대담해져서 총각들의 속을 태웠고, 청년들은 점점 더 열이 나서 접근했다. 포도원의 늙은 악마 같은 주인은 여자들을 꼬집고는 배꼽이 빠지라고 웃으며 이리저리 돌아다녔다.

 활짝 열어 놓은 제베대오 노인의 널찍한 집은 사람들로 부산했다. 마당의 왼쪽에서 포도주를 짜는 통에는 젊은이들이 포도원에서 광주리에 넘치도록 담아 가지고 온 포도를 잔뜩 다져 넣었다. 마을의 구두장이 나타나엘, 필립보, 야고보, 베드로, 순진한 낙타처럼 힘이 좋은 이들 네 거인이 털이 난 정강이를 씻고는 포도를 밟으러 들어갈 준비를 했다. 가파르나움의 모든 가난뱅이들은 작은 포도밭에서 한 해 동안 마실 술을 어떻게 해서든 마련하려고 했으며, 해마다 그들은 수확한 포도를 포도주 만드는 통으로 가지고 와 밟아서, 저마다 가져갈 만큼의 포도액을 가지고 갔다. 그리고 구두쇠 영감 제베대오는 포도주를 짜는 기계의 사용료로 받은 술을 항아리와 술통마다 가득 채웠다. 그래서 그는 기다란 막대기와 칼을 들고 높이 올린 단 위에 앉아 사람들이 가지고 오는 광주리의 숫자를 막대기에 흠집을 내어 표시했다. 주인들도 내일 모레 포도액을 분배할 때 속고 싶지 않았기 때문에 머릿속에다 숫자를 기록했다. 제베대오 영감은 잘 속여 먹어서 모두들 뒤통수에도 눈이 필요할 정도였고, 아무도 그를 믿지 않았다.

마당으로 통하는 안채의 창문을 열어 놓아, 안주인 살로메가 벽에다 붙인 긴 의자에 누운 모습이 보였다. 그녀는 바깥을 물끄러미 내다보며 마당에서 벌어지는 모든 일에 귀를 기울였는데, 이렇게 함으로써 그녀는 무릎과 다른 관절을 괴롭히는 고통을 잊었다. 뼈마디가 매끄럽고, 키가 크고, 피부는 올리브 빛깔에 눈이 큰 이 여자는 젊은 시절 틀림없이 굉장한 미인이었으리라. 가파르나움, 막달라, 베싸이다 이렇게 세 고을에서 그녀를 놓고 경쟁을 벌었다. 청혼한 세 사람이 동시에 출발해, 돈 많은 선박주인 그녀의 늙은 아버지를 만났다. 저마다 수많은 친구들과 낙타와 넘치는 광주리의 행렬을 끌고 왔다. 계산이 빠른 노인은 마음속으로 세 사람의 몸과 마음과 재산을 조심스럽게 비교해 보고는 제베대오를 선택해서 혼사를 올렸다. 그녀는 제베대오에게 즐거움을 주었지만, 이제는 그토록 아름다웠던 처녀도 늙었고, 세월이 흘러 미모도 사라졌고, 그래서 가끔 큰 축제가 벌어질 때면 정력이 넘치고 아직도 왕성한 남편은 밤에 몰래 돌아다니며 과부들과 놀아났다.

하지만 오늘은 늙은 살로메의 얼굴에도 화기가 돌았다. 그녀가 아끼는 아들 요한이 어제 수도원에서 돌아왔기 때문이었다. 그는 정말로 야위고 얼굴이 창백했다. 기도와 단식으로 몸은 쇠약했지만, 이제 그녀는 아들을 곁에 두고 절대로 다시는 멀리 보내지 않을 작정이었다. 그녀는 음식과 술로 아들을 잘 먹이고, 그는 튼튼해질 터이며, 두 뺨은 다시 윤이 나리라. 하느님은 선(善)하시다. 우리는 하느님의 은총을 경배해야 해, 그녀는 속으로 생각했다. 그렇다, 하느님은 선하시지만, 우리 아이들의 피를 마시기를 원하면 안 된다. 알맞게 단식을 하고, 알맞게 기도를 하고, 그것이 인간과 하느님을 위해 다 같이 좋으니, 그렇게 지각 있는 방법으로 만사를 이끌어 나가야 한다. 수확한 포도를 가지고 오도록 도와주려고 포도원으로 간 아들 요한이 돌아오기를 기다리며 그녀는 초조하게 대문을 쳐다보았다.

마당 한가운데, 과일이 묵직하게 달린 아몬드나무 밑에서 붉은 수염의 유다는 허리를 숙이고 말없이 망치를 휘두르며 포도주 통에 쇠 띠를 채웠다. 오른쪽에서 보면 그의 얼굴은 심술과 악의로 가득 찼고, 왼쪽에서 보면 불안하고 슬픈 표정이었다. 그가 수도원에서 도둑처럼 도망친 후에 여러 날이 흘러갔다. 그동안 그는 새로 만든 포도액을 담아 둘 술통을 싸며 이 마을 저 마을로 돌아다녔다. 그는 집 안으로 들어가 일하고, 열심 동맹에 하나도 빼놓지 않고 보고하기 위해서 누가 무슨 말과 행동을 하는지 얘기에 귀를 기울이고 마음속에 새겨 두었다. 하지만 싸움도 잘하고 포악했던 옛날의 붉은 수염은 어디로 갔는가! 수도원을 떠난 이후로 그는 옛 모습을 찾아볼 수가 없었다.

「왜 이래, 가리옷 사람 유다, 얘기 좀 하라고, 이 악당아.」 제베대오가 그에게 소리쳤다. 「무슨 생각을 하지? 둘 더하기 둘은 넷이라는데, 자넨 아직 그것도 몰라? 한심한 불한당아, 입을 열고 무슨 얘기라도 하라고. 포도 수확은 시시한 일이 아니란 말씀이야. 오늘 같은 날엔 모든 사람이, 심지어는 심통이 난 검은 양까지도 웃어야 해.」

「저 사람을 유혹하지 말아요, 제베대오.」 필립보가 말참견을 했다. 「저 사람 수도원을 다녀왔는데, 보아 하니 성직자가 되고 싶은 모양이에요. 그런 얘기 못 들었어요? 악마도 나이를 먹으면 수도사가 된다고요!」

유다는 몸을 돌려 필립보에게 험악한 시선을 던졌지만 말은 하지 않았다. 그는 필립보를 혐오했다. 그는 남자도 아니었고, 그렇다, 말만 잔뜩 늘어놓고, 행동은 할 줄 모르는 떠버리에 지나지 않았다. 마지막 순간이면 그는 겁이 나서 몸이 마비되었고, 결국은 혈맹에 가입하기를 거부했다. 「나는 양을 돌봐야 해요.」 이것이 그의 핑계였다. 「나는 양 떼를 치는데, 그걸 어떻게 버리고 떠납니까?」

제베대오 노인은 웃음을 터뜨리고 붉은 수염에게로 시선을 돌렸다. 「조심하라고, 이 친구야.」 그는 유다에게 소리쳤다. 「수도 생활은 전염병이야. 자네도 병에 걸리지 않게 조심하라고! 내 아들도 아슬아슬하게 피했으니까. 축복받을 일이지만 마누라가 병이 났고, 아들 녀석이 그 소식을 들었지. 그 녀석은 수도원장에게서 벌써 약초 공부를 끝냈고, 그래서 어미를 치료하겠다고 온 거야. 아들은 여길 떠나지 않을 테니까, 두고 보라고. 어딜 가겠어? 그 앤 미치지는 않았어, 안 그래? 그곳 사막에 가면 굶주림과 목마름과 고달픔, 그리고 하느님이 계시지. 여긴 음식과 술과 여자, 그리고 하느님이 계셔. 어디에나 하느님은 계신다고. 그런데 왜 하필이면 사막으로 하느님을 찾으러 가지? 자넨 어떻게 생각하나, 가리옷 사람 유다?」

하지만 붉은 수염은 망치만 휘두를 뿐 대답을 하지 않았다. 그가 무슨 말을 하겠는가? 이 더러운 개는 원하는 바를 모두 얻었다. 다른 사람의 고민을 그가 어떻게 이해할까? 하찮은 이유로 수많은 다른 사람들을 지구의 표면에서 쓸어 버렸던 하느님까지도 이 돼지 같은 인간, 이 기생충, 이 노랑이의 비위를 맞추고, 조금도 피해를 입지 않도록 돌봐 주고, 겨울에는 털외투요 여름에는 시원한 겉옷처럼 감싸 주지 않던가. 왜 그럴까? 하느님은 그에게서 무엇을 보았는가? 저 늙은 놈은 이스라엘에 대한 걱정으로 숨이라도 넘어간단 말인가? 하지만 그는 이스라엘을 돕기 위해 새끼손가락 하나도 까딱하지 않고, 그의 재산을 보호하기 때문에 로마의 범죄자들을 사랑했다. 질서를 유지하는 그들에게 하느님의 가호가 내리기를 그는 빌었다. 그들이 없었다면 악당과 맨발의 천민이 마구 덤벼들어 재산을 모두 절단내리라……. 하지만, 이 늙은 놈아, 때는 올 터이니 조금도 걱정하지 마라. 하느님이 잊어버리고 못하는 일은 축복을 받아 마땅한 열심당원들이 기억했다가 해내니까 말이다. 참거라, 유다여, 한마디도 내비치지 말고. 인내심. 만군의 여호와가 군림할 날이 오리라!

파란 눈을 들어 제베대오를 본 그는 포도주를 짜는 통 속, 자신의 피 속에 자빠져 둥둥 뜬 그의 모습이 눈앞에 어른거렸다. 그는 환한 미소를 지었다.

이때 네 거인이 조심스럽게 다리를 씻고는 통 속으로 뛰어 들어갔다. 무릎까지 푹푹 빠진 그들은 포도를 짓밟아 이기며, 허리를 굽혀 한 줌씩 집어 먹느라고 수염에는 포도 줄기들이 달라붙었다. 때때로 그들은 손을 맞잡고 춤추었으며, 때로는 저마다 소리를 지르며 껑충껑충 혼자 뛰었다. 그들은 포도액의 냄새에 취했는데, 취한 까닭은 사실 포도액 때문만은 아니어서 열린 앞문을 통해 포도원에서 허리를 숙이고 포도를 줍는 처녀들이 보였고, 그들의 아름다움은 무릎 위까지도 드러났고, 젖가슴은 포도송이처럼 포도 잎사귀 위로 출렁출렁 흔들렸다.

포도를 밟는 사람들은 그들을 보자 마음이 산란해졌다. 이것은 포도주를 짜는 통이 아니고, 저것은 대지와 포도원이 아니었으며, 만군의 여호와가 칼과 기다란 막대기를 들고 높은 단 위에 올라앉아, 사람들이 저마다 포도를 몇 광주리 가지고 왔으며 내일모레 포도를 다 짠 다음 사람들에게 포도주 몇 병, 음식 몇 솥, 여자 몇 명을 나눠 줘야 할지를 표시하느라고 바쁜 낙원이었다!

「내 명예를 걸고 얘기하겠는데요.」 베드로가 불쑥 말했다. 「만일 하느님이 지금 이 순간에 나타나서 나더러 〈여보게, 베드로, 우리 착한 베드로, 난 오늘 기분이 최고로 좋으니까 나한테 무슨 청을, 어떤 청이라도 하면 다 들어주겠어. 자네가 원하는 게 뭐지?〉라고 말한다면, 만일 하느님이 나한테 그렇게 묻는다면, 난 〈주여, 포도를, 영원히 포도를 밟게 해주소서!〉라고 대답하겠어요.」

「그럼 포도주는 안 마시겠단 말이냐, 이 멍청아?」 제베대오가 거칠게 그에게 물었다.

「그래요, 진심에서 우러나서 하는 얘긴데, 포도를 밟겠어요!」 그는 진지하고 열중한 표정이었다. 웃지도 않았다. 그는 잠깐 밟기를 중단하고 햇볕을 받으며 기지개를 켰다. 웃통을 벗어젖힌 그의 가슴에서는 커다랗고 검은 물고기의 문신이 드러났다. 전에 죄수였던 어느 솜씨 좋은 사람이 몇 년 전에 바늘로 새긴 그 문신은 어찌나 교묘하게 팼는지 베드로의 가슴팍 곱슬곱슬한 털에 잔뜩 뒤엉켜 꼬리를 치고 즐겁게 헤엄치는 듯 보였다. 물고기 위에는 네 개의 고리가 달린 작은 닻을 파 넣었다.

하지만 필립보는 양 떼가 생각났다. 그는 땅을 갈거나, 포도밭을 가꾸거나, 포도를 밟는 일을 좋아하지 않았다.

「맙소사, 베드로.」 그는 코웃음을 쳤다. 「영원히 포도를 밟겠다니, 별 희한한 일도 다 보겠군요! 난 주님께 하늘의 땅을 염소와 양으로 가득한 푸른 들판으로 만들어 달라고 부탁하고 싶어요. 그러면 난 젖을 짜서 산기슭으로 흘려 내려 보내죠. 그건 강처럼 흘러 내려가 평원에다 호수를 이루고, 그러면 가난한 사람들이 마시겠죠. 그리고 우리는 밤마다 모두, 양치기의 왕이신 하느님과 모든 목자들이 한자리에 모여서, 불을 지피고 양고기를 구워 먹으며 얘기를 나누죠. 그게 바로 낙원이에요.」

「한심한 소리 말아요, 멍청이!」 투덜거리며 유다는 필립보에게 또다시 사나운 시선을 던졌다.

젊은이들이 알록달록한 헝겊으로 사타구니만 가린 발가벗은 털투성이 모습으로 마당을 드나들었다. 그들은 이렇게 오가는 얘기를 띄엄띄엄 듣고는 웃었다. 그들 또한 마음속에 낙원을 간직했지만, 그것이 무엇인지는 고백하지 않았다. 그들은 통 속에다 광주리를 털어 넣고는 단숨에 문밖으로 달려 나가 포도를 따는 예쁜 아가씨들과 다시 어울렸다.

제베대오는 똑똑한 얘기를 한마디 덧붙이려고 하다가 입을 벌린 채 침묵을 지켰다. 낯선 방문객이 문간에 나타나 그들의 얘기에 귀를 기울였기 때문이다. 그는 목에다 검정 염소 가죽을 걸쳤고, 맨발에 머리는 헝클어지고 얼굴은 유황처럼 노란 빛깔이었다. 그의 검은 눈은 크고 불타오르는 듯했다.

짓밟던 발들이 멈추었고, 제베대오는 재치 있는 말을 삼켜 버렸고, 모두들 문 쪽으로 시선을 돌렸다. 문간에 선 저 산송장은 누구일까? 웃음소리가 뚝 멎었다. 늙은 살로메가 창문에 나타나

보더니 갑자기 소리쳤다.「안드레아로구나!」

「맙소사, 안드레아라니.」제베대오가 소리쳤다.「저 꼴 좀 보라지! 넌 방금 지하 세계에서 돌아오기라도 했냐? 아니면 지금 그곳으로 내려가는 중이냐?」

베드로가 포도주 통에서 뛰어나와 아무 말도 없이 동생의 손을 꽉 잡고는 사랑과 두려움이 서린 눈으로 쳐다보았다. 아, 하느님, 이것이 안드레아, 통통하고 젊은 영웅 안드레아, 일에도 첫째 노는 데도 첫째였던 빼어난 청년인가? 이것이 마을에서 가장 아름다운 아가씨인, 머리카락이 아마(亞麻)처럼 노란 빛깔이었던 룻과 약혼했던 안드레아인가? 그녀는 하느님이 무시무시한 바람을 일으킨 어느 날 밤에 아버지와 함께 물에 빠져 죽었고, 절망에 빠진 안드레아는 하느님께 자신을 몽땅 바치려고 고향을 떠났었다. 누가 알겠는가, 그는 생각했다. 만일 하느님과 한 몸이 된다면 나는 그녀를 찾을지도 모른다. 분명히 그는 하느님이 아니라 약혼녀를 찾으려고 했다.

베드로는 겁에 질려 안드레아를 멍하니 쳐다보았다. 베드로는 하느님께 동생을 내주었을 때의 안드레아를 기억했는데, 지금 하느님이 그를 어떤 꼴로 돌려보냈는지 보라!

「이봐.」제베대오가 베드로에게 소리쳤다.「넌 하루 종일 안드레아를 빤히 쳐다보고 만지기만 할 생각이냐? 바깥에서는 바람에 불려 쓰러질지도 모르니까 안으로 들어오게 해! 이리 들어와서, 안드레아, 허리를 굽혀 포도 좀 집어 먹으라고. 하느님을 찬양할 일이지만, 우린 빵도 넉넉해. 무얼 먹고 얼굴에 화기라도 좀 돌아야지, 가엾은 자네 늙으신 아버지가 이 꼴을 봤다가는 너무 겁이 나서 당장 상어 배 속으로 다시 기어 들어가 버리겠구먼!」

하지만 안드레아는 뼈가 앙상한 팔을 들었다.「부끄럽지도 않나요?」 그는 모든 사람에게 소리쳤다. 「여러분은 하느님을 두려워하지 않아요? 세상이 멸망해 가는데, 여러분은 여기서 포도를 밟으며 웃기만 하잖아요!」

「성자들이여 우리를 굽어 살피소서! 우릴 괴롭힐 사람이 나타났구먼!」 제베대오는 투덜거리며 이제는 격분해서 안드레아를 쳐다보았다. 「자네도 우릴 가만히 내버려 두지 않겠다 이건가? 솔직히 얘기하면 우린 진저리가 나. 자네의 선지자, 그 세례자가 그런 소릴 하던가? 글쎄, 자네 그 친구더러 말투 좀 고치라고 해 봐. 그 친구는 세상의 종말이 오고, 무덤들이 열리고, 죽은 자들이 튀어나오고, 하느님이 내려와 재림해서, 우릴 심판하고, 그럼 우린 재앙을 맞는다고 그러지! 거짓말! 거짓말! 거짓말이야! 여보게들, 공연히 저 사람 말을 듣지 말게. 어서 일이나 해! 포도를 밟으라고!」

「회개하시오! 회개하시오!」 요나의 아들이 외쳤다. 그는 형의 포옹을 떨쳐 버리고는 마당 한가운데로 나아가, 손가락을 하늘로 올린 채로 제베대오 노인 바로 앞에 섰다.

「다 자네를 위해서 하는 얘기야, 안드레아.」 제베대오가 말했다. 「앉아서 식사도 하고 술도 좀 마시고 정신을 차리라고. 가엾은 것, 굶주려서 정신이 이상해졌구먼!」

「편히 살다 보니 당신 정신이 이상해진 거예요.」 요나의 아들이 대답했다. 「하지만 당신 발밑에서는 땅바닥이 갈라지고, 주님은 지진이 되어서, 당신의 포도주 통과 고기잡이배와, 그리고 당신도, 당신과 당신의 불룩한 배도 삼켜 버릴 거예요!」

안드레아는 불이 붙었다. 두리번거리는 눈으로 이 사람 저 사람을 번갈아 뚫어져라고 노려보며 그가 소리쳤다. 「이 포도액이 술로 변하기 전에, 세상은 종말을 맞을 거예요! 저고리를 입고,

머리에 재를 뿌리고, 가슴을 치고, 〈나는 죄를 범했도다! 나는 죄를 범했도다!〉라고 외치세요. 세상은 한 그루의 나무, 그 나무는 썩었고, 메시아는 도끼를 가지고 오십니다!」

유다는 망치질을 멈추었다. 그의 윗입술이 벗겨졌고, 날카로운 이빨이 햇빛을 받아 반짝였다. 하지만 제베대오는 더 이상 참지 않았다.

「하느님을 사랑한다면 말일세, 베드로.」 그가 소리쳤다. 「저 사람을 여기서 끌고 나가게. 우린 할 일이 많아. 〈주님이 오신다! 주님이 오신다!〉 어떤 때는 불을 들고, 어떤 때는 심판 기록을 가지고 온다더니, 그다음엔 뭐야! 도끼라니. 가짜 메시아들, 백성을 기만하는 자들, 자네 같은 사람들은 왜 우릴 그냥 내버려 두질 않나? 세상 사람들은 제대로, 훌륭하게 잘 살아간단 말이야. 내 말을 믿으라고! ……여보게들, 포도를 밟고, 걱정 따위는 말아!」

베드로는 마음을 진정시키려고 동생의 등을 가볍게 두드려 주었다. 「진정해.」 그는 동생에게 조용히 말했다. 「소리 지르지 말고 조용하라고. 넌 여행을 하느라고 지쳤어. 너도 좀 쉬고, 아버지도 널 보고 마음을 놓으시게 집으로 가자.」

베드로는 안드레아의 손을 잡고 천천히, 조심스럽게, 장님을 이끌듯 그를 이끌고 나갔다. 그들은 좁다란 길을 올라가 사라졌다.

제베대오 노인은 웃음을 터뜨렸다. 「아, 불쌍한 요나 영감님, 우리 가엾은 물고기 선지자 영감, 난 세상을 다 준다고 해도 정말이지 자네 꼴은 되고 싶지 않아!」

하지만 이번에는 늙은 살로메가 입을 열 차례였다. 그녀는 안드레아의 커다란 눈이 그녀를 불태우는 듯한 기분을 아직도 느꼈다. 「제베대오.」 백발이 된 머리를 저으며 그녀가 말했다. 「내 말 잘 들어요, 이 죄 많은 늙은이야. 웃지 말아요. 천사가 우리 위에서 지켜보며 기록을 하니까요. 그렇게 잘난 체했다가는 값을 치를 테니까요.」

「어머니 말이 맞아요.」 지금까지 입을 꽉 다물었던 야고보가 말했다. 「아버지는 귀여워하시는 요한 때문에 똑같은 고통을 받았고, 내가 보기에는 아직도 위험을 벗어나지 못하셨어요. 포도를 나르는 사람들 얘기를 들으니까 요한은 포도 거두기는 돕지 않고, 여자들하고 앉아 하느님과 단식과 불멸의 영혼에 관한 얘기만 늘어놓았다는군요. 난 아버지 같은 처지도 되고 싶지 않아요!」

야고보는 허탈하게 웃었다. 그는 게으르고, 버릇없는 동생이 못마땅해서 사납게 포도를 짓밟았다.

제베대오의 커다란 머리로 피가 솟구쳐 올랐다. 제베대오는 제베대오 나름대로 맏아들이 못마땅했는데, 그들은 서로 너무나 비슷했다. 만일 그 순간에 나자렛 요셉의 아내 마리아가 요한의 팔에 몸을 기대고 문간에 나타나지만 않았더라면 말다툼이라도 벌어졌으리라. 그녀의 가느다란 발은 먼 여행으로 피가 나고 먼지로 뒤덮여 있었다. 벌써 여러 날 동안 그녀는 집을 버리고 흐느껴 울며 이 마을에서 저 마을로 불운한 아들을 찾아 돌아다녔다. 하느님은 아들에게서 지각을 빼앗아 갔고, 그래서 그는 사람들의 생활에서 빗나갔다. 한숨을 지으며 그녀는 아직 살아 숨 쉬는 아들의 진혼곡을 노래했다. 혹시 아들을 본 사람이 없느냐고 그녀는 사람들에게, 모든 사람들에게 물었다. 「그 애는 키가 크고, 호리호리하고, 맨발이며, 푸른 겉옷을 입고, 검정 가죽 허리띠를 둘렀어요. 혹시 그런 청년 못 봤어요?」……그를 본 사람은 아무도 없었고 이제 와서야 제베대오의 작은아들 덕택에 그의 종적을 알아내게 된 것이었다. 그는 사막의 수도원으로 갔다. 그는 하얀 법의를 걸치고 땅바닥에 엎드려 기도를 드렸다……. 마리아를 가엾

257

게 생각한 요한이 모든 얘기를 털어놓았다. 지금 마리아는 사막으로 떠나기 전에 잠깐 쉬려고 요한의 팔에 몸을 기대고 제베대오의 집 마당으로 들어온 것이었다.

늙은 살로메가 의젓하게 몸을 일으켰다. 「어서 와요, 마리아.」 그녀가 말했다. 「안으로 들어와요.」

마리아는 머릿수건을 이마까지 내리고는 머리를 숙이고 눈을 땅으로 떨군 채 마당을 지나갔다. 나이 많은 친구의 손을 움켜잡은 그녀는 울음을 터뜨렸다.

「운다는 건 큰 죄악이에요.」 노부인 살로메가 말했다. 그녀는 마리아를 긴 의자에 앉히고 그 옆에 앉았다. 「당신 아들은 이제 하느님의 집으로 갔으니까 안전해요.」

「그 어미의 고통은 심하답니다, 살로메.」 마리아가 한숨을 지으며 대답했다. 「하느님은 내게 아들을 하나만 주셨는데, 그 하나마저도 온전치 못해요.」

(돈을 버는 일에 누가 방해만 하지 않는다면 나쁜 사람은 아닌) 제베대오 노인은 그녀의 한탄을 듣고 위로하려고 단에서 내려왔다. 「다 젊기 때문에 그래요, 마리아.」 그가 말했다. 「젊기 때문이죠. 다 일시적인 일이니까, 걱정하지 말아요. 젊음이란 술이나 마찬가지여서, 곧 정신을 차리고 더 이상 발버둥 치지 않고 멍에를 지게 돼요. 당신 아들도 정신을 차릴 거예요, 마리아. 당신 앞에 선 이 아이, 내 아들을 보세요. 하느님을 찬미할 일이지만, 이제는 정신을 차리기 시작했어요.」

요한은 낯을 붉혔지만 한마디도 말은 하지 않았다. 그는 손님에게 무르익은 무화과 몇 개와 냉수 한 그릇을 갖다 주려고 안으로 들어갔다. 두 여자는 머리를 맞대고 나란히 앉아서, 하느님께 홀려 떠나간 아들 얘기를 했다. 그들은 남자들이 그들의 한탄을 듣고 참견을 해서, 고통이 그들에게 주는 깊고도 여성적인 기쁨을 망쳐 놓지 않도록 귓속말로 얘기를 주고받았다.

「당신 아들이 그러는데, 살로메, 우리 아이는 기도를 하고 또 하고, 너무나 오래 엎드려서 손과 무릎에 굳은살이 잔뜩 박였대요. 요한은 또 우리 애가 먹기를 않아 몸이 쇠약해졌다는 얘기도 했어요. 우리 애는 하늘에서 날개를 보기 시작했다는군요. 보아하니 천사를 보겠다고 물도 안 마시고 그러는 모양이에요. 이러다가 어떻게 될까요, 살로메? 악마에게 홀린 그토록 수많은 다른 사람들을 치료한 랍비인 그 애 삼촌까지도 이런 병은 고치질 못하겠대요. 왜 하느님이 나한테 저주를 내렸을까요, 살로메, 내가 하느님께 무얼 잘못했다고 말이에요?」

그녀는 나이가 많은 친구의 무릎에 머리를 얹고는 흐느껴 울기 시작했다.

물을 가득 담은 놋그릇과 잎사귀가 달린 무화과 대여섯 개를 가지고 요한이 나타났다. 「울지 마세요.」 무화과를 마리아의 무릎에 놓으며 요한이 말했다. 「당신 아드님의 얼굴에서는 온통 성스러운 광채가 발산되죠. 그런 광채를 누구나 다 보지는 못해도 어느 날 밤에 난 봤는데, 광채가 얼굴을 핥다가 삼켜 버렸고, 난 겁이 났어요. 그리고 수도원장님이 돌아가신 다음에 하바꾹 수도사는 밤마다 꿈에서 원장님을 보았답니다. 수도사님 얘기로는, 원장님이 당신 아드님의 손을 잡고 이 방 저 방으로 데리고 다니며 아무 말도 없이 그냥 미소만 짓고는 아드님을 손가락으로 가리킨다는군요. 결국 하바꾹 수도사는 겁이 나 잠자리에서 뛰쳐나와 다른 수도사들을 깨웠어요. 그들은 꿈을 풀어 보려고 모두 함께 애를 썼죠. 수도원장님이 그들에게 전하려던 뜻은 무엇이었을까요? 왜 그는 새로 온 손님을 손으로 가리키며 미소를 지었을까요? 갑자기, 내가 떠나오던 그저께, 수도사들은 하느님의 계시를 받아 꿈을 풀어내었어요. 돌아가신 분은 당신 아드님을 수도원장으로 추대하도록 그들에게 가르쳐 준 것이었어요. 잠시도 지체하지 않고, 수도원의 모든 수도사들이 나서서 아드님을 찾아내었죠. 그들은 아드님의 발치로 몸을 던지고는 하느님의 뜻에 따라 수도원장이 되어 달라고 외쳤어요. 하지만 아드님은 거절했죠. 〈아니, 아닙니다. 이건 내가 갈 길이 아니에요.〉 이렇게 말이에요. 〈나는 하찮은 존재니까 떠나겠어요!〉 나는 수도원을 막 떠나려던 참에, 한낮에 아드님이 거절하는 소리를 들었어요. 수도사들은 아드님을 골방에 가두고 도망치지 못하게 문에다 감시를 세우겠다고 위협했어요.」

「축하합니다, 마리아.」 늙은 얼굴이 빛나며 노부인 살로메가 말했다. 「복도 많으시죠! 하느님이 당신 자궁에 입김을 불어넣었는데, 당신은 그걸 깨닫지도 못했어요!」

하느님의 사랑을 받은 여인은 그 말을 들었지만 아무 위안도 받지 못하고 머리를 저었다. 「난 내 아들이 성자가 되기를 바라지 않아요.」 마리아가 중얼거렸다. 「난 그 애가 남들처럼 인간이 되기를 원해요. 난 그 애가 결혼해서 내게 손자들을 낳아 주기를 바라요. 그것이 하느님께서도 바라는 길이죠.」

「그건 인간의 길이에요.」 반박하기가 부끄럽다는 듯 부드러운 태도로 요한이 말했다. 「다른 길, 당신의 아드님이 따르는 길이 하느님의 길이고요.」

그들은 포도원 쪽에서 나는 목소리와 웃음소리를 들었다. 얼굴이 상기된 두 젊은이가 마당으로 들어왔다.

「나쁜 소식입니다, 어르신네들.」 배꼽이 빠져라 웃어 대며 그들이 소리쳤다. 「보아 하니 막달라 사람들이 돌멩이를 들고 일어

(人魚)를 죽이겠다고 찾아다닌대요!」

「여보게들, 무슨 인어 말인가?」

포도를 밟는 사람들이 춤을 멈추고 소리를 질렀다.「막달라의 여인 얘기인가요?」

「그래요, 막달라의 여인요! 노새몰이 두 사람이 지나는 길에 소식을 전했어요. 그 사람들 말로는 산적 두목인 바라빠가, 어휴! 무시무시하게 떨면서 말이에요, 나자렛을 떠나 토요일인 어제 막달라로 쳐들어갔대요.」

「속 썩이는 인간이 거기 또 하나 나타났구먼!」 격노해서 제베대오가 으르렁거렸다.「그 녀석, 병이나 걸려라! 열심당원이라면서 이스라엘을 구하겠다는 그놈의 주둥아리. 더러운 자식, 지옥에서 썩으라지! ……그래서?」

「글쎄, 그 사람이 저녁에 막달라의 여인이 사는 집 앞을 지나가게 되었는데, 마당에 사람이 잔뜩 모인 걸 봤대요. 그 파문당한 여자는 거룩한 안식일에도 일을 했대요! 그는 이런 불경스러움을 도저히 참을 수가 없었어요. 그는 달려가 품속에서 칼을 뽑았고, 상인들도 칼을 뽑았고, 이웃 사람들도 몰려와 모두들 우왕좌왕하고, 미처 정신 차릴 사이도 없이 마당은 팔다리가 뒤엉키는 난장판이 되었죠. 우리 편에서 두 사람이 부상을 당해 쓰러졌고, 상인들은 겨우 목숨을 건져 낙타를 타고 달아났어요. 바라빠는 문제의 여인을 찾아내어 죽이려고 문을 박차고 들어갔죠. 하지만 막달라의 여인은 어디로 갔을까요? 그 여자는 뒷문으로 뺑소니를 치고 자취도 없었어요! 마을 전체가 찾아 나섰지만 곧 날이 어두워졌고, 그 여자를 찾아낼 길이 없었죠. 아침에 그들은 사방으로 흩어져 그 여자의 종적을 찾았어요. 모래밭에서 발자국을 발견했는데, 가파르나움으로 향했다는군요!」

「그 여자가 이리로 온다면 얼마나 좋겠어요, 젊은이들!」염소처럼 튀어나온 입술을 핥으며 필립보가 말했다. 「우리 낙원에서 꼭 하나 모자라는 게 바로 그 여자였는데. 그래, 우린 이브를 잊었는데, 이브를 보게 된다면 확실히 반가운 일이죠!」

「그 여자는 안식일에도 방앗간을 돌린다니, 축복받을 일이지!」수염에 파묻힌 입에 음탕하고 교활한 미소를 지으며 단순한 나타나엘이 말했다. 그는 언젠가, 안식일 전날 밤에, 목욕을 하고, 깨끗한 옷을 입고, 수염을 깎았던 일이 생각났다. 그러자 목욕의 유혹이 찾아와서 그의 손을 잡았다. 그들은 함께 막달라로 가서 곧장 막달라의 여인이 사는 집으로 갔는데, 그녀에게 축복이! 때는 겨울이었고, 장사도 형편없었고, 나타나엘은 안식일 날 하루 종일 그녀의 방앗간에 남아, 완전히 혼자서 갈아 대었다. 그는 만족스러운 미소를 지었다. 굉장히 큰 죄라고 말하는 사람도 없지 않으리라. 그렇다, 정말로 큰 죄이지만, 우리는 하느님만 믿으니까 하느님이 용서하시겠고……. 차분하고, 가난하고, 시달림을 당하고, 결혼도 안 한 나타나엘은 마을 길거리 한쪽 구석 작은 의자에 앉아 마을 사람들이 신을 나막신과 양치기들이 신을 두꺼운 샌들을 만들며 평생을 보냈다. 그것이 무슨 인생이란 말인가! 따라서 한 번, 평생 동안에 소중하게도 꼭 한 번, 그는 만사를 다 팽개쳐 버리고, 비록 안식일이기는 해도, 남자답게 하루를 누렸다. 다시 말하지만, 하느님은 이런 종류의 일을 이해하고 용서하니까…….

하지만 제베대오 노인은 얼굴을 찌푸렸다. 「골칫거리들! 말썽거리들!」그가 투덜거렸다. 「꼭 언제나 우리 집 마당에서 소동을 벌여야 하나? 처음에는 선지자들, 그러고는 갈보들이나 울부짖는 어부들, 그리고 이제는 바라빠. 더 이상 못 참겠어!」그는 포도를 밟는 사람들에게로 돌아섰다.

「여보게, 우리 착한 젊은이들, 자네들은 일이나 해. 포도를 밟으라고!」

집 안에서는 노부인 살로메와 요셉의 아내 마리아가 소식을 듣고 서로 쳐다보더니 아무 말도 없이 머리를 떨구었다. 유다는 망치를 버리고 길거리 문으로 가서 문설주에 몸을 기대었다. 그는 얘기를 다 듣고, 그것을 머릿속에 새겨 두었다. 문으로 가는 길에 그는 사나운 눈으로 제베대오 노인을 노려보았다.

유다는 문간에 서서 귀를 기울였다. 그는 여러 사람의 목소리를 들었고 구름처럼 일어나는 먼지를 보았다. 남자들이 뛰어다니고, 여자들은 〈저 여자 잡아라! 저 여자 잡아라!〉 하고 소리를 질렀으며, 미처 세 남자가 포도 통에서 뛰어나오거나 구두쇠 영감이 높은 단에서 미끄러져 내려올 틈도 없이, 막달라의 여인은 갈기갈기 찢어진 옷에 혀를 길게 빼물고 마당으로 들어와 노부인 살로메의 발치로 몸을 던졌다.

「사람 살려요!」 그녀가 소리쳤다. 「사람 살려요! 그들이 쫓아와요!」

노부인 살로메는 죄 많은 여자를 가엾게 생각했다. 그녀는 몸을 일으켜 창문을 닫고는 아들더러 문에다 빗장을 지르라고 지시했다.

「땅바닥에 엎드려요.」 살로메는 막달라의 여인에게 말했다. 「몸을 숨기라고요.」

요셉의 아내 마리아는 동정과 두려움을 느끼며 빗나간 길을 따라간 여자를 허리를 굽혀 쳐다보았다. 오직 정직한 여자만이 명예가 얼마나 쓰라리고 간직하기 어려운지를 알았고, 마리아는 그녀를 동정했다. 하지만 그러면서도 이 죄 많은 몸이 그녀에게는 털투성이에, 시커멓고 위험한 야생의 짐승처럼 여겨졌다. 이 짐승은 그녀의 아들이 거의 스무 살이 되었을 때 그를 빼앗아 갈 뻔했지만, 그는 아슬아슬하게 피했다. 그렇다, 그는 여자를 피했지만, 하느님은 어떤가⋯⋯. 마리아는 한숨을 지으며 생각했다.

노부인 살로메는 막달라의 화끈거리는 머리에다 손을 얹었다. 「얘야, 왜 우느냐?」 자비롭게 그녀가 말했다.

「난 죽고 싶지 않아요.」 막달라의 여인이 대답했다. 「삶이란 좋은 거예요. 난 죽고 싶지 않아요!」

요셉의 아내 마리아도 이제는 손을 내밀었다. 마리아는 더 이상 그녀를 두려워하거나 혐오하지 않았다. 「두려워하지 마라, 마리아.」 막달라의 여인을 만져 주며 마리아가 말했다. 「하느님이 보호해 주시니까 너는 죽지 않아.」

「어떻게 알아요, 마리아?」 눈을 반짝이며 막달라의 여인이 물었다.

「하느님은 우리에게 시간을, 회개할 시간을 주시지.」 예수의 어머니가 확신을 가지고 대답했다.

하지만 세 여자가 얘기를 나누고 고통을 통해 하나로 결속되려는 순간 〈그들이 온다! 그들이 온다! 그들이 여기까지 왔다!〉고 외치는 소리가 포도밭에서 들려왔고, 제베대오 노인이 높은 단에서 미처 미끄러져 내려올 틈도 없이 몸집이 크고 분노한 남자들이 길거리 문에 나타났고, 얼굴이 상기되고 땀에 흠뻑 젖은 바라빠가 고함을 지르며 성큼 문턱을 넘어 들어왔다.

「이봐요, 제베대오.」 바라빠가 소리쳤다. 「당신이 허락하거나 말거나 간에, 이스라엘의 하느님 이름으로 우리는 들어갑니다.」

이 말을 하고, 나이 많은 주인이 입을 열 틈도 주지 않고 바라빠는 경첩이 떨어져 나갈 정도로 한 번에 문을 벌컥 열어젖히고는 막달라 여인의 머리채를 휘어잡았다.

「나와, 갈보 년아! 나와!」 그녀를 마당으로 끌어내며 바라빠가 소리쳤다. 그 순간에 막달라 사람들이 들어왔다. 그들은 그녀를 움켜잡아 들어 올려서는 야유와 웃음이 터져 나오는 속에서 호수 근처의 구덩이로 던져 넣었다. 남자들과 여자들이 다 같이 사방으로 흩어져 앞치마와 저고리에다 돌멩이를 가득 담았다.

그러는 사이에 노부인 살로메는 몸을 괴롭히는 고통에도 불구하고 긴 의자에서 벌떡 일어나 남편을 꾸짖으려고 몸을 끌고 마당으로 나갔다.

「당신도 부끄러워할 줄을 알아야죠.」 살로메는 남편에게 소리쳤다. 「당신은 저 불한당들이 우리 집에 발을 들여놓고 당신에게서 자비를 바라는 여자를 당신 눈앞에서 그냥 끌고 가는데도 그냥 내버려 두었잖아요.」

그녀는 마당 한가운데 어정쩡하게 서 있던 아들 야고보에게도 공격을 가했다.

「그리고 너도 그래. 너도 아버지 그대로야. 창피한 녀석! 넌 좀 더 나으면 못쓰냐? 너도 돈만 네 하느님으로 섬길 작정이야? 그래, 어서 가! 달려가서 온 마을 사람들이 죽이려고 하는 여자를 보호해 줘. 온 마을 사람들이 말이야! 그 사람들도 창피한 줄을 알아야지!」

「진정하세요, 어머니, 내가 가볼 테니까요.」 어머니 이외에는 세상에서 어느 누구도 두려워하지 않는 아들이 대답했다. 그녀가 화를 낼 때마다 야고보는 사납고 준엄한 목소리가 어머니의 목소리가 아니고, 끈질긴 이스라엘 백성의 오래되고 사막에서 거칠어진 목소리라는 기분이 들기 때문에 공포감에 사로잡혔다.

몸을 돌려 야고보는 같이 갈 두 사람인 필립보와 나타나엘에게 머리를 끄덕였다.「갑시다!」그가 말했다. 그는 유다를 찾으려고 술통들 주변을 온통 찾아보았지만, 대장장이는 눈에 띄지 않았다.

「나도 가겠다.」아내하고만 단둘이 뒤에 남기가 두려워서 불안해진 제베대오가 말했다. 그는 허리를 굽혀 몽둥이를 집어 들고는 아들을 따라갔다.

막달라의 여인이 비명을 질렀다. 온몸이 상처투성이인 그녀는 구덩이 한쪽 구석에 쓰러져 두 팔로 머리를 감쌌다. 구덩이 언저리에 둘러선 사람들이 그녀를 구경하며 웃어 대었다. 부근의 포도밭에서 포도를 따고 운반하던 사람들이 일손을 놓고 모여들었다. 젊은 남자들은 반쯤 벌거벗은 피투성이 상태의 유명한 몸뚱어리를 보고 싶어 헐떡거렸고, 젊은 여자들은 그들 중 한 명도 가까이 하지 못하는 동안 그토록 많은 남자를 즐긴 여자가 밉기도 하고 부럽기도 했다.

바라빠는 소리를 그만 지르라는 신호로 손을 들었다. 그는 동시에 돌을 던지기 시작하라고 명령을 내릴 생각이었다. 그 순간에 야고보가 나타났다. 그는 열심당원인 산적 두목에게로 가려고 했지만 필립보가 그의 팔을 꽉 잡았다.

「어딜 가는 거예요!」필립보가 말했다.「우리가 도대체 어떻게 할 수 있나요? 우린 몇 명 되지도 않는데, 상대방은 한 마을 전체란 말이에요. 우린 어림도 없어요!」

하지만 야고보는 어머니의 성난 목소리가 머릿속에서 떠나지 않았다.

「여봐요, 바라빠, 여봐요, 사람의 목이나 따러 다니는 친구.」그가 소리쳤다.「당신은 사람을 죽이려고 우리 마을로 왔나요? 자, 저 여자는 우리가 심판할 테니까 그냥 놔둬요. 막달라와 가파르나움의 장로들이 와서 저 여자를 심판할 터이고, 저 여자의 아버지인 나자렛의 랍비도 올 겁니다. 그게 법이오!」

「내 아들의 말이 옳아요.」 묵직한 몽둥이를 들고 온 제베대오 노인이 말을 가로막았다. 「그 말이 맞아요. 그것이 법이오!」

바라빠는 휙 몸을 돌리더니 그들과 정면으로 마주 섰다. 「마을 장로들은 모두 뇌물을 받은 놈들이오.」 그가 소리쳤다. 「제베대오도 마찬가지고요. 난 그들을 믿지 않아요. 나는 법이고, 만일 당신들 용감한 젊은이들이 용기가 있다면, 어디 앞으로 나서서 나하고 겨뤄 봅시다!」

막달라와 가파르나움 사람들은 눈에 살기가 등등해서 바라빠 주변으로 몰려들었다. 돌팔매 끈을 가지고 청년들 한 무리가 마을에서 도착했다.

필립보는 나타나엘의 팔을 움켜잡고 뒤로 물러섰다. 그는 야고보에게로 돌아섰다.

「가봐요, 제베대오의 아들이여, 원한다면 혼자 나서 보라고요. 하지만 우린 뒤에 남겠어요. 우리가 미친 줄 알아요?」

「겁쟁이들 같으니라고, 자신이 부끄럽지도 않아요?」

「아뇨, 그렇지 않아요. 어서, 어서 혼자 나서라니까요.」

야고보는 아버지에게로 돌아섰지만 제베대오는 헛기침만 했다.

「난 늙었어.」 그가 말했다.

「어때요?」 껄껄 웃으며 바라빠가 소리쳤다.

작은아들의 팔에 몸을 의지하고 노부인 살로메가 도착했다. 그 뒤에 눈물을 글썽거리며 요셉의 아내 마리아가 따라왔다. 야고보는 돌아서서 어머니를 보더니 떨었다. 앞에는 광폭한 농민 폭도를 거느린 무시무시한 살인자가 버티고 섰으며, 뒤에서는 사납고 말도 없는 어머니가 가까이 왔다.

「어때요?」 소매를 걷어 올리며 바라빠가 다시 소리쳤다.

「나는 그들이 나 때문에 수치심을 느끼는 걸 원하지 않아!」 제베대오의 아들이 중얼거렸다. 그는 앞으로 나섰고, 바라빠도 그에게로 다가섰다.

「저러다가 죽을 거예요!」 야고보의 곁으로 달려가려고 몸을 뿌리치며 동생이 말했다. 하지만 어머니가 그를 말렸다.

「너는 가만히 기다리거라.」 그녀가 말했다. 「끼어들지 마.」

하지만 두 사람이 막 달라붙으려는 순간 호숫가에서 환희에 찬 소리가 들려왔다. 「마라나 타! 마라나 타(주여, 어서 오소서)!」 햇볕에 얼굴이 그을린 청년이 숨을 헐떡이고 손을 흔들며 그들의 앞으로 뛰어왔다.

「마라나 타! 마라나 타!」 그가 소리쳤다. 「주님이 오신다!」

「누가 온다고?」 그를 둘러싸며 모두들 소리쳤다. 「누구?」

「주님이요.」 젊은이는 등 뒤 사막을 가리키며 대답했다. 「주님이 저기 계셔요!」

모두들 시선을 돌렸다. 해가 기울고 있었고, 열기도 수그러들었다. 호숫가에서 올라오는 사람이 보였다. 그는 수도원의 수도사처럼 온통 하얀 옷차림이었다. 호수 앞쪽에는 유도화들이 만발했고, 하얀 옷을 입은 남자는 손을 내밀어 빨간 꽃을 한 송이 따서 입에 물었다. 갈매기 두 마리가 자갈밭에서 걸어 다니다가, 그가 지나가도록 길을 비켜 주었다.

노부인 살로메는 백발인 머리를 들더니 킁킁 대기의 냄새를 맡았다. 「누군가 이리로 오지?」 그녀가 아들에게 물었다. 「바람이 달라졌어.」

「나는 당장이라도 심장이 터질 것 같아요, 어머니.」 아들이 대답했다. 「아마 그분인가 봐요!」

「누구?」

「쉬, 조용히 하세요!」

「그리고 뒤에서 따라오는 사람들은 누구냐? 맙소사, 뒤에 군대가 잔뜩 쫓아오는구나.」

「그들은 포도를 수확하고 떨어진 찌꺼기를 주우려고 나온 가난한 사람들이에요, 어머니. 군대가 아니니까 두려워하지 마세요.」

그리고 정말로, 그의 뒤를 따르는 누더기를 걸친 추레한 사람들이 군대처럼 나타나기 시작했다. 남자, 여자, 아이들이 자루와 바구니를 들고 추수를 끝낸 포도밭으로 당장 여기저기 흩어져 찾기 시작했다. 해마다 포도와 올리브를 추수할 때가 되면 굶주린 사람들의 무리는 갈릴래아 각처에서 쏟아져 나와 이스라엘의 법에 따라 지주들이 가난한 사람들을 위해 남겨 놓은 밀과 포도와 올리브를 주워 모았다.

하얀 옷차림의 남자가 우뚝 걸음을 멈추었다. 군중을 보자 그는 겁이 났다. 나는 이곳을 떠나야 한다! 그는 옛날의 두려움에 사로잡혀 속으로 생각했다. 이곳은 사람들의 세상이다. 나는 떠나야만 하고, 하느님이 계신 사막으로 돌아가야 한다……. 다시 한 번 그의 운명은 연약한 실에 매달렸다. 앞으로, 아니면 뒤로, 그는 어느 쪽으로 가야 하나?

구덩이 주변의 모든 사람들은 꼼짝 않고 서서 그를 지켜보았다. 야고보와 바라빠는 소매를 걷어 올리고 아직도 맞선 채였다. 막달라의 여인도 머리를 들고 귀를 기울였다. 삶이냐? 죽음이냐? 이 침묵은 무슨 일인가? 바람이 바뀌었다. 갑자기 그녀는 벌떡 일어서더니 팔을 들고 소리쳤다. 「사람 살려요!」

하얀 옷차림의 남자는 그 목소리를 듣고 부르르 떨었다.

「막달라의 여인이로구나.」 그는 중얼거렸다. 「막달라의 여인! 나는 이 여자를 구해야만 한다!」 그는 팔을 활짝 벌리고는 군중을 향해 빠른 걸음으로 나아갔다.

사람들에게로 가까이 가서 분노가 넘치는 그들의 눈과 어둡고도 고뇌에 찬 사나운 표정을 보자 그는 더욱 마음이 설레었고, 가슴은 깊은 동정심과 사랑으로 더욱 넘쳤다. 이들이 참된 사람들이다, 그는 생각했다. 그들 한 사람 한 사람이 모두 형제들이지만 그들은 그런 사실을 알지 못하고, 그렇기 때문에 그들은 괴로워한다. 만일 그들이 진실을 알기만 했더라면, 얼마나 환희하고, 포옹하고 입 맞추며, 얼마나 기뻐할까!

하얀 옷차림의 남자는 마침내 도착해서 바위에 올라서더니 팔을 왼쪽과 오른쪽으로 뻗었다. 한마디의 말, 환희와 승리에 찬 한마디의 말이 그의 가슴 깊은 곳으로부터 터져 나왔다. 「형제들이여!」

놀라서, 사람들은 서로를 쳐다보았다. 아무도 대답이 없었다.

「형제들이여!」 승리감에 찬 소리가 다시금 울렸다. 「형제들이여, 나는 그대들을 만나게 되어 기쁩니다.」

「하지만 우리는 십자가를 만드는 당신을 보니, 조금도 기쁘지 않아요!」 땅바닥에서 묵직한 돌멩이를 하나 집어 들면서 바라빠가 대답했다.

「내 아들아!」 가슴이 찢어지는 목소리로 소리치더니 마리아가 달려 나와 아들을 껴안았다. 그녀는 웃고, 흐느껴 울고, 그를 어루만졌지만, 그는 아무 말도 없이 어머니의 팔을 풀고는 바라빠에게로 나아갔다.

「바라빠, 내 형제여.」 그가 말했다. 「나는 당신을 만나니 기쁩니다. 나는 친구이고, 위대한 기쁨의 말을 전하려고 왔습니다.」

「더 이상 가까이 오지 말아요.」 바라빠가 고함을 치고는 막달라의 여인을 보지 못하게 그녀의 앞을 가로막고 섰다. 하지만 그녀는 사랑하는 이의 목소리를 듣고 벌떡 일어섰다.
 「예수.」그녀가 소리쳤다.「살려 줘요.」

 단 한 걸음에 예수는 성큼 구덩이의 가장자리로 갔다. 막달라의 여인은 손가락과 발가락으로 바위에 매달리며 기어오르기 시작했다. 예수는 허리를 굽히고 손을 내밀었다. 그녀가 손을 움켜잡았고, 그는 그녀를 끌어 올렸다. 피투성이가 된 그녀는 헉헉거리며 땅바닥으로 쓰러졌다.

 바라빠가 달려가서 그녀의 등을 발로 짓밟았다.「여자는 내가 맡겠소!」손에 쥔 돌멩이를 치켜들며 바라빠가 소리쳤다.「난 안식일을 더럽힌 여자를 죽이겠소. 죽여야 합니다!」

 「죽여라! 죽여라!」그들의 희생자가 도망칠까 봐 걱정이 된 사람들이 아우성을 쳤다.

 「죽여라!」보나 마나 못된 수작을 부리려고 새로 도착한 사람을 에워싸는 가난한 자들의 무리를 보고는 제베대오도 같이 소리를 질렀다. 가난뱅이들을 제멋대로 굴게 내버려 두었다가는 무슨 재앙이 닥칠지 몰랐다.「죽여라!」몽둥이로 땅을 치며 그가 다시 소리쳤다.「죽여라!」

 치켜든 바라빠의 팔을 예수가 붙잡았다.「바라빠.」조용하고도 슬픈 목소리로 그가 말했다.「당신은 하느님의 계명을 한 번도 어겨 본 적이 없나요? 평생 동안 당신은 한 번도 도둑질이나 살인이나 간음이나 거짓말을 안 했나요?」

 예수는 아우성을 치는 군중에게로 돌아서더니 그들을 한 사람씩 천천히 둘러보았다.「당신들 중에 죄 없는 이가 먼저 돌을 들어 이 여자를 치시오!」

 군중은 술렁였고, 그들의 기억과 급소를 파헤치는 그의 날카로운 시선을 피하려고 한 사람씩 뒤로 물러섰다. 남자들은 지금까지 살아오는 동안에 그들이 했던 모든 거짓말과 그들이 범한 부당한 행위와 잠자리를 같이했던 남의 아내들이 머리에 떠올랐고, 여자들은 머릿수건을 내려 썼고, 그들이 손에 들었던 돌멩이는 땅바닥으로 미끄러져 떨어졌다.

하찮은 자들의 무리가 승리를 거두려는 광경을 보자 제베대오 노인은 분노를 터뜨렸다. 다시금 예수는 사람들에게로 돌아서서 한 사람씩, 그들의 눈 깊은 곳을 응시했다.

「당신들 중에 죄 없는 이가 먼저 돌을 들어 이 여자를 치시오.」

「나요.」 제베대오가 선뜻 나섰다. 「바라빠, 당신 돌멩이를 내게 주시오. 결백한 자는 두려움을 모르니까, 내가 돌을 던지겠소.」

바라빠는 기뻐했다. 그는 제베대오에게 돌멩이를 주고는 한쪽으로 비켜섰다. 제베대오는 머리를 정통으로 치려고 움켜쥔 돌멩이의 무게를 재면서 막달라의 여인을 굽어보았다. 그녀는 예수의 발치에서라면 죽어도 두렵지 않다고 느꼈기 때문에 몸을 잔뜩 도사리며 가만히 기다렸다.

분노한 천민들의 무리는 늙은 제베대오를 쳐다보았고, 그들 가운데 한 사람이, 가장 앙상하게 야윈 사람이 앞으로 뛰어나왔다.

「이봐요, 제베대오.」 그가 소리쳤다. 「하느님이 계시다는 건 당신도 알잖아요. 당신 손이 마비될 텐데, 두렵지도 않아요? 가난한 사람들의 권리를 박탈한 적이 없었는지, 돌이켜 생각해 봐요. 당신은 고아의 포도밭을 경매에 붙여 판 적이 평생 한 번도 없었나요? 당신은 밤에 과부의 집으로 몰래 들어간 적이 한 번도 없었나요?」

이 말을 들으니까 늙은 죄인은 손에 든 돌멩이가 무겁게 느껴졌고, 점점 더 긴장됐다. 갑자기 그는 비명을 지르더니 순식간에 팔이 오그라들면서 힘없이 옆구리로 축 늘어졌다. 커다란 돌멩이가 그의 손아귀에서 굴러 발로 떨어져 발가락을 부러뜨렸다.

가난한 자들의 무리가 기뻐 소리쳤다. 「기적이다! 기적이야! 막달라의 여인은 죄가 없다!」

바라빠는 광분했고, 그의 얽은 얼굴이 불길처럼 벌겋게 달아올랐다. 마리아의 아들에게로 달려간 그는 손을 들어 뺨을 때렸다. 그러자 예수는 얌전히 다른 쪽 뺨을 내밀었다.

「다른 쪽 뺨도 때려요, 바라빠, 내 형제여.」 그가 말했다.

바라빠는 손이 얼얼해졌고, 눈알이 머리에서 튀어나올 지경이었다. 이 사람은 누구인가? 유령인가, 인간인가, 악마인가? 그는 무엇인가! 얼이 빠진 그는 뒤로 물러서서 예수를 물끄러미 쳐다보았다.

「다른 뺨을 때려요, 바라빠, 내 형제여.」 마리아의 아들이 다시 한 번 그를 자극했다.

이 순간에 무화과나무 그늘 한쪽으로 비켜서서 지켜보던 유다가 밖으로 나섰다. 그는 모든 것을 보았지만 말은 하지 않았다. 막달라의 여인이 죽거나 말거나 그에게는 상관이 없었지만 바라빠와 천민들이 제베대오와 맞서고 그의 죄를 공박하는 말을 들으니 그는 기분이 좋았다. 하얀 새 옷을 입은 예수가 호숫가에 나타나자 그는 가슴이 두근거렸다. 「이제는 그가 누구이며, 그가 원하는 바가 무엇이고, 그가 인간에게 전하려는 말이 무엇인지 분명히 밝혀지겠지.」 그는 커다란 귀를 기울이며 중얼거렸다. 하지만 첫 시작, 첫 마디인 〈형제들이여!〉라는 말에 그는 기분이 나빠졌고, 그가 사용하는 표현이 못마땅했다. 「아직 정신을 못 차렸어.」 그가 투덜거렸다. 「아냐, 우린 전혀 형제들이 아냐. 이스라엘 사람과 로마 사람은 형제가 아니고, 이스라엘 사람들끼리도 형제가 아니다. 로마인들에게 배알을 팔아먹는 사두가이파 사람들, 폭군의 앞잡이 노릇을 하는 수많은 마을 촌장들, 그들은 우리 형제가 아니다. 그렇다, 당신은 시작이 좋지 않다, 목수의 아들이여. 조심하라!」 하지만 분노도 나타내지 않고, 초인간적인 다정함을 보이며 다른 쪽 뺨을 내미는 예수를 보았을 때, 그는 겁이 났다. 이 사람은 누구인가? 그는 속으로 자신에게 소리쳐 물었다. 이런 행동, 다른 뺨을 내미는 이런 행동, 천사만이, 오직 천사만이, 아니면 개만이 그런 행동을 한다.

유다는 한걸음에 성큼 바라빠에게로 가서 마리아의 아들에게로 덤벼들려는 순간에 그의 팔을 움켜잡았다.

「저 사람에게 손대지 마시오.」 유다는 울먹이는 듯한 목소리로 말했다. 「집으로 가요!」

바라빠는 놀라서 유다를 쳐다보았다. 그들은 두 사람 다 혈맹에 가입했고, 그들은 자주 마을과 도시로 나란히 들어가서 이스라엘을 반역한 자들을 죽였다. 그런데 지금은······.

「유다, 당신이.」 그가 중얼거렸다. 「당신이?」

「그래요, 나요. 가시오!」

바라빠는 물러서려고 하지 않았다. 유다는 혈맹에서 그보다 지위가 높았으므로 반박하면 안 되었지만, 한편으로는 자존심 때문에 조금도 물러서고 싶지 않았다.

「가시오!」 붉은 수염이 다시 한 번 명령했다.

산적 두목은 머리를 숙이고는 마리아의 아들에게 험악한 시선을 던졌다. 「당신은 나한테서 도망치지 못할 거요.」 주먹을 불끈 쥐며 바라빠가 중얼거렸다. 「우린 꼭 다시 만날 거요!」

부하들에게로 돌아서서 그는 어정쩡하게 명령했다. 「가자.」

제13장

 해는 곧 하늘의 발치에 이르렀다. 낮의 열병은 시들고, 바람이 자고, 호수는 장밋빛과 파란 빛깔로 반짝였다. 아직도 배가 고픈 황새 몇 마리가 한쪽 다리로 바위 위에 서서 물을 노려보았다.

 가난한 자들의 무리는 가고 싶지 않아서 마리아의 아들에게 시선을 고정시키고 기다렸다. 그들은 무엇을 기다리는가? 그들은 헐벗고 굶주렸다는 사실을 잊었고, 가난의 목구멍을 감미롭게 해주기 위해 포도를 딴 넝쿨에 몇 송이의 포도를 남겨 두는 착한 마음이 결여된 지주들의 악의를 잊어버렸다. 그들은 아침부터 이 포도밭 저 포도밭으로 돌아다녔지만, 바구니는 그대로 텅 비었다. 추수철에도 마찬가지여서, 텅 빈 자루를 옆구리에 차고 이 밭 저 밭으로 돌아다녔고, 저녁이면 아이들이 입을 벌리고 기다렸다! 하지만 지금은, 어떻게 그리고 왜 그런지 그들은 알지 못했지만, 그들의 바구니가 갑자기 가득 찬 듯싶었다. 그들은 하얀 옷을 입고 앞에 선 남자를 쳐다보았다. 차마 발길이 떨어지지 않았다. 그들은 기다렸다. 무엇을 기다렸나? 그들 자신도 그것은 알지 못했다.

 마리아의 아들은 그들을 마주 쳐다보았다. 그도 역시 기다렸고, 이들 모든 영혼이 그의 목에 매달린다고 느꼈다. 그들이 그에게서 바라는 바가 무엇이었을까? 그들은 무엇을 추구하는가? 아무것도 가지지 못한 그가 그들에게 무엇을 주겠는가? 그는 그들을 쳐다보고, 또 그들을 쳐다보고, 순간적으로 용기를 잃고는 또다시 도망치고 싶었지만, 수치심 때문에 그만두었다. 그의 발에 매달린 막달라의 여인은 어찌 될까? 그리고 갈망하는 눈으로 그를 물끄러미 쳐다보는 그토록 수많은 사람들, 그는 어떻게 그들에게 위안을 주지 않고 가버리겠는가? 가버리다니? 하지만 어디로 가나? 하느님은 어디를 가도 존재했다. 하느님의 은총, 아니, 은총이 아니라 힘, 전능한 힘은 그를 마음대로 어디로나 끌고 갔다. 마리아의 아들은 이제 이 땅이 자신의 고향이라고 느꼈으며, 그에게는 다른 고향이 없었고, 사람들이 그의 사막이라고 느꼈고, 그에게는 다른 사막이 없었다.

「주여, 당신의 뜻이 이루어질지어다.」 머리를 숙이고 하느님의 자비에 자신을 맡기며 그가 중얼거렸다.

가난한 자들의 무리에서 한 노인이 일어서더니 말했다. 「마리아의 아들이여, 우리는 굶주렸지만 당신에게서 우리가 구하려는 바는 빵이 아닙니다. 당신은 우리나 마찬가지로 가난합니다. 입을 열어 부드러운 말을 한마디 하시면 우리는 배가 부를 터입니다.」

한 젊은이가 나섰다. 「마리아의 아들이여, 불의가 우리의 목을 조르고, 우리 마음은 더 이상 견딜 힘이 없습니다. 당신은 친절한 말을 전하러 왔다고 그랬습니다. 우리에게 그 친절한 말을 해주시고, 우리에게 정의를 가져다주십시오!」

마리아의 아들은 사람들을 쳐다보았다. 그는 자유와 굶주림의 목소리를 들었고, 환희했다. 그는 지금 찾아와서 그의 이름을 부르는 이 목소리, 이 목소리를 자신이 여태껏 기다려 왔다는 기분이 들었다. 그는 두 팔을 활짝 벌리고 사람들에게로 돌아섰다.

「형제들이여.」 그가 말했다. 「갑시다!」

마치 그들도 이 부름을 여러 해 전부터 기다려 왔으며 그들의 참된 이름을 처음으로 듣기라도 하는 듯, 모든 사람이 한꺼번에 기뻐하며 소리쳤다.

「갑시다! 하느님의 이름으로!」

마리아의 아들이 앞장을 서고, 나머지 사람들은 한 덩어리를 이루며 나아갔다. 호수의 하류 옆에는 하루 종일 내리쬐는 여름 태양의 타오르는 열기에도 불구하고 아직 엷은 초록빛을 띠고 한가운데가 움푹 가라앉은 언덕이 자리 잡았다. 지금은 저녁의 감미로움 속에서, 그곳은 세이보리와 백리향의 향기가 풍겼다. 언덕 꼭대기는 고대 어느 이교도 신전의 터였는지, 조각을 한 몇 개의 기둥머리 조각이 지금도 땅바닥에 흩어져 있었다. 눈이 좋은 어부들은 호수에서 밤에 고기잡이를 하다가 자주 대리석에 앉은 하얀 유령을 보았고, 어느 날 밤에 요나는 그 유령이 흐느껴 우는 소리까지도 들었다. ……바로 그 언덕을 향해서 그들은 모두 마리아를 앞세우고, 뒤에서는 가난한 자들의 엄청난 무리가 뒤따르며 황홀경에 빠진 듯 나아갔다.

노부인 살로메는 작은아들에게로 돌아섰다. 「나를 부축해 다오. 우리도 가야지.」 그녀는 마리아의 손을 잡았다.

「울지 말아요, 마리아.」 그녀가 말했다. 「아드님의 얼굴 둘레에서 광채가 도는 걸 보지 못했나요?」

「난 아들이 없어요, 난 아들이 없어요.」 발작적으로 흐느껴 울음을 터뜨리면서 마리아가 대답했다. 「저 모든 어중이떠중이들은 저마다 아들을 두었는데, 난 아들이 없어요.」 그녀는 통곡하고 흐느끼며 언덕을 향해 출발했다. 이제 그녀는 아들이 자기를 영원히 버렸다는 사실을 확실히 알았다. 아들을 포옹하고 함께 집으로 데려가려고 그녀가 달려갔을 때, 아들은 누구인지 모르겠다는 듯 놀란 표정으로 그녀를 쳐다보았고, 그녀가 〈내가 네 어미란다〉라고 말했을 때 아들은 손을 저어 밀쳐 버렸다.

제베대오 노인은 군중과 함께 언덕을 오르는 아내를 보았다. 험악하게 얼굴을 찡그리며 그는 몽둥이를 움켜잡고, 아들 야고보와 아들의 두 친구인 필립보와 나타나엘에게로 돌아서서, 시끄럽게 흥분한 폭도를 가리켰다. 「굶주린 늑대들 같은 저놈들 모두 저주나 받으라지! 놈들이 우릴 양으로 생각하고 잡아먹지 못하게, 우리도 저 사람들하고 같이 아우성을 쳐야 되겠어. 우리도 뒤에서 따라가겠지만, 마리아의 저 어처구니없는 아들이 사람들에게 무슨 말을 하든지 간에 우린 야유를 해야 한다는 걸 잊지 말라고. 알겠지! 우린 저 녀석이 유리한 입장이 되게 그냥 놔두면 안 돼. 모두 함께 가되, 정신 똑바로 차려!」

이 말을 하고 그는 절름발이 당나귀처럼 천천히 역시 언덕을 오르기 시작했다.

바로 그때 요나의 두 아들이 나타났다. 베드로는 동생의 팔을 잡고 조용히, 화를 돋우지 않으려고 부드럽게 말을 했다. 하지만 동생은 마음이 편치 않았고, 언덕을 오르는 사람들의 무리와 그들을 이끌고 가는 하얀 옷을 입은 남자에게서 눈을 떼지 않았다.

「저 사람들은 누구예요? 어디로들 가나요?」 결정을 못해서 아직도 길거리에 서서 주춤거리는 유다에게 베드로가 물었다.

「마리아의 아들이에요.」 붉은 수염이 코웃음을 쳤다.

「그 뒤를 따라가는 무리는요?」

「포도 수확이 끝난 다음 떨어진 포도를 주워 가는 가난한 사람들이에요. 그들은 한 번 보고 당장 그에게 애정을 가지게 되었어요. 내 생각엔 저 사람이 그들에게 얘기를 하기 위해 저곳으로 올라가는 것 같아요.」

「무슨 얘기를 하겠다고요? 당나귀 두 마리에게 건초도 나눠 주지 못하던 사람인데요.」

유다는 머리를 저었다. 「두고 봐야 알겠죠.」 그는 투덜거리더니 역시 언덕을 올라가기 시작했다.

가무잡잡한 두 명의 여장부가 커다란 포도 광주리를 머리에 저마다 하나씩 이고는 지치고 들뜬 얼굴로 포도밭에서 돌아왔다. 다른 사람들의 다정한 분위기가 부러워 그들은 같이 어울려 시간을 보내기로 작정하고 행렬의 끝에 따라붙었다.

어깨에 그물을 멘 요나 노인은 오두막 쪽으로 비척비척 몸을 끌고 갔다. 그는 배가 고파서 어서 집으로 가고 싶었다. 그는 언덕을 오르는 두 아들과 군중을 보고는 걸음을 멈추고, 입을 벌린 채 물고기처럼 둥글고 퀭한 눈으로 그들을 물끄러미 쳐다보았다. 그는 아무 생각도 하지 않았고, 누가 죽었는지, 누가 결혼하는지, 또는 그토록 많은 사람이 떼를 지어 어디로 가는지 궁금해하지도 않았다. 그는 아무 생각도 하지 않았고, 입을 벌린 채 그냥 멍하니 쳐다보기만 했다.

「어서요, 물고기 선지자 요나, 갑시다.」 제베대오가 그에게 소리쳤다. 「잔치가 벌어졌어요! 보아 하니 막달라의 마리아가 결혼식이라도 올리게 생겼어요. 어서요, 가서 재미있게 놀아요!」

요나는 두툼한 입술을 움찔거렸다. 그는 말을 하려다가 생각을 고쳐먹었다. 등에다 그물을 편히 메려고 어깨로 힘을 한 번 쓴 다음 그는 무거운 발걸음으로 그가 사는 동네를 향해 출발했다. 상당히 많은 시간이 지난 다음에, 마침내 그의 움막집이 가까워졌을 때, 많은 산고를 치른 다음에야 그의 이성이 결국 말을 한마디

탄생시켜서, 〈멍텅구리 같은 제베대오, 악마나 찾아가거라!〉라고
투덜거리고는 문을 발길로 차서 열고 안으로 들어갔다.

 제베대오와 친구들이 언덕 꼭대기에 이르렀을 때, 예수는 기둥
머리 위에 책상다리를 하고 앉았다. 그는 그들을 기다리려는 듯
아직 입을 열지 않았다. 가난뱅이들의 무리는 그의 앞에, 남자들
은 땅바닥에 책상다리를 하고 앉았으며, 여자들은 뒤쪽에 서서
그를 지켜보았다. 해는 졌지만, 헤브론 산의 북쪽 꼭대기에는 아
직도 빛이 걸려 넘어가려고 하지를 않았다.

 예수는 두 손을 엇갈려 가슴에 얹고는 어둠과 씨름을 벌이는
빛을 지켜보았다. 가끔 그는 그를 빤히 쳐다보는 사람들의 얼굴
을 천천히 둘러보았다. 그들은 주름지고, 슬픔에 젖고, 굶주림으
로 쪼그라들었으며, 그에게 고정된 눈들은 마치 그의 탓이라는
듯 꾸짖는 표정으로 쳐다보았다.

 제베대오와 그의 일행을 보자 예수는 얼른 몸을 일으켰다.

 「어서 오세요.」 그가 말했다. 「다들 이리 모이세요. 내 목소리는
별로 크지 못합니다. 나는 여러분에게 하고 싶은 얘기가 있어요.」

 제베대오는 마을 장로의 자격으로 앞자리를 차지해서 바위 위
에 임금처럼 앉았다. 그의 오른쪽에는 두 아들과 필립보와 나타
나엘, 왼쪽으로는 베드로와 안드레아가 앉았다. 노부인 살로메와
요셉의 아내 마리아는 훨씬 뒤쪽, 여자들 사이에 끼어 서 있었다.
다른 마리아, 막달라의 마리아는 두 손으로 얼굴을 가리고는 예
수의 발치에 엎어졌다. 유다는 한쪽으로 떨어져, 바람에 시달리
고 뒤틀린 소나무 밑에서 기다렸고, 솔잎 사이로 그의 새파란 눈
은 마리아의 아들을 잡아먹을 듯 노려보았다.

 예수는 남몰래 떨면서 용기를 구하려고 애썼다. 그가 그토록
오랫동안 두려워했던 순간이었다. 그 순간은 왔고, 하느님은 그

를 정복했고, 하느님이 원하는 대로 사람들 앞에서 그가 얘기를 하도록 억지로 끌어다 놓았다. 그리고 이제, 그는 사람들에게 무슨 말을 해야 할까? 그의 삶에서 겪었던 몇 가지 안 되는 기쁨, 그리고 수많은 슬픔, 하느님과의 투쟁, 홀로 방황하며 그가 보았던 모든 세상, 산과 꽃과 새, 길 잃은 양을 어깨에 얹고 즐겁게 집으로 돌아가던 양치기, 물고기를 잡으려고 그물을 던지는 어부, 씨를 뿌리고 곡식을 거두고 키질을 하고 채소를 집으로 가져가는 농부들이 그의 머릿속을 스쳐 지나갔다. 그의 마음속에서는 하늘과 땅이 자꾸 열렸다 닫혔으며, 하느님의 모든 기적이 보였는데, 그는 어느 기적을 먼저 선택해야 할지 몰랐다! 그는 그것들을 모두, 모두를 보여 주어 위안을 얻지 못하는 이 사람들에게 위안을 주고 싶었다! 그의 앞에 펼쳐진 세상은 하느님의 동화여서, 울지 말라고 할머니가 그에게 자주 읊어 주던 옛날 얘기처럼 공주님들과 도깨비들이 우글거렸고, 하느님은 천국의 언저리 너머로 몸을 내밀고는 그 얘기를 사람들에게 했다.

예수는 미소를 지으며 두 팔을 활짝 벌렸다.

「형제들이여.」 아직도 진정되지 못해서 떨리는 목소리로 그가 말했다. 「형제들이여, 내가 우화를 빌려 얘기할 테니, 용서하시오. 나는 소박하고 무식한 사람이오, 당신들이나 마찬가지로 경멸당하는 가난한 사람입니다. 내 마음은 할 말이 많지만, 내 이성은 그런 얘기를 전할 능력이 없군요. 나로서는 아무런 욕망도 없이 그냥 입을 열었을 뿐인데, 옛날 얘기가 흘러나오려고 합니다. 용서하세요, 형제들이여, 하지만 나는 비유를 해서 말씀드리겠습니다.」

「우리는 듣겠습니다, 마리아의 아들이여.」 사람들이 소리쳤다. 「우린 듣겠습니다!」

다시금 예수는 입을 열었다. 「씨를 뿌리는 사람이 밭으로 씨를 뿌리러 나갔는데, 그가 씨를 뿌리는 동안 씨앗 하나가 길에 떨어져 새들이 날아와서 그것을 쪼아 먹었습니다. 또 어떤 씨앗은 바위 위로 떨어져 양분을 얻을 만한 흙을 찾지 못해 말라 죽었어요. 또 하나는 가시밭에 떨어졌는데, 가시나무들이 자라는 바람에 싹도 틔우지 못했습니다. 마지막으로 또 다른 씨앗 하나가 비옥한 흙에 떨어져 뿌리를 뻗고, 싹이 나고, 열매를 맺어 사람들이 먹게 되었습니다. 여러분들 가운데 귀가 달린 사람들은 들으시오!」

아무도 입을 열지 않았다. 그들은 어리벙벙한 표정으로 서로 쳐다보았다. 하지만 시비를 걸 구실을 찾던 제베대오 영감이 벌떡 일어섰다.

「미안합니다.」 그가 말했다. 「하지만 난 이해를 못하겠어요. 하느님 덕택에 나는 귀가 달렸고, 귀가 달려 있어 들었지만, 난 이해를 못하겠어요. 당신은 무슨 말을 하려고 그럽니까? 좀 더 분명히 밝힐 수는 없나요!」 그는 비웃으며 자랑스럽게 하얀 수염을 쓰다듬었다. 「혹시 당신이 씨를 뿌리는 사람이라는 얘긴가요?」

「그렇습니다.」 예수가 겸손하게 대답했다. 「나는 씨를 뿌리는 사람입니다.」

「주여, 우리를 보살피소서!」 몽둥이로 땅을 치며 늙은 족장이 소리쳤다. 「그렇다면 틀림없이 우리는 당신이 씨를 뿌리는 바위와 가시밭과 들판이라 이건가요?」

「그렇습니다.」 아직도 차분한 목소리로 마리아의 아들이 대답했다.

안드레아는 잔뜩 신경을 곤두세우고 귀를 기울였다. 예수를 지켜보는 사이에 어느덧 흥분한 그의 가슴이 마구 두근거렸다. 요르단 강둑에서, 짐승 가죽으로 몸을 감싸고, 태양에 시달리고, 기도와 밤샘과 굶주림으로 완전히 쇠진해서, 활활 타오르는 두 개의 숯불 같은 괴이하게 커다란 두 눈과 〈회개하라! 회개하라!〉 외치는 목청 이외에는 아무것도 남지 않았던 세례자 요한을 처음 보았을 때도 그의 가슴은 이렇게 뛰었었다. 그가 소리를 지르면 요르단 강에서는 거대한 파도가 일어났고, 대상의 행렬이 멈추었으며, 낙타들은 앞으로 나아가지를 못했다. 하지만 지금, 여기 그의 앞에 선 또 다른 사람은 미소를 짓고, 목소리는 조용하게 떨려서, 처음으로 지저귀려고 애를 쓰는 얼빠진 새 같았고, 그의 눈은 타오르는 대신에 어루만지는 듯싶었다. 안드레아의 마음은 엄청난 혼란을 일으키며 그들 두 사람 사이를 정신없이 오락가락했다.

조금씩 조금씩 요한은 아버지 곁에서 멀어져 예수에게로 가까이 갔다. 그가 스승의 발치에 거의 이르렀을 때 제베대오는 그를 보더니 아까보다 더욱 화를 냈다. 그는 가짜 선지자들이라면 벌써부터 신물이 났다. 1년 내내 새로운 선지자들이 나타나서 세상의 짐을 어깨에 걸머지고, 마치 미리 짜고 오기라도 했는지 그들은 하나같이 지주와 성직자와 왕들을 공격했다. 세상에서 안정되고 좋은 모든 것을 그들은 무너뜨리려고 했다. 그리고 이제는 또 무엇인가! 아, 아직 어리고 여릴 때 저놈의 목을 비틀어 놔야지, 제베대오는 생각했다.

용기를 얻기 위해 그는 다른 사람들이 무슨 말을 하는지 보려고 돌아섰다. 그는 이맛살을 찌푸린 큰아들 야고보를 보았지만, 낙심해서인지 아니면 분개해서 찡그렸는지 알 길이 없었고, 아내를 보니 이제는 가까이 와서 눈물을 닦아 내는 중이었으며, 가난한 자들의 무리로 시선을 돌린 그는 어미가 벌레를 먹여 주는 새들처럼 입을 벌린 채로 마리아의 아들을 응시하는 모든 굶주린 가난뱅이들을 보고 겁이 덜컥 났다.

「모든 거지들은 저주를 받을지어다!」 그는 투덜거리며 아들 옆으로 슬그머니 내려갔다. 얌전히 입을 다물지 않았다가는 봉변을 당하겠어, 그는 속으로 생각했다.

차분하고 서글픈 목소리가 들려왔다. 예수의 발치에 앉았던 누군가 얘기를 시작했다. 뒤에서 길에 누웠던 사람들은 누구일까 알아보려고 일어나 앉았다. 제베대오의 작은아들이었다. 그는 조금씩 예수의 발치로 기어가더니 이제는 머리를 젖히고 올려다보면서 그와 얘기를 나누는 중이었다.

「당신은 씨를 뿌리는 사람이고, 우리는 바위와 가시밭과 들판입니다. 하지만 당신이 가지고 온 씨앗은 무엇인가요?」

솜털이 나고 순진한 그의 얼굴에는 불이 붙었고, 아몬드처럼 생긴 검은 눈은 고뇌에 차서 예수를 물끄러미 쳐다보았고, 살이 통통하게 찐 하얀 몸은 마구 떨며 위를 향해 뻗치고는 기다렸다. 그는 자신의 삶이, 현세에서의 삶과 내세의 삶이 그가 듣게 될 대답에 전적으로 좌우되리라는 예감을 느꼈다.

예수는 얘기를 들으려고 몸을 수그린 채였다. 그는 한참 동안 마음속의 소리에 귀를 기울이고는 올바른 말을, 단순하고 평범한 불멸의 말을 찾아내려고 애썼다. 뜨거운 땀이 그의 얼굴에서 얼어붙었다.

「당신이 가지고 온 씨앗은 무엇입니까?」 제베대오의 아들이 초조하게 되풀이해서 물었다.

순간적으로 예수는 몸을 얼른 꼿꼿하게 세우더니 두 팔을 벌리고 군중을 향해 내밀었다.

「서로 사랑하시오!」 그의 뱃속에서 우렁찬 외침이 흘러나왔다. 「서로 사랑하시오!」

이 말을 하자, 그는 마음속이 갑자기 텅 빈 기분이 느껴져 기둥

머리 위로 기운 없이 쓰러졌다.

수군거리는 소리가 커졌다. 사람들이 몸을 일으켰다. 머리를 흔드는 사람들이 많았고, 어떤 사람들은 웃기도 했다.

「저 사람이 뭐라고 그랬죠?」 귀가 좀 먹은 노인이 물었다.

「우리더러 서로 사랑하라고 그러는군요.」

「어림도 없어요!」 화를 내며 노인이 말했다. 「굶주린 사람은 배가 부른 사람을 사랑할 수가 없어요. 불의의 희생자는 그를 압박하는 자를 사랑할 수가 없어요. 불가능합니다! 집으로 갑시다!」

유다는 소나무에 몸을 기대고는 격분해서 붉은 수염을 쓰다듬었다. 「그렇구나, 목수의 아들이여.」 그는 투덜거렸다. 「당신은 우리에게 그런 말이나 하려고 왔단 말인가? 이것이 우리에게 당신이 전하는 가슴 벅찬 말인가? 당신은 우리가 로마인을 사랑하기를 바라겠지? 우린 당신이 뺨을 내밀듯 목을 길게 내밀고는 〈사랑하는 형제여, 부탁이오니 나를 죽여 주소서〉라고 말해야 하나?」

예수는 수군거리는 소리를 듣고, 찌푸린 얼굴과 암울한 눈들을 보며 이해를 했다. 그의 얼굴에는 쓰라린 고뇌가 스쳤다. 모든 힘을 다해서 그는 몸을 일으켰다.

「서로 사랑하시오! 서로 사랑하시오!」 그는 끈질기게 탄원하는 목소리로 되풀이해서 말했다. 「하느님은 사랑이십니다! 나도 또한 그분을 야만적이라고 생각했고, 나도 또한 그분의 손길이 닿으면 산이 연기를 뿜고 사람들이 죽는다고 생각했습니다. 나는 도망치려고 수도원에 숨었으며, 나는 엎드려 기다리기도 했습니다. 이제는 하느님이 오시려니, 이제는 벼락처럼 내 위에 떨어지시려니 하고 나는 혼잣말을 했습니다. 그러던 어느 날 아침에, 그분은 드디어 찾아오셨고, 서늘한 산들바람처럼 내게로 불어오시며 〈애야, 일어나거라〉라고 말씀하셨고, 나는 일어나 이렇게 찾아온 것입니다!」

예수는 두 손을 포개더니 앞에 앉은 사람들에게 인사를 하듯 허리를 굽혀 절했다.

제베대오 노인은 몽둥이를 움켜잡으며 헛기침을 하고 침을 뱉었다. 「하느님이 서늘한 산들바람이라니!」 격노해서 그는 나지막하게 으르렁거렸다. 「지옥으로나 가거라, 이 엉터리야!」

마리아의 아들은 얘기를 계속했다. 그는 이제 사람들의 한가운데로 내려가서 그들을 한 사람씩 쳐다보고, 그들 한 사람 한 사람에게 호소했다. 그는 두 팔을 높이 들고 이리저리 거닐었다.

「하느님은 우리의 아버지이십니다.」 그가 말했다. 「그분은 모든 고통을 위로해 주시고, 모든 상처를 치료해 주십니다. 세상에서 우리가 아무리 고통과 굶주림에 심하게 시달리더라도, 그만큼, 아니, 그 이상으로 우리는 천국에서 만족하고, 우리는 기뻐할 것입니다……」

기운이 빠진 그는 다시 기둥머리로 올라가서 앉았다.

「우리가 죽으면 낙원으로 가신답신다!」 누가 소리쳤고, 웃음이 터져 나왔다.

하지만 예수는 하느님께 사로잡혀 그런 소리를 듣지 못했다.

「옳은 일에 주리고 목마른 자들은 축복을 받습니다.」 그가 소리쳤다.

「옳은 일만으로는 충분하지 않아요.」 어떤 굶주린 사람이 말을 가로막았다. 「옳은 일만으로는 충분하지 않아요. 우리는 빵을 원해요!」

「빵도 그렇습니다.」 한숨을 지으며 예수가 말했다. 「빵도 그렇습니다……. 옳은 일에 주리고 목마른 자는 행복하나니, 그들은 만족할 것입니다. 슬퍼하는 사람은 행복하나니, 그들은 하느님의 위로를 받을 것입니다. 가난한 사람과 온유한 사람과 죄를 지은 사람들은 축복을 받을 것입니다. 하느님께서 하늘나라를 준비하신 까닭은 그들을 위해서, 여러분을 위해서, 가난한 사람과 온유한 사람과 죄지은 사람들을 위해서입니다.」

아직도 포도 바구니를 머리에 이고 서 있던 두 명의 여장부는 얼른 힐끗 서로 쳐다보더니 아무 말도 없이 바구니를 내려 한 여자는 오른쪽, 한 여자는 왼쪽에 모인 가난한 사람들에게 포도를 나눠 주기 시작했다. 예수의 발치에 쓰러진 막달라의 여인은 아직도 감히 머리를 들어 사람들에게 얼굴을 보여 줄 용기가 나지 않았지만, 그녀의 머리카락에 파묻힌 스승의 발에다 남몰래 입을 맞추었다.

야고보는 더 이상 참지 못하겠어서 벌떡 일어나더니 자리를 떴다. 안드레아는 격분했다. 그는 형의 손을 뿌리치고 예수에게로 가서 마주 섰다.

「나는 얼마 전에 유대 땅 요르단 강에서 돌아왔습니다.」 그가 소리쳤다. 「그곳에서는 어느 선지자가 이렇게 부르짖었어요. 〈인간은 쓸모없는 존재이고 나는 불이니라. 나는 이 땅을 태워 깨끗이 하고, 영혼을 태워 깨끗이 해서 메시아가 오시게 하려고 왔노라!〉 그런데 당신은, 목수의 아들이여, 당신은 사랑을 설교하잖아요! 왜 당신 주변을 한번 둘러보지 않으시나요? 어디를 봐도 거짓말쟁이, 살인자, 도둑들뿐입니다! 모두가 부자거나 가난하거나, 압박을 받거나 압박하거나, 학자나 바리사이파 사람이나 모두가, 모두가 다 정직하지 않아요! 나도 역시 거짓말쟁이요, 나도 역시 정직하지 못하고, 저기 있는 내 형 베드로도 마찬가지이고, 똥배가 잔뜩 나온 제베대오도 마찬가지여서 〈사랑〉이라는 말을 들으면 고기잡이배와 어부들과 어떻게 하면 포도주를 짜는 통에서 능력껏 많이 훔칠까 하는 생각만 하죠.」

이 말을 듣고 제베대오 노인은 격노했다. 투실투실 살이 찐 목덜미가 불처럼 시뻘겋게 달아오르고, 목의 핏줄을 불끈거리며 그는 당장에라도 칠 기세로 몽둥이를 치켜들고 앞으로 달려 나왔다. 하지만 살로메가 때맞춰 그의 팔을 붙잡았다.

「부끄러워할 줄도 알아야죠, 부끄러워할 줄을 말이에요.」 그녀는 그에게 나지막이 말했다. 「자, 집으로 갑시다.」

「신발도 신지 못한 비렁뱅이들이 이곳 내 땅에서 잘난 체하도록 내버려 두지는 않겠어!」 제베대오 노인은 모든 사람들이 들으라고 목청껏 소리를 질렀다. 헉헉대고 씨근덕거리며 그는 마리아의 아들에게로 돌아섰다.

「그리고 당신, 목수, 내 앞에서 메시아 노릇을 했다가는 당신도 결국 다른 사람들처럼, 가엾은 양반아, 십자가에 못 박히는 끝장을 보게 될 거요. 그래야만 당신도 고민을 잊게 되겠지! 하지만 내가 불쌍하게 생각하는 건 아무짝에도 쓸모가 없는 당신이 아니라 당신을 외아들로 둔 불행한 어머니란 말이오.」

그는 땅바닥에 털썩 쓰러져 바위를 머리로 짓찧는 마리아를 가리켰다.

하지만 노인의 분노는 아직도 풀리지 않았다. 그는 계속해서 몽둥이로 땅바닥을 두드리며 소리쳤다.

「이 사람은 〈사랑〉을 얘기했고, 여러분은 모두들 형제니까 앞으로 나서서, 뭐든지 공짜니까 다 가져가지그래! 하지만 내가 적을 사랑할까? 당장에라도 문을 부수고 들어와서 내 재산을 훔쳐 가려고 바깥에서, 마당에서 서성거리는 비렁뱅이들을 내가 사랑하겠느냐고? 이 사람은 〈사랑〉을 얘기하는데, 그 얘기를 잘 들어 봐! 로마인들 만세! 그들이 이교도이기는 해도 난 만세를 부르고 싶어. 만세! 그들은 질서를 유지하니까!」

이 말이 가난한 자들을 자극했다. 사납게 소리를 지르며 그들은 제베대오에게로 몰려들 기세였고, 유다가 소나무 밑에서 튀어나왔다. 노부인 살로메는 겁이 났다. 그녀는 손으로 입을 틀어막아 남편의 말을 가로막고는 점점 가까이 폭풍처럼 밀려오는 위협적인 군중을 향했다.

「여러분, 이 사람 말에 신경 쓰지 말아요. 이 사람은 화가 나면 마음에도 없는 소리를 잘 하니까요.」

살로메는 노인에게로 돌아섰다. 「갑시다.」 그녀는 명령적인 어조로 말했다.

살로메는 행복한 표정으로 예수의 발치에 가만히 앉은 아들, 그녀가 사랑하는 아들에게 머리를 끄덕였다.

「얘야, 오너라.」 그녀가 말했다. 「날이 저물었어.」

「난 여기 남겠어요, 어머니.」 젊은이가 대답했다.

마리아는 엎어져 있던 바위에서 몸을 일으켰다. 눈물을 씻으며 그녀는 아들을 데리고 집으로 가려고 비틀거리는 걸음으로 나아갔다. 이 불운한 여인은 가난한 자들이 그에게 보여 준 사랑, 그리고 부유한 마을 유지가 위협하던 말이 다 같이 두려웠다.

「저 말을 듣지 말도록 난 하느님의 이름으로 애원하겠어요.」 그녀는 걸어가면서 이 사람 저 사람에게 말했다. 「저 애는 병이 들었어요…… 병이 났다고요…… 병이 났어요…….」

떨면서 그녀는 아들에게로 다가갔다. 그는 이제 두 손을 엇갈려 포개고 서서 호수를 물끄러미 쳐다보았다.

「얘야, 이리 오너라.」 그녀는 부드럽게 말했다. 「함께 집으로 가야지…….」

예수는 목소리를 듣고, 깜짝 놀라서 시선을 돌려 쳐다보았다.

마치 누구냐고 묻는 듯한 표정이었다.

「애야, 가자.」 예수의 허리를 끌어안으며 마리아가 되풀이해서 말했다. 「너 왜 나를 그런 눈으로 보느냐? 나를 모르겠니? 나는 네 엄마란다. 자, 네 형제들이 나자렛에서 널 기다리고, 네 아버지는……」

아들은 머리를 저었다. 「무슨 어머니요?」 그가 차분하게 말했다. 「무슨 형제들요? 내 어머니와 형제들은 여기 모였는데요.」

손을 내밀어 그는 가난한 자들과, 그들의 아내와, 말없이 소나무 앞에 서서 분노한 눈으로 그를 쳐다보던 유다를 가리켰다.

「그리고 내 아버지는……」 그는 손가락을 들어 하늘을 가리켰다. 「내 아버지는 하느님입니다.」

하느님의 벼락에 희생된 불우한 여자의 눈에서는 눈물이 흐르기 시작했다. 「세상에서 나보다 더 비참한 어머니가 과연 어디 있을까?」 그녀가 말했다. 「내게는 아들이 하나, 하나뿐이었는데, 지금은……」

노부인 살로메는 가슴이 찢어지는 울음소리를 들었다. 남편을 남겨 두고 그녀는 되돌아가서 마리아의 손을 잡았다. 하지만 마리아는 뿌리치며 다시 아들에게로 몸을 돌렸다.

「같이 가지 않겠니?」 그녀가 소리쳤다. 「너한테 마지막으로 한 번 더 얘기하겠는데, 이리 오너라!」

그녀는 기다렸다. 아들은 말이 없었고, 다시금 얼굴을 호수 쪽으로 돌렸다.

「정말 안 오겠니?」 가슴이 찢어지는 목소리로 어머니가 말했다. 그녀는 손을 들어 올렸다.

「너는 어머니의 저주도 두렵지 않니?」

「나는 아무것도 두렵지 않아요.」 얼굴도 돌리지 않으면서 아들이 대답했다.「난 하느님 이외에는 어느 누구도 두렵지 않아요.」

마리아의 얼굴이 험악해졌다. 그녀는 저주의 말을 하려고 주먹을 들고 입을 벌렸지만, 노부인 살로메가 재빨리 손으로 입을 막았다.

「그러지 말아요! 그러지 말아요!」그녀가 말했다. 그녀는 마리아의 허리를 꼭 끌어안고는 억지로 끌고 갔다.「자, 가요, 우리 마리아.」그녀가 말했다.「어서 가자고요. 하고 싶은 얘기가 있어요.」

두 여자는 가파르나움을 향해 언덕을 내려가기 시작했다. 제베대오 노인은 화가 나서 몽둥이로 엉겅퀴들을 후려치며 앞장을 서서 내려갔다.

살로메가 마리아에게 말했다.「우리 착한 마리아, 왜 우나요? 그걸 보지 못했어요?」

마리아는 깜짝 놀라 그녀를 쳐다보며 울음을 참았다.「무얼 봐요?」그녀가 물었다.

「아드님이 얘기하는 동안, 그의 등 뒤에서 푸른 날개들이, 수천 쌍의 푸른 날개들이 퍼덕이는 걸 보지 못했어요? 맹세컨대, 마리아, 그건 천사들의 대군(大軍)이었어요.」

하지만 마리아는 절망에 빠져 머리를 저었다.「난 아무것도 보지 못했어요.」그녀가 중얼거렸다.「난 아무것도…… 아무것도 보지 못했어요.」그러더니 잠깐 침묵을 지킨 다음 말을 이었다.「천사들이 나한테 무슨 소용이겠어요, 살로메? 나는 자식과 손자들이, 천사들이 아니라 자식과 손자들이 그 애의 뒤를 따르기만을 바라요!」

하지만 노부인 살로메의 눈에는 푸른 날개들이 가득했다. 손을 내밀어 그녀는 마리아의 젖가슴을 만지며 마치 굉장한 비밀이라도 털어놓는 듯 나지막한 목소리로 말했다.「당신은 축복을 받았어요, 마리아. 그리고 당신의 자궁에서 맺은 결실도 축복을 받았고요.」

하지만 마리아는 위로를 받지 못했다. 그녀는 머리를 설레설레 흔들고는 흐느껴 울며 뒤따라갔다.

한편 격노한 가난뱅이의 무리는 예수를 에워쌌다. 그들은 위협하고, 지팡이로 땅바닥을 치고, 빈 바구니를 공중에서 휘둘렀다.

「돈 많은 놈들을 죽여라!」 그들이 소리쳤다. 「당신 말 한번 잘 했어요, 마리아의 아들, 부자들을 죽여야 해요!」

「당신이 앞장을 서시면 우리가 제베대오의 집을 불태워 버리겠어요.」

「아니에요, 태워 버리지는 맙시다.」 반대하는 사람들도 나왔다. 「쳐부수고 들어가 밀과 기름과 포도주와 비싼 옷이 가득 찬 궤짝들을 나눠 가지고…… 돈 많은 자들은 죽여요!」

예수는 절망에 빠져 두 팔을 휘저었다. 「난 그런 얘기는 하지 않았습니다! 나는 그런 얘기는 하지를 않았어요!」 그가 소리쳤다. 「나는 〈형제들이여, 사랑하시오!〉라고 말했어요.」

하지만 가난한 자들은 굶주림에 시달려 광폭해졌으니, 어떻게 그들이 말을 듣겠는가!

「안드레아의 말이 옳아요.」 그들이 소리를 질렀다. 「처음에는 불과 도끼더니, 다음에는 사랑이로군요!」

예수의 옆에 선 안드레아는 이 말을 들었지만, 깊은 생각에 잠겨 머리를 숙이고 있었으므로 대답을 하지 않았다. 사막에서 그의 스승이 하는 말을 들었을 때는, 그 말이 바위처럼 떨어져 사람들의 머리를 짓이겼다고 생각했다. 하지만 그의 옆에 선 이 사람은 빵처럼 사람들에게 말을 골고루 나누어 주었다……. 누구 말이 옳은가? 힘과 사랑, 두 가지 가운데 어느 쪽이 세상을 구원하는 길일까?

이런 생각들이 머릿속에서 빙글빙글 소용돌이를 일으키는 동안에 그는 머리에 닿는 두 손의 감촉을 느꼈다. 예수가 가까이 와서 안드레아의 머리 꼭대기에다 살그머니 손바닥을 얹었다. 손가락은 아름답고 유연하고 너무나 길어서, 무엇이나 잡으면 완전히 감싸게 되었고, 지금은 안드레아의 머리 전체를 덮어썼다. 안드레아는 꼼짝도 하지 않았다. 그는 자신의 두개골에서 봉합선이 벌어지고, 형언하기 힘들고 꿀처럼 진한 감미로움이 흘러 들어와 두뇌로 내려가고, 입과 목과 심장에 이르고, 이어서 사타구니까지 내려가 발바닥으로 번져 나간다고 느꼈다. 그는 온몸으로, 영혼 전체로, 물을 줄 때의 목이 말랐던 나무처럼 존재의 뿌리로 깊은 환희를 느꼈다. 그는 얘기를 하지 않았다. 그의 머리에 얹힌 손이 영원히 그 자리에 머문다면 얼마나 좋으랴! 그토록 많은 투쟁을 거친 다음인 지금, 그는 마침내 안정감과 내적인 마음의 평화를 느꼈다.

조금 떨어진 곳에서는 떨어질 줄 모르는 두 친구 필립보와 순박한 나타나엘이 얘기를 나누었다.

「나는 저 사람이 좋아요.」 후리후리한 구두장이가 말했다. 「저 사람 말은 꿀처럼 달콤해요. 믿지 못하겠지만, 저 사람 얘기를 듣는 동안 나는 실제로 입맛을 다셨어요!」

양치기는 의견이 달랐다. 「난 저 사람이 마음에 안 들어요. 언동이 일치하지 않아서 〈사랑! 사랑!〉을 외치면서도 십자가를 만들고, 사람들을 십자가에 매달아요!」

「정말이지 그건 끝난 얘기예요, 필립보. 그 과정을, 십자가의 과정을 저 사람은 꼭 거쳐야만 했어요. 이제 그 과정을 거치고, 하느님의 길을 택한 거예요.」

「난 실질적으로 해놓은 업적을 원해요!」 필립보가 고집했다. 「내 양들이 옴에 걸렸어요. 우선 저 사람더러 와서 축복을 내려 보라고 합시다. 만일 양들의 병이 낫는다면 나는 저 사람의 말을 믿겠어요. 그렇지 못하면 당신도 알다시피 다른 사람들이나 마찬가지로 끝장을 보게 되겠죠. 왜 머리를 저으시나요? 만일 세상을 구원하고 싶다면 내 양부터 구하라고 해봅시다.」

밤이 내려 호수와 포도밭과 사람들의 얼굴을 덮었다. 북두칠성이 하늘에 나타났다. 동쪽에는 붉은 별이 사막 위로 포도주 방울처럼 매달렸다.

예수는 갑자기 배가 고프고 피곤한 기분이 들었다. 그는 혼자 남고 싶었다. 사람들은 차츰 어린아이들이 기다리는 집으로 돌아가야 한다는 생각이 들었다. 일상생활의 걱정거리들이 다시금 그들을 짓눌렀다. 이것은 번갯불의 섬광이나 마찬가지여서, 그들은 정신이 팔렸었지만 이제는 다 지나갔고, 그들은 일상적인 일의 수레바퀴에 다시 붙잡혔다. 한 사람씩, 또는 짝을 지어 그들은 낙오자처럼 슬그머니 자리를 떴다.

우울증에 사로잡힌 예수는 해묵은 대리석 위에 누웠다. 그에게 작별 인사를 하느라고 손을 내미는 사람도 없었고, 배가 고프냐거나 밤을 지낼 곳이 마련되었느냐고 묻는 사람도 없었다. 그는 컴컴해지는 대지로 얼굴을 돌렸고, 서둘러 발소리가 멀어지고, 또 멀어지다가…… 결국엔 들리지 않았다. 갑자기 사방이 조용해졌다. 그가 머리를 들었지만, 아무도 없었다. 주위를 둘러보니, 어둠뿐. 사람들은 떠났다. 그의 주변에는 아무것도 없고, 하늘에는 별들이, 그리고 그의 몸속에는 피로와 배고픔뿐이었다. 어디로 가야 하나? 어느 문을 두드려야 하나? 그는 야단을 맞고 서글퍼진 듯, 땅바닥에 다시 쪼그리고 앉았다.「여우들도 들어가서 잠을 잘 집이 있는데.」그가 중얼거렸다.「나는 집이 없구나.」그는 눈을 감았다. 밤과 함께 얼얼한 추위가 내렸다. 그는 덜덜 떨었다.

갑자기 그는 대리석 뒤에서 신음을 하고, 그러고는 숨 죽여 흐느끼는 소리를 들었다. 눈을 뜨고 그는 어둠 속에서 그를 향해 엉금엉금 기어 오는 여자를 보았다. 가까이 온 그녀는 머리를 풀고 돌멩이에 마구 찢긴 그의 발을 씻어 주기 시작했다. 그는 체취로 그녀가 누구인지 알았다.

「막달라의 여인, 내 누이여.」따스하고 향기가 나는 그녀의 머리에 손을 얹으며 그가 말했다.「막달라의 여인, 내 누이여, 집으로 돌아가 이제는 더 이상 죄를 범하지 말아요.」

「예수, 내 형제여.」그의 발에다 입을 맞추며 그녀가 말했다. 「죽을 때까지 나로 하여금 당신의 그림자를 따르게 해주세요. 나는 이제 사랑이 무엇인지 알게 되었어요.」

「집으로 돌아가요.」예수가 다시 말했다.「때가 되면 내가 당신을 부르겠어요.」

「나는 당신을 위해 죽고 싶어요.」

「서두르지 말아요, 막달라의 여인이여. 때가 오겠지만, 아직은 그때가 아니에요. 때가 오면 내가 당신을 부르겠어요. 자, 가요.」

그녀가 싫다는 말을 하려고 하자 그의 목소리가 다시 들렸는데, 이번에는 목소리가 지극히 준엄했다.

「가라니까요!」

막달라의 여인은 언덕을 내려가기 시작했다. 그녀의 가벼운 발소리가 잠깐 동안 들렸고, 그러더니 조금씩 조금씩 희미해지면서 허공에 그녀의 체취만 남았을 뿐, 아무것도 없었다. 하지만 곧 밤의 산들바람이 불어와서 체취마저 싣고 가버렸다.

마리아의 아들은 완전히 혼자 남았다. 머리 위에서는 하느님의 새까만 밤의 얼굴이 별들과 더불어 반짝였다. 예수는 별이 빛나는 어둠 속에서 무슨 목소리를 들으려는 듯 귀에다 신경을 집중했다. 그는 기다렸다……. 아무 소리도 없었다. 그는 입을 열어 보이지 않는 이에게 〈주여, 당신은 저에게 만족하셨나이까?〉라며 묻고 싶었지만, 감히 말이 나오지 않았다. 그는 보이지 않는 이에게 많은 얘기를 하고 싶었지만, 감히 그러지를 못했다. 그는 밀어닥치는 갑작스러운 침묵에 겁이 났다. 분명히 주님은 나를 못마땅하게 여기시는구나, 그는 문득 떨면서 생각했다. 하지만 왜 저를 탓하셔야 하나요, 주여? 저는 말을 할 줄 모른다고 당신께, 얼마나 여러 번 당신께 말씀을 드렸나이까? 하지만 당신은 때로는 웃고, 때로는 분노해서 얼굴을 찌푸리며 점점 더 저를 몰아대었고, 오늘 아침에는 수도원에서 그럴 만한 자격도 없는 저를 수도원장의 자리에 앉히려고 수도사들이 쫓아다니며 내가 도망을 못 치도록 모든 문에 빗장을 질렀을 때, 당신은 작은 비밀 문을 열어 주고는 발톱으로 제 머리를 꿰어 차서 엄청나게 많은 군중 앞에, 이곳에다 나를 팽개쳤나이다. 「얘기하라.」 당신은 저에게 명령했습니다. 「때가 왔노라!」 하지만 저는 입을 꽉 다물고 아무 말도 하지 않았습니다. 당신은 소리쳤지만, 저는 아무 말도 하지 않았나이다. 마침내 당신은 더 이상 참지 못하고, 앞으로 달려 나와 제 입을 열었습니다. 저는 입을 열지 않았고, 당신이, 억지로 대신 그 입을 열었으며, 선지자들의 입에 타오르는 불을 붙여 주던 당신은, 그렇습니다, 불이 아니라 꿀을 내 입에다 발라 주셨나이다! 그리고 저는 말했습니다. 제 마음은 분노했고, 분노에 사로잡혀 저는 소리쳤으니, 하느님은 불! 그렇다, 당신의 선지자, 세례자와 마찬가지로 하느님은 불이요, 주님이 오시는도다! 법을 모르고 정의를 모르고, 명예를 모르는 사람들, 그대들은 어디에 숨겠는가? 주님이 오시는도다! ······제 마음은 저로 하여금 그렇게 소리치도록 만들려고 했지만 당신은 제 입에다 꿀을 발랐고, 그래서 대신에 저는 〈사랑! 사랑!〉이라고 소리쳤나이다.

「주여, 오 주여!」 그는 중얼거렸다. 「저는 당신과 싸울 자격이 없나이다. 오늘 밤 저는 항복합니다. 당신 뜻대로 하소서!」

이 말을 하자마자 그는 안도감을 느꼈다. 잠에 취한 새처럼 머리를 가슴으로 떨구고 그는 눈을 감고 잠이 들었다. 어느 틈엔가 그는 저고리 속에서 사과를 하나 꺼내 쪼개서 씨앗을 뽑아 땅바닥에 묻었다. 그러자 당장 씨는 싹이 트고, 땅을 밀치고 올라와 줄기를 이루고, 가지와 잎사귀와 꽃이 뻗어 나왔고, 열매가, 수백 개의 빨간 사과가 맺혔다······.

돌멩이들이 굴렀고, 남자의 발소리가 들려왔다. 예수는 겁이 나서 잠이 달아났다. 그는 눈을 뜨고 앞에 멈춰 선 사람을 보았다. 이제는 혼자가 아니어서 마음이 즐거워진 그는 차분하게, 말없이, 그 사람을 반가이 맞았다.

밤의 방문객이 앞으로 나서서 무릎을 꿇었다. 「배고프시겠어요.」 그가 말했다. 「내가 빵과 꿀과 생선을 가지고 왔어요.」

「형제여, 당신은 누구인가요?」

「요나의 아들 안드레아입니다.」

「모두들 나를 버리고 떠났어요. 그래요, 정말 난 배가 고파요. 형제여, 어찌하여 당신은 나를 잊지 않고 하느님의 풍요로운 음식인 빵과 꿀과 생선을 가져다주나요? 진정 부족한 바는 친절한 말인데요.」

「그것도 제가 가지고 왔습니다.」 어둠 때문에 용기를 얻은 안드레아가 말했다. 예수는 젊은이의 떨리는 손과, 창백한 뺨으로 흘러내리는 눈물을 보지 못했다.

「그것부터, 친절한 말부터 들어 보고 싶군요.」 그에게 손을 내밀고 미소를 지으며 예수가 말했다.

「라보니,¹ 주인님이시여.」 요나의 아들은 나지막이 말하고 허리를 굽혀 발에다 입을 맞추었다.

---

1 〈주인님, 스승님〉이라는 뜻으로 유대인들 사이에 쓰는 경칭이다.

제14장

 시간이란 길이로 측정하는 들판도 아니요, 해리(海里)로 계산하는 바다도 아니며, 그것은 심장의 고동이다. 약혼 기간은 얼마나 계속되었던가? 며칠? 몇 달? 몇 년? 기쁨과 자비를 베풀면서 마리아의 아들은 좋은 말을 전하러 이 마을 저 마을로, 이 산에서 저 산으로, 때로는 배를 타고 이 호숫가에서 건너편 호숫가로, 신랑처럼 하얀 옷을 입고 돌아다녔다. 대지가 그의 신부였다. 그가 발을 들면 밟았던 땅은 당장 꽃으로 가득 뒤덮였다. 그가 쳐다보면 나무들은 꽃이 만발했다. 고기잡이배에 그가 오르기만 하면 돛이 순풍으로 부풀어 올랐다. 사람들은 그의 얘기에 귀를 기울였고, 그들의 육체에는 날개가 돋았다. 이렇게 약혼 기간이 계속되는 동안에는 줄곧, 돌맹이를 하나 들어 보면 밑에서 하느님이 발견되었고, 문을 두드리면 하느님이 나와서 열어 주었고, 친구나 적의 눈을 보면 그들의 눈동자 속에 들어앉아 미소를 짓는 하느님의 모습이 보였다.

 화가 난 바리사이파 사람들은 머리를 저었다. 「세례자 요한은 단식하고 흐느껴 울죠.」 험악한 눈을 그에게 부라리며 그들이 꾸짖었다. 「위협만 하고, 웃을 줄은 몰라요. 하지만 당신은, 즐거운 결혼식이 벌어진다 하면 어디건 당신이 제일 먼저 나타나죠. 당신은 먹고, 마시고, 나머지 사람들이나 마찬가지로 웃고, 지난번 가나에서 결혼식이 열렸을 때는 부끄러워하지도 않고 젊은 아가씨들하고 춤도 추었어요. 웃고 춤추는 선지자도 존재한다는 말은 들어 본 적이 없어요.」

하지만 예수는 미소를 지었다. 「바리사이파 사람들이여, 내 형제들이여, 나는 선지자가 아니고, 신랑입니다.」

「신랑이라고요?」 옷을 잡아 찢는 시늉을 하며 바리사이파 사람들이 고함을 쳤다.

「그래요, 바리사이파 사람들이여, 내 형제들이여, 신랑입니다. 용서를 바랍니다만, 난 그렇게밖에는 표현할 길이 없어요.」

예수는 동반자들에게로, 요한과 안드레아와 유다에게로, 그의 다정한 얼굴에 홀려 달려와 그의 얘기를 들으려고 밭과 고기잡이 배를 버린 농부들과 어부들에게로, 아기를 안고 온 여자들에게로 돌아섰다.

「신랑이 아직 여러분과 함께 지내는 동안 기쁨과 환희를 누려요.」 예수는 그들에게 말했다. 「당신들도 과부나 고아가 될 날이 오겠지만, 하느님 아버지를 믿어요. 하늘을 나는 새들의 믿음을 보세요. 그들은 씨 뿌리거나 거두지 않아도 하느님이 먹이십니다. 대지의 꽃들을 보세요. 그들은 실을 뽑거나 옷을 짜지 않지만, 그토록 화려한 옷을 어느 왕이 입겠습니까? 당신들의 몸뚱어리가 무엇을 먹고, 마시고, 입을지 걱정하지 마세요. 당신들의 육체는 흙이요, 흙으로 되돌아갑니다. 하늘나라와 여러분의 불멸하는 영혼을 걱정하시오!」

유다는 그의 말을 듣고 이맛살을 찌푸렸다. 그는 하늘나라에는 관심이 없었다. 그가 크게 걱정하는 것은 지상의 왕국이었고, 그것도 온 세상이 아니라 이스라엘, 기도와 구름이 아니라 사람들과 바위로 이루어진 이스라엘이었다. 로마인들, 야만적인 이교도 로마인들은 이 땅을 짓밟는다. 우선 그들을 쫓아내야 하고, 그런 다음이라면 하늘나라 걱정을 해도 되리라.

예수는 붉은 수염의 찌푸린 얼굴을 보고는 머릿속에서 휘몰아치는 그의 숨은 생각을 읽었다.

「하늘과 땅은 하나입니다, 유다, 내 형제여.」 미소를 지으며 예수는 그에게 말했다. 「바위와 구름은 하나요, 하늘나라는 구름 위가 아니라 우리 속에, 우리 마음속에 존재해요. 나는 마음을 얘기합니다. 마음을 달리 먹으면 하늘과 땅이 포옹하고, 이스라엘 사람과 로마인이 포옹하고, 모두 하나가 됩니다.」

하지만 붉은 수염은 참고 기다리자고 자제하며 분노를 마음속에만 담아 두었다. 예수가 멋도 모르며 저런 소리를 한다고 유다는 속으로 투덜거렸다. 그는 꿈의 나라에서 살고, 주변에서 무슨 일이 벌어지는지 전혀 모른다. 내 마음은 주변의 세상이 달라진 다음에야 달라지리라. 로마인들이 이스라엘 땅에서 사라져야만 나는 마음이 편하리라!

어느 날 제베대오의 작은아들이 예수를 보고 말했다. 「용서를 빕니다, 랍비님. 나는 유다를 사랑하지 않는다는 사실을 깨달았어요. 그에게 가까이 가면 그의 몸에서는 검은 힘이 뿜어져 나오고, 작고도 작은 수천 개의 바늘이 내게 상처를 주고, 지난번에는 해 질 녘에, 검은 천사가 그에게 귓속말을 하는 걸 봤어요. 그가 무슨 말을 했나요?」

「그가 무슨 생각으로 그런 말을 했는지 난 불길한 예감을 느껴요.」 한숨을 지으며 예수가 말했다.

「뭐라고요? 난 겁이 납니다, 랍비님. 무슨 말을 했나요?」

「때가 되면 당신도 알게 되겠죠. 나도 아직은 확실히 몰라요.」

「왜 그를 데리고 다니며, 왜 밤낮으로 당신 뒤를 따라다니게 하나요? 그리고 그에게 얘기할 때면 왜 당신 목소리는 우리에게 얘기할 때보다 부드러워지나요?」

「그래야만 해요, 요한, 내 형제여. 그 사람은 더 많은 사랑이 필요하니까요.」

안드레아는 새 스승을 따랐고, 날이 갈수록 세상이 달라지고, 점점 더 온화해졌다. 세상이 아니라, 그의 마음이! 먹고 웃어도 이제는 죄가 되지 않았고, 발밑의 땅이 단단해졌고, 하늘은 아버지처럼 굽어보았고, 주님의 날은 분노와 불꽃의 날이 아니고, 세상의 종말이 아니었으며, 그것은 추수와 포도의 수확과 결혼식과 춤이었으니, 대지의 순결함이 영원히 새로 태어나는 과정이었다. 날마다 동틀 녘은 갱생이었고, 아침마다 하느님은 거룩한 손으로 세상을 보살피겠다는 약속을 새로이 했다.

나날이 지나는 사이에 안드레아는 마음이 가라앉았다. 그는 음식과 웃음을 친구로 삼았고, 창백한 뺨에는 핏기가 돌았다. 저녁이나 점심때 식사를 하려고 나무 밑에 길게 눕거나, 어느 친구의 집에서 융숭한 대접을 받거나, 항상 그러듯이 예수가 축복을 내리고 빵을 나눠 주면, 안드레아의 배 속은 그 빵을 받았고, 당장 그것을 사랑과 웃음으로 바꾸어 놓았다. 하지만 그는 아직도 가족과 친구들이 생각나면 가끔 한숨을 지었다.

「요나와 제베대오는 어떻게 될까요?」 어느 날 그는 몽롱한 눈으로 물었다. 두 노인이 그에게는 세상의 끝으로 떠나갔다고 여겨졌다. 「그리고 야고보와 베드로는 어떻고요? 그들은 어디로 갔고, 지금은 어떤 상황에 시달릴까요?」

「우린 그들을 모두 만날 거예요.」 예수가 미소를 지으며 대답했다.「그리고 그들은 모두 우리를 찾아내고요. 슬퍼하지 말아요, 안드레아. 아버지의 마당은 넓으니까, 모든 사람이 들어가기에 넉넉해요.」

어느 날 저녁 예수는 베싸이다로 들어갔다. 아이들이 올리브나무 가지와 종려나무 잎사귀를 가지고 그를 맞으러 달려 나왔다. 문이 열리고 아낙네들이 나왔다. 집안일을 팽개치고 그들은 좋은 말을 들으려고 그를 따라 달려왔다. 반신불수 부모는 아들이 어깨에 메고 나왔으며, 눈먼 할아버지는 손자가 손을 잡고 이끌었다. 근육이 불끈거리는 사람들은 악마에 홀린 자들을 끌고 와서, 이 미친 사람들의 머리에 손을 얹어 광증을 고쳐 달라고 그를 쫓아왔다.

마침 그날은 도붓장수 토마가 여러 마을을 들러 떠도는 중이었다. 실과 빗과 여자들에게 기적을 행하는 화장품과 청동 팔찌와 은 귀고리를 잔뜩 지고 비틀거리며 나팔을 불고 손님을 소리쳐 부르는 그를 예수가 보았다. 갑자기 바람이 한 번 불자 그는 이제 사팔뜨기 도붓장수 토마가 아니었다. 손에 그는 목수의 수평기(水平器)를 들었다. 그는 머나먼 나라에서 온 사람들도 섞인 수많은 군중에 둘러싸였다. 일꾼들이 돌멩이와 시멘트를 실어 나르고, 석공들은 거대한 신전을, 대리석 기둥을 받친 웅장한 대사원을 짓고 있었으며, 토마는 건축의 지휘를 맡아 수평기를 들고 이리저리 뛰어다니며 그들이 해놓은 일을 확인했다……. 예수가 눈을 찡긋하면 토마도 마주 눈을 찡긋했고. 갑자기 그는 다시 팔 물건을 잔뜩 걸머진 모습으로 되돌아와 예수 앞에 섰다. 그의 교활한 사팔뜨기 눈이 음흉하게 번득였다.

예수는 도붓장수의 머리에 손을 얹었다.

「토마, 나하고 같이 갑시다. 나는 당신에게 다른 짐을, 영혼의 향료와 장식품을 주겠어요. 그러면 당신은 세상의 끝까지 순회하고, 새로운 장식품을 소리쳐 팔고, 사람들에게 나눠 줘야 합니다.」

「난 이 물건들부터 팔아야겠어요.」 약삭빠른 도붓장수가 킬킬거리며 말했다. 「그런 다음에는…… 글쎄, 어떻게 될지 두고 보기로 하죠.」 그는 날카로운 목소리를 돋워 그 자리에서 빗과 실과 기적을 행하는 화장품들을 소리쳐 팔기 시작했다.

돈이 아주 많고, 잔인하고, 부정직한 어느 늙은 마을 유지가 문설주를 손으로 짚고 서서, 가까이 오는 군중을 호기심 어린 눈으로 지켜보았다. 아이들의 무리가 앞장서서 뛰어다니고 종려나무 잎사귀와 올리브나무 가지를 머리 위로 휘저으며 집집마다 문을 두드리고 소리쳤다. 「오십니다, 오십니다, 다윗의 아드님이 오십니다!」 그 뒤에는 어깨까지 머리를 치렁치렁 늘어뜨리고 하얀 옷을 입은 남자가 따라왔다. 조용히 평화로운 미소를 지으며 그는 집집마다 축복을 내리듯 손을 왼쪽 오른쪽으로 활짝 벌렸다. 그의 뒤를 따르던 남자들과 여자들은 그를 손으로 만져 힘과 고결함을 얻으려고 서로 다투었다. 더 뒤에서는 눈멀고 반신불수인 자들이 따라왔으며, 계속해서 집집마다 문이 열리고 다시금 사람들이 나타나 몰려들었다.

나이 많은 유지는 불안했다. 「이 사람이 도대체 누구요?」 폭도가 안으로 몰려 들어와 그의 재산을 훔쳐 가지 못하게 문설주를 손으로 단단히 잡으며 그가 물었다.

누군가 걸음을 멈추고 그에게 대답했다. 「새로운 선지자예요, 아나니아. 당신이 보고 계신 저 하얀 옷을 입은 남자는 한 손에는 생명, 다른 손에는 죽음을 들고, 그것을 마음대로 나눠 준답니다. 현인(賢人)에게 인사를 드려요, 아나니아. 저분의 마음에 들도록 대접을 잘해 드려요.」

이 말을 듣고 아나니아는 겁이 났다. 그는 많은 고민으로 영혼이 무거웠고, 밤이면 자꾸 깜짝 놀라 잠이 깨고 두려움으로 얼이 빠지곤 했다. 악몽 속에서 그는 지옥의 불길 속에 목까지 잠겨 온몸이 불타는 느낌이었다. 〈어쩌면 이 사람이 나를 구원할지도 모른다. 세상일은 만사가 요술인데, 이 사람이 요술을 부리는지도 모른다〉고 그는 생각했다. 〈그러니까 그를 위해 식탁을 차리고, 돈이 조금 들더라도 그를 배불리 먹이고, 그러면 기적을 베풀어 줄지도 모른다.〉

결정을 내린 그는 길 한가운데로 나서서 손바닥을 가슴에 대었다.

「다윗 왕의 아들이시여.」 그가 말했다. 「나는 늙고 죄 많은 아나니아이고, 당신은 성자이십니다. 황공하게도 당신이 우리 마을에 왕림하셨다는 말을 듣고 저는 당신이 식사를 하시도록 음식을 장만했습니다. 부디 사양치 마시고 안으로 들어오세요. 누구나 다 알듯이 성자들이 세상에 오시는 까닭은 우리 죄인들을 위해서이고, 저희 집은 성령에 굶주렸습니다.」

예수는 걸음을 멈추었다. 「당신 말을 들으니 나는 마음이 기쁩니다, 아나니아. 당신을 만나서 반갑습니다.」

예수는 부유한 집으로 들어갔다. 종들이 식탁을 차리고는 베개를 가지고 왔다. 예수는 옆으로 길게 누웠고, 그의 양쪽으로는 요한과 안드레아와 유다와, 얻어먹기 위해서 제자처럼 행동하던 교활한 토마가 모로 누웠다. 늙은 주인은 그들 맞은편에 자리를 잡고는 악령을 쫓는 사람으로 하여금 요술을 부려 악몽을 쫓아 버리게 하려면 대화를 어떤 교묘한 방법으로 꿈 얘기와 연결 지어 이끌어 나가야 할까 머릿속으로 궁리했다. 사람들은 바깥에 서서 식사를 하는 그들을 지켜보며 하느님과 날씨와 포도밭 얘기를 나누었다. 식사와 술을 끝내자 종들이 주전자와 세숫대야를 가지고 왔다. 손님이 손을 씻고 일어나려고 하자 아나니아 노인의 인내심이 한계점에 이르렀다. 나는 돈을 들여 그에게 식사를 대접했다, 그는 속으로 생각했다. 그는 일행과 더불어 먹고 마셨다. 그러니까 그는 마땅히 보상을 해야 한다.

「스승이여, 나는 악몽으로 시달립니다.」그가 말했다. 「내가 들은 바로는 당신이 악령을 아주 잘 쫓는다고 하더군요. 나는 당신을 위해서 능력껏 모든 일을 했으니까, 거룩하신 분께서도 저를 위해 무엇인가 해주셨으면 좋겠는데, 저를 불쌍히 여기시고, 꿈을 쫓아 버려 주십시오. 사람들의 얘기를 들으니까 당신은 비유를 통해 말하고 악령을 쫓는다더군요. 그러니까 저한테 비유를 하나 얘기해 주세요. 나는 그 숨은 뜻을 이해하고 병을 고치겠습니다. 세상만사가 요술이죠, 안 그렇습니까. 자, 그렇다면, 당신의 요술을 부려 보세요.」

예수는 미소를 짓고 노인을 빤히 쳐다보았다. 탐욕스러운 자의 재빨리 돌아가는 눈과, 살진 목덜미와, 게걸스러운 턱을 그가 겪기는 이번이 처음은 아니었다. 그런 모습을 보면 그는 전율을 느꼈다. 그들은 먹고, 마시고, 웃고, 온 세상이 그들의 소유라고 생각했으며, 그들은 훔치고, 춤추고, 간음하고, 그것이 지옥에서 타오르는 불길이라는 사실을 전혀 알지 못했다. 그들이 어쩌다 눈을 뜨고 사물을 제대로 보기는 가끔 꿈속에서뿐이었고……. 예수는 탐욕스러운 늙은이를, 그의 살진 몸과 눈과 두려움을 보았으며, 다시금 그의 마음속에서는 진리가 우화로 변했다.

「귀를 열어요, 아나니아.」그가 말했다. 「내가 얘기를 할 테니까 마음도 열어 놓고요.」

「나는 귀를 열고 마음도 열었어요. 나는 듣겠습니다.」

「언젠가, 아나니아, 돈은 많고 정직하지 못하며 의롭지도 못한 사람이 살았습니다. 그는 먹고 마셨으며, 보랏빛 비단옷을 입었고, 춥고 굶주린 이웃 라자로에게는 야채 한 잎도 주지 않았어요. 라자로는 탁상 밑으로 기어 들어가 빵 부스러기를 주워 모으고 뼈다귀를 핥아 먹었지만, 종들이 그를 쫓아내었어요. 그가 문간에 쫓겨나 앉으면 개들이 와서 그의 상처를 핥았습니다. 그러다가 정한 시간이 되어 두 사람 다 죽었죠. 한 사람은 영원한 불구덩이로 떨어졌고, 다른 사람은 아브라함의 품에 안겼습니다. 어느 날 돈 많은 사람이 눈을 들어 보았더니 그의 이웃 라자로가 아브라함의 품속에서 즐거워 웃었어요. 〈아브라함 아버지시여, 아브라함 아버지시여.〉 그가 소리쳤습니다. 〈라자로를 내려 보내 손가락 끝을 적셔 불 속에서 타들어 가는 제 입을 시원하게 해주소서!〉 하지만 아브라함이 그에게 말했어요. 〈네가 먹고 마시며 대지의 기름기를 누리는 동안 라자로는 춥고 굶주리던 날들을 돌이켜 보라. 너는 그에게 푸른 잎사귀 하나라도 준 적이 있었더냐? 이제는 그가 즐거움을 누리고 너는 영원히 불에 타고 또 타야 할 때가 왔느니라.〉」

예수는 한숨을 짓고 입을 다물었다. 아나니아 노인은 얘기를 더 들으려고 입을 벌린 채 서서 기다렸다. 그는 입술이 마르고 목구멍이 칼칼해졌다. 그는 애원하는 눈길로 예수를 쳐다보았다.

「그게 전부예요?」 떨리는 목소리로 노인이 물었다. 「그게 전부이고 더 이상은 없나요?」

「그런 꼴을 당해 마땅하죠!」 웃으며 유다가 말했다. 「현세에서 너무 많이 먹고 너무 많이 마시는 자라면 누구나 하데스에 가서 모조리 토해 놓아야 하거든요.」

하지만 제베대오의 작은아들은 예수의 가슴 쪽으로 상반신을 기울였다.

「랍비님.」 그가 나지막이 말했다. 「당신은 제 마음의 짐을 덜어 주지 못했습니다. 우리더러 얼마나 자주 당신은 적을 용서하라고 가르치셨나요! 적을 사랑하고, 만일 그들이 일곱 번에 다시 일흔 일곱 번 잘못하더라도 그에게 일곱 번에 다시 일흔일곱 번을 잘해 주라고 우리에게 말씀하셨습니다. 그것이 세상으로부터 증오를 몰아내는 유일한 길이라고 그러셨죠······. 하느님은 용서를 할 줄 모르시나요?」

「하느님은 의로운 분입니다.」 아나니아 노인에게 냉소를 보내며 붉은 수염이 말을 가로막았다.

「하느님은 완전한 선(善)이십니다.」 요한이 반박했다.

「그렇다면 희망이 없다는 얘기입니까?」 늙은 주인이 말을 더듬었다. 「우화는 끝났나요?」

토마가 일어서더니 길거리 쪽 문으로 뚜벅뚜벅 걸어가다가 멈추었다.

「아닙니다, 선생님, 끝나지 않았어요.」 그는 코웃음을 쳤다. 「얘기가 더 남았어요.」

「얘기를 해요, 젊은이, 그러면 내가 보상을 내리겠소.」

「부유한 사람의 이름은 아나니아입니다!」 토마가 말했다. 그는 팔 물건들을 꾸린 보따리를 움켜잡고는 얼른 길거리로 나가서 이웃 사람들과 함께 폭소를 터뜨렸다.

노인의 커다란 머리로 피가 치솟았고, 기우는 햇살처럼 눈이 침침해졌다.

예수는 손을 내밀어 사랑하는 제자의 곱슬머리를 쓰다듬었다. 「요한.」 그가 말했다. 「모든 사람은 귀가 달려서 얘기를 들었고, 모든 사람은 이성이 있어 심판을 했어요. 하느님이 의롭다고 사람들이 말하지만, 그 이상은 얘기하지 않아요. 하지만 당신도 마음이 있고, 그래요, 하느님은 의롭다고 말했지만, 그것으로는 충분하지 않아요. 하느님은 또한 완전한 선이기도 합니다. 비유는 그 자체로 완전하지 못해서, 끝이 달라야 해요.」

「용서하세요, 랍비님.」 젊은이가 말했다. 「하지만 제 마음도 바로 그렇게 느꼈어요. 인간은 용서를 한다고 저는 속으로 생각했습니다. 그렇다면 하느님이 용서하지 않는다는 얘기가 가능할까요? 아닙니다, 그건 불가능해요. 그 비유는 굉장히 심한 신성 모독이어서 그대로는 완전하지 못해요. 끝이 달라져야 합니다.」

「사랑하는 요한이여, 사실은 얘기의 끝이 달라요.」 미소를 지으며 예수가 말했다. 「들으시오, 아나니아여, 그러면 당신은 마음이 놓일 터이고, 마당에 모인 여러분, 그리고 길거리에서 웃는 이웃들도 모두 들어요. 하느님은 의로우실 뿐 아니라 선하시며, 선하실 뿐 아니라 아버지이시기도 합니다. 라자로는 아브라함의 말을 듣고 마음속으로 하느님께 이렇게 말했어요. 〈하느님, 어떤 사람이, 한 영혼이 영원히 불 속에서 타들어 간다는 사실을 알면서 어찌 한 인간이 천국에서 행복하겠나이까? 주여, 그가 기운을 차려야 저도 기운을 차리겠어요. 주여, 그를 구원하셔야 저도 구원을 받습니다. 그렇지 못하다면 저도 뜨거운 불길을 느끼기 시작할 터입니다.〉 하느님은 그가 생각하는 바를 깨닫고는 기뻐했습니다. 〈사랑하는 라자로여.〉 하느님이 말했어요. 〈내려가서 목말라 하는 자의 손을 잡거라. 내 샘물은 마를 줄 모르느니라. 그가 물을 마시고 기운을 차리도록 이곳으로 데려오면, 너도 그와 더불어 기운을 얻으리라.〉 〈영원히 말입니까?〉 라자로가 물었어요. 〈그렇다 영원히.〉 하느님이 대답하셨어요.」

예수는 더 이상 아무 말도 없이 몸을 일으켰다. 밤이 대지를 뒤덮었다. 사람들은 흩어져 서로 귓속말을 주고받으며 그들의 초라한 오두막으로 돌아갔다. 그들은 마음이 흐뭇했다. 말씀은 양식이 되기도 하는가? 그들은 자신에게 물었다. 그렇다, 훌륭한 말인 경우라면!

예수는 늙은 주인에게 작별을 고하려고 손을 내밀었지만, 아나니아가 그의 발치에 몸을 던졌다.

「랍비님.」 그가 중얼거렸다. 「저를 용서해 주세요!」 그러더니 그는 울음을 터뜨렸다.

바로 그날 밤, 그들이 잠을 자려고 누운 올리브나무 밑에서 유다는 마리아의 아들에게로 갔다. 그는 마음이 진정되지 않았다. 그는 예수와 직접 얘기를 나눠, 모든 사실을 털어놓고 만사를 확실히 해둬야겠다고 믿었다. 죄 많은 아나니아의 집에서 돈 많은 사람이 지옥에서 벌을 받는다는 말을 듣고 기분이 좋아 박수를 치고 〈그런 꼴을 당해 마땅하죠〉라고 소리쳤을 때, 예수는 마치 그를 꾸짖는 듯 한참 동안 곁눈질해 보았는데, 그 눈초리가 아직도 유다는 마음에 걸렸다. 따라서 그들 사이의 관계를 밝혀 두는 일이 필수적이었다. 유다는 아리송한 말이나 남모르는 눈초리를 좋아하지 않았다.

「잘 왔어요.」 예수가 말했다. 「그러잖아도 기다리고 있었어요.」

「마리아의 아들이여, 나는 다른 사람들하고 어울리기가 힘들어요.」 붉은 수염이 단도직입적으로 얘기를 꺼냈다. 「난 당신이 사랑하는 요한처럼 순진하거나 착하지도 못하고, 바람이 불 때마다 마음이 달라지는 안드레아처럼 멍청한 몽상이나 하는 사람도 아니에요. 나는 사납고 타협을 모르는 야수나 마찬가지예요. 나는 사생아로 태어났고, 어머니에게 황야에서 버림받아 늑대의 젖을 먹고 자랐어요. 나는 거칠고, 강인하고, 정직한 사람이 되었어요. 사랑하는 사람이라면 누구나 나는 그의 발밑에 깔린 흙처럼 열심히 섬기고, 미워하는 자는 모조리 죽였어요.」

이 말을 하는 사이에 그의 목소리가 거칠어졌다. 그의 눈에서 어둠 속으로 불꽃이 튀었다. 예수는 무서운 그의 머리를 진정시켜 주려고 머리에다 손을 얹었다. 하지만 평화의 손을 붉은 수염이 떨쳐 버렸다.

한 마디 한 마디 신중하게 유다는 말을 계속했다. 「나는 참된 길에서 빗나가는 경우를 보면 사랑하는 사람까지도 죽일지 몰라요.」

「무엇이 참된 길인가요, 유다, 내 형제여?」

「이스라엘의 구원이죠.」

예수는 눈을 감고 대답을 하지 않았다. 유다의 말과 더불어 어둠 속에서 그에게로 뿜어져 나오던 두 줄기의 불길이 그를 불태웠다. 이스라엘은 무엇인가? 왜 이스라엘만을? 우리는 누구나 다 형제들이 아닌가?

붉은 수염이 대답을 기다렸지만, 마리아의 아들은 말이 없었다. 유다는 그의 발을 꽉 움켜잡고 정신을 차리라는 듯 흔들었다. 「알겠어요?」 그가 말했다. 「내가 한 말 들었나요?」

「그래요, 알아요.」 눈을 뜨며 예수가 대답했다.

「나는 내가 누구이며 내가 바라는 바가 무엇인지 당신이 알아서 내게 답해 주기를 바랐기 때문에 서론은 집어치우고 단도직입적으로 얘기했어요. 당신은 내가 뒤를 따르기를 바랍니까, 바라지 않습니까? 난 알고 싶어요.」

「난 당신이 나를 따르기를 바랍니다, 유다, 내 형제여.」

「그렇다면 당신은 내가 솔직하게 하고 싶은 말을 마음대로 하고, 내가 반박하고, 당신이 〈그렇다〉고 말할 때 내가 〈아니다〉라고 말하도록 그냥 내버려 두시겠어요? 내가 그렇게 반박하리라는 건 의심할 나위도 없고, 다른 모든 사람이 입을 딱 벌리고 당신의 얘기에 귀를 기울이더라도 나는 그러지 않아요! 나는 자유인이지 종이 아니니까요. 입장이 그러하니까 당신도 최대한으로 상황에 대처하시기 바랍니다.」

「하지만 내가 바라는 바 역시 자유예요, 유다, 나는……」

붉은 수염은 깜짝 놀랐다. 예수의 어깨를 움켜잡고 그는 불처럼 뜨거운 숨결로 소리쳤다. 「당신은 로마인들로부터 이스라엘이 해방되기를 바랍니까?」

「……죄악으로부터 영혼을 해방시키고 싶어요.」

유다는 광폭하게 예수의 어깨에서 손을 휙 치우고는 올리브나무 밑동을 주먹으로 쳤다. 「여기에서 우리의 길이 갈라집니다.」 예수를 증오에 찬 눈으로 빤히 쳐다보며 그가 소리쳤다. 「우선 육체부터 로마인들에게서 해방되고, 그런 다음에 영혼을 죄악으로부터 구해야 해요. 그것이 올바른 길이니까요. 그렇게 하겠어요? 집은 지붕부터가 아니라, 기초부터 위로 지어 올라가야 해요.」

「그 기초가 영혼이죠, 유다.」

「기초가 육체이고, 당신은 거기서부터 시작해야 옳아요. 조심해요, 마리아의 아들이여. 벌써 한 얘기지만 다시 한 번 다짐하겠는데, 내가 얘기하는 길을 택하지 않겠다면, 각오를 해둬야 될 거요. 내가 왜 당신을 따라다닌다고 생각하죠? 그래요, 당신도 알아 두는 게 좋겠지만, 그건 당신에게 길을 가르쳐 주기 위해서입니다.」

안드레아는 옆 올리브나무 밑에 있었다. 그는 잠결에 얘기를 듣고, 일어났다. 신경을 곤두세워 귀를 기울인 그는 랍비의 목소리와, 잔뜩 분노하고 귀에 거슬리는 다른 사람의 목소리를 식별했다. 그는 놀란 사슴처럼 부들부들 떨었다. 밤중에 사람들이 찾아와서 랍비를 괴롭히는가? 스승이 어디를 가거나 수많은 여자들과 젊은 남자들, 그를 사랑하는 가난한 자들의 무리가 뒤를 따르지만, 부유하고 늙은 유지들 가운데 그를 미워하고 그를 거꾸러뜨리기를 원하는 자들도 많다는 사실을 안드레아는 알았다. 죄 많은 자들이 그를 해치려고 어느 못된 작자를 보낸 것은 아닐까? 그는 목소리가 나는 곳으로 엉금엉금 기어갔다. 하지만 그가 기어 오는 소리를 듣고는 붉은 수염이 무릎을 일으켰다.

「거기 누구요?」 그가 소리쳤다.

안드레아는 그 목소리를 식별했다. 「유다, 나 안드레아예요.」 그가 대답했다.

「가서 자요, 요나의 아들. 우린 단둘이 할 얘기가 남았으니까.」

「가서 자요, 안드레아.」 예수도 말했다.

유다는 이제 목소리를 낮추었다. 예수는 붉은 수염의 후끈한 숨결을 얼굴에 느꼈다.

「혈맹에서 당신을 죽이는 일을 나한테 맡겼었다는 얘기를 사막에서 내가 털어놓은 거, 당신도 기억하죠? 하지만 마지막 순간에 나는 생각이 달라져서 칼을 다시 칼집에 넣고 동틀 녘에 도둑처럼 수도원에서 도망쳤어요.」

「왜 당신은 생각이 달라졌나요, 유다, 내 형제여? 나는 각오가 되었었는데요.」

「나는 기다리기로 했죠.」

「무얼 기다려요?」

유다는 잠깐 조용해졌다. 그러더니 불쑥 말했다. 「혹시 당신이 이스라엘이 기다려 온 분이 아닌가 해서요.」

예수는 부르르 몸을 떨었다. 그는 온몸을 떨며 올리브나무 밑동에 기대었다.

「나는 서두르다가 구세주를 죽이는 실수 따위는 전혀 원하지 않으니까요!」 갑자기 땀으로 흥건해진 이마를 씻으며 유다가 고함쳤다. 「알겠어요?」 누가 그의 목을 누르기라도 하는 듯한 목소리로 그는 소리를 질렀다. 「난 그건 원하지 않는다는 거, 아시겠어요!」

유다는 심호흡을 했다.

「이 사람은 자신이 누구인지도 제대로 모른다고 나는 생각했어요. 참을성을 가지고, 얼마 동안 살아가게 놔두고는 무슨 말과 행동을 하는지 살펴보는 것이 상책이고, 만일 우리가 기다리던 분이 아니라면, 나중에도 제거할 시간은 얼마든지 있다…… 나는 그런 생각을 했고, 그래서 당신을 살려 두기로 했어요.」

그는 커다란 발가락으로 흙을 파내며 얼마 동안 씨근덕거렸다. 갑자기 그는 예수의 팔을 움켜잡았다. 그의 목소리는 거칠고 절망적이었다.

「난 당신을 뭐라고 불러야 할지 모르겠어요. 마리아의 아들이라고 해야 하나요? 목수의 아들요? 당신도 알다시피, 난 아직도 당신이 누구인지 모르고, 그건 당신도 마찬가지죠. 우리 두 사람 다 해답을 찾아내야 하고, 우리 두 사람 다 마음의 부담을 덜어야 합니다. 그래요, 이런 불확실한 상태는 계속되면 안 돼요. 음매애 거리는 양처럼 당신을 쫓아다니는 다른 사람들은 쳐다보지 말고, 당신을 흠모해서 눈물이나 줄줄 흘리는 여자들은 쳐다보지 말아요. 따지고 보면 여자들은 이성이 없고 감정뿐이니까, 우린 그런 건 필요 없어요. 당신이 누구이며, 당신을 활활 태우는 불길이 이스라엘의 하느님이냐 아니면 악마냐를 알아내야 할 사람들은 우리 둘이죠. 우린 알아내야만 합니다! 알아내야만 해요!」

예수는 온몸을 떨었다. 「우린 어떻게 해야 하나요, 유다, 내 형제여? 해답을 어떻게 찾아내죠? 날 도와줘요.」

「방법이 있죠.」

「뭔데요?」

「세례자 요한을 찾아갑시다. 그 사람이라면 우리에게 얘기를 해줄 거예요. 그 사람은 〈그분이 오신다! 그분이 오신다!〉고 소리를 지르며 돌아다니지 않던가요? 글쎄, 그렇다면 그 사람은 당신을 보자마자 찾아오실 이가 당신인지 아닌지 알겠죠. 그 사람이 당신의 마음을 진정시키고, 내가 어떻게 해야 할지 알려 줄 테니까, 갑시다.」

예수는 심오한 명상에 잠겼다. 얼마나 여러 번 그는 이런 불안감에 사로잡혔으며, 얼마나 여러 번 그는 땅바닥에 엎어져 입에 거품을 물고 발작을 일으키며 떨었던가! 사람들은 그가 정신이 이상해지고, 악마에게 사로잡혔다고 생각해, 겁을 먹고 서둘러 옆을 지나갔다. 하지만 그는 일곱 번째의 천국에 들어섰고, 그의 마음은 우리를 벗어나 승천해서 하느님의 문을 두드리고는 물었다. 저는 누구입니까? 저는 왜 태어났습니까? 세상을 구원하기 위해 무엇을 해야 합니까? 무엇이 가장 빠른 길이며, 그 길은 혹시 저 자신의 죽음이 아닙니까?

예수는 머리를 들었다. 유다의 온몸이 위압적으로 그를 굽어보았다.

「유다, 나의 형제여.」 그가 말했다. 「내 옆에 눕도록 해요. 주님께서 잠이 되어 찾아와 우리를 멀리 데리고 갈 것입니다. 하느님의 뜻이 그렇다면, 우리는 내일 일찍 유대의 선지자를 찾아 홀가분한 마음으로 떠나고, 하느님이 뜻하는 대로 모든 일이 이루어질 거예요. 나는 준비가 되었어요.」

「나도 준비가 되었어요.」 유다가 말했다. 그들은 나란히 누웠다.

그들은 극도로 피곤했기 때문에 금방 잠이 들었다. 이튿날 아침 동틀 녘에, 제일 먼저 잠이 깬 안드레아가 보니 그들 두 사람은 서로 껴안은 채 곤히 잠들어 있었다.

햇살이 호수에 깔리고 세상을 비추었다. 붉은 수염이 앞장을 서서 정신없이 갈 길을 서둘렀다. 예수는 충실한 두 제자 요한과 안드레아와 함께 따라갔다. 아직도 팔 물건이 남았던 토마는 뒤에 처져 마을에 머물렀다. 양쪽의 상황을 최대한으로 이용하려고 분주하게 머리를 놀리던 교활한 도붓장수는 생각했다. 나는 마리아의 아들이 하는 얘기가 마음에 든다. 그것은 좋지만, 이곳 밑에서 살아가는 우리는 어떻게 되는지 보라! 조심하라, 가련한 토마야, 조심하라. 어느 쪽에도 얽매이지 마라. 가장 안전한 최선의 방법은 두 가지 물건을 바구니에 가득 담는 것이다. 모든 사람들이 보게끔 꼭대기에는 빗과 화장품을 얹어 놓고, 바닥에는 최고급 손님들을 위해 하늘나라를 깔아 놓는다……. 그는 킬킬 웃고, 동틀 녘에 다시금 보퉁이를 둘러메고는 나팔을 불고 목청을 돋워 손님을 불러 대며 시시한 물건들을 팔려고 베싸이다 골목을 돌아다니기 시작했다.

가파르나움에서는 베드로와 야고보가 그물을 거두려고 새벽에 일어났다. 그물에는 벌써 펄떡거리며 햇빛을 받아 번쩍이는 물고기가 가득했다. 다른 때 같았으면 그들 두 어부는 그물이 그토록 무거워서 기뻤겠지만, 오늘은 마음이 먼 곳에 가서 헤매고 다녀, 좀처럼 말을 하지 않았다. 그들은 침묵을 지켰지만, 마음속으로는 두 사람 다 이 호수에 대대로 그들을 묶어 놓은 운명과, 그리고 자꾸만 계산하고 또 계산만 거듭해서 그들의 마음에 날개가 돋게 하지 못하는 그들 자신의 이성과 싸움을 벌였다. 이것이 무슨 삶이란 말인가! 그들은 속으로 소리쳤다. 그물을 던지고, 고기를 잡고, 먹고, 자고, 그러고는 다시금 하루가 밝아 올 때마다 하루 벌어 하루 먹고 살아가는 과정이 되풀이되고, 하루 종일, 1년 내내, 한평생 동안 줄곧 그런 생활이 반복될 터였다! 얼마나 오랫동안? 얼마나 우리는 이렇게 죽어 가려나? 그들은 지금까지 이런 생각을 한 번도 해보지 않았다. 그들의 마음은 항상 고요했고, 아무 불평도 없이 오랜 전통을 섬기며 살아왔다. 그들의 부모가, 그리고 조부모가, 수천 년에 걸쳐 조상들이 바로 이 호수에서, 물고기와 씨름하며 바로 이런 식으로 살아왔다. 그러다가 어느 날 그들은 두 손을 엇갈려 모으고는 죽어 갔으며, 다음에는 그들의 자식과 손자들이 살았고, 아무런 불평도 없이 똑같은 길을 따랐다. 베드로와 야고보 두 사람은 지금까지 잘 따라왔고, 그들 또한 불만이 없었다. 그렇지만 최근에 갑자기 그들의 세계가 비좁게 느껴졌고, 그들은 숨이 막혀 답답했다. 이제 그들의 눈길은 호수 너머 머나먼 곳으로 흘러갔다. 어디로? 무엇을 향해서? 그들 자신도 알지 못했고, 그들이 알았던 바라고는 숨이 막힌다는 사실뿐이었다.

그리고 그런 고통도 모자란다는 듯 그들은 날이면 날마다 시체가 다시 살아났다느니, 반신불수가 걷게 되었다느니, 장님이 빛을 보았다느니 하는 새로운 소식을 가지고 오는 사람들을 만났다. 「이 새로운 선지자가 누구인가요?」 지나가던 사람들이 두 어부에게 가끔 물었다. 「당신 형제들이 그 사람과 같이 지내니까 틀림없이 당신들은 알 텐데요. 우리가 들은 얘기로는 그 사람이 나자렛 목수의 아들이 아니라 다윗의 아들이라더군요. 그 말이 진실인가요?」 하지만 베드로와 야고보는 머리를 젓고 다시 그물로 몸을 수그릴 따름이었다. 그들은 흐느껴 울고, 마음의 짐을 벗어나고 싶었다. 때로는 지나가던 사람이 멀리 사라진 다음에 베드로가 친구에게 말했다.

「당신은 이런 기적들을 믿나요, 야고보?」

「떠들지 말고 그물이나 당겨요!」 제베대오의 입심 좋은 아들이 대꾸를 하고는 어영차 힘을 주며 묵직한 그물을 한 팔의 길이만큼 더 끌어당겼다.

이날 동틀 녘에도 지나가던 짐마차꾼이 새로운 소식을 전했다.

「얘기를 들으니까 새로운 선지자가 베싸이다에 사는 구두쇠 영감 아나니아의 집에서 식사를 했다는군요. 선지자는 식사를 끝내고 종들이 물을 가져오자 손을 씻은 다음에 아나니아에게로 가까이 가서 뭐라고 귓속말을 했는데, 순식간에 영감님의 마음이 완전히 뒤집혀서 울음을 터뜨리고는 가난한 사람들에게 재산을 나눠 줬다는군요.」

「선지자가 뭐라고 귓속말을 했는데요?」 다시금 호수 너머 머나먼 곳으로 시선을 돌리며 베드로가 물었다.

「아, 그걸 알기만 했다면야 얼마나 좋겠어요!」 짐마차꾼이 웃으며 말했다. 「나는 가난한 사람들도 한 번 숨을 돌리도록 모든 돈 많은 사람들의 귀에다 그 말을 박아 넣고 싶어요……. 안녕히 계세요.」 가던 길을 서두르며 그가 소리쳤다. 「고기 많이 잡으시고요!」

베드로는 친구에게 말을 하려고 시선을 돌렸지만 순간적으로 생각을 고쳐먹었다. 무슨 말을 하겠는가? 얘기를 더해? 이제는 얘기라면 실컷 하지 않았을까? 그는 모든 것을 때려 부수고, 역겨움을 느끼며 일어나 영원히 떠나 버리고 싶었다. 그렇다, 그는 떠나리라! 요나의 오두막이 그에겐 너무나 작았고, 세숫대야만

한 겐네사렛 호수도 마찬가지였다. 「이건 인생이라고 할 수도 없어.」 그가 중얼거렸다. 「산다는 건 이런 게 아냐! 난 떠나야 해!」

야고보가 돌아섰다. 「뭐라고 중얼거리는 거예요?」 그가 물었다. 「조용해요!」

「아무것도 아니에요, 제기랄, 아무것도 아니라고요!」 대답을 하고 베드로는 사납게 그물을 당기기 시작했다.

이때, 예수가 처음 사람들에게 얘기를 했던 푸른 언덕 꼭대기에 유다의 모습이 홀로 나타났다. 그는 오는 길에 야생 연지떡갈나무에서 꺾은 구부러진 지팡이로 땅을 치며 나아갔다. 그의 뒤에 세 사람이 다시 나타났다. 숨을 몰아쉬며 그들은 언덕 꼭대기에서 잠깐 걸음을 멈추고는 발밑에 펼쳐진 세계를 둘러보았다. 호수가 경쾌하게 반짝거렸고, 햇빛을 받으며 웃었다. 물에 뜬 고기잡이배들은 빨갛거나 하얀 나비 같았다. 그들의 머리 위에서는 날개 달린 고기잡이인 갈매기들이 날았다. 태양은 높이 솟았고, 하루가 찬란하게 눈부셨다.

「봐요, 저기 베드로가 있어요.」 형이 그물을 당기고 있는 호숫가를 가리키며 안드레아가 말했다.

「그리고 야고보도 보여요!」 요한이 한숨을 지으며 말했다. 「그들은 아직도 세상을 떨쳐 버리지 못하는군요.」

예수가 미소를 지었다. 「한숨짓지 말아요, 사랑하는 친구여.」 그가 말했다. 「모두들 여기 누워 잠시 쉬도록 해요. 내가 내려가서 그들을 데리고 올 테니까요.」

예수는 경쾌하고 빠른 걸음으로 내려가기 시작했다. 예수가 천사와 같다고 요한은 감탄하며 생각했다. 날개 말고는 무엇이나 다 갖추었어……. 이 바위에서 저 바위로 걸음을 옮기며 예수는 밑으로 내려갔다. 호숫가에 다다르자 그는 걸음을 늦추고 그물을 굽어보는 두 어부에게로 다가갔다. 예수는 그들 뒤에 서서 꼼짝도 않고 한참 동안 그들을 쳐다보았다. 그는 아무 생각도 하지 않는 허탈한 마음으로 그들을 쳐다보았고, 그의 내면에서 어떤 힘이 빠져나가는 기분을, 속이 비어 버리는 기분을 느꼈다. 모든 것이 가벼워져 공중에서 너울거리며 구름처럼 호수 위로 떠올랐고, 두 어부 역시 몸이 가벼워져서 공중으로 떠올랐으며, 물고기가 담긴 그물이 신성화(神聖化)해서, 그물은 그물이 아니었고, 물고기는 물고기가 아니라 행복하게 춤추는 수천 명의 사람이 되었다…….

갑자기 두 어부는 머리 꼭대기가 얼얼해지는 이상하고도 감미로운 짜릿함을 느꼈다. 그들은 벌떡 일어나 겁을 먹고 돌아섰다. 그들 뒤에서는 예수가 꼼짝 않고 서서 그들을 말없이 지켜보았다.

「용서하세요, 랍비님!」 어색해하며 베드로가 소리쳤다.

「왜요, 베드로? 내가 용서해야 할 무슨 짓을 했나요?」

「아무 짓도 안 했습니다.」 베드로가 중얼거렸다. 그러고는 불쑥 덧붙였다. 「이것도 인생이라고 생각하십니까? 난 역겨움을 느껴요!」

「나도 그래요!」 그물을 땅바닥에 팽개치며 야고보가 말했다.

「오세요.」 두 사람에게 손을 내밀며 예수가 말했다. 「내가 그대들을 사람을 낚는 어부로 만들 테니, 같이 갑시다.」

그는 손을 잡고 두 사람 사이로 들어섰다. 「갑시다.」 그가 말했다.

「아버지에게 작별 인사를 해야 옳지 않을까요?」 늙은 요나가 생각나서 베드로가 말했다.

「뒤를 돌아다보지 말아요, 베드로. 우린 시간이 없어요. 갑시다.」

「어디로요?」 멈칫하며 야고보가 물었다.

「그건 왜 물어요? 더 이상 질문을 하지 말아요, 야고보! 갑시다!」

한편 늙은 요나는 아궁이를 굽어보고 요리를 하면서 아들 베드로가 오면 자리를 같이하고 밥을 먹으려고 기다렸다. 이제 그에게는 아들이 하나뿐이어서, 하느님이 그를 지켜 줘야 마땅했다. 베드로는 분별력도 뛰어나고 훌륭한 살림꾼이었으며, 다른 아들 안드레아는 이미 오래전에 호적에서 말소해 버렸다. 안드레아는 이 사기꾼 저 사기꾼을 따라다니느라고 늙어 빠진 아버지로 하여금 혼자서 그물을 손질하고, 바람과 골칫거리 배와 씨름하고, 아내가 죽은 이후로 온갖 힘겨운 집안 살림까지 도맡아서 요리를 하고 집안일들을 하라고 버리고는 달아났다. 하지만 축복을 받아 마땅한 베드로는 내 곁에 머물며 나에게 힘을 준다고 요나는 생각했다……. 그는 음식 맛을 보았다. 다 되었다. 그는 해를 보았다. 곧 정오였다. 「난 배가 고파.」 그가 투덜거렸다. 「하지만 얘가 올 때까지는 먹지 않겠어.」 팔짱을 끼고 그는 기다렸다.

더 멀리 떨어진 제베대오의 집은 문을 열어 놓았다. 광주리와 항아리들이 마당에 잔뜩 널렸고, 구석에는 증류기가 자리를 차지했다. 요즈음은 포도주를 짜는 통에 남은 포도 껍질과 줄기에서 증류한 술을 짜내는 때여서 집 전체가 술 냄새를 풍겼다. 제베대오 영감과 그의 아내는 수확이 끝난 포도나무 밑 작은 탁자에 앉아 저녁을 먹었다. 제베대오 노인은 이빨이 없는 잇몸으로 음식을 요령껏 으깨면서 사업을 확장하겠다는 얘기를 했다. 벌써 오래전부터 그는 자기에게 빚을 졌지만 갚을 길이 전혀 없는, 옆집에 사는 이웃 나훔의 오두막집에 눈독을 들였다. 일만 순조롭게 돌아간다면 제베대오는 다음 주일에 그 집을 경매에 붙일 계획이었다. 여러 해 전부터 그는 담을 부수고 마당을 넓히기 위해 이 집을 손에 넣고 싶어 했다. 그는 포도주를 짜는 기계를 마련했지만, 온 마을 사람들이 그에게로 찾아와 올리브기름을 짜게 만들어 1년 동안 쓸 기름을 수수료로 긁어내기 위해 올리브를 짜는 기계를 갖추고 싶었다. 그러면 포도주 짜는 기계를 어디에다 설치하나? 무슨 수를 써서라도 그는 나훔의 집을 손에 넣어야 했다······.
노부인 살로메는 그의 얘기를 듣기는 했지만 마음은 사랑하는 아들 요한에게로 가 있었다. 그는 어디로 갔을까? 새로운 선지자의 입술에서 흐르는 꿀은 과연 무엇이었을까? 그녀는 아들을 다시 보고, 그가 하는 얘기를 다시 한 번 듣고, 하느님을 인간의 마음으로 내려오게 하기를 너무나 원했다! 내 아들이 잘했다고 그녀는 생각했다. 그는 올바른 길을 택했고, 그녀는 그에게 축복을 빌어 주었다. 며칠 전 꿈속에서 그녀는 문을 당겨 열고 나가 쾅 닫고는 포도주를 짜는 기계도 들여놓고 고기 창고가 터질 듯한 이 집을 버리고 훌훌 떠나 새 선지자를 따라나섰던 일이 생각났다. 굶으면서 맨발로 그를 쫓아 달려갔는데, 평생 처음으로 행복의 의미를 터득했었다고 그녀는 생각했다.

「내 얘기 들었지?」 아내가 잠깐 눈을 떨구자 제베대오 노인이 물었다. 「당신 마음은 어디로 갔지?」

「다 들었어요.」 대답을 하고 살로메는 여태껏 한 번도 본 적이 없다는 듯한 눈초리로 그를 쳐다보았다.

그 순간에 길거리에서 귀에 익은 목소리들이 들려왔다. 노인은 머리를 들었다.

「저기들 오는구나!」 그가 소리쳤다. 양쪽에 그의 두 아들을 거느린 하얀 옷차림의 남자를 보자, 그는 입 안에 밥을 잔뜩 문 채 문간으로 달려갔다.

「이봐, 애들아.」 그가 소리쳤다. 「어디로들 가느냐? 이렇게 그냥 집 앞을 지나치기야? 멈추라고!」

두 사람은 그냥 앞으로 나아갔고, 베드로가 그의 말에 대답했다. 「우린 바쁜 볼일이 생겼어요, 제베대오 영감님.」

「무슨 볼일인데?」

「아주 중요하고 복잡한 거예요.」 베드로가 웃음을 터뜨리며 말했다.

노인은 눈알이 튀어나올 지경이었다. 「야고보, 너도 이러기냐?」 밥을 씹지도 않고 한입 꿀꺽 삼키면서 그가 소리쳤다. 목구멍이 막히는 기분을 느끼며 안으로 들어간 그는 아내를 쳐다보았다.

「아이들에게 작별 인사나 하세요, 제베대오.」 머리를 저으며 살로메가 말했다. 「저 사람이 애들을 우리한테서 빼앗아 가는군요.」

「야고보도 말이야?」 아무 생각도 못하면서 노인이 말했다. 「하지만 그 애는 지각이 좀 들었을 텐데. 믿어지지가 않아!」

살로메는 말을 하지 않았다. 그녀가 남편에게 무슨 말을 하겠는가? 그가 어찌 이해하겠는가? 더 이상 배고픔을 느끼지 않게 된 그녀는 몸을 일으켜 문간에 서서 행복한 일행이 요르단 강을 따라 예루살렘으로 뻗어 나간 도로를 걸어가는 모습을 지켜보았다. 그녀는 주름진 손을 들고는 남편이 듣지 못하게 나지막한 목소리로 말했다.

「모두 축복받기를······.」

마을을 벗어나는 곳에서 그들은 풀을 먹이려고 호수 언저리로 양 떼를 끌고 온 필립보를 만났다. 그는 붉은 바위로 높이 올라갔고, 지팡이로 몸을 버티고는 밑에 펼쳐진 호수의 질푸른 물이 일으키는 검은 물결에 떨어진 자기의 그림자를 보느라고 몸을 앞으로 내밀었다. 아래쪽 길에서 자갈을 밟는 소리를 듣고 그는 몸을 똑바로 세웠다.

「여봐요!」지나가는 사람들이 누구인지 알아보고 그가 소리쳤다. 「이봐요, 내가 보여요? 어디로들 가는 길이죠?」

「하늘나라로요!」안드레아가 소리쳤다. 「당신도 가겠어요?」

「이봐요, 안드레아, 똑똑히 말해요. 만일 결혼식에 참석하려고 막달라로 가는 길이라면 나도 같이 가겠어요. 나타나엘이 나도 초청했거든요. 나타나엘이 조카딸을 시집보낸다더군요.」

「막달라보다는 더 멀리 가고 싶지 않아요?」야고보가 그에게 소리를 질렀다.

「난 양 떼를 돌봐야 해요.」필립보가 대답했다. 「양들을 어디다 맡겨 두고 갑니까?」

「하느님의 손에요.」돌아다보지도 않으며 예수가 말했다.

「늑대들이 잡아먹을 텐데요!」

「잡아먹으려면 잡아먹으라고 놔둬요!」요한이 소리쳤다.

맙소사, 저 친구들 완전히 돌아 버렸구먼, 양치기는 그렇게 결론을 내리고 휘파람을 불며 양들을 모으러 갔다.

그들은 계속해서 나아갔다. 구부러진 지팡이를 손에 든 유다가 다시 앞장을 섰다. 그는 어서 목적지에 도착하고 싶어서 굉장히 서둘렀다. 다른 사람들은 마음이 즐거웠다. 그들은 길을 가면서 검은 새처럼 휘파람을 불고 웃어 대었다. 베드로는 음울한 표정만 지으며 앞장서 걸어가던 유다에게로 다가갔다. 유다는 휘파람도 안 불고 웃지도 않았으며, 어서 도착하려고 그들을 이끌고 나아가기만 했다.

「유다, 도대체 우리가 어디로 가는지 얘기 좀 해요.」베드로가 나지막이 말했다.

붉은 수염의 얼굴 반쪽이 웃었다. 「하늘나라로요.」

「제발 농담은 그만두고, 우리가 어디로 가는지 얘기해 줘요. 스승님에게는 물어보기가 두려워요.」

「예루살렘으로 갑니다.」

「이런! 사흘은 걸어야 되겠군요!」 백발을 잡아당기며 베드로가 말했다. 「그럴 줄 알았더라면 편한 신발과, 빵 한 덩어리하고, 술 한 쪽박하고, 지팡이를 가지고 오는 건데 그랬어요.」

이번에는 붉은 수염의 얼굴 전체가 웃었다. 「아, 가엾은 베드로.」 그가 말했다. 「이제 공은 구르기 시작했으니, 그걸 멈출 길이 없어요. 편한 신발과 빵과 술과 지팡이하고는 작별을 고해야 되겠죠. 우리는 떠났다는 사실, 당신은 그걸 이해할 수 없나요, 베드로. 우린 세상을 떠났고, 땅과 바다를 떠났고, 공중으로 솟아올랐어요!」 그는 베드로에게 귓속말을 하기 위해 몸을 수그렸다.

「아직 시간이 있으니까…… 돌아가고 싶으면 가요!」

〈이제 와서 내가 어떻게 돌아가겠어요?〉라고 말하면서 베드로는 사방이 막혀 답답하다는 듯한 시늉으로 두 팔을 벌리고는 여기저기를 더듬었다. 「세상의 모든 일이 이제는 내게 아무 의미가 없어진 기분이에요.」 그는 호수와 고기잡이배들과 가파르나움의 집들을 가리키며 말했다.

「그 말이 맞아요!」 커다란 머리를 설레설레 저으며 붉은 수염이 말했다. 「자, 그렇다면 그만 투덜거리고 갑시다!」

제15장

 먼저 마을의 개들이 그의 체취를 맡고는 짖기 시작했다. 곧 아이들이 소식을 전하러 막달라로 달려갔다. 「그분이 오신다! 그분이 오신다!」
 「누구 말이냐, 얘들아, 누가 온다고?」 문을 열면서 마을 사람들이 물었다.
 「새로운 선지자요!」
 젊고 늙은 여자들이 집집마다 문간으로 나왔고, 남자들은 하던 일을 팽개치고, 병자들은 기뻐 뛰면서 그의 손을 잡으러 기어 나가려고 했다. 그는 겐네사렛 호수 지역에서는 이미 대단한 명성을 얻고 있었다. 그의 재능과 능력은 그가 고쳐 준 간질병 환자들과 장님들과 반신불수들을 통해 이 마을에서 저 마을로 전해졌다.
 「그분이 어두운 내 눈을 만지자 나는 빛을 보게 되었어요.」
 「나더러 목발을 버리고 걸으라고 그분이 명령하자 나는 춤을 추기 시작했어요.」
 「내 몸속에는 악마들의 대군이 내장을 뜯어먹고 살았어요. 그분이 손을 들고 악마들에게 명령했어요. 〈없어지거나, 돼지에게로 가거라!〉 그러자 당장 악마들은 내 배 속에서 튀어나와 발버둥

치며 호숫가에서 풀을 뜯던 돼지들 속으로 들어갔어요. 돼지들이 미쳐 날뛰더군요. 서로 위로 타고 올라가려고 싸우며 돼지들은 물로 몸을 던져 빠져 죽었어요.」

이 기쁜 소식을 듣고 막달라의 여인은 집에서 나왔다. 그녀는 마리아의 아들이 집으로 돌아가 다시는 죄를 짓지 말라고 명령한 이후 문밖에 모습을 나타내지 않았었다. 그녀는 울어서 흘린 눈물로 영혼을 씻었고, 머릿속에서 과거를 지워 버리고, 수치와 기쁨 그리고 밤을 지새우며 탐닉하던 일을 모두 잊고 순결한 육신으로 다시 태어나려고 노력했다. 처음 며칠 동안에 그녀는 땅바닥을 머리로 치며 통곡했지만, 시간이 흐름에 따라 마음이 진정되고, 고통도 가라앉고, 그녀를 괴롭히던 악몽이 사라지고, 이제는 매일 밤 그녀가 꿈을 꾸면 예수가 찾아와 남편처럼 그녀의 집 문을 열고 들어와서 마당의 꽃이 만발한 석류나무 밑에 앉았다. 그는 굉장히 먼 거리를 여행했기 때문에 지치고, 먼지를 뒤집어 썼으며, 사람들에게 많이 시달렸다. 날마다 저녁이면 막달라의 여인은 물을 데워 그의 거룩한 발을 씻어 주고, 머리카락을 풀어 물기를 닦아 내었다. 그러면 그는 느긋한 태도로 미소를 짓고 그녀와 잡담을 나누었다. 그녀는 그가 무슨 말을 했는지 기억하지는 못했지만, 아침에 잠이 깨면 들뜨고 활기찬 기분으로 잠자리에서 뛰쳐나왔고, 지난 며칠 동안에는 이웃 사람들이 듣지 못하게 나지막한 목소리로 감미롭게 방울새처럼 노래까지 불렀다. 지금 그가 온다고 아이들이 외치는 소리를 듣자 그녀는 벌떡 일어나 머릿수건을 내려 수많은 입맞춤을 나누었던 얼굴을 커다랗고 새까만 두 눈만 남겨 놓고 모두 가리고는 문의 빗장을 열고 그를 맞으러 갔다.

저녁엔 마을이 온통 북적거렸다. 젊은 아가씨들은 보석을 달고 결혼식에 가기 위해 등잔을 준비했다. 나타나엘의 조카가 결혼을 하는 날이었다. 삼촌이나 마찬가지로 구두장이였던, 살이 통통하게 찌고, 갈색 피부에, 코가 몽둥이 같은 그는 너무 몸집이 컸다. 커다란 은 귀고리와 바깥을 내다보는 두 눈 이외에는 아무것도 보이지 않을 정도로 두꺼운 면사포를 쓴 신부는 그녀의 집 한가운데 높다란 안락의자에 앉아서, 불을 켠 등잔을 든 마을 처녀들과 점잖은 남자 손님들이 도착하기를 기다렸고, 랍비가 와서 경전을 읽어 축복을 내리기를 기다렸고, 마지막으로는 모든 사람이 돌아가고 몽둥이코 신랑과 단둘이 남게 될 순간이 오기를 기다렸다.

나타나엘은 〈그분이 오셔요, 그분이 오셔요!〉라고 아이들이 지르는 소리를 듣고는 친구들을 결혼식에 초청하려고 달려 나갔다. 나타나엘은 마을 입구의 우물가에 앉아 갈증을 푸느라고 물을 마시는 그들을 보았다. 막달라의 여인은 예수의 발치에 꿇어앉았다. 그녀는 그의 발을 씻고, 지금은 머리카락으로 물기를 닦아 내는 중이었다.

「오늘 밤에 제 조카가 결혼을 한답니다.」 나타나엘이 말했다. 「부디 자리를 같이해 주셨으면 좋겠군요. 우린 금년 여름에 제 베대오의 집 마당에서 제가 포도를 밟아 짜낸 포도주를 마실 거예요.」

그는 예수를 향했다. 「우리는 당신에 관한 칭송을 많이 들었습니다, 마리아의 아들이여. 저에게 영광을 베푸셔서 새로 태어날 한 쌍이 이스라엘의 영광을 위해 아들을 많이 낳도록 와서 축복해 주시기를 바랍니다.」

예수가 몸을 일으켰다. 「사람들의 기쁨은 우리를 즐겁게 합니다.」 그가 대답했다. 「여러분, 갑시다.」

예수는 막달라의 여인이 일어나게 손을 잡아 부축해 주었다.

「우리하고 같이 가요, 마리아.」 그가 말했다.

기분이 좋아진 예수는 앞장을 섰다. 그는 떠들썩한 잔치를 좋아했다. 그는 밝게 빛나는 사람들의 얼굴을 좋아했고 젊은이들이 결혼해서 아궁이의 불이 꺼지지 않게 지켜 가는 모습을 좋아했다. 화초, 딱정벌레, 새, 동물, 사람, 모두가 거룩하며 모두가 하느님의 피조물이다, 그는 결혼식장으로 가면서 생각했다. 그들은 왜 사는가? 그들은 하느님께 영광을 돌리기 위해서 살아간다. 그러니까 그들로 하여금 영원히, 영원히 살게 하라!

새로 목욕한 처녀들이, 하얀 옷차림으로, 장식을 잔뜩 한 다음 닫아 놓은 문밖에 벌써 와서 기다렸다. 그들은 손에 등잔을 들고는, 신부를 찬양하고, 신랑에게 약을 올리고, 하느님이 들어와 함께 어울리기를 바란다는 옛날 결혼 축가를 불렀다. 결혼식이 열리고, 이스라엘 사람들이 맺어지고, 그날 밤에 교미를 할 두 몸은 메시아를 잉태할지도 모르니. 여자들은 신랑이 늦기 때문에 시간을 속이려고 노래했다. 그들은 예식이 시작되게 신랑이 와서 문을 벌컥 열기를 기다렸다.

하지만 그들이 노래를 부르는 사이에 예수와 그의 일행이 나타났다. 처녀들이 돌아다보았다. 막달라의 여인을 보는 순간, 노래를 뚝 그치고 그들은 얼굴을 찡그리며 뒤로 물러섰다. 갈보가 무슨 볼일이 생겼다고 처녀들이 모인 자리에 나타났을까? 촌장 영감은 이 여자를 막지 않고 어디로 갔을까? 결혼식은 망쳤다! 결혼한 여자들도 돌아서서 그녀를 사납게 노려보았고, 역시 닫힌 문밖에서 기다리며 웅성거리는 손님들과, 점잖은 가장(家長)으로 이루어진 군중이 자꾸만 술렁거렸다. 하지만 막달라의 여인은 타오르는 횃불처럼 표정이 밝기만 했다. 예수 옆에 선 그녀는 자신의 영혼이 다시금 순결해졌으며, 그녀의 입술은 입맞춤을 잊었다는 기분이었다. 갑자기 군중이 길을 터주었고, 자그마하고, 바싹 마르고, 코에서는 독(毒)이 뚝뚝 떨어지는 촌장 노인이 막달라의 여인에게로 와서 지팡이 끝으로 그녀를 건드리고는 머리를 끄덕여 나가라는 시늉을 했다.

예수는 독기가 서린 사람들의 눈초리를 그의 손과, 얼굴과, 풀어 헤친 가슴으로 느꼈다. 마치 수많은 눈에 보이지 않는 가시에 찔리기라도 한 듯 그의 몸은 활활 달아올랐다. 촌장 노인과, 정직한 아낙네와, 표정이 험악한 남자와, 당황한 처녀들을 둘러보고 그는 한숨을 지었다. 얼마나 오랫동안 사람들은 눈이 멀어서 누구나 다 형제들이라는 사실을 깨닫지 못하려는가!

웅성거리는 소리가 더욱 심해져서, 어두운 그늘에서는 벌써 위협까지 튀어나오게 되었다. 나타나엘은 예수에게 얘기를 하려고 올라갔지만, 스승은 그를 조용히 옆으로 밀치고는 군중을 헤치고 나아가서 처녀들에게로 다가갔다. 등잔들이 흔들거렸고, 그가 지나갈 길이 트였다. 그는 한복판에서 걸음을 멈추더니 손을 들었다.

「처녀들이여, 내 자매들이여, 오늘 거룩한 결혼식이 열리는 밤에 하느님이 내 입을 만지며 여러분에게 좋은 말을 전하라고 하셨습니다. 처녀들이여, 내 자매들이여, 귀를 트고 마음을 열고, 그리고 여러분, 내 형제들이여, 내가 얘기를 하겠으니, 조용해 주세요!」

사람들은 불안하게 모두 시선을 모았다. 목소리를 들어 남자들은 그가 분노했음을 알았고, 여자들은 그가 슬퍼하고 있음을 알았다. 아무도 얘기를 하지 않았다. 마당에서 맹인 악사 두 사람이 류트의 음을 가다듬는 소리가 들렸다.

예수는 머리를 들었다. 「처녀들이여, 내 자매들이여, 하늘나라가 어떻다고 생각합니까? 그곳은 결혼식과 같습니다. 하느님은 신랑이고, 인간의 영혼은 신부죠. 하늘에서 결혼식이 벌어지면 모든 인류가 초청을 받아요. 미안합니다만, 내 형제들이여, 하느님은 그렇게 비유를 통해 나한테 말씀하시고, 따라서 지금 나는 비유를 통해 여러분에게 말씀을 드리겠어요.

어느 마을에서 결혼식이 열렸어요. 열 명의 처녀가 등잔을 들고 신랑을 맞으러 나갔습니다. 다섯 처녀는 현명해서 기름을 가득 담은 병을 가지고 갔고, 나머지 다섯 명은 어리석어서 예비용 기름을 가지고 가지 않았죠. 그들은 신부의 집 바깥에 서서 기다리고 또 기다렸지만 신랑은 늦도록 오지 않았어요. 그들은 피곤해서 잠이 들었어요. 자정이 되자〈보라, 신랑이 온다! 어서 나가서 신랑을 맞으라!〉고 떠드는 소리가 났습니다. 열 명의 처녀는 곧 불이 꺼지려고 하는 등잔에 기름을 채우려고 벌떡 일어났어요. 하지만 다섯 명의 어리석은 처녀는 기름이 없었죠.〈우리에게 기름을 좀 줘요.〉 그들은 현명한 처녀들에게 말했습니다.〈우리 등잔의 불이 꺼지려고 그래요.〉하지만 현명한 처녀들이 대답했어요.〈우린 나눠 줄 기름이 없어요. 어서 가서 좀 구해 가지고 와요.〉어리석은 처녀들이 기름을 구하러 달려간 사이에 신랑이 도착했고, 현명한 처녀들은 안으로 들어갔고, 문이 닫혔어요.

얼마 후에 어리석은 처녀들이 등불을 밝히고 돌아와서 문을 두드렸어요.〈문을 열고 우리를 들여보내 주세요!〉그들은 소리치고 애원했습니다. 하지만 안에서 현명한 처녀들이 웃었어요.〈그런 꼴을 당해 마땅하지.〉그들이 대답했어요.〈이제는 문이 닫혔어요. 그러니 가요!〉하지만 다른 처녀들은 울면서 애원했어요.〈문 열어 줘요! 문 열어 줘요! 문 열어 줘요!〉그런데……」

예수는 얘기를 중단했다. 다시 한 번 그는 촌장 노인과 손님들과 정직한 아낙네들과 불을 밝힌 등잔을 든 처녀들을 둘러보았다. 그는 미소를 지었다.

「그런데요?」 입을 벌린 채로 귀를 기울이던 나타나엘이 말했다. 단순하고 둔감한 그의 이성이 동요를 일으키기 시작했다. 「그래서 어떻게 되었나요, 랍비님?」

「당신이라면 어떻게 했겠어요, 나타나엘?」 사람의 마음을 사로잡는 커다란 눈으로 응시하며 예수가 물었다. 「만일 당신이 신랑이었다면, 당신은 어떻게 했겠어요?」

나타나엘은 침묵을 지켰다. 그런 경우라면 어떻게 했으리라는 확실한 판단이 아직 그의 머릿속에 서지 않았다. 한순간 그는 그들을 쫓아 보내야 되겠다고 생각했다. 분명히 문이 닫혔고, 법에 따르자면 그것이 올바른 일이었다. 하지만 다음 순간에 그는 그들이 가여워 보여 들어오게 해야 된다는 생각도 들었다.

「당신이 신랑이었다면 어떻게 했겠어요, 나타나엘?」 탄원하는 눈으로 구두장이의 단순하고 순박한 얼굴을 어루만지며 예수가 천천히, 집요하게 다시 물었다.

「나 같으면 문을 열어 주었겠어요.」 나타나엘은 촌장 노인이 듣지 못할 만큼 나지막한 목소리로 대답했다. 그는 더 이상 마리아의 아들이 쳐다보는 눈길에 저항할 용기가 없었다.

「축하해요, 나타나엘.」 예수는 유쾌하게 말하더니 그에게 축복이라도 내리는 듯 손을 앞으로 내밀었다. 「비록 아직 죽지는 않았지만, 지금 당신은 천국으로 들어갑니다. 신랑은 당신이 얘기한 그대로, 하인들을 불러 문을 열라고 시켰어요. 〈이것은 결혼식이야.〉 그가 소리쳤습니다. 〈모두들 먹고, 마시고, 즐겁게 놀도록 해야지. 어리석은 처녀들에게 문을 열어 주고, 많이 뛰었을 테니 그들이 발을 씻고 기운을 차리게 하라.〉」

막달라 여인의 속눈썹이 긴 눈에 눈물이 고였다. 아, 그런 말을 한 저 입에 내 입을 맞춘다면 얼마나 행복할까? 순박한 나타나엘은 벌써 천국에 들어서기라도 한 듯 머리끝부터 발끝까지 온몸에 생기가 돌았다. 하지만 코에 독기가 서린 촌장 노인이 지팡이를 들었다.

「당신은 법을 어겼어요, 마리아의 아들.」 그가 소리쳤다.

「법이 내 마음을 어겼어요.」 예수가 침착하게 대답했다.

그가 미처 말을 끝내기도 전에 신랑이 목욕하고, 향수를 뿌리고, 숱이 많은 곱슬머리에 초록빛 화관을 쓰고 나타났다. 술을 몇 잔 마신 그는 기분이 한껏 좋아 보였고, 코가 반짝거렸다. 한 번에 그는 문을 활짝 열었다. 손님들이 그의 뒤를 따라 몰려 들어갔고, 막달라 여인의 손을 잡고 예수도 함께 들어갔다.

「누가 어리석은 처녀이고 누가 현명한 처녀라는 말이죠?」 베드로가 나지막한 목소리로 요한에게 물었다. 「아까 그 얘기가 무슨 뜻이라고 생각합니까?」

「하느님은 우리의 아버지이시다는 뜻이죠.」 제베대오의 아들이 대답했다.

랍비가 도착하고, 식이 거행되었다. 나중에 신부와 신랑은 집의 한가운데에 자리를 잡았고, 손님들은 줄을 지어 차례로 지나가며 그들에게 키스를 하고는 그들이 이스라엘을 노예 생활로부터 구원해 줄 아들을 낳기를 바란다고 소망을 빌었다. 다음에는 음악 연주가 뒤따르고, 손님들은 춤추고 마셨으며, 예수와 그의 일행도 그들과 어울려 춤추고 마셨다. 시간이 흘러갔고 달이 뜨자 그들은 다시 길을 나섰다. 이제는 때가 가을철이었지만 낮의 강렬한 열기가 가라앉지 않았고, 밤의 눅눅하고 서늘한 대기 속을 걸으니 마음이 즐거웠다.

그들은 예루살렘을 향해 나아갔다. 술에 취했고, 그들은 만물이 다른 모습으로 보였다. 몸은 영혼처럼 둥둥 떠다니고, 발에 날개가 돋친 듯 가볍게 걸어가는 그들의 왼쪽으로는 요르단 강이 흘렀고, 오른쪽으로 펼쳐진 비옥하고 평탄한 즈불룬 평야는, 하느님이 수백, 수천 년에 걸쳐 이 들판에 내려 주신 책임을 다시 한 번 완수해서, 곡식이 사람의 키만큼 자랐고 포도나무에는 포도송이가 주렁주렁, 올리브나무에는 올리브가 주렁주렁 매달려서, 이제는 지치고 만족한 듯 달빛을 흠뻑 받았다. 평원은 방금 아기를 낳은 어머니처럼 지치고 만족스럽기만 했다.

「얼마나 벅찬 기쁨입니까, 형제들이여!」 베드로가 자꾸만 거듭해서 말했다. 밤의 여행과 다정한 우정에서 그가 느끼는 기쁨은 한이 없었다. 「이것은 현실인가요? 아니면 꿈인가요? 우리가 홀리기라도 했을까요? 지금 같아서는 노래라도 불러야지, 그러지 않았다가는 가슴이 터져 나갈 듯한 기분입니다!」

「다 같이 합시다!」 예수가 소리쳤다. 그는 앞장서서 걸어가며 머리를 치켜들고는 제일 먼저 노래를 시작했다. 그의 목소리는 작았지만 기쁨과 정열이 가득했다. 예수의 양쪽에서는 부드럽고 고운 요한과 안드레아의 목소리가 뒤따랐다. 얼마 동안은 세 사람의 목소리만이 우아하게 떨리며 노래했다. 그들의 목소리는 어찌나 감미로운지 심장의 고동이 한 박자씩 뛰어넘는 듯싶었다. 그러나 그들은 이렇게 계속해서 노래를 부를 수는 없으리라고 생각했다. 그토록 꿀이 넘치면 틀림없이 그들은 한 사람씩 차례로 현기증과 어지러움을 느끼리라. 하지만 그들의 목소리는 아주 깊은 샘 속에서부터 쏟아져 나왔으며, 비틀거리는 듯하다가는 다시금 똑바로 일어섰다. 갑자기, 이 얼마나 큰 기쁨인가! 이 얼마나 우렁찬 힘인가! 베드로와 야고보와 유다의 묵직하고, 정력과 승리감이 넘치는 낮은 음의 목소리가 하늘에서 진동했으며, 저마다 우아함과 힘을 지니고 그들은 다 함께 거룩한 여행의 즐거운 찬송을 하늘 높이 울려 퍼지게 노래했다.

> 오, 형제들이 같이 길을 가면
> 그보다 더 좋고 흐뭇한 일은 없으리.
> 그것은 아론의 수염에서 흘러내리는
> 거룩한 기름이나 마찬가지일지어다.
> 그것은 시온의 산에 내리는
> 헤르몬의 이슬[1]이어라.
> 그곳에서 하느님은 은총과
> 영원한 삶을 내려 보내시니.

시간이 흘러갔고, 별들은 희미해졌고, 태양이 솟아올랐다. 갈릴래아의 붉은 땅을 뒤로하고 그들은 사마리아의 검은 흙으로 들어섰다.

유다가 걸음을 멈추었다. 「다른 길로 갑시다.」 그가 제안했다. 「이곳은 저주를 받은 이단자들의 땅입니다. 요르단 강 다리를 지나 건너편 강둑을 따라가요. 법을 어기는 자와 접촉한다면 죄악이니까요. 그들의 신은 더러움을 입었고, 그들의 물과 빵도 마찬가지로 더러워졌어요. 사마리아의 빵을 한 입 먹으면 돼지고기 한 입을 먹는 셈이라고 우리 어머니가 자주 저한테 말씀하셨습니다. 다른 길로 가죠!」

---

1 헤르몬은 팔레스타인 북부에 있는 산인데, 여기에서는 팔레스타인 전토를 굽어볼 수 있고, 산꼭대기에는 1년 내내 눈이 쌓여 있으며, 이 산에서 내리는 많은 이슬은 하느님이 내리는 은혜로 비유되었다.

하지만 예수는 유다의 손을 차분하게 잡았고, 그들은 계속해서 함께 길을 갔다. 「유다여, 내 형제여.」 그가 말했다. 「깨끗한 사람이 더러워진 사람을 만지면, 더러운 사람이 깨끗해집니다. 반대하지 말아요. 우리는 그들을 위해서, 죄인들을 위해서 왔어요. 의로운 사람들에게야 우리가 무슨 소용 있겠습니까? 이곳 사마리아에서는 좋은 말 한 마디, 유다여, 좋은 말 한 마디, 훌륭한 선행한 가지, 지나가는 사마리아인에게 던져 주는 하나의 미소가 한 영혼을 구원해요. 알겠어요?」

유다는 다른 사람들이 듣지 못한다는 사실을 확인하려고 슬그머니 주위를 둘러보았다. 「이것은 옳지 않아요.」 그가 나지막이 말했다. 「그래요, 이것은 옳지 않습니다. 하지만 나는 황야의 고행자를 만날 때까지는 참겠어요. 그 사람이 판단하겠죠. 그때까지는 당신 마음대로 하고, 당신이 원하는 곳으로 가요. 난 당신 곁을 떠나지 않을 테니까요.」

그는 구부러진 지팡이를 어깨에 메고는 앞장을 서서 걸었다.

다른 사람들은 길을 가면서 대화를 나누었다. 예수는 그들에게 사랑과 하느님 아버지와 하늘나라를 얘기했다. 그는 어떤 영혼이 어리석은 처녀이고, 현명한 처녀는 누구이고, 등잔은 무엇이고 기름은 무엇이며, 신랑은 누구이고, 어리석은 처녀들은 현명한 처녀들이나 마찬가지로 안으로 들어갔을 뿐 아니라 어째서 피곤한 발을 하인들이 씻어 준 유일한 사람들이었는지를 설명했다. 얘기에 귀를 기울이는 동안 네 제자는 이성이 넓어졌으며, 그들이 들은 모든 내용을 받아들였고, 마음이 더욱 견실해졌다. 죄악이란 그들에게는 이제 꺼진 등잔을 들고 주님의 문 앞에 서서 흐느껴 울고 애원하는 어리석은 처녀처럼 여겨졌다 .

그들은 나아가고 또 나아갔다. 그들의 머리 위 하늘에는 구름이 끼었고, 대지의 얼굴은 어두워졌다. 대기에서는 비 냄새가 났다.

그들은 조상들이 섬기던 기룩한 산 그리짐[2] 기슭의 첫 번째 마을에 도착했다. 마을의 입구에는 대추야자와 갈대로 둘러싸인 오래된 야곱의 우물[3]이 자리를 잡았다. 족장 야곱이 양 떼를 데리고 이 우물로 와서 물을 마시고 길어 갔었다. 돌로 쌓아 올린 우물의 언저리는 대대를 걸치며 두레박줄에 스쳐 닳아 빠졌다.

예수는 피곤함을 느꼈다. 돌멩이에 베어 발에서는 피가 났다. 「나는 이곳에서 쉬겠어요.」 그가 말했다. 「여러분은 마을로 가서 문을 두드려 봐요. 우리에게 빵을 한 덩어리 나눠 줄 어떤 선량한 영혼을 찾아낼 터이고, 어떤 여자가 우물로 와서 우리가 마실 물을 길어 줄 거예요. 하느님과 인간에 대한 믿음을 가져야 합니다.」

다섯 사람은 갔지만, 마을로 들어가다 말고 유다는 생각이 달라졌다. 「나는 더러워진 마을에는 들어가지 않겠습니다.」 그가 말했다. 「그리고 나는 더러워진 빵도 먹지 않겠어요. 난 이 무화과나무 밑에서 당신들을 기다리겠어요.」

그러는 사이에 예수는 갈대 그늘에 몸을 눕혔다. 그는 목이 말랐지만 우물이 깊었으므로 물을 마실 수가 없었다. 그는 머리를 숙이고 생각에 잠겼다. 그는 험난한 길을 스스로 택한 셈이었다. 예수는 몸이 쇠약해졌고, 점점 지쳤으며, 무릎에서는 기운이 빠지고, 영혼을 지탱할 힘이 없었다. 그는 쓰러졌지만, 그러면 당장 하느님이 시원하고 상쾌한 산들바람을 항상 그에게 불어 주었고, 몸은 다시금 기운을 얻어, 그는 일어나 계속해서 나

---

2 이스라엘 백성에게 율법이 낭독된 〈축복의 산〉.
3 예수가 사마리아 여자에게 생수의 교훈을 한 곳.

아갔다. 얼마나 오랫동안 이렇게 나아가야 할까? 죽을 때까지? 죽은 다음까지도?

그가 하느님과 인간과 죽음에 관해서 명상하는 동안 갈대가 술렁이더니 팔찌와 귀고리를 단 젊은 여자가 물동이를 머리에 이고 우물로 다가오더니 항아리를 우물가에다 놓았다. 예수는 갈대 사이로, 그녀가 가지고 온 줄을 풀어 두레박을 내리고는 물을 길어 물동이를 채우는 모습을 보았다. 그는 목이 더 말라졌다.

「여인이여.」 갈대밭에서 나오며 예수가 말했다. 「물 좀 주세요.」

여자는 불쑥 그녀 앞에 나타난 그를 보고 깜짝 놀랐다.

「두려워하지 말아요.」 그가 말했다. 「나는 정직한 사람입니다. 나는 목이 마르니, 마실 물을 주세요.」

「옷차림을 보니까 알겠는데, 갈릴래아 사람인 당신이 어찌하여 사마리아 사람인 나더러 물을 달라고 하십니까?」 그녀가 대답했다.

「만일 당신에게 〈여인이여, 마실 물을 주세요〉라고 말하는 사람이 누구인지를 알았더라면, 당신은 그의 발치에 몸을 던지고 불멸의 물을 마시게 해달라고 청했을 텐데요.」

여자는 영문을 알 길이 없었다. 「당신은 밧줄도 없고 두레박도 없으며, 우물은 깊어요. 당신이 어떻게 물을 길어 올려 마시라고 나한테 준단 말인가요?」

「이 우물의 물을 마시는 사람은 다시 목이 마릅니다.」 예수가 대답했다. 「하지만 내가 주는 물을 마시는 사람은 영원히 다시는 목이 마르지 않습니다.」

「스승님.」 그러자 여자가 말했다. 「내가 영원히 다시는 목이 마르지 않고, 날마다 우물로 오지 않아도 되도록 그 물을 저한테 주세요.」

「가서 남편을 불러오세요.」예수가 그녀에게 말했다.

「저는 남편이 없는데요, 스승님.」

「당신은 지금까지 남편을 다섯 명이나 거쳤고, 요즈음 당신이 같이 지내는 사람은 남편이 아니니까 〈저는 남편이 없는데요〉라고 한 당신의 말이 맞겠죠.」

「스승님, 당신은 선지자입니까?」감탄이 넘치는 표정으로 여자가 물었다.「당신은 무엇이나 다 알고 계신가요?」

예수는 미소를 지었다.「무엇을 물어보고 싶은가요? 마음 놓고 얘기를 해봐요.」

「그래요, 스승님, 당신이 저한테 대답해 주시기를 바라는 게 한 가지 있는데요. 지금까지는 우리 조상들이 거룩한 그리짐 산에서 하느님을 섬겼어요. 그런데 당신들 선지자들은 우리에게 예루살렘의 하느님만 섬기라고 합니다. 어느 얘기가 옳은가요? 하느님은 어디서 찾아내나요? 저를 깨우쳐 주세요.」

예수는 머리를 숙이고 말을 하지 않았다. 하느님을 갈구하느라고 그토록 고통을 받는 죄 많은 여인을 보니 그는 마음이 심히 괴로웠다. 그는 여자를 위해서, 그녀를 위로하기 위한 올바른 말을 찾으려고 투쟁을, 마음속으로 투쟁을 벌였다. 그의 얼굴이 밝아졌다.

「여인이여, 내가 하는 말을 마음속 깊이 새겨 두시오. 사람들이 이 산도 아니요 예루살렘도 아닌 곳에서 하느님을 섬길 날이 오고, 그날은 이미 왔습니다. 하느님은 영(靈)이시니, 영은 영으로서만 섬겨야 합니다.」

여자는 어리둥절했다. 그녀는 몸을 수그리고는 불안한 눈으로 예수를 쳐다보았다.「그렇다면 혹시 당신은……..」떨리는 목소리로 천천히 그녀가 물었다.「그렇다면 혹시 당신은 우리가 기다리는 그분이 아니신가요?」

「누구를 기다리는데요?」

「아시잖아요. 왜 당신은 저로 하여금 그분의 이름을 입에 올리기를 바라시죠? 제 입술은 죄가 많아요.」

예수는 머리를 가슴으로 떨구었다. 마치 마음이 그에게 대답을 하기라도 바라는 듯, 심장에 귀를 기울이는 것처럼 보였다. 여자는 그를 굽어보며 열심히 기다렸다.

하지만 그들 두 사람이 고뇌에 차서 말없이 서서 기다리려니까, 유쾌한 목소리가 들려오더니 제자들이 빵 한 덩어리를 의기양양하게 흔들며 나타났다. 낯모르는 여자와 스승이 함께 있는 모습을 보자 그들은 우뚝 걸음을 멈추었다. 예수는 여인의 무서운 질문에 대답해야 할 처지를 벗어나게 되자 그들을 보고 마음이 기뻤다. 그는 제자들에게 가까이 오라고 머리를 끄덕였다.

「이리들 와요.」 그가 소리쳤다. 「우리가 마실 물을 긷도록 하느님이 착한 여인을 마을에서 보내 주셨어요.」

제자들 모두 다가왔지만 유다는 사마리아의 물로 자신을 더럽히지 않으려고 옆으로 물러섰다.

여자가 물동이를 기울여 주었고, 목마른 남자들은 물을 마셨다. 그녀는 항아리에 다시 물을 채워 능숙한 솜씨로 머리에 이고는 생각에 잠겨 말없이 마을로 향했다.

「랍비님, 저 여자 누구죠?」 베드로가 물었다. 「마치 오래전부터 서로 알았던 사이처럼 둘이서 얘기를 나누던데요.」

「저 여자는 내 자매들 가운데 한 사람이죠.」 예수가 대답했다. 「나는 목이 마르기 때문에 여자에게 물을 달라고 청했는데, 갈증이 가신 사람은 그녀입니다.」

베드로는 덥수룩한 머리를 긁적였다. 「이해를 못하겠는데요.」

그가 말했다.

「상관없어요.」친구의 허연 머리를 쓰다듬으며 예수가 대답했다. 「조급하게 굴지 말아요. 당신도 때가 되면, 조금씩 조금씩 이해하게 될 테니까요. 지금 당장은 배가 고프니 식사나 하죠!」

그들은 대추야자 밑에 자리를 편히 잡았다. 안드레아는 그들이 마을에 들어가 적선을 베풀라며 외치고 돌아다닌 얘기를 했다.

「우린 집집마다 문을 두드렸지만 모두들 고함만 치고 쫓아 버리더군요. 마침내 마을의 끝에 이르렀을 때, 자그마하고 늙은 여자가 문을 반쯤 열더니 조심스럽게 길거리를 아래위로 살펴보았어요. 사람이 하나도 눈에 띄지 않았어요. 그제야 할머니는 몰래 우리에게 빵 한 덩어리를 건네주고는 얼른 문을 닫았어요. 우린 빵을 움켜잡고는 걸음아 날 살려라 하고 도망쳤고요.」

「할머니의 이름을 알아내지 못해서 섭섭해요.」베드로가 말했다. 「하느님께 그녀를 기억해 달라고 기도를 드리고 싶은데.」

예수가 웃었다. 「그런 걱정은 하지 말아요, 베드로.」그가 말했다. 「하느님은 여자의 이름을 아시니까요.」

예수는 빵을 받아 축복을 빌고는 식량을 내려 주시기 위해 노부인을 그곳에 두셨음에 감사드리고, 한 사람에게 한 조각씩 빵을 여섯 조각으로 잘랐다. 하지만 유다는 그의 몫을 지팡이로 밀어내고는 얼굴을 돌렸다. 「난 사마리아의 빵을 먹지 않겠어요.」그가 말했다. 「난 돼지고기도 먹지 않아요.」

예수는 굳이 따지지 않았다. 그는 유다의 마음이 굳었으며, 그 마음을 부드럽게 바꿔 놓기 위해서는 시간이, 시간과 기술과 많은 사랑이 필요하다는 것을 알았다.

「우린 식사를 해야죠.」그가 다른 제자들에게 말했다. 「사마리아의 빵은 갈릴래아 사람이 먹으면 갈릴래아 빵이 되고, 돼지의 살은 사람이 먹으면 사람의 살이 됩니다. 그러니까 하느님의 이름으로 식사를 해요!」

웃으면서 네 제자는 입맛을 다셔 가며 빵을 먹었다. 사마리아의 빵은 어느 빵 못지않게 맛이 좋았다. 그들은 기분이 유쾌했다. 식사를 끝낸 다음 그들은 손을 모아 감사했다. 그들은 피곤해서 잠을 잤지만, 유다만은 그냥 깨어서 타작을 하듯 지팡이로 땅바닥을 두드렸다. 수치심보다는 배고픔이 좋다고 생각했고 그러니까 그는 마음의 위안을 받았다.

갈대밭에 빗방울이 떨어지기 시작했다. 잠을 자던 사람들이 벌떡 일어섰다.

「첫 비로군요.」 야고보가 말했다. 「대지가 갈증을 풀겠어요.」

하지만 그들이 몸을 피할 동굴을 어디서 찾을까 궁리하는 사이에 북쪽에서 바람이 일어 구름들을 쫓아 버렸다. 하늘이 걷혔다. 그들은 다시 걷기 시작했다.

나무에 매달린 무화과들이 축축한 대기 속에서 반짝였다. 석류나무에는 열매가 잔뜩 매달렸다. 제자들은 손을 뻗어 석류 몇 개를 따먹고 기운을 돋우었다. 농부들이 땅바닥에서 머리를 들었다. 그들은 놀란 표정으로 갈릴래아 사람들을 쳐다보았다. 저 사람들이 무슨 볼일 때문에 사마리아를 찾아왔을까? 왜 그들은 사마리아 사람들과 어울려 그들과 빵을 나눠 먹고, 나무에서 과일을 따먹을까? 저 사람들이 어서 우리 눈앞에서 사라져야 할 텐데!

어느 노인이 더 이상 참지를 않았다. 그는 과수원에서 나와 그들 앞을 가로막고 섰다. 「이봐요, 갈릴래아 사람들아.」 그가 소리쳤다. 「당신들의 부당한 법은 지금 당신들이 밟은 신성한 땅에다 저주를 퍼부어요. 그런데 당신들은 우리 땅으로 무얼 하러 왔나요? 어서 꺼져요!」

「우린 거룩한 예루살렘으로 경배를 드리러 갑니다.」 베드로가 그에게 대답하고는 노인의 앞을 가로막고 서서 가슴을 내밀었다.

「당신들 배교자들은 하느님이 밟으신 그리짐 산, 이곳에서 경배해야 합니다.」 노인이 호통 쳤다. 「당신들은 경전을 읽어 본 적도 없나요? 하느님이 아브라함 앞에 나타나셨던 곳은 여기, 그리짐 산기슭의 떡갈나무 밑이었어요. 하느님은 그에게 헤브론 산에서 에돔까지 펼쳐진 산과 평야를, 그리고 미디안 땅까지 보여 주고는 이렇게 말씀하셨어요. 〈젖과 꿀이 흐르는 땅, 저 약속된 땅을 보라. 나는 그것을 너에게 주겠노라 약속했고, 그 약속을 나는 지킬지니라.〉 그들은 손을 맞잡고 약속을 다짐했어요. 알아듣겠어요, 갈릴래아 사람들이여? 성서에 그렇게 쓰여 있어요. 그러니까 누구나 경배를 하고 싶다면, 선지자들을 잡아 죽이는 예루살렘이 아니라 이곳, 거룩한 땅에서 경배를 드려야 해요!」

「모든 땅이 다 거룩합니다.」 예수가 차분한 목소리로 말했다. 「하느님은 어디에나 계시고, 우리는 모두 형제입니다.」

노인이 깜짝 놀라 시선을 돌렸다. 「사마리아 사람과 갈릴래아 사람도 형제란 말이에요?」

「사마리아 사람과 갈릴래아 사람, 그리고 유대 사람도요. 모두가 형제입니다!」

수염을 쓰다듬으며 노인은 깊은 생각에 잠겼다. 그는 예수를 머리끝부터 발끝까지 살펴보았다.

「하느님하고 악마도요?」 마침내 노인이 물었다. 그는 눈에 보이지 않는 힘들이 들을까 봐 목소리를 낮춰 얘기했다.

예수는 겁이 났다. 지금까지 한 번도 그는 만일 하느님의 자비심이 그토록 크다면 언젠가는 사탄까지도 용서하고 하늘나라로 반겨 맞아 주지 않겠느냐는 질문을 받아 본 적이 없었다.

「모르겠어요, 영감님.」 그가 대답했다. 「모르겠습니다. 나는 인간이어서, 나는 사람들을 걱정하죠. 그 이상은 하느님이 맡으신 일입니다.」

노인은 말을 하지 않았다. 아직도 수염을 쓰다듬으며 깊은 생각에 잠겨 그는 낯선 사람들이 둘씩 둘씩 짝을 지어 나무 밑으로 사라지는 모습을 지켜보았다.

밤이 되었고, 찬바람이 일었다. 그들은 동굴을 찾아내어 안으로 들어가 추위를 잊으려고 모두들 동그랗게 몸을 도사리며 웅숭그렸다. 그러고는 저마다 남겨 둔 빵을 꺼내 식사를 했다. 붉은 수염이 밖으로 나가 나무를 모아서 불을 지폈다. 생기를 되찾은 제자들이 동그랗게 둘러앉아 말없이 불길을 지켜보았다. 그들은 바람이 씽씽거리고, 들개가 울부짖고, 멀리 그리짐 산으로부터 아득하게 들려오는 천둥소리를 들었다. 동굴의 입구를 통해 마음의 위안을 주는 커다란 별이 하나 보였지만, 곧 구름이 몰려와서 가려 버렸다. 제자들은 눈을 감고 서로 어깨에 머리를 기대었다. 요한은 몸에 걸친 양털 저고리로 슬그머니 예수의 등을 덮어 주었고, 그들은 모두 박쥐처럼 서로 찰싹 달라붙어 잠이 들었다.

이튿날 그들은 유대 땅으로 들어갔다. 그들은 나무들이 서서히 달라지는 것을 보았다. 길가에는 이제 잎사귀가 노란 사시나무와 열매가 잔뜩 달린 쥐엄나무와 늙은 삼나무가 줄지어 늘어서 있었다. 지세는 바위가 많고, 메마르고, 거칠었으며, 나지막하고 컴컴한 집의 문간에 나타난 농부들까지도 돌멩이 같은 인상이었다. 가끔 한 송이씩 수수하고 우아한 파란 빛깔의 야생화가 바위틈에서 나타났고, 쓸쓸하고도 조용한 깊은 계곡에서는 가끔 자고새

한 마리가 울었다. 마실 물을 찾아낸 모양이라고 예수는 그 소리를 들으며 생각했고, 새의 따스한 가슴이 손바닥에 느껴지면서 그는 환희했다.

예루살렘이 가까워지면서 땅은 점점 더 거칠어졌다. 하느님도 달라졌다. 이곳 땅은 갈릴래아의 땅처럼 웃지 않았고, 하느님 당신도 마을이나 사람과 마찬가지로 돌멩이로 이루어져 있었다. 사마리아에서는 그나마 대지에 생기가 돌게끔 비를 내리려는 시늉이라도 했던 하늘이 이곳에서는 벌겋게 달군 쇠 같기만 했다. 제자들은 숨을 몰아쉬며 깊은 아궁이 속처럼 뜨거운 대지를 걸어갔다. 다시 밤이 되자 그들은 새까맣게 반짝이는 바위를 파고 들어가 만든 많은 무덤을 보았다. 그들의 조상 수천 명이 그곳에서 썩어 다시 바위가 되었다. 그들은 빈 무덤으로 기어 들어가 누워서, 이튿날 맑은 정신으로 거룩한 도시에 들어가기 위해 일찍 잠을 청했다.

잠이 들지 않은 사람은 예수 혼자뿐이었다. 그는 밤의 소리에 열심히 귀를 기울이며 묘지를 배회했다. 그는 마음이 불안했다. 마음속에서는 마치 고통을 받는 수천 명의 사람들이 소리를 지르듯, 아련한 목소리들이, 커다란 통곡 소리가 울렸다. 자정이 가까워지자 바람이 멎고 밤이 조용해졌다. 그러자 침묵 속에서 가슴을 찢는 비명 소리가 허공에서 진동했다. 처음에 그는 이것이 굶주린 들개의 울부짖음이라고 생각했지만, 그것이 자신의 가슴속에서 울려 나온 소리임을 깨닫고는 겁이 났다.

「하느님이시여.」 그가 중얼거렸다. 「내 몸속에서 누가 소리를 치나이까? 누가 흐느껴 우나이까?」

피곤해진 그는 역시 어느 무덤으로 들어가 팔을 엇갈려 모으고는 하느님의 자비에 몸을 맡겼다. 동틀 녘에 그는 꿈을 꾸었다.

막달라의 마리아가 그와 함께였고, 두 사람 다 어느 커다란 도시 위로, 지붕을 아슬아슬하게 스칠 정도로 소리 없이 평화롭게 날아갔다. 그들이 도시의 언저리에 다다르자 마지막 문이 열리더니 몸집이 거대한 노인이 나타났다. 그의 수염이 나부꼈고, 푸른 눈이 별처럼 빛났다. 소매를 걷어 올린 노인은 손과 팔이 진흙투성이였다. 고개를 들어 머리 위로 날아가는 그들을 보고 노인이 소리쳤다. 「거기 멈춰요. 난 당신들하고 얘기를 나누고 싶으니까요.」 그들은 멈추었다.

「무슨 얘기를 하려고요? 어서 말해 보세요.」

「메시아는 온 세상을 사랑하기 때문에 죽는 분입니다.」

「그게 다예요?」 막달라의 여인이 물었다.

「그만하면 충분하지 않아요?」 노인이 화를 내며 소리쳤다.

「당신이 일하는 곳에 들어가 봐도 될까요?」 막달라의 여인이 물었다.

「아뇨. 내 손이 온통 진흙투성이인 게 보이지 않아요? 안에서 나는 메시아를 빚어요.」

예수는 깜짝 놀라 잠이 깨었다. 그는 몸이 정말로 무게가 없어져 날아다니는 기분을 느꼈다. 날이 밝았다. 제자들은 벌써 일어나 예루살렘 쪽의 이 바위 저 바위를, 이 언덕 저 언덕을 둘러보았다.

그들은 어서 도착하고 싶은 조급한 마음에 출발했다. 그들은 걷고 또 걸었지만, 그들 앞의 산은 자꾸만 더 멀어지고, 길은 점점 더 길게 늘어나는 듯싶었다.

「형제들이여, 난 우리가 영원히 예루살렘에 다다르지 못하리라는 기분이 드는군요.」 베드로가 절망에 빠져 말했다. 「우리가 어떻게 되었나요? 예루살렘이 점점 더 멀어진다는 걸 모르겠어요?」

「점점 더 가까워져요.」예수가 그에게 대답했다. 「용기를 내요, 베드로. 우리가 예루살렘을 찾으려고 한 걸음 나아가면 예루살렘도 우리를 찾으려고 한 걸음 다가오죠. 메시아처럼요.」

「메시아라고요?」 불쑥 돌아서며 유다가 물었다.

「메시아가 가까이 와요.」 예수가 굵은 목소리로 말했다. 「우리가 그를 찾으러 올바른 방향으로 가는지 아닌지를 당신은 잘 알잖아요, 유다, 내 형제여. 만일 우리가 선하거나 숭고한 행동을 하면, 만일 우리가 좋은 말을 하면, 메시아는 발걸음을 서둘러 다가옵니다. 만일 우리가 부정직하고, 악하고, 모든 것을 두려워하면 메시아는 우리에게 등을 돌리고는 더 멀리 가버리죠. 메시아는 살아 움직이는 예루살렘이에요, 내 형제들이여. 예루살렘은 초조하고, 우리도 마찬가지예요. 어서 서둘러 가서 예루살렘을 찾읍시다! 하느님과 인간의 영원불멸한 혼(魂)에 대해서 믿음을 가집시다!」

용기를 얻어 그들은 모두 걸음을 서둘렀다. 얼굴 전체에 행복한 표정을 지으며 유다가 다시 앞장을 섰다. 말은 참 잘하는구나, 그는 속으로 생각하며 나아갔다. 그렇다, 마리아의 아들이 한 말이 옳다. 랍비 노인이 똑같은 말을 우리에게 소리쳤고, 구원은 우리에게 달렸다. 만일 우리가 손을 모아 기도나 하면 이스라엘 땅은 영원히 해방되지 못하리라. 만일 모두들 무기를 든다면 우리는 자유를 얻으리라.

유다는 혼잣말을 하며 계속해서 나아갔다. 하지만 갑자기 그는 혼란을 느끼며 걸음을 멈추었다. 「메시아는 누구인가?」 그가 중얼거렸다. 「누구일까? 어쩌면 민족 전체는 아닐까?」

화끈거리는 그의 이마로 땀방울이 흘러내리기 시작했다. 어쩌면 민족 전체가 아닐까? 이런 생각이 그의 머리에 떠오르기는 이번이 처음이었고, 혼란을 느꼈다. 민족 전체가 메시아일 가능성도 있을까? 그는 거듭거듭 자신에게 물었다. 하지만 그렇다면 모든 선지자와 가짜 선지자들이 왜 필요하단 말인가? 왜 우리는 누가 메시아인지 알고 싶어서 고뇌 속에서 방황하는가? 그렇다, 백성들이 메시아이고, 나, 너, 우리 모두가 메시아이다. 우리가 해야 할 일이라고는 무기를 드는 것뿐이다!

그는 공중으로 지팡이를 휘두르며 다시 걷기 시작했고, 지팡이와 더불어 새로 머리에 떠오른 생각을 가지고 즐겁게 장난을 치며 나아가던 그는 갑자기 소리를 질렀다. 그의 앞에는, 봉우리가 쌍을 지어 치솟은 산 위에서 빛나는 성스러운 예루살렘이 아름답고, 하얗고, 자랑스러운 모습을 드러내었다. 그는 뒤에서 따라 올라오는 다른 사람들에게 소리를 지르지 않았다. 그는 한껏 오랫동안 이 광경을 혼자만 누리고 싶었다. 궁전과 탑과 성문들이 그의 푸른 눈동자 속에서 반짝거렸고, 한가운데는 온통 황금과 삼나무와 대리석으로 지었으며 하느님이 지켜 주는 여호와의 성전이 자리를 잡았다.

나머지 제자들이 따라 올라왔고, 그들도 기쁨의 탄성을 질렀다.

「자, 아름다운 우리의 도시를 위해 노래합시다.」 노래를 잘 부르는 베드로가 제안했다. 「준비가 되었으면, 여러분, 다 같이 불러요!」

꼼짝 않고 중앙에 선 예수를 둘러싸고 빙글빙글 돌면서 춤을 추고, 다섯 사람은 모두 찬송가를 부르기 시작했다.

일어나 우리 모두 주님의 집으로 가자!
그 말을 듣고 나는 얼마나 기뻐했던가.
오, 예루살렘이여, 그대의 마당 앞에서

나는 발이 저절로 멈추는구나.

예루살렘이여, 웅장하게 솟은 성채여,
그대의 힘찬 탑 속에는 평화가 깃들고,
그대의 궁전에는 행복이 깃드는구나.
내 동포와 형제들을 위해서
평화, 그대에게 평화 있으라, 예루살렘이여!

제16장

 길거리, 지붕, 마당, 광장, 예루살렘은 완전히 초록빛이었다. 가을의 대축제 때여서 예루살렘 사람들은 이스라엘의 하느님이 정한 대로 그들의 조상이 황야에서 천막을 치고 보낸 40년을 기념하기 위해 올리브나무와 포도나무 가지와 종려나무 줄기와 소나무와 삼나무로 수천 개의 천막을 세웠다. 추수와 포도 수확도 끝나고 한 해가 다 지나고, 사람들은 잘 먹인 검은 숫염소의 목에다 주렁주렁 그들의 모든 죄를 걸고는 돌로 때려 사막으로 몰아내었다. 그제야 그들은 마음이 놓였다. 그들의 영혼은 깨끗해졌다. 새로운 한 해가 시작되었고, 하느님은 새 심판 기록부를 펼쳤고, 8일 동안 그들은 초록빛 천막 밑에서 먹고 마시며 가을걷이와 포도의 수확을 축복했을 뿐 아니라, 그들의 죄를 지고 갈 숫염소를 보내 준 데 대해서 이스라엘의 하느님께 영광을 노래했다. 사람들의 모든 죄를 대신 지고 사막으로 가서 염소가 굶어 죽으면 그들의 죄도 함께 죽을 터여서 숫염소 역시 하느님이 보내 준 메시아였다.

 여호와의 성전은 넓은 여러 마당이 피로 넘쳤다. 날이면 날마다 번제(燔祭)¹로 쓸 짐승들이 도살되었다. 거룩한 도시는 고기와 짐승의 똥과 흘린 피의 냄새로 악취가 심했다. 성스러운 대기에는 뿔 나팔과 나팔 소리가 울렸다. 사람들은 과음하고 과식했으며, 영혼이 무거워졌다. 첫날은 온통 찬송과 기도와 경배를 했고, 눈에 보이지 않는 여호와가 즐겁게 천막으로 들어가 함께 즐기느라고 먹고 마시며, 수염을 털어 내었다. 하지만 이틀과 사흘째가 되자 고기와 포도주를 너무 많이 먹고 마신 후유증이 사람들의 머리에까지 미쳤다. 추잡한 농담과 웃음과 음탕한 술집 노래들이 시작되었고, 남녀가 처음에는 천막 안에서, 나중에는 길바닥과 푸른 풀밭에서 남들이 보건 말건 대낮에 부끄러워하지도 않으며 흘레를 했다. 어느 동네에서나 예루살렘의 이름난 창녀들이 화장을 더덕더덕 칠하고 향기로운 기름을 바르고 나타났다. 거룩하고도 거룩한 신을 찬미하려고 가나안의 땅 끝에서 온 순박한 농부와 어부들은 그들의 노련한 팔에 안겨 놀라곤 했다. 그들은 입맞춤이 그런 기교와 그런 맛을 지녔으리라고는 꿈도 꾸지 못했었다.

숨을 멈추고 예수는 황급히, 화를 내며 땅바닥에서 뒹구는 곤드레만드레 취한 사람들을 넘어 길거리를 따라 성큼성큼 걸어갔다. 냄새와 더러움과 수치를 모르는 웃음이 그는 역겨웠다. 「어서! 어서 가요!」 그는 제자들을 다그쳤다. 오른팔로는 요한을, 왼팔로는 안드레아를 안고 그는 나아갔다.

하지만 갈릴래아에서 온 순례자들을 만나고 그들이 술 한 잔과, 먹을거리를 주며 말을 거는 바람에 베드로는 자꾸만 걸음을 멈추었다. 그가 유다를 부르면 야고보도 같이 왔다. 그들은 친구들 가운데 한 사람이라도 못마땅하게 생각할 근거를 마련해 주고 싶지 않았다. 하지만 앞의 세 사람은 급했다. 그들은 늑장을 부리는 사람들을 자꾸만 불러 다시 출발하게 했다.

---

1 신에게 구워 바치는 제물.

「맙소사, 스승님은 우리가 사람답게 마음대로 숨 쉬는 것조차 용납하질 않아요.」 한창 기분이 유쾌해졌던 베드로가 투덜거렸다. 「어쩌다가 우리는 이런 신세가 되었을까요?」

「그런데 당신은 여태 무얼 했나요, 베드로?」 머리를 저으며 유다가 말했다. 「우리가 재미를 보려고 여길 왔다고 생각해요? 우리가 결혼식에 간다고 생각하나요?」

하지만 그들이 뛰어가는 사이에 어느 천막에서 외치는 목쉰 소리가 들려왔다. 「여봐요, 요나의 아들 베드로, 너저분한 갈릴래아 사람아! 머리를 부딪칠 정도로 가까이 지나가면서 본 체도 않는구먼요. 잠깐 멈춰 술이나 한잔 들어요. 술이 들어가면 시야도 밝아지고, 우리도 눈에 보일 테니까!」

베드로는 그 목소리가 누구인지 알고는 걸음을 멈추었다. 「안녕하시오! 이렇게 길바닥에서 만나다니 뜻밖이로군요, 시몬, 더러운 키레네 사람아!」 그는 두 친구에게로 돌아섰다.

「이번에는 꼼짝 못할 처지이니 우리 잠깐 쉬어 한잔합시다. 시몬은 유명한 술꾼에, 다윗의 성문 근처의 이름난 술집의 주인이죠. 목을 매고 머리에 나무 말뚝을 박아 죽여야 마땅한 친구지만, 그래도 사람은 좋으니까 우린 경의를 표해야 합니다.」

그리고 정말로 시몬은 좋은 사람이었다. 젊었을 때 그는 키레네를 떠나 이곳으로 와서 술집을 열었고, 베드로가 예루살렘을 찾아올 때면 늘 그의 집에서 재워 주곤 했다. 그들 두 사람은 같이 먹고 마셨으며, 얘기를 나누고, 농담을 하고, 때로는 노래를 부르고, 때로는 싸움을 벌이고, 다시 친구가 되고, 술을 또 마시고, 그런 다음에 베드로는 두툼한 담요로 몸을 감싸고는 긴 의자에 쓰러져 잠이 들었다. 지금 시몬은 겨드랑이에 술병을 끼고 손에는 청동 술잔을 든 채로 포도나무 가지를 엮어 만든 천막 밑에 앉아 있었다. 그는 혼자 술을 마시는 중이었다.

두 친구는 포옹을 했다. 그들은 두 사람 다 반쯤 취했고, 서로 어찌나 사랑하는지 눈에서는 눈물이 글썽거렸다. 처음엔 소리를 좀 지르고, 껴안고, 술을 몇 잔 들고 나서, 시몬은 웃기 시작했다.

「틀림없이 당신들 세례를 받으러 가는 길이로구먼요.」 그가 말했다. 「물론 그래야죠. 축복받을 일이니까요. 나도 얼마 전에 세례를 받았는데, 난 후회하지 않아요. 꽤 흐뭇한 일이죠.」

「그래 어디가 달라지던가요?」 술은 안 마시고 음식을 먹기만 하며 유다가 물었다. 그의 마음에는 온통 가시가 돋았다.

「뭐라고 하면 좋을까요, 내 친구여? 내가 물에 들어갔던 때도 벌써 여러 해 전이죠. 물하고 나는 상극이에요. 나는 천성이 술을 좋아하고, 물은 두꺼비가 좋아해요. 하지만 지난번에 난 이런 생각이 들었어요. 〈이봐, 가서 세례를 받으면 어떨까? 온 세상 사람들이 다 가니까, 새로 깨우친 사람들 중에는 술을 마시는 놈들도 몇 명 있겠지. 그들이 모두 멍청이는 아닐 테니까, 몇 사람 인사를 나누다 보면 손님이 좀 걸려들지도 몰라.〉 다윗의 성문에 차려 놓은 내 술집은 누구나 다 아니까, 글쎄요, 긴 얘기를 간단히 줄이자면, 나는 갔습니다. 선지자는 야만인이고, 길들지 않은 짐승인데, 그 사람을 어떻게 묘사해야 좋을까? 콧구멍에서는 불길이 뿜어져 나오고 그 사람은 내 목덜미를 움켜잡더니 머리를 수염까지 몽땅 물에다 처박더군요. 난 비명을 질렀어요. 〈하느님 저를 살려 주소서!〉 이교도 놈이 나를 물에 빠뜨려 죽일 작정이었죠! 하지만 나는 목숨을 건져 밖으로 나왔고, 그래서 이렇게 온전하죠!」

「그런데 당신은 어딘가 좋아진 구석이 있다고 느끼느냐니까요?」 유다가 되풀이해서 물었다.

「내 술에다 걸고 맹세컨대, 목욕을 한 게 나한테는 굉장히, 그래요, 굉장히 좋았어요. 나는 몸이 홀가분해졌습니다. 세례자는 내가 죄를 씻었다고 그랬죠. 하지만, 우리끼리니까 얘긴데, 내 생각엔 그때 내가 씻은 건 더러운 때뿐이어서, 요르단 강에서 나와 보니 한 뼘 정도나 되는 땟국이 강물에 떠다니더군요.」

시몬은 한바탕 웃고, 술잔을 채우고, 술을 마셨으며, 베드로와 야고보도 마셨다. 그는 다시 술잔을 채우고 유다에게로 시선을 돌렸다.

「그리고 당신은 안 마시나요, 대장장이? 이건 물이 아니라 술이란 말이에요.」

「난 술을 안 마셔요.」 술잔을 밀어내며 붉은 수염이 대답했다.

시몬은 눈이 휘둥그레졌다. 「당신도 그 단체 소속인가요?」 그가 나지막한 목소리로 물었다.

〈네, 그들 가운데 한 사람이죠〉라고 말하더니 유다는 손을 한 번 저어 대화를 간단히 끝내 버렸다.

화장을 짙게 한 두 여자가 지나가다가 잠깐 걸음을 멈추고는 네 남자에게 눈을 찡긋했다.

「여자도 가까이 안 하고요?」 시몬이 어정쩡하게 물었다.

「여자도 가까이하지 않아요.」 유다가 다시 무뚝뚝하게 대답했다.

「그렇다면 뭐가 남아요?」 더 이상 못 참겠다는 듯 시몬이 소리쳤다. 「하느님이 술과 여자를 왜 만들어 놓았는지 당신 알기나 해요? 하느님이 시간을 보내기 위해서인가요, 아니면 우리가 시간을 보내기 위해서인가요?」

바로 그때 안드레아가 뛰어왔다. 「빨리 와요.」 그가 소리쳤다. 「스승님이 바쁘대요.」

「스승이라뇨?」 술집 주인이 물었다. 「온통 흰옷을 입고, 맨발인 사람 말인가요?」

하지만 세 사람은 벌써 가버렸고, 키레네 사람 시몬은 천막 밖에 어리벙벙하게 선 채로, 빈 술잔을 아직도 손에 들고 겨드랑이에는 술병을 끼고 그들을 쳐다보며 머리를 저었다. 「저 사람도 미치광이 세례자인 모양이야. 쳇, 요즈음에는 걸핏하면 광신자들이 나타난다니까. 그의 건강을 위해 한 잔 마셔야지.」 술잔을 채우며 그가 말했다. 「저 사람이 정신을 차리게 해주시기를 하느님께 빕니다!」

그러는 사이에 예수와 제자들은 여호와의 성전 넓은 마당에 이르렀다. 걸음을 멈추고 그들은 성전에 들어가 예배를 드리려고 손과 발과 입을 씻었다. 그들은 재빨리 주위를 둘러보았는데, 층계마다 사람들과 동물들이 잔뜩 몰렸고, 하얗거나 파란 대리석 기둥은 황금빛 포도나무와 포도송이가 허리를 둘렀으며 그늘이 잘 드리워진 상점도 많았고, 어디를 보나 가게와 천막과 수레와 환전상(換錢商)과 이발사와 술장수와 백정투성이였다. 싸우고 웃고 떠들어 대는 소리가 허공에 진동했고, 주님의 터전은 땀과 오물로 악취를 풍겼다.

예수는 손으로 코와 입을 가렸다. 그는 사방을 둘러보았지만, 하느님은 어디에도 없었다. 〈나는 너희의 축제를 증오하고, 혐오하노라. 나는 너희가 나를 위해 죽인 살진 송아지들이 풍기는 악취에 구역질이 나느니라. 너희의 소란스러운 찬송가와 류트를 내게서 멀리 치우도록 하라.〉 거꾸로 뒤집혀 소리를 지르던 자는 이제 선지자도 아니요, 하느님도 아니고, 예수의 마음이었다. 갑자기 그는 어지러움을 느꼈다. 모든 것이 사라졌다. 하늘이 열리고, 머리카락이 불타는 천사가 발로 바람을 가르며 달려 나왔다. 머리카락에서 연기와 불을 뿜으며 천사는 마당 한가운데 놓인 검은 바위로 올라가서 웅장하게 황금을 입힌 신전으로 칼을 겨누었다.

예수가 비틀거렸다. 그는 안드레아의 팔에 기대고 몸을 가누었다. 눈을 뜬 그는 신전과 시끄러운 사람들을 둘러보았다. 천사는 눈부신 빛 속으로 자취를 감추었다. 예수는 제자들에게로 팔을 뻗었다. 「나를 용서하오.」 그가 말했다. 「하지만 나는 버틸 힘이 없어요. 난 졸도할 것 같아요. 갑시다.」

「경배를 드리지도 않고요?」 야고보가 놀라서 물었다.

「우린 마음속으로 경배를 해야 해요, 야고보.」 예수가 말했다. 「우리의 육신은 저마다 신전입니다.」

그들은 자리를 떴다. 유다가 지팡이로 땅을 짚으며 앞장을 서서 나아갔다. 저 사람은 더러움과 피와 외치는 소리를 견디지 못하는구나, 그는 생각했다. 그는 메시아가 아니다.

미친 듯 몸을 떨며 어느 바리사이파 사람이 성전의 마지막 계단에 길게 엎드려 대리석에다 마구 입을 맞추며 고함을 질렀다. 경전의 무시무시한 글을 가득 담은 부적을 묶은 굵다란 끈들이 그의 목과 팔에 매달려 있었다. 자꾸 엎드려 경배를 거듭해서 그의 무릎에는 낙타처럼 굳은살이 박였고, 얼굴과 목과 가슴은 온통 아물지 못해서 피가 흐르는 상처투성이였으며, 하느님의 분노가 그를 내동댕이칠 때마다 그는 날카로운 돌멩이를 집어 자신의 몸을 찢어 대었다.

안드레아와 요한은 예수가 바리사이파 사람을 보지 못하도록 재빨리 앞을 막아섰다. 베드로가 야고보에게로 가더니 그의 귓가로 몸을 숙였다. 「당신도 저 사람을 알 거예요. 목수 요셉의 맏아들 야고보[2]랍니다. 부적을 팔며 돌아다니는데, 2초에 한 번씩 악귀에게 사로잡혀 땅바닥에서 구르며, 그야말로 자신을 죽이다시

피 한답니다.」

「정신없이 주인님을 찾아다닌다는 바로 그 사람인가요?」 잠깐 걸음을 멈추며 야고보가 물었다.

「그래요. 집안 망신을 시키는 사람이라더군요.」

그들은 여호와의 성전에서 황금의 문으로 나와 키드론 골짜기를 지나 사해(死海)를 향해 걷기 시작했다. 그들은 오른쪽으로 게쎄마니의 동산과 올리브나무 숲을 지났다. 하늘이 하얗게 타올랐다. 그들은 올리브나무 산에 이르렀다. 세상이 조금쯤 감미로워졌다. 올리브나무는 잎사귀마다 빛이 방울져 떨어졌고, 까마귀 떼가 꼬리를 물고 예루살렘을 향해 날아갔다.

예수를 팔로 감싸 안고 안드레아는 전에 그의 스승이었던 세례자 얘기를 했다. 그의 처소가 가까워질수록 그는 선지자의 용맹한 숨결을 느끼며 겁이 났다.

「그는 틀림없이 엘리야예요. 그분은 불로 인간의 영혼을 다시 한 번 아물게 하려고 가르멜 산에서 달려 내려왔어요. 어느 날 밤 나는 그의 머리 위에서 불 수레가 한 바퀴 도는 광경을 이 눈으로 똑똑히 보았고, 또 어느 날 밤에는 그분에게 먹이려고 타오르는 숯불을 부리로 물어다 주는 까마귀도 보았어요. 어느 날 나는 용기를 내어 그분에게 〈당신은 메시아이신가요?〉라고 물어봤어요. 그는 뱀이라도 밟은 듯 부르르 떨더군요. 〈아뇨.〉 그분이 한숨을 지으며 대답했어요. 〈나는 쟁기를 끄는 황소요. 메시아는 씨앗이고요.〉」

「왜 그분 곁을 떠났나요, 안드레아?」

「난 씨앗을 찾고 싶었어요.」

---

2 예수의 형제이다. 「마태오의 복음서」 13장 55절 참조.

「그래서 씨앗을 찾았나요?」

안드레아는 예수의 손을 자신의 가슴에 끌어다 대고는 낯을 잔뜩 붉혔다.「네.」그가 대답했지만 대답 소리가 너무 작아서 예수는 듣지 못했다.

그들은 숨을 헐떡이며 천천히 사해를 향해 내려갔다. 태양이 열기를 퍼부어 그들은 머리가 지끈거렸다. 앞에는 모압의 산이 황량한 벽처럼 점점 더 높이 솟아올랐다. 그들 뒤에서는 석회처럼 하얀 에돔의 산이 막아섰다. 길은 꼬불거리며 점점 내려갔다. 그들은 깊은 우물로 들어가는 기분이었고, 모두들 숨을 멈추었다.

지옥으로 내려가는구나, 그들은 모두 생각했고, 타르와 유황 냄새를 맡았다.

빛 때문에 눈이 부셨다. 눈이 아프고 발이 찢어져도 더듬거리며 앞으로 나아갔다. 그들은 종소리를 들었고, 지나가는 낙타 두 마리를 보았는데, 사실은 낙타가 아니라 강렬한 열기 속에서 녹아 버린 신기루였다.

「나는 두려워요.」제베대오의 작은아들이 속삭였다.「여긴 지옥이에요.」

「용기를 가져요.」안드레아가 그에게 대답했다.「천국이 지옥의 심장부에 있다는 얘기 못 들어 봤어요?」

「천국요?」

「곧 보게 될 거예요.」

마침내 해가 졌다. 모압의 산은 짙은 보랏빛으로, 에돔의 산은 분홍빛으로 변해 보는 사람들의 눈을 편하게 해주었다. 길이 한 굽이 돌자 갑자기 그들의 시야가, 그들의 시야와 몸이 시원한 물로 들어선 듯 생기가 돌았다. 그들의 바로 앞, 모래밭 한가운데 예기치 않게 펼쳐진 저 풀밭은 무엇이고, 찰랑거리는 저 물과, 과

일이 잔뜩 달린 석류나무들과, 하얗고 그늘진 오두막들은 무엇인가? 하늘에는 갑자기 재스민과 장미의 향기가 감돌았다.

「예리고로구나!」 안드레아가 신이 나서 소리쳤다. 「이곳의 대추야자는 세상에서 가장 달콤하고, 장미도 가장 희한해서, 시들더라도 물에 담그기만 하면 되살아나죠.」

갑자기 밤이 되었다. 벌써 등불이 켜지기 시작했다.

「여행을 하고, 어둠이 깔리는 풍경을 지켜보고, 마을에 도착하고, 처음 켜지는 등불을 보지만 먹을거리도 없고 잘 곳도 없이 만사를 하느님의 은총과 사람들의 선량한 마음에 의존한다는 것, 이것이 세상에서 가장 크고 순수한 기쁨 가운데 하나라고 나는 생각해요.」 거룩한 순간을 한껏 누리려고 걸음을 멈추며 예수가 말했다.

마을의 개들이 낯선 사람들의 체취를 맡고는 짖기 시작했다. 문이 열리고, 불을 켠 등잔이 나타나서 어둠 속을 이리저리 찾아보더니 다시 안으로 들어갔다. 제자들은 집집마다 찾아가서 문을 두드렸고, 이 집에서는 빵 한 조각이나 석류를, 저 집에서는 포도 한 송이나 푸른 올리브를 기꺼이 내주었다. 그들은 하느님과 인간이 베풀어 준 모든 먹을거리를 모아 어느 과수원 한쪽 구석에 자리를 잡고는 길게 누워 먹었고, 곧 잠이 들었다. 그리고 밤새도록 그들은 꿈속에서 사막이 바다처럼 술렁거리고 조용히 파도치는 소리를 들었다. 하지만 예수는 잠결에 나팔 소리를 들었고 예리고의 성벽이 무너졌다.

거의 한낮이 다 되어서야 제자들은 송장처럼 창백한 얼굴에 혀를 축 늘어뜨린 채로 저주받은 사해에 이르렀다. 요르단 강의 물살을 따라 내려온 물고기는 그곳의 물에 닿기만 하면 당장 죽었고, 둑에는 몇 그루 안 되는 작달막한 나무가 뼈다귀를 세워 놓은 듯한 모습이었다. 물은 무겁고, 탁하고, 꼼짝도 하지 않았다. 신앙심이 깊은 사람이 굽어보면 시커먼 바닥에서 포옹한 채로 썩어 버린 두 창녀 소돔과 고모라의 모습이 보였으리라.

예수는 바위로 올라가 황량한 풍경을 멀리 내다보았다. 땅은 타올랐고, 산들은 녹아 없어졌다. 그는 안드레아의 팔을 잡고 물었다. 「세례자 요한은 어디로 갔나요? 내 눈에는 아무도 아무도 보이질 않는데요.」

「저 너머 갈대밭 뒤로 가면 강이 잔잔해져요.」 안드레아가 대답했다. 「그곳에서는 강물이 고요하고도 깊은 못을 이루고, 선지자가 세례를 합니다. 그 사람을 찾으러 가죠. 길은 제가 알아요.」

「당신은 지쳤어요. 안드레아. 다른 사람들하고 여기 남아요. 내가 혼자 갈 테니까.」

「그 사람은 야수 같아요. 제가 같이 가겠습니다, 랍비님.」

「나는 혼자 가고 싶어요, 안드레아. 여기 남아요.」

예수는 갈대밭을 향해 출발했고, 가슴이 몹시 두근거렸다. 그는 마음을 진정시키려고 손을 가슴에 얹고 토닥거렸다. 까마귀 떼가 다시 사막에서 나타나 서둘러 예루살렘을 향해 날아갔다.

갑자기 그는 누가 그의 뒤에서 걸어오는 소리를 들었다. 그가 돌아섰다. 유다였다.

「잊어버리고 날 부르지 않았군요.」 냉소를 띠며 붉은 수염이 말했다. 「지금이 가장 어려운 시간이고, 나는 당신 곁에 머물고 싶어요.」

「갑시다.」 예수가 말했다.

예수가 앞장을 서고 유다가 뒤따라 그들은 말없이 나아갔다. 그들은 갈대를 밀어젖히고, 미지근하고 미끈거리는 강물에 발을 내디뎠다. 검은 뱀 한 마리가 깜짝 놀라 바위로 미끄러져 올라가서는 머리와 목을 치켜들었다. 몸을 반은 바위에다 찰싹 붙이고 반은 꼿꼿하게 세운 채로 뱀은 작고도 교활한 눈으로 그들을 쳐다보며 쉿소리를 냈다. 예수는 잠깐 걸음을 멈추고는 어서 오라고 반겨 맞는 듯 다정하게 뱀한테 손을 흔들었다. 유다가 떡갈나무 지팡이를 치켜들었지만, 예수가 팔을 내밀어 그를 말렸다.

「해치지 말아요, 유다, 내 형제여.」 그가 말했다. 「뱀은 물어서 자신의 책임을 다하는 거예요.」

열기가 회오리를 쳤고, 사해에서 불어오던 남풍에는 썩은 시체의 심한 악취가 실려 왔다. 예수는 이제 거칠고도 사나운 목소리를 듣게 되었다. 〈불과 도끼와 열매를 맺지 못하는 나무〉라고 하더니 더 큰 소리로 〈회개하시오! 회개하시오!〉라고 외쳤다. 한꺼번에 수많은 군중이 함성을 지르고 통곡했다. 예수는 야생 짐승의 동굴로 접근하듯 천천히, 조심조심 나아갔다. 그는 갈대를 옆으로 밀어젖혔고, 소음이 더 커졌다. 갑자기 그는 소리를 지르지 않으려고 입술을 깨물었는데, 요르단 강의 물 위로 솟아오른 바위에서 갈대 같은 다리로 선 인물의 모습이 보였기 때문이다. 이것은 사람인가, 파괴자인가, 굶주림의 천사인가, 아니면 복수의 대천사인가? 손톱과 속눈썹에 칠을 한 에티오피아 사람과, 코에다 굵직한 놋쇠 고리를 단 갈대아 사람과, 지저분한 구레나룻을 길게 기른 이스라엘 사람들이 자꾸만 자꾸만 소리를 질러 대었다. 입에 거품을 물고 남풍에 갈대처럼 흔들리며, 세례자가 소리쳤다. 「회개하시오! 회개하시오! 주님의 날이 왔습니다! 땅바닥에서 뒹굴고, 쓰러져 몸부림치고, 고함을 지르시오! 만군의 주님이 말씀하셨습니다. 〈이날을 맞아 나는 태양이 한낮에 지라고 명령할 터이고, 새 달의 뿔을 분지르고, 하늘과 땅에 어둠을 쏟으리

라. 나는 그대들의 웃음을 되돌려 눈물로 만들고, 그대들의 노래를 탄식으로 바꿔 놓으리라. 나는 바람을 불게 할 터이고, 그대들의 모든 아름다운 옷은 손과 발과 코와 귀와 머리카락은 땅으로 떨어지리라.〉」

유다는 뚜벅뚜벅 앞으로 걸어 나가 예수의 팔을 잡았다. 「들었죠? 저 말 들려요? 봐요! 메시아는 저런 식으로 얘기를 합니다. 저 사람이 메시아예요!」

「아니에요, 유다, 내 형제여.」 예수가 대답했다. 「도끼를 들고 메시아가 오도록 길을 터놓는 사람은 저런 식으로 말하지만, 메시아는 그러지 않아요.」 그는 허리를 굽히더니 뾰족하고 초록빛인 잎사귀를 하나 따서 이빨 사이로 훑었다.

「길을 여는 이가 메시아예요.」 붉은 수염이 으르렁거렸다. 그는 예수가 갈대밭에서 나가 모습을 드러내도록 앞으로 밀었다.

「앞으로 나서서 저 사람이 당신을 보게 해요.」 그가 명령했다. 「그가 심판할 테니까요.」

예수는 햇빛으로 나와 머뭇거리며 두 걸음을 내딛고는 고꾸라지려고 하면서도 선지자에게서 눈길을 떼지 않고 걸음을 멈추었다. 그의 영혼 전체가 응시하는 시선(視線)이 되어 갈대 같은 다리에서 위로 불타는 듯한 머리로, 그러고는 더 높이, 선지자의 모습을 샅샅이, 눈에 보이지 않는 부분까지 모두 살펴보았다. 세례자는 등을 돌려 댄 채였다. 세례자는 자신의 온몸을 노려보는 이 글거리는 응시를 의식하고, 화가 나서 완전히 몸을 돌려, 더 잘 보려고 동그랗고 독수리 같은 두 눈을 반쯤 감았다. 꼼짝도 하지 않고, 말도 없고, 온통 하얀 옷을 입고, 그를 노려보는 이 젊은이는 누구일까? 어디선가, 언제인가, 세례자는 이 사람을 만났었다. 어디서였던가? 언제? 그는 기억해 내려고 고민하며 애썼다.

혹시 꿈속에서는 아니었을까? 그는 비슷하게 온통 하얀 옷을 입은 사람들을 자주 꿈에서 보았다. 그들은 그에게 전혀 얘기를 하지 않았지만, 그냥 물끄러미 쳐다보기만 하고, 어서 오라거나 잘 가라는 인사를 하는 듯 손을 흔들었다. 그러다가 새벽닭이 울고, 그들은 빛이 되어 사라졌다.

세례자는, 아직도 그를 쳐다보며, 갑자기 소리쳤다. 그는 기억해 냈는데, 어느 날 정오 강둑에 누워 염소 가죽에다 쓴 예언자 이사야의 글을 꺼내 읽은 적이 있었다. 순식간에 돌멩이와 물과 사람들과 갈대밭과 강이 사라졌고, 하늘에는 불과 나팔과 날개가 가득 찼으며, 선지자의 말이 문처럼 열리고는 메시아가 앞으로 나왔다. 그는 메시아가 온통 하얀 옷을 입었고, 야위었고, 햇볕에 살갗이 탔고, 맨발이었으며, 이 사람이나 마찬가지로 이빨에 푸른 잎사귀를 물었다는 사실이 생각났다.

고행자의 눈에는 기쁨과 두려움이 가득했다. 그는 바위에서 굴러 떨어지듯 내려와서는 앙상하게 야윈 목을 길게 뽑으며 다가왔다.

「당신은 누구신가요? 누구죠?」 두려움에 떨리는 목소리로 그가 물었다.

「당신은 나를 모르십니까?」 한 걸음 더 앞으로 나서면서 예수가 말했다. 그의 운명이 세례자의 대답에 달렸음을 알았기 때문에 예수의 목소리 역시 떨렸다.

그분이다, 그분이야, 세례자는 생각했다. 그는 가슴이 마구 뛰었고, 판단할 능력도 없었고, 그럴 엄두도 나지 않았다. 다시금 그는 목을 내밀었다. 「당신은 누구인가요?」 그가 다시 물었다.

「당신은 경전도 읽어 보지 않았나요?」 예수는 그를 꾸짖기라도 하듯, 다정하면서도 불만스러운 목소리로 대답했다. 「당신은 선지자들이 한 얘기도 읽어 보지 않았어요? 이사야가 뭐라고 그랬던가요? 선구자여, 기억이 안 납니까?」

「그 사람이 당신, 당신인가요?」 고행자가 나지막이 말했다. 그는 예수의 어깨에다 두 손을 얹고는 눈을 살펴보았다.

「내가 왔습니다……」 예수는 주저하며 말하고는, 호흡하기도 힘들어지고 말도 나오지 않아서 얘기를 중단했다. 마치 발을 내밀어 한 걸음 더 나아가도 떨어지지 않으려는지 확인하는 기분이었다.

야수적인 선지자는 그를 굽어보며 말없이 차근차근 살펴보았다. 그는 예수의 입에서 흘러나온 무섭고도 감격스러운 말을 정말로 그가 들었는지 의아한 생각이 들 정도였다.

「내가 왔습니다……」 마리아의 아들이 되풀이해서 말했지만, 목소리가 어찌나 나지막했던지 잔뜩 신경을 곤두세우고 그들의 뒤에서 귀를 기울이던 유다조차 듣지 못했다. 이번에는 선지자가 깜짝 놀랐다. 그는 말뜻을 알아들었다.

「뭐라고요?」 머리가 쭈뼛해져서 그가 말했다.

까마귀 한 마리가 그들의 머리 위로 날아가며, 무슨 흉내를 내거나 웃으며 물에 빠져 죽는 사람처럼 목쉰 소리를 질렀다. 세례자는 화가 났다. 그는 새에게 던지려고 허리를 굽혀 돌멩이를 집었다. 까마귀는 날아가 버렸지만, 그는 마음이 서서히 차분해지기를 바라며 잠시 시간을 보내기 위해 계속해서 새를 찾아보았다. 몸을 일으키며 그가 조용히 말했다.

「잘 오셨습니다.」 그는 예수를 쳐다보았지만, 그의 눈에는 사랑이 없었다.

예수는 마음이 떨렸다. 그의 귓속에서 이상한 소리가 났을까, 아니면 정말로 선지자가 그를 반겨 맞는 인사를 했나? 만일 정말 그가 반겨 맞는다면, 얼마나 놀랍고, 얼마나 기쁘고, 얼마나 무서운 일인가!

세례자는 주변을 둘러보고, 요르단 강과 갈대밭과 진흙 속에 무릎을 꿇고 앉아 공개적으로 그들의 죄를 고해하는 사람들을 한 차례 훑어보았다. 그는 서둘러 그의 왕국을 가슴에 품고, 작별을 고했다. 그러더니 예수에게로 돌아섰다. 「이제 나는 떠나야겠군요.」

「아직은 안 됩니다, 선구자여. 우선 당신은 내게 세례를 시켜 줘야 합니다.」 예수의 목소리는 단호해지고 자신감이 드러났다.

「내가요? 오히려 내게 세례를 내려 줄 분은 당신입니다, 주여.」

「그렇게 큰 소리로 얘기하지 말아요. 사람들이 우리 얘기를 들을지 모릅니다. 내 시간은 아직 오지 않았어요. 갑시다!」

유다는 얘기를 들으려고 귀에다 신경을 곤두세웠지만, 웅얼거리는 소리만, 마치 흐르는 물의 두 줄기가 합칠 때처럼 즐겁게 춤추며 웅얼거리는 소리만 들려왔다.

강변에 모였던 군중이 길을 비켜 주었다. 하얀 옷을 벗고 온몸에 햇빛을 담뿍 받은 순례자는 누구인가? 죄를 고해하지도 않고 저토록 당당하고 고결한 태도를 보이며 물로 들어간 남자는 누구인가? 세례자가 앞장을 서서 두 사람은 푸른 강물로 들어섰다. 세례자는 수면 위로 툭 튀어나온 바위로 올라갔다. 예수는 온몸이 턱까지 물에 잠겨, 강의 모랫바닥에, 세례자의 곁에 섰다.

세례자가 예수의 얼굴에 물을 부으며 축복의 말을 하려는 순간, 사람들이 소리를 질렀다. 요르단 강의 흐름이 갑자기 멎었다. 빛깔이 알록달록한 물고기 떼들이 사방에서 떠올라 예수의 주위를 맴돌면서, 지느러미를 접었다 폈다 하고 꼬리를 흔들며 춤추기 시작했고, 해초가 몸에 둘둘 휘감긴 소박한 노인의 모습을 취한 털투성이 요정이 강의 밑바닥에서 솟아올라 갈대에 몸을 기대고는 기쁨과 두려움으로 입을 벌리고 눈이 휘둥그레진 채로, 앞에서 벌어지는 모든 일을 빤히 지켜보았다.

이런 경이적인 광경을 본 사람들은 말문이 막혔다. 많은 사람이 눈을 가리고 강변에 엎어졌다. 격렬한 열기로 몸을 떨기도 했다. 온몸이 진흙투성이로 깊은 곳으로부터 나오는 노인을 보자 한 사람은 〈요르단 강의 귀신이다!〉라고 소리를 지르고는 기절했다.

세례자는 우묵한 조가비에 물을 가득 채워 떨리는 손으로 예수의 얼굴에다 붓기 시작했다. 「하느님의 세례를 받는 종……」 그는 입을 열었다. 하지만 그는 무슨 이름을 주어야 할지 몰랐기 때문에 중단했다.

세례자는 예수에게 물어보려고 돌아섰는데, 다른 모든 사람이나 마찬가지로 발돋움을 하고 이름을 밝히기를 기다렸지만, 하늘에서 내려오는 날개 소리가 들렸으며, (그것이 새인지, 아니면 여호와의 최고위 천사인지는 몰라도) 깃털이 하얀 새가 앞으로 달려 나와 세례를 받는 자의 머리 위에 앉았다. 새는 잠깐 동안 꼼짝도 않다가, 갑자기 그의 머리 위를 세 바퀴 돌았다. 공중에서는 빛의 꽃다발이 세 겹 동그랗게 광채를 뿜었고, 새는 비밀의 이름을, 전에는 한 번도 들어 보지 못했던 듯싶은 이름을 말하듯 소리를 질렀다. 세례자의 말 없는 질문에 하늘이 대답하는 듯싶었다.

사람들은 귀가 윙윙거리고, 머릿속이 핑핑 돌았다. 날개를 치는 소리와 더불어 말이 들려왔다. 하느님의 목소리일까? 새의 목소리인가? 그것은 이상한 기적이었다. 예수는 그 소리를 들으려고 온몸에 힘을 주었다. 그는 이것이 그의 참된 이름이라는 예감을 느꼈지만, 그 이름이 무엇인지 알아들을 수가 없었다. 그가 들은 소리라고는 그의 마음속에서 무너지는 수많은 파도와 수많은 날개와 위대하고도 뼈아픈 말뿐이었다. 그는 눈을 들었다. 새는 이미 천국의 봉우리를 향해 날아갔고, 빛 속의 빛으로 변했다.

사막과 잔인한 고독 속에서 오랜 세월을 보냈기 때문에 하느님의 언어를 터득할 능력을 얻었던 세례자만이 그 소리의 뜻을 알아들었다. 오늘 세례를 받는 사람은 하느님의 종이요, 하느님의 아들이요, 인류의 희망이로다! 그는 떨면서 속으로 자신에게 속삭였다.

그는 요르단 강의 물이 다시 흐르도록 손짓했다. 성례(聖禮)가 끝났다.

제17장

 태양이 사막에서 사자처럼 뛰어올라 이스라엘 모든 집의 문을 두드렸다. 모든 유대인의 집에서는 위엄을 부리는 히브리 사람들의 하느님께 드리는 우렁찬 아침 기도 소리가 솟아올랐다.「우리의 하느님과 우리 조상의 하느님이시여, 우리는 당신을 찬송하고 당신께 영광을 돌리나이다. 전능하고 외경스러운 분이시여, 당신은 우리를 돕고 밀어 주시옵니다. 불멸하신 분이시여, 당신께 영광이, 아브라함의 수호자시여, 당신께 영광이 함께하소서. 죽이고 부활시키고 구원을 주시는 당신과, 오 왕이시여, 누가 힘을 겨루겠나이까? 이스라엘을 구원하실 분이시여, 영광이 당신과 함께하소서! 아직 우리가 살았을 때 어서 우리의 적을 파괴하고 짓밟고 쫓아 버리소서!」

 해가 떴을 때, 예수와 세례자 요한은 요르단 강 위로 깎아지른 듯 솟은 바위의 구멍 속에 들어가 마주 앉았다. 밤새도록 두 사람은 세계를 그들의 손에 쥐고, 그것을 어떻게 해야 할지 궁리했다. 때로는 예수가 세계를 장악했고, 때로는 세례자가 잡았다. 한 사람의 얼굴은 준엄하고 단호했으며, 실제로 도끼를 손에 쥐기라도 한 듯 팔을 들었다 놓았다 했다. 다른 사람의 얼굴은 온화하고 우유부단했으며, 눈에는 자비심이 가득했다.

「사랑으로 충분하지 않을까요?」 그가 물었다.

「아뇨.」 세례자가 화를 내며 대답했다. 「나무가 썩었습니다. 하느님은 나를 불러 도끼를 주었고, 나는 도끼로 나무뿌리를 쳤습니다. 나는 내 할 바를 다했어요. 이제는 당신이 의무를 수행할 차례니까, 도끼를 들어 치시오!」

「만일 불이었다면 나는 타올랐을 터이고, 만일 나무꾼이었다면 나는 쳤을 것입니다. 하지만 나는 마음이어서, 사랑합니다.」

「나도 또한 마음이고, 그렇기 때문에 나는 불의나 수치와 비행을 참지 못합니다. 의롭지 못하고, 몰염치하고, 악명이 드높은 자들을 어떻게 사랑하겠습니까? 치시오! 인간이 지닌 가장 큰 의무 가운데 하나는 분노입니다.」

「분노요?」 마음속으로 반발하며 예수가 말했다. 「우리는 모두 형제가 아닙니까?」

「형제라고요?」 세례자가 냉소를 띠고 대답했다. 「당신은 사랑이 하느님의 길이라고, 사랑이 올바른 길이라고 생각합니까? 내 말을 들어 봐요.」

세례자는 뼈가 앙상하고 털이 잔뜩 난 손을 들어 썩어 가는 시체 냄새를 풍기는 사해를 가리켰다.

「당신은 혹시 저 깊은 바닥에 가라앉은 두 창녀 소돔과 고모라[1]를 보았습니까? 하느님이 분노하여 불길을 던지고, 땅을 짓밟았으며, 땅이 바다가 되어 소돔과 고모라를 집어삼켰습니다. 그것이 하느님의 길이니까, 그 길을 따르도록 해요. 예언서에서 뭐라고들 했던가요? 〈주님의 날이 오면 나무에서 피가 흐르고, 집

---

[1] 두 도시가 모두 사해의 동남쪽에 위치했었지만, 지금은 바다 가운데로 매몰되었다.

을 지은 돌멩이들이 살아나서 일어나 집의 주인을 죽일지니라!〉 주님의 날은 결정되었고, 가까워 오고 있습니다. 내가 제일 먼저 그것을 깨달았죠. 나는 고함치고, 하느님의 도끼를 들어 세상의 뿌리를 쳤습니다. 나는 당신더러 오라고 소리쳐 부르고, 부르고, 또 불렀습니다. 당신이 오셨으니 이제 나는 떠나겠습니다.」

그는 무거운 도끼를 쥐어 주듯 예수의 두 손을 움켜잡았다. 예수는 겁이 나서 손을 뺐다. 「부탁이니, 조금만 더 참도록 해요.」 그가 말했다. 「서두르지 말고요. 나는 하느님과 얘기를 나누러 사막으로 가겠습니다. 그곳에 가면 하느님의 목소리가 훨씬 잘 들리니까요.」

「유혹의 목소리도 마찬가지예요. 조심하세요. 군사를 정비해놓고 사탄이 숨어 당신을 기다리니까요. 사탄은 당신이 목숨을 걸고 싸울 적이라는 사실을 잘 알아요. 사탄은 온갖 사나움과 온갖 달콤한 유혹으로 당신을 공격합니다. 조심하시오. 사막은 감미로운 목소리로, 그리고 죽음으로 가득하니까요.」

「친구여, 감미로운 목소리와 죽음은 나를 기만하지 못합니다. 나를 믿으세요.」

「나는 믿어요. 내가 믿지 않는다면 그건 슬픈 일이죠! 가서, 사탄과 얘기하고, 하느님하고도 얘기하고, 그러고는 판단하세요. 만일 당신이 내가 기다렸던 분이라면, 하느님께서는 이미 결정을 내리셨을 테니까 당신은 피할 길이 없겠죠. 만일 그렇지 않다면, 당신이 죽거나 말거나 내가 무엇 때문에 신경을 씁니까? 어서 가시고, 어떻게 되나 봅시다. 나는 세계를 그냥 내버려 두고 싶지 않으니까, 서두르세요.」

「내가 세례를 받는 동안 머리 위에서 날개를 치던 산비둘기 말이에요. 그 새가 뭐라고 말하던가요?」

「그건 산비둘기가 아니었어요. 그 새가 한 말을 당신이 듣게 될 날이 올 겁니다. 하지만 그때까지 그 말은 당신 머리 위에 칼처럼 매달려 다닐 거예요.」

예수는 몸을 일으키고 손을 내밀었다. 「사랑하는 선구자여.」 떨리는 목소리로 그가 말했다. 「작별을 고합니다. 어쩌면 영원한 작별의 인사일지도 모르지만.」

세례자는 입술을 예수의 입술에 대고는 가만히 있었다. 그의 입은 활활 타오르는 숯불이어서, 예수의 입술도 그을렸다. 「나는 마침내 내 영혼을 당신에게 바칩니다.」 예수의 부드러운 손을 꽉 움켜쥐고 그가 말했다. 「만일 내가 기다리던 분이 당신이라면, 나는 당신을 세상에서 다시는, 절대로 다시는 만나지 못하리라고 생각하니까, 내 마지막 부탁을 들어줘요.」

「얘기하세요.」 몸을 부르르 떨며 예수가 나지막이 말했다. 「무슨 부탁인가요?」

「당신 표정을 바꾸고, 팔에는 힘을 기르고, 마음을 단단하게 먹어요. 당신의 삶은 무거운 삶입니다. 나는 당신의 이마에서 피와 가시가 보여요. 내 형제이고 높으신 이여, 인내하고 용기를 가지세요! 당신 앞에는 두 길이 열리는데, 인간의 길은 평탄하고, 하느님의 길은 오름길입니다. 보다 힘든 길을 택하세요. 안녕히 가십시오! 그리고 이별을 서러워하지 마세요. 당신의 의무는 치는 것이지, 흐느껴 우는 것이 아니니까요. 치세요! 그리고 손이 흔들리지 않기를 빕니다! 그것이 당신이 가야 할 길이죠. 두 길 다 하느님의 딸이니까, 그 사실도 잊지 마시고요. 하지만 불이 먼저 태어나고, 사랑은 나중에 태어났습니다. 그러니까 우리는 불에서부터 시작해야 하죠. 어서 가세요. 행운을 빕니다!」

해가 벌써 높이 솟았다. 빡빡 밀어 버린 머리에 알록달록한 터번을 쓴 새 순례자와 더불어, 아라비아 사막에서 온 대상이 나타났다. 어떤 사람은 산돼지 이빨로 만든 초승달 모양의 호신부를 목에 걸었고, 또 어떤 사람은 엉덩이만 큼직한 작은 청동 여신상(女神像)을 몸에 지녔으며, 적의 이빨을 꿰어 만든 목걸이를 두른 사람도 있었다. 그들은 세례를 받으려고 찾아온 동방의 짐승 같은 야만인들이었다. 세례자는 그들을 보더니 날카로운 소리를 지르고 바위에서 달려 내려갔다. 낙타들이 요르단 강의 진흙 바닥에 무릎을 꿇었다. 사막의 목소리가 무시무시하게 울려 왔다. 「회개하시오, 회개하시오. 주님의 날이 왔습니다!」

그사이에 예수는 제자들을 찾아내었다. 그들은 말없이 괴로워하며 강둑에 앉아 그를 기다렸다. 예수가 모습을 나타내지 않은 지도 벌써 사흘 낮 사흘 밤이었고, 세례자가 그와 얘기를 나누느라고 세례하는 일을 거들떠보지 않은 지도 사흘 낮 사흘 밤이 지났다. 세례자는 끊임없이, 끊임없이 얘기했고, 예수는 머리를 수그린 채 귀를 기울였다. 독수리처럼 예수를 위압하고 굽어보며 세례자는 무슨 얘기를 했고, 어째서 한 사람은 그토록 사납고 다른 사람은 그토록 슬퍼 보였을까? 유다는 화가 나서 식식대며 서성거렸다. 밤이 되기만 하면 그는 당장 살그머니 바위로 다가가서 얘기를 엿들으려고 했다. 두 사람은 뺨을 맞대고 속삭였다. 유다는 귀에다 잔뜩 신경을 집중시켰지만, 웅얼거리는 소리, 흐르는 물처럼 졸졸거리는 소리 이외에는 아무것도 듣지 못했다. 마치 마리아의 아들이 물꼭지 바로 밑에다 세워 놓은 물동이인 듯, 한 사람은 주고, 다른 사람은 받으며 가득 찼다. 붉은 수염은 미친 듯 바위에서 미끄러져 내려가 다시금 어둠 속에서 서성거리기 시작했다. 「나로서는 창피하고도 창피한 일이야.」 그가 투덜거렸다. 「내가 없는 자리에서 그들이 이스라엘을 놓고 왈가왈부하게 내버려 두다니! 세례자는 내게 비밀을 털어놓고, 도끼를 나한테 줬어야 해. 이스라엘의 고통을 느끼는 사람은 나 혼자뿐이니까. 나는 도끼를 사용할 줄 알지만, 저 사람은 그러지 못해. 그는 뻔뻔스럽게도 박해를 받는 사람들과 박해를 하는 사람들, 로마인과 그리스인, 악마에게 모두 붙잡혀 가야 마땅할 자들과 우리가 다 같이 형제라고 했어!」

유다는 보고 싶지도 않았던 다른 제자들로부터 멀리 떨어져 바위 밑에 누웠다. 잠깐 동안 그는 잠이 들었고, 세례자가 말했던 〈불!〉〈소돔과 고모라!〉〈치시오!〉라는 말이 띄엄띄엄 두서도 없이 들리는 듯싶었다. 하지만 일단 정신이 들자 그는 밤새와 들개와 갈대밭에서 졸졸거리며 흐르는 요르단 강의 물소리 이외에는 아무것도 듣지 못했다. 유다는 강으로 내려가서 열기를 식히려고 화끈거리는 머리를 물에다 담갔다. 「그는 바위에서 내려올 거야, 안 그런가?」 유다가 중얼거렸다. 「그는 내려오겠고, 그러면 그가 알려 주고 싶어 하건 말건, 나는 비밀을 알아내야 해!」

그래서 가까이 오는 예수를 보고 유다는 다른 제자들이나 마찬가지로 벌떡 일어섰다. 그들은 기뻐하며 달려 나가 그의 어깨와 등을 만지고 쓰다듬었으며, 요한의 눈에는 눈물이 가득 고였고, 스승의 이마 한복판에는 이제 깊은 주름이 하나 패었다.

베드로는 가만히 참지를 못했다. 「랍비님.」 그가 말했다. 「세례자께서 왜 며칠 밤낮에 걸쳐 당신하고 얘기를 했나요? 그분이 무슨 얘기를 했길래 당신은 그토록 슬퍼했나요? 당신의 얼굴이 변했습니다.」

「그분의 날은 며칠 안 남았어요.」 예수가 대답했다. 「그분과 함께 머물면서, 여러분 모두 세례를 받아요. 나는 떠납니다.」

「어디로 가십니까, 랍비님?」 예수의 옷자락을 잡으며 제베대오의 작은아들이 소리쳤다.「우리 모두 함께 가겠어요.」

「나는 사막으로 혼자 갈 텐데, 그곳에서는 동행인이 필요 없어요. 나는 하느님과 얘기를 나누려고 그곳으로 찾아갑니다.」

「하느님하고요?」 얼굴을 가리며 베드로가 말했다.「그렇다면 다시는 돌아오시지 못하잖아요!」

「나는 돌아옵니다.」 예수가 한숨을 지으며 말했다.「나는 꼭 돌아와야만 합니다. 세상은 단 한 가닥의 실에 매달렸으니까요. 하느님이 내게 가르침을 내리시면 나는 돌아와요.」

「언제요? 또 며칠 동안이나 떨어져 계시려고요? 우리를 이렇게 남겨 두고 가시다니!」 가지 못하게 예수에게 매달리며 그들 모두 소리쳤다. 하지만 유다는 혼자 떨어져서 말없이 코웃음을 치며 그들을 쳐다보았다.「양 떼 같아…… 어린 양들 같다고…….」 그가 투덜거렸다.「내가 늑대라는 것에 난 이스라엘의 하느님께 감사드려야 해.」

「나는 하느님이 뜻하시는 때 돌아옵니다, 형제들이여. 잘 있어요. 이곳에서 나를 기다리며 머물러야 합니다. 그럼 그때까지 잘 있어요!」

형제들은 넋을 잃고 서서 천천히 사막 쪽으로 멀어져 가는 그를 지켜보았다. 그는 전처럼 땅바닥에 거의 발이 닿지 않을 정도로 가볍게 걷지 않고, 생각에 잠겨 발걸음이 무거웠다. 그는 갈대를 하나 꺾어 몸을 의지하고는 반달 다리로 올라가 중간에서 걸음을 멈추고 아래를 내려다보았다. 그는 사방에서 햇볕에 새카맣게 그을린 얼굴들이 행복감으로 반짝이는, 강의 흙탕물 속에 잠긴 순례자들을 보았다. 그들 맞은편 강변에서는 다른 사람들이 아직도 가슴을 치며 허공에 대고 죄를 고해하며, 불타는 눈으로 세례자를 쳐다보면서 거룩한 물로 들어오라는 손짓을 해주기만을 기다렸다. 요르단 강물에 엉덩이까지 잠긴 황야의 고행자는 한꺼번에 무더기로 세례를 내렸으며, 화가 나서 사랑은 보여 주지도 않고 그들을 강변 쪽으로 밀어 던졌다. 그러면 또다시 무더기로 사람들이 뒤따랐다. 한 번도 자른 적이 없는 그의 어수선한 머리와 뾰족하고 새까만 수염이 햇빛을 받아 반짝였고, 큼직하고 육중하고 항상 벌리고 다물 줄 모르던 입에서는 고함 소리가 한없이 터져 나왔다.

예수는 강과 사람들로부터 멀리 떨어진 사해와 아라비아의 산과 사막을 둘러보았다. 그는 몸을 내밀어 사해를 향해 물결과 더불어 굽이치는 그의 그림자를 보았다.

강가에 앉아, 나무와 새와 구름이, 그리고 밤에는 별들이 모두 비치고 바다로 흘러가는 물을 구경하면 얼마나 좋겠으며, 나도 세상에 대한 이런 근심 걱정에 시달리지 않고 그냥 물살을 따라 흘러가기만 한다면 얼마나 좋을까, 그는 생각했다.

하지만 예수는 몸을 부르르 떨고, 유혹을 쫓아 버리고, 다리에서 물러나 빠른 걸음으로 내려가 음산한 바위들 뒤로 사라졌다. 붉은 수염은 강변에 서서 그를 계속 지켜보았다. 그는 예수가 사라지는 뒷모습을 보았고, 그가 도망칠까 봐 걱정되어 소매를 걷어붙이고 뒤따라갔고, 예수가 끝없는 모래의 바다로 들어가려고 할 때쯤에 따라잡았다.

「다윗 왕의 아들이여, 거기 서요!」 그가 소리쳐 불렀다. 「당신은 왜 나를 이렇게 남겨 두고 가나요?」

예수가 돌아섰다. 「유다, 내 형제여.」 애원하듯 그가 말했다. 「더 이상 가까이 오지 마시오. 나는 혼자 가야만 합니다.」

「난 당신의 비밀을 알고 싶어요!」 앞으로 나서며 유다가 말했다.

「서두르지 말아요. 때가 되면 당신도 알게 될 테니까요. 하지만 이런 얘기는 해주겠어요, 유다, 내 형제여. 모든 일이 잘되어 가니까, 기뻐해요!」

「〈모든 일이 잘되어 간다〉는 정도로는 나에겐 부족해요. 늑대의 굶주림은 말로 풀어지지 않으니까요. 당신은 그걸 잘 모르겠지만, 나는 알아요.」

「만일 나를 사랑한다면, 참을성을 가져요. 나무를 봐요. 그들은 열매가 익기를 서두르나요?」

「나는 나무가 아니고 사람이에요.」 더 가까이 오면서 붉은 수염이 반박했다.「나는 사람이고, 그러니까 서두르죠. 나는 나 자신의 법을 따르니까요.」

「나무에 대해서나 사람에 대해서나 간에, 유다여, 하느님의 법은 똑같아요.」

붉은 수염이 이를 갈았다.「그럼 그 법을 뭐라고 부르나요?」 냉소를 띠고 그가 물었다.

「시간요.」

유다는 꼼짝 않고 서서 주먹을 불끈 쥐었다. 그는 이 법을 받아들이지 않았다. 그는 한순간도 상실하면 안 되는데, 시간의 걸음은 지극히 느렸다. 그의 마음속 깊은 곳의 존재는 다른 법, 시간과 반대되는 자신의 법에 의존했다.

「하느님은 오랜 세월에 걸쳐 살아가요.」 그가 소리쳤다.「하느님은 불멸하니까 인내심을 가지고 기다려도 괜찮아요. 하지만 나는 인간, 서둘러야만 하는 하찮은 존재란 말이에요. 나는 지금 내 머릿속에만 존재하는 이것을 보기 전에는, 눈으로 보는 데서 그치지 않고 손으로 만져 보기 전에는 죽고 싶지 않아요!」

「당신은 그것을 보게 됩니다.」 그를 진정시키려고 손을 저으며 예수가 말했다.「당신이 그것을 보고 만질 날이 올 테니까, 유다,

내 형제여, 믿음을 가져요. 잘 있어요! 하느님이 사막에서 나를 기다리십니다.」

「나도 같이 가겠어요.」

「사막은 두 사람이 같이 머물 만큼 크지가 않아요. 돌아가요.」

붉은 수염은 주인의 목소리를 들은 양치기 개처럼 으르렁거리며 이빨을 드러내었다. 머리를 떨구고 그는 돌아서서 혼잣말을 하며 무거운 발걸음으로 다리를 건넜다. 그는 하느님의 축복을 받아 마땅한 바라빠와 다른 반란자들과 산속을 헤매고 돌아다니던 때가 생각났다. 자유와 용맹이라는 벅찬 분위기! 이스라엘의 하느님은 얼마나 멋지고 사나운 영도자였던가! 그가 필요로 하는 영도자란 바로 그런 삶이었다. 왜 그는 숨이 턱에 찬 어린 계집아이처럼 〈사랑! 사랑!〉 소리만 외치고 피를 무서워하는 선지자를 따라왔을까? 하지만 인내심을 가지고, 그가 사막에서 무엇을 가지고 돌아오는지 두고 봐야겠다고 유다는 생각했다.

예수는 사막으로 들어섰다. 앞으로 나아갈수록 그는 사자의 굴로 점점 더 깊이 들어가는 기분이었다. 그는 두려움이 아니라 어둡고도 형언하기 어려운 기쁨으로 전율했다. 그는 행복했다. 왜? 그는 설명할 수가 없었다. 불현듯 그는 제대로 말도 못할 정도로 어렸을 때 어느 날 밤에 꾸었던 꿈이 생각났다. 그가 기억하는 가장 오래된 그 꿈은 수천 년 전에 꾸었던 듯 여겨졌다. 그는 깊은 굴로 찾아 들어갔고, 새끼를 낳아 젖을 먹이던 암사자를 발견했다. 암사자를 보자 그는 목이 마르고 배가 고파졌으며, 그래서 엎드려 사자 새끼들과 함께 젖을 빨아 먹었다. 나중에는 사자들이 모두 함께 풀밭으로 나가 햇볕을 받으며 놀기 시작했지만, 그들이 장난을 치고 뒹구는 사이에 그의 어머니 마리아가 꿈에 나타나 사자들과 장난치는 그를 보고는 비명을 질렀다. 그는 잠이 깨었고, 옆에서 자던 어머니에게 화를 내었다. 「왜 내 잠을 깨우셨나요?」 그는 어머니에게 소리를 질렀다. 「나는 내 형제, 내 어머니와 함께였었는데!」

이제야 자신이 왜 행복한지 이해가 간다고 그는 생각했다. 나는 어머니의 동굴, 암사자의 굴, 고독의 굴로 들어간다…….

그는 뱀들이 쉭쉭거리고, 후끈한 바람이 바위들 사이로 불고, 눈에 보이지 않는 사막의 혼령들이 얘기하는 불안한 소리를 들었다.

예수는 허리를 굽혀 그의 영혼에게 말했다. 「내 영혼이여, 그대가 불멸한지 아닌지를 여기에서 내게 보여 줘야 한다.」

뒤에서 발소리가 들려오자 그는 귀에다 신경을 집중했다. 모래밭을 밟는 부스럭 소리였다. 누군가 침착하게, 자신감을 갖고 그에게로 걸어왔다. 나는 그녀를 잊었지만, 그녀는 나를 잊지 않았구나, 그는 전율하며 생각했다. 그녀가 나와 함께, 어머니가 나와 함께 간다……. 그는 뒤를 추적하는 자가 저주라는 사실을 아주 잘 알았지만, 그는 무척이나 오랫동안 그것을 〈어머니〉라고 불러 왔다.

그는 억지로 다른 생각을 하며 계속 나아갔다. 그는 산비둘기가 생각났다. 야생의 새가 그의 마음속에 갇혔는데, 그것은 도망치려고 서두르는 그의 영혼이 아니었을까? 어쩌면 영혼은 도망쳤는지도 모르고, 어쩌면 그가 세례를 받는 동안 줄곧 그의 머리 위에서 지저귀고 동그라미를 그리며 날아다녔던 산비둘기는 그의 영혼, 새나 치품(熾品)천사가 아니라 그의 영혼이었는지도 모른다.

그것이 해답이었다. 예수는 침착하게 다시 출발했다. 그는 뒤에서 모래를 밟는 발소리를 들었지만, 이제는 마음이 차분해졌고, 적어도 모든 일을 위엄을 잃지 않으며 견디어 낼 능력을 찾았다. 인간의 영혼은 전능해서, 마음대로 어떤 모습이라도 취할 줄 안다고 그는 생각했다. 〈그 순간에는 영혼이 새가 되어 내 머리 위에서 날았다⋯⋯.〉 하지만 조용히 걸어가던 그는 갑자기 소리치며 걸음을 멈추었다. 그 비둘기가 환각, 귓속에서 윙윙거리는 소리, 또는 공기의 소용돌이였는지도 모른다는 생각이 떠올랐다. 그 까닭은 그의 몸이 만능의 능력을 지녀 가벼워지며 광채를 내고, 듣고 싶은 소리를 마음대로 듣고, 보고 싶은 대상을 마음대로 보는 경지에 이르렀었다는 사실이 생각났다⋯⋯. 그는 공중에다 누각을 지었었다. 「오 하느님, 오 하느님.」 그가 중얼거렸다. 「이제 우리만 남을 터이니, 저를 기만하지 말고, 진실을 얘기해 주십시오. 저는 허공에서 나는 소리를 듣기에도 지쳤습니다.」

예수는 앞으로 나아갔고, 태양이 그에게로 다가갔다. 태양은 마침내 하늘 꼭대기, 바로 그의 정수리 위에 이르렀다. 뜨거운 모래밭에서 그는 발이 타올랐다. 그는 그늘을 찾으려고 여기저기 둘러보았고, 그러는 사이에 머리 위에서 날개 치는 소리를 들었고, 한참 썩어 가는 중이어서 악취를 풍기는 시커먼 물체가 놓인 구덩이 속으로 까마귀 떼가 몰려 들어가는 광경을 보았다.

예수는 코를 막고 다가갔다. 까마귀들은 시체로 달려들어 발톱을 박고는 뜯어 먹기 시작했다. 사람이 다가오자 새들은 발톱에 살점을 한 줌 움켜쥐고 화가 나서 날아가 버렸다. 새들은 침입자더러 저리 가라고 소리치며 공중에서 맴돌았다. 예수는 허리를 숙여 파헤친 배와 시커멓고 반쯤 벌거숭이로 드러난 가죽과 짧고 뒤틀린 뿔과 부패한 목에 걸린 부적들을 보았다.

「염소로구나!」 부르르 떨며 그가 중얼거렸다. 「사람들의 죄를 대신 짊어진 성스러운 염소야. 이 마을에서 저 마을로, 이 산에서 저 산으로 쫓겨 다니다가 결국은 사막으로 와서 죽었겠지.」

예수는 허리를 숙이고 두 손으로 깊이 모래를 파서 시체를 묻고는 덮어 주었다.

「형제여.」 그가 말했다. 「모든 동물이나 마찬가지로 너는 순결하고 순수했지. 하지만 비겁한 사람들이 네게 그들의 죄를 대신 짊어지게 만들고는 너를 죽였어. 그들에게 원한을 품지 말고, 평화롭게 썩어라. 나약하고 초라한 인간은 그들의 죄에 대한 대가를 스스로 치를 용기가 없어서, 죄 없는 자에게 대신 죄를 씌운단다. 내 형제여, 그들의 죄를 갚도록 하라. 안녕히!」

예수는 다시 걷기 시작했지만, 마음이 착잡해져서 잠시 후에 걸음을 멈추었다. 손을 흔들며 그가 소리쳤다. 「다시 만날 때까지!」

까마귀들이 미친 듯 그를 추적하기 시작했다. 그가 까마귀들에게서 맛 좋은 시체를 박탈했고, 이제 그가 죽어 배가 갈라져 그들이 속을 파먹도록 예수가 죽기를 기다리며 새들이 따라오는 것이었다. 무슨 권리로 그는 새들에게 그런 부당한 짓을 했는가? 하느님은 까마귀들로 하여금 시체를 파먹도록 하지 않았던가? 그는 대가를 치러야만 한다!

마침내 밤이 되었다. 기운이 빠진 예수는 연자방아처럼 둥글고 커다란 바위에 쪼그리고 앉았다. 「나는 더 이상 가지 않으리라.」 그가 중얼거렸다. 「여기 바위 위에서 나는 성채를 쌓아 올리고 싸우리라.」 어둠이 갑자기 하늘에서 쏟아지고 땅에서 솟아 대지를 뒤덮었다. 그리고 어둠과 더불어 서리가 내렸다. 이빨을 덜덜거리며 그는 하얀 옷으로 몸을 감싸고는 동그랗게 도사리고, 눈을 감았다. 하지만 눈을 감자마자 겁이 났다. 그는 까마귀가 생각났고, 굶주린 들개가 사방에서 울부짖는 소리를 들었고, 야생 짐승처럼 그의 주위에서 사막이 서성거린다는 기분을 느꼈다. 겁이 난 그는 다시 눈을 떴다. 하늘에는 별이 총총했고 그는 마음이 놓였다.「천사들이 내게 말동무를 해주려고 나왔구나.」그는 혼잣말을 했다.「이 천사들은 날개가 여섯인 빛이어서, 하느님의 왕좌 둘레에서 찬송가를 부르지만, 그들은 멀리 떨어졌고, 어찌나 멀리 떨어졌는지 우리는 그들의 노랫소리를 듣지 못한다……」그의 마음에 별빛이 비추었고, 그는 추위와 배고픔을 잊었다. 그는 또 하나의 생명체, 어둠 속에서 한순간 밝아졌다가 꺼지는 빛이었다. 예수 또한 하느님을 위해 찬송가를 불렀다. 그의 영혼은 작은 등대, 초라하고도 허름한 옷차림을 한 천사들의 자매였다……. 그의 고귀한 혈통을 생각하며, 그는 마음을 가다듬고, 천사들과 더불어 하느님의 왕좌 둘레에 선 그의 영혼을 보았고, 그러자 두려움을 느끼지 않고 평화롭게 눈을 감고 잠들었다.

잠에서 깨어나 그가 얼굴을 동쪽으로 들었을 때는 무시무시하게 이글거리는 아궁이 속처럼 타오르는 태양이 모래 위로 솟아올랐다. 저것이 하느님의 얼굴이로다, 그는 눈이 멀지 않도록 손바닥으로 가리며 생각했다.「주여.」그가 나지막이 말했다.「저는 한 알의 모래인데, 당신은 사막에서 제가 보이시나이까? 저는 얘기를 하고, 숨 쉬고, 당신을 사랑하고, 당신을 사랑하여 아버지라고 부르는 한 알의 모래입니다. 저에게는 사랑 이외에 아무런 무기도 없나이다. 그것을 가지고 저는 싸움에 임해야 합니다. 도와주소서!」

예수는 몸을 일으켰다. 그는 잠을 잔 바위 둘레에다 갈대로 동그라미를 그렸다.

「저는 이 타작마당을 떠나지 않겠습니다.」숨어서 그를 기다리는 적, 눈에 보이지 않는 적들에게 들으라고 그는 큰 소리로 말했다. 「저는 하느님의 목소리를 듣기 전에는 이곳 일터에서 떠나지 않겠나이다. 그리고 저는 목소리를 분명히 들어야 하고, 흔히 들리는 오락가락하며 웅얼거리거나 지저귀거나 천둥 치는 소리로는 만족하지 못하겠습니다. 저는 하느님이 인간의 말로 확실하게 저한테 얘기하고, 저에게서 바라는 바가 무엇이며, 제가 무엇을 할 능력을 부여받았고, 무엇을 해야 하는지 말해 주시기를 바랍니다. 그런 다음에야 저는 하느님이 명령하시는 대로 일어나 이곳을 떠나서 사람들에게로 돌아가거나, 뜻에 따라 죽겠나이다. 저는 하느님의 뜻에 따라 무엇이라도 하겠지만, 그 뜻이 무엇인지 꼭 알아야겠습니다. 하느님의 이름으로 말입니다!」

예수는 태양을, 광활한 사막을 향하고는 바위 위에서 무릎을 꿇었다. 그는 눈을 감고 나자렛과 막달라와 가파르나움과 야곱의 우물과 요르단 강에서의 명상을 다시금 모아 전투 위치로 늘어놓았다. 그는 전쟁을 준비했다.

목에 힘을 주고 눈을 감고, 그는 자신의 마음속으로 잠겨 들어갔다. 그는 요란하게 흐르는 물과 살랑거리는 갈대밭과 사람들의 통곡 소리를 들었다. 요르단 강에서는 계속해서 물결치듯 공포와 아득하게 환상적인 희망이 밀어닥쳤다. 제일 먼저 그의 마음속에서 솟아오른 기억은 그가 황야의 고행자와 바위에서 함께 보낸 기나긴 사흘 밤이었다. 완전히 무장을 갖춘 밤들은 그의 곁에서 같이 싸우려고 사막으로 달려왔다.

첫 번째 밤이, 밀처럼 눈과 날개가 노랗고 숨결은 사해처럼 악취를 풍기고 배에는 이상한 초록빛 글자들이 박힌 거대한 메뚜기처럼, 그의 몸 위로 뛰어올랐다. 그에게 매달려 첫 번째 밤은 맹렬하게 날개를 쳐서 바람을 일으켜 허공을 찢었다. 예수는 소리치고 돌아섰다. 세례자가 그의 곁에 서서 뼈가 앙상한 손으로 예루살렘 쪽의 어둠을 가리켰다.

「봐요. 무엇이 보입니까?」

「아무것도 안 보여요.」

「안 보인다고요? 당신 앞에는 거룩한 예루살렘이, 창녀가 기다려요. 보이지 않아요? 로마인의 살진 무릎에 올라앉아서 킬킬거리는데요. 주님이 외칩니다. 〈나는 이 도시를 원하지 않는다. 이 도시가 내 아내란 말인가? 나는 이 도시를 원하지 않는다!〉 나 또한 하느님의 발치에 앉은 개처럼 짖어 대죠. 〈나는 이 도시를 원하지 않는다!〉 나는 그 도시의 탑과 성벽들 주위를 걸어 다니며 소리치죠. 〈창녀야! 창녀야!〉 그곳에는 네 개의 큰 성문을 만들어 놓았습니다. 첫 번째 성문에는 굶주림이 앉았고, 다음 성문에는 두려움이, 세 번째는 불의가, 그리고 네 번째인 북쪽 성문에는 오명이 자리를 잡았습니다. 나는 안으로 들어가 길거리를 오락가락 다니고, 주민들에게 접근해서 그들을 살펴보죠. 그들의 얼굴을 보면, 세 사람은 살지고, 몸이 무겁고, 너무 만족했지만, 3천 명은 굶주려 야위었어요. 세상이 언제 사라지나요? 세 주인이 과식하고, 3천 명이 굶어 죽을 때입니다. 그들의 얼굴을 다시 한 번 보세요. 모든 사람의 얼굴에 공포가 서렸고, 콧구멍을 벌름거리며 그들은 주님의 날을 냄새 맡아요. 여자들을 보세요. 가장 정직한 여자들까지도 슬그머니 노예를 힐끔거리고는 입맛을 다시고, 머리를 끄덕이며, 〈이리 와!〉라고 눈짓하죠.

나는 그들의 궁전 지붕을 벗겨 보았습니다. 보세요. 왕은 동생의 아내를 무릎에 앉히고 알몸을 주무릅니다. 경전에서는 뭐라고 하나요? 〈동생의 아내가 벌거벗은 모습을 보는 자에게는 죽음이 닥칠지니라!〉 죽음을 당하는 자는 근친상간을 하는 왕이 아니라, 고행자인 나입니다. 왜 그럴까요? 그 까닭은 주님의 날이 왔기 때문입니다!」

첫 번째 밤 내내 예수는 세례자의 발치에 앉아 예루살렘의 네 성문을 드나드는 굶주림과, 두려움과, 불의와, 오명을 지켜보았다. 거룩한 창녀의 머리 위에는 분노와 우박을 가득 머금은 구름들이 모여들었다.

두 번째 밤에, 세례자는 다시금 갈대 같은 손을 뻗어 시간과 공간을 밀어 펼쳐 냈다. 「들어 봐요. 무슨 소리가 들립니까?」

「아무 소리도 안 들려요.」

「아무 소리도 안 들린다고요! 당신은 염치도 없이 하늘로 기어 올라간 죄악이 암캐처럼 주님의 문에다 대고 짖는 소리가 들리지 않나요? 당신은 예루살렘을 찾아가 본 적도 없고, 여호와의 성전을 둘러싸고 울부짖는 제사장들과 대제사장들과 학자들과 바리사이파 사람들을 보지 못했나요? 하지만 하느님은 세상의 교만 방자함을 더 이상 참지 않기로 했어요. 그분은 몸을 일으켜 산을 딛고 내려오고 계십니다. 그분 앞에는 분노가 끓고, 뒤에는 하늘의 세 마리 암캐인 불과 문둥병과 광증이 따라오죠. 황금을 새겨 박은 기둥이 떠받치고, 〈영원히! 영원히! 영원히!〉라고 소리치던 웅장한 여호와의 성전은 어디로 갔습니까? 여호와의 성전도 잿더미, 제사장들과 대제사장들과 학자들과 바리사이파 사람들도 잿더미, 그들의 거룩한 부적과 비단 제복과 금반지도 모두 잿더미가 됩니다! 잿더미! 잿더미! 잿더미가 된다고요!

예루살렘은 어떻게 되었습니까? 나는 등불을 켜 들고, 산속을, 주님의 어둠 속을 찾아보고, 〈예루살렘이여! 예루살렘이여! 예루살렘이여!〉라고 소리쳤어요. 황량하고, 철저히 버림을 받아서 까마귀조차 대답이 없는데, 까마귀들은 다 뜯어 먹고 떠나 버린 거예요. 나는 해골과 뼈 속으로 무릎까지 푹푹 빠지며 지나갔고, 눈에서는 눈물이 솟았지만, 나는 뼈들을 밀어내며 눈물을 쫓아 버렸어요. 나는 웃고, 허리를 굽혀 가장 기다란 뼈를 골라 피리로 만들어서 주님의 영광을 찬양하죠.」

두 번째 밤 내내 세례자는 웃고, 하느님의 어둠 속에 서서, 불과 문둥병과 광증을 찬미했다. 예수는 선지자의 무릎을 움켜잡았다.

「사랑을 통해서 세상이 구원받을 길은 없을까요?」 예수가 물었다. 「사랑과 기쁨과 자비를 통해서요?」

그를 쳐다보지도 않으며 세례자가 대답했다. 「당신은 성서도 읽어 본 적이 없나요? 구세주는 우리의 사타구니를 밟아 짓이기고, 이빨을 부러뜨리고, 불을 던져 들판을 태우는데, 이것은 모두 씨를 뿌리기 위해서죠. 그러고는 가시나무와 냄새가 고약한 잡초와 쐐기풀을 뽑아 버립니다. 거짓말쟁이들과, 의롭지 못한 자들과, 사악한 자들을 제거하지 않고서 어떻게 세상에서 거짓과, 추악함과, 불의를 몰아내겠어요? 세상을 청결히 해야 하니까, 세상을 불쌍히 여기지 말고, 새로운 씨앗을 심도록 준비를 갖추기 위해 깨끗하게 청소해야 합니다.」

두 번째 밤이 지나갔다. 예수는 말을 하지 않았다. 그는 선지자의 목소리가 부드러워질지도 모를 일이어서 사흘째 밤을 기다렸다.

세 번째 밤에 세례자는 바위 위에서 초조하게 몸을 비틀고 뒤치었다. 웃지도 않고 얘기도 하지 않으며 그는 고뇌에 차서 예수를 찬찬히 살펴보고, 그의 팔과 손과 어깨와 무릎을 더듬어 보고는 머리를 저은 다음 바람 냄새를 맡으며 침묵을 지켰다. 별빛을 받아 그의 눈이 두드러져 때로는 초록빛으로, 때로는 노랗게 반짝였고, 피가 섞인 땀이 햇볕에 그을린 이마에서 흘러내렸다. 마침내 날이 밝아 하얀 새벽빛이 그들을 비추자, 그는 예수의 손을 잡고 눈을 들여다보더니 얼굴을 찌푸렸다. 「요르단 강의 갈대밭에서 나와 곧장 내게로 오는 당신을 처음 보았을 때, 내 가슴은 어린 송아지처럼 뛰었어요.」 그가 말했다. 「붉은 머리에 수염이 없는 양치기 다윗을 처음 보았을 때 사무엘의 가슴이 얼마나 뛰었을지 상상이 가요? 내 가슴이 그렇게 뛰었습니다. 하지만 가슴은 육신이어서 육신을 사랑하는데, 난 육신을 믿지 않아요. 어젯밤에 나는 마치 처음으로 당신을 보는 듯 살펴보고 냄새도 맡아 보았지만, 평화로움을 찾아볼 수가 없더군요. 난 당신의 두 손을 보았습니다. 그것은 나무를 자르는 구세주의 손이 아니었어요. 너무 부드럽고, 너무 자비로운 손이었죠. 그런 손으로 어떻게 도끼를 휘두르나요? 나는 당신의 눈을 보았습니다. 그 눈은 구세주의 눈이 아니어서, 동정심이 너무 많았어요. 나는 일어나서 한숨을 지었습니다. 〈주님이시여, 당신의 길은 어둡고 간접적이어서, 당신은 하얀 비둘기를 보내 세상을 태워 버리고 잿더미로 만들 능력도 지녔나이다〉라고 중얼거렸어요. 〈우리는 벼락이나 독수리나 까마귀를 기대하며 하늘을 우러러보는데, 당신은 하얀 비둘기를 내려 보내셨습니다. 물어보고, 반항해 봤자 무슨 소용이겠나이까? 뜻대로 하소서.〉」 그는 두 팔을 벌리고 예수를 껴안더니 오른쪽과 왼쪽 어깨에 각각 입을 맞추었다. 「만일 당신이 내가 기다리던 분이시라면, 당신은 내가 상상했던 그런 모습으로 찾아오시지 않았어요. 그렇다면 내가 도끼를 가지고 다니다가 나무뿌리에다 놓아두었어도, 모두 헛일이었나요? 아니면 사랑도 도끼를 휘두를 줄 아나요?」 그는 잠깐 생각에 잠겼다. 「나는 판단을 못하겠어요.」 그가 마침내 중얼거렸다. 「나는 결과를 보지 못하고 죽을 거예요. 그것이 내 운명이니까 상관은 없는 일이고, 그런 고난의 운명을 난 좋아합니다!」 그는 예수의 손을 꽉 잡았다. 「가서 성공을 거두기 바랍니다. 사막으로 가서 하느님과 얘기를 나누어요. 하지만 세상을 그냥 내버려 둘 수는 없으니까 빨리 돌아와야 합니다.」

예수는 눈을 떴다. 요르단 강과, 세례를 해준 사람과 세례를 받은 사람, 사람들의 탄식과 낙타들 모두가 공중으로 타올라서 지워졌다. 이제는 사막이 그의 앞으로 펼쳐졌다. 태양은 높이 떠서 이글거렸고, 돌맹이에서는 빵 덩어리처럼 김이 무럭무럭 났다. 그는 배가 고파 배 속이 짓이겨지는 느낌이었다. 「나는 배가 고프다.」 돌맹이들을 쳐다보며 그가 중얼거렸다. 「나는 배가 고프다!」 그는 늙은 사마리아 여자가 내주었던 빵이 생각났다. 꿀처럼 달콤한 빵은 얼마나 맛이 좋았던가! 그는 마을을 지나갈 때마다 사람들이 내놓던 꿀과, 쪼갠 올리브와 대추야자가 생각났고, 겐네사렛 호숫가에 무릎을 꿇고 앉아서 달콤한 냄새를 풍기는 생선을 석쇠에서 꺼내 먹던 거룩한 만찬이 떠올랐다. 무화과와 포도와 석류가 떠오르자 그는 배 속이 더욱 언짢아졌다.

예수는 목이 마르고 갈증이 났다. 세상에는 얼마나 많은 강이 흐르는가! 이 바위에서 저 바위로 튀고, 이스라엘의 땅 한쪽 끝에서 다른 쪽 끝까지 흐르는 모든 물이 사해로 흘러 들어가 사라지는데, 그가 마실 물은 한 방울도 없었다! 물을 생각하자 그는 더욱 갈증이 심해졌다. 그는 현기증을 느꼈고, 눈에서는 경련이 일어났다. 교활한 두 악마가 어린 토끼의 형상을 하고 타오르는 모래밭에서 나타나 뒷발로 일어서서 춤을 추었다. 그들은 돌아서서 은둔자를 보더니 즐거워 소리 지르며 그에게로 뛰어오기 시작했다. 두 마리의 토끼는 그의 무릎으로 기어오르고 어깨로 뛰어올랐다. 한 마리는 물처럼 시원했고, 다른 한 마리는 빵처럼 향기롭고 따스했지만, 그가 잡으려고 손을 내밀면 그들은 단숨에 뛰어 허공으로 사라졌다.

예수는 눈을 감고, 배고픔과 갈증이 뿔뿔이 흩어 버린 생각들을 다시 모아들였다. 하느님이 그의 마음에 자리를 잡았고, 그는 더 이상 배가 고프거나 갈증이 나지 않았다. 그는 세계의 구원을 생각했다. 아, 주님의 날이 사랑과 더불어 오기만 한다면! 하느님은 전능하지 않은가? 왜 하느님은 기적을 행하여 사람들의 마음에 꽃이 피도록 만져 주지 않는가? 헐벗은 줄기와 들판과 가시나무들이 해마다 유월절이 돌아오면, 하느님의 손길에 닿아 피어나는 광경을 보라. 만일 언젠가 사람들이 잠에서 깨어 가장 깊은 그들의 자아가 만발한 모습을 보게 된다면!

예수는 미소를 지었다. 그의 머릿속에서는 세계가 꽃이 피었다. 근친상간을 범한 왕은 세례를 받아 영혼이 깨끗해졌다. 왕은 계수 헤로디아를 멀리 쫓아 버렸고, 그녀는 남편에게로 돌아갔다. 대제사장들과 귀족들은 식량 창고와 궤짝을 열어 가진 물건을 가난한 사람들에게 나눠 주었고, 가난한 사람들은 한편 다시금 자유롭게 숨을 쉬며 증오와 시기심과 두려움을 그들의 마음에서 몰아내었다……. 예수는 그의 손을 보았다. 선지자가 그에게 넘겨준 도끼에는 꽃이 피어서, 그는 꽃이 만발한 아몬드나무 가지를 손에 들고 있었다.

이러한 안도감과 더불어 하루가 끝났다. 예수는 바위에 누워 잠이 들었다. 밤새도록 그는 잠 속에서 물이 흐르고, 작은 토끼들이 춤추고, 이상하게 무엇이 바스락거리는 소리를 들었고, 축축한 두 개의 콧구멍이 그를 더듬거렸다. 그는 자정이 가까웠을 때 굶주린 자칼 한 마리가 와서 그를 냄새 맡았다고 생각했다. 이것은 시체일까, 아닐까? 짐승은 판단이 서지 않아서 잠깐 동안 가만히 서서 살폈다. 그리고 예수는 잠결에 자칼을 불쌍히 여겼다.

그는 가슴을 헤쳐 짐승에게 먹이를 제공하고 싶었지만, 참았다. 그는 인간들을 위해 육체를 보존하고 싶었다.

예수는 동이 트기 전에 잠이 깨었다. 커다란 별들이 그물처럼 하늘을 덮었고, 파란 하늘에는 솜털 구름이 떴다. 이 시간이면 수탉이 잠을 깨고, 마을이 일어나고, 사람은 눈을 뜨고 지붕창을 통해 또다시 찾아오는 찬란한 하루를 본다, 그는 생각했다. 다음에는 아기가 깨어나 울기 시작하고, 잔뜩 불은 젖가슴을 받쳐 들고 엄마가 아기에게로 간다……. 모두가 아침 서리와 산들바람으로 만들어진 사람과 집과 수탉과 아기와 어머니와 더불어 세계가 한순간 사막 위로 너울거렸다. 하지만 이제는 해가 솟아올라 그런 것들을 삼켜 버리리라! 은자의 가슴에서 고동이 잠깐 멈추었다. 서리가 영원히 녹지 않게만 한다면 얼마나 좋으랴! 그는 생각했다. 하지만 하느님의 마음은 심연이요, 그의 사랑은 무시무시한 절벽이었다. 하느님은 세상을 심고, 열매를 맺기 직전에 그것을 잘라 버리고는 새로 다른 세계를 심기도 한다. 그는 세례자가 〈아니면 사랑도 도끼를 휘두를 줄 아나요……〉라고 한 말이 생각나서 몸을 부르르 떨었다. 그는 사막을 쳐다보았다. 맹렬하게 시뻘게진 사막이 이리저리 쏠리며 화가 나서 솟아오른 태양 밑에서 흔들렸다. 바람이 불어 송진과 유황 냄새가 그의 코끝으로 실려 왔다. 그는 소돔과 고모라에서 궁전과 극장과 술집과 창녀들이 타르 속으로 잠기는 장면을 생각했다. 아브라함이 이렇게 소리쳤었다. 「주여, 자비를 베풀어 그들을 불태우지 마소서. 당신은 선하지 않나이까? 당신의 피조물들을 긍휼히 여기소서.」 그리고 하느님이 그에게 대답했다. 「나는 의로우니, 그들을 모두 불태우리라!」

그렇다면 이것이 하느님의 길인가? 그것이 사실이라면 마음이, 말랑말랑한 진흙 한 줌이 일어서서 〈그러지 말아요!〉라고 소리친다는 것은 굉장히 오만한 짓이리라······.「우리의 의무는 무엇인가?」예수는 자신에게 물었다. 밑을 내려다보고, 흙에서 하느님의 발자취를 찾아 따라가야 한다. 나는 밑을 보고, 소돔과 고모라에서 하느님의 발자취를 뚜렷하게 본다. 사해 전체가 하느님의 발자취이다. 하느님이 짓밟으면 궁전과 극장과 술집과 매음굴이, 소돔과 고모라 전체가 파묻힌다! 그는 다시 한 번 짓밟으려 하고, 다시 한 번 세상은, 왕과 대사제와 바리사이파 사람과 사두가이파 사람은 모두 밑바닥으로 가라앉으리라.

자신도 모르는 사이에 예수는 소리를 지르기 시작했다. 그의 머릿속은 분노로 소용돌이쳤다. 무릎이 몸을 지탱할 힘이 없다는 사실을 잊어버린 그는 몸을 일으켜 하느님의 발자취를 따라 출발하려고 했지만, 숨이 차서 벌렁 자빠졌다.「저는 능력이 없습니다. 제가 보이지 않나이까?」불타오르는 하늘을 우러러보며 그가 소리쳤다.「저는 능력이 없는데, 어찌하여 당신은 저를 선택하셨나이까? 견딜 수가 없습니다!」그리고 이렇게 소리를 지르다가 그는 앞쪽 모래밭의 시커먼 덩어리를, 다리는 하늘로 뻗치고 창자가 쏟아져 나온 염소를 보았다. 그는 허리를 굽혀 납빛 눈에 비친 자신의 얼굴을 보았던 때가 생각났다.「나는 염소로구나.」그가 중얼거렸다.「하느님은 내가 누구이며, 내가 어디로 가는지 알려 주기 위해 내가 가는 길에다 염소를 놓아두셨어······.」갑자기 그는 흐느껴 울기 시작했다.「나는 원하지 않아······ 나는 원하지 않아······.」그가 중얼거렸다.「저는 혼자 있고 싶지 않습니다. 저를 도와주소서!」

그러고는 예수가 머리를 떨구고 흐느껴 우는 동안 상쾌한 산들바람이 불었고, 타르와 시체의 악취가 사라지더니 감미로운 향기가 세상을 가득 채웠다. 은자(隱者)는 멀리서 울리며 가까이 오는 물소리, 팔찌 소리, 웃음소리를 들었다. 그는 눈꺼풀과 겨드랑이와 목이 시원해져서 눈을 들었다. 그의 앞 바위 위에서 여자의 눈과 젖가슴이 달린 뱀 한 마리가 입맛을 다시며 그를 쳐다보았다. 은자는 두려워서 뒤로 물러섰다. 이것은 뱀인가, 여자인가, 아니면 교활한 사막의 악마인가? 저런 뱀이 낙원에서 금단의 나무를 몸으로 칭칭 감고는 최초의 남자와 여자가 한 몸이 되어 죄를 낳도록 유혹했다······. 그는 여자의 웃음과 달콤하게 유혹하는 목소리를 들었다.

「나는 당신이 가엾다고 생각했어요, 마리아의 아들이여. 당신은 〈혼자 있고 싶지 않습니다. 도와주소서!〉라고 소리쳤어요. 나는 당신을 불쌍히 여겨 이렇게 찾아왔습니다. 당신을 위해서 내가 무엇을 해드릴까요?」

「난 당신을 원하지 않아요. 난 당신을 부르지 않았어요. 당신은 누구인가요?」

「당신의 영혼요.」

「내 영혼이라고요!」 예수는 소리치고, 공포에 사로잡혀 눈을 감았다.

「그래요, 당신의 영혼이죠. 당신은 혼자이기를 두려워해요. 당신의 조상 아담도 똑같은 두려움을 느꼈었어요. 역시 도와 달라고 소리쳤고요. 그의 육체와 영혼이 하나가 되었고, 그에게 반려자가 되어 주기 위해 그의 갈빗대에서 여자가 나왔답니다.」

「난 당신을, 당신을 원하지 않아요! 나는 당신이 아담에게 먹인 사과를 기억해요. 나는 칼을 든 천사도 기억해요!」

「당신은 기억하고, 그렇기 때문에 당신은 고통 받고, 비명을 지르고, 갈 길을 찾지 못해요. 내가 길을 보여 주겠어요. 손을 이리 주세요. 뒤를 돌아보지도 말고, 아무것도 기억하지 말아요. 내 젖가슴이 어떻게 길을 이끌어 나가는지 보세요. 이 젖가슴을 따라 가요, 내 남편이여. 젖가슴이 길을 잘 아니까요.」

「당신은 나 역시 달콤한 죄악으로 이끌어 가려고 그래요. 나는 가지 않겠어요. 나는 다른 길을 택하겠어요.」

뱀은 조롱하듯 킬킬거리며 날카롭고도 독을 품은 이빨을 드러내었다.

「당신은 하느님의 발자취를, 독수리의 발자취를 따르고 싶은 모양이로군요, 벌레 같은 존재여! 당신은 온 인류의 죄를 짊어지려고 하는군요, 목수의 아들이여! 당신 자신의 죄만으로도 넉넉하지 않을까요? 세상을 구원하는 일이 자신의 의무라고 생각하다니, 얼마나 교만한 태도인가요!」

그 말이 옳다…… 그 말이 옳다……. 은자는 떨면서 생각했다. 세상을 구원하려고 들다니, 얼마나 교만한 짓인가!

「난 당신에게 비밀을 얘기해 주고 싶어요, 마리아의 아들이여.」 눈을 반짝거리며 달콤한 목소리로 뱀이 말했다. 뱀은 물처럼 바위에서 미끄러져 내려오더니, 잔뜩 치장한 몸으로 그를 향해 굴러 왔다. 그의 발치에 다다르자 뱀은 무릎으로 기어 올라와서 몸을 틀고는 펄쩍 뛰어 그의 허벅지와 사타구니와 가슴으로 올라가고, 결국은 어깨에 기대었다. 은자는 뱀의 얘기를 들으려고 자기도 모르게 머리를 숙였다. 뱀이 혓바닥으로 예수의 귀를 핥았다. 뱀의 목소리는 아득하고도 유혹적이었으며, 갈릴래아에서, 겐네사렛 호수에서 들려오는 듯싶었다.

「막달라의 여인이에요…… 막달라의 여인이에요…… 막달라의 여인이에요…….」

「뭐라고요?」 전율하며 예수가 말했다. 「막달라의 여인이 어쨌다고요?」

「당신이 구원해야 할 사람은 바로 막달라의 여인이라고요!」뱀이 명령하듯 쉭쉭거렸다.「세상이 아니니까, 세상은 잊어버려요. 당신이 구원해야 할 사람은 그 여자, 막달라의 여인이에요!」

예수는 머리에서 뱀을 떨쳐 버리려고 했지만, 뱀은 앞으로 몸을 내밀며 그의 귓속에서 혓바닥을 날름거렸다.「그 여자의 몸뚱어리는 아름답고 싱싱하고 기교가 훌륭해요. 모든 민족의 사람들이 그 여자를 거쳤지만, 그녀가 당신 소유라는 사실은 당신이 어렸을 때부터 하느님이 정하신 뜻이랍니다. 그녀를 차지하세요! 하느님은 열쇠와 자물쇠처럼 서로 짝을 맞추라고 남자와 여자를 창조했어요. 그 여자를 열어요. 당신의 아이들이 그녀의 몸속에 무감각한 상태로 담겼는데, 그 아이들은 당신이 무감각한 상태를 불어 쫓아 버려서, 그들이 일어나 햇빛을 받으러 나오게 될 날을 기다립니다……. 내가 하는 얘기 알겠죠? 눈을 들고, 무슨 시늉을 해봐요. 그냥 머리만 끄덕이더라도, 바로 이 순간에, 나는 새 침대에다 당신의 아내를 데려올 테니까요.」

「내 아내요?」

「당신 아내요. 하느님이 창녀 같은 예루살렘하고 결혼한 걸 보라고요. 여러 민족이 짓밟고 지나갔지만, 하느님은 그 도시를 구원하기 위해서 예루살렘하고 결혼했어요. 선지자 호세아[2]가 디블라임의 음탕한 딸 고멜과 결혼한 걸 봐요. 마찬가지로 하느님은 당신더러 당신의 아내 막달라 마리아와 자고, 아이들을 낳아 그 여자를 구원하도록 명령을 내리려고 한답니다.」

뱀은 이제 단단하고, 싱싱하고, 동그란 젖가슴을 예수의 가슴

---

[2] 비극적인 가정생활의 체험을 통해 하느님의 뜻을 깨닫고 예언자가 되었는데, 그를 버리고 다른 남자에게로 도망친 부정한 아내 고멜을 하느님의 명령에 따라 다시 사왔다.

에 대고 눌렀으며, 천천히 구불구불 미끄러져서 그의 몸을 칭칭 감았다. 예수는 얼굴이 창백해져서 눈을 감았고, 겐네사렛 호숫가를 따라 다리가 늘씬하게 뻗고 단단한 몸매를 흔들며 걸어가는 막달라의 여인이 눈앞에 선했고, 요르단 강을 물끄러미 쳐다보며 한숨을 짓는 그녀의 모습이 어른거렸다. 그녀는 손을 뻗었고, 그녀는 그를 찾으려고 더듬거렸으며, 그녀의 젖가슴에는 그의 아이들이 잔뜩 매달렸다. 그가 눈 끝을 찔끔하거나 무슨 신호만 하면, 순식간에 벅찬 행복이 찾아오리라! 그의 삶은 얼마나 달라지고, 달콤해지고, 보다 인간적이려나! 이것이, 이것이 그가 따라야 할 길이다! 그는 나자렛으로, 어머니의 집으로 돌아가고, 형제들과 화해를 하리라. 세상을 구원하고 인류를 위해 죽다니, 그것은 미친 짓, 젊은 시절의 허황된 생각에 지나지 않았다. 하지만 하느님의 축복을 받아 마땅한 막달라의 여인 덕택에 그는 광증이 가시고, 그는 일터로 돌아가 다시금 과거에 즐기던 일을 하고, 다시금 쟁기와 요람과 구유를 만들고, 아이들을 낳아 인간이, 한 집안의 가장이 될 터였다. 농부들은 그를 존경해서, 그가 지나가면 자리에서 일어나리라. 그는 일주일 내내 일을 하고, 토요일이면 아내 막달라의 여인이 비단과 아마포로 그를 위해 만든 깨끗한 옷을 입고, 값비싼 머릿수건을 쓰고, 손가락에는 결혼 금반지를 끼고 교회당으로 가서, 장로들과 같은 자리에 앉아 성서를 해석하느라고 열이 오르고 반쯤 미친 학자들과 바리사이파 사람들이 땀을 흘리고 벌벌 떨며 애쓰는 동안 무관심하게, 평화롭게 귀를 기울이리라. 그는 코웃음을 치고 동정하는 눈으로 그들을 쳐다보리라. 신학자들은 도대체 끝을 모른다! 그는 아내를 얻고, 아이들을 낳고, 쟁기와 요람과 구유를 만듦으로써 성서를 조용히, 확실하게 해석하는 셈이었다…….

예수는 눈을 뜨고 사막을 보았다. 하루가 어디로 갔는가! 해는 다시금 지평선으로 기울고 있었다. 뱀은 젖가슴을 그에게 찰싹 붙이고 기다렸다. 뱀은 조용히, 유혹적으로 쉭쉭거렸고, 애절하고도 부드러운 자장가가 저녁의 허공 속으로 스며들었다. 사막 전체가 흔들거리며 어머니처럼 자장가를 불렀다.

「나는 기다려요...... 나는 기다려요.」뱀이 음탕하게 쉭쉭거렸다. 「밤이 되었어요. 난 추워요. 결정하세요. 내게 머리를 끄덕이면 낙원의 문이 당신 앞에 열려요. 결정하세요, 내 사랑. 막달라의 여인이 기다리니까요......」

은자는 두려움으로 온몸이 마비되는 기분이었다. 〈그래요〉라고 말하려는 순간 그는 누가 위에서 자기를 내려다본다는 느낌이 들었다. 겁에 질려 머리를 든 그는 공중의 두 눈을, 밤처럼 새까만 두 눈을, 그리고 그에게 〈안 된다! 안 된다! 안 된다!〉라는 시늉을 하느라고 움직이는 하얀 두 눈썹을 보았다. 예수의 마음이 오그라들었다. 그는 〈나를 그냥 내버려 두세요, 내게 허락해 주시고, 분노하지 마세요!〉라며 소리치고 싶어서, 애원하는 눈길로 다시 하늘을 우러러보았다. 하지만 두 눈은 험악해지고, 눈썹은 위협을 하듯 떨었다.

「아냐! 아냐! 안 된다!」그러자 예수가 소리쳤고, 커다란 눈물 두 방울이 그의 눈에서 흘러내렸다.

그러는 순간 뱀이 몸부림치며 그에게서 풀려 나가더니 둔탁한 소리와 더불어 폭발했다. 대기에는 악취가 가득 찼다.

예수는 엎어졌다. 입과 콧구멍과 눈에는 모래가 가득 막혔다. 마음이 텅 비었다. 배고픔과 갈증을 잊고 그는 마치 아내와 아이들이 모두 죽은 듯, 그의 모든 삶이 파멸을 맞은 듯, 흐느껴 울고 또 울었다.

「주여, 주여.」 모래를 한입 물고 그가 중얼거렸다. 「아버지시여, 당신은 자비도 없나이까? 〈당신의 뜻대로 될지어다!〉 지금까지 제가 얼마나 여러 번 당신께 그 말을 했으며, 앞으로는 또 얼마나 여러 번 그 말을 해야 되겠나이까? 평생 동안 저는 전율하고 저항하고 〈당신의 뜻대로 될지어다!〉라는 말을 하겠나이다.」

이렇듯 모래를 삼키고 중얼거리며 그는 잠이 들었고, 육신의 눈이 감기면서 영혼이 눈을 뜨고, 그는 사람의 몸만큼이나 굵고 밤의 한쪽 끝에서 다른 쪽 끝까지 길게 뻗어 나간 뱀의 유령을 보았다. 뱀은 모래밭에 길게 엎드려 그의 옆에서 크고도 새빨간 입을 벌렸다. 뱀의 입 맞은편에서는 알록달록한 자고새 한 마리가 발발 떨며 날개를 펴고 도망치려 헛되이 애를 썼다. 새는 작고 힘없는 소리를 내고, 무서워서 깃털을 세우고는 비틀거리며 앞으로 나아갔다. 뱀은 꼼짝도 않고 입을 벌린 채 새에게서 눈을 떼지 않았다. 뱀은 먹이를 놓치지 않을 자신이 있어서 조금도 서두르는 기색이 없었다. 자고는 구부러진 다리로 비틀거리며 벌린 입을 향해 곧장 조금씩 조금씩 나아갔다. 예수는 자고처럼 떨며 꼼짝도 않고 서서 구경했다. 동틀 녘에 새는 마침내 딱 벌린 입에 다다랐다. 자고는 잠깐 파르르 떨더니 도움을 청하려는 듯 재빨리 주위를 돌아본 다음, 갑자기 목을 길게 뻗고는 머리부터 다리까지 몽땅 들어갔다. 뱀은 입을 다물었다. 예수는 깃털과 살과 붉은 빛깔의 다리가 동그랗게 한 덩어리가 되어 용의 배 속으로 조금씩 조금씩 내려가는 광경이 눈에 선했다.

그는 겁에 질려 벌떡 일어섰다. 사막은 장밋빛 파도가 출렁이는 거대한 하나의 덩어리였다.

해가 솟아올랐다. 「하느님이로다.」 그는 떨면서 중얼거렸다. 「그리고 자고새는……」

그는 목이 메었다. 그는 명상을 끝낼 기운이 없었다. 하지만 마음속으로 생각했다…….

 인간의 영혼, 자고새는 인간의 영혼이었다!

 예수는 몇 시간 동안이나 명상에 잠겼다. 해가 솟아올라 모래밭에 불을 질렀고, 햇살은 예수의 두개골을 뚫고 몸속으로 들어가서 머릿속과 목구멍과 가슴을 태웠다. 내장은 가을걷이가 끝난 뒤 남은 포도송이처럼 대롱대롱 매달렸다. 그의 혀는 입천장에 달라붙었고, 피부가 벗겨지고 뼈가 드러났으며 손가락 끝이 시퍼렇게 변했다.

 그의 내면에서는 시간이 심장의 고동처럼 작아지고, 죽음처럼 커졌다. 그는 더 이상 배고프거나 목마르지도 않았고, 더 이상 아내와 아이들을 원하지도 않았다. 영혼이 그의 눈 속으로 빨려 들어갔다. 그는 보았다, 그렇다, 그는 분명히 보았다. 하지만 정확히 한낮이 되자 시야가 흐려졌고, 세상이 사라지며 그의 앞 어디에서인가 거대한 입이 아래턱은 땅에 대고 위턱은 하늘에 닿으며 딱 벌어졌다. 벌벌 떨면서 그는 벌린 입을 향해 천천히 몸을 끌고 앞으로 나아갔고, 목을 길게 뻗고는…….

 낮과 밤이 하얗고 검은 번갯불의 섬광처럼 여러 차례 획획 지나갔다. 어느 날 밤 자정에 사자 한 마리가 나타나더니 그의 앞에 서서 자랑스러운 갈기를 흔들어 대었다. 사자의 목소리는 사람의 목소리하고 같았다.

「내 굴로 잘 찾아오셨습니다, 승리의 고행자시여. 하찮은 미덕과 자질구레한 기쁨과 행복을 정복한 자에게 경의를 표합니다! 우리는 쉽고 확실한 대상을 좋아하지 않고, 우리 눈은 어려운 대상만 찾으니까요. 막달라의 여인은 우리의 아내가 될 만큼 크지 못하고, 우리는 지구 전체와 결혼하고 싶습니다. 신랑이시여, 신부는 한숨을 지었고, 천국의 등잔은 불을 밝혔고, 손님들이 도착했으니, 가십시다.」

「당신은 누구인가요?」

「세상의 여러 왕국, 양들이 갇혀 사는 우리 주변을 밤이면 서성거리며 배회하고, 안으로 뛰어 들어가서 잡아먹을까 말까 따져 보며, 당신의 마음과 사타구니 속에서 살아가는 굶주린 사자, 당신 자신입니다. 나는 바빌론에서 예루살렘으로, 예루살렘에서 알렉산드리아로, 알렉산드리아에서 로마로 뛰어다니며 〈나는 배가 고프고, 만물이 내 소유다!〉라고 외칩니다. 달이 밝으면 나는 다시 당신의 가슴속으로 들어가 쪼그라들어서, 무시무시한 사자는 어린 양으로 변하죠. 나는 아무것도 탐하지 않고, 한 톨의 밀알과 물 한 모금과 아버지라고 불러 주기만 하면 무턱대고 좋아하는, 순진하고 고분고분한 하느님만 함께한다면 얼마든지 살아갈 듯 싶은 겸허한 고행자 노릇을 합니다. 하지만 남모르게 마음속으로 나는 수치심을 느끼고, 그래서 내가 양가죽 옷을 벗어 던지고 다시금 포효하면서 바빌론과 예루살렘과 알렉산드리아와 로마를 네 발로 짓밟고 돌아다니게끔 어서 밤이 되기를 갈망하며 사나워진답니다.」

「나는 당신이 누구인지 모릅니다. 나는 세상의 왕국을 탐했던 적이 한 번도 없어요. 나는 하늘의 왕국만으로도 흡족하니까요.」

「그렇지 않아요. 친구여, 당신은 자신을 기만하는군요. 그것만으로는 당신에게 만족스럽지 않아요. 당신은 나를 찾으려고 당신의 사타구니와 마음속 깊은 곳을 감히 직시할 용기가 나지 않을 따름이에요……. 당신은 왜 곁눈질하며 나를 나쁘게 생각하시나요? 당신은 내가 당신을 그릇된 길로 인도하려는 교활한 자의 앞잡이라고, 유혹이라고 믿으십니까? 머릿속이 텅 빈 은둔자 같으니라고, 외적인 유혹이 무슨 힘을 지니겠어요? 성채는 내부에서만 빼앗을 수가 있죠. 나는 당신의 가장 깊은 자아가 지닌 가장 깊은 목소리이고, 나는 당신 내부에서 살아가는 사자입니다. 당신은 사람들로 하여금 가까이 접근하도록 용기를 주어 그들을 집어삼키고 싶어서 양의 껍질을 몸에 둘렀어요. 당신이 어린아이였을 때, 갈대아의 점쟁이가 당신 손바닥에서 무엇을 보았는지 기억해 봐요. 〈많은 별이 보이는구나.〉 그 여자가 말했죠. 〈많은 십자가들이. 너는 왕이 될지니라.〉 왜 당신은 그것을 잊어버린 척하나요? 당신은 밤낮으로 그것을 되새깁니다. 일어나요, 다윗의 아들이여, 당신의 왕국으로 들어가요!」

예수는 머리를 숙이고 얘기에 귀를 기울였다. 조금씩 조금씩 그는 이 목소리가 귀에 익다는 생각이 들었고, 조금씩 조금씩 그는 가끔 꿈속에서, 그리고 언젠가 어린 그를 유다가 두들겨 팼을 때, 그리고 또 언젠가 그가 집을 떠나 며칠 밤낮을 들판에서 방황한 다음 창피해하며 집으로 돌아가 그의 형제인 절름발이 시몬과 신앙심이 깊은 야고보가 문간에서 굶주려 앙상하게 야윈 그를 보고 야유했을 때 들었던 목소리라고 생각했다. 그런가 하면 그는 정말로 그의 마음속에서 울부짖는 사자의 포효를 듣기도 했었다……. 그리고 얼마 전에, 열심당원을 처형하기 위한 십자가를 지고 그가 아우성치는 군중 앞으로 지나갈 때, 모든 사람이 역겨운 표정으로 그를 쳐다보고는 옆으로 비켜섰고, 그러자 그의 몸속에서 사자가 다시 펄쩍 뛰었고, 그 힘이 어찌나 강했던지 그는 쓰러지고 말았다.

그리고 이제, 이렇게 삭막한 한밤중에, 보라! 그의 몸속에서 으르렁거리던 사자가 밖으로 나와 그의 앞에 섰다. 사자는 마치 그의 몸을 안팎으로 드나드는 듯, 그에게 몸을 비비대며 사라졌다가는 다시 나타나고, 장난스럽게 꼬리로 그를 톡톡 두드렸다…….
예수는 마음이 점점 사나워지는 느낌이 들었다. 사자의 얘기가 정말 옳구나, 그는 생각했다. 나는 이런 짓들은 이제 신물이 난다. 나는 굶주리며 지내기도, 겸허한 체하기도, 다른 쪽 뺨을 내밀어 한 대 더 얻어맞는 짓도 모두 신물이 난다. 나는 사람을 잡아먹는 하느님이 보다 온화해지기를 바라는 마음에서 아버지라는 이름으로 비위를 맞추고 아첨을 떨기도 짜증이 나고, 형제들이 나를 욕하고 어머니가 흐느껴 울고 내가 옆을 지나가면 사람들이 웃는 소리에도 짜증이 나며, 맨발로 돌아다니기에도 신물이 나고, 장터를 지나갈 때 꿀과 술과 여자를 살 용기가 없어서 잠속에서만 하느님이 그런 것들을 가져다주어 허망한 바람만 맛보고 겨우 껴안는 시늉이나 하는 데도 짜증이 난다! 나는 그 모두가 역겹다! 나는 일어서서, 조상의 칼을 차고는 내 왕국으로 들어가리라! (나는 다윗의 자손이 아니던가?) 사자의 말이 옳다. 이념과 구름과 하늘의 왕국도 신물이 난다. 돌멩이와 흙과 육체, 그것이 내 왕국이다!

그는 몸을 일으켰다. 그는 벌떡 일어나 사자처럼 함성을 지르며 눈에 보이지 않는 칼을 영원히 몸에 찰 기운을 얻었다. 그는 준비를 끝냈다. 「전진!」 그가 소리쳤다. 돌아다보니 사자가 없어졌다. 그는 머리 위에서 요란하게 웃는 소리를 들었다. 「보아라!」 번갯불의 섬광이 밤을 가르고 칼처럼 꽂혀 꼼짝도 하지 않았다. 그 밑에는 성벽과 탑과 집과 길과 광장과 사람들로 이루어진 도시들이 늘어서 있고, 주변에는 사방에 평야와 산과 바다가 보였다. 바빌론이 오른쪽, 예루살렘과 알렉산드리아는 왼쪽, 바다 건너편은 로마였다. 또다시 목소리가 들려왔다. 「보아라!」

예수는 눈을 들었다. 노란 날개의 천사가 하늘에서 곤두박질치며 떨어졌다. 통곡 소리가 들려왔고, 네 왕국에서는 사람들이 하늘로 팔을 들었지만, 문둥병으로 썩어 그 손들이 잘려 떨어졌다. 그들은 〈굽어 살피소서!〉라고 외치려 입을 벌렸지만, 문둥병으로 썩어 입술들이 잘려 떨어졌다. 길바닥에는 손과 코와 입이 수북하게 쌓였다.

그리고 예수가 팔을 들어 〈자비를 베푸소서, 주여, 인류를 긍휼히 여기소서!〉라고 외치는 사이에, 날개가 알록달록하고 발과 목에다 종을 단 두 번째 천사가 하늘에서 곤두박질치며 떨어졌다. 한꺼번에 온 세상에서 웃음과 조롱이 터져 나왔고, 광기에 휘말린 문둥이들이 여기저기서 마구 날뛰었다. 그들의 몸에 얼마 안 남았던 살점은 웃음소리와 더불어 터져 나갔다.

떨면서 예수는 그 소리를 듣지 않으려고 귀를 막았다. 그러자 날개가 빨간 세 번째 천사가 유성(流星)처럼 하늘에서 떨어졌다. 분수처럼 네 개의 불길이 솟아올라 네 개의 연기 기둥을 이루었고, 공기가 없어져 별들이 지워졌다. 가벼운 산들바람이 불어 연기를 흩어 놓았다. 예수는 보았다. 네 왕국은 네 줌의 재가 되었다.

다시 목소리가 들려왔다. 「초라한 인간아, 이것이 네가 차지하려고 하는 세상의 왕국들이고, 저것이 사랑하는 세 천사 문둥병과 광증과 불이니라. 주님의 날이, 나의 날이, 그날이 왔도다!」 마지막 우렁찬 소리와 더불어 번갯불이 사라졌다.

동이 텄을 때, 예수는 모래에 얼굴을 파묻고 있었다. 밤사이에 그는 틀림없이 바위에서 굴러 떨어져 울고 또 울었던 모양이어서, 눈이 쑤시고 퉁퉁 부었다. 그는 주변을 둘러보았다. 끝없는 모래밭이 혹시 그의 영혼일까? 사막이 생명을 얻어 꿈틀거렸다. 그는 날카로운 비명과 조롱하는 웃음과 흐느껴 우는 소리를 들었다. 하나같이 눈은 빨간 빛깔이고, 토끼와 다람쥐와 족제비를 닮은 작은 동물들이 그를 향해 깡충깡충 뛰어왔다. 이것은 광증, 나를 집어삼키려고 달려오는 광증이로구나, 그는 생각했다. 예수가 소리를 질렀고 동물들은 사라졌으며, 목에다 반달을 걸고 미간에는 기쁨의 별을 붙인 대천사가 그의 앞에 우뚝 버티고 서서 초록빛 날개를 펼쳤다.

예수는 눈부신 빛 때문에 손으로 눈을 가렸다. 「대천사로구나.」 그가 나지막이 말했다.

대천사는 날개를 접고 미소를 지었다. 「나를 모르겠어요?」 그가 말했다. 「나를 기억하지 못하나요?」

「그래요, 그래요! 당신은 누구입니까? 저리 가요, 대천사여. 당신 때문에 나는 눈이 부셔 앞이 보이지를 않아요.」

「당신이 아직 어린아이여서 채 걷지도 못할 때, 넘어지지 않으려고 집의 문이나 어머니에게 매달리면서 마음속으로 〈하느님, 제가 하느님이 되게 하소서! 하느님, 제가 하느님이 되게 하소서! 하느님, 제가 하느님이 되게 하소서!〉라고 큰 소리로 외쳤던 일이 생각납니까?」

「그토록 창피한 신성 모독을 내게 일깨워 주지 마세요. 나도 기억하니까요!」

「나는 그 내면의 목소리입니다. 그때 나는 소리쳤고, 아직도 나는 소리치지만, 당신은 두려워서 못 들은 체하죠. 하지만 이제는 싫건 좋건 간에 당신은 내 말을 듣게 됩니다. 때가 왔으니까요. 나는 모든 인류 중에서 당신을, 당신이 태어나기도 전에 당신을 선택했어요. 나는 당신의 내면에서 일하고 빛을 내며, 당신이 하찮은 미덕과 자질구레한 기쁨과 행복에 빠지지 않도록 막아 줍니다. 내가 당신을 데리고 온 사막으로 조금 전에 여자가 찾아왔을 때

내가 그녀를 쫓아 버리는 걸 보셨죠. 왕국이 찾아왔지만 내가 쫓아 버렸어요. 그것은 당신이 아니라 나였습니다. 나는 훨씬 더 중요하고, 훨씬 더 힘든 운명을 위해 당신을 간직해 두는 거예요.」

「훨씬 더 중요하고…… 훨씬 더 힘들다고요……?」

「어린아이였을 때 당신은 어떤 하느님을 갈망했나요? 신이 되려고 했을 때 말이에요. 당신은 그대로 될 것입니다.」

「내가? 내가요?」

「몸을 다시 움츠리지 말고, 고통의 소리도 내지 말아요. 당신은 그대로 될 터이고, 이미 그대로 되었어요. 요르단 강에서 산비둘기가 당신에게 무슨 말을 했다고 생각하나요?」

「얘기해 주세요! 얘기해 주세요!」

「〈그대는 내 아들, 하나뿐인 내 아들이니라!〉 그것이 산비둘기가 당신에게 전하는 말이었어요. 하지만 그것은 산비둘기가 아니라 대천사 가브리엘이었습니다. 그러니까 나는 당신에게 경의를 표합니다, 아드님, 하느님의 하나뿐인 아드님이시여!」

예수의 가슴속에서 날개 한 쌍이 퍼덕였다. 그는 반항하는 커다란 샛별이 그의 미간에서 불타오르는 기분을 느꼈다. 그의 마음속에서 함성이 울렸다. 〈나는 인간도 아니고, 천사도 아니고, 당신의 종도 아닙니다, 아도나이, 나는 당신의 아들입니다. 나는 당신의 왕좌에 앉아 산 자와 죽은 자를 심판하겠습니다. 나는 오른손에 지구를, 세계를 들고 마음대로 할 터입니다. 내가 앉을 자리를 마련해 주소서!〉

그는 공중에서 울리는 웃음소리를 들었다. 예수는 깜짝 놀라 흠칫했다. 천사가 사라졌다. 그는 〈사탄아!〉라고 찢어지는 듯한 소리를 지르고는 모래밭에 쓰러졌다.

「나는 당신을 만나러 다시 오겠소.」 조롱하는 목소리가 말했다.「우리는 머지않아 다시 만난다!」

「절대로, 절대로 그렇지 않아, 사탄아!」 모래에다 얼굴을 파묻고 예수가 소리쳤다.

「머지않아 만나자!」 목소리가 되풀이해서 말했다.「이번 유월절에 말이다, 초라하고 불쌍한 인간아!」

예수는 통곡하기 시작했다. 뜨거운 눈물이 방울져 모래로 떨어지며 그의 영혼을 깨끗하고 순수하게 씻었다. 저녁이 가까워지자 서늘한 산들바람이 불었고, 태양은 부드러워지면서 멀리 떨어진 산들을 보랏빛으로 물들였다. 그러자 예수는 자비로운 명령을 들었고, 눈에 보이지 않는 손이 그의 어깨를 만졌다.

「일어나거라, 주님의 날이 임하리니. 달려가서 사람들에게 말을 전하라. 내가 간다고!」

〈하권에 계속〉

열린책들 세계문학 099 최후의 유혹 상

옮긴이 안정효 1941년 서울에서 태어났다. 서강대학교 영문학과를 졸업한 뒤 「코리아 헤럴드」 기자, 한국 브리태니커 편집부장 등을 역임했다. 지은 책으로 『하얀 전쟁』, 『은마는 오지 않는다』, 『헐리우드 키드의 생애』 외 다수의 소설 작품과 『걸어가는 그림자』, 『인생 4계』, 『글쓰기 만보』, 『신화와 역사의 건널목』 등이 있다. 니코스 카잔차키스의 『오디세이아』, 『전쟁과 신부』, 가브리엘 가르시아 마르케스의 『백년 동안의 고독』, 버트런드 러셀의 『권력』, 알렉스 헤일리의 『뿌리』, 조르지 아마두의 『가브리엘라, 정향과 계피』, 저지 코진스키의 『잃어버린 나』 등 150권가량의 작품을 번역했으며, 제1회 한국번역문화상을 수상했다.

지은이 니코스 카잔차키스 **옮긴이** 안정효 **발행인** 홍예빈
발행처 주식회사 열린책들 **주소** 경기도 파주시 문발로 253 파주출판도시
전화 031-955-4000 **팩스** 031-955-4004
홈페이지 www.openbooks.co.kr **이메일** literature@openbooks.co.kr
Copyright (C) 주식회사 열린책들, 2008, 2010, *Printed in Korea*.
ISBN 978-89-329-1030-7 04890 **ISBN** 978-89-329-1499-2 (세트)
발행일 2008년 3월 30일 초판 1쇄 2009년 5월 20일 초판 2쇄 2010년 1월 20일 세계문학판 1쇄 2025년 9월 30일 세계문학판 12쇄

이 도서의 국립중앙도서관 출판예정도서목록(CIP)은 서지정보유통지원시스템 홈페이지(http://seoji.nl.go.kr)와 국가자료공동목록시스템(http://www.nl.go.kr/kolisnet)에서 이용하실 수 있습니다.(CIP제어번호 : CIP2009004139)